근대 불교잡지의 문화사 /
/ 불교청년의 성장 서사

지은이

김종진 金鍾眞 Kim Jong-jin

동국대학교 국어국문학과와 동 대학원을 수료하고 불교가사의 유통 연구로 박사학위를 취득하였다. 현재 동국대학교 불교학술원 교수로 재직하며 한국 불교문학의 다양한 양상을 연구하고 있다. 최근에는 조선시대 불가한문학의 번역과 연구, 근대 불교잡지의 문화사 연구를 진행하고 있다.

저서로『불교가사의 연행과 전승』(이회),『불교가사의 계보학 그 문화사적 탐색』(소명출판),『한국불교시가의 동아시아적 맥락과 근대성』(소명출판) 등이 있고, 번역서로『정토보서』,『백안정토찬』,『염불보권문』,『호은집』,『송계대선사문집』,『괄허집』,『백열록』,『만덕사지』(이상 동국대 출판부) 등이 있다.

근대 불교잡지의 문화사—불교청년의 성장 서사

초판 1쇄 발행 2022년 1월 25일
초판 2쇄 발행 2022년 9월 30일
지은이 김종진
펴낸이 박성모 **펴낸곳** 소명출판 **출판등록** 제1998-000017호
주소 서울시 서초구 사임당로14길 15 서광빌딩 2층
전화 02-585-7840 **팩스** 02-585-7848 **전자우편** somyungbooks@daum.net **홈페이지** www.somyong.co.kr

값 42,000원   ⓒ 김종진, 2022
ISBN 979-11-5905-672-7 93810

이 저서는 2017년 정부(교육부)의 재원으로 한국연구재단의 지원을 받아 수행된 연구임(NRF-2017S1A6A4A01021287)

근대 불교잡지의 문화사

불교청년의 성장 서사

A Cultural History of the Modern Buddhist Journals

김종진

상실의 시대, 한반도 어디쯤과 현해탄 너머
어느 대학 도서관, 혹은 하숙집 다다미방에서
고뇌하며 한 땀 한 땀 쓴 글을 남긴 채 역사의 뒤안길로 사라져버린,
한때 샛별처럼 빛났던 잡지 속 청년들에게 이 책을 헌정한다.

일러두기

1. 본문 서술에서 간접인용이나 직접 인용 시 원문의 한자를 노출하였다.
2. 잡지 원문을 인용할 때 가독성을 위해 한자어를 한글로 변환하되, 한글 변환으로 의미 파악이
   어려워지는 경우에는 한자를 노출하였고, 고어투의 문체도 가급적 살렸다. 인용문의 띄어쓰기는
   현대 어법에 맞게 수정하였다.
3. 잡지 소재 기사의 출전은 면수를 제시하되, 면수를 확인할 수 없는 상태일 경우 편명까지만 제시
   하였다.
4. 부호
   『 』: 단행본, 잡지명
   「 」: 잡지의 편명, 기사(논설) 제목, 문학 작품(시, 시조, 한시, 수필) 제목
   〈 〉: 희곡, 노래 제목
   T : 대정신수대장경
   X : 신찬대일본속장경

머리말

근대잡지가 등장하기 전후로 이 땅에 유행했던 잡가를 연구하면서, '잡雜'이라는 것이 중세의 질서에 균열을 내고 근대의 징후를 예견케 하는 역동적 힘이 잠재해 있음을 알았다. 기존 질서에서 '잡'이 '잡'일 따름이라면, 새 질서의 형성기에 '잡'은 활발한 동력이요 원천이 되는 것은 우리 문학사에서 발견되는 하나의 원리다.

'잡'의 본래 의미도 우리의 편견을 벗어난다. 중국에서 가장 오래된 자전인 『설문해자說文解字』가 풀어낸 '잡'의 첫 번째 의미는 오방을 상징하는 오채색이 서로 조화를 이루는 것이다. '잡'은 서로 다른 빛깔이 조화를 이루어 아름다운 것이다.

근대잡지는 근대의 산물이며, 잡지는 근대를 살아가는 사람들의 서로 다른 시선과 욕망이 충돌하며, 또 조화를 이루며 응축된 만다라의 세계다. 이 만다라의 세계, 혹은 호박琥珀에 박제된 그 세계가 필자에게 어느 순간 매혹적으로 다가왔다. 이 책은 한국의 근대 불교잡지를 하나의 유기체적 텍스트로 바라보고 학문의 세계로 편입하고자 하는 일종의 편입학신청서요 가이드 북이다.

'잡'과 잡지에 대한 상찬을 조금 의아하게 여길 독자들도 계시리라. 생각해보면 근대 불교잡지는 계몽의 도구, 포교의 수단이어서 천편일률적인 담론이 담겨있으며, 새로운 문화 창조의 장으로 활용되지 않았을 거라는 인식이 있을 듯하다. 그러나 당대 지성들은 불교잡지를 단순히 포교의 수단으로만 기획하지 않았고 독자들도 그렇게만 기대하지는 않았다.

학술적인 측면에서 보면 근대 불교잡지는 불교학이 근대학문으로 정립되는 과정에서 구성원이 모두 참여하는 공론의 장으로 활용되었고, 해외 학설을 소개하고 국내 학자의 성과를 공표하는 등 공적 매체로 적극적으로 활용되었다.

문화적인 측면에서 보면 근대를 맞이한 이 땅의 불교계가 자신의 정체성을 확인하는 길은 찬란했던 과거 이 땅의 불교문화유산을 당대에 복원하여 확인하는 것이었고, 근대 전후의 불교문화를 기록하는 일이었으며, 다양한 장르의 문학을 통해 종교적 감성을 새겨 넣는 일이었다. 당시 불교 지성들은 1,600년의 한국 불교사가 축적한 방대한 양의 문화적 자산을 발굴하고 재정립해야 하는 막대한 시대적 사명을 감당해야 했다. 이는 다른 종교잡지 영역에서 생각할 수 없는 엄청난 도전이었고 기회였다.

불교잡지 대부분은 경제적인 난관을 헤쳐가며 제작되었고, 종단의 성격 변화와 단체의 성장에 따라 창간과 종간을 반복하였지만, 이 또한 불교잡지가 여타의 종교잡지와 다른 역동성을 가지게 된 동인이 되었다.

근대 불교잡지는 교단의 중심세력, 전통 교육을 받은 강백 외에 해외 유학생, 국내 전문학교나 대학 졸업생, 전통 강원의 학인들, 그리고 독자로서 소년, 여성 등 다양한 세대가 참여하여 펼친 복합적인 담론의 장이다. 특히 근대의 훈습을 받은 청년의 등장과 성장의 역사를 반영하며 그 성장을 견인하는 중요한 매개체였다. 근대 불교잡지를 한마디로 요약하면 근대불교(학)의 형성과정과 불교청년의 성장 서사가 담겨있는 장대한 서사시라고 말할 수 있다.

이 책은 실증적 문헌분석을 토대로 개별 잡지의 전개사를 고찰한 후, 잡지에 담긴 학술적·문예적 성과를 정리하였다. 이 과정에서 개별 잡지의 특징을 효과적으로 드러내기 위해 도표를 적극 활용하였고, 정체가 불명확한 필자 명을 최대한 실명으로 복원하여 서술상의 모호함을 제거하고자 하였다.

다만 이 책이 시대를 종횡하는, 진정한 의미의 문화사 기술에는 이르지 못한 점은 아쉽다. 창간호가 종간호가 된 잡지가 있는가 하면, 108호에 이르는 방대한 분량의 잡지도 있어 상황이 다른데, 단행본의 편제상 이들을 모두 비슷한 분량으로 서술해야 하는 것도 또 다른 어려움이었다. 산 입구에서 정상을 지나 하산하는 길까지 동행하여 자세히 그린 세밀화가 있는가 하면, 먼발치에서 보이는 봉우리 몇 개만 거칠게 그린 그림도 있다. 워낙 첩첩산중의 거산이어서 별도의 화첩이 필요한 잡지『불교』통권 108호, 『(신)불교』통권 67호는 별도의 단행본으로 찾아뵙기를 약속드린다.

필자의 책이 늘 그렇지만 이 책 또한 선배, 동학과 협업의 산물이다. 방대한 분량의 잡지를 집성하여 후속 연구의 길을 열어 준 이철교, 김광식 선생님의 노고는 연구자들이 함께 감사해야 할 일이다. 3년 동안 잡지를 함께 읽은 충무로 잡지 강독회 회원 여러분김성연, 이경순, 민희주, 홍진영, 한길로 박사과 함께 출판의 기쁨을 나누고 싶다. 특히 불교학술원의 김성연 선생은 필요한 자료를 제공하여 연구에 도움을 준 것은 물론 본서의 첫 번째 독자로서 내용을 검토해 주었고, 이석환 선생은 일본 학자 명단을 검토해 주었다. 함께한 이들의 학운이 번창하기를 빈다.

이 책이 연세근대한국학총서에 이름을 올릴 수 있도록 도와주신 이대형, 김형태 교수님과 근대한국학연구소 관계자 여러분께 감사드린다. 출판산업이 어려운 이 시국에 이번에도 소명출판과 인연을 맺게 되어 미안함과 감사함이 교차한다. 무잡한 원고를 정리해 보기 좋은 책으로 펴낸 이예지 편집자에게 감사드린다.

2022년 1월
남산이 보이는 창가에서
저자 삼가 쓰다.

차례

프롤로그

1. 근대 불교잡지의 존재론

잡지라는 뉴 미디어

불교잡지는 기본적으로 근대 미디어의 속성을 가진다. '미디어는 메시지다'라는 명제가 있거니와, 잡지라는 근대적 매체는 1910년대에는 대중을 상대로 하는 계몽의 연설집 성격이 강하다. 교계의 소식이 거의 실시간으로 반영된 이 속도감과 광폭의 파급력은 아마 당시 독자나 필진을 현혹했던 근대의 속도와 힘이었으리라. 만해 한용운이 '신문 잡지의 등장으로 소문의 빠르기가 배가된 현대에 이를 무시하는 대담성이 있어야 만인의 이상理想을 초월하는 쾌사快事를 창조한다'「毁譽」, 『유심』 3호라고 한 것은 만인의 만인에 대한 비판이 넘치기 시작하던 100년 전 미디어의 현실을 드러낸 것이다.

한편 서정주는 「자화상」에서 '스물세 해 동안 나를 키운 건 팔 할이 바람'이라고 하였다. 이 땅에 불교 언론이 태동한 1910년대 초부터 30년대까지 약 30년 동안 근대불교를 기획하고 실현해 간 동력은 '팔 할이 불교 잡지'였다고 말할 수 있다.

당시의 출판 현황을 보면 불교 언론은 불교계에서 간행한 잡지를 제외하면 그다지 눈에 띄지 않는다. 불교 언론의 역사는 불교잡지의 역사와 함께하며 이 둘은 이 시기에는 거의 동일시될 수밖에 없다. 역사상 존재하지 않았던 '근대불교'가 우리가 기억할 수 있는 어떤 형태로 만들어진 것은 '팔 할'이 불교잡지의 역할이라고 할 수 있다. 근대를 살아간 불교계 구성원들이 의욕적으로 추구했던 '근대불교'의 실체가 무엇이었는지 아직 확언할 수 없으나, 그것을 파악하고자 할 때 불교잡지를 통하지 않고서는 불가능할 것이다.

전통과 근대의 연속성과 불연속성

한국 근대불교는 1895년 공표된 승려의 도성 출입 해제령을 기점으로 활동 공간의 제약을 벗어났고, 1911년 반포된 사찰령의 시행으로 삼십본산주지회의가 결성되면서 현실 법제도 안에 자리 잡게 되었다. 이러한 일련의 과정을 겪으면서 근대불교는, 너무나 당연하게, 모든 분야에서 과거와의 단절을 의미하는 것으로 인식되어 왔다.

다중의 매체인 잡지가 등장하여 공론의 장이 열렸을 때 쏟아냈던 억압의 역사에 대한 울분과 비판의 목소리는 앞으로 열릴 시대가 과거와 절대적인 단절에서 출발하는 것임을 극적으로 보여주는 것이다.

개혁 담론을 쏟아내며 진보에 대한 절대적 믿음과 의지를 표명하는 열린 공간으로서 불교잡지는 근대의 산물이자, 한국 근대불교의 출발과 함께 한 동반자라 하지 않을 수 없다.

그러나 근대 불교잡지, 특히 1910년대 잡지에는 과거의 불교사를 복원하는 데 심혈을 기울이고, 19세기 선배 세대들의 문화활동의 자취를 적극 복원하며, 문학적으로는 과거 유산이라 할 전통 양식을 관습적으로 창작하고 투고를 독려하고 있는 현상을 발견할 수 있다.

근대잡지에 시경체詩經體를 모방한 축시祝詞가 다수 등장하고, 동호인이 모인 시회에서 시를 통해 교유한 양상이 반영되어 있으며, 한시를 '詩'라 하고, 한글로 적힌 창가와 근대시 등을 '歌'라 부르는 것은 모두 전 근대적인 문학현상이다. 잡지에 쓰인 문체는 국한문 혼용체가 주가 되지만 현토체와 순 한문으로 된 논설과 기고가 등장하기도 한다.

이 시기 잡지에는 여성의 권리와 의무, 불교 내에서의 평등이 순한글 문체로 제기되는 등 일부 내용의 혁신성을 인지할 수 있지만, 여전히 가부장적이고 충효를 중시하는 전통 의식이 강하게 남아 있다.

근대잡지는 일본유학생 중심으로 해외 불교학이 유입되는 통로로서 다양한 종교, 불교담론이 소개되기도 하였지만, 여전히 전통 방식으로 경론의 과문科文을 나누는 연구도 심심치 않게 소개되었다. 편집과 발행을 담당한 주역들이 기실 19세기 교학과 학문의 전통을 계승하고 있는 인물이라는 점을 가볍게 여길 것은 아니다.

이런 점에서 근대 불교잡지에서 근대만을 읽는 것은 잡지의 다면성을 평면화하는 우를 범하는 결과를 초래할 수 있다. 근대 불교잡지를 통해 전통과 단절된 새로운 사고, 새로운 표현, 새로운 활동에만 관심을 기울일 것은 아니다. 19세기와 20세기 전반을 이어주는 문화적 연속성과 전근대와 근대를 함께 살다간 지성사의 흐름을 잡지에서 복원해 낼 필요가 있다.

포교의 매체에서 문화 창조의 장으로

근대 불교잡지는 1912년 출발 당시부터 새롭게 조직된 불교 교단의 정체성을 반영하는 기관지로 등장하였다. 최초의 현전 잡지인 『조선불교월보』는 원종종무원과 조선불교선교양종주지회의에서 기관지로 펴낸 잡지다. 『해동불보』도 같은 기관의 기관지 성격을 지니고 있다. 이어 근대지성으로서 경성 중심의 거사들이 규합한 불교진흥회의 기관지 『불교진흥회월보』와 후속지인 『조선불교계』, 그리고 삼십본산주지회의소에서 펴낸 『조선불교총보』에 이르기까지 불교잡지는 불교계에서 발기하여 불교계의 자금과 조직으로 만들어낸 공론의 장으로 시작하였다. 이후 전문학교, 유학생회, 불교청년회, 불교청년동맹, 선원, 강원 등 다양한 기관과 단체에서 자신들의 불교 개혁에 대한 목소리를 다양하게 표출하였다.

한국 근대불교의 실체와 역동성은 이 시기 불교잡지를 배제하고는 온전히 파악하여 그려내기 어렵다. 불교잡지는 당시 불교계의 변화를 거의 실시간으로 반영한 새로운 장場이며, 불교의 발전을 모색한 집단지성의 공론의 장이다. 우리는 이를 통해 불교계가 기획한 근대불교의 이념과 실상을 비교적 용이하게 파악할 수 있다.

그런데 불교잡지가 종단의 소식지이자 포교의 매체라는 1차적인 의미를 넘어 학술잡지이자 문학잡지로서 의미 있는 매체라는 점은 그동안의 연구에서는 그다지 중요하게 언급되지 않았다.

문학과 문화의 측면에서 볼 때 이 시기 불교계 잡지는 사상가이자 종교가인 불교 지성들의 감성이 종교적으로 문학적으로 표출되어 있고, 수많은 문학청년(승려)의 창작 열의가 다채롭게 펼쳐져 있는 문학적·문화적 텍스트이다. 익명에 가까운 필명으로 등장하는 작가들 그리고 문학청년의

치기가 완전히 가시지 않은 다수의 작품에 대한 평가는 기존의 관점에서 볼 때 인색할 수밖에 없다. 그렇다 하더라도 이들의 존재를 도외시하는 것은 마치 이 시기의 불교사를 경허鏡虛, 용성龍城, 한암漢巖, 만공滿空 등 대표적인 선사 몇 명으로 기억하는 경우와 다르지 않다.

근대 불교잡지는 한국의 근대불교의 정립 과정에서 다대한 기여를 한 것과 마찬가지로 문학적 측면에서도 근대 불교문학의 보고라는 의의를 가진다. 이런 측면에서 이들 잡지를 간행한 편집인, 직원 및 기자 등 발행의 주체와 필진들의 존재와 관계성에 대해 관심 있게 바라볼 필요가 있고, 평범한 시 한 편, 수필 한 편 남기고 사라진 당시의 '불교청년', '문학청년', 나아가 '불교문학청년'의 존재를 새롭게 주목할 필요가 있다.

독립성과 상호연결성

불교잡지가 창간되기 전부터 이 땅에는 천주교·기독교·천도교 등 근대적 사조를 앞서 수용하고 전도와 포교에 활용하며 교육기관 의료기관 등 다양한 사회활동을 통해 저변을 넓혀가던 타 종교의 잡지가 불교계 잡지보다 조금 앞서거나 병행하여 출간되었다. 이들 종교의 적극적이고 활력 있는 양상은 불교개혁 담론의 서두에 자주 인용될 만큼 괄목할 만한 성과를 보여주고 있다. 불교잡지의 체제, 문체, 양식, 광고, 디자인 등은 선행하는 타 종교계 잡지의 그것과 밀접한 관련을 맺고 있다. 이 시기 불교잡지는 국내의 타 종교잡지와 길항 관계를 이루면서 성장해 온 것이다.

시야를 외부로 확장하면, 국내의 불교잡지는 일본과 중국에서 활발하게 간행된 불교잡지를 모델로 삼으면서 성장해 온 것도 분명한 사실이다.[1]

근대 불교잡지는 근대의 산물로 주권을 빼앗긴 타율적 제약 속에서 자신의 존재를 다시 정립해 나가야 했던 아픈 근대의 산물이면서, 19세기와 20세기 전반을 이어주는 매개 공간이라는 양가적 성격을 갖는다. 그리고 한반도 내 한국 불교계의 독자적인 담론의 장이자, 타 종교를 의식하고 중국과 일본의 불교잡지의 영향을 받으며 엮어낸 일종의 근대지近代知의 인드라망이다.

따라서 불교잡지를 읽는다는 것은, 전근대와 근대의 경계를 동시에 통찰하며, 종교와 학문, 문화의 경계를 넘어 통섭하며, 시대와 지역의 경계를 넘나드는 열린 사유와 지적 비상을 의미한다.

그러나 이러한 시공의 경계를 초월하기에는 필자 능력의 한계가 있기 때문에 연구 범위와 대상을 한정하여 정리하는 수밖에 없다.

2. 연구대상과 시대 구분

연구대상

최초의 근대 불교잡지는 1910년에 간행된 『원종』원종종무원, 통권 2호인데 현재는 전하지 않는다. 현전하는 최초의 잡지는 1912년에 간행된 『조선불교월보』이며, 이를 필두로 해방 이전까지 간행된 현전하는 잡지는 20종 총 317호다(권수는 부전 포함, 일본어 잡지 제외). 이를 발행년도 순으로 제시하면 다음과 같다.

---

1 1910년대 불교잡지의 출현, 편제와 내용에서 일본 근대불교(잡지)의 영향을 고찰한 논문으로 조명제, 「1910년대 식민지조선의 불교근대화와 잡지 미디어」(『종교문화비평』 30집, 종교문화비평학회, 2016)를 참고할 수 있다.
2 〈표 1〉은 김광식, 『한국근현대불교자료전집해제』(민족사, 1996)와 김기종, 『불교와 한

순	제목	발행기간	통권	편집겸발행인	발행소
1	朝鮮佛敎月報	1912.2 ~1913.8	19호	권상로 (박한영)	조선불교월보사 (1~4호 원종종무원, 5~19호 조선선교양종각본사주지회의원)
2	海東佛報	1913.11 ~1914.6	8호	박한영	해동불보사 (조선선교양종삼십본산주지회의소)
3	佛敎振興會月報	1915.3 ~1915.12	9호	이능화	불교진흥회(삼십본산연합사무소)
4	朝鮮佛敎界	1916.4 ~1916.6	3호	이능화	불교진흥회(삼십본산연합사무소)
5	朝鮮佛敎叢報	1917.3 ~1921.1	22호	이능화	삼십본산연합사무소
6	惟心	1918.9 ~1918.12	3호	한용운	유심사
7	鷲山寶林	1920.1 ~1920.10	6호	이종천	축산보림사(1~5호) 통도사불교청년회(5~6호)
8	潮音	1920.12	1호	이종천	조선불교청년회 통도사 지회
9	金剛杵	1924.5 ~1937.1	26호	이영재 외	금강저사(1~17호) 조선불교청년동맹 동경동맹(19~21호) 조선불교동경유학생회(22~25호) 금강저사(조선불교동경학우회)(26호)
10	佛日	1924.7 · 1924.11	2호	김세영	불일사(조선불교회)
11	佛敎	1924.7 ~1933.7	108호	권상로 한용운	불교사(조선불교중앙교무원)
12	一光	1928.12 ~1940.1	10호	송종헌 외	중앙불교전문학교 교우회
13	回光	1929.3 ~1932.3	2호	이순호 외	조선불교학인연맹
14	佛靑運動	1931.8 ~1933.8	11호	김상호 외	조선불교청년총동맹
15	禪苑	1931.10 ~1935.10	4호	김적음	선학원(1~3호) 조선불교선리참구원(4호)

글』(동국대 출판부, 2015)을 참고하여 재작성하였다. 이들 자료는 이철교·김광식 편, 『한국근현대불교자료전집』(민족사, 1996)과 동국대 불교학술원 ABC 아카이브에서 확인이 가능하다. 단, 『불청운동』은 ABC아카이브에만 수록되어 있고, 『회광』은 연세대 학술정보원(1호), 국회도서관(2호)에 소장되어 있다.

순	제목	발행기간	통권	편집겸발행인	발행소
16	金剛山*	1935.9 ~1936.6	10호	권상로	금강산 표훈사
17	(新)佛敎*	1937.3 ~1944.12	67호	허영호 외	경남삼본산종무협회
18	藍毘尼	1937.5 ~1940.3	4호	양영조 외	중앙불교전문학교 학생회
19	琢磨*	1938.2	1호	정창윤	보현사 불교전문강원
20	弘法友	1938.3	1호	이재복	봉선사 홍법강우회
	합계	20종	317호		

1910년대 창간된 잡지는 『조선불교월보朝鮮佛敎月報』, 『해동불보海東佛報』, 『불교진흥회월보佛敎振興會月報』, 『조선불교계朝鮮佛敎界』, 『조선불교총보朝鮮佛敎叢報』, 『유심惟心』 등 6종이고, 1920년대 창간된 잡지는 『축산보림鷲山寶林』, 『조음潮音』, 『금강저金剛杵』, 『불교佛敎』, 『불일佛日』, 『일광一光』, 『회광回光』 등 7종이다. 1930년대 창간된 잡지는 『불청운동佛靑運動』, 『선원禪苑』, 『금강산金剛山』, 『(신)불교佛敎』, 『룸비니藍毘尼』, 『탁마琢磨』, 『홍법우弘法友』 등 7종이다.[3]

본서는 표에 제시한 20종의 잡지 가운데 17종의 잡지를 본격적인 연구 대상으로 삼는다.

연구대상에 포함되나 본서에서 미처 다루지 못한 잡지는 1930년대 잡지 3종―『탁마』, 『금강산』, 『(신)불교』―이다. 보현사 불교전문강원의 잡지인 『탁마』는 자료의 소재를 확인할 수 없어 논의하지 못하였다. 『금강산』은 1935년 9월 금강산 표훈사에서 펴낸 월간잡지다. 지역 잡지임에도 중앙의 지명도 있는 불교학자권상로, 포교사김태흡 등이 참여한 금강산 홍보성 기획물이다.[4] 1937년 창간복간한 『(신)불교』는 기존의 『불교』지를 계승한

---

3 잡지 창간과 발행이 십 년 단위로 명확하게 구분되지 않는다. 여기서는 편의상 창간한 해를 기준으로 소개한다.

잡지로서 30년대의 교단 움직임과 다양한 학술, 문화 성과가 담겨있다.[5]

한편 기존 연구에서 불교잡지로 간주하였던『평범』통권 3호, 1926.8~1926.10 은 논외로 한다. 불교인 허영호가 부산에서 창간한 잡지『평범』은 기본적으로 일반 문예지의 성격이 더 강하기 때문이다.

또한 기존 잡지와 함께 거론되던 1930년대 간행한『불교시보佛敎時報』[6] 와『경북불교慶北佛敎』[7]는 시사 보도를 위주로 한 신문으로서 연구대상에서 제외하였다. 그리고 1945년 해방 이후 간행한 불교잡지[8] 또한 본서의 연구 범위에서 벗어나 있다.

시대 구분

근대 불교잡지의 시대적 흐름을 다음 세 단계로 구분할 수 있다.

1910년대는 원종종무원, 조선선교양종각본사주지회의원, 불교진흥회 삼십본산연합사무소 등 근대 교단의 중앙기관에서 기관지로 잡지를 발행한 시

---

4 『금강산』에 대한 기본 연구는 이경순, 「1930년대 중반 불교계의『금강산』잡지 발간과 그 의의」(『불교학연구』51집, 불교학연구회, 2017)에서 이루어졌다.

5 2종의 잡지를 자세히 고찰하지 못한 점은 연구 기간의 제약과 필자의 능력 부족에 기인한다.

6 발행인 김태흡, 발행소 불교시보사, 총 105호, 1935.8~1944.4. 1935년에 창간된『불교시보』는 월 1회 발간된 '월간신문'이다. 일제의 신민화 정책의 하나인 심전개발운동을 실현하기 위해 김태흡이 창간하였다. 이 신문은 첫째, 잡지를 대상으로 하는 본서의 범주와 맞지 않고, 둘째, 함께 논의하더라도 당시의 시국 현황을 파악하는 데는 의미가 있겠지만, 본서에서 주목하는 학술적, 문화적 성과는 미미하다.

7 발행인 강유문 외, 발행소 경북불교협회, 총 48호, 1936.7~1941.7. 1936년 창간된『경북불교』는 고운사, 동화사, 기림사, 은해사, 김룡사 등 경북 5개 사찰의 간부들이 1935년 일본 시찰을 마치고 귀국한 직후 결성한 경북불교협회에서 간행한 '월간신문'이다. 중앙의 언론에서 보도하지 못한 불교계의 활동을 반영하고 있어 사료로서 중요시되지만, 학술, 문화적 성격은 약한 것으로 판단한다.

8 『新生』(중앙총무원, 발행인 박윤진, 통권 4호, 1946.3~10),『佛敎』(불교사, 발행인 장도환, 통권 5호, 1947.1~1948.8),『鹿苑』(조선불교학생동맹, 발행인 김창호·이하우, 통권 2호, 1947.9~1949.7) 등이다.

기다. 이들 기관지 성격의 잡지는『조선불교월보』,『해동불보』,『불교진흥회월보』,『조선불교계』,『조선불교총보』 등이다.『조선불교월보』는 권상로,『해동불보』는 박한영,『불교진흥회월보』·『조선불교계』·『조선불교총보』는 이능화가 편집과 발행을 담당하였다.

1920년대는 일제의 문화통치 시기다.『동아일보』,『조선일보』 등이 창간되는 등 민족의 언로가 일부 확보되는 이 시기에 불교잡지도 다양한 양상으로 등장하였다. 1920년에는 경남 양산의 통도사에서『축산보림』과『조음』을 펴냈고, 1924년에는 동경불교유학생회 잡지『금강저』가 동경에서 창간되었다. 같은 해에는 몇 년간 공백으로 있었던 종단의 기관지『불교』가 창간되어 문화잡지의 성격을 강화하였고, 이와 동시에 조선불교회의 잡지『불일』이 창간되어 국학자들의 학술지 역할을 대신하였다.

1924년 창간하여 1933년까지 총 108호가 발행된『불교』지는 근대불교의 총체적 발전양상을 담아내는 매체이자 학술지와 문예지의 성격을 동시에 가진다. 그리고 「휘보」란을 통해 일본,[9] 중국의 불교잡지[10] 발행 소식을 비롯한 해외 동향을 적극적으로 소개하였다.

1924년 이후『불교』 외에 소강상태에 접어든 불교잡지의 창간은 1928

---

9 "금년은 조선불교의 중흥운-잡지간행 성황. 조선불교대회에서는『조선불교』(월2회), 조선불교회에서는『佛日』(월간), 본원에서는『불교』를 간행할 뿐 아니라, 그외에도 川人國太郎 씨의 주필인『朝鮮宗教公論』, 吉川文太郎 씨의 주필인『朝鮮宗教時報』도 조선불교를 중심으로 하였다."「佛教月旦」,『불교』 2호(1924.8), 62면.

10 "『世界佛教居士林林刊』(계간, 상해),『海潮音』(월간, 상해),『大雲』(월간, 소흥),『頻伽音』(광주화림사),『新僧』(월간, 규남불화신청년회),『淨業』(월간, 상해),『南瀛佛教會會報』(월간, 대만총독부내무국문교과),『靈泉』(월간, 대만),『三覺叢刊』(월간, 무창불학원),『佛音』(월간, 하문불화청년회),『佛事報』(월간, 香港태평산육조선당),『心燈』(旬間, 상해불화교육사),『佛化』(순간, 상해),『佛化報』(순간, 한구고처은사불교회),『四川佛教』순간, 성도),『迦音』(주간, 항주불학회),『覺華』(주간, 신가파직락아일가천복궁),『臺灣佛教新報』(주간, 대북시),『正覺報』(일간, 무창)."「支那及臺灣發行佛教各紙紹介」,『불교』 27호(1926.9), 43면.

년 이후 분화된 형태로 다시 회복되는데, 1928년부터 1930년대 중후반에는 20년대에 성장하기 시작한 다양한 기관과 단체에서 잡지를 창간하는 발전적 모습을 보여준다.

이 시기에는 1933년에 종간한 『불교』지의 대체재로서 『(신)불교』를 비롯하여, 중앙불교전문학교교우회, 학인연맹, 청년총동맹, 선학원, 금강산불교회, 경남3본산종무협회, 중앙불교전문학교학생회, 보현사전문강원, 봉선사홍법강우회 등이 주도하여 지역과 단체의 다양성을 반영한 잡지를 발간하였다. 이들 잡지는 불교잡지의 주류라 할 수 있는 『불교』의 종합지적 성격을 벗어나 다분히 분파적이며 강한 운동성을 추구하는 경향이 있다.

3. 연구 내용과 구성

본서의 저술 목적은 1910년대부터 1930년대까지 한국에서 간행된 불교잡지를 하나의 유기적 질서를 가진 생명체로 인식하고, 이를 대상으로 삼아 지면에 개진된 여러 담론과 문화 창조의 궤적을 통합인문학적 시각에서 살펴보기 위한 것이다. 이는 잡지에 대한 문화사적 탐구의 일환이라고 할 수 있는데, 이 책에서는 이를 압축하여 '잡지의 문화사'라는 표제로 제시한다.

문화사적 탐구에는 근대에 새로운 매체로 등장한 잡지 자체의 속성과 전개 과정을 살피는 '잡지의 전개사', 잡지에 수록된 학술 담론을 살피는 '잡지의 학술사', 잡지에 수록된 문예 활동 양상을 살피는 '잡지의 문예사'를 포함한다. 이를 통해 불교계 잡지가 단순히 불교인들의 내부 소통 매체에 국한된 것이 아니라는 점을 확인하고자 한다. 근대전환기에 뉴 미디어로 등장한 이 시기의 불교잡지는 단순한 기관 소식을 전달하는 기관지나 포교를 위한 교조적인 잡지로 자신의 존재를 한정하지 않았다. 근대 불교잡지는 당대의 문화를 반영하는 문화적 텍스트이며 종교, 학술, 문화를 통합한 종합잡지로서 억압의 시기에 한국 민족문화 창조의 동력이 된 의미 있는 텍스트임을 밝히고자 한다.

본서는 이에 따라 1910년대, 1920년대, 1930년대의 3부로 나누고, 각 시대의 대표적인 잡지를 대상으로 전개사, 학술사, 문화사를 차례로 기술하는 방식을 택한다.[11]

이들 각 영역의 연구 내용은 다음과 같다.

불교잡지의 전개사

매체 자체의 속성과 전개 과정을 시간순으로 살피며 동시대에 공존한 다른 잡지들과의 역학관계를 살피는 것으로, 일명 '매체사'에 해당한다. 잡지를 만드는 주체로서 편집인, 기자, 필진을 고려하고 나아가 독자를 함께 고려하는 방식으로 시대적 흐름에 대해 기술하고자 한다. 잡지 편집인의 역할, 편집인과 밀접한 관계를 맺으며 잡지 구성의 방향성을 실현하고 있는 조력자로서의 직원과 기자, 그리고 문답란에 투고한 여러 독자들, 잡지의 운영에 관계된 객원기자의 활동 양상을 고찰한다. 주요 투고자의 흐름과 잡지 편찬 주체들과의 공적 · 사적 관계망을 조사한다. 이를 통해 다양한 주체가 참여한 불교잡지의 통시적인 전개양상과 공존 양상이 일목요

---

11 불교잡지 원문은 기본적으로 이철교 · 김광식 편, 『한국근현대불교자료전집』(민족사, 1996)과 동국대 불교학술원 ABC 아카이브 자료를 활용하였다.

연하게 제시될 것으로 기대한다.

잡지는 발행인, 편집인, 인쇄인 및 인쇄소, 간행 장소가 물리적 조건으로 자리 잡고 있다. 잡지는 창간호가 상징적이기는 하지만, 창간호를 통해 잡지의 총체성을 확인할 수는 없다. 창간호부터 종간호까지 잡지에는 발행과 편집인, 기자의 역할이 유동적일 수 있다. 이에 따라 잡지의 체제, 내용, 문체 등에 자연스럽게 변화가 일어난다. 하나의 잡지는 거시적으로 뚜렷한 지향성을 가지고 메시지를 전달할 수는 있지만, 실제로는 매 호 역학 구도가 변하는 유기체적인 운동성을 지닌다. 본서에서 개별 사실의 나열에 불과할 수도 있는 잡지의 편집자, 직원, 기자 등의 구성원 정보, 그리고 지면의 배치, 편제의 변화, 광고나 사고의 내용까지 관심 있게 살펴보고자 하는 이유가 된다.

불교잡지의 학술사

이 시기는 주권을 잃은 근대지성들이 국학을 탐구하여 민족의 문화를 유지, 발전시키는 국학운동기에 해당한다. 현재와 같은 학술지가 없는 상황에서 잡지를 통해 이 시대 불교학과 국학, 불교지성들과 국학자와의 교류 양상을 확인할 수 있다. 잡지 분석을 통해 추출한 이 시대의 담론과 학문적 성과는 당연히 이 시기의 국학, 조선학의 성과로 편입될 것이다. 비문, 행장을 포함하여 한국 불교사의 1차 자료를 소개한 여러 성과는 한국 불교사 영역의 학술적 토대로서 손색이 없다. 그리고 해외 불교학의 동향과 이론 및 학술단체의 동향을 소개한 글을 통해 근대불교학이 성립되는 과정을 복기할 수 있다. 이 시기 불교문학에 대한 관심이 박한영의 논설을 통해 제기되고 19세기 한문학 대가들의 불교관련 작품이 소개되는 양상,

그리고 신진 불교청년의 창작에 좌표가 되는 박한영, 한용운의 활동 또한 이 시기 학술적 동향으로서 빠뜨릴 수 없다.

불교의 역사는 번역의 역사라 한다. 기존에 이 시기 번역에 대한 연구에서 백용성의 『조선글 화엄경』에 주목한 바 있고, 불교개혁론 가운데 번역에 대한 시의성 있는 주장에 주목하였으며, 한용운의 『불교대전佛教大典』을 번역의 관점에서 논의하는 등 다양한 연구가 축적되었다. 그러나 이 시기 불교계 잡지에 다양하게 펼쳐져 있는 번역 문학, 번역 논설에 대해 종합적으로 논의하지는 못한 것으로 판단한다. 한글의 창제와 관련된 불교의 영향이라든가 15세기 언해 불서에 대한 한용운의 발굴과 홍보 등 한글문화의 창달에 기여하고 있는 여러 흐름이 잡지에 담겨있다. 한글과 불교 고전어의 관계에 대해 방대한 분량의 논설들도 이 시기 학술적 성과의 하나다.

근대 불교잡지는 불교 교학, 불교사, 근대지성사, 국학 및 조선학, 언어학, 문학, 번역학의 여러 영역에서 학술성과를 공표하는 공론의 장이다. 대표적인 연구물이 아니더라도 모든 학술논설을 일목요연하게 제시하여 당시 국학운동의 범위를 불교 영역으로 넓혀야 할 당위성이 있음을 분명히 밝히고자 한다.

불교잡지의 문예사

불교잡지에는 실로 다양한 장르의 많은 작품이 수록되어 있다. 이들 문학 양식은 크게는 시, 소설, 수필, 희곡 장르로 나눌 수 있으며, 세부적으로는 창가, 찬불가, 시조, 가사, 언문풍월諺文風月, 한시, 단형서사, 장편소설掌篇小說, 단편소설, 가극歌劇, 소인극素人劇, 동요, 동시, 서사시, 기행문, 순례기, 몽유록, 영험담 등으로 나눌 수 있다. 다양한 층위의 작가군이 등장하는 것은 물론이다. 전통적 불가 지식인부터 근대학문의 훈습을 받은 국내외 학생들, 그리고 복원된 전통 강원 출신의 젊은 학인까지 다양한 층위의 작가와 예비 작가가 지면을 풍부하게 만들고 있다. 그런데 이들은 문학사나 불교학사의 주류가 아니어서 그동안의 논의에서 주목받지 못하였다. 본서는 잡지에 다양하게 분포된 작품과 작가를 대상으로 하여 매체, 장르, 작가 등 다양한 층위에서 전개된 여러 문예적 양상에 대해 실증적이고 종합적으로 기술하고자 한다.

제1부

교단 형성의 기제와 국학연구의 장

1910년대 창간 잡지

제1장

『조선불교월보』

근대개혁론의 문화적 변주

1. 전개사

『조선불교월보朝鮮佛教月報』통권 19호, 1912.2~1913.8는 1~4호까지는 임시 원종종무원의 기관지로, 5호부터는 조선선교양종각본사주지회의원의 기관지로 발행되었다. 편집겸발행인은 권상로와 박한영, 발행소는 조선불교월보사이다.[1] 불교대중화의 다양한 시도가 돋보이는 현전하는 최초의 불교잡지다.

1) 창간의 배경과 경과

『조선불교월보』는 조선불교월보사에서 간행하였다. 조선불교월보사의 운영은 처음에는 '임시' 원종종무원圓宗宗務院이, 제5호부터는 조선선교양종

---

[1] 『조선불교월보』는 1912년에는 11호까지, 1913년에는 12~19호가 발행되었다.

각본사주지회의원朝鮮禪敎兩宗各本寺住持會議院이 담당하였다.[2]

창간을 발의한 주체는 근대 한국불교 최초의 종단인 '임시'[3] 원종종무원이고 그 구성원이다. 특히 원종종무원에서는 1910년 2월 기관지『원종圓宗』을 발행하였는데, 편집인은 전등사의 김지순이고 통권 2호로 종간된 바 있다.[4] 그 이후 약 2년간 불교계는 교단의 기관지가 없는 상태로 유지되었다. 기독교, 천주교, 민족종교 교단에서 잡지를 발행히여 종교 간의 경쟁이 치열하던 당시, 포교의 매체가 없는 불교계는 상당한 위기의식을 가졌을 것으로 짐작된다. 이에 1911년 가을부터 기관지 발행 문제로 여러 차례 논의하였는데, 당시 원종종무원 원장인 이회광과『원종』발행인인 전등사 김지순, 그리고 화계사의 홍월초가 논의의 주역이었다.[5]

1912년 5월 28일 11개의 본사 주지가 전 원종종무원 임시사무소 내에 회동하여 '삼십본산주지회의三十本山住持會議'를 발기하고 조선불교의 종지를 '조선선교양종朝鮮禪敎兩宗'으로 결정하였다.[6] 같은 해 6월 22일에는 규칙을 제정하고 공표하였다. 잡지간행과 관련 있는 조항은 다음과 같다.

> 제1조 명칭－朝鮮禪敎兩宗各本山住持會議院이라 칭흠
>
> 제2조 목적－본원은 朝鮮全道內各大本山住持가 新年祝賀를 거행흘 시 又는 法

---

2 사찰령에 의해 시작된 삼십본산제도는 일제의 조선 통치 일환으로 도입된 제도이나 당시 본산 주지들은 조선불교계 발전에 도움이 되는 것으로 판단하고 적극 협력하였다. 1912년 처음 30본산 주지들의 회의 기구로서 발족한 삼십본산주지회의원은 이후 1915년 보다 강화된 형식의 삼십본산연합사무소로 개편되었다. 그 성립과 운영, 조직에 대한 상세한 사항은 한동민, 「사찰령 체제하 본산제도 연구」, 중앙대 박사논문, 2005, 152~173면 참조.

3 당시 원종종무원은 당국의 승인을 받지 않은 상태였기 때문에 판권에 '임시'라는 표현을 썼다.

4 『원종』(통권 2호)은 현재 자료가 남아 있지 않아 정확한 서지 정보나 간행 경과는 알 수 없다.

5 『조선불교월보』의 창간 배경과 경과는 창간호의 「朝鮮佛敎月報發行趣旨書」에서 확인된다 (1호(1912.2), 1면).

6 「잡보」 '회의원회의전말', 『조선불교월보』 6호(1912.7), 57~77면.

要에 관흔 중대사항이 有흘 시는 본원에셔 此를 發起ㅎ야 會同決議흠을
목적흠

제3조 위치—京城府 崇信面 亭子洞 41統 10戶로 정흠

제4조 本院, 中央布敎堂, 佛敎月報社事務를 掌理키 위ㅎ야 職員을 左와 如히
정흠

제5조 본원직원—院長 1인, 總務 1인, 通譯 1인, 書記 1인, 內司課 1인

제6조 중앙포교당직원—布敎師 1인, 監院 1인

제7조 불교월보사직원—社長 1인, 編輯 1인, 書記 1인

제8조 원장은 各本山住持의 대표로 投票選定ㅎ야 본원을 保管ㅎ며 원내소관
에 일체 사무를 총감독ㅎ야 총무로 ㅎ야곰 집행케 흠

제15조 월보사사장은 社內事務를 처리ㅎ며 宗旨道德을 一般人民의게 보급케 흠

제16조 편집은 社內事務를 사장과 협의ㅎ며 格外禪旨와 義理敎門을 圓滿 蒐集
ㅎ야 玄化法利와 慈悲道德으로 一般人民의 心眼을 明達케 흠

제17조 서기는 이상 임원을 協贊ㅎ야 社內에 관흔 各項書類와 接受發送을 恪
勤이 從事흠[7]

　규정 가운데 4조, 7조, 15조, 16조, 17조는 조선불교월보사와 관련이
있다. 본원에서 발령한 불교월보사 직원은 사장 1인, 편집 1인, 서기 1인
이다. 사장은 사내 사무를 처리하고, 종지와 도덕을 일반 인민에게 보급하
는 일을 담당하고, 편집은 사장과 협의하여 격외의 선지와 의리의 교문을
원만하게 수집하여 '현화법리玄化法利와 자비도덕慈悲道德으로 일반 인민人民의

7　「잡보」 '회의원회의전말(本院規則)', 『조선불교월보』 6호(1912.7), 69~72면.

심안心眼을 밝게 통달하게 하는 업무'를 담당하는 것으로 제시하였다.

회동에 참석했던 본사 주지의 명단,[8] 즉 본산 주지회의의 구성원은 이 시기 불교교단의 형성과 전개를 실질적으로 주도한 세력으로 파악되는데, 이들을 단순히 행정가로 보기에는 여러 측면에서 그 무게감이 가볍지 않다. 창간호에 서문을 쓰고 창간의 의의를 천명하고 발전을 기원한 편지를 투고한 이들, 즉 이회광(서문), 최취허, 김지순, 강대련(이상「기서」) 등은 좀 더 주도적인 역할을 한 것으로 보인다. 이회광 김지순 강대련은 종단의 중심에서 활동했던 인사이며, 최취허는 김룡사 대승사에서 권상로와 함께 불교사 자료의 수집을 계획했던, 권상로의 동료요 후원자다.

이러한 배경에서 당시 문경 김룡사 출신으로 1910년 12월에 원종종무원 찬집부장으로 중앙에 진출했던[9] 권상로權相老가 조선불교월보사의 사장으로 발탁되었다. 권상로는『조선불교월보』간행 준비 단계부터 실무자로 참여하였고, 사장으로 잡지의 간행을 주도하였다. 조선불교월보사는 5호 간행 즈음에 불교월보사의 운영기관이 원종종무원에서 삼십본산주지회의원三十本山住持會議院으로 바뀌었다.[10] 다만 양 기관 사이에는 내부 구성원의

---

8 '삼십본산주지회의 발기회 참석 명단은 다음과 같다. 경기도 용주사주지 姜大蓮, 봉은사 주지 羅晴湖, 전등사 주지 金之淳, 봉선사 대리 金一雲. 충청북도 법주사 주지 徐震河, 마곡사 주지 張普明. 경상북도 김룡사 주지 金慧翁, 고운사 주지대리 金耻庵, 기림사 주지 金萬湖. 경상남도 해인사 주지 李晦光, 통도사 주지 金九河, 범어사 주지 吳惺月. 전라북도 위봉사 대리 金相淑, 보석사 주지 朴徹虛. 전라남도 백양사 주지대리 朴漢永, 대흥사주지 대리 申鏡虛. 황해도 패엽사 주지 姜九峯, 성불사 주지 申湖山. 평안남도 법흥사 주지 李順永. 강원도 건봉사 주지 趙世晃, 유점사 주지 金錦潭, 월정사 주지 대리 李桂湖. 함경남도 석왕사 주지 金崙河, 귀주사 주지대리 鄭煥朝 등이다. 「잡보」 '회의원회의전말', 『조선불교월보』 6호(1912.7), 57면.

9 「自敍年譜」, 퇴경당전서간행위원회 편, 『퇴경당전서』 권1, 이화문화사, 1990, 32~33면.

10 회의원의 조직과 규정을 담은 '규칙'이 제정된 날짜는 6월 22일이고, 잡지 발행은 매월 25일이니, 5호(6월 25일)부터 '조선선교양종각본사주지회의원'이 잡지사의 운영기관이 된다.

변동보다는 사찰령에 의해 일제의 공인을 받은 기관으로 제도권에 편입된다는 성격이 더 강하다. 그리고 권상로의 역할은 판권의 정보와 같이 전호에 걸쳐 일관된 것으로 보이지는 않는다. 이는 다음 장에서 상술하기로 한다.

2) 편집과 발행의 주체

원종종무원의 여러 대덕들은 당시 불교계의 현실권력으로 존재한다. 그러나 잡지 자체로 보면 편집 겸 발행인이 불교계 담론의 키를 쥐고 있는 선장이 된다. 일정한 방향의 논설을 직접 개진하고, 투고문을 선별하여 일정한 논조를 추동하기 때문이다. 초기에 『조선불교월보』의 사장으로서, 편집과 발행인으로서 주도적 역할을 맡았던 인물은 권상로이다. 판권에는 창간호부터 19호 종간호까지 그 명단에 변함이 없다.[11] 그런데 잡지의 내용을 분석해 보면 권상로는 7호까지 책임을 맡은 것이 분명하지만, 8호부터는 박한영과 최동식에게 그 역할을 넘겨주었을 가능성이 크다. 잡지의 독자로서 새로운 시대의 성장하는 학생(승려)의 역할도 주목된다. 잡지 내에서 확인되는 이들의 역할을 차례로 소개하기로 한다.

(1) 권상로

권상로는 문경 태생으로 1897년 18세에 김룡사金龍寺에서 출가하였다. 1903

---

11 창간호의 판권은 다음과 같다. "京城 東部 崇信面 亭子洞 四十一統 十戶 臨時圓宗宗務院, 編輯兼發行人 權相老(京城北部大廟洞十四統六戶), 印刷人 金弘奎(京城北部磚洞十二統一戶), 印刷所 普成社(京城府崇信面亭子洞四十一統十戶), 發行所 朝鮮佛敎月報社(京城中部布屛下南便三十七統六戶), 販賣所 廣學書舖". 이후 호에 따라 인쇄소, 발행소의 주소에 약간의 변동이 있다(2호에는 발행기관인 조선불교월보사의 주소를 京城 北部 磚洞 十一統加 一戶로 이전했다는 광고가 있다).

년에는 김룡사에서 강석을 열었고, 이후 김룡사의 경흥학교慶興學校와 성의학교聖義學校에서 강사를 역임하였다. 1910년 12월에는 원종종무원의 찬집부장으로 발탁되어 중앙에 진출하였다. 1911년 12월에는 대승사 주지로 취임했다가, 1912년34세 1월 조선불교월보사 사장으로 취임하여『조선불교월보』를 간행하였다. 그러나 그해 9월에 사임하고 낙향하여 김룡사 경흥학교 교수, 김룡사 감무직을 수행하였다1912.9~1916.7. 1916년 8월에는 다시 30본산주지회의소 편집부장으로 취임하였고, 1918~1922년에는 김룡사 지방학림과 상주 보광학교의 강사를 역임하였다.[12]

『조선불교월보』의 대표 필자와 편수를 보면 총 349편 중 권상로의 글이 총 127편으로 36%, 박한영의 글이 38편으로 11%, 최동식의 글이 23편으로 7%에 해당하는 비중을 차지하고 있다.[13] 권상로는 사장, 편집인, 기자 역할을 동시에 감당하면서 방대한 글을 발표하였다.[14] 잡지를 보면 1호에서 19호에 걸쳐 권상로가 꾸준히 글을 발표하여 잡지 내에서의 역할에 큰 변화가 없는 듯하다. 그러나 대략 1~7호에 대표 논설을 '기자' 이름으로 쓰고, 불교혁신론을 제시하며, 여성 불교와 국문가요에 대한 관심을 기울이며 새 시대의 호흡에 맞는 글이 두드러지는 데 비해, 8호 이후로는 「불교통일론」의 번역, 삼국과 고려의 불교사 초록, 비문 소개 등의 연재물이 중심이 되어 있다.

---

12 퇴경, 「自敍年譜」 참조(앞의 각주 8번).

13 김종진, 「박한영과 국학자의 네트워크와 그 의의」, 『온지논총』 57집, 온지학회, 2018, 247면 참조.

14 여기에는 '記者'로 제시한 글도 권상로의 글로 포함시켰다. 권상로의 필명으로는 退耕, 雲山頭陀, 雙荷子, 雲陽沙門, 了事凡夫, 一闡提, 之一子, 白雲閑士, 無心道人, 雙蓮庵主人, 四佛山人, 聾之生, 雲山道士, 艮井生, 相老子, 九韶堂 등이 있다(김종진, 『한국불교시가의 동아시아적 맥락과 근대성』, 소명출판, 2015, 282~283면 참조).

이러한 변화는 그의 잡지 내의 역할이 변하였기 때문으로 보이는데, 이는 그의 연보에서 그 실마리를 발견할 수 있다. 연보에 따르면 "그해1912 9월 (조선불교월보사 사장을) 사임하고 낙향하여 김룡사 경흥학교 교수, 김룡사 감무직을 수행"1912.9~1916.7 하였다. 비록 『조선불교월보』의 판권에는 최종호까지 권상로의 이름이 발행인으로 등장하기는 하지만, 실제로는 각황사에 있던 조선불교월보사에 상주하지 않았기 때문에 실제적인 편집인의 역할은 9월 이전에 국한된다고 볼 수 있다.[15]

정리하자면 권상로는 불교월보사 사장 겸 편집인, 기자로서 1호부터 7호1912.8까지 실제로 제작, 운영한 것이 분명하고, 권상로가 낙향한 9월 이후에 발간된 8호1912.9부터는 박한영과 최동식이 그 역할을 대신한 것으로 보인다. 이때 박한영은 사장, 최동식은 편집 실무를 겸임했을 것으로 추정한다.

(2) 박한영

『월보』의 간행 초기에 문경 김룡사, 대승사 출신의 권상로가 주필이라면, 8호부터는 구암사백양사, 선암사 출신의 박한영, 선암사 출신의 최동식이 그 역할을 대신하였다.

이러한 변화에 어떤 정치 역학적 구도가 있었는지 잡지의 문면에 드러나지 않는다. 단순하게 생각해 보면 『월보』의 「잡보」에 소개된 교단 정치

---

15 잡지에 게재된 송별시는 그 방증 자료가 된다. 1912년 9월경 권상로가 문경의 김룡사로 돌아간 이후 그를 그리워하며 쓴 한시가 월보에 수록되어 있다. 栖山樵子의 「月夜憶權相老寄金龍寺」(8호), 최동식(猊雲惠勤)의 「次許南史韻寄退畊詞伯」(13호), 寶蓋山人의 「奉贈退畊和尙」(14호), 최동식(菊人惠勤)의 「贈退耕歸田」(16호), 최동식(惠勤)의 「退畊記者居然歸田四月一日」(19호) 등이 여기에 해당한다.

의 상황 변화와 관련 있을 것으로 추정된다.

1910년 5월 6일 13도 사찰 대표들이 각황사에 모여 각황사 운영방침
을 정하고 대한제국의 한성 부윤에게 원종종무원의 설립 인가를 신청하였
다. 그러나 내무부에서 법률로 인가받기 전에 일제에 의해 주권을 침탈당
했는데, 원종종무원의 대표 이회광李晦光, 1862~1932은 식민지배체제에 발
빠르게 호응하여 원종圓宗을 일본의 조동종曹洞宗에 귀속하려 하였다. 이에
대해 여론은 매우 비판적이었고, 특히 박한영, 진진응, 김종래, 한용운 등
은 조선불교의 정통성을 임제종지臨濟宗旨에서 찾는 임제종을 설립하여 이
에 맞섰다.

일제는 강점 이후 식민지 지배를 위해 법령을 반포하고 제도를 정비하
였다. 불교계를 통치하기 위해 1911년명치44 6월 3일 조선총독의 이름으
로 사찰령制令을, 7월 8일에는 사찰령 시행규칙府令을 제정 공포하였다. 일
제는 이회광의 원종 편입 시도를 받아들이지 않았고, 임제종을 대표 종단
으로 인정하지도 않았다. 원종과 임제종 종무원이 대립하고 있던 교단을
하나로 통합한 것은 역설적으로 일제의 압력이 작용한 결과다. 전국의 권
역별 대표 사찰인 삼십 본산이 연합한 주지회의는 이렇게 하여 형성되었
는데 선교양종을 표방하는 교단이 출범하는 과정은 당시 『월보』의 「잡보」
란에 소상히 소개되었다.[16]

이를 기점으로 임제종 운동을 이끌고 원종과 대립하던 박한영과 화계사
의 홍월초가 각각 이회광과 화해하였다.[17] 홍월초는 불교 미래와 법률 범
위 내에서 화합하기로 약속했고, 박한영은 이회광의 초대를 받아 불교의

---

16 「잡보」 '회의원회의전말(제1일 의안)', 『조선불교월보』 6호(1912.7), 58·78면.
17 「잡보」, 『조선불교월보』 7호(1912.8), 64면.

미래를 위해 공동으로 나가자는 약속을 하였다. 이와 함께 동대문 밖 주지 회의원 내에 고등불교 전문 강당을 설립하여 박한영을 강사로 내정하였고, 참여자가 성황을 이루었다.[18]

이러한 과정을 거쳐 교단의 중심, 불교고등강숙佛敎高等講塾의 대표자로 등장한 박한영이 어떻게 『월보』의 운영에 관여하게 되었는지에 대해 잡지에는 어떠한 언급도 없다. 권상로 또한 이에 대한 어떤 발언도 잡지에 남기지 않았다. 이러한 상황에서 권상로는 『월보』 7호 간행 이후 월보사 사장을 사임하고 낙향하였고, 박한영은 8호부터 권상로의 역할을 이어받은 것은 분명하다.

『조선불교월보』가 종간된 후 등장한 『해동불보』는 사장 박한영, 편집 최동식 담당으로 간행되었는데, 이미 『월보』의 후반기에 이와 같은 역할이 선행된 것으로 보인다.[19]

『월보』의 편집겸발행인이 권상로에서 박한영으로 이동함과 동시에 잡지의 주요 필진이 문경의 김룡사, 대승사 중심에서 선암사 중심으로 이동하게 된다. 최동식의 등장은 가장 두드러지는 변화 현상 중의 하나다.

(3) 최동식

최동식은 『조선불교월보』 11호1912.12 논단에 예운산인猊雲散人이라는 필명으로 「독불보론讀佛報論」을 게재하며 등장하였다. 박한영이 잡지에 글을

---

18 「잡보」, 『조선불교월보』 7호(1912.8), 65면; 11호(1912.12), 58면.
19 한편 박한영 평전에서도 1913년부터 종간할 때까지 조선불교월보사 사장은 박한영으로 파악하였다. 국회도서관 소장 白斗鏞의 『家藏圖書帖』에 "조선불교월보사장 박한영"의 서명이 들어간 칠언절구 「金剛山毗盧峯」이 수록되어 있다는 점을 방증으로 제시하였다. 종걸·혜봉 공저, 『석전박한영』, 신아출판사, 2016, 158면.

수록한 지 3개월 만이다. 이후 『월보』 종간호까지 「논단」, 「잡저」, 「광장설」, 「한갈등」란에 다양한 성격의 글을 게재하였다. 그는 잡지에서 잡지 간행에 대한 의의와 기대를 반영하고 청년교육을 강조하는 평론가, 변혁과 불교의 관련을 논증한 개혁담론을 제시하는 이론가이자, 선암사 관련 고승의 비문 행적을 전통적인 한문으로 쓴 전통 문사, 그리고 「사림」란 한시를 다수 투고한 전통 시인이자, 자신의 시와 다른 문인들의 시에 품평을 가하는 비평가 등 다양한 면모를 보여준다.[20] 최동식은 『조선불교월보』 종간 후에는 박한영과 함께 『해동불보』를 발행하였다.

추정하건대 임제종운동을 벌이며 이회광의 원종과 대립각을 세우던 박한영이 선교양종본산주지회의원 출범과 함께 불교고등강숙의 교수로 부임하면서 『조선불교월보』의 주요 임원으로 편입되었다.8호 권상로가 대승사, 김룡사 중심의 인물로서 최취허나 그곳 강원의 학생들을 『월보』의 필진으로 편입시킨 예가 있거니와, 권상로 낙향 후 박한영이 8호, 최동식은 11호부터 논설의 제1 필자로 부상하였다. 그리고 선암사 백양사 등 호남 사찰의 학인들이 『월보』의 필진으로 흡수되는 양상을 보인다.

최동식은 선암사의 대강백 경붕 익운景鵬益運, 1836~1915 문하에서 수학한 인물로, 박한영朴漢永, 1870~1948의 은사인 경운 원기擎雲元奇, 1852~1936, 장기림張基林, 1869~1916 등 선암사의 강맥, 인맥의 중심에 있던 인물이다. 중앙 불교계와 전혀 연결고리가 없는 것처럼 보이는 최동식이 종단의 기관지인 『월보』의 편집인으로 부상한 것은 당연히 선암사 강맥과 박한영의 존재를

---

20 동시에 총독부의 사법을 옹호하고 종교정책에 부응하는 표현을 문면에 다수 표출하고 있다. 함께 활동했던 박한영의 올곧은 목소리에 비교된다. 박한영의 활동과 잡지 간행에 있어 행정적인 외호를 도맡은 것이 아닌가 추정된다.

논의하지 않고는 성립될 수 없다. 이렇게 박한영과 최동식은 권상로를 이어『조선불교월보』의 8호부터 행정적, 실무적 편집자로서 역할을 다했을 것으로 추정한다.

(4) 부상하는 청년 필진

1920년대, 30년대는 근대식 교육기관에서 수학하는 교육생을 학생學生이라 하고, 사찰의 강원에서 전통 방식에 따라 교육받는 교육생을 학인學人이라 지칭하는 경향이 있다. 그러나 1910년대에는 명진학교, 불교고등강숙, 불교중앙학림의 교수와 학생뿐만 아니라 여러 지역에 있는 강원의 강주, 학인들도 '학생'이라는 이름으로 다수 등장한다.『월보』에 투고할 때 '학생' 신분을 밝힌 이들은 모두 지방 각 사찰의 강원에서 전통적 교학을 익히던 학인들로 판단된다. 이들은『월보』의 탄생을 축하하고 불교의 미래를 낙관하며 청년 학생의 다짐을 표출하는 축시와 축사를 발표하였고, 수백 년 억압에 멍이 든 조선의 불교를 이제는 교육으로 혁신하자는 주장을 담은 논설을 투고하였다.[21]

---

21 근대불교 최초의 교육기관인 명진학교(明進學校)의 교수나 재학생, 졸업생도 유의미한 예비 필진으로 존재한다. 명진학교는 1906년 개교한 이래 1910년 폐교할 때까지 모두 18명의 졸업생을 배출하였다. 수업연한은 2년이며 학년별 정원은 35명이었다. 최초의 근대식 불교학교로서 전통 경론과 함께 근대 학문도 교과에 편성되었다. 명진학교 이후 원종종무원에서는 일본의 고등전문학교 수준의 학교로 승격시킬 것을 결의하고 학부에 청원한 결과 불교사범학교가 개교되었다(1910.4~1914.4). 이후 불교고등강숙(1914.4~1915.11), 불교중앙학림(1915.11~1922.4), 불교전수학교(1928.4~1930.4), 중앙불교전문학교(1930.4~1940.6), 혜화전문학교(1940.6~1946.9)로 발전해갔다.

호수	편명	필명	대표명	제목	소속
1호	축사	曹學乳	조학유	祝辭	해인사학생
		全裕銑	전유선	祝辭	김룡사학생
		李曾錫	이증석	祝辭	김룡사학생
1호	사림	李曾錫	이증석	祝佛敎月報發行	김룡사학생
		全裕銑	전유선	祝佛敎月報發行	김룡사학생
		曹學乳	조학유	偶吟	해인사학생
3호	축사	金有聲	김유성	祝辭	통도사학생
		申秉煥	신병환	祝辭	통도사학생
		金靖錫	김정석	祝辭	통도사학생
		金泗玹	김사현	祝辭	통도사학생
		辛學能	신학능	祝辭	통도사학생
3호	강단	金善宇	김선우	本地風光	통도사학생
4호	축사	金尊雄	김존웅	祝辭	건봉사학생
		鄭蝗震	정황진	祝辭	쌍계사학생
		奇超然	기초연	祝辭	화엄사학생
5호	축사	朴仁哲	박인석	祝辭	은해사학생
		李炯源	이형원	祝辭	김룡사학생
		林世一	임세일	祝辭	김룡사학생
5호	논설	許應宣	허웅선	迷者得明	법주사학생
8호	논설	朴仁哲	박인석	普告十方利海靑年同胞	은해사학생(청년론)
8호	강단	朴繼淳	박계순	從脚下去	김룡사학생
8호	강단	朴度洙	박도수	日合太虛	은해사학생
8호	기서	李曾錫	이증석	敬告于佛敎靑年	김룡사학생(청년론)
9호	기서	朴仁哲	박인석	勸買淸凉散	은해사학생
9호	기서	朴仁哲	박인석	寄報館諸公	은해사학생
9호	기서	金尊雄	김존웅	佛法興隆의 運	건봉사학생
9호	기서	奇超然	기초연	忠告敎育機關人	화엄사학생
10호	기서	金金仙	김금선	布敎의 盡力	보현사학생(14세)
10호	기서	朴仁哲	박인석	讀佛敎改革論하다가 竊附已意	은해사학생
10호	기서	許應宣	허웅선	苦身을 度할진대 心을 覺	학생
10호	기서	金洛淳	김낙순	我가 自度하고 佛이 不能度	학생
10호	기서	朴度洙	박도수	一切唯心造	은해사학생
10호	기서	朴仁哲	박인석	寺法實行이 唯在主法諸禪師	은해사학생
12호	가원	李曾錫	이증석	新年祝詞	김룡사학생
14호	광장설	奇超然	기초연	僧侶同胞에 對하여	화엄사학생
14호	광장설	徐昌英	서창영	可爲를 可爲할 今日이여	학생

호수	편명	필명	대표명	제목	소속
14호	광장설	李隆宗	이융종	忍耐餘樂	보현사학생(14세)
16호	유성신	龜山學生 吳赫年	오혁년	先進界의 責任을 添香忠告	구산학생 (구암사)
17호	유성신	龜山學生 吳赫年	오혁년	南極探險隊 成功에 對한 感想으로 佛教青年에게	구산학생
17호	한갈등	金應鐘	김응종	心性情에 就ᄒ야	학생
18호	유성신	龜山學生 吳赫年	오혁년	新佛教準備時代	구산학생 (석전 평)
18호	유성신	건봉사학생 鄭南耕	정남경	萬事業이 由成養心	건봉사학생
18호	한갈등	李智光譯	이지광	佛教西漸의 兆	동경유학불교생
18호	한갈등	백양생도 李東錫	이동석	夢拜戒環禪師	백양사학생 (석전 평)
19호	광장설	향산생도 裵鎔荷	배용하	義務教育의 必要	학생(묘향산)
19호	유성신	金井法龍	금정법룡	猛省홀지어다 滿天下 青年僧侶 諸君이여	경도유학생(香山) (석전 평)
19호	유성신	金智玄	김지현	佛教青年 諸君에게 懇告	경도유학생(龜岩寺) 김지현(석전 평)
19호	유성신	李圭翰	이규한	隨感隨筆	학생
19호	유성신	백양생도 李東錫	이동석	今日 佛教는 偉人産出의 時代라	백양사학생 (석전 평)

학생들의 글은 한시 포함 총 49편이 수록되었다. 초기에는 김룡사와 통도사 학생이 집중적으로 투고하였고, 해인사와 은해사 학생들이 개별적으로 투고하였다. 박한영이 등장한 이후 14호부터는 구암사와 백양사 및 화엄사와 일본 경도 유학생의 명단이 등장한다. 『월보』의 전반기는 영남 사찰, 후반기는 호남 사찰의 학생이 주로 투고하였는데 이는 권상로와 박한영의 영향력이 미치는 사찰 및 지역분포와 관련이 있는 것으로 해석된다.

불교청년의 활동을 추동하고 분석한 글로는 김철우의 「면강勉強어다 법려청년法侶青年이여」8호, 최동식의 「휴청년학생携青年學生ᄒ야 알천신묘謁天神廟」15호, 박한영의 「불교청년佛教青年과 보통과졸업普通科卒業」16호, 김영찬의 「경고백청제공敬告白靑諸公」18호 등이다. 최동식은 1~14호까지 등장하는 학생들의 글22명, 34편을 인원과 제목을 소개하며 격려하였고, 박한영은 청년교육에 대한 글 외에도 14호부터 등장하는 구암사, 백양사, 경도 유학생의 글 등에 품평을 부기함으로써 이 시기 청년 학생들의 담론을 이끄는 좌장 역할을 자임하였다. 『월보』의 편집자가 앞에서 견인하고, 이에 호응하는 청년들의 목소리를 다시 뒤에서 밀어주는 상보적인 관계가 이들 사이에 작용하고 있다.

2. 잡지의 지향

『조선불교월보』의 창간호에 실린 「조선불교월보발행취지서朝鮮佛敎月報發行趣旨書」는 발간의 감교을 종교적으로 해석하고 제시한 글이다. '明治四十五年 一月 日 發起人 一同'명의의 이 글에서 필자는 세계를 둘러싸고 있는 것 중에 종교가 제일이요, 종교 중에는 불도佛敎가 제일이라 하였다. 그 근거는 역사의 유장함, 지역의 광범위함, 신도 수가 많은 것 등이며, 불교의 세계관이 내포한 호한한 규모를 들었다. 이러한 크고 높은 종교인 불교가 조선에서 수백 년간의 억압을 거치면서 부진을 맞이한바, 종교경쟁의 시대에 침묵으로 안일하게 앉아 있을 수 없다는 현실 인식을 표출하였다. 아울러 바로 1년 전 가을 즉 1911년 가을부터 『월보』 간행을 여러 번 논의한 결과 1912년 새봄에 간행하였으니, 이는 천오백사십년 조선 불교사에서 초유한 일이며 힘써 애호할 것임을 선언하였다.[22]

추상적 논의가 대부분인 가운데 간행의 준비과정을 일부 소개한 글인데, 구체적인 지향은 여기에 담겨 있지 않고「본보本報의 특색特色」이라는 앞면 내지에 간명하게 제시하였다.

① 본보는 佛祖의 골수로써 인천의 안목을 開ㅎ기로 목적ㅎ오니 승려계의 模範
② 본보는 久遠호 敎史와 深奧호 교리를 간명ㅎ도록 발휘ㅎ오니 학생계의 良師
③ 본보는 敎海에 行相과 禪林에 公案을 상세히 演譯 編述ㅎ오니 修證家의 寶筏
④ 본보는 宇宙의 万有와 眞俗의 諸諦를 籠絡ㅎ야 配對辯明ㅎ니 종교가의 明鑑
⑤ 본보는 신구학문과 內外羣籍을 括取ㅎ야 文華가 彬蔚ㅎ오니 翰墨家의 好友
⑥ 본보는 세출세간과 내외인민의게 보급ㅎ야 신속유통홈으로 광고력이 卓越[23]

필자가 편의상 붙인 번호 가운데 ⑥은 본 잡지의 운영을 경제적으로 받쳐 줄 광고를 부탁하는 것이고, ①~⑤까지는 당시 불교계를 대표하는 기관지, 잡지로서 당대의 불교계를 구성하는 독자층을 최대한 상정한 것이다. 승려계, 학생계, 수증가修證家, 종교가, 한묵가翰墨家(문인, 학자) 등인데, 추후 개진되는 다양한 필진과 교학과 선학, 학생의 교육, 강원의 제도와 교과, 신학문의 수용, 비교종교로서 불교의 객관적 인식, 한시와 소설, 창가의 수록 등을 일별해 볼 때 여성계를 제외하고는—3호부터 신설된 언문란의 여성독자 배려—실제적인 목표가 제시된 것으로 보인다.

일제 강점기라는 현실 때문에 불교계 대표 기관의 기관지인『조선불교월보』는 총독부의 제도적 규제에서 자유롭지 못했다. 투고규정을 소개한

---

22 「朝鮮佛敎月報發行趣旨書」, 『조선불교월보』 1호(1912.1), 1~3면.
23 「본보의 특색」은 창간호부터 수록되었을 것이나, 현재의 영인본은 1호의 앞부분이 낙장이 되어 2호부터 확인이 가능하다.

'투고주의' 1조에 정치적 글을 배제한다는 조항[24]을 명기한 것은 이러한 외적 상황을 반영하는 것이다.

3. 편제와 각 지면의 성격

신규 항목이 등장하는 호를 중심으로 잡지의 편제[25]를 보면, 창간호의 취지서나 1~4호의 축사, 1주년 기념호인 12호의 신년송 등 특별한 항목을 제외하면 논설에서 시작하여 관보, 잡보로 마무리하는 체제를 가지고 있다. 관보, 잡보를 제외하면 1호는 「논설論說」시사, 「문원文苑」비문 소개, 「교사教史」불교사 기술, 「전기傳記」고승전기, 「기서寄書」편지투고, 「사림詞林」한시, 「잡저雜著」기타 순이다. 잡지의 시대적 지향을 담은 논설, 불교사를 복원하는 의미가 있는 비문의 발굴 소개, 고승 전기 소개, 불교계의 다양한 목소리를 반영하는 투고 글인 「기서」, 전통 한시를 소개한 「사림」 등으로 시사, 역사, 논설, 문학의 편제를 보이고 있다.

2호에는 「강단講壇」교학, 「학해學海」, 「소설小說」문학이 새로 마련되어 불교교학과 학술적인 글, 그리고 소설이 수록되었다. 3호에는 「언문란諺文欄」이 등장하여 한문에 익숙하지 않은 독자부녀자를 대상으로 한 글이 수록되었

---

24 「판권」'투고주의', 『조선불교월보』 1호(1912.2).
25 1호 : 論說, 文苑, 敎史, 傳記, 寄書, 詞林, 雜著, 官報, 雜報.
　　2호 : 논설, 講壇, 문원, 교사, 전기, 學海, 사림, 기서, 잡저, 小說, 관보, 잡보, 別報.
　　3호 : 논설, 강단, 문원, 교사, 전기, 사림, 잡저, 소설, 諺文欄, 관보, 잡보.
　　4호 : 논설, 강단, 문원, 교사, 전기, 사림, 기서, 잡저, 談叢, 소설, (언문란-논설), 관보, 잡보.
　　5호 : 논설, 강단, 문원, 교사, 기서, 잡저, 담총, 사림, 歌園, (언문란-논설, 강연), 관보, 잡보.
　　13호 : (一炷香), 廣長舌, 正法眼, 無縫塔, 大圓鏡, 閑葛藤, 無孔笛, 언문부, 官報抄, 雜貨舖.
　　14~19호 : 광장설, 獅子吼, 무봉탑, 대원경, 流星身, 한갈등, 무공적, 언문부, 관보초, 잡화포.

다. 4호에는 「담총談叢」, 5호에는 「가원歌園」란이 신설되어 짧은 소회笑話와 우리말 창가 등이 지면에 편입되었다. 이렇게 하여 8호에 이르면 「논설」, 「강단」, 「문원」, 「교사」, 「전기」, 「기서」, 「잡저」, 「사림」, 「가원」, 「담총」, 「언문란강연」으로 완비되었다.

1~12호의 대체적인 경향은 시사 계몽, 역사자료 발굴, 불교사 기술, 한시 소개에서 시작하여 「강단」, 「학해」란이 신설되어 학술적 성격을 강화하였고, 「언문란」, 「담총」, 「가원」란이 신설되면서 일반 대중을 위한 한글, 흥미 있는 야담, 우리말 노래가 추가 확장되는 과정을 확인할 수 있다. 2년차로 넘어가는 13호, 14호부터는 편제 명칭이 크게 변하여 종간호까지 고정되는 경향이 있다.

1) 논설論說, 논단論壇, 광장설廣長舌

<표 2> 『조선불교월보』 논설, 논단, 광장설 기사 목록

호수	편명	필명	대표명	제목	비고
1호	논설	記者	기자	本社의 負擔과 希望	잡지
2호	논설	記者	기자	朝鮮總督閣下의 訓諭를 感함	총독
2호	논설	同人	기자	大邱信士의 衆議를 一述함	의식
2호	논설	同人	기자	監獄布教	포교
3호	논설	南史 許覺	허각	吾敎는 無諍	시론
3호	논설	崔應眞	최응진	禪敎相資	
3호	논설	秋汀居士 崔秉斗	최병두	還本心現妙性論	
3호	논설	記者	기자	吾敎는 普天下兄弟姉妹의 敎	시론
4호	논설	記者	기자	佛敎의 感化力	논설
4호	논설	正觀徐光前	서광전	宗敎基礎在於靑年敎育	청년교육
4호	논설	姜大蓮	강대련	火化之法은 去穢淸神	화장법

호수	편명	필명	대표명	제목	비고
5호	논설	記者	기자	我난我도 我가 度하고 人도 我가 度함	교리
5호	논설	四佛山人	권상로	天堂地獄이 脚下便是	교리
5호	논설	許應宣	허응선	迷者得明	
5호	논설	崔應眞	최응진	醫說	교리
6호	논설	記者	기자	敎籍刊行의 必要	서적 간행
6호	논설	吉祥子 宋霽月	송제월	佛敎人의 目的은 厭世와 樂天과의 關係	교리
6호	논설	四佛山人	권상로	支那佛敎界의 近日	해외불교
6호	논설	聾智生	권상로	朝鮮佛敎의 各宗의 開刱과 沿革	불교사
6호	논설	之一子	권상로	佛敎와 人道	교리
7호	논설	記者	기자	興起哉어다 吾敎靑年이여	
7호	논설	崔應眞	최응진	樂水諸君은 須觀海	
8호	논설	朴漢永	박한영	敎而不倦하면 物亦俱化	교육
8호	논설	朴晃右	박면우	敎育者의 注意	교육
8호	논설	朴仁晳	박인석	普告十方利海靑年同胞	
8호	논설	金道玄	김도현	甘雨說로 招十方兄弟	
8호	논설	金喆宇	김철우	勉强어다 法侶靑年이여	청년담론
9호	논설	朴漢永	박한영	佛敎講師와 頂門金針	교육
9호	논설	全玩海	전완해	言文의關係	언어
10호	논설	金之淳	김지순	方袍를 齊一	시론
10호	논설	同人	김지순	聖恩으로 寺法認可	시론
10호	논설	成熏	성훈	警告大本山住持諸氏	시론
11호	논단	猊雲散人	최동식	讀佛報論	월보
12호	논단	猊雲散人	최동식	謹迎新年	
12호	논단	退耕生	권상로	新年元旦	
12호	논단	朴漢永	박한영	讀敎史論	불교사
12호	논단	菊人惠勤	최동식	論佛敎의 性質	월보
12호	논단	晚香堂譯	최동식	佛敎가 國民으로 與하야 關係	번역(中)
13호	광장설	記者	기자	축본보창간일주년	월보
13호	광장설	猊雲散人	최동식	月報第一週晬日	월보
13호	광장설	崔應眞	최응진	佛敎月報第一回紀念說	월보
13호	광장설	渡邊彰	와타나베 아키라	朝鮮古蹟調査에 就해야	고적조사(日)

호수	편명	필명	대표명	제목	비고
13호	광장설	琴巴生	금파생	論教料改良	교육
13호	광장설	朴漢永	박한영	讀教史論(續)	불교사
13호	광장설	萬海生	한용운	原僧侶之團體	개혁론
14호	광장설	猊雲散人	최동식	讀寺法	시론
14호	광장설	朴漢永	박한영	佛光圓편은 未來當規	종교
14호	광장설	琴巴生	금파생	論說教體裁改善	포교 설교
14호	광장설	萬海生	한용운	原僧侶之團體(續)	개혁론
14호	광장설	猊雲散人	최동식	佛國少年說	청년담론
14호	광장설	崔從何	최종형	吾儕의 目的	청년담론
14호	광장설	奇超然	기초연	僧侶同胞에 對하여	
14호	광장설	徐昌英	서창영	可爲를 可爲할 今日이여	
14호	광장설	李隆宗	이융종	忍耐揄樂	
15호	광장설	猊雲散人	최동식	藥翁問答	월보 시론
15호	광장설	朴漢永	박한영	佛光圓편은 未來當觀	종교
15호	광장설	江南石生	강남석생	掉棒打月	시론
15호	광장설	菊人	최동식	携青年學生ㅎ야 謁天神廟	청년담론
16호	광장설	映湖頭陀	박한영	佛教青年과 普通科卒業	청년교육
16호	광장설	猊雲散人	최동식	論佛之宗教ᄂ 哲學을 含包홈	종교
16호	광장설	朴漢永	박한영	佛光圓편은 未來에 當觀(續)	종교
16호	광장설	克广生	극엄생	佛教的 教育이 國民을 可鑄	교육
16호	광장설	江南石生	강남석생	掉棒打月(續)	시론 교단
16호	광장설	晩香堂野人	최동식	青巖化主는 火中蓮花	
16호	광장설	金喆宇	김철우	論眞心狀態(續)	교학 심리
17호	광장설	映湖生	박한영	佛教維新과 典籍刊行	출판 전적
17호	광장설	晩香堂	최동식	文明과 宗教의 因緣	종교
17호	광장설	猊雲散人	최동식	論佛之宗教ᄂ 哲學을 含包홈(續)	종교
17호	광장설	朴漢永	박한영	佛光圓편은 未來에 當觀(續)	종교
17호	광장설	蒹湖子	도진호	乞寺名義를 反하야	시론
18호	광장설	映湖生	박한영	知行合一의 實學	시론 학술
18호	광장설	晩香堂	최동식	把棹激月	시론 강원
18호	광장설	金泳粲	김영찬	敬告白青諸公	청년담론
18호	광장설	朴漢永	박한영	佛光圓편은 未來에 當觀(續)	종교
18호	광장설	猊雲散人	최동식	論佛之宗教ᄂ 哲學을 含包홈(續)	종교

호수	편명	필명	대표명	제목	비고
19호	광장설	晚香堂野人	최동식	燭海聘山	월보
19호	광장설	暎湖生	박한영	新語新文胡不采聽	시론 학술
19호	광장설	향산생도 裵鎔荷	배용하	義務敎育의 必要	교육
19호	광장설	朴漢永	박한영	佛光圓편은 未來에 當觀(續)	종교
19호	광장설	金泳粲	김영찬	佛敎界에 夏期放學必要	교육

「논설」,「논단」,「광장설」은『월보』의 발행인을 필두로 복수의 논설을 게재한 지면이다. 1~7호는 권상로기자의 글이 맨 앞에 제시되었고, 8호부터는 박한영과 최동식의 글이 서두를 장식하였다. 다양한 주제 안에 잡지의 지향, 불교계의 시대적 의무 등 시사성 있는 글이 주를 이룬다.

「본사의 부담과 희망」기자, 1호, 「독불보론」예운산인, 11호, 「월보제일주수일」예운산인, 13호 등은 창간호, 1주년 기념호 등에 보이는 불교월보 간행의 감회, 잡지가 추구하는 가치, 독자에 대한 기대, 불교발전에 대한 기대를 반영한 사설이다.

「조선총독각하의 훈유를 감흠」기자, 2호, 「성은으로 사법인가」김지순, 10호, 「독사법」예운산인, 14호 등은 사법과 시행규칙이라는 일제의 통치 기제를 억압된 조선불교를 타개하는 은혜로 가슴 깊이 각인하고 거리낌 없이 옹호하는 사설이다. 식민지배 체제 하에 일제의 종교 관리 기제가 어떻게 불교계에 흡입되고 내면화되는지 파악할 수 있다.

「오교는 보천하형제자매의 교」기자, 3호, 「홍기재어다 오교청년이여」기자, 7호, 「불교강사와 정문금침」박한영, 9호, 「불교청년과 보통과 졸업」박한영, 16호 등은 일반대중, 청년학생, 강원의 강사 등을 독자로 하여 불교가 포교와 교육을 통해 근대화가 될 것을 강조하고 있다. 계몽의 목소리가 넘치던 근대 초입의 사회적 분위기가 불교계에서 시작되었다는 의의가 있다.

「교적간행의 필요」^{기자, 6호}, 「불교유신과 전적간행」^{박한영, 17호}은 전통 강원에서 읽고 외우던 방식을 벗어나 새 시대에 맞는 언어로 된 대중적 전적 간행이 필요함을 역설하고 있다.

「불광원편은 미래당관」^{박한영, 14~19호}, 그리고 「지행합일의 실학」^{영호생, 18호}은 불교가 과거의 것이 아니고 미래의 것이며 허황된 공론의 학문, 종교가 아니라 실학적 성격을 지니고 있음을 설파한 의미 있는 논설이다.

2) 강단講壇, 정법안正法眼, 사자후獅子吼

〈표 3〉『조선불교월보』 강단, 정법안, 사자후 기사 목록

호수	편명	필명	대표명	제목	비고
2호	강단	康道峯	강도봉	心卽是佛	
2호	강단	徐海曇	서해담(증곡 치익)	原法興始	불교사
3호	강단	徐震河	서진하	日課十常行頌	경전
3호	강단	徐海曇	서해담	原法興始(承前)	불교사
3호	강단	金善宇	김선우	本地風光	통도사학생
3호	강단	桐軒 李智光	이지광	佛敎의 眞理와 人生의 價値	
4호	강단	康道峯	강도봉	以心傳心	포교론
4호	강단	白龍城	백용성	落笑謾話	선화
4호	강단	一闡提	권상로	梵澤類輯	범어
4호	강단	退耕相老譯	권상로	佛敎統一論	번역(日)
5호	강단	雙蓮庵主人	쌍련암주인	平常心이 是道	교리
5호	강단	白龍城	백용성	鎭州出大蘿蔔頭	선화
5호	강단	退耕相老譯	권상로	佛敎統一論	번역(日)
6호	강단	白龍城	백용성	年盡不燒錢	선화
6호	강단	退耕相老譯	권상로	佛敎統一論 第一篇大綱論	번역(日)
7호	강단	姜大蓮	강대련	十善成法要	교리
7호	강단	退耕相老譯	권상로	佛敎統一論 第一編大綱論(續)	번역(日)
8호	강단	退耕相老譯	권상로	佛敎統一論	번역(日)

호수	편명	필명	대표명	제목	비고
8호	강단	華山姜大蓮	강대련(화산)	眞心正信	교리
8호	강단	性坡錦炯	성파금형	一切唯心	교리 선화
8호	강단	一默道人	일묵도인	世界宗敎의 一斑	종교
8호	강단	朴繼淳	박계순	從脚下去	김룡사학생
8호	강단	朴度洙	박도수	日合太虛	은해사학생
8호	강단	白龍城	백용성	寶主歷然	선화
9호	강단	白龍城	백용성	論禪家諸宗異解	선종사
9호	강단	退耕相老譯	권상로	佛敎統 論 第 一編大綱論(續)	번역(日)
9호	강단	劉敬鍾	유경종	學佛者一覽	
9호	강단	姜大蓮	강대련	眞心異名	교학
9호	강단	九韶堂	권상로	笑와 淚의 新硏究	교학
10호	강단	白龍城	백용성	落草之談	교학
10호	강단	姜大蓮	강대련	眞心妙體	교학
10호	강단	華嚴 崔震虛	최진허	鷰雀安知鴻鵠	
10호	강단	金喆宇	김철우	禪窓漫話	선화
10호	강단	權相老	권상로	佛敎統一論 第一篇大綱論略譯	번역(日)
11호	강단	朴漢永	박한영	大夢誰先覺에 就하야	선화
11호	강단	海耘居士	해운거사	唯心說	교학
11호	강단	劉敬鍾	유경종	辨邪執顯正理說	교학
12호	강단	映湖生譯述	박한영	法王法如是	어록 역술
12호	강단	劉敬鍾	유경종	辨邪執顯正理說(續)	교학
12호	강단	鷄龍相淑譯	김상숙	佛敎大意講義	번역(日)
13호	정법안	映湖生譯述	박한영	三界唯心萬法唯識	번역
13호	정법안	劉敬鍾	유경종	辨邪執顯正理論(續)	교육 강원
13호	정법안	法鏡尊居	법경존거	講學一規	교학
13호	정법안	鷄龍相淑譯	김상숙	佛敎大意(續)	교학(日)
13호	정법안	退耕相老譯	권상로	佛敎統一論(續)	교학(日)
14호	사자후	退耕相老譯	권상로	佛敎統一論(續)	교학(日)
14호	사자후	法鏡尊居	법경존거	講學一規(續)	교학 심리
14호	사자후	伊齋梵聾	유경종	參禪名字	번역(日)
14호	사자후	同人	유경종	相似說	교학
14호	사자후	同人	유경종	郎心是佛	교학
14호	사자후	同人	유경종	知之一字	교학

호수	편명	필명	대표명	제목	비고
14호	사자후	金喆宇	김철우	論眞心狀態	교학
14호	사자후	鷄龍相淑譯	김상숙	佛敎大意(續)	번역(日)
15호	사자후	龜山沙門	박한영	佛學者는 性相禪宗을 俱通	번역(日)
15호	사자후	又錦頭陀	우금두타	悉有佛性說	교학
15호	사자후	映湖生譯	박한영	天地同根萬物與我同體	어록 역술
15호	사자후	劉敬鍾	유경종	辨邪執顯正理說(續)	교학 심리
15호	사자후	鷄龍相淑譯	김상숙	佛敎大意講義(續)	번역(日)
15호	사자후	退耕相老譯	권상로	佛敎統一論 大綱論略(續)	어록 역술
16호	사자후	龜山沙門	박한영	梅子熟也	어록 역술
16호	사자후	同人	박한영	聞木犀香麼	번역(中)
16호	사자후	又錦頭陀	우금두타	悉有佛性說(續)	교학 심리
16호	사자후	退耕相老	권상로	佛敎統一論 大綱論略譯(續)	번역(日)
17호	사자후	龜山人譯述	박한영	廣長舌과 淸淨身	어록 역술
17호	사자후	上同 역술	박한영	以悟爲則	어록 역술
17호	사자후	權相老	권상로	佛敎統一論 略譯(續)	번역(日)
17호	사자후	金喆宇	김철우	論眞心狀態(續)	교학 심리
17호	사자후	金相淑	김상숙	佛敎大意講義(續)	번역(日)
18호	사자후	龜山沙門	박한영	夢覺一如說	
19호	사자후	映湖頭陀	박한영	惡乎息謗고 慈忍三味	
19호	사자후	退耕牛譯	권상로	佛敎統一論 大綱略譯(續)	번역(日)
19호	사자후	金喆宇	김철우	論眞心狀態(續)	교학 심리

「강단」, 「정법안」, 「사자후」는 시대를 대표하는 강백, 선사, 학자의 교학적 논설을 수록한 지면이다. 여기에는 선사들의 공안, 강백들의 어록 강설이라는 전통적 방식의 교맥, 선맥이 개진되어 있음과 동시에 당시로서는 최신 이론이라 할 수 있는 중국, 일본의 교학적 글이 번역, 역술되어 있다. 전통적 측면과 새로운 불교인식이 교차되어 있는 중요한 의의를 지니고 있다.

대표적 필진은 백용성, 권상로, 강대련, 유경종, 박한영, 김상숙 등이다. 백용성과 박한영은 주로 선화禪話를 중심으로 강설하였다. 백용성은 전통적인 어록의 말하기 방식으로 표현하였고, 박한영은 종래의 선어록 일부를 현토하고 이를 주해하는 방식, 즉 번역이나 역술의 방식으로 표현한 것이 특징이다. 강대련과 유경종은 선과 계율, 신앙 등에 관한 강론을 펼쳤는데 유경종의 경우 국한문체도 현토체도 아닌 순한문체의 강설을 투고하였다. 이들과 함께 기타란에 소개한 여러 논자의 강설 내용은 주로 전통적인 선원이나 강원의 강학 전통을 계승하고 있는 경향이 있다. 불교잡지가 전통적인 강학 전개의 새로운 장이자 매체로 활용되고 있음을 확인할 수 있다.

이에 비해 권상로와 김상숙은 일본에서 간행한 대표적인 불교학의 성과를 번역하여 소개함으로써 근대불교학의 형성에 일조하였다.

권상로는 범어로 된 불교어휘와 개념을 소개하는 「범역유집梵譯類輯」을 두 차례 소개하였고, 「불교통일론佛敎統一論」을 번역, 연재하였다. 일본 무라카미 센쇼우村上專精, 1851~1928의 저술 『불교통일론』1901을 권상로가 '약역略譯'한 것이다.[26] 『월보』에는 이 글의 서론과 본론 일부가 번역되어 있다.[27]

김상숙鷄龍相淑은 『불교대의강의佛敎大意講義』를 연재했는데, 이는 오타 토쿠노織田得能, 1860~1911의 『불교대의佛敎大意』를 번역 소개한 것이다.[28] 대항목

26　저자인 무카라미 센쇼우는 명치 대정시대에 활약한 정토진종의 승려이자 불교학자로 일본 불교사학의 개척자이자 종파의 융합을 주창한 인물이다. 『불교통일론』은 일본의 金港堂書籍에서 『제1편 대강론』(1901), 『제2편 원리론』(1903), 『제3편 불타론』(1905)의 3편으로 간행되었고, 이중 제1편은 서론, 본론 제1 근저론, 본론 제2 교강론, 본론 제3 대개론, 부록으로 구성되었다. 이상 사토 아츠시, 「근대한국불교잡지에서의 해외 논문 번역－1910년대 초를 중심으로」, 『동국사학』 60집, 동국역사문화연구소, 2016, 168면 참조.

27　『불교통일론』 본문에는 서론에 이어 제1 大綱論, 제2 原理論, 제3 佛陀論, 제4 敎系論, 제5 實踐論으로 구성할 것으로 예고하였다(9호, 9~10면). 실제로는 월보 4~19호에는 이중 제1 대강론 가운데 제1 根底論의 일부를 발췌하여 번역하였다. 서론(4~8호), 본론 제1 근저론의 제1~3장(9・10・13~17・19호)이 수록되었다.

28　『불교대의』는 불교통속강의 시리즈의 제8권으로 1895년에 光融館에서 간행하였다. '佛教

22문, 소항목 170문으로 구성된『불교대의강의』는 불교 전반에 관한 문답식 풀이로 불교의 대중적 이해를 위한 책이다.『월보』의 12~15호, 그리고 17호에 걸쳐「목차」와「불교대의」제1장'佛敎의 敎祖를 何라 稱ᄒ나뇨'에서 제17장'一佛로써 三敎를 兼得치 못ᄒ는냐'까지 번역, 수록하였다.『불교대의』의 170가지 문답 가운데 1/10에 해당하는 17가지의 문답이 제시되었다.

3) 문원文苑, 대원경大圓鏡

「문원」,「대원경」은 비문, 비명 등의 원전자료를 발굴하여 한국의 불교사를 정립하고자 한 지면이다. 불교사 자료에 대한 초기 편집자권상로의 관심은 현상공모 광고는 물론이고『월보』가 지향하는 주요 사항 중의 하나였다.[29]

모집광고와 병행하여『월보』의 문원에는 전적으로 권상로의 필명과 '기자'17~19호의 이름으로 불교사 자료를 적극 발굴 소개하였다.[30]

의 敎祖'에 대해 밀교의 삼존 개념인 석존 대일여래 아미타불로 나누어 설명하는 등 독특한 불교 교양서다. 저자 오타 토쿠노는 명치시대 진종 대곡파 승려로 일본 최초의『불교사전』(1916)을 편찬한 인물이다. 이상 사토 아츠시(2016a), 171~173면.

29 『조선불교월보』2~8호에 광고한 '懸賞募集' 내용을 보면 고문서, 고서화, 고비, 고물이 아니면 조선반도의 역사가 기술될 수 없음을 천명하고 이를 적극 발굴, 인출, 등사하여 응모할 것을 권장하고 있다. 특히 이때는 일본이 한반도 전역에 걸쳐 조선고적조사를 진행하던 초기였는데, 조선의 유물을 일본의 것과 같이 대우하겠다는 식민지배의 방침을 말하면서 자료 수집의 가치와 기대감을 표명하였다. 그리고 그 응모 결과는 14호(「잡화포」)에 소개되었다. "襄陽明珠寺 洪莆龍 聳岳禪師碑 特等, 同 蓮坡禪師碑 同 / 豐基喜方寺 金海雲 白月禪師碑 同 / 聞慶金龍寺 崔斗璟 四山碑銘 三等."

30 권상로가 8호 이후 낙향한 것에 비추어 볼 때 기자라는 표현은 편집을 담당한 박한영이나 최동식일 가능성이 크다. 다만 원고투고는 지방에서도 가능하기에 권상로일 가능성도 남아있다.

<표 4> 『조선불교월보』 문원, 대원경 기사 목록

호수	편명	필명	대표명	제목	비고
1호	문원	雙荷子輯	권상로	京城에 古塔과 古碑	원각사탑 시대 고증
2호	문원	雙荷子輯	권상로	大覺國師碑	비문
3호	문원	雙荷子輯	권상로	太古和尚碑銘	비명
4호	문원	雙荷子輯	권상로	阿度和尚事蹟碑	사적비
4호	문원	雙荷子輯	권상로	妙應大禪師墓誌銘	묘지명
5호	문원	雙荷子輯	권상로	白月禪師碑	비문
6호	문원	雙荷子輯	권상로	智證國師碑銘	비명
8호	문원	雙荷子輯	권상로	靜眞國師碑	비문
10호	문원	雙荷子輯	권상로	淸虛休靜禪師碑	비문
11호	문원	相老子輯	권상로	圓眞國師碑銘	비문
11호	문원	상동	권상로	太古和尚古庵歌	백파 과문
12호	문원	쌍하자輯	권상로	還生殿記	기문
12호	문원	쌍하자輯	권상로	慈淨國師碑	비문
13호	대원경	雙荷子選	권상로	圓登國師石鐘銘	종명
14호	대원경	雙荷子選	권상로	華潭禪師碑銘	비명
15호	대원경	雙荷子	권상로	正智國師碑	비문
16호	대원경	雙荷子選	권상로	普濟都大禪師碑	비문
16호	대원경	雙荷子選	권상로	浮雪居士傳	승전
17호	대원경	記者輯	기자	浮雪居士傳(續)	승전
17호	대원경	記者輯	기자	教諭書(석왕사寄本)	교지
17호	대원경	雙荷子選	권상로	大鏡大師碑	비문
18호	대원경	記者選	기자	孝宗大王降札	간찰
18호	대원경	記者選	기자	碧巖大禪師碑銘	비명
18호	대원경	記者選	기자	帖旨書類	첩지
19호	대원경	記者選	기자	祓詞	의식문
19호	대원경	記者選	기자	普照國師碑銘	비명
19호	대원경	記者選	기자	大都諸山長老告朝廷請開堂䟽	의식문
19호	대원경	記者選	기자	太古上石室書(香山寄本)	어록자료
19호	대원경	記者選	기자	石室和尙答書	어록자료

「문원」, 「대원경」에 수록된 자료는 비문, 비명, 사적비, 묘지명, 기문, 종명, 승전류, 교지류, 간찰류, 첩지, 의식문류, 선어록 소재 조선불교 관련 자료 등이다. 1호의 경우 탑골공원에 있는 13층탑의 명칭, 유래, 시기에 대한 인식을 한국, 일본, 서구의 원자료, 연구자료를 충분히 제시하여 소개하고 학술적으로 원각사탑으로 비정한 논문이다. 이를 제외하면 나머지 자료는 단순하게 자료 제시에 충실한 자세를 보인다. 의천, 태고, 청허 등 한국불교의 상징적 인물에 관한 실증적인 자료를 제시하여 불교사를 정립하려 한 의도가 드러나 있다. 초기 편집자였던 권상로가『월보』를 단순히 시의적절한 잡지가 아니라 조선불교의 역사성과 정체성을 정립하고자 하는 의도를 담은 실증적이고 학술적인 잡지로 기획했음을 알 수 있다.

4) 교사敎史, 학해學海, 무봉탑無縫塔

〈표 5〉『조선불교월보』교사, 학해, 무봉탑 기사 목록

호수	편명	필명	대표명	제목	비고
1호	교사	雲曍沙門	권상로	印度史	인도사
2호	교사	雲曍沙門	권상로	支那史	지나사
3호	교사	雲曍沙門	권상로	朝鮮史(前續)	조선사
4호	교사	雲曍沙門	권상로	日本史	불교사
5호	교사	雲曍沙門	권상로	三國史	불교사
6호	교사	雲曍沙門	권상로	三國史	불교사
7호	교사	雲曍沙門	권상로	三國史(續)	불교사
8호	교사	雲曍沙門	권상로	三國史(續)	불교사
9호	교사	雲曍沙門	권상로	三國史(續)	불교사
10호	교사		권상로	第六章 新羅史(三國史輯譯)	불교사
11호	교사	九韶堂	권상로	三國史(續)	불교사
12호	교사	雲曍沙門	권상로	高麗史	불교사
2호	학해	權相老	권상로	朝鮮佛敎와 地理의 關係	불교 지리

호수	편명	필명	대표명	제목	비고
2호	학해	一闡提	권상로	梵譯類輯	범어
12호	학해	龜山沙門講述	박한영	禪學要領	선학 역술
12호	학해	沙門石顚譯	박한영	仁學節本	역술(中)
13호	무봉탑	龜山沙門講述	박한영	如來藏緣起攬要	교학 역술
13호	무봉탑	沙門石顚譯	박한영	仁學節本(續)	역술(中)
14호	무봉탑	沙門石顚譯	박한영	仁學節本(續)	역술(中)
14호	무봉탑	雲陽沙門	권상로	高麗史(續)	불교사
15호	무봉탑	沙門石顚譯	박한영	仁學節本(續)	역술(中)
15호	무봉탑	雲陽沙門	권상로	高麗史(續)	불교사
16호	무봉탑	沙門石顚譯	박한영	仁學節本(續)	역술(中)
16호	무봉탑	雲陽沙門	권상로	高麗史(續)	불교사
17호	무봉탑	龜山沙門譯	박한영	天目中峯和尙答高麗白尙書	어록 번역
17호	무봉탑	雲陽沙門	권상로	第七章 高麗史	불교사
17호	무봉탑	石顚譯	박한영	仁學節本(續)	역술(中)
18호	무봉탑	朴漢永譯	박한영	佛敎與學問	번역(日)
18호	무봉탑	石顚譯	박한영	仁學節本(續)	역술(中)
18호	무봉탑	雲陽沙門	권상로	第七章 高麗史(續)	불교사
19호	무봉탑	朴漢永譯	박한영	佛敎與學問(續)	번역(日일)
19호	무봉탑	石顚沙門譯	박한영	仁學節本(續)	역술(中)
19호	무봉탑	雲陽沙門	권상로	第七章 高麗史(續)	불교사
19호	무봉탑	記者選	기자	禪宗初試選佛場榜	자료발굴

　「교사」, 「학해」, 「무봉탑」은 불교사 탐구를 위한 지면이다. 앞의 「문원」
란이 불교사 원자료의 복원, 발굴, 소개에 목적을 두었다면 「교사」 등은
인도에서 발생하여 동아시아에 전파된 불교의 역사를 일정한 관점에서 정
립하려 한 항목이다.

　이 편제의 주요 필진은 권상로와 박한영이다. 권상로는 「교사」와 「무봉
탑」란에서 오롯하게 불교사의 기술에 할애하였다. 이를 순서대로 소개하
면 「인도사」1호, 「지나사」2호, 「조선사」3호, 「일본사」4호 순으로 인도에서
유래한 불교가 동아시아로 전파되는 대체적인 양상을 소개하였고, 이후

「삼국사」5~11호, 「고려사」12~19호로 해동의 불교사를 상세하게 서술하였다. 이러한 체제는『월보』창간 당시부터 나름대로 기획하고 자료를 정리한 결과로 보인다.

박한영은 「무봉탑」란에 어록과 근대불서를 번역 수록하였다. 박한영이 번역한 「인학절본」12~19호, 8회 연재은 중국 근대불교학자인 담사동譚嗣同, 1865~1898의 저서『인학仁學』1899~1900년 잡지 연재을 번역한 것이다.[31] 번역을 보면『인학』첫머리의 「자서自敍」는 빠지고 다음 순서인 「인학계설仁學界說」도 일부 누락시킨 편집본이다.[32]

「불교여학문」18~19호은 일본 이노우에 세이쿄井上政共가 저술한『통불교通佛教』有朋館, 1905를 번역重譯한 것이다. 이 책은 통불교라는 관점에서 불교 전체를 논한 것으로, 사토 아츠시2016a에 따르면 이는 중국에서 부웅상傅熊湘, 1882~1930이 둔근鈍根이라는 필명으로 번역한 「불교여학문佛教與學問」『佛學叢報』5, 6호을 재번역한 것이다.『통불교』는 총 29항으로 구성되었는데, 중국어로 번역한 부능상은 이중 1~5항을 소개하였고, 박한영은 다시 1~3항을 번역, 소개하였다.[33] 이는『불학총보』의 5호에 해당하는데, 불교의 본령과 학문의 정의에서부터 양자의 차이를 논한 내용이 담겨있다.

---

31 담사동은 청말의 변법 사상가인 康有爲의 운동에 힘을 쏟았고 楊文會, 梁啓超와 교류를 나누었다. 담사동의 대표저술인『인학』은 불교의 유식, 화엄 사상에 서양의 물리학을 결합한 저작으로 평가받는다. 사토 아츠시(2016a), 176면.

32 그러나 이후의 내용은 그대로 번역하였고, 19호 종간호까지『인학』의 약 1/4 정도를 번역 수록하였다. 번역의 대상과 이를 잡지라는 매체에 연재한 박한영의 행위는 박한영이 주창하고 실천한 불교유신이라는 차원에서 전개된 행위로 평가할 수 있다. 임형석, 「박한영 인학절본 번역과 사상적 문맥」,『동아시아불교문화』15집, 동아시아불교문화학회, 2013, 150~153면 참조.

33 일본어 책이 아니라 중국 잡지 수록분을 번역했다는 주장을 포함한 전반적인 소개는 사토 아츠시(2016a), 178~181면 참조.

전통 교학 차원에서 전래하는 선어록 법문에 현토를 붙이거나 평설을 가한 글도 다수 있다. 「여래장연기람요」13호는 원문의 현토에 평설을 붙인 박한영의 역술이며, 「천목중봉화상답고려백상서」17호는 천목 중봉화상이 고려의 백 상서에게 보낸 편지글을 어록에서 발굴하여 번역한 것이다.

5) 전기傳記

「전기」는 권상로가 편집자로 있던 8호 이전에 한시적으로 등장한, 고승의 전기 수록을 위한 지면이다. 불교사 정립을 위한 그의 노력은 앞서 살펴본 것처럼 문원과 교사無峰塔에 담겨있음을 알 수 있는데, 「전기」는 이와 상보적인 측면에서 편제되었다. 여기에는 승전 성격의 「순도화상전」1호, 「아도화상전」2호, 「의연선사전」3호, 「담시화상전」4호, 「법공화상전」6호, 「원광법사전」8호 등이 수록되었다. 이상의 역사적 자료를 활용하여 인물의 행적을 구성한 대중성을 띠는 전기물은 권상로의 퇴임과 함께 더 이상 소개되지 않았다.

6) 잡저雜著, 한갈등閑葛藤

〈표 6〉『조선불교월보』 잡저, 한갈등 기사 목록

호수	편명	필명	대표명	제목	비고
1호	잡저	之一子	권상로	歲謁三拜	
1호	잡저	記者	기자	壬子에 對한 教史	불교사
1호	잡저	無心道人	권상로	短篇小說 〈尋春〉	소설
2호	잡저	之一子	권상로	新年春新月報	
3호	잡저	退耕生	권상로	朝鮮佛教改革論	개혁론
4호	잡저	退耕生	권상로	朝鮮佛教改革論(續)	개혁론

호수	편명	필명	대표명	제목	비고
5호	잡저	退耕生	권상로	佛教改革論	개혁론
6호	잡저	退耕生	권상로	朝鮮佛教改革論(續)	개혁론
7호	잡저	退耕生	권상로	朝鮮佛教改革論(續)	개혁론
8호	잡저	退耕生	권상로	朝鮮佛教改革論	개혁론
11호	잡저	曹溪沙門 惠勤	최동식	變者는 佛教의 公理論	개혁론
12호	잡저	曹溪沙門惠勤	최동식	變者는 佛教의 公理論(續)	개혁론
12호	잡저	之一子	권상로	新歲拜	시론
12호	잡저	雙荷子	권상로	元旦의 雜感	시론
13호	한갈등	曹溪沙門惠勤	최동식	變者는 佛教의 公理論(續)	개혁론
13호	한갈등	退耕生	권상로	朝鮮佛教改革論(承前)	개혁론
14호	한갈등	退耕生	권상로	朝鮮佛教改革論(續)	개혁론
14호	한갈등	曹溪沙門	최동식	變者는 佛教의 公理論(續)	개혁론
14호	한갈등	崔就墟	최취허	世尊成道薦辰에 明星의 問答	
15호	한갈등	退耕生	권상로	朝鮮佛教改革論(續)	개혁론
15호	한갈등	曹溪沙門	최동식	變者는 佛教의 公理論(續)	개혁론
16호	한갈등	惠勤	최동식	變者는 佛教의 公理論(續)	개혁론
16호	한갈등	退耕生	권상로	朝鮮佛教改革論(續)	개혁론
17호	한갈등	曹溪沙門	최동식	變者는 佛教의 公理論(續)	개혁론
17호	한갈등	退耕生	권상로	朝鮮佛教改革論(續)	개혁론
17호	한갈등	金應鐘	김응종	心性情에 就ᄒ야	
18호	한갈등	李智光譯	이지광	佛教西漸의 兆	번역(日)
18호	한갈등	記者選	기자	中華佛教中興瑞相	번역(中)
18호	한갈등	雲圃衲子	운포납자	無可奈何의 點	시론 학생
18호	한갈등	退耕生	권상로	朝鮮佛教改革論(續)	개혁론
18호	한갈등	李東錫	이동석	夢拜戒環禪師	백양사 생도
18호	한갈등	十笏樓主人	십홀루주인	法劑淸凉散	
18호	한갈등	金性律	김성률	渡邊氏를 訪問ᄒ 感想으로 靑年諸君에게 紹介ᄒ	시론 총독부
19호	한갈등	曹溪沙門惠근	최동식	變者는 佛教의 公理論(續)	개혁론
19호	한갈등	兼湖子輯	도진호	虎溪笑蹟	선화
19호	한갈등	鄭林燁	정림엽	朴定安大孝行	효행
19호	한갈등	記者選	기자	佛教會各保護團	해외(日)

「잡저」란은 창간호부터 마련되었는데 처음 1호와 2호는 편제의 성격이 모호하고 제목과 같이 별다른 특색이 없는 지면이었으나, 3호에 권상로의 「조선불교개혁론」3~8호, 13~18호이 연재되면서 불교개혁 담론이 담긴 지면으로 정착되었다. 최동식은 11~12호의 「잡저」란, 13~17호 및 19호의 「한갈등」란 등 총 8회에 걸쳐 「변자는 불교의 공리론」을 연재 게재하였다.

이 외에 18, 19호에는 일본과 중국의 불교잡지에서 발췌 번역한 세 편의 글이 「한갈등」에 수록되었다. 이지광의 「불교서점의 조」18호는 일본『진여보眞如報』에서, 기자의 「중화불교중흥서상」18호은 중화불교총회의『불교월보佛教月報』2호, 1913에서 전재한 것이다.[34] 근대에 불교가 서양에 전파되는 양상과 중국에서 근대불교가 성행하는 양상을 일본과 중국 불교잡지에서 발췌하여 번역한 것이다. 기자의 「불교회각보호단」19호은 일본불교회 내에 설립된 기관을 소개하는 내용인데 이 또한 일본의 잡지에서 발췌했을 가능성이 크다.[35]

7) 문학 지면 – 사림詞林, 사조詞藻, 무공적無孔笛, 가원歌園, 소설小說, 담총談叢

문학 작품을 수록한 편제로는 「사림」・「사조」・「무공적」란과 「가원」, 「소설」, 「담총」란이 있다. 「사림」・「사조」・「무공적」란은 한시를 창작하여 투고한 지면이고, 「가원」은 가사, 창가, 시조 등 우리말 노래를 소개한 지면이다. 시와 가가 분리되어 인식되는 것은 전통시대의 산물인데 이를

---

34 사토 아츠시(2016a), 185면 참조.
35 이 외에 「寄書」란은 다양한 투고를 수록하여 공론의 장으로 삼은 지면이다. 초기에는 불교계에 현실적 영향력을 끼친 유력 인사들(최취허, 김지순, 강대련, 김보륜, 이회명, 이혼성, 최취허)의 다양한 권고 계몽의 메시지를 담았고, 후반으로 갈수록 불교개혁을 외치는 학생들의 글이 다수 유입되었다. 앞서 「강단」이 학술 담론을 담은 지면이라면 「기서」는 시사 담론이 우세한 경향이 있다.

보면 아직 근대시가 등장하는 시대가 아님을 알 수 있고 이들의 문학관 역시 전통시대의 그것에 머물러 있다고 할 수 있다. 「소설」은 신소설의 영향을 받은 한글전용의 짧은 소설을 수록한 지면이고, 「담총」은 구비문학의 전통을 이은 짧은 소화우스갯거리를 수록한 지면이다.

(1) 사림詞林, 사조詞藻, 무공적無孔笛

〈표 7〉『조선불교월보』 사림, 사조, 무공적 작품 목록

호수	편명	필명	대표명	제목(작자)
1호	사림	金之淳 權相老	김지순 권상로	「因招待繼席赴傳燈寺」－香嚴 金之淳, 退耕 權相老
		金之淳 외	김지순 외	「祝佛敎月報發行」－香嚴 金之淳, 寶雲 金本葉, 金龍寺學生 李曾錫, 金龍寺學生 全裕銑
		金本葉 崔就墟 權相老	김보운 최취허 권상로	「覺皇寺」－寶雲 金本葉, 蓮邦 崔就墟, 退耕 權相老
		李混惺 외	이혼성 외	「偶今」외－蓮史 李混惺, 正觀齋 徐光前, 東溪 金晩翁, 學生 曹學乳
		成塤	성훈	「寄朝鮮佛敎月報社」－書山居士 成塤
2호	사림	許覺	허각	「贈退耕和尙」－南史 許覺
		李喆柱 외	이철주 외	「寄覺皇寺」외－圓石 李喆柱, 玉汀 尹商鉉, 槐庭 安鍾烈
		光榮勇猛	광영용맹	「弔範之大和尙碑」－鷺山 光榮勇猛
		金明熙	김명희	「次萬海落梅韻」－寶輪 金明熙
3호	사림	成塤	성훈	「白城驛送晦光先生歸伽倻山」－書山居士 成塤
		金性律 權相老	김성률 권상로	「塞上憶權相老」외－江村 金性律, 退耕 權相老
		光榮勇猛	광영용맹	「次退耕老師前秋芳韻」－鷺山 光榮勇猛
		金之淳	김지순	「哭孫完秀」－香嚴 金之淳
4호	사림	金靖濟	김정제	「述懷」「贈退耕上人」－正智居士 金靖濟
		徐光前	서광전	「曉枕」－正觀 徐光前
		朴建暘	박건양	「自述一絶」－晩霞 朴建暘
		金性律	김성률	「老驥行」－金性律
		金之淳	김지순	「喬桐華盖庵」「贈弘律說三老師」－香嚴 金之淳

호수	편명	필명	대표명	제목(작자)
		晦明 日昇	이회명	「讚朝鮮佛教月報」－晦明 日昇
5호	사림	金海雲	김해운	「次傳燈寺韻」－金海雲
		崔應眞	최응진	「法住寺韻」「隱瀑洞」「紅桃花」「鶴巢臺」－崔應眞
		金兌庚	김태경	「次李圓石覺皇寺韻」－金兌庚
		笑船子	소선자	「和覺皇寺韵」－笑船子
		金靖濟	김정제	「佛教」「咏君臟 卽內團心」「次水月韵」－正智居士 金靖濟
		崔就墟	최취허	「和江村韵以思權退耕」－崔就墟
		趙朗應	조낭응	「贊佛教月報」－趙朗應
6호	사림	許南史 外	허각 외	「通度寺寺戒壇落成會後」－許南史, 曹野雲, 金芋田, 徐石齋, 金九河, 全惺圃, 崔九皇, 尹石山, 權退耕
		若生國榮	약생국영	「敬賀朝鮮佛教月報發光」「山居偶成」「偶成」「壬子四月八日恭賦」－形山 若生國榮
7호	사조 (사림)	田在龍	전재룡	「寄月報社主人」－喘喘子 田在龍
		李鎰	이익	「祝月報」「禪旨」「修行」－巴雲 李鎰
		權退耕	권상로	「遊華藏寺」－權退耕
		權退耕 朴晩霞	권상로 박건양	「華藏寺偶吟朴晩霞」－權退耕, 朴晩霞
		朴晩霞 權退耕	박건양 권상로	「贈退耕上人」－朴晩霞, 權退耕
		상동	상동	「送別權退耕」－朴晩霞, 權退耕
		金定慧	김정혜	「紀念歌」(창가)－月齊 金定慧
8호	사림	權相老 外	권상로 외	「在華藏寺共吟」－權相老, 朴晩霞, 禹晩翠
		朴晩霞 外	박만하 외	「玩壁上魚鰓圖呼韻得魚字」－朴晩霞, 禹晩翠, 權相老
		池雲英	지운영	「題豐干禪師騎虎圖」－池雲英
		權相老	권상로	「題韓信受辱袴下圖」－權相老
		金性律	김성률	「歸思」「憶崔從炯」「夜起有懷」「看洛花懷鄉三月三日」－金性律
9호	사조	朴晩霞	박만하	「溧陽吉祥山香嚴禪師」－朴晩霞
		全玩海	전완해	「和覺皇寺韻」－水城 全玩海
		金孝燦	김효찬	「讀月報有感」－金孝燦
		吳武根	오무근	「寄佛教月報社」－吳武根
		徐海曇	서해담 (증곡치익)	「戲題佈教堂」－徐海曇
		金龍海	김용해	「追聯月報社韻」－金龍海
		寶雲本葉	김보운	「奉恩寺禪房」－寶雲本葉

호수	편명	필명	대표명	제목(작자)
		金性律	김성률	「秋夕夜月懷病友崔從炯」－金性律
		栖山樵子	성훈	「松京途中 _五月二十九日李晦光氏遠足會 共吟劍師紀遊韻」 「滿月臺」「善竹橋」「朴淵瀑」 「月夜憶權相老寄金龍寺」－栖山樵子
		海觀道人	해관도인	「瞙海水觀音」－海觀道人
10호	사조	夢鰲 외		「望月寺」－夢鰲, 書山, 水觀, 正觀, 夢鰲, 書山
		成塤	성훈	「贈別釋王寺住持金喘河」「南門驛贈別徐震河上人歸法住寺」 「送別金剛山榆岾寺金錦潭上人」「贈別桐華寺住持金南坡」 「南門驛別金龍寺住持金慧翁」 「南門驛別銀海寺住持朴晦應」－栖山 成塤
11호	사조	朴漢永 趙沂錫	박한영 조기석	「初雪晴窓贈心農趙沂錫」－暎湖 朴漢永, 心農 趙沂錫
		菊人惠勤	최동식	「讀佛報退耕論」「擎雲和尚壽宴_壬子初夏」 「傳燈寺次牧隱韻」－菊人 惠勤
		李晦明	이회명	「重到興國寺」－李晦明
		九韶堂主人	권상로	「蘭」「栗」「耕田」「蟬」「螢」「寄傳燈寺住持香嚴上人」 「龍山驛乘汽車」－九韶堂主人
12호	사림	猊雲散人	최동식	「拈石芝結茅韻奉寄支邪烏目崇仰山人」「次覺皇寺韻」 「次望月寺韻」－猊雲散人
		成塤	성훈	「冬至」「除夕」「元朝」「立春」－書山 成塤
13호	무공적	猊雲惠勤	최동식	「十二月南庵夜坐」「次夢鰲望月寺韻」 「次許南史韻寄退畊詞伯」 「次烏目韻遙寄中華石芝居士龍華結茆」－猊雲惠勤
		金九河	김구하	「成道」「悼仙嚴寺住持方洪坡」－金九河
		若生國榮	약생국영	「癸丑元口占寄朴世榮」－若生國榮
		鄭林曄	정임엽	「讀月報憶金性律」－鄭林曄
		成塤	성훈	「讀報篇寄退畊上人」 「祝佛教第一回紀念得回字」－萬二千峰禮香人 成塤
14호	무공적	漚居子選	(추사)	「入山寺拈韋蘇州韻」「扶旺寺」「水落山寺」「山寺」 「西崦」－『覃揅齋遺稿』
		石顚生	박한영	「尋牛擬古」－石顚生
		晚香堂 惠勤	최동식	「十二月南溪雪屋」「壬子除夜」「哭景星和上西行」－晚香堂 惠勤
		金擎雲	김경운	「讀佛教月報有感」「奉答菊人先生寄我壽詩」－金擎雲
		寶盖山人		「奉贈退畊和尚」－寶盖山人
15호	무공적		(추사)	「觀音寺贈混虛」「曝史登五臺山」 「睡起霞罷萬象呈露又用前韻二首」「贈草衣」－『覃揅齋遺稿』
		猊雲惠勤	최동식	「晦光律師餞海印」「暎湖座主自龜山歸京」 「寄萬二千峰禮香人」「哀洪波處圓講匠」「題盆梅」「辛夷花」

호수	편명	필명	대표명	제목(작자)
				「白杜鵑花」－猊雲 惠勤
		又錦頭陀		「讀佛經有感」－又錦頭陀
16호	무공적	朴漢永	박한영	「送鍾悅上人之京都花園遊學幷序」－石顚朴漢永
		成塤 외	성훈 외	「壺洞校生遊奉恩寺次蘺島舟中作」－書山成塤, 石顚 朴漢永, 逸素 李能和
		書山 외	성훈 외	「遊奉恩寺」－書山, 石顚, 逸素
		逸素 외	이능화 외	「淸明前日成書山邀飮塔洞寺共賦」－逸素, 石顚, 藕堂金明熙, 寶雲本葉, 書山
		琴巴生	금파생	「次覺皇次韻寄退耕詞伯」－琴巴生
		菊人惠勤	최동식	「春日郊行」「贈退耕歸田」「憶香嚴律師_傳燈住持」－菊人惠勤
17호	무공적		(추사)	「扶旺寺(2수)」「重興寺次黃山(2수)」「寄野雲居士」「玉筍峰」「道中口號」「松京道中」「金仙臺(3수)」「贈趙君秀三赴燕」－『覃揅齋遺著』
		朴漢永 成塤 金明熙	박한영 외	「送晶海上人之金剛山」－石顚 朴漢永, 書山成塤, 藕堂 金明熙
		金喆宇	김정해	「登金剛山望軍臺」「長安寺神仙樓」－晶海 金喆宇
		猊雲惠勤	최동식	「送洪月初大德赴奉先寺住持」「詠傳燈寺住持金香嚴」「蒔花」「春日雜著」－猊雲惠勤
18호	무공적	기자 선	(추사)	「芋寺燃燈」「留贈草衣禪」「戲贈草衣」「朝爲一人…戲贈草衣上人」「寄錦溪禪」－『覃揅齋遺著』
		安往居	안왕거	「毗盧峯瀑布」－之亭 安往居
		猊雲山人	최동식	「端午雜著五排」「聞雷有省」－猊雲山人
		成塤 朴漢永	성훈 박한영	「代壺洞學校憶退耕上人三絶」「輓香嚴律師」「端陽日拈韻寄映湖講伯」－書山 成塤, 石顚 朴漢永
19호	무공적	記者選	(추사)	「華藏寺歸路」「看山(2수)」「失題」－『覃揅齋遺著』
		成塤 朴漢永	성훈 박한영	「靑門外元興寺留連與映湖上人酬唱」－書山 成塤, 映湖 朴漢永
		菊人惠勤	최동식	「梅子熟也」「聞木犀香麼」「天地萬物與我同根體」「追次書山詞伯蘺島舟中」「追次奉恩寺作」「追次書山塔洞寺作」「退耕記者居然歸田_四月一日」－菊人惠勤
		高一坡	고일파	「佛敎月報贊」－高一坡

　　이곳에는 권상로, 박한영, 최동식 등 편집인의 창작시, 그리고 그들이 관련된 여러 행사나 시회에서 얻은 차운시가 다수 포함되어 있다. 전반부에는 권상로를 중심으로, 11호부터는 박한영과 최동식을 중심으로 불교

계 인사, 승려들이 시 창작과 시회를 주도한 것을 알 수 있다. 여러 인물이 등장하나 작품의 양적 비중을 보면 초기에는 권상로와 함께 김지순전등사 주지, 최취허, 김보운, 이혼성, 성훈호동학교 교장의 작품이 주를 이루었고, 11호부터는 박한영, 최동식, 성훈의 작품이 상당한 비중을 차지하였다. 이들은 불교월보사를 중심으로 교유한 당대의 교육자, 문인, 시인이다. 따라서 이들 작품에는 당시 불교계의 여러 활동과 교육활동, 그리고 순수한 시회, 여타 화가들과의 교류 등의 양상이 반영되어 있다.

구거자漚居子 혹은 기자가 선집한『담연재유고覃揅齋遺稿』[36]는 추사 김정희 1786~1856 시문집이다. 여기에는 추사와 혼허混虛, 초의草衣, 금계錦溪 등이 교유한 자취가 담겨있고 한양 주변의 사찰에 대한 시적 묘사가 담겨있다.[37] 박한영과 최동식은 한시 작가로서도 등장하지만, 19세기 추사의 불교관련 자취를 발굴함으로써 전통문화와 근대매체를 이어주는 역할을 한 것으로 평가할 수 있다.

(1) 소설小說

1호의「잡저」란에는 권상로無心道人의「심춘尋春」이 수록되었고,「소설」란에 남사거사南史居士 허각許覺의 '신소설'「일숙각一宿覺」2, 3호, 권상로의「양류사楊柳絲」4, 6호가 연재되었다.

「심춘」은 봄을 맞이한 화자가 1년 전 3월 30일에 동문東門에서 상춘놀이

---

36 『담연재유고』는『담연재시고』를 말한다. 7권 2책으로 1867년 겨울 申錫禧 서문으로 간행한 추사 김정희의 시집이다.『조선불교월보』14~15호, 17~19호에 모두 25제를 가려 수록하였다. 초의선사와 주고받은 작품이 눈에 띄고, 수락산사, 중흥사, 화장사 등의 사찰 공간이 주목된다.

37 편자인 漚居子는 누구인지 불분명하다. '기자'와 혼용된 것으로 보면 박한영이나 최동식일 가능성이 크다. 어찌 되었든『조선불교월보』의 간행 주체의 기획물인 셈이다.

하던 무심도인을 주인공으로 한 작품이다. 무심도인은 권상로 자신의 호이고, 작품 속에서 『조선불교월보』를 기초하고 있는 한 선비 역시 자신의 다른 분신이다. 『월보』의 창간과 관련하여 자신을 주인공으로 내세운 '단편소설'로 기획했으나, 인물과 구성 등에서 소설의 수준에 미치지 못한 불완전한 서사물이다.

「일슈가」은 '實地模寫 新小說'이라는 수식어가 제목 앞에 붙어 있는데, 『삼국유사』 소재 「조신調信의 꿈」이 연상되는 짧은 소설이다. 내용을 보면 종교와 불교에 대한 세속인들의 비판에 대해 나름대로 친절하게 응답함으로써 불교라는 종교를 자연스럽게 이해할 수 있도록 하는 당의정 역할을 한 것은 분명하나, 계몽의식을 전달하는 교술적 성격을 지니고 있어 근대소설의 수준에 이르지는 못한 신소설류 서사물이다.

「양류사」는 2회에 걸쳐 연재되었다. 『월보』의 4호에는 제1회 '廳鴈聲'과 제2회 '祈麟角'이, 6호에는 제3회 '着犢鼻'라는 소제목으로 등장하는데, 스토리에 초점이 없는 불완전한 작품이다.[38]

이들 「소설」란의 작품은 인물과 인물의 갈등, 사건의 전개와 구성 등에서 본격적인 소설에 미치지 못할 뿐 아니라, 당시 유행하던 신소설의 수준에도 미치지 못한다. 남사 허각, 무심도인 권상로는 전통적인 한시문화에 익숙한 인물들로 『월보』의 「사림」란에 다수의 한시를 남겨놓은 바 있다. 이들이 시류에 맞추어 포교를 위한 새로운 소설을 창작하고자 했으나, 전

---

38 주인공은 공주 계룡산 대비암에 사는 23, 24세의 준수한 용모의 남자인데 1회에서는 인물 소개 외에 별다른 스토리는 없다. 2회에는 안동 의흥 소수면 인각산 인각사에 경성에 살던 양반이 당도해서 백일기도하다가 꿈에 백발노인을 만나게 된다는 내용이다. 3회는 인각사에서 기도한 후 얻은 아들 중 첫째가 시골살이를 감내하지 못하고 불우한 탄식으로 연명한다는 이야기다.

체적으로 습작 수준에 머물고 만 한계가 있다.

(3) 담총談叢

「담총」은 짤막한 우언, 콩트, 소화笑話에 가까운 이야깃거리를 담은 지면이다. 이솝우화 같은 길이에 우스운 내용이지만 여기에 근대의식이 담겨 있고 불교적 해설이 가미되어 있다. 재미와 교훈을 동시에 얻을 수 있도록 한 이야기다.

권상로白雲閑士는 4호,[39] 5호,[40] 8호[41]에 걸쳐 「담총」 시리즈를 연재하였다. 8호의 「원재상층願在上層」아래층은 늬사 실어의 내용을 보면, 한 시골 노인이 친구 집을 방문하여 3층에 사는 것을 보고 부러워한 나머지 집으로 돌아와서는 장인에게 1층, 2층은 짓지 말고 3층만 지으라 했다는 이야기를 소개하고, 한사閑士의 이름으로 사물의 원리가 그러지 않음을 말하면서 수행의 차제도 마찬가지임을 말하였다.

가벼운 에피소드를 소개하며 인생, 종교, 불교의 수행과 관련시켜 비평하고 있는 단형의 서사물이다. 종교적 근엄성이 시종 넘쳐흐르는 『월보』에 독자들에게 습작 수준의 소설과 야담 수준의 담총은 당시 어떤 반향을 불러왔는지 확인하기는 어렵다. 다만 이러한 시도가 아직은 본격적으로 진척되지 못하고 3회 게재로 끝난 것은 전통 강학에 익숙한 편집인, 기자들의 엄숙성이 이를 포용하기 어려웠거나, 기존 양식을 변용하여 포교 담론으로 활용하는 문화적 활용역량이 부족했던 상황을 반영하는 것이다.

---

39 「窮理大家」; 「記一忘一」; 「縮地奇術」; 「貪於小利」.
40 「牛乳論色」; 「聽聲以眼」; 「蜉蝣一世」.
41 「拙於用大」; 「鼺鼠求婚」; 「願在上層」.

(4) 가원歌園

「가원」란에는 발행인인 권상로의 국문시가 3편과 권상로의 영향권에 있던 경북 지역에서 활동하던 김정혜, 최취허, 이증석의 국문시가가 수록되어 있다.

무심도인의 「언문가諺文歌」5호, 「시종가時鍾歌」8호, 「양춘구곡陽春九曲」12호은 권상로의 창작 국문시가이다. 「언문가」는 언문뒤풀이라는 일종의 잡가 형식, 「시종가」는 문답형 전통 시조 형식, 「양춘구곡」은 9수의 연시조 형식이다.

김정혜의 「기념가記念歌」7호는 4·4조 27행인 창가로 대구 동화사 포교당 제1회 기념식 창가이다. 최취허의 「귀일가歸一歌」8호는 경북 풍기군 봉명사 귀일강당의 건립을 축하하는 4·4조 16행 창가이다. 김룡사 학생인 이증석의 「신년축사新年祝詞」12호는 단형의 가사로 제목 그대로의 내용을 담고 있다.[42]

8) 언문부

<표 8> 『조선불교월보』 언문부 기사 목록

호수	면수	편명	필명	대표명	제목	비고
3호	44	언문란(기서)	춘수관녀사 천일청	천일청	신교하시는 부인계에 한 말씀으로 경고함	
3호	47	언문란(논설)	긔쟈	기자	불교난 보텬하형뎨쟈매의 교	
3호	44	언문란(축사)	복덕월리한열	이한열	축사	
4호	55	논설	긔자	기자	불교와 녀자	
5호	54	논설	긔자	기자	텬상텬하에 유아독돈	교리
5호	60	강연	쌍하자	권상로	교의문답	교리
7호	35	강연	쌍하자	권상로	교의문답(敎義問答)(속)	교리

---

42 「가원」란의 작품 세계에 대해서는 김종진, 「근대 불교시가의 전환기적 양상과 의미－『조선불교월보』를 중심으로」(『한민족문화연구』 22집, 한민족문화학회, 2007); 「전통시가 양식의 전변과 근대불교가요의 형성－1910년대 불교계 잡지를 중심으로」(『동악어문학』 52집, 동악어문학회, 2009) 참고.

호수	면수	편명	필명	대표명	제목	비고
8호	57	강연	강디련	강대련	십선계법요(十善戒法要)	교리
9호	44	강연	金相淑	김상숙	심즉시불	교리
12호	59	강단		묘길상	우리부텨님의교가우리동포 형제자매의게관계가엇더함 을한번의론홈	
13호	61	언문부	쌍하자	권상로	교의문답(속)	교리
13호	62	언문부	동인	권상로	불교와도덕	교리
14호	66	언문부	쌍ᄒᄌ	권상로	불교와도덕(속)	교리
15호	60	언문부	쌍ᄒᄌ	권상로	불교와도덕(속)	교리
16호	68	언문부	쌍ᄒᄌ	권상로	불교와도덕(속)	교리
17호	68	언문부	동화축전 유져	동화축전	「권왕가」	불교가사
18호	60	언문부	동화축전	동화축전	「권왕가」	불교가사

권상로는 불교계가 최초로 마련한 공론의 장에 새로운 의식의 형성과정을 소개하고, 개혁 의지를 지닌 '청년'들을 발굴하고 필진으로 수용하였으며, 한글로 여성의 역할을 당부하는 논설을 쓰고 「언문란」을 신설하여 여성 독자의 글과 자신의 시가를 소개하였다.

불교잡지에서 본격적으로 「언문란」을 배치한 것은 『조선불교월보』 3호부터다. 3호의 「언문란」에는 축사, 기서寄書, 논설이 각각 한 편씩 수록되어 본격적인 한글사용의 서막을 알리고 있다. 축사로는 복덕월 리한열이 지은 언문풍월 1편, 기서로는 춘수관녀스 천일청의 「신교ᄒ시는 부인계에 흔 말슴으로 경고홈」 1편, 논설로는 기자권상로의 글 1편「불교ᄂᆫ보텬하형뎨자민의교」이 수록되어 있다. 이들은 모두 한글전용이며 어절이나 구 단위로 끊어 적었고 마침표나 문장부호는 사용되지 않았다.

그러나 3호에서 의욕적으로 제시한 「언문란」은 4호부터는 편제상으로는 사라지고 『월보』 1주년 기념호인 13호1913.2에서 다시 「언문부」로 부활하는데, 그 내용은 주로 교리 설명에 국한되는 경향이 있다.13~15호. 쌍ᄒᄌ

「교의문답」 그러나 '언문란'이 표면에 드러나지 않아도 나름대로 한글 쓰기의 시도는 계속되는데, 전통 한글시가와 소설 이외에 「론셜」과 「강연」 「강단」란에 교리 해설 내용이 순한글로 수록되었다.

이처럼 「언문란」, 「언문부」는 한글전용으로 독립된 편제인데, 3호에 등장하여 18호까지 지속되었다. 호 마다 한두 편 정도 실린 것으로 보아 여성독자에 대한 최소한의 배려를 마련했다고 할 수 있다. 주요 필진은 강대련과 김상숙의 법요를 한글로 번역, 소개한 것을 제외하면 권상로기자의 논설이 대부분을 차지하며, 춘수관 여사 천일청, 복덕월 리한열, 묘길상 등 세 명만이 여성으로 등장한다. 불교가 남녀평등의 종교임을 강조하면서도 신앙생활을 통해 현실적인 복덕을 누리자는 담론이 주를 이루고 있다. 언문부는 이 시기 불교계에서 한글을 어떻게 인식하고 발전시켰는가를 확인하게 하는 좋은 자료로 평가된다.

5. 학술 성과

『조선불교월보』에는 전통시대 강학의 전통이 고스란히 묻어나는 다수의 성과가 있으며, 불교란 무엇인가에 대해 기존과 다른 새로운 개념을 형성해 나가는 다양한 교학 탐구의 결과가 소개되어 있다.

전통적인 방식으로 논의를 전개한 성과로, 백용성의 선화禪話와 선론禪論,[43] 권상로의 범어 어휘 분류와 웃음과 눈물에 대한 심리학적 분석, 강대

---

43 「落笑謾話」, 「鎭州出大蘿蔔頭」, 「年盡不燒錢」, 「寶主歷然」, 「論禪家諸宗異解」, 「落草之談」 등이다.

련의 십선계十善戒에 대한 법요와 진심眞心 탐구 연작,[44] 유경종伊齋梵鐘[45]의 한문 교학논설, 박한영의 선론 등이 있다.

전통 교학의 번역과 역술도 다수 소개되었다. 특히 박한영의 경우 다수의 어록에서 발췌 역을 하고 이를 자신의 해석을 가미하여 역술한 글을 다수 투고하였다.[46] 역자 스스로 단순한 번역은 '譯', 자신의 의견을 기술했으면 '譯述'이라 구분하였다.

전통적인 교학 연구를 근대에 지속하는 한편, 해외 근대불교의 소식과 학설을 번역하여 새로운 근대불교를 형성하는 흐름도 『월보』에 뚜렷하게 나타난다.

박한영 「불교여학문佛敎興學問」 18~19호은 일본 이노우에 세이教上政共가 펴낸 『통불교通佛敎』有朋館, 1905의 일부를 발췌 소개한 것이다. 박한영의 「인학절본仁學節本」 12~19호은 청말 학자인 담사동의 저서 『인학仁學』을 발췌 번역한 것이다. 권상로의 「불교통일론佛敎統一論」 4~19호은 일본 무라카미 센쇼우村上專精, 1851~1928의 저술 『불교통일론』1901을 '약역略譯'한 것이며, 김상숙의 「불교대의강의佛敎大意講義」 12~15, 17호는 오타 토쿠노織田得能, 1860~1911의 『불교대의佛敎大意』를 일부 번역한 것이다.

전통 강학의 지속적 탐구와 해외 불교학의 수입은 이 시기 불교의 정체성과 불교학을 형성하는 두 축이 되었다. 아울러 이 땅의 불교사를 정립하

---

44 「眞心正信」, 「眞心異名」, 「眞心妙體」 등이다.

45 유경종은 1858년생으로 김대현의 『선학입문』(신문관, 1918)의 교정을 맡았고, 『만선동귀집』(신문관, 1919)의 후서를 쓴 인물이다(서수정, 『19세기 불서간행과 유성종의 덕신당서목 연구』, 동국대 박사논문, 2016, 248~252면 참조). 이능화의 『조선불교통사』 중편, '삼보원류'에 그에 관한 소개가 있다. 그는 당시 불교문헌의 편찬과 정리에 상당한 기여를 하였다.

46 「法王法如是」(12호, 역술), 「禪學要領」(12호, 역술), 「三界唯心萬法唯識」(13호, 역술), 「如來藏緣起攬要」(13호, 역술), 「天地同根萬物興我同體」(15호, 역), 「廣長舌과 淸淨身」(17호, 역술), 「以悟爲則」(17호, 역술), 「天目中峯和尙答高麗白尙書」(17호, 역) 등이다.

려는 열망은 비문의 수집, 불교사의 기술 등에 잘 나타나 있다.

권상로는 「문원」, 「대원경」란을 중심으로 한국불교사를 체계적으로 기술하려는 학술적 노력을 마다하지 않았고, 국토에 편재한 비문 등 원전에 대한 수집과 소개에 전력하였다.[47]

한편 일본과 중국의 불교 논저를 일부 번역하여 불교, 불교학의 내실을 새롭게 해 나간 것과 함께 해외 불교계의 소식을 전달한 글도 있다. 권상로의 「지나支那 불교계佛敎界의 근일近日」6호, 기자의 「불교회각보호단佛敎會各保護團」19호은 각각 중국불교계와 일본불교계의 최신 소식을 전달하는 기사다.

이와 함께 불교와 다른 종교를 비교하는 비교종교학적 성과도 확인할 수 있다. 대표적인 논설은 일묵도인一黙道人, 「세계종교世界宗敎의 일반一斑」8호,[48] 박한영, 「불광원편佛光圓編은 미래未來에 당관當觀」①~⑥14~19호,[49] 최동식, 「논불지종교論佛之宗敎는 철학哲學을 함포含胞홈」①~③16~18호, 「문명文明과 종교宗敎의 인연因緣」17호 등이다.

특히 주목해 볼 것은 박한영의 논설에 보이는 미래지향적인, 실학적 과학적인 방법론이다. 석전은 근대 사상, 역사, 철학서에 대한 광범위한 독

---

47 권상로는 「문원」(「대원경」)에서는 쌍하자라는 필명으로 비문, 비명을 소개하였고, 「교사」(「무봉탑」)에서는 운양사문이라는 필명으로 불교사를 연재하였다. 「전기」란에서는 운산두타라는 필명으로 고승전을 기술하였다. 이로써 그는 자료발굴, 인물평, 불교사 기술의 세 바퀴 수레를 동시에 굴린 것에 비유할 수 있다. 학문의 분과가 명확하지 않고, 대학체제가 완비되지 않은 시기에 그의 불교사 탐구는 나름대로 일관성과 체계성을 갖춘 성과라 할 만하다.
48 일묵도인(미상)의 글 「세계종교의 일반」은 세계종교의 종류, 분포, 신도 수를 차례로 소개하고 개별 종지를 소개하였는데, 불교, 바라문교, 유대교까지 소개하는 데 그쳤다.
49 박한영의 「불광원편은 미래에 당관」은 불교의 시대는 미래에 올 것이라는 낙관적인 전망을 제시한 글이다. 중국 康南海의 『意大利游記』, 영국학자의 글, 惡士佛 대학교 麥古士米拉의 『종교기원론』 등을 인용하였고, 코페르니쿠스의 '重學', 다윈의 '物體進化說'을 원용하여 논의를 전개하였다. 유교의 영향으로 중국 시문학이 형식주의적이고 공리적인 한계를 가진다는 15호의 글은 석전 특유의 詩經論을 전개한 것으로 평가할 수 있다.

서 외에도 코페르니쿠스의 학설, 다윈의 학설 등 근대과학의 이론, 저서에도 무심하지 않았고 적극 수용하여 학문을 닦았음을 알 수 있다.

앞서 우리는 박한영이 전통시대 강학의 전통을 이 시대에 재론하는 역할을 하고 있음을 살펴본 바 있다. 동시에 그는 근대적 사유를 통해 과거와 다른 학적 자세와 실용성을 강조하는 실학자의 면모를 보여주고 있다.[50] 불교학의 영역에서 말하면 박한영은 마지막 중세인이자 최초의 근대인이라 할 수 있다.

최동식, 「논불지종교는 철학을 함포홈」①~③[16~18호]은 제목 그대로 불교는 철학을 포함한다는 논리를 펴며 타 종교, 특히 기독교의 경우와 비교한 종교 담론이다. 최동식은 또 「문명과 종교의 인연」[17호]에서 유교와 경교기독교에 끼친 불교의 영향 등을 설파하였는데, 당시 교세를 확장하던 타 종교의 포교논리를 논박하는 차원에서 비교론을 전개한 것이다.

이상의 비교종교 담론에는 이능화의 『백교회통百教會通』[보성사, 1912]의 간행이 어느 정도 영향을 끼친 것으로 보인다. 이러한 비교담론은 그 자체로 학술적 의의가 있음은 물론이다. 아울러 이 시기 기독교의 활발한 전도와 문화적 영향력 증대, 다양한 민족 종교의 왕성한 활동과 맞물려 불교계가 가지는 위기의식을 극복하는 방안으로, 또는 불교의 정체성을 근대에 재확립하는 방안으로 상호 비교론을 전개한 것으로 생각된다.

1910년대 『월보』는 전통 교학의 재생산, 해외 불교학의 번역과 수용을 통한 불교학의 정립, 불교사 자료 발굴과 기술, 비교종교학의 연구 분야에

---

50 「知行合一의 實學」(18호)에서는 왕양명의 유불 불이의 논법을 소개하면서 현재는 여러 종교가 경쟁하는 시대로서 우리 불교의 오랜 병을 치유하려면 '지행합일의 실학'으로 치료할 것을 주장하였다. 현재의 사회에서 중생을 이롭게 하는 것이 불교라는 점을 강조하였다.

서 학술적 성과가 분명하다고 평가할 수 있다.

6. 문예 성과

한국문학사에서 일반적으로 1919년을 기점으로 자유시가 등장하고 현대문학이 시작된다고 보는 경향이 있다. 『조선불교월보』가 간행되던 1910년대 초는 개화기나 우국계몽기에 해당한다. 따라서 『월보』에 등장하는 여러 문학적 현상은 전통시대의 문학관이 여전히 유지되는 가운데 새 시대의 호흡을 반영하는 맥락에서 산출된 것이다.

『월보』의 편제에서 시문학과 관련된 독립 지면으로는 「사림」·「사조」·「무공적」,「가원」이 있다. 당시 시는 한시, 가는 노래의 대명사로 쓰였다. 「사림」「사조」「무공적」은 한시를 수록하는 장이었고, 「가원」은 국문 가요를 수록한 장이었다. 이외에 「축사」에는 한시 자료가 수록된 경우가 많으며, 「언문」에는 우리말 가요가 일부 수록되어 있다.

이 시기 대표적인 문예잡지를 간행한 인물이 해외 유학 중이거나 유학파 청년인 것과 '완전히' 다르게, 『월보』를 간행한 권상로, 박한영, 최동식은 전통 지식인으로서 한시를 즐겨 지은 것은 물론이고, 수시로 시회詩會를 가지면서 당시 불교계 지식인들과 문학적 교류를 나누었다. 『월보』에는 여러 투고자의 한시가 수록되었는데, 형식적으로 보면 오언절구, 칠언절구는 물론이고 장편의 가歌, 사詞, 부賦 양식을 원용하기도 하였다. 주요 내용은 잡지의 존재와 미래의 발전을 축하하는 작품, 교유하는 불교지성들의 내면을 찬미하는 작품, 기타 계절의 변화와 외부의 경물을 대하며 개인의 심회를 드러낸 작품들이 있다. 대부분은 불교계 인물과의 교유에서 나온 작품이 많다.

이들 개인 창작시와 함께『월보』에는 추사 김정희1786~1856의 한시에 주목한 자취가 담겨 있다.『월보』14~15호, 17~19호까지 실린 추사의 시는 19세기 중엽 추사와 불교계의 교류를 잘 드러내고 있는데, 추사와 혼허混虛, 초의草衣, 금계錦溪 등 승려들과 나눈 교유시를 소개하였다.『월보』에서 추사의 시를 발굴한 것은 19세기 유불교류의 양상을 발굴하고 정리하는 문학사적 의의가 있다.

서사 양식에 있어서 개화기 신소설이 유행하던 시대에『월보』에는 특기할 만한 작품이 등장하지는 않았다. 그러나 제한적이나마 소설이라는 장르를 활용하여 불교적 소재를 담아내려 한 권상로와 허각의 시도가 1~4호와 6호에 수록되어 있다. 권상로의「심춘」1호과「양류사」4. 6호가『월보』초기에 게재된 것은, 사장이자 편집자인 권상로의 문학 양식을 통해 실현한 대중포교의 의욕과 파탄을 보여주는 것이다. 이들 작품은 배경 묘사나 인물의 묘사가 판소리체에 가까운 만연체로 쓰인 경우가 많고 소설적 형상화라기보다 만담적 서술 양상을 보여주고 있다. 이와 함께『월보』「담총」란은 단형의 소화, 우화, 교훈담 성격의 짧은 이야기를 수록하여 인생의 교훈과 불교적 교훈을 전달하는 매개로 활용하였다.

「가원」란의 시조, 창가, 가사 양식은 새 시대의 희망을 근대에 변형된 다양한 국문 양식으로 구현해 낸 계몽가요이자 의식가요로서 의의가 있다.

이상에서 볼 수 있듯이 이 시대의 불교잡지, 특히 현전하는 최초의 잡지『조선불교월보』에는 근대적 사유와 담론이 전적으로 담긴 매체는 아니었다. 새로운 시대 종교자유의 분위기를 들뜬 목소리로 노래하면서도 그 형식과 문체는 아직도 전 시대의 문화에 연을 잇고 있는 많은 요소가 있다. 문학적인 면에서도『월보』는 전근대와 근대, 전통과 외래문화가 엉켜있는 복합적인 텍스트라는 점이 분명히 드러난다.『조선불교월보』는 20세기 초의 문화변동을 읽는 텍스트이면서, 동시에 19세기 중후반의 문화를 반영하고 정리하는 지성의 지적 노작이라는 가치가 있다.

제2장

『해동불보』

박한영의 지성사적 위상과 성과

1. 전개사

『해동불보海東佛報』통권 8호, 1913.11~1914.6는 조선선교양종삼십본산주지회
의소원장 이회광의 기관지로 발행되었다. 사장 겸 편집인은 박한영이고, 편집
실무는 최예운최동식이 담당하였으며, 발행소는 해동불보사다.[1] 박한영의
국학연구 발표의 장으로 활용된 잡지다.

1) 창간의 배경과 경과

현전 최초의 불교잡지인『조선불교월보』는 종간의 이유를 명확히 밝히
지 않은 채 19호1913.8로 종간되었다. 『월보』 8호1912.9부터 실질적인 편
집을 담당했던 박한영과 최동식은『월보』폐간 3개월 만에『해동불보』를

---

[1] 『해동불보』는 1913년에는 2호까지, 1914년에는 3~8호가 간행되었다.

발간하였다. 한 달 정도의 준비 기간을 고려하면 『월보』 폐간 이후 2개월 만에 『해동불보』가 등장한 것이다. 두 잡지 사이에는 「광장설」에서 시작하여 「잡화포」에 이르는 편제가 완전히 같고 내용도 비슷하다. 단지 제목을 바꾸고, 발행기관을 조선불교월보사를 해동불보사로 바꾼 정도의 변화가 있을 뿐이다.

『월보』를 폐간하고 이름을 바꾸어 『해동불보』를 창간한 이유는 아직 밝혀지지 않았다. 부족한 대로 『해동불보』 창간호에 실린 「사고」와 「본보의 규약」을 읽어볼 필요가 있다. 「사고」에는 "소분小分 관계"로 인하여 『월보』에서 총보로 명칭을 변경했다는 사실을 밝혔다.[2] '소분'의 사전적 의미가 작게 나눔, 작은 분별 등인데 이 상황은 잡지가 대체되는 상황이므로 그런 의미로 쓰인 것은 아닌 듯하다. '소분'이 '분규紛糾', 작은 갈등 정도로 쓰였을 가능성이 크다. 그리고 『해동불보』는 '대승大乘의 불학佛學을 천화하는 것을 종지宗旨로 삼는다'고 하였고, '순수한 학술적 이치를 탐구하고, 중생의 덕성을 계도'하는 데 중점을 두겠다는 지향을 분명히 하였다.[3] 투고 관련해서는 '본보에서 선정한 필자' 외에 '고명한 투고'를 바란다고 하였고, 투고 원고에 대해서는 불보사의 적극적인 편집권을 행사하겠다는 내용을 담았다.

이는 수행인, 학생, 교양인, 부인계 등 폭넓은 독자층을 상정하고 대중성을 표방했던 기존 『조선불교월보』의 「사고」와 사뭇 다르다. 총보는 대

---

2 "小分關係를 因ㅎ야 朝鮮佛教月報는 名稱을 變更ㅎ야 海東佛報로ㅎ고 繼續發行을 始ㅎ며 社名도 海東佛報社라 改定ㅎ엿사오니 本報를 愛讀ㅎ시는 碩德은 海諒ㅎ심을 敬望. 海東佛報社 白."「社告」,『해동불보』 1호(1913.11), 목차 앞면.

3 "本報는 大乘佛學을 闡化ㅎ기로 宗旨홈. 本報는 純粹ᄒ 學理와 德性을 攻究啓導를 要ㅎ고 絕對的 政治俄談과 時事得失은 不要홈." '본보의 규약', 『해동불보』 1호(1913.11), 목차 앞면.

승불교의 교학을 연구하고 확산시키겠다는 상당히 학술적인 잡지를 표방한 것이며,[4] 실제『해동불보』는 다양성, 대중성을 지향하던 다층적 내용의『월보』에 비해 상대적으로 교학과 불교사 탐구라는 두 영역에 국한된 경향이 있다.[5]

한편으로 당시 교단 내 세력 간의 형세를 기준으로 새 잡지의 등장을 설명할 수 있다. 이회광이 주도한 원종 종무원의 친일적 행보에 반발하여 설립된 것이 박한영 주도의 임제종 종무원이다. 여기에는 박한영 한용운이 주도하고 진진응 김종래 등 호남과 영남의 여러 인사가 참여하였다. 1911년 일제의 사찰령 시행으로 두 기관은 어쩔 수 없이 '정치적으로' 통합하여 삼십삼본산주지회의소로 개편된 것은 앞서 살펴보았다.

갈등을 해소하는 상징적인 장면은 이회광과 박한영이 직접 만나 화해하는 것이었고1912.7, 그 자리에서 박한영은 장차 개교될 불교고등강숙실제로는 1914년 모집광고의 숙장塾長으로 위촉되었다. 이러한 과정을 거쳐 박한영은 임시원종종무원의 기관지로 시작한 조선불교월보사의 사장 겸 편집인이 되었다. 원종의 기관지에 임제종 세력이 들어간 형국인 것이다.『월보』발행 중간에 권상로가 낙향하고 박한영이 편집권을 잡은 것은 잡지에 공표되지 않은 갈등의 결과로 추정된다.『월보』의 폐간과 불보의 창간은 당시로서는 이러한 교착상태를 타개하는 정치적 해결의 산물일 가능성이 크다.

---

4 이러한 차이는 기존『조선불교월보』에서 권상로가 시도했던 다양한 불교대중화의 노력들, 예를 들어 언문풍월, 시조, 창가, 소설 등을 적극 소개하거나 직접 창작했던 노력에 대한 불교계 내부의 비판, 혹은 반작용이 있었던 것으로 추정된다.
5 『해동불보』가 오래 유지하지 못한 이유도 상대적으로 경직된 편집 방향에 있었는지 모른다.

2) 조직과 운영

『해동불보』는 당시 불교계의 대표 기관인 삼십본산주지회의소의 기관지다. 『해동불보』 4호에는 조선선교양종삼십본산주지회의소 원장 이회광 명의로 회의소의 조직과 운영의 방침이 자세히 소개되어 있다.[6] 회의소 임원으로는 "고등불교강사 朴漢永씨, 외감원겸향각 朴海蓮씨, 통역원 金相淑씨, 불교포교당 임원, 포교사 陳震應씨, 동 金浩應씨, 내감원 朴大輪씨"가 소개되었고, 해동불보사 임원으로 "社長兼務 朴漢永씨, 편집 崔猊雲씨, 서기겸회계 金印海씨"가 소개되었다.[7]

해동불보사는 삼십본산주지회의소 산하 기관으로서, 조직 구성과 인사, 예산, 운영 일체를 주지회의소에서 관할하였다. 불보사의 사장은 박한영, 편집은 최동식예운, 서기겸 회계는 김해인이다. 사장 박한영은 겸무로서 발행의 실제 업무를 담당하였는데, 동시에 주지회의소 산하 불교고등강숙의 강사숙장도 겸임하였다.[8]

사실 이 시기 불교잡지의 창간 주체는 개인이라 하기 어렵다. 예를 들어 권상로가 『조선불교월보』를, 박한영이 『해동불보』를 '창간'했다고 말하기는 어려운 점이 있다. 『월보』와 불보가 원종 종무원, 삼십본산주지회의소라는 불교 종단의 기관지로서 창간된 것이기 때문에 이들은 '임명'된 위치에 있을 뿐이다. 물론 잡지의 편집권을 행사하여 내용을 채우고 방향을 정하는 부분에서는 실질적으로 그들이 잡지를 '창간'한 주체가 된다.

---

6 「조선선교양종삼십본산주지회의소 제3회 총회록」, 『해동불보』 4호(1914.2), 79~104면.
7 위의 글, 102~103면.
8 또 포교를 위한 출판에도 관여하여 김보륜이 편술한 『여래행적』을 간행하는데 박한영에게 교열과 간행을 위탁한다고 결의(제5, '불서간행홀 건', 『해동불보』 4호, 96면)한 것을 보면 이 시기 포교서, 잡지의 출간에 박한영이 기여한 정도를 알 수 있다.

3) 발행과 편집의 주체

『해동불보』의 편집과 발행을 담당한 사장 박한영은 선암사 출신 최동식을 편집 담당자로 다시 중용하였다. 『조선불교월보』 초기를 권상로 1인 필진시대라고 한다면 『해동불보』는 전 호에 걸쳐 박한영과 최동식 2인 필진시대라 할 수 있다.

『해동불보』 1~8호의 축사, 축시, 「무공적」란의 한시를 제외하고 기사수를 정리하면 총 115편 가운데 박한영이 33편으로 26.9%, 최동식이 29편으로 24.6%를 차지하고 있다. 기자의 글은 28편으로 24.6%를 차지한다. 글쓴이가 기자로 제시된 글은 주로 고승들의 비문이나 행장을 발굴, 소개하는 내용으로 석전 혹은 최동식이 썼다. 이를 포함하면 박한영, 최동식의 글이 총 102편으로 76.1%를 차지한다.[9]

『해동불보』는 여러 필진의 글을 모은 잡지라기보다는 두 사람의 공동 저서를 매월 간행한 것으로 보아도 무방할 정도다.

박한영1870~1948[10]은 19세기 말에서 20세기 전반기에 활동한, 근대 한국 불교계를 대표하는 석학이다.[11]

---

9 김종진, 「박한영과 국학자의 네트워크와 그 의의」(『온지논총』 57집, 온지학회, 2018, 238~239면)의 도표와 설명 참조.

10 박한영은 이 잡지에서 映湖, 映湖生, 龜山沙門, 龜山漢永, 沙門石顚, 石顚生, 石巖, 石顚, 映湖頭陀, 龜山人, 石顚山人 등의 필명으로 등장한다.

11 연보에 따르면 석전은 21세(1890)에 백양사 운문암의 환응 탄영에게 사교과를 수학하고, 23세(1892)에는 선암사 경운 원기에게 대교과를 졸업하고 大選 법계를 품수하였다. 26세(1895)에는 선암사에서 中德의 법계를 품수하고, 가을에 순창 구암사의 설유 처명에게 拈香 嗣法하고, 그곳에서 개강하여 학인을 가르쳤다. 27세(1896)에는 백양사에서 大德법계를 품수하고, 구암사에서 설유에게 건당하고 염송 율장 화엄을 수학하고 법통을 이어받아 개강하였다. 30세(1899)에는 산청 대원사의 강청을 받아 학인 수백 명에게 경학을 강설하였고, 이후 백양사 대흥사 해인사 법주사 화엄사 석왕사 범어사에서 강설삼장의 대법회를 盛設하였다(「석전 박한영스님 연보」, 『석전 박한영의 생애와 시문학』, 백파사상연구소, 2012, 179면).

석전은 19세기 전반의 선 논쟁의 중심에 있던 구암사의 학문적 전통을 훈습하고, 화엄학, 계율학에 대한 대덕들의 지식을 체득하였다. 그는 설파 상언雪坡尙彦, 1707~1791, 백파 긍선白坡亘璇, 1767~1852, 설두 유형雪竇有炯, 1824~1889, 설유 처명雪乳處明, 1858~1903으로 이어지는 구암사의 강학의 전통을 계승하는 한편으로, 백파의 수제자 침명 한성枕溟翰醒, 1801~1876에서 함명 태선涵溟太先, 1824~1902, 경붕 익운景鵬益運, 1836~1915, 경운 원기擎雲元奇, 1852~1936로 이어지는 선암사의 강맥을 동시에 계승하였다.[12]

문학인으로서 석전은 당대 유명문인들과 함께 시사詩社, 시회詩會에 적극 참여하여 다수의 한시를 남기고, 국토유람의 기행시를 다수 남긴 시인이자 국학자였으며, 불교와 문학에 대한 평론을 남긴 불교문학의 이론가였다.[13]

최동식[14]은 1851년경 출생했으며 박한영처럼 주목받지는 않았으나 그 또한 선암사의 강맥을 계승한 인물이다. 이능화의 『조선불교통사』에 소개된 것처럼 그는 '호가 예운산인으로 조계산 선암사에서 출가 득도하였으며 경붕익운 대사 밑에서 공부하였다'.[15] 이에 따라 최동식은 선암사 경붕

---

12 석전은 19세기의 불가의 지식의 계보를 한 몸에 받은 후 20세기에 근대적 학문을 받아들이게 되는데, 바로 이 지점이 신진 불교청년들과 국학자들이 석전에게 크게 기대었던 이유가 되었을 것이다. 박한영의 학술 전반과 불교잡지 편찬에 대해서는 김상일, 「석전 박한영의 저술 성향과 근대불교학적 의의」, 『불교학보』 46집, 동국대불교문화연구원, 2007; 김상일, 「근대 불교지성과 불교잡지-석전 박한영과 만해 한용운을 중심으로」, 『한국어문학연구』 제52집, 한국어문학연구학회, 2009 참조.

13 문집으로는 시선집인 『石顚詩抄』(동명사, 1940)와 산문집인 『石顚文抄』(법보원, 1962)가 있다. 『석전시초』에는 상권에 250수, 하권에 170수 총 420수의 한시가 수록되었다. 『석전문초』는 『石林隨筆』과 『石林草』를 합해 묶은 것이다. 『석림수필』에는 불교문학에 관한 다양한 비평문 21편이 수록되어 있고, 『석림초』에는 서발문, 행장, 비명, 紀蹟碑, 상량문 등 63편의 글이 수록되어 있다.

14 최동식의 호는 惠勤, 猊雲散人, 晚香堂, 曹溪沙門, 菊人, 秋堂道人, 槐翁道人, 猊雲惠勤, 晚香堂惠勤, 晚香堂野人, 浮玉山人惠勤, 晚香堂秋人, 秋堂菊人, 晚香堂菊翁, 餐菊老人, 秋堂餐菊老人, 曹溪沙門猊雲, 曹溪沙門惠勤 등이며 한시를 품평할 때 南郭子라는 호를 사용하였다(김종진, 「박한영과 국학자의 네트워크와 그 의의」, 『온지논총』 57집, 온지학회, 2018. 239면).

의 제자로 석전의 스승인 경운과 법형제가 되는 인물이다. 『해동불보』에 수록된 선암사 중심의 다양한 비문과 행장은 최동식에 의해 '기자'의 이름 으로 수록되었고 일부는 본인이 직접 찬술하여 게재하였다. 장기림張基林, 호 錦峰, 1869~1916 등 선암사 관련 인물이 필진으로 등장하는 것도 박한영 최 동식을 구심점으로 잡지가 편집된 결과다.

2. 잡지의 지향

박한영은 「해동불보서언海東佛報緒言」에서 해동 불교가 부진한 것을 걱정 하며 온 세계에 불교를 발휘하고자 하는 바람에서 불보를 창간했으니, 불 보의 첫 발행이 불교를 무궁하게 발전시키는 동력이 될 것으로 기대하였 다.[16] 최동식은 「해동불보발간서海東佛報發刊序」에서 새 잡지 간행의 이유를 좀더 구체적으로 제기하였다.

혹자는 묻기를, 불교월보의 간행이 2년을 넘어가고 19호에 달하여 學佛者만 敬讀하는 것이 아니라 온 세상 仁人君子가 환영하여 애독하지 않은 이가 없어, 권선징악하며 심신을 수양하며 완악한 옛 풍습을 혁신하며 새 문명을 새롭게 하여 세상에 좋은 영향을 끼치고 있는데 오늘날 이름을 바꾸고 체제를 새롭게 함은 무슨 이유인가?

답하기를, (…중략…) 월보는 이미 19호가 지났으니 비유하면 사시가 교대함

---

15 「이백품제」'쌍계조탑해동복전' 조, 이능화, 『조선불교통사』 하편, 290면.
16 「海東佛報緒言」, 『해동불보』 1호(1913.11), 2~3면.

에 성공한 이는 떠남이라. 새 잡지의 간행을 어찌 막을 수 있으랴. 또 지난날의 進化는 추세가 완만하였도다. (…중략…) 이에 포교의 깃발이 새벽별처럼 드물고 불법 연설의 목탁 소리가 가을 매미처럼 고요하도다. 言論名學에 宗因을 이해 못하고, 唱說心理에 唯識에 이르지 못하니 슬프도다. (…중략…) 이것이 본사가 힘써 도덕의 깃발을 휘날리며 文華의 寶光을 힘써 펴내는 이유로다.[17]

인용문의 전반부는 역시 새 시대의 새 잡지가 필요한 상황을 선언적으로 제시한 것이고, 후반부에는 현재의 불교계의 상황을 비판하였는데, 이는 은근히 앞선 『조선불교월보』의 교학 수준과 대중성 지향이 흡족하지 않았음을 드러낸 것으로 보인다.

『해동불보』의 창간은 기존 『월보』와 그 운영진이 처한 교착상태를 정리하는 데 하나의 이유가 있을 것이다. 인용문에서 최동식은 그동안 포교의 활동이 부진했음과 논자, 학자들이 '종인宗因'을 이해하지 못한 것과, 마음의 이치를 설함에 '유식唯識'에 이르지 못한 것을 탄식하였다. 불교의 종지에 대한 불이해, 학문적 수준의 불비함 등 교학의 부진이 포교의 부진으로 이어진 현실을 비판한 것이다.

최동식은 「논발휘종교지요소論發輝宗敎之要素(續)」4호에서 이회광, 홍월초와 30본산 주지들의 재정적 뒷받침, 권상로 박한영 강백의 탁월한 필력으로 『조선불교월보』가 간행되었다고 하였고, 『월보』의 원동력은 정문일침頂門一針, 불보의 원동력은 무진보장無盡寶藏에 비유하였다.[18] 수사적 표현이긴 하나

---

17 「海東佛報發刊序」, 『해동불보』 1호(1913.11), 3~4면. 현토체 원문을 풀어 소개한다.
18 "대개 불교에 월보가 있음은 곧 어두운 거리의 새벽빛이라. 창간하고 널리 편 것은 晦光, 月初와 삼십본산의 여러 석덕의 열정적인 힘이며, 退耕, 映湖 등 여러 講宗들의 文光이었도다. 舊報의 원동력이 頂門一針이라 할 만하고 (…중략…) 新報의 원동력은 無盡寶藏이라 할 만하

『해동불보』의 원동력이 '무진장한 보장'임을 말한 것이고, 이는 '대승불학'의 진작을 제1의 표어로 제시한 『해동불보』의 지향을 압축적으로 드러낸 것이다.[19]

『월보』의 창간호에 학생의 축시가 있고, 유교 천도교 등 타 종교 인사가 축사, 축시를 게재한 것과 달리 해동불보에는 전체적으로 무게감 있는 교학자들의 글만 보일 뿐 대중적 생동감은 드러나지 않는다. 그리고『월보』에 보이는 억압받던 불교계의 현실에 대한 격정의 토로나 새 시대에 대한 격한 기대, 희망의 목소리는 상당히 정제되어 있다. 전반적으로 생동감보다는 교학 탐구의 묵직한 목소리가 전반적인 기조를 이루고 있다.

3. 잡지의 편제와 항목별 분류

1호부터 8호까지의 편제는 동일하다. 「광장설廣長舌」, 「사자후獅子吼」, 「무봉탑無縫塔」, 「대원경大圓鏡」, 「유성신流星身」, 「한갈등閑葛藤」, 「무공적無孔笛」, 「언문부」, 「관보초官報抄」, 「잡화포雜貨舖」 순이다. 『조선불교월보』의 14호부터 개정된 편제를 준수하되『해동불보』2호부터는 분류항을 일부 추가하였고 이는 8호 종간호까지 지속되었다. 아울러 기존의 항목은 그대로 살린 채,

---

다." 「論發輝宗敎之要素(續)」, 『해동불보』 4호(1914.2), 8~9면.

19 이에 대한 독자의 반응은 '湖左의 一布衣'가 보낸 서신에서 확인된다. "근일 불교계가 점차 개벽되어 講壇의 오묘한 연설은 곳곳에서 慧燭이 밤을 비추고, 報社의 經學 고취는 더욱 暖律이 회춘이라. 보배 뗏목에 바람이 순조롭고 법륜이 굴러감은 역내 함생의 찬탄과 경하를 감당치 못하는 바라." 이 글은 이후 불교 보급의 방안을 제시하는 내용으로 전개되는데, 여기에서 주목할 것은 '경학의 고취'가 해동불보사의 지향이었다는 점을 독자 입장에서 확인해 주는 한 사례다. 오재영, 「불교보급의 대흔 의견」, 『해동불보』 7호(1914.5), 50~51면.

이를 「논설부論說部」, 「학술부學術部」, 「전기부傳記部」, 「사림부詞林部」로 구분하여 목차에 제시하였다.

광장설	사자후	무봉탑	대원경	유성신	한갈등	무공적	언문부	관보초	잡화포
논설부		학술부	전기부		사림부			관보초	잡화포

이로써 기존에 내용을 유추해 내기 어려웠던 비유적 항목명의 성격이 뚜렷하게 제시되는 효과를 가져왔다. 논설부는 시사성 있는 논설로 불교계의 시의성 있는 논고가 게재되었고, 학술부는 학술적 논설, 전기부는 불교사 관련 인물에 대한 비문, 사림부는 편지글, 투고문, 한시, 한글전용 논설이 수록된 것을 누구나 짐작할 수 있다. 좀 더 명쾌한 분류가 더해짐으로써 가독성을 향상시킨 결과를 가져왔다.

1) 논설부 - 광장설 사자후

(1) 광장설廣長舌

〈표 1〉『해동불보』 광장설 논설 목록 - 필자별

호수	필명	대표명	제목	비고
1호	朴漢永	박한영	教養徒弟는 紹隆三寶	교육 청년
2호	映湖生	박한영	將何以布敎利生乎아	포교
2호	朴漢永	박한영	多虛는 不如少實	
3호	映湖生	박한영	佛敎와 歲暮의 興感	
3호	上同	박한영	佛敎와 新新의 想華	
3호	龜山沙門	박한영	辯庸言之關佛惑	김윤식 반론
4호	映湖生	박한영	佛敎의 興廢所以를 深究홀 今日	교육 청년
5호	映湖子	박한영	三十本山住持와 第一回 內國視察團	시찰단
5호	龜山沙門	박한영	靑年佛敎界에 對ᄒ야	청년불교

호수	필명	대표명	제목	비고
6호	映湖生	박한영	佛敎全體와 比丘一衆	
7호	朴漢永	박한영	各本寺와 奪牒頻繁에 對ㅎ야	계율 탈첩
7호	映湖生	박한영	世尊誕辰紀念嘉會에 祝賀	
8호	映湖生	박한영	朝鮮佛敎와 史蹟尋究	불교사
1호	曹溪沙門	최동식	佛舍利瑞應論	
2호	猊雲散人	최동식	吾東佛史의 闕失	불교사
2호	猊雲散人	최동식	諸山大德의 布敎熱誠을 一逑홈	
3호	猊雲散人	최동식	新年敬賀	
3호	猊雲散人	최동식	如來出現之第四十九回甲元朝瑞相	
3호	猊雲散人	최동식	緖論海東佛報之名義	해동불보
3호	晩香堂	최동식	論發輝宗敎之要素①	
4호	晩香堂	최동식	論發輝宗敎之要素②	
4호	秋堂菊人	최동식	論三十本山住持第三總會景況	주지총회
5호	猊雲散人	최동식	論美公의 五種訓演	총독부
5호	秋堂菊人	최동식	六祖頂相塔放光論	
6호	秋堂菊人	최동식	宗敎的精神을 不可不發輝	
7호	猊雲散人	최동식	四十九甲佛誕紀念演論	
3호	姜大蓮	강대련	佛敎進化의 要領	
8호	金寶輪	김명희 (보륜)	罪莫大於自蔑	

　　박한영의 논설은 청년의 교육을 강조하며, 시대의 변화에 따르는 불교 포교의 개선방안을 제시하는 내용이 주를 이룬다. 박한영은 불교청년의 교육이 미래 불교발전의 원동력이라는 점을 누누이 밝혔다.(「敎養徒弟는 紹隆三寶」,[20] 「將何以布敎利生乎아」,[21] 「佛敎의 興廢所以를 深究홀 今日」,[22] 「靑年佛敎界에

20　현재의 조선불교계에 인물이 없음은 영재를 '교양'하지 않은 잘못에 있다는 논설.
21　중생포교를 위해 청년도제 교양이 필요하고 교재개발이 필요하며 대승 교리를 더욱 연찬해야 한다는 논설.
22　조선의 역사상 불교의 흥폐는 외적요인과 내적요인이 있음을 전제하고 전 시대 불교가 노후한 원인을 사회에 기여하는 바가 적음을 들었다. 기독교의 사례를 반면교사 삼아 청년도제를 양성하는 노력을 경주하는 등 미래 발전을 위한 제언을 담은 논설.

對ᄒᆞ야」[23]) 그리고 불교청년들은 청정한 비구로서 계율을 지키며 학문을 탐구하되(「佛敎全體와 比丘一衆」[24]) 허황된 논리보다 현실에 토대를 둔 과학적 방법론을 동원하며(「多虛는 不如少實」[25]), 우리 문화를 실증적으로 발굴하고(「朝鮮佛敎와 史蹟尋究」[26]), 대중들에게 실질적인 도움을 주는 다양한 사업을 개척해 나가야 한다는 점(「佛敎와 世新의 想華」[27])을 일관되게 강조하였다.

이러한 계도의 메시지는 교육자로서 교학자로서 충분히 개진할 수 있는 것인데, 주목되는 것은 그가 근대 학문의 경향을 아우르며 실증적, 과학적 탐구 의지를 제언했다는 점이다. 이는 전통시대의 불학을 계승하며 후학을 지도하는 전통주의자이면서도 근대의 방법론과 학문자세를 앞서 제시하는 근대 지성의 양면을 조화롭게 보여주는 것으로 평가할 수 있다.

최동식은 박한영보다 좀 더 저널리스트로서의 성격이 강하다. 1912년 대정2년 스리랑카에서 진신 사리를 기증받아 강단에 봉안할 때의 상서를 소개한 글「佛舍利瑞應論」, 쌍계사 육조대사 정상탑의 방광 상서를 소개한 글「六祖頂相塔放光論」, 불교 포교소18개소의 활발한 포교 상황을 격려하고 장애가 되는 몇 가지 부류를 제시한 글「諸山大德의 布敎熱誠을 一述홈」, 삼십본산주지회의 보고서「論三十本山住持第三總會景況」, 총독부 종교담당 관리인 우사미宇佐美가 불교계에

---

23 기존의 노승들이 학식이 부족하고 견문이 좁으며 완고하고 호기가 없어 불교를 유신하기 어려우니 미래의 불교청년들이 주인공으로 나서서 실천해 주기를 당부한 시사논설.
24 서양의 학술 대가들이 결혼하지 않고 다양한 분야에서 학문을 발전시킨 것처럼 비구들도 계율을 지키며 학문에 힘써 줄 것을 당부하는 글.
25 허황된 수사보다 진실하고 실질적인 언어, 설법, 탐구가 필요하다는 점을 강조하고, 근대 자연과학이 그러하듯 불교도 실증적이고 과학적인 탐구가 필요하다는 논설.
26 조선 이래로 역사학이 크게 발전하지 못했음을 말하고 역사 발굴의 노력이 필요함을 강조, 그 예로 불법이 유입되는 원류, 고승전, 전등록, 탑과 불상의 연혁, 장판과 금석문, 건축 미술, 범음과 고음악의 보존 영역을 제시한 학술 논설.
27 타 종교 세력이 치열하게 확장하는 가운데 불교개선의 방안을 여섯 가지 제시한 글. 학교를 세우는 일, 殖産興業의 경영, 병원 고아원 빈민구제 등 자선사업의 확장을 제시한 논설.

당부한 사항을 정리한 글 「論美公의 五種訓演」, 『해동불보』의 명칭을 소개하고 그 의의와 기대를 표명한 글 「辯論海東佛報之名義」, 「論發輝宗敎之要素」 등이다.

『해동불보』의 논설은 잡지의 주필인 박한영과 최동식이 전담하다시피 했다. 박한영이 큰 틀에서 불교의 미래가 어떤 방향으로 나가야 할 것인가를 청년독자들에게 제시했다면, 최동식은 불교 포교 현장의 다양한 사례를 소개하였다. 최동식은 사찰령, 사법의 제약을 받는 교단의 대변인으로 정보의 전달에 '충실'한 역할을 하였다. 그의 '충실함'은 곧 불교계의 활동을 '제도'권 내로 편입시킨 총독부에 대한 상찬으로 표출되는 경향이 있다. 한편으로 박한영이 어려운 현실에서도 지사적 면모를 유지하도록 외호하는 역할을 맡았다고 해도 과언이 아니다.

(2) 사자후獅子吼

「사자후」는 박한영의 학술 논설 발표의 장으로 활용되었다. 수록된 글은 「불교佛敎의 세계관世界觀」1, 2호, 「조선朝鮮의 설법說法과 세계世界의 포교布敎」3호, 「법보단경해수일적강의法寶壇經海水一滴講義」3~8호이다.

「불교의 세계관」은 불교의 우주, 세계 구성을 소개한 글로, 어려운 경의 내용을 대중들이 쉽게 이해하도록 항목을 나누어 '의설義說'한 것이다. 세계상속世界相續, 중생상속衆生相續, 업과상속業果相續의 세 부분으로 나누어 풀이하였다.

「조선의 설법과 세계의 포교」에서 중류 이상의 수준에 맞는 설법이 없는 것이 최근 우리 설법의 문제이므로 세계의 포교방식, 즉 논리학, 상식과학 철학 문학 사회학을 궁리하여 포교할 것을 주장하였다. 정토법문을 비판한 것을 보면 잡지가 추구하는 것은 지식인을 위한 대승교학의 연찬과 포교임이 분명해진다.

「법보단경해수일적강의」는 육조 혜능의 법보단경을 '譯述'한 강의록이다. 박한영의 저술은 단순 현토의 '譯', 원문을 현토하고 이어서 주해를 붙이는 방식의 '역술'로 나뉘는데, 불보에는 단순 번역보다 역술이 비중이크다. 박한영은 교학 탐구와 전강의 장으로 불보를 활용한 것이다.

2) 학술부 - 무봉탑無縫塔

〈표 2〉『해동불보』학술부 소재 논설 목록 - 필자별

호수	필명	대표명	제목	비고
1호	記者	기자	教主 佛陀의 小歷史	불교사
1호	朴漢永	박한영	佛海의 易知흔 學理①	
2호	朴漢永	박한영	佛教의 易知흔 學理②	
3호	記者選	기자	中峰和尙楞嚴經徵心辨見或問①	선학
4호	記者選	기자	中峰和尙楞嚴經徵心辨見或問②	선학
5호	記者選	기자	中峰和尙別傳覺心	선학
4호	記者選	기자	西山大師禪敎釋①	박한영 평설
5호	上同	기자	西山大師禪敎釋②	상동
4호	龜山沙門	박한영	靈魂可見問題에 對ᄒ야	영혼론
6호	龜山沙門	박한영	金剛三關과 生盲四喩	
2호	劉敬鍾	유경종	禪敎要旨 ①諸宗提綱	교학
3호	伊齋抄錄	유경종	禪敎要旨 ②唯識宗	교학
4호	伊齋	유경종	禪敎要旨 ③唯識宗(續)	교학
7호	伊齋梵聾	유경종	禪敎要旨 ④唯識宗源流	교학
8호	伊齋梵聾	유경종	禪敎要旨 ⑤惟識纇抄	교학

학술부에는 박한영, 기자, 유경종의 학술적 논설이 수록되었다.

박한영은 「불해佛海의 역지易知흔 학리學理」에서 '일체법이 유심이다'라는 논리는 제불조사가 언급한 바이나 최근 수십 년간의 선배들의 주장에 중생의 안심처와 수행의 요문要門이 되는 법문이 없는 것을 비판하면서 현실에 맞는 쉬운 이론이 필요함을 주장하며 그 사례로서 몇 가지 법문을 풀이하였다. 이 또한 교학자로서 논리를 전개한 것으로 학술적 성격을 지니고 있다.

박한영이 미국의 광선학자가 영혼을 육안으로 관찰할 수 있다는 주장에 대해 판단을 보류하면서 영혼 문제를 객관적으로 탐구할 것을 제안한 글 「靈魂可見問題에 對ㅎ야」도 그의 영혼관의 일단을 보여주는 것이다.

'기자'가 선선選選한 「중봉화상릉엄경징심변견혹문中峰和尙楞嚴經徵心辨見或問」, 「중봉화상별전각심中峰和尙別傳覺心」은 천목 중봉天目中峰1263~1323의 강론을 가려서 발췌 번역한 글이며, 「서산대사선교석西山大師禪敎釋」은 서산대사의 『선교석』을 번역하고 평설을 붙인 간략한 글이다.[28]

유경종의 「선교요지禪敎要旨」는 '제종제강, 유식종, 법성종, 화엄종, 비니종, 유가종, 선종, 총론'의 순서에 따라 선교 여러 종파의 종요를 저술하고자 한 순한문체 논설인데, 유식종까지 논의하고 연재가 마무리되었다. 근대잡지에 순한문체로 연재한 것은 『해동불보』가 지향하는 것이 시대적 언어표현보다 대승교학의 '천화闡化'에 있었기 때문에 가능한 일이었다.

3) 전기부 – 대원경大圓鏡

<표 3> 『해동불보』 전기부 기사 목록

호수	필명	대표명	제목	비고
1호	記者	기자	禪門六祖大師緣起外紀	육조대사
1호	記者	기자	大東禪敎考①(정약용)	불교사

---

[28] 마지막에 박한영의 해설이 있는 것을 보면 이 항목의 '기자'는 박한영으로 추정된다. 자신의 학설이 아니라 논서의 일부를 전달하는 것이라면 굳이 이름을 밝히지 않고 전달자의 역할에 국한한다는 의미에서 기자라 했을 것으로 보인다.

호수	필명	대표명	제목	비고
1호	記者	기자	實相寺重興事蹟詩序	
1호	記者	기자	雪坡大師碑銘(채제공)	
2호	記者選	기자	大東禪教考②	불교사
2호	상동	기자	釋迦如來靈骨舍利浮圖碑幷序(통도사, 채팽윤찬)	
2호	상동	기자	喚醒大禪師碑銘幷序(홍계희)	
2호	秋堂菊人	최동식	攝和陶淵明歸去來辭	
3호	記者選	기자	大東禪教考③	불교사
3호	記者選	기자	松廣寺嗣院事碑蹟(조종저)	
3호	記者選	기자	鞭羊堂大禪師碑銘幷序(이명한)	
3호	記者選	기자	楓潭堂大禪師碑銘幷序(이단상)	
4호	記者選	기자	朗慧和尙白月葆光之塔碑銘幷序①(최치원)	박한영해설
4호	猊雲散人	최동식	海東華嚴宗函溟大師行狀	
4호	東山漘叟	미상	心齋記, 金海郡銀河寺重修記	
5호	記者選	기자	大東禪教考④	불교사
5호	상동	기자	大覺國師墓誌銘(박호봉, 의천)	
5호	상동	기자	朗慧和尙白月葆光之塔碑銘幷序②	
5호	상동	기자	宗教史①(『日本維新三十年史』)	번역(日)
6호	記者選	기자	朝鮮教史遺考①	불교사
6호	상동	기자	朗慧和尙白月葆光之塔碑銘幷序③	
6호	상동	기자	華嚴宗主函溟堂大禪師碑銘幷序仙巖寺寄本(여규형, 최동식)	
6호	상동	기자	曹溪抄錄①(『무의자시집』)	최동식
6호	荷亭呂圭亨	여규형	續靜勝熱銘	이건창 관련
7호	記者選	기자	宗教史②(『일본유신삼십년사』)	번역(日)
7호	記者	기자	朗慧和尙白月葆光之塔碑銘幷序④	
7호	李晦光	이회광	奉寄平壤府慈善會	
7호	張基林	장기림	全南光州道佛法布教趣旨(선암사)	
7호	呂荷亭	여규형	誦楞嚴圓通偈作五十韻, 默坐圖후속제오십운	
8호	記者選	기자	朝鮮教史遺考②(선종 교종 연혁)	불교사
8호	상동	기자	朗慧和尙白月葆光之塔碑銘幷序⑤	
8호	猊雲惠勤	최동식	枕溟堂行狀(선암사)	
8호	상동	최동식	曹溪錄抄②(『무의자시집』)	

호수	필명	대표명	제목	비고
8호	猊雲散人	최동식	靈源寺重創上樑文(최동식)	
8호	猊雲散人	최동식	조선불교가 直輸한 先派辨	
8호	秋堂 선	최동식	龍頭寺鐵幢記(김원찬 작, 최동식 설명)	
8호	記者	기자	大東禪教考紫霞山房辨	

전기부는 불교사 관련 자료를 발굴하여 소개한 지면이다. 역사상 유명한 인물의 비문을 발굴하고, 19세기에 제작된 불교사 자료를 전재하며, 1910년대 입적한 인물의 비문, 행장을 한문으로 작성하고, 불교대중화 과정에서 산출된 기문을 소개하였다.

불교사 성과로는 정약용이 지은 불교사 저작 「대동선교고」를 소개하고 '자하산방'으로 소개된 필자를 정약용으로 비정한 글이 있다. 조선불교사의 키워드를 제시하고 이와 관련된 전고를 나열한 기자의 글이 있고, 『일본유신삼십년사』^曰의 일부가 번역 소개되었다.

무의자 혜심의 시조계록가 일부 소개되었으며, 금석문으로 최치원의 사산비명 중 하나인 성주사비의 원문과 주해가 수록되었다.^{기자 박한영} 실상사, 통도사, 송광사, 영원사, 용두사, 김해 은하사의 사적 관련 비문, 시, 기문도 소개되었다. 이외에 설파대사, 환성대사, 편양당, 풍담당, 함명당, 대각국사, 침명당 관련 비문이 원문 그대로 소개되었다. 이들 자료는 주로 최동식^{혹은 기자}이 가려 수록한 것인데, 그의 계보와 관련이 있는 선암사의 함명과 침명 비문은 그가 직접 작성하였다.

이 가운데 편양 언기, 설파 상언, 풍담 의심은 백파 법맥으로 이어지고, 그것이 설두, 설유, 그리고 『해동불보』 편집인인 석전 박한영으로 이어진다. 또 함명, 침명은 선암사의 19세기 강백으로서 박한영, 최동식과 계보적으로 연결된다.

이를 보면『해동불보』의 전기부 비문 발굴과 제작은 선암사 계보와 밀접한 연관성이 있음을 알 수 있다.

4) 사림부 – 유성신 한갈등 무공적 언문부

(1) 유성신流星身

<표 4>『해동불보』유성신 기사 목록 – 필자별

호수	필명	한글명	제목	비고
1호	兼湖子輯	도진호	基督教에셔 佛教에(『독일불교세계』抄譯)	번역
2호	朴漢永	박한영	答湖南布教所金鍾來上人	김종래
4호	朴漢永	박한영	記者의 一片哀情을 佈告	
6호	朴漢永	박한영	백양사내 광성강숙 제2회 졸업식 축사	광성강숙
8호	石顚 答	박한영	禪話七難幷引(呂荷亭問, 石顚沙門答)	선화 문답
1호	晚香堂秋人	최동식	送大本山仙巖寺住持張基林序	장기림
4호	猊雲散人	최동식	敬賀模範守宰	
6호	猊雲山人	최동식	江都詩序	강화도 이건창
6호	張基林	장기림	同題	
5호	醒石金廷淳	김정순	寄石顚尊師書	「귀안행」소감
7호	吳在永	오재영	佛敎普及의 對혼 意見	경학 고취
8호	伊東忠太 述/ 李混惺 역	이토 주타 이혼성 역	佛敎와 我邦建築	번역(日)

「유성신」은 서간문 형식의 글과 기타 투고문을 수록한 지면이다. 불교로 개종한 어느 독일인의 신앙담을 번역한 도진호의 글「기독교에서 불교에」, 박한영과 임제종 운동을 함께 하던 송광사의 김종래가 박한영에게 초심을 잃었다 하며 낙향할 것을 당부하는 질의서와 박한영의 답신을 함께 수록한 글「答湖南布敎所金鍾來上人」, 같은 선상에서 박한영 자신의 입장을 불교 발전을 위한 것으로 양해해 줄 것을 당부한 글「記者의 一片哀情을 佈告」이 있다. 그리

고 백양사 광성강숙의 숙장으로서 행한 졸업식 축사, 예술과 문장에 뛰어
난 한학자 여규형呂圭亨의 선화禪話에 답한 글이 있다.

최동식의 글로는 '벗' 장기림이 선암사 주지로 부임하는 것을 환영하며
선암사의 역사를 약술한 글「送大本山仙巖寺住持張基林序」, 순천군수 이병휘가 송광
사, 선암사의 공동 포교당인 순천 불교홍륭회에서 강연한 요지의 글「敬賀模
範守宰」이 있다. 「강도시서江都詩序」는 최동식, 장기림 등이 이건창 생가가 있
는 강화도에 답사 가서 행한 시회의 서문 두 편이다.

(2) 한갈등閑葛藤

〈표 5〉『해동불보』 한갈등 기사 목록 – 필자별

호수	필명	한글명	제목	비고
1호	石顚沙門譯述	박한영	學佛問答	선문강요집 역술
5호	石顚山人 選	박한영	金剛評①李頤齋유저	금강산
6호	石顚山人(역)	박한영	金剛評②李頤齋유저	금강산
7호	石顚山人 역	박한영	金剛評③李頤齋유저	금강산
8호	記者 선	기자	今村事務官 講演의 謄照	총독부
8호	中觀子	서병두	佛夢	
1호	惠勤	최동식	論律部淵源①	율부
2호	曹溪沙門	최동식	論律部之淵②	율부
1호	晩香堂	최동식	北漢太古寺重修案趣旨	태고사
1호	秋堂餐菊人	최동식	題百敎會通(이능화)	백교회통
2호	秋堂餐菊老人	최동식	送霽雲禪伯歸金剛序	제운선백
2호	秋堂餐菊人	최동식	景敎疑模十五答問	경교
4호	秋堂餐菊老人	최동식	送金晶海遊學海外序	김정해
4호	猊雲散人	최동식	讀新刊禪門四辨漫語有感	선문사변만어
5호	猊雲散人	최동식	敬答松廣寺金錦溟講伯書	금명 보정
6호	猊雲散人	최동식	敎育發展의 私議	
6호	張基林	장기림	書寧齋學士叩擊雲長老偈後	이건창, 경운 원기
1호	石广	석엄	與玩老翁談	추사

호수	필명	한글명	제목	비고
2호	啓明室主人 金錦潭	김금담	題新金剛大觀	
3호	呂荷亭	여규형	默坐圖自題像贊	

「한갈등」은 일종의 '잡저'란인데 역시 박한영과 최동식의 다양한 글이 수록되어 있다.

박한영의 「학불문답」은 『선문강요집』을 발췌 번역한 것이고, 「금강평」 34편은 이이재 유저를 박한영이 번역한 것으로서 금강산 절경을 단형의 문장으로 품평한 것이다.

최동식의 글은 다양한 주제를 다루고 있다. 우리나라 율종의 연원과 전개를 다룬 논설, 북한산 태고사를 중수하는 취지서, 『백교회통』이능화의 서문, 기독교 장로에게 기독교 교리에 대해 비판적으로 질문한 편지글, 신간 『선문사변만어』의 오류를 시정하고 정오표를 제시한 글, 송광사의 금명보정의 편지에 답한 글, 불교교육의 전 과정을 일목요연하게 제시한 정책 제안서 등이 있다.

이 가운데 조선후기 선 논쟁의 본령에 있는 『사변만어』초의의순와 『선문증정록』우담 홍기과 관련한 글이 주목된다. 백파가 저술한 『선문수경』의 선론에 대해 초의1822~1881는 『선문사변만어』를 지어 반론을 제기하였다. 이 책은 1913년 6월, 고벽담高碧潭이 대흥사에서 발행한 연활자본이다. 서문은 그해 4월 두륜산인 원응 계정圓應戒定이 작성하였다. 「독신간선문사변만어유감讀新刊禪門四辨漫語有感」은 최동식이 책의 오류를 비정한 글로, 문헌비평적 안목이 돋보인다.

다음 호에 실린 「경답송광사김금명강백서敬答松廣寺金錦溟講伯書」는 금명 보정

錦溟寶鼎, 1861~1930의 편지와 최동식의 답서를 함께 수록하였는데, 이는 우담 홍기1822~1881의 『선문증정록』 간행과 관련되어 있다.[29]

(3) 무공적無孔笛 – 한시 창작의 경향과 시회

<표 6> 『해동불보』 무공적 작품 목록

호수	필명	대표명	작품(작가)
1호	朴漢永	(산천도인, 초의) 박한영	「寄草衣山人謝茶有韻」－山泉道人遺著 「次韻」－草衣山人遺著 「追和有感」－石顚 朴漢永
	朴漢永 成塤 金明熙 尹稙求	박한영 성훈 김명희 윤직구	「重陽踏能仁學校遊開寺雲拈韻」 －朴漢永, 書山成塤, 藕堂 金明熙, 小菱 尹稙求
	晚香堂菊翁	최동식	「敬題佛舍利七排」「贈濟雲禪伯」「自題六十三回生日淸凉寺」 「輓敬尹蘭皐先生」(3수)－晚香堂菊翁
	丹觀 金商穆 金鶴鉉	김상목 김학현	「題聚沙居士山房」(2수)－丹觀 金商穆 「次韻」(2수)－門人 金鶴鉉
	金鶴鉉	김학현	「西湖秋興」「述懷」「讀佛報」－靑田 金鶴鉉
2호		(자하 신위)	「觀寂寺災重建告功開水陸道場有韻九首」－申紫霞老人遺著
	朴漢永	박한영	「歸鴈行」－石顚 朴漢永
	楓岳山人	미상	「田家秋興」－楓岳山人
	秋堂菊人	최동식	「贈後達摩尊者」(2수), 「重陽對菊開酌」－秋堂菊人
	安往居	안왕거	「敬祝海東佛報」(2수)－漢山 安往居
3호	晚香堂菊人	최동식	「支那佛敎總會會長寄禪上人號八指頭陀…敬志哀悼」 「次松風上人爲學捨身塔韻」「和白衣寺苦雨」「題楊雪漁故宅」 「夢題重陽與王梧生諸君登掃葉亭」 「次重陽前一日掃葉亭有感」－晚香堂菊人

---

29 초의가 『선문사변만어』에서 백파의 선론을 비판하자 백파의 제자 침명에게 수학한 우담 홍기는 이를 비판하며 『선문증정록』을 저술하였다. 1913년 7월에 창문사에서 연활자본으로 간행된 이 책은 '우담 홍기 述, 범해각안 校'로 1874년에 조계산 길상사 광원암 장실에서 필사되었다. 이때 범해각안이 교정을 하여 필사본으로 완성되었다. 1913년 간행된 활자본에는 여기에 '예운산인 혜근'의 서문과 '조계후학 금명 보정'의 발문이 첨가되었다. 최동식은 자신을 아우라고 칭하면서 금명에게 『해동불보』에 투고해달라는 희망을 드러내었다. 둘 사이의 편지는 19세기 선론이 근대에 출간되는 경과를 확인할 수 있는 자료적 가치가 있다.

호수	필명	대표명	작품(작가)
	晶海 金喆宇	김정해	「大敎卒業有感」－晶海 金喆宇
	錦峰 張基林	장기림	「南山永慕齋送別李海石」(4수)－錦峰 張基林
	念齋 宋泰會	송태회	「送仙松兩寺住持和尙之京赴參正朝祝賀」－念齋 宋泰會
	大雲 王絅煥	왕경환	「山居卽事」「田家秋興」－大雲 王絅煥
4호	秋堂菊人	최동식	「敬寄念齋先生拈其送本山住持韻」(4수), 「癸丑除夜」「謹呈錦峰座主拈其慕齋韻」(4수)－秋堂菊人
	錦峰	장기림	「敬呈猊雲先生」「億石頭兄拈滄下韻」－錦峰
5호	惺石散人	김정순	「贈淸庵上人三絕」－平壤府 惺石散人
	秋堂菊人	최동식	「山居卽事」「敬寄松廣寺錦溟講伯」「追步諸君子靏湖舟中作」「宿奉恩寺」「離發上方」(2수)「又拈前韻南漢山」－秋堂菊人
	石顚一生 書山生 中觀生 琴堂生 錦峰生	박한영 성훈 서병두 미상 장기림	「蠶島舟中」－石顚一生, 書山生, 中觀生, 琴堂生, 錦峰生
	石頭陀	미상	「話頭」「題自像」－塔西山房 石頭陀
6호		(강위)	「遊智異山雙溪寺有韻」「金剛山毗盧峯」「妙香山示一枝禪」「曹溪南庵與菊溟禪師戲演川頌」－姜古歡遺著(기자 선)
		(이건창)	「開運寺有韻」「寶城吏所贈錦峰上人二首」「梅題二絕贈別擎雲長老」「宿松廣寺」－李寧齋遺著
		(황현)	「贈雙溪寺雨龍上人」「次曹溪山大乘庵韻」－黃梅泉
	呂荷亭	여규형	「贈雪松上人」「開運寺過初度日」－呂荷亭
	白籟山	백겸산	「遊松廣寺」「送錦峰上人之金剛山」－白籟山
	金擎雲	김경운	「題三十本山住持第三楷回寫眞」－仙巖 金擎雲
	渡邊彰 張基林 金相淑 猊雲散人	와타나베 아키라 장기림 김상숙 최동식	「江都懷古」－隅州 渡邊彰 「同和」－錦峰生 張基林, 枕月生 金相淑 「敬次隅州先生江都懷古」－猊雲散人
	越太 翠村高橋茂	다카하시 시게루	「贈呂荷亭先生」－越太 翠村 高橋茂
	金日永	김일영	「敬賀海東佛報」－春葛軒 金日永
	朴漢永 張基林 成塤 王日則 金寶輪	박한영 장기림 성훈 왕일칙 김명희	「奉答平壤府箕老社惺石居士金廷淳韻」－石顚 朴漢永, 錦峰 張基林, 書山 成塤, 大雲 王日則, 金寶輪
	錦峰 石顚	장기림 박한영	「次寄惺石公贈淸庵上人韻三絕」－錦峰, 石顚, 大雲

호수	필명	대표명	작품(작가)
	大雲	왕일칙	
7호	朴漢永 王日則 張基林 成塤	박한영 왕일칙 장기림 성훈	「懷西京二絶奇贈金惺石詞伯」－石顚 朴漢永 「同」－大雲居士 王日則, 錦峰 張基林, 書山居士 成塤
	成塤	성훈	「送別金剛山長安寺混惺上人遊學東京」－書山居士 成塤
	金鼎淳	김정순	「奉和三法師步鄭湖陰原韻」－惺石 金鼎淳
	盧海耕	노해경	「讚佛報」－海印寺 盧海耕
8호	張基林 朴漢永 徐丙斗 王日則 成塤	장기림 박한영 서병두 왕일칙 성훈	「登北漢城山映樓」－錦峰 張基林 「同題」－石顚 朴漢永, 中觀 徐丙斗, 大雲 王日則, 書山 成塤
	大雲 石顚 中觀 李能和 錦峰 書山	왕일칙 박한영 서병두 이능화 장기림 성훈	「宿僧伽寺」－大雲 「同題」－石顚, 中觀, 尙玄 李能和, 錦峰, 書山

1910년대는 아직 근대문학의 형성기로서 『해동불보』에는 문학에 대한 새로운 인식보다는 오히려 시詩와 가歌를 분리하여 생각하는 전통시대의 그것을 유지하고 있다. 불보에 수록된 문학 장르는 유일하게 한시가 「무공적」란에 수록된 것 외에는 찾을 수 없다. 『월보』에 보이는 다채로운 근대전환기의 문학 양식은 찾아볼 수 없는 고답적이고 보수적인 문학 인식을 보여주는 것이다.

한시는 박한영과 최동식의 작품이 다수 수록되어 있고, 이들을 중심으로 한 시회詩會에서 지은 차운시가 다양하게 수록되어 있다. 이들 시회에 참여한 인사들과 장소를 대략 제시하면 다음과 같다.

① 박한영－성훈－김명희－윤직구 : 능인학교, 개운사[30]

② 박한영-성훈-서병두(중관자)-금당생-장기림 : 서울 뚝섬[31]

③ 와타나베 아키라-장기림-김상숙-최동식 : 강화도[32]

④ 박한영-장기림-성훈-왕일칙(대운)-김보륜-김정순 : 평양 기로사[33]

⑤ 박한영-장기림-왕일칙-김정순

⑥ 박한영-장기림-왕일칙-김정순 : 평양[34]

⑦ 박한영-장기림-서병두 : 북한산성 산영루

⑧ 박한영-왕일칙-서병두-이능화-장기림-성훈 : 승가사[35]

　　개인적인 작품수는 최동식이 많지만, 시회의 현장을 보면 박한영과 장
기림이 중심 인물이다. 그리고 이들과 구례 지역 인사로 추정되는 왕일칙
과 선암사 인맥과의 교류가 두드러진다. 아울러 능인학교 교장 이능화, 호
동학교 교장 성훈과 교류하며 시를 나눈 자취가 뚜렷하다.

　　이외에 시 제목에 수증인의 이름이 들어간 시를 검토해 보면, 최동식이
수증한 시에는 윤난와尹蘭窩, 지나불교총회支那佛敎總會 회장인 기선상인寄禪上人,

30　「重陽隨能仁學校遊開寺雲拈韻」은 중양절에 능인학교 직원들과 함께 개운사에서 개최한 시
　　회의 낙수다. 성훈(成壎, 호 書山)은 당시 호동학교 교장이며 김명희(金明熙, 호 藕堂, 寶輪)
　　와 윤직구(尹稙求)는 미상인데 모두 능인학교와 관련이 있을 듯하다.
31　「蘿島舟中」은 박한영이 성훈, 선암사 주지 장기림 등과 뚝섬에서 나눈 시회의 결과물이다.
32　와타나베 아키라의 「江都懷古」, 장기림의 「江都懷古同和」, 김상숙(金相淑)의 「江都懷古同
　　和」, 최동식(예운산인)의 「敬次隅州先生江都懷古」는 이건창(1852~1898)의 생가와 묘가
　　있는 강화도 여행의 낙수이다. 최동식은 해동불보의 편집자, 김상숙은 당시 삼십본산주지
　　회의소의 일본어 통역원, 장기림은 선암사 주지, 와타나베 아키라는 총독부 직원이다.
33　「奉答平壤府箕老社醒石居士金廷淳韻」은 박한영, 장기림, 성훈, 왕일칙(王日則), 김명희(寶
　　輪)의 시,
34　⑤「次寄醒石公贈淸庵上人韻三絶」, ⑥「懷西京二絶寄贈金惺石詞伯」은 박한영, 장기림, 박한
　　영, 왕일칙이 평양사람 김정순(金鼎淳, 호 惺石)과 평양에서 나눈 시회의 결과물이다.
35　⑦「登北漢城山映樓」, ⑧「宿僧伽寺」는 북한산 산영루와 승가사를 함께 답사한 박한영, 장기
　　림, 서병두, 이능화, 성훈이 함께한 시회의 결과물이다.

송태회宋泰會, 호 念齋, 장기림, 금명 보정 등의 이름이 등장한다. 송광사의 금명 보정, 선암사의 장기림 등은 지역적 기반이 최동식과 겹친다.

(4) 언문부

<표 7> 『해동불보』 언문부 기사 목록

호수	필명	한글명	제목	비고
1호	동화축전유저	동화축전	「권왕문」	불교가사
2호	동화축전 유저	동화축전	「권왕문」	불교가사
3호	동화축전 유저	동화축전	「권왕문」	불교가사
5호	우당두타	우당두타	안신입명홀 곳을 엇어야지	
6호	우당순인	우당산인	도중감각	
7호	우당산인	우당산인	옛이야기홀시다	
4호	호즁긱ᄌ	호중객자	왕ᄉ물론	
5호	금륜산인	금륜산인	우리승여는 칙임이 무엇이오	
6호	우어ᄌ	우어자	집안걱정이 적지안소	
6호	호의ᄌ	호의자	수풀아래문답	
7호	묵호ᄌ	묵호자	마암이나 밋을밧게	
8호	극락유민	극락유민	나의 마음이 정토요 나의 성품이 미타로다	
8호	치치ᄉᆼ	치치생	학문이 업는 승려동포를 경고함	
8호	실업ᄉᆼ	실업생	물론 ᄌ본 업셔지는 날이 고싱ᄒᄂ는 날이오	

「언문부」는 1호부터 8호 종간호까지 유지되었는데, 잡지 전체가 한문 현토체인 가운데 언문부만이 순한글로 표기되었다. 1~3호까지는 1850 년대 동화축전이 창작한 장편 한글가사 「권왕가」를 '권왕문'이라는 제목 으로 수록하였다. 「권왕가」는 건봉사 만일염불회를 주도했던 작자가 염불 에 관한 다양한 글을 모아 펴낸 염불 권장의 장편 가사인데,[36] 적당한 판각 의 기회를 얻지 못하다가 1908년 범어사에서 목판으로 펴낸 바 있다.[37]

또 같은 작품이 『조선불교월보』 17~18호와 『해동불보』 1~2호에 걸쳐 수록되기도 하였다.

「언문부」에는 '호중긔즈, 우당두타, 금륜산인, 우당슨인, 우어즈, 호의즈, 묵호즈, 극락유민, 치치싱, 실업싱'의 글이 수록되어 있다. 이들 생소한 필명의 주인공은 박한영이나 최동식일 가능성이 크다. 이들의 글은 크게 두 가지의 경향을 띤다. 하나는 마음을 밝히고 공덕을 권장하는 글들이고, 다른 하나는 근대를 맞이하여 불교의 발전이나 의식의 혁명을 제언하는 글들이다.

4. 학술 성과

『해동불보』는 편집의 방향에서 살펴본 것처럼 대승 교학을 천양하고 교화함을 목적으로 한 잡지다. 전체적인 맥락에서 이 시기의 불교잡지가 불교 대중화를 추구한다는 것은 상식이지만, 『불보』는 대중성만을 지향하지는 않았고 그에 대한 고려도 부족하였다. 기실 모든 내용이 기본적으로는 불교를 대중화하는 글이라 하겠지만, 여기서는 '중류' 이상의 수준을 가진 불학자佛學者를 주요 독서층으로 설정하여 수준 있는 논설을 게재하고자 하였다. 이는 박한영의 교학 강좌가 서두에 조선에 중류 이상 수준의 법문이 없음을 강조한 데서 여실히 드러난다.

『해동불보』의 학술적 성과는 크게 두 가지 측면에서 살펴볼 수 있다. 하

---

36 김종진, 『불교가사의 계보학, 그 문화사적 탐색』, 소명출판, 2009, 167~171면.
37 김종진, 『불교가사의 연행과 전승』, 이회, 2002, 252면.

나는 대승교학의 연찬이요, 다른 하나는 불교사 자료 즉 사적 및 고승 비문의 발굴과 제작이다. 전자는 박한영이, 후자는 최동식이 주도하였다.

박한영은 「불교의 세계관」 1, 2호에서 불교의 세계관을 세계상속 중생상속 업과상속의 세 부분으로 나누어 풀이하는 한편, 육조 혜능의 『법보단경』을 최초로 현토하고 주해하여 5회에 걸쳐 연재하였다.[38]

기자 이름으로 발표한 「선문육조대사연기외기禪門六祖大師緣起外紀」는 『법보단경』의 「육조대사연기외기六祖大師緣記外記」[39]와 「역조숭봉사적歷朝崇奉事蹟」[40]을 현토하고 해설한 것이다.[41] 「중봉화상능엄경징심변견혹문中峯和尙楞嚴經徵心辨見或問」 3, 4호은 천목 중봉의 어록인 『천목중봉화상광록天目中峯和尙廣錄』[42]의 문답체 논설을, 「중봉화상별전각심中峯和尙別傳覺心」 5호은 같은 광록의 문답체 논설[43]을 현토체로 번역한 것이다.

「서산대사선교석」 4~5호은 천목 중봉의 글에 이어 서산대사의 『선교석禪敎釋』 전문을 현토체로 번역하고 매 호 "石人評"이라 해서 짧은 품평을 추가한 글이다.[44]

이상 육조 혜능, 중봉 명본, 서산대사의 주요한 선서禪書를 발췌하고 현

---

38 연재한 부분은 단경의 첫 장인 '行由第一'의 일부이다. 역자는 서문을 붙이고 현토하였으며 필요한 부분에서 국한문체 현토체로 주해하여 기입하였다(『六祖大師法寶壇經』 "大師至寶林~但喫肉邊菜", T48.347c24~349c04).

39 "大師名惠能~今殿前左側有鐵塔鎭處是也", T48. 362b26~362c23.

40 T48. 363b11~16.

41 이 글의 작성자 '기자'는 박한영으로 비정하고자 한다.

42 권13의 「楞嚴徵心辯見或問」(B25. 854a04~860a05).

43 권14의 「別傳覺心」(B25. 860b04~864a03).

44 청허가 묘향산에 주석하고 있을 때 제자 행주, 유정, 보정 세 사람이 『금강경오가해』를 가지고 찾아와서 그 가운데 반야를 선의 종지로 간주해도 좋을지를 묻자 청허가 선과 교의 차별에 대하여 대조시키면서 분별하여 설명한 책이다. 교외별전과 불립문자의 사상적 배경에 대해 설명하면서 선이 교학과 차별되는 점을 부각한 특징이 있다(김호귀, 「西山大師禪敎釋」, 동국대 불교학술원 편, 『한국불교전서편람』, 동국대 출판부, 2015, 210면).

토하여 평설한 박한영의 글쓰기는 전통시대 강학의 전통을 근대 다중의 매체를 통해 일반 독자에게 구현한 의의를 지닌다.

유경종의 『선학요지』의 연재2~4·7~8호도 『해동불보』의 교학 연구 성과로 주목할 만하다.[45]

「한갈등」란에 게재된 최동식과 금명 보정의 편지글은 선논쟁과 관련한 저술들이 1913년에 연활자로 간행된 사실을 확인할 수 있다. 최동식은 『(신간)선문사변만어』의 내용 중 오류를 비정하여 정오표를 작성하였다. 讀新刊禪門四辨漫語有感 여기에 그가 어린 시절 침명의 문하에 있을 때 길상사송광사 동명東溟 강백이 이를 침명에게 증정하였고, 최동식은 스승의 지시로 초본鈔本을 등서하여 한 부를 구암사 설두화상에게 기증했다는 사연을 소개하였다.[46]

역사 관련 학술 성과는 「대원경」란에 집중되어 있다. 자하산방紫霞山房 이름으로 저작된 「대동선교고」는 『대둔사지』1823 제4권에 수록되어 있는데, '기자'가 이 책을 현토체로 번역하여 수록하였다. 투고 당시 자하산방이 누구인지 밝혀지지 않은 상황인데, 찬자인 기자는 아마도 박한영일 것으로 추정된다.[47]

---

45 선교의 여러 종파를 아우르는 개설서로 저술된 것으로 『해동불보』에는 저술의 변, 개관과 함께 그 첫 장으로 유식종을 소개하는 것으로 마무리하였다. 근대 선교 종파의 개론서로서 충분한 의의가 있다.

46 백파의 제자 우담 홍기는 초의의 『선문사변만어』를 비판하며 『선문증정록』을 지었고 이 역시 1913년 연활자본으로 간행되었다. 이미 40년 전에 필사본으로 제작된 이 책이 간행될 때 최동식은 서문을, 금명 보정은 발문을 써서 첨부하였다. 이들은 1910년대 조선후기 선논쟁을 근대 활자본으로 출간하는 데 기여했으며, 선 논쟁이 근대 학문의 토론의 장으로 편입되는 데 일정한 기여를 한 인물로 평가할 수 있다.

47 기자의 변이라 할 서두에 역자는 '수년 전에 해남 대흥사에서 이 책을 열람했을 때 그 구체적 체제와 備考는 우리나라 禪敎史의 한 典考가 될 것으로 판단하여 전문을 번역한다'고 하였다. 그러나 이 책은 '근대의 記實'이 누락되어 있음을 아쉬워하였다. 『대동선교고』가 고려의

번역의 후속담이라 할 「대동선교고자하산방변大東禪敎考紫霞山房辨」8호에서는 자하산방이 정약용의 호이며, 발문을 쓴 감천거사紺泉居士 윤동尹峒은 강진 귤정 윤종수의 별호로서, 정약용이 강진에 머물던 시절의 주인이며 제자임을 밝혔다. 그리고 다산의 300여 권의 책 중 삼분의 이는 모두 감천의 필적이라 변증하였다.

『해동불보』의 전기부대원경에는 기자가 선별한 비문과 행장이 다수 게재되었다.[48] 이 가운데 최치원이 찬한 「낭혜화상백월보광지탑비명병서」는 박한영이 현토체로 번역하고 구문마다 역시 현토체로 주해를 단 일종의 주석서 성격을 가지고 있다. 대사의 행적을 다룬 본문은 다 수록하고 사가의 평론과 명銘 부분은 번역에서 생략하였다. 이는 추후 박한영이 간행한 『정주사산비명精註四山碑銘』1931의 토대가 된 것으로 근대 금석학 연구의 중요한 업적이라 할 수 있다.

최동식은 19세기 선암사의 강맥을 대표하는 침명 한성1801~1876과 함명 태선1824~1902의 행장을 작성하였다. 또 편양 언기1581~1644, 풍담 의심 1592~1665, 환성 지안1664~1729, 설파 상언1707~1791의 비명을 발굴하여 소개한 기자 역시 최동식으로 보아도 무방하다. 최동식은 박한영과 함께 선암사의 강맥을 계승한 인물이라는 점을 고려할 때,『해동불보』에 선암사의 고승 비명을 중점적으로 소개한 것은 이러한 편집자의 기획이었다고 할 수 있다.

禪敎부터는 언급하지 못했음을 말한 것이다
48 「실상사중흥사적시서」, 「설파대사비명」, 「통도사석가여래영골사리부도비명병서」, 「환성대선사비명병서」, 「송광사사원사적비」, 「편양당대선사비명병서」, 「풍담당대선사비명병서」, 「낭혜화상백월보광지탑비명병서」(박한영 해설), 「함명대사행장」(최동식 찬), 「대각국사묘지명」, 「함명당대선사비명병서」(여규형 찬, 최동식 음기), 「침명당행장」(최동식 찬), 「영원사중창상량문」(최동식 찬), 「용두사철당기」(최동식 해설) 등이다.

『해동불보』의 사장박한영, 편집인최동식, 새롭게 투고자로 편입한 인물장기림은 당시 선암사를 중심으로 이어져온 편양파 강맥의 계보를 잇는 중심인물이며, 이들에 의해 발굴된 비명 행장은 우연한 것이 아니라 그들의 강맥을 천양하는 차원에서 선택되고 기획된 것이라 하겠다.

5. 문예 성과

『조선불교월보』에는 추사 김정희의 불교관련 한시를 발굴하여 소개한 의의가 있음을 앞 장에서 살펴보았다. 『해동불보』 1호에는 추사의 아우 김명희金命喜, 호 山泉道人가 초의에게 보낸 시 「기초의산인사다유운寄草衣山人謝茶有韻」과 차운시를 수록하였고, 이를 발굴하여 잡지에 수록한 박한영은 「추화유감追和有感」이라는 시를 지어 둘 사이의 차를 통한 교류를 재음미하였다. 같은 호에는 또 조선말기 신위申緯, 호 紫霞의 「관적사재중건고공개수륙도장유운구수觀寂寺災重建告功開水陸道場有韻九首」가 수록되어 있다. 이들 작품은 구한말 이전에 유자들이 쓴 불교관련 한시를 발굴하는 의의가 있다.

『해동불보』 6호의 사림부에는 선암사와 관련 있는 석전, 최동식, 금봉장기림의 시가 다수 수록되어 있는 가운데, 고환 강위1820~1884, 영재 이건창1852~1898, 매천 황현1855~1910 등의 한말사대가에 해당하는 한문학자의 작품이 수록되어 있다.[49] 그리고 하정 여규형1848~1921,[50] 백겸산낙륜,[51] 왕

---

49 한말 4대가와 관련된 작품은 다음과 같다. ① 장기림, 「書寧齋學士叩擎雲長老偈後」, ② 강고환(姜古歡), 「遊智異山雙溪寺有韻」「金剛山毘盧峰」「妙香山示一枝禪」「曹溪南庵與凾溪禪師戲演川頌」, ③ 이영재(李寧齋), 「開運寺有韻」「寶城匪所贈錦峰上人 2首」「梅題二絶贈別擎雲長老」「宿松廣寺」, ④ 황매천, 「贈雙溪寺雨龍上人」「次曹溪山大乘庵韻」. 이들 작품의 경향에

일칙 등이 등장하는 등 다채로운 양상을 보인다.

『해동불보』에는 19세기 후반에 이루어진 선암사, 구암사 강맥과 한말 문장가, 유학자와의 교유가 한시 작품을 통해 자연스럽게 투영되어 있다. 여기에 고환당 강위, 매천 황현, 영재 이건창이 등장하고 선암사의 함명, 경운, 금봉 등이 교유의 상대로 등장하였다.

한편 석전의 스승인 구암사의 설유雪乳處明, 1858~1904는 당대의 명사들과 교유했는데 매천 황현, 기우만奇宇萬, 1846~1916,[52] 곡성 출신으로 알려진 운림雲藍 정봉현鄭鳳鉉 등과 방외의 우정을 맺었다.[53] 간재 전우艮齋田愚, 1841~1922 와의 교유도 있는 것으로 알려져 있다. 아마도 지역적으로 근거리의 유학 자들과 교유를 나눈 것으로 보인다.[54]

이를 통해 19세기부터 근대 초에 이르기까지 섬진강 동쪽에선 선암사화 엄사 송광사를 중심으로, 그 서쪽에선 구암사백양사 선운사를 중심으로 근대 호남 유학의 선봉장이 된 인물들과 근대 호남 불교의 강맥을 수립한 승려들 간 에 교유가 있었음을 알 수 있다.[55]

대해서는 김종진, 「박한영과 국학자의 네트워크와 그 의의」, 『온지논총』 57집, 온지학회, 2018, 240~244면 참조.

50 여규형의 「贈雪松上人」「開運寺過初度日」. 여규형은 시문에 뛰어났고 음률에 통했으며 기하 산수 등 다양한 학문에 두루 밝은 인물이다. 이건창, 김윤식, 정만조 등과 함께 한문학사의 대미를 장식한 인물이다. 『荷亭遺稿』 4권이 전한다.

51 白兼山의 「遊松廣寺」「送錦峰上人之金剛山」.

52 기우만(奇宇萬, 호 松沙)은 성리학자 기정진(奇正鎮, 호 蘆沙, 1798~1876)의 손자이다.

53 「靈龜山雪乳堂大師行略」, 『石顚文抄』, 법보원, 1962, 37면.

54 매천은 해학 이기, 석정 이정직 등의 신유학자들과 선암사 화엄사 등지의 사찰을 방문하였 다. 석전은 「石林草自鈔敍」(『석림초』, 1면)에서 海鶴李沂의 「歸讀吾書論」을 인용하여 자신 의 문장을 수습한 논리로 편 것을 보면 황현, 이기 등의 호남 유학자들과 직간접적인 교류가 있었던 것으로 짐작할 수 있다. 대를 거슬러 올라가면 구암사의 설두는 蘆沙 奇正鎮과 교유 한 것으로 알려져 있다.

55 『石顚詩抄』(동명사, 1940)와 『石顚文抄』(법보원, 1962)에서 석전 자신은 강위의 시를 사숙 한 것으로 소개하였다. 또 근세 최고의 선가문학으로 草衣의 시와 草广의 문장을 소개하면

결국 석전은 19세기의 불가 강맥의 계보를 계승한 인물이자 1910년대 근대 불교잡지를 간행한 인물로서 선암사, 구암사를 중심으로 한 강백들과 문장가, 신유학자들의 교유를 들었거나 보아왔고 본인도 직간접적인 체험을 한 것으로 보인다. 그리고 선배세대가 나눈 이러한 교유의 결과물을 『해동불보』에 일부 소개하고 있다. 잡지에 소개한 한시는 19세기 말부터 20세기 초의 이러한 교류 양상을 반영하고 있다는 전에서 의의를 찾을 수 있다. 이는 곧 1920년대의 국학자들이 박한영에게 기대하였던 지식의 근간이 되었을 것으로 본다.

서 초엄이 불교뿐만 아니라 諸門에 두루 통달했다는 것을 매천 黃公에게 들었다고 기술한 것으로 볼 때 석전과 매천 간에도 직간접적인 교유가 있었을 것으로 파악된다(「輓草广上人遺稿序」, 『石顚文抄』, 법보원, 1962, 43면).

제3장

『불교진흥회월보』

중심축의 이동, 경성의 지식인 그룹으로

1. 전개사

『불교진흥회월보佛教振興會月報』통권 9호, 1915.3~1915.12는 삼십본산연합사무소의 포교단체인 불교진흥회의 기관지로 발행되었다. 발행 겸 편집인은 이능화, 발행소 불교진흥회본부경성부 수송동 82번지이다.[1] 이능화의 국학 연구 발표의 장으로 활용되었다.

1) 창간의 배경과 경과

『불교진흥회월보』는 불교진흥회의 기관지로서 1915년 3월 15일 창간되었다. 앞서 『해동불보』가 1914년 6월 종간되었으니, 근 9개월 만에 다

---

[1] 『불교진흥회월보』의 발행일은 1호(1915.3.15), 2호(1915.4.15), 3호(1915.5.15), 4호(1915.6.15), 5호(1915.7.15), 6호(1915.8.15), 7호(1915.9.15), 8호(1915.10.15), 9호(1915.12.15) 등이다.

시 불교계에 잡지가 등장한 것이다. 불교진흥회는 30본산주지의 연합에 더하여 여러 방면에서 활동하고 있는 경성의 불교계 인사들이 합세한 승속연합 기관이다. 따라서 삼십본산연합사무소[2]가 포교를 위해 만든 단체라 할 수 있다. 인적 구성이나 체제에 있어『조선불교월보』,『해동불보』 두 잡지와『불교진흥회월보』 사이에는 상대적으로 이질성이 두드러진다. 이는 편집진의 주류가 영남, 호남에서 경성으로, 교학에 정통한 학승에서 근대학문을 개척해 나가는 거사군居士群으로 이동한 것을 의미한다.[3]

불교진흥회는 30본산의 주지와 불교계 지식인이 결합한 공동의 체제를 지향하였고 1915년 총독부로부터 정식 인가를 받고 많은 회원이 가입하는 성황을 누렸다.『불교진흥회월보』가 간행된 시기는 바로 조직 확장의 상승세가 이어지는 시기로서 희망에 가득 찬 진흥회의 활동이 잡지 본문과 회의록에 소개되어 있다.

그러나 불교진흥회가 구체적으로 어떤 사업을 전개할 것인지에 대한 논의는 잡지 문면에는 보이지 않는다. 잡지가 별도의 사고社告 없이 9호로 종간된 것은 그 사정이 잡지 내부에 있지 않고 발행기관의 문제였을 것인데,

---

2 삼십본산연합사무소는 일제의 종교정책에 따라 사찰령이 제정된 후 1915년 1월에 구성된 30본산의 주지 연합체이다. 연합사무소와 관련을 가지는 잡지는『불교진흥회월보』(통권 9호, 1915.3 ~12),『조선불교계』(통권 3호, 1916.4~6),『조선불교총보』(통권 22호, 1917.3~1921.1)가 있다. 삼십본산연합사무소는 1922년에 삼십본산선교양종종무원으로 대체될 때까지 유지되었다.

3 이 시기에 경성을 중심으로 거사불교운동이 시작된 이유는 무엇일까. 우국계몽기를 거치면서 등장한 친불교적인 지식인群의 존재, 이들이 기독교 천도교 등 타 종교지식인 그룹의 활동에서 얻은 자각, 그리고 중국에서 활발하게 전개된 거사 중심의 불교개혁운동 등이 영향을 끼쳤을 것으로 보인다. 진흥회의 조직이나 잡지의 발간은 중국 근대의 거사불교운동의 영향도 있었을 것으로 추정된다. 양문회 등이 주축이 된 거사운동은 불교연구와 다양한 전적의 출판, 정기간행물의 간행을 통해 청대에 쇠퇴한 불교학을 부흥시키고 그것을 대중적으로 확산시키고자 노력한 바 있다. 김진무,「중국근대 거사불교의 성격과 사회적 역할」(동국대 불교문화연구원 편,『동아시아 불교의 근대적 변용』, 동국대 출판부, 234면) 참조.

이 역시 잡지에는 드러나지 않는다.[4]

2) 발행 기관과 창간 과정

『불교진흥회월보』의 발행 기관은 불교진흥회이다. 불교진흥회는 30본산 주지와 불교계 지식인거사이 주가 되어 1914년 9월 창립되었다.[5] 30본산 주지 가운데는 이회광會主, 강대련副會主, 선교양종삼십본산연합사무소 위원장, 나청호理務部長, 연합사무소 常置員가 주축이 되었고, 불교계 지식인으로는 김홍조幹事長, 신익균事務部長 등이 주축이 되었다.[6] 1914년 11월 25일 해인사 주지 이회광을 대표자로 한 승속대표 30인은 불교진흥회 조직의 인가를 신청하였고[7] 12월 24일 조선총독부 경무총감의 인가를 받아 본격적인 활동에 들어갔다. 불교진흥회를 발기한 목적은 "불교를 진흥하여 우리 동포로 하여금 함께 불교에 귀의하게 하"는 것이다.[8] 본부는 경성부 수송동 82번지 각황교당으로 정하고, 임원으로는 회주會主 1인, 간사幹事 약간 인을 두고 이재부理務部와 사무부事務部를 두어 집무하게 하였다.[9]

4   1915년 출범한 불교진흥회는 얼마 가지 않아 "승려들 간에 서로 양보하지 않아 원만한 발전을 이루기 어려워" 조직을 폐지하였다.(『매일신보』, 1917.2.23 기사). 내막을 보면 불교진흥회 회주인 이회광과 부회주인 강대련이 총독부를 둘러싸고 치열한 교권 다툼을 벌였고, 이회광의 재정 비리가 있었다. 이상 윤기엽, 「일제강점기 조선불교단의 연원과 사적 변천 ─ 조선불교단 임원진의 구성과 이력을 중심으로」(『대동문화연구』 97집, 성균관대 대동문화연구원. 2017, 299면) 참조.
5   "대정 3년 9월 일에 각 대본산 주지 제공과 모모 宰紳 모모 거사의 주최로 말미암아 불교진흥회를 창립하여 당국의 특별한 인가를 이미 받으니" (최동식(晚香堂菊人), 「論今日佛教之振興」, 『불교진흥회월보』 1호(1915.3), 3면. 그리고 같은 호의 39면, 「佛敎振興會趣旨書」 참조.
6   이들의 사진이 『불교진흥회월보』 4호에 게재되어 있다. 1호의 祝詞란에도 이회광, 강대련, 김홍조, 나청호, 신익균 순으로 축사가 게재되었다. 1호에는 이들 외에 이명칠(素儂), 이교영(酉谷), 김영진(滄岡), 김영찬(兒广), 이순하(三然), 윤직구(小菱)의 축사가 수록되었다.
7   「警務總監部認可狀謄本」(『불교진흥회월보』 1호(1915.3), 39~40면)에 "이회광 외 삼십 명 대표자 이회광"이라 하였다.
8   「佛敎振興會趣旨書」, 『불교진흥회월보』 1호(1915.3), 39면.

잡지 발행의 근거는 「불교진흥회시행세칙佛教振興會施行細則」이다. 총 9장 24조로 구성된 시행세칙 중 잡지발행과 관련된 조항을 발췌하여 소개하면 다음과 같다.

제1조(명칭) 불교진흥회본부는 경성부 수송동 82번지에 두고 불교진흥회지부는 지방 각 본산과 출장포교소에 두되 각 지방명칭을 冠한 자로 함.

제2조(목적과 사업) 불교 宗旨를 講究하여 교육보급을 장려하며 本支기관을 완비하여 사업발달을 기도하는 사항은 다음과 같음.

  1. 본회 내에 양성소를 설치하고 포교사를 양성하는 일.

  3. 승려 포교서와 일반 신도에 필요한 포교서를 편찬 간행하는 일.

  9. 會報를 발행하여 본회의 취지를 발표하고 一切會中事業을 게재하는 일.[10]

불교진흥회의 가장 큰 목적은 포교사 양성, 승려 및 대중을 위한 포교서 발행에 두었다. 이를 홍보하기 위한 매체로 '회보를 발행'하여 본회의 취지를 발표하고 일체 사업 내용과 경과를 게재하는 것을 주요 사업으로 제시하였다. 불교진흥회 조직은 회주, 간사장, 이무부장, 사무부장, 간사, 서기 등으로 구성했으며, 회보 발행 업무는 사무부장 책임하에 간사와 서기가 실무를 담당하였다.[11]

---

9 「佛教振興會規則」, 『불교진흥회월보』 1호(1915.3), 41~42면.
10 「佛教振興會施行細則」, 『불교진흥회월보』 1호(1915.3), 43~55면.
11 3조 役員의 구성, 12조 역원의 임무, 13조 회원의 자격 조 참조. 회원 자격으로는 "時俗上 浮華浪蕩의 習을 참회하고 청정심을 발하여 불교를 진심으로 신앙하는 자와 신심이 견고하고 원력이 광대한 자는 재가출가와 남녀를 불문하고 모두 회원의 자격으로 인정함"이라 하였다.

3) 편집과 발행의 주체

불교진흥회를 구성하는 주요 인물로는 먼저 회의록에 소개된 발기인과 임원진을 들 수 있다. 물론 30본산의 주지는 발기 모임에 불참하였더라도 조직의 구성원으로 추천되어 당연직으로 자리 잡고 있다. 거사 가운데는 교육가 언론인 등 여러 분야의 인물이 포함되어 있다. 불교진흥회에 발기인으로 참여한 19명의 지식인들은 '문장가, 철학가, 교육가, 수학가, 의학가' 등[12]이며, 잡지의 광고란을 보면 다양한 분야의 사업가들도 포함되는 것으로 보인다.

1914년 8월 10일 경성 황금정 이상화李常和 집에서 개최하고 장기림, 이회광, 이능화, 나청호, 최동식 외 다수가 모여 이회광을 임시 회주로 피선하였다. 취지서 제정위원으로 장기림, 이능화를 선정하였고, 발기회에 참석하지 않은 대본산 주지를 모두 발기인에 포함하기로 하였다. 이후 회의에서 이회광이 회주로 피선되었고, 1915년 1월 25일 본회의 기간에 열린 임시간사회에서 양건식이 전임서기로 피선되었다.[13]

자료를 보면 이능화는 불교진흥회취지서의 제정위원으로, 양건식은 전임서기로 선정되었다. 이 둘은 『불교진흥회월보』 편집, 발행의 책임을 맡고 잡지의 담론을 이끌어간 대표 인물이다. 이능화는 편집 겸 발행인으로 발행을 주관하면서 「논설」 「교리」 「사전史傳」 「잡조雜俎」 영역에서 책임 필

---

12 이능화, 「불교진흥은 삼십보살과 무수유마거사」, 『불교진흥회월보』 2호(1915.4), 13면.
13 이상 「불교진흥회회록」, 『불교진흥회월보』 2호(1915.4), 77~80면 참조. 불교진흥회 역원을 소개하면 다음과 같다. 회주 이회광, 부회주 강대련, 간사장 김홍조, 이무부장 나청호, 사무부장 신우균, 재무부장 이명칠, 간사 장지연·윤태홍·김상숙·김영진·이능화·이상화·김영칠·이지영·성훈·윤직구·양건식·송헌석·마상학·이교영·이순하·박해원·안필중·홍진유·장홍식·오재풍·허만필·김동규·유석진·조명구·심우택·한영호·김보륜·이보담·이벽봉·김근수, 부인간사 이숙·이숙자.

자로 활동하였고,[14] 양건식은 학술번역과 소설 창작 분야에서 거의 전담자로서 필력을 과시하였다.[15]

이외에 『조선불교월보』와 『해동불보』에서 주요 필진으로 역할을 했던 최동식은, 불교진흥회 조직에서 별다른 보임을 맡지 않았지만, 이능화 양건식에 이어 가장 많은 글을 투고하여 주요 필진으로 자리 잡고 있다. 이들은 시로 다른 영역에서 상보적으로 활동하면서 『불교진흥회월보』의 발행에 기여한 대표 인물들이다.

이능화와 최동식의 관계도 주목된다. 최동식은 이능화의 역작 『조선불교통사』에 서문을 썼고, 이능화는 본문의 쌍계사 조탑祖塔을 소개한 장에서 그를 '진실로 윗대에 부끄러움이 없'는 활동을 한 불학자佛學者로 소개하였다.[16] 이와 함께 통사에 최동식이 지어 『해동불보』에 수록한 「지리산쌍계사륙조정상탑방광론智異山雙溪寺六祖頂相塔放光論」을 인용하였다. 통사 전체를 통해 최동식이 지은 「우담대선사행장優曇大禪師行狀」, 「영원사상량문靈源寺上樑文」,

---

14 이능화(1869~1945)는 1910년대와 20년대에 『백교회통』, 『조선불교통사』, 『조선도교사』, 『조선무속고』, 『조선여속고』, 『조선해어화사』 등을 저술한 대학자이다. 그는 비교종교학 불교사학 민속학 등 다방면에 국학자로서 최고의 성과를 보인 인물로 평가된다. 1910년대 후반기에 『불교진흥회월보』, 『조선불교계』, 『조선불교총보』를 연속하여 발행한 거사불교 운동의 중심 인물이다.

15 양건식(1899~1944)은 중인 계층의 자제로서 한성외국어학교를 마친 외국어에 능통한 인물이다. 당시 외국어학교의 학감은 이능화였으며 외국어학교에서 그를 가르쳤던 선생들은 이미 명진학교 시절부터 불교계와 깊은 관계가 있는 거사들이었다. (고재석, 『한국근대문학지성사』, 깊은샘, 1991, 73~76면) 스승과의 인연은 1912년 각황사에서 이능화와 함께 연사로 참여하고, 1914년에 불교진흥회의 전임서기가 되어 기관지인 『불교진흥회월보』를 편집하게 된 인연이 되었을 것으로 보인다.

16 "조계사문 혜근(최동식)은 호가 猊雲散人으로 신라 문창후 최치원의 후손이다. 집안은 대대로 호남에 살았다. 조계산 선암사에서 출가 득도하였으며 경붕(익운) 대사 밑에서 공부하였다. 이미 불학은 넉넉했으며, 아울러 세속의 전적들도 익혔다. 요즘 승려사도 그의 손에서 많이 나왔는데, 진실로 윗대에 부끄러움이 없다." 이능화, 동국대불교문화연구원 역, 『역주 조선불교통사』, 동국대 출판부, 2010, 290면; 본서 『해동불보』 '최동식' 조 참조.

『선문증정록禪門證正錄』서문 등이 이능화의 역사기술에 중요한 전거로 활용
되고 있다.[17]

이외에 『불교진흥회월보』에는 유학 계통의 언론인 장지연張志淵, 1864~1921,
문인이자 예술인으로 다양한 영역에서 활동한 여규형呂圭亨, 1848~1921, 거사이
면서 선론에 밝은 유경종의 글이 수록되었다. 불교진흥회 구성의 주요 축인
삼십본산 주지나 기타 임원들은 잡지에 투고한 바 없고, 다만 강대련의 선론
禪論[18]이 두드러질 뿐이다.[19]

결국 불교진흥회의 구성이 승려와 거사의 비중이 균형을 이루고 있다
할지라도, 잡지의 담론을 이끌며 자신의 불교학을 펼친 발행의 주체는 이
능화 양건식 최동식으로 대표되는 거사들이다. 그리고 이들은 넓은 의미
에서 불교계의 국학자들이라 할 수 있다.

2. 잡지의 지향

이 시기에 『불교진흥회월보』를 창간한 논리는 무엇인가. 예운거사猊雲居士
최동식은 「발간서發刊序」에서 『조선불교월보』, 『해동불보』, 『불교진흥회월
보』를 '월보'라는 이름으로 지칭하면서 이들이 발전적으로 계승된다는 점

---

17 이능화는 그의 불교사 연구에 중요한 자료와 지식을 제공하는 학자로서 최동식을 각별하게
    생각하고 서문을 의뢰한 것으로 보인다.
18 「松居堂問答」, 『불교진흥회월보』 2~8호, 1915.4~10.
19 『불교진흥회월보』에 1~9호까지 필명이 제시된 179편의 분포를 보면, 이능화 69편, 양건식
    31편, 최동식 23편이다(누적, 번역, 撰 포함). 이들의 글을 합하면 총 123편으로 68.7%의
    비중을 차지하고 있다. 이 외에 강대련 7편, 권상로 4편, 김문연 3편, 이나다 슌스이 10편,
    여규형 2편, 유경종 9편, 장지연 5편 등이다(단순한 자료 소개의 경우도 있어 정확한 숫자는
    아니나, 대체적인 추이는 확인할 수 있다).

을 강조하였다.[20] 이능화는 「발간사」에서 이 잡지를 통해 부처님의 가르침을 진흥하고자 한다는 정도의 메시지를 선언적으로 제시하였다.[21]

이능화의 「심학입덕자心學立德者와 적극積極의 주의主義」 5호는 창간호 발간 이후 잡지 발간이 안정기에 접어든 시점에서 중간 평가를 내린 글인데, 그동안 직접 언급하지 않았던 이능화가 발간의 변을 소개한 글로 주목할 필요가 있다.

> 생하여 30본산이 주도하고 육천비구가 보조하니 우리 불교의 기관이요 또한 佛界의 목탁이라. 일반 사회가 모두 환영하고 찬성하며 여러 신문이 호평하고 소개하니 俗間 신도의 청구 글은 눈송이 같되 산중 법려의 사절하는 글은 빗방울 떨어지듯 하니 혹자는 글자를 모르며, 혹자는 가난하며 혹자는 雲遊行蹤에 일정한 거처가 없다 하며 혹은 월보를 구람할 의사가 없다 하여 종종의 이유와 갖가지 언사로다.[22]

잡지 독자 확보의 어려움을 토로한 이 글에 이어 이능화는 신문잡지의 구득이 지식을 넓히는 도구로서 '적극적 주의'라 하였고 그 반대는 '소극적 주의'라 비판하였다. 그리고 중생들에게 현대의 교육, 실업, 세계문화를 알게 하려면 잡지를 구득게 해야 한다고 하면서 『불교진흥회월보』가 중생제도의 필수 매체임을 강조하였다.

좀 더 구체적인 내용은 잡지의 실제 편집 업무를 맡은 것으로 보이는 불

---

20 「佛敎振興會月報發刊序」, 『불교진흥회월보』 1호(1915.3), 목차 앞면.
21 「佛敎振興會月報發刊發刊詞」, 『불교진흥회월보』 1호(1915.3), 목차 앞면.
22 「心學立德者와 積極의 主義」, 『불교진흥회월보』 5호(1915.7), 6면.

교진흥회의 서기 양건식의 글에서 확인된다, 그는 이 잡지가 불교진흥회의 기관지로서 불교를 진흥하고자 하는 목적에서 발행했다는 점을 밝혔고, 논설 교리 기타 문예 등의 내용이 불교인을 넘어서 일반 종교인도 일독할 가치가 있다는 점을 강조하였다.[23]

이러한 지향성을 가진 『불교진흥회월보』는 실제 내용상, 역사자료 발굴과 선교 양종의 이론적 근거, 고승대덕의 논리 번역 등을 통해 학술적 잡지를 지향하고 있으며, 그 성과는 크지 않지만 나름대로 문화적 측면에서 당대에 전승되는 문예 양식을 활용하여 불교문화의 대중화를 지향하고 있다는 점이 주목된다.

3. 편제와 항목별 특징

개별 호에 부수적으로 수록된 특별 기사[24]를 제외하고 『불교진흥회월보』는 1호부터 종간호까지 일관된 체제를 보여주고 있다. 논설論說, 교리敎理, 사전史傳, 학술學術, 문예文藝, 잡조雜俎, 소설小說, 회록會錄·관보官報·휘보彙報의 순이다. 이는 『조선불교월보』와 『해동불보』에 등장한 편제를 개선하여 활용한 것인데, 이들 편제상의 특징을 이능화는 다음과 같이 소개한 바 있다.

　一, 寺社關係之政令과 僧職任免之認이니 此則官報를 不可不讀也오

　二, 觀時宜之適否ㅎ야 述敎務之取捨ㅎ니 此則論說을 不可不讀也오

---

23 「편집소에서」, 『불교진흥회월보』 2호(1915.4), 91면.
24 『불교진흥회월보』 1호의 발간서, 발간사, 축사, 2호의 축사, 4, 5호의 사진 등을 말한다.

三, 善知識之行蹟과 古寺院之誌記니 此則史傳을 不可不讀也오

四, 宗敎之錯雜을 比較而會通之ᄒ니 此則敎理를 不可不讀也오

五, 科學之紛披를 綜合而參互ᄒ니 此則學術을 不可不讀也오

六, 採名人之詩篇ᄒ며 集大家之文章ᄒ니 此則文藝를 不可不讀也오

七, 寫心理之狀態ᄒ야 寓敎意於精神ᄒ니 此則小說을 不可不讀也오

八, 述各種之奇譚ᄒ며 列諸件之珍事ᄒ니 此則雜俎를 不可不讀也오.

九, 各寺刹各敎堂之事情을 隨聞皆錄ᄒ며 諸僧侶諸信徒之動靜을 有知必書ᄒ니
此則彙報를 不可不讀也오

十, 爲彼諸要件ᄒ야 成此則一雜誌ᄒ니 此則月報를 不可不讀也ㅣ라.[25]

인용문을 토대로 하고 실제 수록 내용과 관련해 정리하면, 「논설」은 신문의 사설과 마찬가지로 편집진의 시대인식을 반영한 불교시론을 수록하였다. 「교리」는 선리와 교리에 대한 글을 수록하였고, 「사전」은 불교사 자료와 관련 논설을 수록하였다. 「학술」은 인도철학, 서양철학의 개념과 학설 등을 소개하였다. 「문예」는 현재 문학을 연상하는 것과 다르게 한문으로 지은 상량문, 기문 등을 수록하였다. 「잡조」는 우화, 전설, 영험담, 민속 관련 내용 등 다양한 성격의 글이 포함되어 있다. 「소설」은 본격적인 근대소설에는 미치지 못하는 전근대적 양식인 강담講談 소설을 주로 수록하였다.

---

25 「心學立德者와 續極의 主義」, 『불교진흥회월보』 5호(1915.7), 8~9면.

(1) 논설論說

〈표 1〉『불교진흥회월보』논설 기사 목록

호수	필명	대표명	제목	비고
1호	晚香堂菊人	최동식	論今日佛敎之振興	진흥회
1호	李能和尙玄	이능화	風水迷信의 弊害源流에 對ᄒᆞ야 儒佛兩家의 關係를 論흠	민속 비교종교
2호	李能和尙玄居士	이능화	佛敎振興은 三十菩薩과 無數維摩居士	진흥회 거사론
2호	猊雲散人	최동식	論佛敎之大槪	비교종교
3호	李能和尙玄居士	이능화	諸敎之中에 佛敎最舊ᄒᆞ고 諸敎之中에 佛敎最新論	비교종교
3호	猊雲散人	최동식	佛敎振興에 諸大居士	진흥회 거사론
3호	猊雲散人	최동식	二公의 護法論	호법론
4호	李能和尙玄居士	이능화	佛敎信仰의 過去時代와 佛敎信仰의 現今時代를 論흠	불교시론
4호	猊雲散人	최동식	論佛敎之大槪(續)	비교종교
4호	荷亭呂圭亨	여규형	敎論	종교관
5호	李能和尙玄居士	이능화	心學立德者와 績極의 主義	불교시론
5호	退耕勸相老	권상로	朝鮮佛敎와 諸大居士	거사론
5호	東京李智光	이지광	中央學林設에 對ᄒᆞ야	중앙학림
5호	竹軒金晶海	김정해	佛敎振興의 利用을 論흠	불교시론
6호	李能和尙玄居士	이능화	佛敎振興會와 孤魂薦度齋	진흥회
6호	李能和	이능화	反辨伊齋居士論臨濟宗書	선론 논쟁
6호	猊雲散人	최동식	朝鮮禪宗辨	선론 논쟁
7호	李能和尙玄居士	이능화	禪敎兩宗과 講學布敎	강학포교
7호	猊雲散人	최동식	白乳論	개념론
7호	寅松子	김문연	佛敎의 發展흘 時期	불교시론
7호	高楠順次郎述 鬒光震譯	타카쿠스 준지로/정 황진 역	佛敎의 世界的意義	번역(日)
7호	金應鍾	김응종	論儒佛의 事業	비교종교
8호	李能和尙玄居士	이능화	朝鮮佛敎界布敎書籍에 對흔 管見	불교서적
8호	阿部無佛翁	아베 무부쓰	中央學林學生諸君	총독부, 중앙학림
8호	秋堂道人	최동식	辨魔佛論	개념론
8호	寅松金文演	김문연	本敎의 優勝	비교종교

호수	필명	대표명	제목	비고
8호	高南順次郎述 梁建植譯	타카쿠스 준지로/양 건식역	佛敎의 五大特徵	번역(日)
8호	劉敬鍾	유경종	懺月報第四號答書中妄談禪門語	선론 논쟁
9호	李能和尙玄居士	이능화	朝鮮人과 各宗敎	비교종교
9호	退耕權相老	권상로	佛敎普及의二大事業	불교보급
9호	寓松金文演	김문연	宗敎中의 佛敎	비교종교

「논설」란은 앞서 잡지를 발간하는 주체의 시대 인식과 대응 논리가 직접 제시된 지면이다. 수록된 내용을 정리하면 다음 세 가지 주제로 귀결된다.

첫째, 불교진흥회의 설립 의의와 활동 양상을 소개한 글이다.

이능화의 「불교신앙佛敎信仰의 과거시대過去時代와 불교신앙佛敎信仰의 현금시대現今時代를 논論홈」4호은 한국불교의 과거와 현재를 기술한 글로, 불교진흥회의 설립 경과와 함께 전국사찰의 포교 활동을 자세히 소개하며 전국 각지에 불교진흥회 지회 설립을 당부하였다.[26] 「심학입덕자心學立德者와 적극積極의 주의主義」5호는 이능화 자신이 『월보』를 펴낸 목적, 잡지 구득求得의 현재 상황, 잡지의 편제 등을 소개한 글이다.[27] 「불교진흥회佛敎振興會와 고혼천도재孤魂薦度齋」6호는 불교진흥회 제1회 총회 때 조중응이 수륙재를 제안하여 장충단에서 거행한 정황을 소개하였다.[28]

---

26 휘보를 모아놓은 듯한 이 글에는 통도사 설립 마산교당에 장지연 거사가 불교에 귀의한 사실, 백파의 법맥을 이은 순창 구암사의 박한영이 '靑年僧界의 思潮를 左右'한다는 내용이 있어, 당시 박한영의 위상을 확인할 수 있다.

27 이능화 자신의 임무는 '心學入德者'의 아름다운 행적을 드러내는 것이라 소개하였는데, 이는 곧 해동불교의 역사를 기술하는 것을 자신의 사명으로 삼고 있음을 말하였다.

28 이 외에 최동식과 김정해는 축사 성격의 논설을 발표하였다. 최동식은 「論今日佛敎之振興」(1호)에서 불교가 맞이한 새로운 부흥의 시대에 각 본산 주지들과 여러 재신(宰臣) 거사의 주최로 불교진흥회가 창립되었음을 말하고 앞으로의 발전에 대한 기대감을 표출하였다. 김정해는 「佛敎振興의 利用을 論홈」(5호)에서 불교진흥회 설립이 청구 학계로 말미암아 세계의 다양한 학술을 알게 하니 '교육계의 이익'이요, 승려와 일반인이 함께 단합력을 발휘하여

이상을 통해 일본을 포함한 세계의 포교 양상과 눈부신 학문발전에 자극받은 이 땅의 근대 불교 지식인들—이능화 중심—이『월보』를 통해 학술의 발전, 교육제도의 개선, 포교방식의 발전에 대한 여론을 조성하고 발전시켜 나간 자취를 확인할 수 있다.

둘째, 불교진흥회의 중요한 구성원인 '거사'의 역사적 전개 양상과 현단계의 자세를 논구한 글이다.

이능화는「불교진흥佛敎振興은 삼십보살三十菩薩과 무수유마거사無數維摩居士」2호에서 불교진흥회의 활동이 유마거사의 실천행임을 말하며 제방의 선사善士들에게 본회에 가입할 것을 권유하였다.

최동식은「불교진흥佛敎振興에 諸大居士」3호에서 불교 홍성이 거사의 힘에 의지했다는 점을 밝히고, 이 시대에도 거사들의 참여가 없으면 불교발전을 이루기 어렵다고 하면서 진흥회의 존재 이유를 설명하였다.

권상로는「조선불교朝鮮佛敎와 제대거사諸大居士」5호에서 거사의 위상, 불교진흥회의 의의를 강조하며 우리 역사에 등장하는 거사 27인盧椿 거사~고려 石澗 거사의 행적을 충실히 소개하였다. 이어 불교진흥회의 활동으로 정기회, 신구본 대장경 열람, 공안삼구公案參究, 보시법랍布施法臘, 대개법전大開法戰 등을 제언하며 불교진흥에 대한 기대를 표출하였다.

이상의 거사 담론을 보면, 이능화가 거사 불교의 교리적 근거와 불교진흥회의 의의를 앞장서서 제시하고, 최동식과 권상로가 중국과 한국의 구체적인 예를 실증적으로 소개하여 뒷받침하는 양상으로 전개되었다.

셋째, 불교개혁 차원에서 포교를 포함한 불교진흥의 구체적 방안을 모

사업을 진행하니 '眞俗融和의 이익'이 있다고 천명하였다.

색한 글이다.

이능화는 「선교양종禪敎兩宗과 강학포교講學布敎」7호에서 조선 불교는 '선교양종'의 종지를 표방하였다는 사실을 소개하며, 『월보』의 간행刊報을 근대 포교의 가장 적실한 방식 중 하나로 제시하였다. 그리고 「조선불계포교서적朝鮮佛界布敎書籍에 대對흔 관견管見」8호에서는 조선불교는 '선교양종'을 종지로 하는데 포교용 책은 강학하던 책이어서 접근하고 활용하기 어렵다는 것을 밝히며 기독교를 의식한 다양한 포교 방식을 제언하였다.[29]

이상의 불교 진흥 방안에 대한 모색은 크게 포교와 교육 부분으로 나누어진다. 포교 방안으로는 진흥회의 조직과 관련하여 포교당 설립, 진흥회 지사 설립 등을 제안하였으며, 불교잡지의 발행, 언해서의 현대어 번역과 출판을 주요 사업으로 제시하였다. 잡지는 진흥회 활동의 필수 매체로 인식하고 있었음을 확인할 수 있다.

(2) 교리敎理

〈표 2〉 『불교진흥회월보』 교리 기사 목록 – 필자별

호수	필명	대표명	제목	비고
1호	李能和尙玄居士	이능화	宋三文忠과 佛敎眞理	유불문답
2호	尙玄	이능화	兩文公의 學說과 佛敎眞理	유불문답
3호	尙玄選	이능화	梁武帝聞達磨公案禪語	참선 (공안)
4호	尙玄選	이능화	禪和(公安四則)	참선 (공안)
4호	尙玄	이능화	多神敎一神敎無神敎	비교종교

---

29 첫째, 불교도 기독교의 성경과 같은 장절로 구분할 것, 둘째, 여러 경전 중에 단장취의 한 후 국한문 혼용으로 평이하게 이해시킬 것, 셋째, 포교 의식도 변화를 주어 歌讚하고 和唱하여 서양 종교와 같이 할 것을 주장하였고, 언해불서를 현대어로 재번역하여 활용할 필요가 있다는 점도 주장하였다.

호수	필명	대표명	제목	비고
5호	尙玄居士選	이능화	勸念佛	염불
5호	尙玄居士選	이능화	勸參禪	참선
5호	尙玄居士	이능화	多妻敎一妻敎無妻敎	비교종교
6호	懶翁王師	(나옹)	勸參禪(扶起臨濟宗)	참선
6호	懶翁王師	(나옹)	勸念佛(答妹氏書)	염불
6호	懶翁王師	(나옹)	示諸念佛人	염불
6호	侃亭居士	이능화	三界諸天과 四類淨土	개념(삼계천, 사류중생)
7호	懶翁禪師	(나옹)	勸參禪	참선
7호	劉謐撰	(유밀)	三敎平心論	삼교통합론
7호	涵虛得通禪師	(함허)	勸念佛	염불
8호	唐沙門宗密述	이능화	圓頓門(華嚴原因論)	화엄
8호	無無居士撰 宋法秀禪師	이능화	經截門(禪門)	참선문
8호	宋無爲子楊傑述	이능화	念佛門(淨土十疑論序)	염불문
9호	無無居士撰	이능화	道佛相敵	비교종교
9호	無無居士撰	이능화	禪講相逢	선교비교
9호	無無居士撰	이능화	儒佛相談	비교종교
9호	無無居士	이능화	景佛相問	비교종교
5호	猊雲散人	최동식	禪學提綱①	선학개론
6호	猊雲散人	최동식	禪學提綱②	선학개론
7호	猊雲散人	최동식	禪學提綱③	선학개론
8호	猊雲散人	최동식	禪學提綱④	선학개론
9호	猊雲散人	최동식	禪學提綱⑤	선학개론
1호	이재梵聾	유경종	傳法宗旨	종경록
2호	伊齋居士	유경종	佛敎宗旨	불교종지
4호	劉敬鍾	유경종	答書	임제종설
4호	伊齋抄錄	유경종	宗鏡大旨(標宗)①	종경록
5호	伊齋抄錄	유경종	宗鏡大旨(標宗續)②	종경록
6호	伊齋抄錄	유경종	宗鏡大旨(問答章)③	종경록
7호	伊齋抄錄	유경종	宗鏡大旨(續)④	종경록
9호	伊齋居士	유경종	閑葛藤	선론 논쟁
2호	姜大蓮	강대련	松居堂問答①	교리해설
3호	姜大蓮	강대련	松居堂問答②	교리해설

호수	필명	대표명	제목	비고
4호	姜大蓮	강대련	松居堂問答③	교리해설
5호	姜大蓮	강대련	松居堂問答④	교리해설
6호	姜大蓮	강대련	松居堂問答⑤	교리해설
7호	姜大蓮	강대련	松居堂問答⑥	교리해설
8호	姜大蓮	강대련	松居堂問答⑦	교리해설
3호	嵩陽山人	장지연	儒佛一體辨	비교종교
5호	荷亭呂圭亭	여규형	讀書私記	양명 어록
6호	捷悟寶嶽述/蘆下散人譯	양건식	禪道箴	참선(번역)
9호	了事凡夫權相老	권상로	天과 淨土의 界說	불교개념

「교리」란은 '복잡다단한 여러 종교의 본질과 현상을 비교하여 회통'하는 지면이다.[30] 주요 필진은 이능화, 최동식, 유경종, 강대련이며 장지연, 여규형, 양건식, 권상로가 1회씩 게재하였다.

이능화는 잡지를 종교 간의 비교 연구를 심화시키는 장으로 삼아 다양한 논문을 발표하였다.

먼저 비교종교론으로 도교와 불교, 유교와 불교, 기독교와 불교에 대한 비교론「道佛相敵」,「儒佛相談」,「景佛相問」(9호)과, 범종교적인 현상을 분류한 비교론「多神敎一神敎無神敎」(4호),「多妻敎一妻敎無妻敎」(5호)을 전개하였다.

유불 관계론으로는 중국의 유학자혹은 거사가 진술한 불교론「宋三文忠과 佛敎眞理」(1호),「兩文公의 學說과 佛敎眞理」(2호)을 발표하며 역사적 일화를 보완하였다.[31]

---

30 이는 이능화가 1912년 출간한 『백교회통』의 서문에 "모든 종교의 강령을 열람하고 대조하여 서로 견주어 보아 같은 것과 다른 것을 가리고, 필요에 따라 원문을 인용하여 증거를 대며 회통케 하였다"는 목적과 완전히 같은 것이다. 이능화는 이미 그 책에서 도교, 귀신술수, 신선교, 유교, 기독교, 이슬람교, 바라문교, 태극교, 大倧敎, 大宗敎, 천도교와 불교의 대조를 각 표제로 하고 각 표제마다 다양한 항목으로 나누어 해당하는 전거를 풍부하게 제시한 바 있다.

31 『불교진흥회월보』 1호에 나오는 송나라 세 사람의 문충공은 구양수, 승상 장상영, 소식의 信佛의 자취를 소개한 글이고, 2호에 나오는 두 사람의 문공은 당의 한유와 송의 주희다. 여기서는 둘의 불교비판설을 서두에 소개하고, 정도전의 불씨잡변 역시 그들의 논리에서 더

또한 유불도 삼교통합의 관점에서 논술한 송·원대 유밀劉謐의 「삼교평심론三敎平心論」의 일부를 번역하여 소개하였다.7호[32] 「풍수미신風水迷信의 폐해 원류弊害源流에 대對ᄒ야 유불양가儒佛兩家의 관계關係를 논론論ᄒ」1호, 논설도 같은 주제를 다루고 있다. 이능화는 각 종교의 비교 연구와 함께 유불도 통합의 논리를 역사적으로 고찰하고 원전을 소개하였다.

그는 또 불교 교학에 대한 소개도 적지 않게 남겼는데, 선과 교, 선과 염불, 경절문선·염불문염불·원돈문화엄의 핵심을 담은 글을 현토체로 번역, 소개하였다.[33]

이능화는 이렇듯 서로 다른 종교의 회통을 추구하되 불교의 우월성을 강조하는 한편, 불교 내 각 종파의 주요 근거를 매 호 소개하였다. 이는 당시 삼십본산연합사무소가 조선불교의 종지로 선교양종을 표방한 것을 학술적으로 뒷받침하고 있는 의의가 있다.

이미 앞서 등장한 불교잡지에서부터 사적 발굴에 남다른 관심을 보여주었던 최동식은 「교리」란에 「선학제강禪學提綱」5~9호을 연재하였다. 연재의 변에서 그는 흑산 귀굴리에 좌선하는 할안 종사가 자신과 남을 속이는 풍조를 비판하며 후인을 위해 고인古人의 현묘한 구절을 해설하여 '선학제강'이라는 제목으로 소개한다고 하였다.[34]

나아간 점이 없다고 하였다. 이에 대한 반론과 함께 한유가 태전선사와 교유하며 불교에 귀의한 이야기를 소개하였다.

32 「三敎平心論」은 구양수·주희·정명도·정이천 등 송대 유학자들의 배불론을 힘써 논박하고 삼교의 조화를 주장한 책이다.(T52, 781b~783a)

33 『불교진흥회월보』 5호의 「勸參禪」(태고 보우의 「示衆法門」)과 「勸念佛」(태고 보우의 「示樂菴居士」와 「示白忠信士」), 6호의 「勸參禪」(扶起臨濟宗), 「勸念佛」(「答妹氏書」)과 「示諸念佛人」(게송. 이상 나옹화상), 7호의 「勸參禪」(나옹)과 「勸念佛」(함허당), 8호의 「經截門(禪門)」(송, 法秀선사), 「念佛門(淨土十疑論序)」(송, 楊傑)과 「圓頓門(華嚴原因論)」(당, 宗密) 등이다.

34 여기에 현토 번역한 문헌은 『林泉老人評唱丹霞淳禪師頌古虛堂集』(X67) 권1이다. 단하 자순

『해동불보』에서 선교禪敎 여러 종파의 종요를 한문 원문으로 소개한 바 있는 유경종은 『월보』에서는 영명 연수의 『종경록』을 한문 원문 그대로 소개하였다. 「전법종지傳法從旨」1호는 영명 연수의 선종사적 위상, 저술, 고려에 끼친 영향, 종경록의 의의, 저자의 생애를 차례대로 소개하였는데, 이는 앞으로 소개할 『종경록』의 개요 해설에 해당한다. 그리고 「불교종지佛敎宗旨」2호는 『종경록』 권제99에 소개된 제바존자와 논사들의 문답을 소개한 글이다.[35]

이외에 강대련은 「송거당문답松居堂問答」 연작7회, 2~8호을 통해 짤막한 불교 상식에서부터 선, 여래장, 화엄, 유식에 이르는 심도 있는 내용까지 다양한 주제를 문답 형식으로 풀이하였다.

이상 「교리」에는 이능화의 비교종교학 논고와 선·교 관련 정전의 소개, 선어록을 번역한 최동식의 「선학제강」과 『종경록』을 소개한 유경종의 「종경대지」, 그리고 다양한 교학을 거론한 강대련의 「송거당문답」 등 묵직한 성과가 담겨있다.

(1064~1117)은 송나라 때 조동종 선풍을 진작시킨 선사로 『頌古一百則』이 있다. 임천노인은 송말원초 시기 조동종의 승려 從倫의 호다. 『허당집』은 단하자순의 『송고일백칙』에 評唱을 붙인 책이다.

35 유경종이 본격적으로 『종경록』 원문을 번역 소개한 호는 4~7호이다. 이에 대응하는 저본을 시베타에서 검색하면 각각 T48 문헌의 417b~418a 부분, 418a~418c 부분, 419c 부분, 421~422a부분, 423b 일부가 해당한다. 이 가운데 6호에 실린 글은 『월보』에는 문답장으로, 시베타 해당 부분에는 표종장으로 되어 있어 일치하지 않는다. (표종장의 위치문제는 종경록의 판본문제, 개정여부 등의 여러 요소가 복잡하게 얽혀있다. (박인석, 『영면연수 종경록의 일심사상 연구』, 은정불교문화진흥원, 2014, 60~65면 참조) 유경종이 참고한 자료는 고려대장경이 아니라 명, 청대에 제작되어 국내로 유입된 판본으로 파악된다.

(3) 사전史傳

〈표 3〉『불교진흥회월보』사전 기사 목록 – 필자별

호수	필명	대표명	제목	비고
1호	李能和尙玄	이능화	大圓覺寺今塔公園經像鍾塔事蹟一括	사적(원각사)
2호	尙玄	이능화	佛教十三宗의 來往	불교사(종파)
2호	尙玄	이능화	海印寺大藏徑板來歷	대장경내력
3호	尙玄	이능화	慶州石窟佛像	석굴암소개
5호	尙玄居士	이능화	海東佛界에 梵唄源流	불교사(범패)
6호	芝山居士	이능화	咸北在家僧의 來歷	지역불교-함북
7호	尙玄居士	이능화	朝鮮佛教에 禪教兩宗名詞來歷	불교사(종파)
8호	尙玄居士	이능화	禪門永嘉集과 金剛經說義	문헌(김수온)
4호	尙玄	이능화	李朝仰佛史①	불교사(억불)
5호	尙玄居士	이능화	李朝抑佛史②	불교사(억불)
6호	尙玄居士	이능화	李朝抑佛史③	불교사(억불)
7호	尙玄居士	이능화	李朝抑佛史④	불교사(억불)
8호	尙玄居士	이능화	李朝抑佛史⑤	불교사(억불)
9호	尙玄居士	이능화	李朝抑佛史⑥	불교사(억불)
9호	尙玄居士	이능화	李朝新鑄梵鍾史	조선범종
1호	陽村權近/이능화	이능화(권근)	朝鮮普覺國師幻菴混修碑銘并序	비명(혼수)
3호	逸素居士選	이능화	昇平府曹溪山松廣山佛日普照國師碑銘并序	비명(보조국사)
4호	逸素選	이능화	眞覺國師碑銘并序	비명(진각국사)
5호	心齋吳在豊藏本		混丘無極老人寶鑑國師碑文	비문(혼구)
7호	桐華寺寄本	(동화사)	高麗弘眞國師碑銘	비명(홍진국사)
7호	惠庵玩藏撰	(혜암)	龍潭大師行狀	행장(용담대사)
7호	楡岾寺寄本	(유점사)	金剛山楡岾寺事蹟記	사적기(유점사)
8호	芝山居士撰	이능화	碧松堂野老行錄	행장(벽송야로)
9호	梵海覺岸撰	(범해)	芙蓉大師傳	전기(부용대사)
9호			眞鏡大師碑銘并序	비명(진경대사)
5호	嵩陽山人	장지연	支那佛教의 緣起①	중국불교사
6호	嵩陽山人	장지연	支那佛教의 緣起②	중국불교사
8호	嵩陽山人	장지연	支那佛教의 緣起③	중국불교사

호수	필명	대표명	제목	비고
9호	嵩陽山人	장지연	支那佛敎의 緣起④	중국불교사
7호	秋堂輯譯	최동식	世尊出世前印度狀態	인도불교사(집역)
2호	猊雲散人撰	최동식	東土第一禪院七佛菴中卿主大律師大隱和尚行狀	행장(대은화상)
6호	藕堂 (보륜)	김명희 (보륜)	愚隱大師行蹟	행적(우은대사)
8호	洪莆龍禪師寄	홍보룡	奉安舍利開建寺庵第一祖師傳	전기(제일조사)
4호	稻田春水	이나다 슌스이	智異山大華嚴寺新羅時代華嚴石壁經考	화엄석경(화엄사)
5호	稻田春水選寄	상동	谷城泰安寺事跡	사적기(태안사)
6호	稻田春水	상동	朝鮮의 梵鐘에 就ᄒᆞ야	범종
6호	稻田春水	상동	朗圓大師悟眞塔碑銘	비명(낭원오진)
7호	稻田春水	상동	道峯山回龍寺遊覽의 栞(간)	유기(회룡사)
7호	稻田春水	상동	襄陽洛山寺의 梵鍾에 就ᄒᆞ야	범종(낙산사)
7호	稻田春水	상동	朝鮮에 於ᄒᆞ 佛敎的藝術의 硏究①	불교사(조선예술)
8호	稻田春水	상동	朝鮮에 於ᄒᆞ 佛敎的藝術의 硏究②	불교사(조선예술)
9호	稻田春水	상동	朝鮮에 於ᄒᆞ 佛敎的藝術의 硏究③	불교사(조선예술)

역사와 전기를 게재하는 「사전」란은 당시 이능화가 진행하고 있던 불교사 연구의 결과를 발표하는 최적의 지면으로 활용되었다. 『월보』에 나타난 이능화의 역사 연구는 다음 몇 가지로 구분된다.

첫째, 일관된 주제로 통사를 기술하되 개별 사실의 근거를 나열하는 방식의 연구다. 「이조앙불사李朝仰佛史」4~9호와 미완으로 끝난 「이조신주범종사李朝新鑄梵鍾史」9호가 이에 해당한다.

둘째, 개별 주제의 독립적 연구다.

원각사의 경상종탑 사적1호, 불교 13종의 내력2호, 해인사대장경 장판내력2호, 경주석굴불상3호, 범패의 원류5호, 함북 재가승의 내력6호, 선교양종이라는 명칭의 내력7호, 조선전기 불서의 발굴 소개「禪門永嘉集과 金剛經說義」(8호) 등이다.

셋째, 사적기·비명 등 원자료를 발굴하여 소개한 연구다.[36]

환암혼수의 비명과 서문권근 찬, 1호, 보조국사 지눌의 비명과 서문3호, 고려 진각국사의 비명4호, 「혼구무극노인실감국사비문」5호, 「고려홍진국사비명」7호, 용담대사 행장아암혜장 찬, 7호, 「금강산유점사사적기」7호, 「벽송당야로행록」8호, 「부용대사전」범해각안 찬, 9호, 신라 진경대사의 비명과 서문9호 등이다.

이상의 불교사 기술과 개별 연구 및 원자료의 발굴은 이 시기 국학연구의 큰 성과라 할 수 있다. 그의 불교사 전반에 대한 기술과 자료의 수집은 1, 2년 후1917.1.1에 간행된『조선불교통사』의 기초 작업으로서 의미가 있다.[37] 잡지에 보이는 이능화의 연구 성과가『조선불교통사』에 재수록된 것은 물론이다.[38] 편년체 기술과 항목별 기술이라는 경향도 잡지에서 먼저 활용한 방식이라는 점에서『월보』의 연구 성과가『조선불교통사』기술에 큰 영향을 끼친 것으로 평가할 수 있다.

이외에 이나다 슌스이稻田春水의 불교예술 연구와 자료 소개도 주요 연구 성과의 하나다. 그는 화엄사 석경의 여러 탁본을 비교하여 석경의 재질, 서체와 연도를 고찰하였고, 최치원과의 관련성을 고찰하였다.4호 「곡성태안사사적谷城泰安寺跡」에서 신라 「혜철국사비명」을 원문으로 소개했으며5호,

---

36 일부는 이능화 選, 撰으로 되어 있고 일부는 소장처나 자료제공자의 이름만 등장하는 경우도 있으나 이 역시 이능화의 자료 수집의 범위에 포함되는 것이다.

37 이능화가 저술한『조선불교통사』는 1부 '佛化時處', 2부 '三寶源流', 3부 '二百品題'로 구성되었는데, 방법론으로는 編年綱目, 傳記敘志, 演義稗官의 서법을 활용하였다고 한다. 최동식, 「서문」,『조선불교통사』, 동국대 출판부, 2010 49~51면 참조.

38 『조선불교통사』의 「이백품제」 중 '범패원류' 등이 그것이다.『월보』에 수록한 최동식의 「칠불암중창주 대은화상행장」(2호), 김명희의 「우은대사 행적」(6호), 그리고 월정사 주지 홍보룡 선사가 발굴하여 기고한 「자장율사전」(오대산월정사사적)(8호), 이나다 슌스이의 화엄석경 연구 및 태안사사적 발굴(5, 6호)도『조선불교통사』서술에 저본으로 활용되었다.

「낭원대사오진탑비명朗圓大師悟眞塔碑銘」을 발굴 소개하였다.6호[39] 또 극암克庵 화상이 찬한 「양주도봉산회룡사중수기」 원문을 유람의 변과 함께 소개하였다.7호

그는 원전 자료의 소개 외에 조선의 범종에 대한 관심을 표명하였고,「朝鮮의 梵鐘에 就ㅎ야」(6호),「襄陽洛山寺의 梵鍾에 就ㅎ야」(7호) 조선의 불교예술에 대한 본격적인 연구를 진행하여, '불교적 예술'의 개념과 범주를 소개하고, 시대구분과 시대별 대표 유물을 소개하였다.[40] 이상 이네다의 연구는 범종 및 불교예술이라는 특정한 주제를 부각한 특징이 있다.

이상 「사전」란에는 이능화의 다양한 역사자료 소개와 함께 조선시대의 억불사, 범종 주조사가 수록되어 있어 이 시기 국학 연구의 성과를 보여주고 있다. 이외에 이나다 슌스이의 불교예술에 대한 연구도 빠뜨릴 수 없는 성과의 하나다.

(4) 학술學術

「학술」란은 전 호에 걸쳐 양건식의 학술 활동이 두드러지고 이능화의 범어어휘 소개와 안확의 한글론이 주목된다.

양건식은 「서철강덕격치학설西哲康德格致學說」7회, 1~7호에서 독일의 철학자 칸트의 철학을 소개하였다. 이 글은 중국 근대 계몽운동가 양계초梁啓超가 쓴 「근세제1대철강덕지학설近世第一大哲康德之學說」을 번역한 것이다. 번역문에

---

39 이는 오대산 보현사 주지 李應桂 선사가 보낸 탁본을 소개한 것이다. 『불교진흥회월보』 6호 (1915.8), 32면.

40 그는 삼국시대 예술품으로 미륵석상, 금동미륵반가상 2종, 동조미륵상, 금동여의관음상, 삼국식 관음상을 소개하였다.(이상 7호) 그리고 분황사구층탑, 사천왕사의 碧釉陶板神將像 (이상 8호), 불국사 백률사 정혜사지 불굴사지 석굴불 등(이상 9호)도 함께 소개하였다.

나오는 '안按' 이하의 해설 또한 양계초의 글을 그대로 옮긴 것이다.[41] 양계초의 글은 1903년 2월부터 1904년 2월까지 『신민총보新民叢報』에 4회 연재한 것[42]으로, 일본 망명 시절에 나가에 초민中江兆民, 1847~1901의 『이학연혁사理學沿革史』 제4편 「近代ノ理學」 제8장 '第十八紀日耳曼ノ理學○カント'를 발췌 번역하면서 불교적 관점에서 주해한 것이다.[43]

「설영혼說靈魂」 6호은 부제에 "內地妻木直良著靈魂論之一節"이라 하여 쓰마키 지키료妻木直良[44]가 지은 「영혼론」의 일부를 번역한 것을 밝혔다.[45]

「생리학生理學」 6호은 태아의 형성에 대해 세상의 통념과 불경의 설명이 다름을 전제로 불경 가운데 인신人身이 형성되는 차례를 소개한 글이다.[46]

「인명학개설因明學槪說」 8, 9호은 인명학 개념을 쉽게 설명한 글이다. 먼저 인도의 학술인 오명五明과 그중 하나인 인명因明의 개념에 대해 설명하였고, 서양의 삼단논법과 종인유宗因喩라는 삼지작법三支作法을 비교 설명하였다. 8호 이어 서양논리학과의 차이, 종宗과 인因의 구분, 그리고 인명의 팔문八門을

---

41 이행훈, 「양건식의 칸트철학 번역과 선택적 전유」, 『동양철학연구』 66집, 동양철학연구회, 2011, 128면.
42 위의 글, 139면.
43 나가에 초민의 『이학연혁사』는 프랑스 알프레드 푸리에(1838~1912)의 *Histoire de la philosophie*(1879)를 번역한 것이다. 양건식은 양계초의 표제에 없던 '격치'라는 용어를 사용했다는 점에서 특색이 있다. 그는 또 양계초 글의 서론격인 '發端及其略傳'을 번역하지 않았고, '學界上康德之位置'는 네 줄로 발췌 요약하였으며, 마지막 절 '論自由與道德法律之關係'는 번역하지 않았다. 여기에는 양건식이 처한 조선의 정치적 현실이 작용했다고 한다.(이상 이행훈, 위의 글, 146~150면 참조.) 한편 양계초는 칸트철학의 대강을 소개하는데 그친 것이 아니라 유식불교를 비롯한 양명학 등 중국 전통사상에 바탕을 두고 칸트를 재해석했다는 점에 주목할 필요가 있다고 한다. (유봉희, 「양건식의 사상과 문학세계(1)―서철강덕격치학설을 중심으로」, 『한국학연구』 42집, 인하대 한국학연구소, 2016, 127면)
44 쓰마키 지키료(妻木直良)는 용곡대 교수이며 『眞宗全書』(藏經書院, 1913~1916)를 편찬한 인물이다.
45 이 글은 일본어, 중국어, 영어, 독어로 표현된 다양한 유사 어휘를 소개하며 근대에 영혼이라는 개념어가 정착되는 과정을 소개하였다.
46 부록으로 첨부한 '人身蟲名攷'는 인체에 있는 각종 균을 불경에 근거해서 나열하였다.

소개하였다.9호

이능화는 '기자'와 '일소거사逸素居士'라는 필명으로 「범어역해梵語譯解」1~4
호를 게재하였다. 이는 범어에서 유래한 불교 어휘를 한문으로 간략하게
소개한 사전에 해당한다.[47] 「법수法數」5호는 『인과경』이나 『석가보』를 저본
으로, 석가여래를 수행하는 대중 1,250인의 구성을 소개한 짧은 글이다.

'어연생語研生'이라는 필명으로 투고한 「조선문자朝鮮文字의 소론小論」8호은 안
확安廓, 1886~1946의 한글론이다. 안확은 일생을 국어학, 국문학, 국사학, 국
악, 미술사 등 다양한 분야에 성과를 남겼으며, 언문한글에 대해서도 약 30
편의 논문을 발표한 대학자이다.[48] 본문은 '세계의 문자', '언문의 기원',
'언문의 가치', '언문사용의 고금古今'으로 나누어 소개하였다.[49] 천주교 예
수교 등 타 종교의 교당과 관립 소학교에서 언문을 학습한 사실, 독립신문
제국신문이 순 언문으로 간행된 사실을 소개하고, 유길준의 『서유견문』이
국한문 저서의 효시임을 소개하였다. 그리고 학부學部에 국문연구소를 설
립한 것이 근래 언문 연구의 시작이라 하며 주시경이라는 학자에 대해 기
대감을 표명하였다.[50]

---

47 예를 들어 『불교진흥회월보』 1호에는 불타, 노사나, 아미타, 보살, 승가 사문, 비구, 사미,
     두타, 화상, 우바이, 단나, 반야, 바라밀, 선나, 열반, 보리, 나무(南無), 승가람, 아란야, 사리,
     단월에 대해 소개하였고, 4호에는 여래 십대 제자를 소개하였다.
48 안병희, 「안확의 생애와 한글연구」, 『어문연구』 31집, 한국어문교육연구회, 2003 참조. 어
     연생이 안확의 필명이라는 것도 여기에서 밝혀졌다.
49 '세계의 문자' 장에서는 성음학적으로 완전한 문자는 언문이라 하였고, '언문의 기원' 장에
     서는 언문의 자형에 대해 범자유래설, 태극설, 팔사파문자설 등 다양한 학설이 있으나 세종
     이 '음音의 성질을 고사考査하여 자형을 정하고 철음綴音의 방법은 한자형을 모방'하였다고
     주장하였다. '언문의 가치' 장에서는 세계적으로 언문을 높이 평가한 사례를 소개하고 우리
     스스로 언문을 비하하는 것에 대해 비판하였다. '언문사용의 고금' 장에서는 당시의 한글운
     동에 대해 비교적 자세히 소개하였다.
50 안확의 국어연구는 대부분 한글의 정리와 맞춤법 제정에 관한 것이다. 그는 이후 논문에서
     는 주시경과 그 후계자들의 논저에 보이는 고어 사용론, 문법이론, 맞춤법 개량을 논박함으

이상 「학술」에서 양건식과 이능화는 서양 철학자 칸트, 인도 논리학, 범어 유래 불교 어휘 등을 소개하였고, 외부 필자인 안확은 한글의 가치를 분석적으로 소개하였다. 이들 논문은 1910년대 중반의 국학계에서 산출한 선도적인 성과로 판단된다.

(5) 문예文藝란과 전통 한문학의 계승

〈표 4〉『불교진흥회월보』 문학 작품 목록51

호수	필명	대표명	제목	비고
1호	猊雲散人撰	최동식	禪敎會宗三十本山聯合出張京城覺皇布敎堂新建築上樑文	상량문(각황교당)
1호	臨淵堂 李亮淵	(이양연)	「蘭」「秋花」「村夕」「農隣」「田家」「樵伴」「暮蟬」	『臨淵堂集』
1호	洪波散人	(홍파산인)	「暮宿蕭寺」	미상
1호	鄭夏園	(정지윤)	「安定寺春日」「內院菴」	『夏園詩鈔』
2호	猊雲散人	최동식	全南光州仙岩大本山布敎堂刱建記	창건기 (선암사포교당)
2호	涵虛和尙	(함허당)	「答李政承所惠」「登扶蘇望松都」	
2호	西山大師	(청허당)	「登金剛山香爐峯」「江月軒」	
2호	浮休禪師	(부휴당)	「次李相韻贈文道人」	
2호	泗溟大師	(사명당)	「萬景臺上漢食左相」「洛下臥病上西厓相公」	이덕형/유성룡
2호	秋波和尙	(추파화상)	「渡茂溪津」	
2호	臨淵堂	(이양연)	「板橋分韻」「全義留別外從」「留別內從兄」「酬君瑞」「歲夕贈李敬」「山亭」「村家」(7수)	
2호	李彦瑱	(이언진)	「山寺題壁」	李彦瑱 (1740~1766)
2호	蘭皐金炳淵	(김병연)	「落花」	

로써 주시경파와 다른 주장을 천명하였다. 1933년 맞춤법통일안 개정 등 현실 언어 정책에서 주시경파가 주류를 형성하게 되면서 안확은 설 자리를 잃고 재야학자로 남게 되었다. (안병희(2003), 341~342면)

51 표에서 대표명을 괄호로 처리한 글은 과거 고승과 문장가의 시문 가운데 가려 뽑은 것이며 괄호로 처리하지 않은 부분은 잡지 발행 당시 실존한 인물의 창작에 해당한다.

호수	필명	대표명	제목	비고
3호	稻田春水	이나다 슌스이	「遊于禪宗甲刹大本奉恩寺之記」	유기(봉은사)
3호	涵虛和尙	(함허당)	「住懸燈寺感普照淸風」「贈李相國貴齡」	
3호	淸虛禪師	(청허당)	「遊伽倻」「靑鶴洞瀑佈」	
3호	泗溟大師	(사명당)	「奉李水使」「過善竹橋」	
3호	臨淵堂集	(이양연)	「坐月」「斗湄」「拱北樓」	
3호	松穆館集	(이언진)	「客中秋夕」「塞下曲」	
3호	阿部無佛	아베 무부쓰	「和贈禪師, 轉寄安往居先生」	
4호	狁雲散人	최동식	二千九百四十二回佛誕紀念會箋	불탄일기념회
4호	金達女撰	김달현	八公山桐華寺尋劒堂重修記	중수기(동화사)
4호	太古國師	(태고)	「示日本志性上人」「中庵壽允」	
4호	涵虛和尙	(함허당)	「遊神勒寺」	
4호	淸虛禪師	(청허당)	「過王將軍墓」「宿加平驛」「謹奉洛中諸大宰乞渡海詩」「別仙巢」	
4호	西谷 寄 讓寧大君	(양녕대군)	「題僧軸」	『동국요람』
4호	西厓	(유성룡)	「步泗溟大師見寄韻回贈」	『서애집』
5호	香觀居士	이능화	「津寬寺冥府殿重修記」	중수기(진관사)
5호	太古國師	(태고 보우)	「寄日本石翁長老」「送日本雄禪人遊江南」	
5호	西山大師	(서산)	「淸虛歌」「淸夜辭」	
5호	泗溟大師	(사명)	「秋風辭」「靑松寺」	
5호	松穆館集	(이언진)	「珊瑚居室」	
6호	松雲大師	(사명당)	「贈日本僧圓光元佶書」 「德川家康長子…仍示之」「次元佶韻」	
6호	艸衣和尙	(초의)	「海東庵次蓮翁韻」「泰和酉山見寄」	
6호	克庵和尙	(극암)	「訪隱仙庵」「溪藍小會」「題把溪金堂」	
7호	逸素居士選 彭尺木集外文		和陶淵明歸去來辭	화도사
7호	香觀居士	이능화	碧梧禪師塔碑	탑비(벽오선사)
7호	艸衣和尙詩集	(초의)	「早過斜川」「午入舍那寺」「上宿水月庵」「潤筆庵」	
7호	蓮坡和尙詩集	(연파)	「長春洞雜詩」「又」「碑殿」「枕溪樓」「大雄殿」「北庵將軍臺學射巖」「內院庵遺墟」「又」「表忠祠」「金塘溪」「上院菴」「又」	
8호	逸素居士選	장지연	囯山寺重建上樑文	상량문(광산사)

호수	필명	대표명	제목	비고
	張志淵巽			
8호	猊雲散人	최동식	哭曹溪山景鵬大禪師	만사(경붕선사)
8호	碧松禪師	(벽송)	「示法俊禪伯」「示眞一禪子」「贈曦岐禪伯」「贈學照禪子」「贈玉崙禪德」「示靈芝小師」「示牧菴」「寄道源大師」「贈心印禪子」	
8호	蓮坡和尙	(연파)	「白蓮社次壁上韻」	
8호	艸衣和尙	(초의)	「次韻答李玉廬」	
9호	猊雲散人選 崗峰樂玹	(이봉당)	自下禪師舍利塔銘幷序	탑명(자하선사, 최동식 선)
9호	蓮覃遺稿	(연담)	四山碑銘序	사산비명
9호	金擎雲	김경운	「六十一初度自題」	
9호	金允植(雲養) 외	김윤식 외	「追和擎雲大禪師六十一初度自題韻」	

『월보』의 「문예」란은 1~8호까지는 이능화가, 9호는 최동식이 가려 뽑은選 것이다. 여기에는 당시에 새로 창작한 한문 기문과 과거 승려문집에서 좋은 시구를 뽑아 소개한 한시작품이 각각 분량의 반을 차지하고 있다.

최동식의 글로는 경성 각황사 포교당 상량문1914년, 1호, 선암사 포교당 창건기1914년, 2호, 불기 2942년 불탄기념회 전문箋文, 1915년, 4호, 선암사 경붕대사 만사와 행적8호이 있다. 최동식은 선암사의 경붕 대사 문하에서 이력과정을 거쳤고, 선암사의 역사와 문화를 중앙 잡지에 소개한 역할을 한 인물인데, 이곳에 선암사포교당 상량문과 경붕대사 만사를 지어 게재한 것은 그의 위상과 역할을 다시 한번 확인시켜 주는 좋은 예다. 아울러 각황사 포교당 상량문, 각황사에서 거행된 불탄기념회 전문을 쓴 것은 당시 중앙 교단에서 주역으로 활동한 자취를 보여주는 것이다.

이외에 최동식이 가려 뽑은 기문 가운데는 장흥 보림사에 있는 자하선사의 사리탑명과 서문崗峰樂玹 撰, 1862(8호), 『연담유고』 소재 사산비명 서문9호이 주목되는데, 자료 수집의 범위가 호남에 국한되어 있는 것이 특징이다.

이능화가 지은 글로는 진관사명부전 중수기5호, 벽오선사탑비7호가 있고, 장지연이 지은 한문 기문은 경남 창원 내서면 광려산 광산사 중건상량문8호이 있으며, 김달현이 지은 한문 기문은 팔공산 동화사 심검당 중수기4호가 있다.

최동식이 호남을 지역적 배경으로 기문을 쓰고 자료를 수집하는 반면 이능화는 서울 진관사, 장지연은 창원 광산사의 기문을 창작하여 잡지에 수록하는 등, 자신들이 활동하는 근거지를 토대로 제작하는 양상이 드러난다.

한편 『월보』에는 여전히 고승들의 한시도 다수 수록되었는데, 태고 보우, 벽송당, 함허당, 서산대사, 사명대사, 추파화상, 초의당, 연파당, 임연당, 극암당 등 고려 말부터 조선말까지의 승려의 시가 선별적으로 수록되어 있다.

9호에 실린 선암사 경운선사의 시「六十一初度自題」와 이에 대한 차운시「追和擎雲大禪師六十一初度自題韻」는 선암사 출신 최동식을 연결고리로 하여 모은 당시 문사들의 송축시 집성이다.[52] 경운 원기1852~1936는 최동식과 법형제가 되는 사이이며, 박한영의 은사가 된다. 제목이 61년 생일이라는 의미를 담고 있으니, 1912년 생일에 지은 자축시와 여러 사람들의 차운시를 집성한 것이다.[53]

---

52 참여한 작가는 김윤식 외에 이동원(혜재) 이교영(유곡) 이능화(상현거사) 강대련(송거) 윤직구(소릉) 김보륜(우당) 김홍조(추전거사) 최동식(예운거사) 윤태홍(수관거사) 장홍식(서은거사) 오재풍(심재거사) 김문연(우송거사) 김상천(기우거사) 권상로(퇴경) 김성기(청봉거사) 이승천(원곡) 등이다.
53 『불교진흥회월보』에 수록된 것이 1916년 1월호이니 김윤식 외 차운한 시는 아마도 생일 회합에서 이루어진 것은 아니고 1912년에 지은 시에 대한 차운시를 최동식이 회원들에게 요

(6) 잡조雜俎와 대중 기호

잡조는 '잡록'과 같은 의미다. 이능화가 "述各種之奇譚ᄒ며 列諸件之珍
事"라 했듯이 지금까지의 항목으로 담기 어려운 흥미로운 이야기나 진기
한 사건 소식을 소개한 지면이다. 주요 필진은 이능화와 양건식이다.

이능화의 글은 주제가 다양한데 먼저 우리 민속과 관련된 짧은 이야기
로 영산회상, 온돌, 밤나무 신주[54]에 관한 이야기가 있고, 시정에서 들은
재미난 이야기에 도덕적 불교적 주제를 가미한 야담 성격의 서사물[55]이
있다. 또한 불교 경전에서 발췌하여 교훈을 주는 짧은 이야기로 「이식흥
의以食興衣」1호, 「중맹모상衆盲模象」2호이 있고, 불교 지식을 전달하는 글로 선
을 '교외별전'이라 하는 이유를 중국의 『가부무위관필기稼夫無爲館筆記』에서
번역 소개한 「교외별전敎外別傳」7호, 요일의 명칭이 서양이 아니라 인도에서
유래했다는 지식을 소개한 「칠요일七曜日의 출처出處」2호가 있다.

권상로는 홍석주洪奭周가 「옥경십이루기玉京十二樓記」에서 묘사한 12층 누
각의 그림을 모티프로 하여 지은 「구품연화대기九品蓮華臺記」6호를 게재하였
고, 양건식은 검은쥐 흰쥐라는 불교설화를 소개한 「불설비유佛說譬喩」4호, 탐
진치 삼독의 현실적 폐해를 무심과 무아로 극복할 것을 제언한 「사회람社會
鑑」6호을 게재하였다.

『술몽쇄언述夢瑣言』은 월창거사 김대현?~1870이 지은 책으로 1884년 아
들 김제도가 연활자본으로 간행한 것을 양건식이 4~6호에 걸쳐 현토체로
수록하였다.[56] 최동식은 동서양의 문화를 문답식으로 비교한 「동서문답東

구한 것으로 보인다. 근대한문학의 대가인 김윤식을 맨 앞자리에 놓았지만 화답시를 쓴 일
군의 시인들은 대부분 불교진흥회의 구성원으로 파악된다.
54 「靈山會上曲의 緣起」(1호)와 「조선의 온돌과 임야」(5호), 「栗木神主」(6호)
55 「虎喫烟時話」(2, 3호), 「好詩能令惡子悔過」(2호), 「惡名詞」(2호), 「一錢의 話」(5호)

西問答」2, 3호, 선사의 더위 피하는 법을 소개한 「수처생청풍隨處生淸風」6호을 수록하였다.

시정에서 들은 소소한 세상 이야기나 불경 소재의 작지만 교훈적인 여러 일화가 담긴 이 코너는 잡박함 그 자체지만, 보수적이고 고답적인 인상의『불교진흥회월보』에 잔잔한 삶의 공감대와 여유 있는 해학을 담아내고 있다는 점에서 나름내로 흥미로운 코너라 하겠다. 창간호부터 뚜렷한 주제, 확고한 항목과 편제를 갖춘『불교진흥회월보』에 대중의 기호에 맞는 다양한 소주제의 이야기를 반영하는 지면으로 「잡조」가 활용된 것을 알 수 있다.

(7) 「소설小說」과 신구 서사문학의 창작과 변용

「소설」란은 전통시대의 한문학 양식을 위주로 소개한 「문예」란과 다르게 당시의 창작 서사물을 소개하는 근대 문학의 장으로 마련되었다. 전 호에 걸친 양건식의 독점적 창작 공간으로서, 그가 창작한 서사물은 크게 창작소설과 강담講談으로 나누어진다.

창작소설에는 「석사자상石獅子像」1호,[57] 「미迷의 몽夢」2, 3호,[58] 「귀거래歸去來」

---

56 19세기의 저술을 발굴하여 公刊함으로써 근대불교의 문화적 편폭을 넓혔다는 점에서 주목할 만한 가치가 있다. 김대현의『술몽쇄언』은 '佛이라는 글자를 한 번도 쓰지 않았지만 불교사상을 바탕으로 하고 유교와 도교 사상까지 가미하여 천명에 순종하고 직분에 충실하라는 가르침을 담아낸' 철학적 우언으로 독창성을 지니고 있다.(『한국불교전서편람』, 동국대학교 불교학술원 편, 2015, 337면)

57 「석사자상」은 양건식의 소설로는 최초로 발표된 작품이다. 자수성가하여 남을 돕는데 매우 인색한 한 남자가 아내의 행위를 따라 무심결에 석사자상 앞에서 구걸하는 걸인에게 적선을 했다는 짧은 이야기다.

58 「미의 몽」은 경성에 사는 박태정의 집에 도둑이 들었는데, 그가 바로 사랑하는 정임씨의 아버지라는 것을 알아채고 괴로워하는 이야기로 시작된다. 인물의 갈등은 첨예하게 드러나나 인물들의 탄식조 대화 속에 스토리가 신파조로 회귀하는 경향을 보인다.

6호,[59] 「파경탄破鏡歎」7호[60]이 있다. 이들은 모두 순한글이며 구어체에 가까운 문체를 사용하고 있는데, 이는『불교진흥회월보』의 대부분 글이 순한문이나 국한문체현토체 일색인 가운데 상당한 이채를 띠고 있다.

강담문학으로는 「속황량續黃粱」4~5호,[61] 「반호이反乎爾」8~9호[62]가 있다. 이들 역시 순한글 문체인데 '강담講談'이라는 양식명이 제시되어 있고, '역연譯演'이라는 창작 방식이 부기되어 있다.[63]

4. 학술 성과

『월보』는 「논설」란을 통해 불교거사운동의 이념과 실제를 제시하였는데, 이 가운데도 학술적 논설이 포함되어 있다. 「교리」란을 통해 선교 양

---

59 「귀거래」는 '實地描寫'라는 부제가 붙어 있는 자전적 소설이다. 불교잡지사에서 근무하며 창작한 소설이 별다른 비평가의 비평도 받지 못하고 마는 현실에 대한 푸념이 담겨있는데, 이는 작가 자신이 처한 상황을 그린 것으로 보인다.

60 「파경탄」은 서울 재동에 사는 남편에게 버림받았으나 재가를 거부하고 회한 속에 사는 청춘여인의 탄식을 담은 이야기다. 미완성으로 전체의 주제를 추정할 수 없다. 스토리에 작가의 개입이 이루어지는 신파조 작품이다.

61 「속황량」의 황량黃粱은 노란 기장이다. 이 작품은 청나라 포송령鮑松齡의 동명 작품(『聊齋志異』소재)을 번안한 것으로, 한단지몽의 이야기와 유사하다. 원작에서는 꿈속에서의 징벌, 윤회라는 매개를 통해 부귀공명에 대한 욕망을 경계하는 것이라면 양건식의 작품은 당시 사회에 존재하는 강자들의 악덕과 비리를 비판하였다. 단순한 번안이 아니라 원작을 빌려 자기 이야기를 전개한 대안적 문학 양식으로 평가되었다.(박상란, 「근대 불교잡지 소재 강담문학의 의의」, 『선문화연구』9집, 한국불교선리연구원, 2010, 195~197면)

62 「반호이」는 너에게서 나온 것은 너에게 돌아간다는 뜻으로 '인도의 우의담'을 각색한 것이다. 우화 형식을 빌려 인과응보라는 주제를 표방하되 불경 경구를 요소요소에 배치하여 불교문학으로서 전달의 효과를 높였다.(박상란(2010), 206면)

63 강담이란 사전적 의미는 '강연이나 강의의 말투로 이야기함. 또는 그런 이야기'이다. 장르적으로 서사의 영역에 속하며 구비문학적 속성이 내재되어 있다. '역연'은 번역과 연행의 결합어로, 번역을 토대로 각색하여 구연하는 작품이라는 의미다.

종의 교리를 탐구하였고, 「학술」란을 통해 해외 학술과 근대불교학을 유입하는 기회로 삼는 한편, 「사전」란에서 불교사 기술의 기초 자료를 수집하고 특정 주제의 불교사 기술을 시도하였다. 이상 네 가지 편목에 산재한 『월보』의 학술 논설을 종합적으로 정리하며 그 성과를 정리하면 다음과 같다.

• **선학연구**: 『조선불교월보』, 『해동불보』의 후속잡지인 『불교진흥회월보』는 앞선 잡지와 마찬가지로 선학 관련 지식을 비중 있게 다루었다. 최동식의 「선학제강」 연재, 유경종의 「전법종지傳法宗旨」, 「불교종지佛敎宗旨」 및 「종경대지宗鏡大旨」 연재, 강대련의 「송거당문답松居堂問答」 연재, 이능화의 공안 소개 등이 대표적인 예다.

이외에 『월보』의 지면 배치에서 선, 정토, 화엄의 주요 텍스트를 한 호에 나란히 배치하여 소개한 것과 선교양종이라는 한국불교의 성격을 제시한 글은 선교양종을 표방한 삼십본산주지연합회의 정체성을 드러내려는 의식적 노력의 소산으로 판단된다.

특히 『월보』에는 선논쟁이 전개된 양상이 있어 주목된다. 「불교종지」에 대한 일각의 비판에 대한 유경종의 입장문「답서」, 4호에서 그는 '요즈음 선류들이 모두 임제종이라 하는 것은 현재 중국에서 가장 떠받드는 종파이기 때문이며, 이는 시세에 영합한 것으로 스스로를 속이고 남도 속이는 일'이라 하였다. 이어 수선풍조가 쇠락하고 변질되는 양상을 소개하고 '오늘의 급무는 계율과 선교를 병행하는 일'이라 하였다. 최동식과 이능화는 이에 대해 반론을 제기하였고,[64] 이에 대해 유경종은 「참월보제사호답서중망담선문어懺月報第四號答書中妄談禪門語」8호를 통해 자신의 주장에서 물러나는 자세를 취하고, 「한갈등閑葛藤」9호을 통해 논쟁을 마무리하고자 하였다.

조선후기 선 논쟁의 역사가 백파의 『선문수경』, 초의의 『선문사변만어』에서 시작되어 1930년대까지 지속되었던 사실은 이미 널리 알려졌지만, 1915년에 『월보』를 통해 상호 논쟁을 주고받았던 것은 새롭게 주목할 필요가 있다.[65]

• **비교종교학 연구** : 이능화의 「풍수미신風水迷信의 폐해원류弊害源流에 대對하야 유불양가儒佛兩家의 관계關係를 논論홈」1호, 「조선인朝鮮人과 각종교各宗教」9호 이상 논설, 「다신교多神教 일신교一神教 무신교無神教」4호, 「다처교多妻教 일처교一妻教 무처교無妻教」5호, 「도불상적道佛相敵 · 유불상담儒佛相談 · 경불상문景佛相問」9호이상 교리 등은 그의 일관된 비교종교학적 연구의 성과를 보여준다. 김응종의 「논유불論儒佛의 사업事業」7호, 김문연의 「본교本教의 우승優勝」8호과 「종교중宗教中의 불교佛教」9호이상 논설도 이능화의 비교학적 방식을 원용하여 종교 간의 차이를 제시하고 불교가 우수한 종교라는 점을 강조한 논설이다.

• **불교사 자료 발굴과 연구** : 이능화가 『조선불교통사』신문관, 1918에서 보여준 불교사 지식의 방대함, 자료의 호한함은 일정 부분 『조선불교월보』, 『해동불보』, 『불교진흥회월보』 등에서 진행한 원전 정리 작업이 기반이 되었다. 이능화가 『월보』1915를 간행한 기간은 바로 『조선불교통사』를 기술하는 바로 그 시기와 겹치기 때문이다. 불교사를 주제로 한 「사전」란은

---

64 최동식, 「朝鮮禪宗辨」 ; 이능화, 「反辨伊齋居士論臨濟宗書」. 이상 『불교진흥회월보』 6호(1915.8).
65 이 논쟁은 1910~20년대 전개된 임제법통설과 관련하여 상당히 시의성 있는 논쟁으로 판단된다.

이능화 국학연구의 산실이라 할 수 있다.

이능화의 「이조앙불사李朝仰佛史」, 장지연의 「지나불교支那佛教의 연기緣起」, 이나다 슌스이의 「조선朝鮮에 어於한 불교적 예술佛教的藝術의 연구研究」는 일관된 주제를 가진 연재물이나, 개별 자료의 편년체 기술인 경우가 많다. 이능화의 경우 불교 13종의 내왕, 해인사 대장경판 내력, 경주 석굴불상, 범패원류, 신교양종 명사 내력 등 개별적 주제의 글을 수록하였다. 이외에 다양한 비문, 행장, 사적기, 전기 등은 이능화가 발굴, 편집하여 수록하였으며, 그의 풍수미신, 영산회상, 온돌에 대한 글에서는 민속예술에 대한 폭넓은 관심을 확인할 수 있다.

이네다 슌스이의 경우 잡지를 통해 화엄석경, 범종, 불교예술품 등 연구를 소개함으로써 본격적인 불교예술 연구의 장을 여는 것과 동시에 불교예술의 지식을 대중화하는 데 기여하였다.

• 언어학 : 안확의 논문「朝鮮文字의 小論」, 8호은 언문의 창제와 특징에 대한 국학자의 연구 성과를 보여준다. 그는 이 글에서 한글 자형의 여러 유래설범어기원설 포함을 소개하면서, 결국은 한글이 음성구조를 본뜬 것이라 정리한 것은 연구의 객관성을 견지한 것으로 평가할 수 있다. 이는 1920, 30년대 『불교』지에서 다시 범어, 팔사파 기원설 등 다양한 학설을 반복하고 있는 것과 비교되는 선진적인 성과이다.

이능화가 범어 어휘를 정리한 「범어역해梵語譯解」는 『월보』 전후로 불교 잡지에 지속적으로 연재되었다. 권상로는 이에 앞서 『조선불교월보』1912에서도 범어 유래 불교어휘와 개념을 소개하는 「범역류집梵譯類輯」을 두 차례 소개한 바 있고, 『월보』의 후속 잡지인 『조선불교계』1916에 「범어약역

梵語略譯」이라는 제목으로 연재1~3호하기도 하였다. 이들의 소개는 불교 어휘에 대한 사전적 정리 작업에 해당하며, 근대불교의 학문적 정립에 기초를 제공한 성과로서 의의가 있다.

• 학술 번역 : 『불교진흥회월보』의 번역물은 기존의 불교 전적 및 저술을 번역한 것과 해외 학술서 및 잡지 소재 논설을 번역한 것으로 나누어진다. 후자에 중점을 두고 학술적 성과를 기술할 때 주목되는 글은 정황진과 양건식의 글이다.

당시 쌍계사 출신 유학생으로 조동종 대학에 재학 중이던 정황진鄭晄震은 타카쿠스 쥰지로高楠順次郎, 1866~1945[66]의 글 「불교佛敎의 세계적의의世界的意義」 7호[67]와 「불교佛敎의 오대특징五大特徵」8호[68]을 번역 소개하였다. 두 편의 글은 8호 서두에 소개한 내용에 따르면 일본의 불교잡지에 게재된 것을 정황진이 순서대로 번역, 소개한 것이다.

양건식이 「학술」란에서 소개한 글은 앞서 소개한 것처럼 중국의 근대 계몽가 양계초의 「근세제일대철강덕지학설近世第一大哲康德之學說」을 번역한 것

---

66 타카쿠스 쥰지로는 1890년 영국 유학을 떠나 1897년 귀국하기까지 독일, 프랑스, 이탈리아 등의 석학을 방문하였으며 막스 뮐러 등에게 사사 받았다. 1901년 동경제대 범어학 강좌의 담임교수가 되었고 일본의 범어학, 인도철학 발전에 크게 공헌하였다. 또 잡지『새벽』,『현대불교』등을 창간했고『불교의 근본사상』등 다수의 저술을 남긴 인물이다. 원영상 외역, 『일본불교사-근대』, 동국대 출판부, 2008, 105면.

67 「불교의 세계적 의의」에서 타카쿠스는 19세기 이래 불교가 서구에서 크게 연구되면서 더욱 세계적으로 확산된 사실을 적시하면서 문학 미술 음악 등을 매개로 해서 불교의 세계적 의의를 확산시켜야 한다고 주장하였다.

68 「불교의 5대 특징」에 소개한 특징은 첫째, 국가주의와 세계주의를 조화할 수 있다. 둘째 철학과 종교를 함께 갖추었다. 셋째 신비주의와 합리주의를 함께 가지고 있다. 넷째 정신생활을 실제로 체현하기 가능하다. 다섯째 인격주의를 설하는 데에도 철저하다 등이다. 이로 인해 불교는 반드시 세계적 종교로 발전할 것이라 하였다.

이다. 이 땅에 칸트를 소개한 최초의 저술은 1905년 이정직李定稷, 1841~1910의 「강씨철학설대략康氏哲學說大略」『燕石山房稿』이다. 이정직이 신유학자의 입장에서 칸트를 유학적으로 재해석하여 소개하였다면, 양건식은 불교적 관점에서 주해한 최초의 저술을 번역한 것으로 학술사적 의의가 있다. 이는 칸트 철학의 국내 유입의 역사에서 그리고 동아시아 근대 지식의 형성과 전이 과정에서 주목할 만한 현상이다.

『불교진흥회월보』에는 1910년대 중반에 이땅에 불교학 지식이 어떻게 축적되어 가는지, 한국불교의 정체성을 수립하는 과정에서 어떤 학문적 시도와 성과가 있었는지 확인하는 의의가 있다. 한국의 근대 학술사에서 불교와 관련된 지식의 축적과 신지식의 모색은『월보』등의 불교잡지를 통해 이루어진 것이 분명하다. 이들 성과는 불교학을 벗어나 근대 국학 연구사에서 온당하게 평가받을 자격이 있다.

5. 문예 성과

1915년에 등장한『불교진흥회월보』는 당대 불교계 대표 학자들의 국학 자료 탐색과 연구 성과가 반영된 학술 공간이면서, 동시에 신구문학이 혼효된 불교문학의 장을 펼친 복합적인 문화적 텍스트라 할 수 있다.

현재 통용되는 문예라는 개념은 문학과 동의어거나 문학을 포함한 예술을 가리키는데, 이곳에서는 이와 다르게 전통 한문학의 다양한 장르를 포함하는 개념으로 사용되었다. 그 결과 여기에서는 상량문, 탑비명을 포함한 기문과 한시가 다수 수록되었다.[69]

한국문학사에서는 오랫동안 근대소설의 효시로 이광수의 『무정』1917이 인정받아 왔다. 이 가운데 양건식이 『불교진흥회월보』 창간호1915에 수록한 「석사자상」은 그에 앞서 근대인의 허위의식을 완결된 구조로 형상화한 최초의 지식인 소설로 평가해야 한다는 주장[70]이 설득력을 얻어가고 있다. 이런 의미에서 이 작품은 신소설을 벗어나 근대 소설의 단계로 넘어서는 중간에 위치해 있다. 다만 양건식의 소설 「미의 몽」2, 3호 「귀거래」6호, 「파경탄」7호은 「석사자상」의 성과를 이어가지 못하고 작자의 개입이 이루어지거나 신파조로 회귀하는 한계가 분명하다.

양건식이 「소설」란에 투고한 작품 가운데 일부는 '강담講談'이라는 문학 양식 명을 부기한 작품이 있다. 강담은 흥미 있는 이야기를 구연하는 문화적 전통을 가진 중국문화의 전통에서 나온 서사장르 중 하나이고, 조선후기 야담문학도 일종의 강담문학과 같은 성격을 지니고 있다. 「속황량」, 「반호이」 두 작품은 중국 문학이나 인도문학에서 유래한 이야기에 자신이 문학적으로 살을 붙여 풍부하게 만든 번안 문학이다. 이들 강담 작품은 소설가이자 불교계몽 운동가인 양건식이 고안한 불교대중화의 기제로서 의의가 있다.[71]

---

69 『월보』 '문예'란의 문예라는 용어는 근대에 유입된 'literature'의 역어인 '文學', 즉 근대의 문학과 동의어는 아니다. 이능화가 4호에서 소개한 바와 같이 「문예」란은 "採名人之詩篇호며 集大家之文章"하는 곳, 즉 저명한 작가의 시편을 채록하고 대가의 문장을 집성하는 지면이다. 수록된 면면을 보면 일관되지는 않지만 1910년대 당시 새로 창작한 한문학의 여러 양식이 등장한다. 사명당, 연담 유일의 옛글은 전통 자료를 발굴한 성과이고, 이능화, 최동식, 이나다 슌스이, 김달현의 기문記文은 이 양식이 당시까지도 불가에서 효용성을 가지고 창작되었음을 증명하는 좋은 자료가 된다.

70 고재석, 『한국근대문학지성사』, 깊은샘, 1991; 김복순, 『1910년대 한국문학과 근대성』, 소명출판, 1999.

71 박상란(2010), 214면.

「잡조」란에 소개된 이능화의 「호끽연시화」 등 시정한담 같은 소재들은 종로 인정전의 실상과 면모가 다양한 사람들의 구체적인 대화를 통해 소개되어 있어 당시의 한양의 현장성이 잘 드러나 있다. 조선후기의 야담의 전통을 잇고 있고, 구비문학적 성격을 가지는 이야기로 소화笑話라는 양식을 불교포교의 매개로 활용한 특징이 있다.

1915년 당시 새로 지은 고승의 비문, 법당의 상량문, 한시 등은 근대문학의 범위에서 논하기는 어려운 양식들이다. 그러나 이들 양식은 근대를 맞이해서도 보수적인 종교 영역에서는 이전 시대의 양식이 여전히 유효했던 사실을 기억하기에 작지 않은 비중을 차지하고 있다. 최동식이 지은 각종 기문들은 근대불교의 역동적 움직임을 전통 문장으로 담아내는 기록문학적 의의가 충분하다.

이상 살펴본 바와 같이 『불교진흥회월보』는 승속연합 단체 불교진흥회에서 간행한 잡지로서, 전체적으로 선교양종禪敎兩宗이라는 종지의 구현, 불교사 자료의 축적과 연구, 선론의 심화 등 학술성을 추구하는 경향을 보인다. 높은 수준의 교학과 역사학을 연찬함으로써 당대 국학 연구의 수준을 고양하는 성과를 거두었다.

제4장

『조선불교계』

『불교진흥회월보』의 후속 잡지

1. 전개사

『조선불교계朝鮮佛敎界』통권 3호, 1916.4~1916.6는 『불교진흥회월보』의 후속 잡지로 발행되었다. 발행 겸 편집인 이능화李能和, 발행소는 불교진흥회본부이다. 발행 양상은 『불교진흥회월보』와 크게 달라지지 않았다. 학술적인 경향도 크게 달라지지 않았다.

1) 창간의 배경과 경과

삼십본산연합사무소[1]의 포교 단체 성격을 지니는 불교진흥회는 승속을 아우르는 불교지성의 연합체로 1914년 9월 출범하여 1917년 2월 공식적으로 폐지되었다. 그 기간 두 종의 잡지가 발행되었는데, 『불교진흥회월

---

[1] 삼십본산 연합사무소 관련 잡지는 『불교진흥회월보』(통권 9호, 1915.3~12), 『조선불교계』(통권 3호, 1916.4~6), 『조선불교총보』(통권 22호, 1917.3~1921.1)가 있다.

보』는 1915년 3월 창간하여 같은 해 12월 종간되었고, 3개월의 공백기 이후『조선불교계』가 1916년 4월 5일 창간되어 같은 해 6월 5일3호 종간되었다. 두 잡지는 발행의 기관이 같고, 편집겸발행인도 이능화로 같다.

잡지의 휘보란에 30본산과 말사의 주지 임명의 상황을 수록하거나, 불교진흥회 정기총회 내용을 상세히 게재한 점, 그리고 총독부의 행정 지시 사항을 중요하게 게재한 점에서 큰 틀에서 선교양종삼십본산연합사무소의 홍보기관 기관지라는 점은 변함이 없다. 그럼에도 제호를 바꾸어 종간과 창간을 반복한 이유는 무엇인가?

1916년 1월 개최된 선교양종삼십본산연합사무소 제5회 주지총회 이후 불교진흥회는 승려가 배제된 채 신사信士, 재가자 중심의 단체로 전환되었다.[2] 즉『불교진흥회월보』의 발행기관은 승려와 거사가 함께 주축이 된 불교진흥회요,『조선불교계』의 발행기관은 거사 중심의 불교진흥회라는 차이가 있다.

이회광과 강대련의 갈등, 승속의 갈등으로 문제가 야기되었고, 이에 따른 총독부의 관여로 인해 승속연합의 불교진흥회는 거사 중심의 모임으로 성격이 바뀌었다. 그러나 그 차이가 잡지 구성이나 내용상 차이를 초래하지는 않았다.『월보』의 경우에도 강대련의 「송거당문답松居堂問答」이 교리 부분에 7회 연재된 것을 제외하면 집필진에 승려가 차지하는 경우가 거의

---

2 1월 5일 우사미(宇佐美) 총독부 내무부장관이 본산연합사무소 위원장과 상치원 일동을 불러 '불교의 발전방침'을 전달한 방침이 반영된 것이다. '훈유'의 내용은 첫째 중앙학림 관련 사항(포교사 양성), 둘째 연합사무소 부채 문제, 셋째 넷째는 불교진흥회 관련 사항이다. 진흥회 회원 모집 방식을 신심이 있는 자로 할 것이며, 회칙 개정 전에는 부회주(강대련)로 일체 사무를 대변하게 하며, 승려와 信士의 연합은 인정할 수 없고 진흥회는 신도에 위임하도록 하는 것 등이다. 자기세력, 사리를 도모하는 자를 환영치 말고 신심으로 사회봉사하는 자로 조직하고, 회의 재정도 '일푼'이라도 승려들에게 의뢰할 것이 아니라 회원들 스스로 自辦하도록 권고하였다. '휘보' '내무부장관훈유',『조선불교계』1호(1916.4), 99~100면.

없다. 따라서 불교진흥회의 주도 세력에 인적인 변화가 있다 하더라도 집 필진은 불교학술계, 불교문화계의 거사로서 동일하게 유지되었다고 할 수 있다.

불교진흥회의 인적 토대가 바뀌고, 재정도 넉넉지 않은 상황에서도 『조선불교계』를 창간한 힘은 어디에서 오는 것일까. 3호까지의 내용을 통해 유추해 볼 때, 이는 아마도 진흥회 임원인 권상로, 편집인인 이능화의 불교학 및 국학 탐구에 대한 열정과 불교대중화의 의지가 원동력이 되었을 것이다. 다만 재정적 지원이 부실하고 잡지의 내용과 표현 방식이 전체적으로 보수적이고 고답적 경향이 있어 독자 확보에 어려움을 겪었을 것으로 추정된다.

2) 조직과 운영 및 발행인

간행 경과를 파악하기 위해 『조선불교계』가 창간된 1916년 4월 이전의 불교계 동향을 살펴볼 필요가 있다. 1916년 1월 20일에 제5회 삼십본산의 주지총회가 개최되어 새로운 임원진이 선출되었다.[3] 연합사무소각황교당 소재의 임원은 위원장 강대련, 포교사 김경운, 재무겸통역 김상숙, 편집겸회계 권상로, 감사겸봉향원 최용식이다. 당시의 회의록을 검토해 보면, '포교에 관한 건'에서 '포교서적 간행은 경제에 관련하여 잠시 보류'하기로 결정하였다.[4] 이 '포교서적'에는 아마도 기관지인 불교잡지도 포함되었

---

3 이때 선출된 주지회의 임원 명단은 다음과 같다. 위원장ㅡ강대련. 常置員ㅡ김동선, 서진하, 김구하, 이회광, 김남파, 오성월, 나청호, 監査員ㅡ김환응, 박보봉, 이운파. 「선교양종삼십대본산연합사무소 제5회 주지총회 회의상황」, 『조선불교계』 1호(1916.4), 86~97면.
4 「선교양종삼십대본산연합사무소 제5회 주지총회 회의상황」, 『조선불교계』 1호(1916.4), 92면.

을 것이다. 이는 『불교진흥회월보』의 간행을 더이상 진행하지 않겠다는 선언인데, 이는 『조선불교계』가 간행되기 3, 4개월 전의 상황을 반영한다.

1년 전 개최한 불교진흥회 회의록에는 사무부장이 '회보'를 담당하는 것으로 나와 있으며, 사무부장은 신우균이었다.[5] 1916년 1월 20일 개최한 '삼십대본산연합사무소 제5회 주지총회'의 '회의상황'록에는 연합사무소의 임원으로 위원장 강대련, 포교사 김경운, 재무겸통역 김상숙, 편집겸회계 권상로, 감원겸봉향원 최용식이 소개되어 있고, '진흥회에 관한 건' 항에는 '진흥회 사건은 現今間 잠시 안건을 유보姑爲留案하고, 부회주 강대련씨로 임시 사무를 대변代辨케 하다'는 정도만 소개되어 있다.[6]

『조선불교계』 간행 이전부터 삼십본산연합사무소에서 불교잡지를 관장한 이는 '편집' 이사 격인 권상로였을 것으로 추정한다. 삼십본산회의소와 잡지편성 간의 관계를 파악하기 어렵지만, 연합사무소의 하위 기관이자 포교단체인 불교진흥회에서 발행한 잡지 『조선불교계』의 발행에는 이능화와 양건식의 역할이 그대로 유지된 것으로 추정한다. 이능화가 편집겸발행인이 확실하며, 양건식은 공식 직책은 확인되지 않으나 다수의 글을 투고하였다.

기사의 종수는 총 70편연재 누적, 시 제외. 필자 편자 역자 포함 정도다. 이 가운데 이능화 23편33%, 양건식 14편20%, 권상로 9편13%인데, 이들을 합하면 66%를 차지하여 거의 절대적인 분포를 보여준다.[7] 앞서 『불교진흥회월

---

5 「불교진흥회회록」, 『불교진흥회월보』 2호(1916.5), 77~80면.
6 「선교양종삼십대본산연합사무소 제5회 주지총회 회의상황」, 『조선불교계』 1호(1916.4), 86~97면.
7 이외에 유경종 김상천 김문연 김도원 각 3편, 최동식 2편, 김정해 전환해 김정제 백초월 각 1편. 이외에 김대현 3편, 이응섭 3편 등이 있다.

보』의 필진 중 이능화 69편[39%], 양건식 31편[17%], 최동식 23편[13%]이며, 이들의 합계가 69%인 것과 비교할 때 상당한 유사성이 있음을 알 수 있다. 『불교진흥회월보』에서 최동식이 차지했던 부분을 『조선불교계』에서는 권상로가 대신한 것 정도가 달라진 점이다. 최동식의 글은 이후 다른 잡지에서는 발견되지 않는다. 정리하면, 삼십본산주지회의소 내 잡지를 포함한 '편찬' 업무는 권상로가 담당했으며, 실제 잡지 자체의 구상과 편집 발행은 이능화가 전적으로 담당하되, 실무진으로 양건식의 협조가 있었을 것으로 추정한다.

2. 잡지의 지향

『조선불교계』의 지향점은 강령이나 회칙 등이 제시되지 않아 명확하게 드러내기는 어렵다. 다만 제1호에 서두에 제시된 권상로了事凡夫의 「조선불교계서朝鮮佛敎界序」와 이능화의 「조선불교계발간사朝鮮佛敎界發刊詞」를 통해 그 개략을 짐작할 수 있다.

권상로는 서문에서 『조선불교계』가 '월보'와 '회보'의 후신으로 상호 연속성을 가지는 것으로 소개하였다.[8]

이능화는 간행사에서 잡지의 지향을 좀 더 구체적으로 제시하였다. 서두에서는 당시 불교계의 외적 규모와 현황을 소개하며 그것이 조선불교계라 이름 붙인 이유라고 하였다. 잡지의 목적은 칠천 승려, 십만 신도를 계

8 　「朝鮮佛敎界序」, 『조선불교계』 1호(1916.4), 2면.

도하여 깨우치게 하고, 궁극적으로는 모든 조선의 동포 중생을 안신입명하게 하여 극락세계에 왕생하도록 하는 것이라 하였다.[9] 『조선불교계』가 종교잡지로서 포교의 매체임을 선언한 것이다.

기본적으로 『조선불교계』는 당시 불교계 대표기관의 기관지 성격을 가지고 있다. 이는 잡지에 투고한 글의 주제와 내용이 기관의 활동을 우선하여 홍보하는 것에 맞춰져 있음을 말한다.[10]

한편 현재 확인할 수 있는 판권 '주의' 사항에는 5개 항에 걸쳐 발행일, 회원의 의무, 구독비용, 배부 등의 기본적인 잡지의 간행 정보와 함께 주권상실의 시대상황이 반영되어 있다. "본보에 투고코져 하시는 제씨는 정치 치담侈談과 시사 득실을 제한 외에는 본보 목차에 의하여 수의 기고하시되 매월 15일을 기한으로 하고 주소씨명을 상기하여 송부하심을 요함"이라 하였다.[11] '치담'이라는 것은 담론과 같은 말인데 이에 더하여 과대 해석되고 부적절한 담론이라는 뜻도 있다. 시대상황과 정치 이야기는 부적절한 주제로 게재하지 않겠다는 입장을 표명한 것이다.

다른 잡지도 마찬가지지만 『조선불교계』는 모든 주제에서 현실 정치와 관련된 것은 배제하다 보니 불교발전에 대한 논의가 매우 좁은 영역에서 이루어졌다. 그 결과 개혁적인 담론보다 탈정치적인 일반 교리의 강연과 연구, 과거의 불교사 자료 소개에 국한된 경향을 보인다. 잡지 자체의 디자인이나 편제는 물론이고 문체나 내용에 있어 보수적이고 고답적인 특징

---

9 「朝鮮佛敎界發刊詞」, 『조선불교계』 1호(1916.4), 3~4면.
10 제1호의 경우 관보에서 본사주지이동, 말사주지이동, 포교 屆出, 기설 포교소 계출, 본말사 법중 정정 인가, 삼십본산연합소무소직원이동이 수록되었고, 휘보가 상세하게 수록되어 있다. 잡지가 삼십본산 사무소의 기관지 역할을 수행하고 있음을 여실히 보여준다. 이는 곧 간행사에 소개하지 않은, 이 잡지의 존재 이유를 설명해 준다.
11 『조선불교계』 3호(1916.6)의 판권.

이 있다.

잡지에 수록된 시론은 대부분 포교 활동, 거사 활동 및 진흥회 활동과 관련된 것이 주류를 이루고 있는데, 이는 『조선불교계』의 특징이자 지향점이라 할 수 있다.[12]

3. 편제와 항목별 성격

잡지의 편제를 『불교진흥회월보』와 비교하여 제시하면 다음과 같다.

『불교진흥회월보』	논설(論說) — 교리(教理) — 사전(史傳) — 학술(學術) — 문예(文藝) — 잡조(雜俎) — 소설(小說) — 회록(會錄) · 관보(官報) · 휘보(彙報)
『조선불교계』	논설 — 강연(講演) — 교리 — 사전 — 문예 — 잡찬(雜纂) — 연구(研究) — 소설 — 회록 · 관보 · 휘보 — 부록(附錄)

『월보』의 「학술」은 『조선불교계』에는 「연구」로, 「잡조」는 「잡찬」으로 편명이 바뀌었다. 이외에 새로 추가된 편목은 「강연」과 「부록」이다. 「강연」은 불교 지식에 대해 대중적 이해를 도모하기 위해 마련한 장이며, 「부록」 역시 경전에 대해 기본적인 이해를 도모한 장이다. 이로써 보면 『조선불교계』는 『불교진흥회월보』에 비해 좀더 대중들을 위해 열린 지면을 추구했다고 할 수 있다.

---

12 1916년 1월 본산주지회의에서 회원인 김상천이 제출한 재미쌀 모으기 운동(齋米一切施行事)은 포교의 새로운 가능성을 보여준 것으로 부각되었다.(「발간사」, 『조선불교계』 제1호, 10~11면) 『조선불교계』가 궁극적으로 지향하는 것이 대중포교라는 것을 분명히 드러낸 기사다.

(1) 논설論說

「논설」은 불교계가 처해 있는 현실을 나름대로 개선해 보고자 하는 발행인 이능화의 메시지를 주로 담은 지면이다.

이능화의 「포교규칙布敎規則과 오인吾人의 각오覺悟」1호는 1915년 8월 16일에 조선총독부령 제83호로 반포되고 동년 10월 1일부터 시행된 '포교규칙 제1조'"본령에서 종교리 칭함은 神道 佛道 基督敎를 위함"를 글의 실마리로 삼아 기독교와 불교의 포교 현실을 비교한 글이다. 학교, 의료, 자선사업에 주안점을 둔 기독교의 포교방식을 소개하며 불교 포교의 현황을 소개하였고, 불교진흥회를 설립한 이유와 계획을 소개하였다.[13]

「조선불교朝鮮佛敎와 사부대중四部大衆」2호은 조선불교에서 비구, 비구니, 우바새, 우바이라는 사부대중의 역사와 현재의 현황을 소개하면서 '이들 사부대중이 금일 조선불교 전체를 형성하'는 실체임을 말하면서 청년 비구의 현실에 대해 비판적 시각을 보여주었다.[14]

이능화의 논설은 불교의 포교 혁신을 이야기하되 자신의 비교종교학적 지식, 불교사적 지식을 개진하는 장으로 활용하는 경향이 있으며, 당시 청

---

13 이러한 불교와 타 종교의 비교론은 「불교와 타교의 경쟁」에서도 잘 전개되어 있다. 이 글은 불교와 바라문교, 불교와 도교, 불교와 유교, 불교와 유교와 야소교의 비교라는 항목을 두어 역사적 근거를 충실히 제공하고 있다. 특히 유교가 종교가 아니라는 점은 『時兆月報』(중화민국 3년 발행)에 수록된 「國務院呈孔敎不能定爲國敎文」을 상당 부분 인용하며 강조하였다.

14 이글에서 소개한 대정 4년(1915) 통계에 따르면, 사찰 1,385곳, 비구 6,972인, 비구니 1,196인, 우바새 우바이 총 10,000인이 있다. 이능화는 조선의 비구를 보수사상자, 改進사상자, 조화사상자, 混俗사상자로 분류하였고, 우바새를 문장사상자, 철학사상자, 권리사상자, 休退사상자로 분류하였다. 비구 중 혼속사상자는 청년비구를 가리키는데 그들이 비구의 대다수를 차지한다고 하였다. 이들은 '禪講 공부에는 작게 힘을 쓰고 세속 사상에 뜻을 많이 둔' 자로 비판하였다. 근대 다양한 학문과 사상이 물밀 듯 밀려오는 시기에 젊은 승려의 佛學 탐구 자세가 기성 대덕이 보기에 만족스럽지 못한 것은 당연한 일이기는 하나, 이능화의 보수적 현실인식이 드러나는 것도 사실이다.

년 세대들의 시속에 영합하며 선강禪講 연구는 등한시하는 풍토에 대해 경종을 울린 것으로 당시 청년에 대한 시선을 확인할 수 있는 글이다.

당시 일본유학 중이었던 불교청년 김정해는 「불교진흥佛敎振興의 기운機運 (佛敎靑年에 寄홈)」2호에서 불교청년에 대한 기대를 표명하였다. 그는 신시대 청년 배출의 당위성을 제언하고, 진로를 바꾸는 청년에 대한 헌신적 자세를 주문하였다. 그리고 본산 주지들이 일본의 경우처럼 사회사업에 힘쓸 것과 불교진흥회와 당시 유일한 불교고등교육기관인 중앙학림의 발전을 기대하였다.

이능화와 김정해의 글은 서로 다른 세대를 대표하는 인물로서 세대 간 현실인식의 차이를 살펴볼 수 있다.

(2) 강연講演

『조선불교계』가 『불교진흥회월보』와 달라진 부분은 「강연」란이다. 발행인 나름대로는 불교대중화의 일환으로 기본 지식을 소개하는 내용으로 구성되었다.

이능화의 「무명無明에 대對하야 삼등三燈」1~3호은 팔계八戒 중 불살생, 불투도, 불사음에 대하여 논한 글이다. 개별 항목마다 다양한 경전과 역사적 사례를 들어 불교지식을 증진하는 데 주력하였다. 「유마경維摩經의 이채異彩」1호는 『유마경』의 이채로운 점으로 작자, 찬술 연대, 경전의 각색, 문장과 문체비유와 반어 등을 들어 소개하였다.

양건식은 「불교佛敎라는 것은 하여何如한 자者인가」에서 당시 16억 인구 중 불교도가 6억으로 최다인 것은 불교의 종지宗旨가 타 종교보다 깊고 미묘한 데 있다 하며, 불교의 목적은 생의 불안을 치유하여 정신에 위안을 주는 것으로 소개하였다.

전완해의 「불은佛恩의 심중深重」1호, 김상천의 「인연因緣의 감상感想」1호, 김문연의 「윤회輪廻의 보응報應」1호은 부처님 은혜, 인연, 윤회 개념을 소개한 글이고, 김문연의 「망염妄念이 본적本寂이오 진경塵境이 본공本空」2호, 김상천의 「유심조惟心造」2호는 마음의 속성을 소개한 글이다. 이들 필진은 불교진흥회 회원인 불교계 지성으로서 불교학적 지식을 대중화하는 데 일조하였다.[15]

(3) 교리敎理

〈표 5〉『조선불교계』 교리 기사 목록 - 필자별

호수	필명	대표명	제목	비고
1호	無無居士	이능화	禪門과 看話	간화선
1호	同人	이능화	臨濟家風과 新羅智異山和尙	임제종
2호	無無居士	이능화	看話決疑	간화선
2호	無無居士	이능화	臨濟家風과 高麗太古國師	임제종
3호	無無居士	이능화	懶翁의 一劍	나옹
1호	退耕鈔	권상로	梵語略譯①	범어
2호	退耕鈔	권상로	梵語略譯②	범어
3호	退耕鈔	권상로	梵語略譯③	범어
1호	伊齋抄錄	유경종	宗鏡大旨①	종경록
2호	伊齊抄錄	유경종	宗鏡大旨②	종경록
3호	伊齊抄錄	유경종	宗鏡大旨③	종경록
3호	杞宇居士	김상천	信一念	믿음
3호	寅松居士	김문연	万法의 惟心	유심

---

15 이중 김문연(우송거사)과 김상천(기우거사)은 『불교진흥회월보』 제9호의 「문예」란에 수록된 「追和擎雲大禪師六十一初度自題韻」에 김윤식, 이능화, 강대련, 권상로 등과 함께 차운 시를 지은 인물이다. 김상천은 진흥회 사업 발전을 위하여 총회에 의견서를 제출하여 주목을 받았다. 발전방안은 敎旗一致製定事, 齋米一切施行事, 經典多數印刊事 3개항이다. (「김상천씨의견서」, 『조선불교계』 1호, 100~101면) 김문연은 『불교진흥회월보』에 논설 2편(「本敎의 優勝」 8호, 「宗敎中의 佛敎」 9호)을 게재한 바 있다.

호수	필명	대표명	제목	비고
2호	鳳門居士	미상	出世間孝	효
3호	鳳門居士	미상	金剛經에 就ㅎ야	금강경

앞에 제시한 「강연」 편에 비해 「교리」 편은 상대적으로 심화된 불교 지식을 소개한 지면이다. 선종의 역사와 핵심교리, 범어 어휘, 『종경록』의 전재轉載가 주목된다. 주요 필진은 이능화, 유경종, 권상로이며 김상천, 김문연, 봉문거사가 일부 글을 투고하였다. 이중 이능화, 유경종은 『불교진흥회월보』 「교리」 편에서도 주요 필자로 등장한 바 있다.

이능화는 주로 선종 가운데 임제종의 가풍과 주요 선사 및 선문답의 일부를 소개하였다. 조선불교, 한국불교의 사상적 흐름 가운데 선종의 그것을 가장 특색 있는 것으로 파악한 결과로 보인다.

「선문과 선화」는 육조 이후 간화법이 성행한 사실, 조선에서 『서장』『선요』를 중시한 사실, 편양당의 경우 시심마 공안을 참구했던 예화를 소개하며 본론에서 시심마 화두를 참구하는 법을 소개하고 독자들이 이를 준행할 것을 기대하였다. 「임제가풍과 신라 지리산화상」은 임제 의현의 법을 이은 지리산 화상의 예화를 소개하였다. "新羅智異山和尚臨濟玄嗣 景德傳燈錄云 師一日示衆曰 冬不寒獵後看 便下座"의 의미와 임제종의 핵심개념을 나열하는 것으로 마무리하였다. 「간화결의」에서는 두 가지 화두를 소개하였다. 첫째는 만법이 귀일하는데 하나는 어디로 귀의하는가라는 화두 萬法歸一一歸何處, 둘째는 어떤 승려가 조주에게 묻기를 개에게도 불성이 있는지 묻자 조주가 없다고 한 화두僧問趙州狗子還有佛性也無州云無를 소개하고 태고 보우가 두 가지 화두를 참구했던 역사적 사실을 소개하고 이에 대해 필자의 해석으로 마무리하였다. 「임제가풍과 고려태고국사」 및 「나옹의 일검」까지 이능화의 교리는 임제 가풍이 고려부터 현재까지 면면히 지속되고 있으며, 그것이 조선불교의 한 특색이며 정체성임을 강조하려는 의도를 지닌 것이다.

권상로의 「범어약역」은 가나다순으로 한자로 적힌 범어 어휘를 제시하고 그 의미를 간략하게 풀이한 어휘 사전의 연재물이다. 1호는 '迦字'(상성)-'入業果聲', '迦葉佛·迦葉波佛·迦攝波佛·迦攝佛'-'此云飮光'에서부터 '가'항을 시작하였고, 3호에서는 각, 갈, 감, 강, 기 字部까지 다양한 어휘를 소개하였다. 어휘 사전이 없던 시절 본격적인 사전 제작의 일부를 지면에 소개한 것으로 평가할 수 있다.

유경종의 「종경대지」는 이미 『불교진흥회월보』 4~7호에 걸쳐 소개한 『종경록』을 이어 소개한 연재물이다.[16]

(4) 사전史傳

〈표 6〉 『조선불교계』 사전 기사 목록 – 필자별

호수	필명	대표명	제목	비고
1호	尙玄居士選	이능화	李朝新鑄梵鍾史①	범종사
2호	尙玄居士選	이능화	李朝新鑄梵鍾史②	범종사
3호	尙玄居士選	이능화	李朝新鑄梵鍾史③	범종사
1호	同人	이능화	佛祖遺骨東來史①	불사리 전래
2호	同人	이능화	佛祖遺骨東來史②	불사리 전래
3호	尙玄選	이능화	佛祖遺骨東來史③	불사리 전래
1호	同人選	이능화	新羅國武州迦智山寶林寺諡普照禪師靈塔碑銘(전영 찬)	신라 보조선사

---

16 1호, 「종경대지」-종경록 권제2(T48, 423b21~425a13 중간부분)
2호, 「종경대지」-종경록 권제2(T48, 425a13 중간 이후~426b27)
3호, 「종경대지」-종경록 권제2(T48, 427a02~427a03 일부)

호수	필명	대표명	제목	비고
2호	尙玄居士選	이능화	大圓覺寺碑陰記	원각사
3호	同人選	이능화	虛白堂大師碑銘(이경석 찬)	허백당
1호	李應涉 權相老	이응섭/권상로	「(歌讚)釋尊傳」①	7·5조 창가
3호	李應涉原作, 權相老潤色	이응섭/권상로	「(歌讚)釋尊傳」②	7·5조 창가
2호	李應涉原作, 權相老潤色	이응섭/권상로	「(歌讚)釋尊傳」③	7·5조 창가
2호	猊雲散人撰	최동식	昇平府仙巖寺重創主護巖堂若休 大師傳	약휴대사
3호	猊雲散人撰	최동식	東方禪宗訥庵大和尙傳	눌암화상

「사전」편은 역사와 전기라는 이름에 걸맞은 내용을 수록하였다.

이능화는 두 편의 소사小史를 연재하였다. 먼저 「이조신주범종사」는 조선에서 새로 주조한 범종의 역사를 소개하는 글로 총 3회 게재하였다. 사실은 『불교진흥회월보』 제9호에 연재를 시작하여 실제로는 2, 3, 4회 연재한 셈이 된다. 수록내용은 순서대로 「원각사종명 병서」최항찬, 「금강산장안사신주종명 병서」청허선사 찬, 「황해도 잔악군 연등사 사적비명 병서」방순찬, 1700년 등이다. 「불조유골동래사」는 부처의 영골유골과 사리이 이 땅에 전래된 사례를 3회에 걸쳐 소개한 것으로서 이 잡지에서 처음 연재한 것이다. 1호에는 동화사 금당탑 사리, 2호에는 지리산의 세 탑화엄사 세존사리탑, 대원사 세존사리탑, 법계토굴 세존사리탑, 3호에는 통도사 금강계단 불사리, 황룡사 구층탑 불사리를 소개하였다. 사리를 신앙 대상으로 삼아 온 이 땅의 자취와 탑으로 구현된 양상을 역사적 근거를 갖추어 소개한 의의가 있다.

이외에 이능화의 역사자료 발굴의 성과는 매 호 계속되었다. 1호「신라국무주가지산보림사시보조선사영탑비명新羅國武州迦智山寶林寺諡普照禪師靈塔碑銘」全穎찬, 2호「대원각사비음기大圓覺寺碑陰記」서거정찬, 3호「허백당대사비명虛白堂大

師碑銘」이경석 찬 등이다.

이응섭 원작, 권상로 윤색의 「가찬 석존전」은 7·5조 율격의 창가이다.[17] 이는 가사 율격을 차용한 것으로 작품의 시적 운율은 역시 권상로의 대중화에 대한 관심과 능력에서 유래한 것이다.[18] 이응섭의 원작은 한시로 작시되었는지, 아니면 국한문 혼용의 산문으로 되어 있는지 확인할 수 없다. 권상로는 1910년대 일본 가요와 시가의 영향으로 확산된 7,5조 율격을 원작에 가미하여 대중화한 것으로 추정된다.[19]

최동식은 앞선 잡지에서 그랬던 것처럼 호남, 그중에서도 선운사와 관련된 사료를 한문으로 기록하였는데, 단순한 비문 소개를 넘어서는 적극적 활동을 보여주고 있다. 「승평부선암사중창주호암당약휴대사전昇平府仙巖寺重創主護巖堂若休大師傳」은 선암사의 중창주인 약휴대사침굉현변의 제자의 전기를 병진년1916에 한문으로 지은 것이며, 「동방선종눌암대화상전東方禪宗訥庵大和尚傳」은 선암사 승려인 눌암 식활訥庵識活 선사1752~1830의 전기를 한문으로 지은 것이다.

---

17 7·5조 1행, 4행이 묶여 1단락을 구성되었다. 『조선불교계』 1호에는 제1장 총설(27단락), 제2장 석존의 祖先(8단락), 제3장 석가의 강탄(13장)이 수록되어 있다. 2호에는 제4장 석존의 출가(19단락), 제5장 석가의 고행(27단락)이, 3호에는 제5장의 28~39단락, 제6장 석존의 성도(16단락), 제7장 석존의 설법(10단락)이 수록되어 미완으로 종료되었다. 「석존전」은 1927년 5월 간행된 『불교』 제35호에 4·4조 가요로 재창조된다.

18 이응섭은 21세에 금강산 장안사에서 강대련을 은사로, 김구하를 계사로 하여 출가하였고, 출가 후 환속하여 일본 또는 중국에서 군사학을 배운 후 다시 환속하여 문서포교를 위한 문필활동에 종사한 인물이다. 김기종, 「『석존일대가』와 근대적 불타관의 형성」, 『한국불교사가의 구도와 전개』, 보고사, 2014, 80~81면.

19 이 작품은 신이한 사건의 배제, 사실과 지식의 강조, 석가 연보의 재구 및 이에 따른 사건 배열, 총론과 총결 설정을 통한 불교관, 불타관의 제시 등이 특징인데 이러한 서술 양상은 근대불교학의 영향을 반영한 것이며, 위인 석가의 역사적 사실을 널리 알리기 위한 창작의 도에 기인한다고 한다. 김기종(2014), 109면.

(5) 문예文藝

〈표 7〉『조선불교계』문학 작품 목록

호수	필명	대표명	제목	비고
1호	淨智居士金靖濟	김정제	種善稧序	계회
1호	退耕權相老	권상로	祭琴巴和尙文	제문
1호	白初月	백초월	琴巴和尙略傳	전기
1호	蘺堂山人 杞宇居士 書山居士 退耕沙門 石顚山人 尙玄居士	(영명 연수, 대각조웅) 김명희 김상천 성훈 권상로 박한영 이능화	「物外山居詩」-永明延壽禪師 「次韻」-大覺祖雜禪師 「追和」-蘺堂山人, 杞宇居士, 書山居士, 退耕沙門 「反物外山居詩」-石顚山人, 尙玄居士	한시
2호	尙玄居士選	(연담)	雙溪寺七佛庵上樑文 - 蓮潭大師	상량문
2호	金擎雲 退耕 杞宇 響山 崔月峯	(이봉) 김경운 권상로 김상천 김영칠 최월봉	「題七佛禪院」-卨峰和尙天然集 抄 「病後自嘲」-金擎雲 「送白初月禪師之金剛山」-金擎雲 「又」-退耕, 杞宇, 響山 「海印寺藏經閣」「過紅流洞又用前韻」-渡海生 崔月峯	한시
3호	尙玄選	(허목)	逍遙山記-許眉叟	유산기
3호	松居 退耕 杞宇 尙玄	(이봉) 강대련 권상로 김상천 이능화	「長春洞雜詠」-卨峰和尙 「次韻敬和(擎雲大禪師病後自嘲)」-松居, 退耕, 杞宇, 尙玄	한시(尙玄 選)

「문예」란에는 승속을 포함하는 당시 불교지식인이 창작한 한시가 있는 가 하면, 새롭게 발굴한 조선시대의 상량문, 유산기가 수록되기도 하여 현재의 문학, 문예 지면과는 차이가 있다.

「종선계서」는 1914년 4월 경북 예천에 포교당을 개설했을 때 김룡사, 봉정사 신도들이 모연募緣 수계修禊하고 종선계라 이름붙인 사유를 소개한 글서문이다. 「제금파화상문」은 1916년 1월 6일은 금파화상의 1주기 되는 날로 제자인 권상로가 직접 참여치 못한 아쉬움을 담아 한문으로 지은 제문이다.[20] 전기를 지은 백초월, 제문을 지은 권상로는 대사의 강석에 참석한 제자로 보인다.

「쌍계사칠불암상량문」연담유일, 「소요산기」미수 허목는 이능화가 선별하여 수록한 전통 양식의 기문상량문, 유산기에 해당한다.

과거 문예 양식의 주류였던 한시는 『조선불교계』에서도 매호 수록되어 있는데, 특이한 점은 옛 대덕들의 시를 먼저 제시하고 현재의 불가 지식인들이 차운하는 구성을 보인다는 점이다. 제1호에는 영명 연수의 「물외산거시物外山居詩」와 대각조옹大覺祖雍 선사의 차운시를 제시한 후, 이에 대한 김명희우당산인, 김상천기우거사, 성훈서산거사, 권상로, 박한영, 이능화의 차운시를 차례로 게재하였다. 제2호에는 선운사 경운화상의 「송백초월선사지금강산送白初月禪師之金剛山」에 차운한 권상로 김상천杞宇 김영칠響山의 시가 있다. 제3호에는 2호에 수록한 경운화상의 「병후자조病後自嘲」에 차운한 시로 강대련松居 권상로 김상천杞宇 이능화의 시가 있다. 이외「장춘동잡영長春洞雜詠」은 대흥사에 주석했던 연파당이암혜장의 시에 이봉화상离峰和尙이 차운한 시다.

(6) 잡찬雜纂

『불교진흥회월보』에서 「잡조雜俎」 편목은 "述各種之奇譚ᄒ며 列諸件之珍事"라 했던바, 잡찬 역시 각종 진기한 세상사와 흥미로운 이야기를 담고 있는 장이다. 3호로 종간되다 보니 수록 내용은 전자에 비해 소략한 부분이 있지만, 주요 필자와 수록 내용은 『월보』와 비슷한 양상으로 전개되었다.

---

20 자세한 행적은 백초월이 지은 「금파화상약전」에 담겨있다. 이에 따르면 대사는 琴巴竟胡이며, 1868년 태어나 1915년에 입적하였다. 전북 임실 상이암에서 출가, 31세에 지리산 영원암에서 개강한 후 대원사 해인사 통도사 범어사 강원에서 법석을 폈고 사찰령 시행 초에 영원암 제1대 주지를 역임한 선사로 소개하였다.

김대현 저, 양건식 역의 「술몽쇄언述夢瑣言」 1~3호은 『월보』에서 6회 연재 4~9호된 부분에 이어 연속으로 게재한 우언적 수필이다.

양건식의 「활계담총滑稽談叢」 1호, 「시야비야是耶非耶」 2호, 「세존탄일世尊誕日의 감상感想」 3호 및 「냉안냉화冷眼冷話」 3호는 짧은 분량에 우의적 표현으로 계도 적 주제를 드러내는 불교우화, 불교소담佛敎笑談으로 볼 수 있다. 「골계담총」 의 경우 네 편의 이야기로 구성되었는데 각각 인체의 부위나 동물이 등장 하여 상호 겨루기를 한다는 짤막한 일화에 필자의 평가를 제시하여 계도 적 의도를 드러내고 있다. 경성 인왕산 동쪽 백호정에서 노인 갑과 을이 종 교를 주제로 만담을 펼치고 여기에 한 소년이 보조 인물로 등장하는 「시야 비야」는 불교라는 종교를 소개하되, 각황사에서 개최한 김경운 화상의 화 엄경 강의를 사례로 드는 등 나름대로 현장성을 반영하고 있는 이야기다.

조서산인의 「소품문小品文」 2호, 「隣家의 飮食」; 「守燈」; 「僧侶된 表跡」은 불교청년의 타 종교에 대한 심정, 고승과 범승凡僧의 차이, 승려가 승려인 이유 등 승려 를 소재로 경종을 울리는 짧은 에피소드에 해당한다. 역시 가벼운 읽을거 리 속에 교훈을 담아내었다.

(7) 연구硏究

「연구」란은 『불교진흥회월보』 「학술」란의 성격을 그대로 지니고 있다.

양건식은 『월보』에서 칸트철학을 소개한 글을 다시 번역하여 소개하였 고, 인명학 개설을 2회에 걸쳐 소개한 바 있는데, 『조선불교계』에서는 「자 아自我와 선禪」 1~3호을 번역 소개하였다. 「자아와 선」의 저본은 지면에서 밝 혀지지 않았는데, 1호 내용은 '자아와 불성'을 표제로 하여 자아란 무엇인 가를 개진하였다. 이상적 자아는 구족 원만한 불성을 의미한다고 하며 자아의 다양한 층위를 소개하였다. 2호에서는 '자아의 본질'을, 3호에서는 '자아의 성능', '인격의 특질', '인격의 실현' 순으로 마무리하였다.

김도원은 「인명因明의 연구研究」1~3호에서 인명학을 체계적으로 소개하였다. 1호에서는 서양의 논리학과 나란히 세계 2대 논리학으로서의 위상과 부진한 후대 전승의 실상을 제시하고 인명 연구를 동양학자의 급무로 소개하였으며, 불교 교리 연구의 토대로서 가치를 부가하였다. 이 글은 양건식이 『불교진흥회월보』에서 인명학 개념을 소개하며 서양논리학과 비교한 글에 이은 것으로, 인명학을 대중적으로 소개하는 개설서로서 의의가 있다.

「조선석탑朝鮮石塔의 연구研究」2호를 쓴 이나다 슌스이는 『불교진흥회월보』에 태안사 사적, 낭원대사 탑비명을 소개하고 조선의 범종을 소개하며, 조선의 불교적 예술의 연구를 연재하여 불교사의 탐구를 확장했던 역사가다. 이어 『조선불교계』에서는 조선석탑의 연구 당위성과 가능성을 적극 개진하였다.[21]

(8) 소설小說

양건식은 『불교진흥회월보』에 매회 소설과 강담을 꾸준히 발표한 바 있는데, 『조선불교계』에도 두 편의 소설을 발표하였다. 「한일월閑日月」1호은 당 현종대 위산潙山과 유철미劉鐵磨라는 별명을 가진 비구니 제자와 행한

---

21 조선 석탑 연구의 가치를 다양한 측면에서 제기한 후 필자는 어떠한 석탑이 산재해 있는지, 그리고 불교와의 관련성은 무엇인지에 한해 연구하고자 한다고 하였다. 결론에서는 '조탑의 목적은 조선에 불교의 유합한 시대로부터 이천년의 금일에 이르기까지 消災 得福과 報佛 공양하는 두 가지 길에 있은즉 그 대부분은 불교의 감화에 기초한 현실적 사상으로부터 용출한 산물로 믿는다.'고 평하면서 향후 보존과 연구를 기대하였다.

법거량 일화를 소설식으로 표현하였다.[22] 공안이나 법거량을 소재로 구성한 일종의 선禪 소설의 성격을 보여준다. 「이我의 종교宗敎」3호도 위와 같은 성격의 짧막한 소설이다. 당 말엽의 포대화상布袋和尙이 주인공인데, 그가 사람의 미래 운명을 예지하는 능력이 있음을 소개하였고, 늘 메고 다니는 포대를 하나의 공안으로 보고 그 종교적 의미를 천착하였다.

현토체로 쓰인 이능화의 「수월연水月緣」2호은 역사학자인 필자가 역사 사적과 관계있는 전설을 소설화한 것이다. 옥과 성덕산 관음사에 전하는 관음설화를 모티프로 하였고 마지막 부분에는 불교사가로서 자신의 평가를 첨부하였다.[23]

4. 학술 성과

『조선불교계』는 발행 겸 편집인인 이능화, 그리고 그를 보필했던 제자 양건식이 주요 필진으로 자리하고 있고, 불교진흥회 회의소의 임원인 권상로가 부분적으로 학술적 기획을 담당하였다.

각 편장에 소개한 글 가운데 일정부분 학술적 성과를 담보하는 글을 주

---

22 당 현종 대에 호남지방 潭州의 大潙山에는 百丈大智의 제자 靈祐화상이 있어 6백 제자를 거느리고 독특한 종법을 선양하였는데 이름 대신 '潙山'이라 부른다.

23 이외에 『조선불교계』에는 부록이 첨부되어 있다. 『조선불교계』는 대승경전을 대중적으로 소개한 「부록」을 추가하였다. 이는 기존 잡지와 다른 새로운 점이다. 권상로 '講述'로 『법화경』 「보문품」을 대중적으로 풀이하였다.(「(淺近通俗)普門品講義」, 1~3호) 전통 講經의 방식대로 제목 풀이부터 경의 본문(大文)을 한두 구절씩 제시하면서 상세한 풀이를 담았다. 쉽고 비근한 표현으로 대중들의 기호에 맞게 쓰겠다는 의지를 표명하였다. 이는 석가의 일대기를 가요화한 「가찬 석존전」(이응섭 원작, 권상로 윤색)이라는 가요(창가)로 창작한 것과 같은 맥락을 지니는, 불교대중화를 위한 의미 있는 시도였다고 할 수 있다.

제별로 나누면 다음과 같다.

• **선학 연구** : 선종의 종지와 역사성을 탐구한 글에 이능화와 유경종의 글이 있다. 이능화는 「교리」편에서 임제종의 종지와 가풍, 해동에서의 역사적 양상을 소개하였다. 「선문과 간화」, 「임제가풍과 신라 지리산화상」, 「간화결의」, 「임제가풍과 고려태고국사」, 「나옹의 일검」 유경종의 「종경대지」는 비록 영명 연수의 『종경록』을 단순하게 원문을 소개하는 방식에 그쳤지만, 당시 출판이 부진하여 교재가 부족한 현실에서 대중잡지를 통해 불교학의 정전을 제공한 의의가 있다.

• **불교사 연구** : 이능화의 불교문화사 탐구는 지난 잡지의 연장 선상에서 지속되었다. 새로 연재한 「이조신주범종사」에서는 조선 범종의 역사를 다양한 자료를 제시하며 소개하였고, 「불조유골동래사」에서는 불교의 유골과 사리가 이 땅에 전래하는 양상을 각종 역사자료를 통해 소개하였다. 이외에 비문 발굴도 계속되었는데 「가지산 보림사 보조선사 영탑 비명」「원각사 비음기」「허백당대사비명」을 원문 그대로 소개하였다. 이러한 기초 자료 발굴과 소개는 『조선불교통사』1918의 저술에 기본 작업으로서 의의가 있다.

최동식은 『해동불보』에서 행한 방식으로 선암사 중심의 역사 탐구를 진행하였다. 그가 한문을 찬술한 「선암사 중창주 호암당 약휴대사전」과 「동방선종눌암대화상전」은 이능화의 『조선불교통사』에 원전 그대로 수록되었다는 점은 『불교진흥회월보』와 같은 양상이다.

이나다 슌스이稻田春水는 『불교진흥회월보』에 화엄석경, 비명, 범종 등을 소개하였고 금동미륵반가상 등을 소개한 연속선상에서 「조선석탑의 연구」를 통해 조선 석탑 연구의 필요성을 제기하였다.

• 근대불교학 유입 : 양건식은 「자아와 선」을 3호에 걸쳐 번역, 소개하였다. 이 글은 자아에 관한 학술적 탐구의 일단을 보여준 논설인데, 자아의 탐구가 선의 실천과 같은 의미라는 것으로 결론지었다. 논설의 저본은 밝혀지지 않았으나, 이 시기 근대불교학 지식의 구축에 일조한 글로 평가할 수 있다.

권상로의 「범어약역梵語略譯」1~3호은 불교계에서 사용하는 한자로 쓰인 범어 어휘를 가나다순으로 집성하고 간략히 원의原意를 소개하였다. 그는 이미 『조선불교월보』2, 4호에 「범역유집梵譯類輯」을 연재하여 범어 어휘와 개념을 소개한 바 있고, 이능화는 『불교진흥회월보』1~4호에 「범어역해梵語譯解」를 연재하여 불타, 아미타, 보살, 단월, 여래십대제자 등 기본적인 불교 어휘를 한문으로 간략하게 소개한 바 있다. 권상로의 「범어약역」은 이상의 성과를 계승하는 것으로서, 1910년대에 범어에 대한 지식이 축적되는 과정을 보여준다. 이는 1920년대 잡지에서는 조선어의 범어기원설 등 좀 더 심화된 내용으로 전개되는 과정으로서 의의가 있다.

김도원의 「인명의 연구」1~3호는 박한영과 양건식의 인명론 소개에 이어 좀 더 심화된 개론서의 성격을 지니고 있다.[24]

이상은 이 시기 불교학, 근대불교학의 토대를 형성하는 데 기여한 학술적 성과다. 『조선불교계』에서 대중을 위한 강연란의 여러 논설들유마경, 무명, 윤회, 유심, 인연 등 소개, 이응섭 작 권상로 윤색의 「가찬 석존전」 연재, 권상로의 「보문품강의」 연재 등도 근대불교지식을 형성하는 데 기여한 잡지의 기획이라 할 수 있다.

---

24 박한영은 1910년대에 중앙학림에서 불교학과 인명론을 강의하면서 『인명입정이론』을 저술하여 교재로 사용하였다. 양건식은 『불교진흥회월보』 8, 9호에 「인명학개설」을 연재하였다. 8호에서는 서양의 삼단논법과 宗因喩라는 三支作法을 비교 설명하였고, 9호에서는 서양 논리학과의 차이, 宗과 因의 구분, 그리고 인명의 八門을 소개한 바 있다.

5. 문예 성과

『조선불교계』「문예」란에 소개한 양식은 크게 한문산문과 한시로 나누어진다. 산문에는 서문「種善楔序」, 제문「祭琴巴和尙文」, 전기「琴巴和尙略傳」, 상량문「雙溪寺七佛庵上樑文」, 유산기「逍遙山記」 등 적지만 다양한 양식의 한문이 소개되었다. 한시는 영명 연수, 연파당아암혜장 등 중국과 조선의 대덕의 시에 차운한 고금古今의 시를 수록하였다. 같은 시에 여러 편의 차운시가 있는 경우, 이들 작자는 시회詩會를 같이 했거나 불교계의 교류 인사들로 동질성을 지닌다. 1호에서 영명 연수시에 차운한 이로는 김명희우당산인, 김상천기우거사, 성훈서산거사, 권상로, 박한영, 이능화가 있다. 2호에서 선암사 강백으로 각황교당에서 강의하고 있던 경운의 시에 차운한 이는 권상로, 김상천杞宇, 김영칠響山이 있고, 3호에는 강대련松居, 권상로, 김상천杞宇, 이능화가 함께 등장한다. 이 가운데 강대련, 권상로는 불교진흥회의 임원이고, 이능화는 본 잡지의 편집인이며, 기타 김명희, 김상천, 성훈 등은 불교진흥회의 거사 회원들이다. 새로운 주제의 작품보다는 고금의 고승대덕의 시에 차운한 시가 큰 비중을 차지하고 있다는 점에서 본 잡지가 역동성보다는 보수성이 두드러진다고 평가할 수 있다.

소설은 세 편이 수록되었다. 양건식의 「한일월閒日月」과 「아我의 종교宗敎」, 그리고 이능화의 「수월연水月緣」이다. 이능화의 작품은『심청전』의 근원설화로 유명한 옥과현 성덕산 관음설화를 대중적으로 풀어 쓰고 마지막에 역사가로서의 품평을 첨부한 것이다. 소설에 근사한 수준은 아니나 이 분야 지식이 축적되지 않았을 시기에 지역에 전승되는 불교설화를 잡지에 소개하여 알린 의의가 있다. 양건식의 소설은 선종의 역사에서 전승되는 공안, 혹은 법거량 같은 역사적 에피소드를 소재로 한 것으로 본격적인 소설의 수준에는 미치지 못한 짧은 서사물이다. 다만 소재의 특이성, 독자에게 남는 긴 여운을 고려하면 나름대로 선禪 소설, 공안公案 소설이라 부를 수 있는 불교문학 양식을 구축한 것으로 평가할 수 있다.

정리하면, 『조선불교계』는 언론에 대한 총독부의 강압적인 방침과 발행인인 이능화의 학술적 경향으로 현실 개혁적 담론보다 탈정치적인 일반 교리의 강연과 연구, 과거의 역사자료에 대한 소개에 국한된 경향을 보인다. 문학에서 공안소설의 가능성을 찾는 등 대중화의 가능성을 보여주고 있으나, 잡지의 외양이나 문체를 비롯 전반적으로 보수적이며 고답적인 경향을 띠고 있다. 『조선불교계』는 1916년 6월 종간되었고, 1917년 3월 『조선불교총보』가 간행되기까지 불교잡지는 공백기를 맞이하였다.

제5장

『조선불교총보』

삼십본산연합사무소의 기관지

1. 전개사

『조선불교총보朝鮮佛敎叢報』통권 22호, 1917.3~1921.1는 삼십본산연합사무소三
十本山聯合事務所에서 발행한 기관지다. 편집겸발행인은 이능화, 발행소는 각
황사 내에 있는 삼십본산연합사무소경성부 수송동 82번지이다.[1] 이능화의 국학
탐구의 지면으로 활용된 마지막 잡지다.

---

1 『조선불교총보』는 1917년에는 1~7호(7회), 1918년에는 8~13호(6회), 1919년에는 14~18
호(5회), 1920년에는 19~21호(3회)로 줄어들다가 결국 22호(1921.1)로 종간되었다.

2. 발행의 배경과 경과

1) 불교옹호회 출범과 함께 등장

1916년 6월 『조선불교계』가 폐간된 후 약 8개월간 불교계는 별도의 포교잡지가 없는 상황이 지속되었다. 삼십본산연합사무소가 출범한 이후 매년 1월에 주지들이 모여 연합사무소 위원장을 천거하고 임원을 선정하는 전통에 따라 1917년 1월 총회가 개최되었고, 제3기 위원장으로 통도사 주지 김구하를 선출하였다. 그리고 이때 폐간한 기관지도 새롭게 간행하기로 결의하였다.[2]

불교진흥회는 30본산의 주지들과 다양한 분야의 신망 있는 불교신도거사가 모인 승속연합체로서 『불교진흥회월보』의 발행 기관이다. 그러나 진흥회 핵심 임원인 이회광과 강대련 간의 갈등도 있었고 승속간의 조화도 매끄럽지 못하여 이후 거사들만의 단체로 축소되었는데, 이는 『불교진흥회월보』가 종간되고 『조선불교계』가 등장하는 계기가 되었다. 그러나 승속연합의 조직에서 승려 축이 무너지자 중앙기관인 연합사무소와의 연결고리가 약화되었고, 잡지 발행의 동력도 상실하여 『조선불교계』는 3호로

---

2 "其時曰 大正六年(1917) 一月이요 其處曰 朝鮮京城覺皇寺요 其人曰 禪敎兩宗三十本山住持이니 荷擔如來ᄒ야 聯合判事홀식 爰念付囑之遺意ᄒ야 共設機關之雜誌ᄒ니"(이능화(상현), 「조선불교총보발간사」, 『조선불교총보』 1호(1917.3), 1면.) 당시 중앙학림 학장이던 김구하는 위원장을 겸임하면서 포교와 교육을 근대 종단의 최대 목표로 제시하였다. 포교를 위해 연합사무소에서 설립한 불교옹호회는 기존의 불교진흥회를 대신하는 기관임을 밝히며 그 역할에 큰 기대를 표명하였다. 그리고 불교진흥회가 승속 간에 의견이 충돌하여 해체되고 불교옹호회를 대신 설립하였다는 현황을 밝히면서 앞으로는 '신사가 승려에게 대하는 구습과 같은 하대'는 결코 없으리라 하였다. 승려와 거사들이 여러 방면에서 서로 주도권을 행사하려는 내부 갈등이 있었음을 말하는 것이다. 김구하, 「謹告諸方」, 『조선불교총보』 2호 (1917.4), 2면.

종간하고 말았다. 그 결과 1916년 하반기 불교계는 포교잡지 없는 무기력한 시기를 맞이하게 된다.

이를 타개하는 방책으로 3기 삼십본산연합사무소 출범과 함께 내세운 포교단체가 바로 불교옹호회佛敎擁護會이다. 이 단체는 불교진흥회의 주축을 이루던 '문장가, 철학가, 교육가, 수학가, 의학가' 등의 거사가 다수 빠지고 친일 귀족이 대거 유입되었다. 불법과 승려를 '옹호'한다는 명분으로 그 틈을 비집고 들어간 세력은 이완용, 권중현, 한창수 등 작위를 받은 친일 고위 인사들이다. 이들은 '質素勸勉의 風을 興ᄒ고 忠良한 臣民'[3]이 되기를 기약하고자 불교옹호회의 설립을 출원하였고, 잡지가 창간되기 직전인 1917년 2월 21일에 인가를 받았다.[4]

불교옹호회는 불교홍법을 위해 삼십본산연합사무소에서 내세운 포교 단체로서 총독부와 불교계의 연결 고리 역할을 기대한, 혹은 자임한 친일단체라 할 수 있다. 불교옹호회는 불교진흥회처럼 『조선불교총보』의 창간과 밀접한 관련이 있는 단체로 파악된다. 그러나 잡지 운영이나 내용 구성에 직접적인 영향력을 행사한 것으로 보기는 어렵다.[5] 옹호회 임원이면서 총보제작과 관련 있는 이로는 옹호회 이사이자 총보 발행인인 이능화가 있을뿐이다.[6] 양건식, 신우균, 이명칠, 성훈, 김상천 등은 불교진흥회 활동을 함

---

3 「휘보」 '佛敎擁護會認可'조, 『조선불교총보』 2호(1917.4), 52면.

4 상동

5 『조선불교총보』가 간행된 1917년은 조선총독부 학무국 편집과장 문학사 小田省吾를 중앙학림의 고문으로 천거하는 등(2호의 김구하, 「謹告諸方」) 교육 영역에서도 일제의 관여가 심화되었다. 총보 6, 7호에는 조선불교도의 일본 시찰단 소식에 많은 지면을 할애하였다. (이능화, 「內地에 佛敎視察團을 送훔」 6호, 「視察一束」 7호) 이들 기사 외에는 대부분 학술 기사로서 종교성의 탐색이나 교단운영의 개선방안으로 모색한 시론이 대부분을 차지하고 있다. 결국 불교옹호회는 총보의 유관 포교단체이지만, 잡지 제작과 관련하여 양자 사이의 연결고리는 매우 약했다고 할 수 있다.

6 잡지에 소개된 불교옹호회의 활동은 그리 많지 않다. 1917년 2월에 인가받은 불교옹호회는

께 한 인물들이다. 총보에는 옹호회의 홍보성 기사가 몇 차례 소개되어 있으나,[7] 상기한 옹호회 인사들이 잡지에 투고한 경우는 보이지 않는다.[8]

2) 후기의 양상 - 조선불교회, 조선불교청년회의 태동에 기여

1919년 3·1운동 이후 불교계 지식인의 집단적 자기표현의 욕구가 일부이기는 하지만 잡지에 표출되기 시작하였다. 그동안의 강고한 상황에서 균열과 교체의 조짐이 나타난 것은 삼십본산연합제도 활동에 대한 의구의 목소리와 제언이 잡지에 등장한 18, 19호부터다.[9]

이러한 반성적 모색과 함께 잡지에는 조선불교회라는 새로운 조직의 태동에 관해 적극적으로 지면을 할애하였다. 조선불교회가 출범하고 취지서와 선전서가 등장한 것은 21호[1920.5]이며, 이능화 역시 이 단체에 발기인으로 참여하였다. 조선불교회는 친일 귀족이 주축이 된 불교옹호회와 성

그해 10월에 제1회 역원회(임원회)가 개최될 정도로 활동이 소원했다. 여기에는 참석인원과 임원 명단이 상세하게 소개되었지만 옹호회의 강령이나 방향성과 같은 내용은 전혀 없다. 임원을 소개하면 다음과 같다. △총재 △고문 - 후작 이재관, 후작 이해창, 후작 이해승, 후작 윤택영, 후작 박영효 (이하 생략, 작위자 총 26명, 무작위자 총 9명) △會主 - 자작 권중현 △부회주 - 남작 한창수 △평의원장 - 백작 이완용 △평의원 - 三島太郎, 岡本桂次郎, 藤波義貫, 白井友之助, 자작 이하영, 남작 민영기, 남작 이근상, 엄계익, 한상룡, 홍충현, 정병조, 신우균, 조동선, 이우경, 장홍식, 이명칠, 성훈 △감사 - 三島太郎, 김상천, 김각현 △이사 - 이능화 △재무위원 - 이명칠 △서기 - 양건식, 송헌옥. 「휘보」'擁護會役員會', 『조선불교총보』 제7호(1917.11), 48~49면.

7 주요 기사로는 이나다 슌스이(稲田春水)의 「佛敎擁護會의 設立을 祝ᄒ고 倂히 同會會員 諸君의게 望홈」(4호), 강대련의 「佛敎擁護會와 法侶의 覺悟」(4호) 등이 있다.

8 총독부와 연결된 정치적 행위로서 불교옹호회가 설립되었고 이와 관련하여 『조선불교총보』가 발행되었지만, 수록한 글의 성격은 민족문화를 탐구하는 자율적 성격의 글이 많아 불교옹호회와의 관련성을 근거로 잡지가 이룩한 문화적 성과를 도외시할 수는 없다.

9 김정해의 「其體的ᄒ 聯合制度의 必要를 論홈」(19호, 1920.1)에서는 연합의 실제적 성과가 무엇인지 질문하면서 각 본산에서 개별적으로 설립한 교육기관을 통합하여 연합교육기관을 건설할 것을 주장하였다. 덕유생의 「佛敎徒의 猛省ᄒᆯ 今日」(21호, 1920.5)은 "오호라 불교의 대표인 삼십본산주지 제씨는 一思ᄒᆯ지어다"로 시작하여 사찰령 반포 십년간 도시에 교당을 설립한 것 이외에 얻은 성과가 무엇인가를 묻고 있다.

격상 대립적인 위치에 있다. 연결고리가 약하기는 하지만 불교옹호회와 관련 있는 『조선불교총보』는 일종의 전혀 다른 성격의 포교단체의 설립을 적극 추동하는 역할을 자임하였다.

발기인 일동의 「조선불교회취지서朝鮮佛教會趣旨書」21호는 대정 9년1920 2월 17일 자로 작성되었다. 발기인은 이능화, 양건식을 비롯하여 고희동, 권 덕규, 이혼성, 이지광, 정황진 등 총 29명이다.[10] 이능화, 양건식, 고희동, 권덕규 등은 불교진흥회 활동을 함께하던 문화 학술계 인사이며, 이혼성, 이지광, 정황진 등은 유학생 출신의 불교청년이다. 크게 보면 기존 불교진 흥회 주력 인사와 유학생 그룹이 결합한 형국이다.

1920년 3월에 작성한 「조선불교회선전서朝鮮佛教會宣傳書」21호는 잡지에 국 한문과 한글 버전 두 가지로 수록되었는데, 선전서에 부기된 「조선불교회 강령朝鮮佛教會綱領」은 '조선의 불교를 발전', '사회의 정신을 지도', '습속의 허위를 개량', '감화의 사업을 진작', '오인의 생활을 향상' 등 5개 항목으 로 구성되었다.[11] 주요 소식으로 21호 「휘보」에는 '조선불교회회규朝鮮佛教 會會規'와 '조선불교회강연朝鮮佛教會講演' 기사가 게재되었는데, 3월 27일 경 성 단성사에서 개최한 조선불교회의 제1회 강연회 내용은 21호에 전재되 고,[12] 2회는 22호에 소개되었다.[13]

---

10 전체 인원을 소개하면 김홍조, 김영진, 이능화, 고희동, 김돈희, 김영칠, 김호병, 김용태, 김 정해, 권덕규, 권순구, 양건식, 이우경, 이철상, 이윤현, 이용기, 이명칠, 이혼성, 이지광, 마 상학, 박한영, 서병협, 윤기현, 오철호, 오봉헌, 정황진, 최창선, 최용식, 홍우기 등이다.

11 순한글 「죠선불교회 션젼셔」는 '부인신도와 기타일반에 周知키 위'해 중첩 게재한다고 하 였으나, 실제로는 국한문 원문을 직역한 것이 아니라 더욱 평이한 용어와 표현을 사용하여 독자를 배려하였다. 기존 총보의 문체와 다른 새로운 시도이다.

12 김명식, 「俗人의 佛教觀」; 장도빈, 「古代의 朝鮮佛教」, 『조선불교총보』 21호(1920.5), 16~27면.

13 제2회 강연은 6월 26일 통속강연회로 개최되었고 연사로는 도진호, 이윤현이다. 도진호, 「佛陀의 精神과 現代青年」; 이윤현, 「唯心」·「휘보」 '조선불교회 제2회강연', 『조선불교총

총보 종간호22호에는 조선불교회 외에도 불교청년회,[14] 불교유학생회[15] 소식에 지면을 할애하였다. 「조선불교청년회취지서朝鮮佛教青年會趣旨書」1920.6.20 및 발기인 명단이 소개되었고 「휘보」에는 관련 소식이 다양하게 게재되었다.[16] 이와 함께 일본 유학생들의 학우회 소식[17]도 소개되었다. 중앙학림 주축의 조선불교청년회와 일본유학생 중심의 조선불교유학생학우회가 같은 시기에 결성된 것은 청년학생층이 형성되고 그들의 현실적 힘이 발현되는 새로운 시대의 서막을 예비하는 것이다.[18]

『조선불교총보』는 1920년도에 들어와서 현실에 대한 비판의식을 보여주기 시작하였고, 조선불교회, 불교청년회 출범 소식과 강령 등을 적극 소개함으로써 새로운 단체의 태동을 견인한 의의가 있다.

다만 『조선불교총보』는 새로 등장하는 불교청년들[19]의 역동적인 에너지를 수용하는 장으로 발전하기에는 조직, 체제, 구성, 문체, 문화감각 등 여러 면에서 적합하지 않았다. 삼십본산연합사무소가 해체를 예고하고,

---

보』22호(1921.1), 69면.

14 조선불교청년회는 1920년 창립된 이후 전국사찰에 지회의 조직을 두고 일제의 사찰정책을 극복하기 위하여 정교분립을 주창하면서 사찰령 철폐운동 등 불교혁신 활동을 전개하였다. 이후 조선불교선교양종승려대회와 총본산건설운동의 촉매제 역할을 하는 등 불교계 발전에 일익을 담당하였다.(김광식, 『한국근대불교사연구』, 민족사, 1996, 192~193면 참조)

15 일제시대 불교유학생의 파견 배경, 상황과 명단은 이경순, 「일제시대 불교 유학생의 동향」(『승가교육』 2집, 대한불교조계종 교육원, 1998)을 참고할 수 있다.

16 '조선불교청년회발기인회'(중앙학림, 6.6). '불교청년회의 위원회'(중앙학림, 6.9). '불교청년회의 창립총회'(각황사, 6.20). '조선불교청년회의 순회강연'. '조선불교청년회의 일요학교'. 이상 『조선불교총보』 22호(1921.1), 68~69면.

17 「휘보」 '일본에 조선불교유학생학우회', 『조선불교총보』 22호(1921.1), 69면.

18 윤기엽(2017)은 불교진흥회와 불교옹호회를 계승한 기관이 조선불교단(1925년 출범)이라는 논지를 전개했다. 이는 친일분자의 임원이라는 외적 현상을 기준으로 파악한 결과다.

19 이 시기 신진 불교청년의 등장에 대해서는 이경순, 「불교청년의 탄생 – 1910년대 불교청년의 성장과 담론의 형성」(『한국호국불교의 재조명』 6권, 조계종불교사회연구소, 2017)을 참조할 만하다.

불교옹호회라는 우호 단체가 큰 영향을 끼치지 못한 잡지 지면에 교계 혁신을 주창하는 조선불교회 결성을 추동하는 기사가 다수 수록되면서 잡지 자체는 모순의 상황에 봉착하였다. 종간은 당연한 수순이 되었다.

종간호의 「사고社告」에는[20] "부득이한 사정"으로 1920년 5월 이후 연말까지 잡지를 간행할 수 없었다는 점을 말하였다. 동시에 삼십본산연합사무소가 삼십본산선교양종종무원으로 개정되어 연합사무소의 기관지인 『조선불교총보』는 간행하지 않으며, 『종보』로 명의를 바꾸어 간행한다는 종간의 변이 담겨있다. 『종보』는 삼십본산선교양종종무원의 기관지로서 행정 소식을 전달하는 매체로 그 역할을 한정하고자 한 것으로 보인다. 그러나 『종보』가 발행되었는지는 확인되지 않는다.

이상의 경과를 토대로 삼십본산연합사무소와 직간접으로 관련을 맺는 잡지 현황을 소개하면 다음 표와 같다.

〈표 1〉 1912~1921년도 불교계 기관지의 현황

연도	1912.2 ~1913.8	1913.11 ~1914.6	1915.3~12	1916.4~6	1917.3~	1918	1919	1920~ 1921.1
잡지명	조선불교월보	해동불보	불교진흥회 월보	조선불교계	조선불교총보			
발행소 (판권)	조선불교월보사	해동불보사	불교진흥회 본부	불교진흥회 본부	삼십본산연합사무소			
포교 단체			불교진흥회 (승속)	불교진흥회 (거사)	불교옹호회(귀족, 거사)			
발행인	권상로, 박한영	박한영	이능화	이능화	이능화			

---

20 "本報는 매월 간행하는바 금년은 부득이한 사정으로 인하야 四五朔을 간행치 못하엿사오니 유감천만이오며 兼하야 今般 삼십본산연합사무소 제십회 총회한 결과, 삼십본산연합사무소를 삼십본산선교양종종무원으로 개정하고 본 叢報 亦 제이십이호로 終을 告하고 今後부터는 宗報로 개명하야 간행하겟사오니 독자제군은 양해하야 주심을 望함." 「社告」, 『조선불교총보』 22호(1921.1), 70면.

연도	1912.2 ~1913.8	1913.11 ~1914.6	1915.3~12	1916.4~6	1917.3~	1918	1919	1920~ 1921.1
종무 행정 기관	임시원종종무원, 조선선교양종각 본사주지회의원	조선선교양 종삼십본산 주지회의소	선교양종삼십본산연합사무소					
위원장	이회광	이회광	강대련	강대련	김구하	김구하	김용곡	강대련

3. 발행의 주체와 편집방침

1) 발행인과 주필

이능화는 근대 비교종교학과 불교사학의 대가[21]이자 『불교진흥회월보』, 『조선불교계』, 『조선불교총보』로 이어지는 기관지의 발행인으로서 1915년 3월부터 1922년 1월까지 교계 언론의 중심에 서 있다. 『조선불교총보』의 판권을 보면 그는 '발행겸편집인'으로서 창간호부터 종간호까지 일관되게 등장한다. 그런데 실제로는 창간호부터 10호까지는 이능화가 편집과 발행업무를 전담하였으나, 11호부터는 유학생 출신 불교청년들이 주필과 필진으로 유입되면서 진용과 지면의 변화가 수반되었다.[22]

일본 조동종대학에 유학한 불교청년 3인[이지광, 이혼성, 김정해]이 1918년 여름에 귀국한 것은 『조선불교총보』에 일종의 '사건'으로 부각되었으며, 잡지 집필진에도 변화를 수반하였다. 이들 중 이혼성과 김정해는 총보의 주

---

21 이재헌, 『이능화와 근대불교학』(지식산업사, 2007)에서 이능화의 종교학, 불교학에 대한 종합적 논의를 전개하였다.

22 참고로 『조선불교총보』 13호(1918.12)의 '恭賀新年' 명단에서 주요 기관과 임원 명단을 확인하면 다음과 같다. △연합사무소직원―30본산연합사무소위원장 김구하, 동 재무부장 김상숙, 동 포교사 김경운, 監院 최용식, 서기 최병호. △조선불교총보사 직원―편집 이능화, 주필 이혼성. △사립불교중앙학림교직원―학장 김구하, 학감 이고경, 요감 이혼성, 교원 박한영 이지광 山口德乘 이광종 津隈亮 工藤順一 이명칠.

필로 등장하기 때문에 발행의 주체로 포함할 수 있다.[23]

총보 11호에는 불교유학생 3인의 환영 기사와 동정보도가 주요 내용을 이룰 정도로 이들에 대해 당시 불교계가 가지는 기대가 매우 높았다.[24] 이들은 7월 9일에는 총독부에 들어가 우사미宇佐美 내무부장관 등을 방문하였고, 중앙학림에서는 학교로 초청하여 환영회를 개최하였다. 그밖에 건봉사, 유점사, 흥천사, 봉은사와 삼십본산연합사무소에서도 각각 성대한 환영행사를 개최했다는 소식이 같은 호의 「휘보」에 상세히 소개되었다.[25]

환영은 행사로 그치지 않았다. 귀국 직후 건봉사의 이지광은 중앙학림 교원으로, 유점사의 이혼성은 『조선불교총보』 주필로 임명되었고, 용주사의 김정해는 '중앙기관에 결원이 없는 관계로 당분간 용주사 법무의 직에 취임'하였다.[26] 그리고 이혼성이 주필로 입사했다는 사실은 같은 호의 「사고社告」에도 공지되었다.[27] 이 '주필主筆'이란 직제는 기존 불교계 잡지에 없던 것으로, 교계의 기대를 반영한 특별대우를 한 것이다.[28]

---

23 이들은 유학생 시절부터 국내 잡지에 근대불교학 논설을 번역하고, 시론을 투고하여 국내 불교계에 자신들의 존재를 알린 바 있다. 이지광, 「佛教의 眞理와 人生의 價値」(『조선불교월보』 3호); 「中央學林刱設에 對ᄒ야」(『불교진흥회월보』 5호); 「佛教西漸의 兆」(번역, 『조선불교월보』 18호); 이혼성, 「擎讀佛教振興會月報ᄒ고 有感ᄒ야」(『불교진흥회월보』 3호); 「唯我法侶同胞ᄂ 人民에 對함 布教傳道를 罔夜是務ᄒ심을 忠告함」(『조선불교월보』 6호); 「佛教와 我邦建築」(번역, 『해동불교』 8호); 김정해, 「佛教振興의 利用을 論홈」(『불교진흥회월보』 5호); 「佛教振興의 機運－佛教青年에 寄홈」(『조선불교계』 2호) 등이다.

24 첫 번째 기사는 道俗一同의 「曹洞大學을 졸업흔 三氏를 환영홈」이라는 기사다. 그들이 현금의 시대에 필요한 학문인 불교철학, 불교심리학, 불교윤리학을 공부했으며 앞으로의 기대가 크다는 점을 밝혔다. 그리고 각황교당의 환영회 참석인사와 강연 내용까지 소개하였다. 당시 불교계의 기대가 얼마나 컸는지를 여실히 보여준다. 「조동종대학을 졸업한 三氏를 환영홈」, 『조선불교총보』 11호(1918.9), 1~4면.

25 「휘보」, 『조선불교총보』 11호(1918.9), 52~54면.

26 위의 글, 53면.

27 위의 글, 55면.

28 같은 해 10월 이혼성은 중앙학림의 寮監으로, 이지광은 교원으로 부임하였다. 그럼에도 12호의 「사고」란에는 기고를 할 때는 본사 내 이혼성에게 보내주기 바란다는 내용이 있어 중

1919년 1월 2일에는 전례에 따라 각황사에서 삼십본산연합사무소 제8
회 총회에서 인사이동[29]이 있었는데, 연합사무소 직원으로는 재무장財務長
김상숙이 사직한 자리에 본사 주필 이혼성이 피임되었고, 본사주필 이혼
성이 사임한 자리에 용주사 감사 김정해가 피임되었다.[30] 이로써 조동종
대학 졸업생 이혼성은 11호부터 13호까지 주필을 담당하였고, 14호부터
(종간호까지) 같은 대학을 졸업하고 함께 귀국한 김정해가 뒤를 이어 주필
업무를 담당한 것을 알 수 있다.[31]

이듬해에 귀국한 불교유학생 역시 불교계의 주목을 받았으며 총보에도
유의미한 변화를 수반하였다. 통도사 출신인 이종천, 해인사 출신인 김영
주와 조학유가 1919년 5월 귀국하였다.[32] 이들은 전년도 귀국한 유학생
에 비해 불교기관이나 교육기관에 직입하지는 못했지만, 귀국 전이나 후
에 총보에 근대불교학의 내용과 방법론을 적용한 글을 투고하여 근대불교
의 형성에 자양분을 제공하였다.[33]

<hr />

앙학림 학감과 총보의 주필 업무를 한동안 병행했던 것으로 보인다. 「휘보」, 『조선불교총
보』 12호(1918.11), 56면.

29 연합사무소 위원장으로 범어사 주지 김용곡 화상이 선임되었다. 상임이사 격의 '常置員'으
로 이회광, 김구하, 강대련, 김일운, 송종헌, 김상숙, 이지영이 피선되었고, '감사원'은 박보
봉, 곽법경, 이철허 등이 선임되었다.

30 『조선불교총보』 14호(1919.2)의 「휘보」 '常置員及監事員의 改選'과 '聯合事務所職員의 移
動'(54면) 및 「社告」(57면) 참조.

31 김정해는 1919년 4월 學監 이고경의 자리를 대신하여 중앙학림의 교직원으로 부임하였다.
김정해가 맡은 학감 자리는 다시 이지광이 맡게 된다. 「휘보」, 『조선불교총보』 18호(1919.11),
71면.

32 "敎界의 溢滯를 개탄ᄒ고 立志出鄕ᄒ야 東京에서 五六星霜을 喫苦ᄒ던 대본산 통도사 유학
생 이종천, 대본산 해인사 유학생 김영주, 조학유 3군은 형설의 業을 昇ᄒ고 本月 초순에 歸
省ᄒ얏다더라." 「휘보」 '佛敎留學生卒業歸省', 『조선불교총보』 15호(1919.5), 100~101면.

33 한편 1919년 7월 상순에는 公費生이 아닌 쌍계사의 寺費生으로 혈혈단신 일본에 유학하여
6년을 고생하던 정황진이 귀국하였다는 기사가 소개되었다.(「휘보」 '朝鮮僧侶의 模範的人
物', '佛敎留學生歸省', 『조선불교총보』 16호(1919.7), 70~71면). 정황진은 기존 유학생과
달리 문헌 실증적 방식으로 신라불교사를 연구하여 새로운 지식을 제공함으로써 근대불교

2) 필진의 변동과 편집 방향

『조선불교총보』에는 지향하는 목표가 뚜렷하게 제시되지 않은 채 일종의 관행적 편집 경향을 보여준다. 잡지를 구독할 독자층의 분석이나 적극적인 고려는 하지 않았고, 총보만의 독창적 성격을 강조하는 언사도 문면에 드러나 있지 않다. 앞선 두 잡지에서처럼 이능화가 편집 겸 발행인으로 진체적인 방향을 설정하고 관습적으로 유지해 간 특징이 있다.

『조선불교총보』의 주요 논설진, 즉 삼십본산연합사무소 위원장에서부터 잡지의 발행인, 주필 및 유학생 투고 그룹에 이르기까지 공통으로 강조하는 것은 포교와 교육의 새로운 모색이다.

총보가 지향하는 포교와 교육이라는 큰 주제는 시대마다 불교계가 안고있는 숙명적인 사명일 것인데, 총보에서 기존의 지식인과 신진 유학생들은 자신들의 이력에 맞게 시대정신을 구현하려는 경향이 있다. 기존 석학들은 조선불교사 탐구에 방점을 두었고, 1세대 유학파 불교청년들은 개혁적 담론과 함께 근대불교학 지식을 소개하는데 주력하였다.

잡지의 전, 후반기 필진의 분포에서도 차이가 드러난다. 1~8호는 이능화가 권두 논설을 쓰며 전체 방향을 이끌고 권상로가 이를 받쳐주는 양상이라면, 10호부터는 이능화의 역할이 현격히 줄고, 이지광 이혼성 김정해 이종천 김영주 조학유 정황진 등 일본유학생의 투고가 급격히 느는 경향이 있다.

조선불교사 탐구의 중심은, 일본인 학자와 유학생도 일부 포함되나, 전통적 지식인이라할 박한영 최동식 이능화 등이다. 잡지 후반기에는 유학을

학 성립기에 남다른 성과를 이루었다는 점에서 주목할 만한 인물이다.

다녀온 불교청년들의 종교학, 불교학이 유입되며 지면에 유의미한 변화를 보여주었다. 이 과정에서 1918년에 귀국한 후 주필로 등장한 이혼성11호 이후, 김정해14호 이후는 잡지의 성격 변화를 주도한 인물로 평가할 수 있다.

해외 불교학은 해외 유학생이 귀국하기 시작한 1918년 봄부터 본격적으로 소개되었다. 8호1918.3에는 정황진, 김영주, 김정해의 단편적인 글이 등장하였고, 9호1918.5에는 이지광, 이혼성, 김정해, 이종천, 조학유의 연재물이 등장하였다. 변화의 기점이 되는 8호, 9호와 이혼성 김정해가 주필로 등장하여 본격 활동하는 12호, 15호를 샘플로 하여 필자의 분포를 제시하면 다음과 같다.

〈표 2〉 『조선불교총보』의 필진 분포 (留 : 귀국유학생. 필자 미상은 제외)

1호	2호	8호	9호	12호	15호
이능화	김구하	이능화	최동식	이혼성(留)	김정해(留)
이능화	김상천	강대련	이능화	최동식	박역산
김상천	성훈	정황진(留)	김일우(운고)	기자	김정해(留)
이능화	이지광(留)	김영주(留)	김일우(운고)	김영주(留)	조학유(留)
이능화	이능화	김정해(留)	김일우	이지광(留)	정황진(留)
권상로	이능화	최동식/찬	이지광(留)	이혼성(留)	김창운
권상로	권상로		이혼성(留)	정황진(留)	와타나베 아키라
이능화			이종천(留)	조학유(留)	박한영
			김정해(留)	이종천(留)	
			조학유(留)	최남선	

〈표 2〉에서 보면 유학생의 글은 2호 1건, 8호 3건, 9호 5건, 12호 7건, 15호 4건으로 건수나 비율이 현격하게 증대되는 경향이 있음을 알 수 있다. 이를 통해 이 시기에 귀국한 불교 유학생은 유학 시기 대학과 일본 근

대잡지에서 얻은 새로운 지식을 소개하여 이 땅에 근대불교 지知의 세계를 확장한 성과를 거두었다.[34]

『조선불교총보』는 기본적으로는 일제의 사찰령과 사찰령 시행규칙에 따라 설립된 삼십본산연합사무소의 기관지다. 본사와 말사의 주지 임면 소식, 사찰재산 관련 내용, 기타 행정정보를 전달하는 공적 매체이자, 총독부 관리들과의 접촉 기사와 총독부의 종교정책을 불교계에 여과 없이 전달하는 정치적 매체라는 성격도 가지고 있다. 매년 1월 초에 개최되는 삼십본산연합사무소의 총회 소식, 매년 새로 선출된 위원장의 담화, 위원장의 동정 보도 등은 연합사무소의 기관지로서 충실한 보도 자세를 보여준다.

매호 판권의 주의 사항에는 『조선불교계』와 동일한 내용이 일관되게 등장한다. 그중 제5항은 정치적 이야기와 시사에 관한 시비를 담은 내용은 게재하지 않는다는 방침이다.[35] 제도권에 대한 비판의 목소리는 원천적으로 차단되었으며, 잡지의 활력은 이로 인해 원천적으로 봉쇄되었다. 3·1운동 이후 발간된 17호에는 「사고」란을 통해 시사정담과 관련된 기사는 투고하지 말라는 주문과 함께 기고문은 '출판허가의 순서'에 따라 게재한다는 사실을 고지하였다.[36] 20호의 「사고」에는 매월 발행하지 못하는

---

34 그러나 이들 대부분은 귀국과 함께 종단과 중앙학림, 또는 사찰의 주요 보직을 맡게 된 이후에는 기대하는 만큼의 학문적 진보를 보여주지 못하였고, 혁신의 목소리도 지속적으로 전개하지 않은 것으로 파악된다. 학문적 가능성을 보여준 이종천과 정황진이 가난과 질병으로 요절한 점은 당시 학계를 위해서도 안타까운 일이다.

35 "본보에 투고코져 ᄒ시ᄂ 제씨ᄂ 政治移談과 時事得失을 除ᄒ 외에는 본보 목차에 의ᄒ야 隨意寄稿 ᄒ시되 매월 15일 爲限ᄒ고 주소씨명을 詳記送交ᄒ심을 要홈. 단 記, 停, 評의 권한은 本所에 自在홈"(매 호의 '주의사항')

36 "본사를 사랑ᄒ고 애독ᄒ시ᄂ 僉彦은 노력을 不顧ᄒ시고 時事政談에 干與치 아니ᄒᄂ 범위 내에서 寄稿를 다수히 記送ᄒ야 본보의 면목을 일층 참신케 ᄒ심을 切望ᄒ오며 又ᄂ 전일에

이유로 '출판허가의 관계'가 있음을 드러내었다.[37] 이러한 상황에서 잡지가 발행되던 시기에 일어난 1919년 3월 만세운동에 대한 잡지의 논조는 일방적일 수밖에 없었다.[38]

『조선불교총보』는 근본적으로 당시 현실의 여러 측면과 시국에 대한 피압박 민족의 목소리를 담아내기 어려웠고, 일제의 사찰령과 시행규칙을 준수하는 일 방향의 주장을 담을 수밖에 없는 한계가 있다. 이는『조선불교총보』의 이전이나 이후에 등장하는 잡지에도 일정하게 작용하는 외적 기제임은 분명한데, 총보가 발간된 시기의 특수성, 잡지 전체의 고답적 분위기로 인해 그러한 측면이 더욱 두드러지게 나타난다. 이 자리를 대신한 것은 전게한 대로 이능화의 역사자료 발굴과 유학생 출신의 불교학 지식의 소개, 그리고 당국과 연합사무소 대표들의 시론 등이다.

4. 잡지의 편제와 항목별 분류

『조선불교총보』는 이능화가 발행한 직전의『불교진흥회월보』,『조선불교계』와 달리 편목의 구분 없이 매 호 약 10편 정도의 글이 수록되어 있다.[39] 이들은 내용상 '논설─학술─역사자료─불교 상식'의 체제를 가지

송부ᄒ신 기고는 出版許可의 순서에 依ᄒ야 次號에 기재ᄒ깃ᄉ오니 諒存ᄒ시고 未完ᄒ신 분은 완결문을 卽送ᄒ야쥬시옵. 편집소 백."「社告」,『조선불교총보』17호(1919.9), 59~60면.

37 "본보는 매월 1회式 발행이온바 출판허가의 관계에 의ᄒ야 매월 간행치 못ᄒ오니 독자첨위는 諒焉ᄒ시옵."「社告」,『조선불교총보』20호(1920.3), 62면.

38 삼십본산연합사무소 위원장 김용곡은 3·1운동에 대한 부정적 인식을 노정하며 불교의 근본 목적을 강조하며 불도들에게 '경거망동하지 말 것'을 촉구하였고,(『조선불교총보』16호, 김용곡, 1면,「警告法侶」) 중앙학림에서는 '소요' 이후 '허다한 곤란'에 처한 교직원을 위로하는 만찬연을 개최하였다.「휘보」'中央學林敎職員慰勞宴',『조선불교총보』20호, 61면.

고 있다. 논설에는 시론이 포함되며, 학술에는 교리와 연구가 포함된다. 문화와 문학 관련 글은 앞선 잡지에 비해서 상대적으로 빈약하며 산발적이다. 일정하지는 않지만, 서두에는 시사성 있는 논설시론이 제시된 경우가 많다.

1) 논설(시론)의 양상

시론은 잡지 간행의 주체, 즉 편집인과 주필이 작성하는 사이사이에 삼십본산연합사무소 위원장, 중앙학림 교수 박한영, 그리고 유학생 출신 청년세대가 일부 작성하였다. 잡지 전체에서 시론으로 분류할 수 있는 글을 인물별로 제시하고 그 경향성을 분석하면 다음과 같다.

〈표 3〉『조선불교총보』 시론 목록 – 필자별

호수	필명	대표명	제목	비고
1호	尙玄	이능화	朝鮮佛敎叢報 發刊詞	발간사
1호	無能	이능화	聯合事務의 第三個年	연합사무소
3호	尙玄居士	이능화	佛敎普及은 精神과 形式이 竝行然後	포교
6호	李能和	이능화	內地에 佛敎視察團을 送홈	시찰단
14호	尙玄居士	이능화	今日朝鮮佛敎의 대표자 된 金龍谷禪師여	연합사무소위원장
16호	尙玄居士	이능화	堂獄布敎說	지옥천당설
17호	尙玄居士	이능화	如是觀	세계관, 사회관
4호	姜大蓮	강대련	佛敎擁護會와 法侶覺悟	불교옹호회
8호	姜大蓮	강대련	楓岳楡岾寺와 柳京布敎堂	포교당
20호	姜大蓮	강대련	佛敎機關擴張意見書	교육, 포교, 사찰운영

---

39 『불교진흥회월보』는 1호부터 종간호까지 일관된 체제를 보여주고 있다. 즉 論說－敎理－史傳－學術－文藝－雜俎－小說－會錄·官報·彙報 순이다. 이는 『조선불교월보』와 『해동불보』에 등장한 편제를 개선하여 활용한 것이다(김종진, 「『불교진흥회월보』의 전개와 문예지면의 경향성」, 『문화융합연구』 43호, 한국문화융합학회, 2021, 438면).

호수	필명	대표명	제목	비고
2호	金九河	김구하	謹告諸方	
6호	金九河	김구하	吾教青年學生諸君의게	청년
11호	學長金九河	김구하	中央學林學生에 對한 訓示	중앙학림
14호	金龍谷	김용곡	右에 對호야 三十本山委員長 金龍谷 和尙의 答辭	총독부, 위원장 답사
16호	金龍谷	김용곡	警告法侶	3·1운동 인식
18호	寅林生	박한영	佛教青年에 對호야	불교청년
6호	退耕沙門	권상로	近代佛教의 三世觀	불교계 전망
12호	李混惺	이혼성	佛教와 人生의 目的	교양
15호	竹軒金晶海	김정해	宗教的 新意義①	종교론
16호	竹軒金晶海	김정해	宗教的 新意義②	종교론
17호	竹軒金晶海	김정해	宗教的 新意義③	종교론
18호	竹軒金晶海	김정해	大乘的 佛教精神을 振興	교양
19호	竹軒金晶海	김정해	具體的호 聯邦制度의 必要를 論홈	삼십본산연합제도
21호	金晶海	김정해	宗教는 自由의 宗教	종교론
14호	伽倻山人崔觀洙	최관수	敎育에 就하야	교육론

첫째, 일제의 시책을 구현한 논설이다. 일제 사찰령 하에 있는 불교계의 현실이 타율적으로 반영된 총보 발행인과 연합사무소 위원장의 현실적 입장이 담겨 있다.

이능화는 총보의 편집 겸 발행인으로서 창간호와 3호에 잡지의 방향을 정립하는 논설을 작성했다. 그리고 불교옹호회 이사이자 기관지 발행인으로 일본불교 시찰단[40] 기사와 제3기 신임위원장의 취임을 축하하는 논설을 게재하였다.[41] 그는 「내지에 불교시찰단을 송홈」1917.6에서 총독부가

---

40 시찰단은 1917년 5월 31일 경성 남대문역에서 출발하였다. 일행에는 '조선불교총보 기자'로 권상로가 포함되었다. 권상로는 당시 연합사무소의 편찬업무 담당자로서 조선불교총보사의 기자 명의가 그리 어색한 것은 아니다. 자료에는 없지만, 그는 실제 기자로 활동했을 가능성도 있고, 시찰단의 일원으로 가면서 소임을 위촉을 받았을 가능성도 있다.
41 「內地에 佛教視察團을 送홈」, 『조선불교총보』 6호(1917.9), 1~4면; 「今日朝鮮佛教의 대표

제정 반포한 사찰령에 따라 선교양종삼십본산에서 각 사찰의 사법을 제정하고, 연합기관을 세워 통일적인 종무를 처리하게 되었으며, 중앙학림을 설립하여 불학을 교수하며, 잡지를 간행하여 종지를 천양하고 있는 현실을 긍정적으로 소개하였다.[42]

역대 삼십본산연합사무소의 위원장은 강대련1915, 1916, 김구하1917, 1918, 김용곡1919, 강대련1920이다. 총보가 발행되던 기간에 위원장으로 재임하던 이들은 재임하던 시기에 각각 논설을 게재하였는데, 총독부와 불교계의 매개 역할을 담당한 위원장으로서 이들의 글에는 총독부의 입장을 견지하는 부분이 적지 않다.

강대련의 「불교옹호회佛敎擁護會와 법려각오法侶覺悟」4호, 「불교기관확장佛敎機關擴張 의견서意見書」20호, 김구하의 「근고제방謹告諸方」2호, 「오교청년학생제군吾敎靑年學生諸君의게」6호, 「중앙학림학생中央學林學生에 대對한 훈시訓示」11호, 김용곡의 「경고법려警告法侶」16호는, 포교와 교육의 근대적 전개 방안에 대한 나름의 혜안이 반영되어 있음에도, 전체적으로 불교계에 대한 정치적 억압에서 자유롭지 못한 표현이 있다.[43]

3·1운동 직전에 간행된 14호1919.2에는 그해 1월 6일 개최한 삼십본산 주지회의에서 행한 내무부장관 우사미宇佐美의 '훈유訓諭'와 위원장 김용곡의 답사가 수록되어 있다.

자 된 金龍谷禪師여」, 『조선불교총보』 14호(1919.2), 11~15면. 이를 제외한 대부분의 글은 역사사료 소개가 위주가 된다.

42 출발 시에 총독의 축사가 있었고, 총독부 관리, 이완용은 물론 중앙학림 교수 박한영, 범어사 포교사 한용운, 중앙학림 학도 일동 등이 환송에 나섰다는 사실을 보도하였고, 천황과 이능화 자신의 인연을 담담하게 서술하였다. 전체적으로 보아 객관적인 사실의 기록이 일제의 종교시책을 앞서 소개하는 결과가 된 것은 이능화의 한계를 넘어서는 시대의 한계라 하겠다.

43 『조선불교총보』 14호와 19호에는 우좌미(내무부장관)의 훈유, 김용곡의 답사(14호) 및 학무국장의 연설(19호)이 수록되었다. 일제의 정치적 영향력이 깊게 내재된 양상이다.

'훈유'에서 그는 제1차 세계대전1914.7~1918.11에 연합군 일원으로 참여한 일본이 승전한 후 새봄을 맞이한 것을 축하하면서 조선과 조선인의 역할금전 出捐을 강조하고, 사찰의 운영, 교육, 포교 방면에서도 재정문제를 해결하는 것이 급무임을 강조하였다.[44]

김용곡의 「경고법려」16호, 1919.7는 3·1운동으로 촉발된 불교계 저항의 움직임을 불법으로 규정하고 압제하고자 하는 일제의 입장이 여과 없이 반영한 시론이다.[45]

『조선불교총보』는 3·1운동이 일어나기 2년 전인 1917년 3월 창간되었고, 그 2년 후인 1921년 1월에 종간되었다. 일제 치하, 사회적으로 문화적으로 가장 어두웠던 시기에 민족의 분노가 들불처럼 일어난 전례 없는 격변의 시기를 체험하면서도, 총보의 논조는 여전히 보수적이고 반동적이다. 이는 총독부가 제정한 사찰령과 시행규칙에 의거하여 삼십본산제도가 운영되던 시기고, 총보 또한 그 기관지 성격을 가지고 있기 때문에 가지는 근본적인 한계라 할 수 있다.

둘째는 당대 불교학을 바라보는 전통학자와 신진학자 사이의 대립적 시각이다.

시론의 작성자 중 총보 발행인과 연합사무소 위원장을 제외하면 중앙학림 교수인 박한영과 유학생 출신 주필 김정해의 글이 주목된다.[46] 그리고

---

44 기자 譯,「宇佐美內務部長官의 訓諭槪要」,『조선불교총보』 4호, 1~5면. 위원장 김용곡은 '훈유'를 잘 받들어 만족할 만한 성과를 얻겠다는 내용의 답사를 하였다.「三十本山委員長金龍谷和尙의 答辭」,『조선불교총보』 4호(1917.6), 5면.

45 논설은 '지난번의 소요사건(3·1운동)으로 인해 전 민족의 사상계가 동요되어 불교계에까지 영향이 미쳤고, 종교인의 본분을 스스로 잃는 자가 많아 크게 유감'이라는 서두로 시작하여 '치안을 방해하며 풍기를 문란하게 하는 일부 청년의 망상과 유언비어'에 현혹되지 말고 종교인의 본분을 잃지 않기를 당부하는 것으로 마무리하였다.「警告法侶」,『조선불교총보』 16호(1919.7), 1~2면.

이들 사이에는 상대 세대의 불교학을 바라보는 관점에 차이가 있음이 확인된다.

박한영은 우림생寓林生이라는 필명으로 「불교청년佛教青年에 대對ᄒ야」 18호를 발표하였다. 이는 새로 유입된 불교유학생들의 학문적 성과와 경향을 비판적으로 바라보고 학생들에게 '정면으로 교과를 연구'할 것을 당부한 논설이다. 박한영은 유학생의 학문이 전람회에서 물품 진열하듯 해외 학술을 무분별하게 소개하는 데 그치고 있을 뿐, 우리의 관점에서 치밀하게 연구하는 실력은 아직 갖추지 못했다는 점을 지적하였다.[47] 유학생들이 『조선불교총보』에 발표한 여러 편의 글도 개설 수준을 벗어나지 못한 감이 있는데, 박한영의 글은 이를 비판하는 것으로 해석된다.[48]

박한영의 비판에 직접 대응한 것은 아니지만, 유학생으로 종단의 요직에 직입했던 김정해는 「구체적具體的흔 연합제도聯合制度의 필요必要를 논론흠」 19호에서 연합제도 하 교육기관의 문제점을 제시하고, 세계 불교연구의 동향을 소개하며 조선의 불교학 수준에 대한 시각을 드러내었다. 근대 교육기관으로서 지방학림과 중앙학림이 있으나 아직 그 존재와 수준이 불완전한 상태에 놓여있고, 각 사찰의 전통적인 전문 강원에서 강의하는 내용은

---

46 이혼성과 김정해는 유학생 출신으로서 잡지의 주필로 임명받은 시기에 첫 지면을 할애받았다. 이혼성은 주필로서 별다른 시론을 제기하지 않았고 교양 수준의 불교지식을 소개하였다.

47 "여보 불교청년 제군이여 (…중략…) 만일 우리 教與學은 不管ᄒ고 他教與學을 전람회와 갓치 녀겟다든지 本教學은 祧遷ᄒ고 自己所宗을 他教學으로 傾仰ᄒ다든지 又ᄂ 無宗教 蔑學理로 放任自恣ᄒ야 자기의 지금 위치가 어느 界線에 立在ᄒᆯ를 茫昧ᄒᆫ 것은 자기의 暮暮朝朝의 행위를 점검ᄒ면 可知ᄒ리니" 「佛教青年에 對ᄒ야」, 『조선불교총보』 18호(1919.11), 3면.

48 박한영은 대 강백이자 중앙학림의 교수로서, 10년대부터 2, 30년대에 불교청년들의 학문을 이끌고, 정신적 측면에서도 좌장 역할을 맡았던 인물이다. 총보에서는 특정한 역할을 맡지 않았지만, 이능화의 불교사 탐구의 동반자로서, 그리고 당시 불교청년 세대의 좌장으로서 자신의 목소리를 담아냈다.

전통적인 사기私記, 즉 경론에 대한 선학의 훈고학적 주석서를 읽고 해석하는 것에 지나지 않은데, 이러한 상황은 세계 불교학의 조류에서 벗어나 있다는 점을 말하였다.[49]

박한영과 김정해의 시각을 비교해 보면, 박한영은 유학생들이 백화점에서 물품 나열하듯 해외의 지식을 중개할 뿐으로 자기 자신의 연찬이 매우 부족하다는 사실을 비판하고 있고, 김정해는 한두 가지의 예를 제외하면 근대적이거나 전통적인 조선의 교육기관이 아직 갖추어지지 않았고, 또 있더라도 교과과정이 부실하게 운영되고 있기에 세계 불교학술 조류와 차이가 큼을 비판하고 있다.

김정해는 15호부터 주필로 등장하였는데, 시론을 통해 종교에 대한 새로운 관점을 제시하고 삼십본산제도의 문제점을 지적하며 그 대안을 마련하는 노력을 보여주었다. 그는 「종교적宗教的 신의의新意義」에서 개혁의 시대를 맞이하여 '종교는 돌파'라는 다소 파격적인 표현으로 종교의 의의를 제기하였다.[50] 「구체적具體的흔 연합제도聯合制度의 필요必要를 논論흠」19호에서는 현재의 삼십본산연합 체제가 완전한 연합제도를 이루려면 중앙정권의 실력을 충분히 갖추고 완전한 연합 교육기관을 건설해야 하며, 이를 위해 인재 양성이 필요하다는 점을 강조하였다. 「종교宗教는 자유自由의 종교宗教」21

---

49 "근세에 불교연구는 동양학자씐만 아니라 歐洲에 就ᄒ야도 각 학자가 불교연구를 성대히 ᄒ는 바는 諸氏 亦 熟知ᄒ는 바며 散克利語의 연구, 巴利語의 연구, 불교에 관흔 미술품을 발굴, 原典의 연구, 기타 여러 가지 연구로써 獨逸, 佛國, 英國, 露國의 諸東洋學者係는 다 甚深흔 연구로써 당당흔 大名을 세계에 揚흠이라." 「具體的흔 聯合制度의 必要를 論흠」, 『조선불교총보』 19호(1920.1), 3면.

50 『조선불교총보』 21호, 4면. 그는 이 글에서 '卽相과 돌파', '경제상의 돌파', '법률상의 돌파'(15호), '도덕상의 돌파', '국민생활상의 돌파'(16호), '정신상의 돌파', '이중인격을 돌파'(17호)로 나누어 일본에서의 체험을 반영하고 현대의 시대상을 반영하는 실천적 종교관을 전개하였다.

호에서는 불교는 승려만의 종교도, 민중들만의 종교도 아니라는 점, 그리고 불교는 자유를 제일 존중하는 종교라는 점을 강조하였다. 그는 '조선불교회를 조직하여 유식계급의 제 인사를 망라하여 조선의 불교를 세계에 소개하며 조선 인민의 사상계를 구제코자 하니, 회원인 제 신사紳士는 더욱 발전에 주의할 것이며, 승려인 우리 법려는 열렬한 혈성으로 원조'해 줄 것을 당부하였다.[51] 총보의 주필로서 김정해는 새로운 불교지식인의 결사 단체인 '조선불교회'의 출범에 주도적인 역할을 자임하였다.

불교청년의 목소리는 점차 세력화하여 조선불교회와 조선불교청년회의 출범으로 이어진다. 총보의 후반부에 드러나는 개혁을 갈구하는 청년들이 1920년대와 30년대를 거치면서 불교잡지 발행의 주역으로 성장한다는 점에서 의의가 작지 않다.

2) 학술과 번역 - 근대불교학 지식의 유입 경로

〈표 4〉『조선불교총보』학술 논설 목록 - 필자별

호수	필명	대표명	제목	비고
4호	退耕沙門	권상로	佛敎의 骨子는 禪, 禪은 萬法의 總府	선론
19호	東洋大學 金敬注	김경주	布敎法撮要①	포교법
21호	暎潭金敬注	김경주	布敎法撮要②	포교법
13호	東京留金道源	김도원	孔子敎와 其理想	교양(공자교)
1호	杞宇居士 金相天	김상천	宗敎觀	종교론
8호	東京金瑛周	김영주	佛敎의 三部地方	불교사(아시아)

---

51 김정해의 지론은 삼십본산연합이 행정적인 대표기관으로서 존재할 뿐이라는 것, 사회에 깊숙이 파고들어 교육과 포교를 실천하며, 연구를 심화하여 세계에 조선의 불교를 소개하는 실천은 '승려계'에만 기댈 수 없고, 신사들의 적극적 참여가 필요하다는 것이다.

호수	필명	대표명	제목	비고
12호	金瑛周	김영주	諸書에 現한 元曉華嚴疏敎義①	원효학
13호	金瑛周	김영주	諸書에 現흔 元曉華嚴疏敎義②	원효학
16호	金瑛周	김영주	佛敎傳布의 代表的 人物에 對ㅎ야	불교사(동아시아)
15호	晶海金喆宇	김정해	佛敎哲學槪論①	불교철학
16호	晶海金喆宇	김정해	佛敎哲學槪論②	불교철학
17호	晶海金喆宇	김정해	佛敎哲學槪論③	불교철학
18호	晶海金喆宇	김정해	佛敎哲學槪論④	불교철학
20호	金喆宇	김정해	佛敎哲學槪論⑤	불교철학
21호	晶海金喆宇	김정해	佛敎哲學槪論⑥	불교철학
22호	晶海金喆宇	김정해	佛敎哲學槪論⑦	불교철학
16호	石顚生	박한영	瑣屑흔 光陰이 極大흔 價値가 不有흘가	
16호	石顚生	박한영	人生의 達觀	교양
17호	寅山沙門	박한영	舌底無奇士說	불교교리
2호	無能居士	이능화	圓覺經에 就하야	경전(원각경)
5호	尙玄居士	이능화	法華經에 就ㅎ야	경전(법화경)
6호	尙玄居士	이능화	楞伽經에 就ㅎ야	경전(능엄경)
8호	尙玄居士	이능화	布敎用에 適當흔 四十二章經	경전(42장경)
11호	尙玄居士	이능화	水陸齊儀式에 就하야	의례(수륙재)
9호	李鐘天	이종천	佛敎와 哲學①	불교철학
12호	李鍾天	이종천	佛敎와 哲學②	불교철학
13호	萬東鐘天	이종천	佛敎와 哲學③	불교철학
14호	李鍾天	이종천	基督敎와 佛敎의 立脚地	비교종교
2호	東京李智光	이지광	英米의 宗敎談	종교론(영미)
9호	李智光	이지광	佛敎倫理學①	불교윤리학
10호	李智光	이지광	佛敎倫理學②	불교윤리학
12호	李智光	이지광	佛敎倫理學③	불교윤리학
13호	李智光	이지광	佛敎倫理學④	불교윤리학
5호	李混惺	이혼성	宗敎的 觀念	종교론
9호	李混惺	이혼성	佛敎心理學①	불교심리학
10호	李混惺	이혼성	佛敎心理學②	불교심리학
10호	李混惺 역	이혼성	世界에 誇張흘 日本大藏經의 出版	『대제국공론』 번역(日)
12호	李混惺	이혼성	佛敎心理學③	불교심리학

호수	필명	대표명	제목	비고
13호	李混惺	이혼성	佛教心理學④	불교심리학
9호	東京曹學乳	조학유	宗教起源에 對ᄒ야	종교론
10호	東京曹學乳	조학유	宗教의 基礎的 觀念	종교론
12호	曹學乳	조학유	宗教의 理想	종교론
15호	편집인 撰		我의 兩端①	번역(日)
16호	편집국		我의 兩端②	번역(日)

학술 기사 역시 박한영, 이능화 등의 전통적 지식인과 여타의 유학생 그룹으로 대별된다.

박한영은 「쇄설ᄒᆫ 광음이 극대ᄒᆫ 가치가 불유ᄒᆯ가」16호, 「인생의 달관」16호, 「설저무기사설」17호을 통해 불교적 통찰력으로 현실관과 인생관, 언어관을 제시하였다.

이능화는 『원각경』2호 『법화경』5호 『능가경』6호 및 『42장경』8호을 번역의 역사, 판본, 문헌의 가치, 유통사 등의 내용을 담은 해제 형식의 글을 수록하였다. 「수륙재 의식에 취ᄒ야」11호에서는 당시 미타사 수륙재 소식을 전하면서 중국에서의 연원, 고려 조선에서의 확산 과정을 소개하며, 수륙재의 대본으로서 자기문의 서문「仔夔文重刊序」을 인용하여 제시하였고, 수륙재와 기타 승재僧齋의 장엄을 위해 범음가찬梵音歌讚 과정을 다시 개설할 것을 주장하였다. 이는 범패작법, 화청고무가 금지되었던 사찰령 시행세칙의 조목과 반대되는 내용으로서 전통문화 복원에 대한 학자적 관심이 여실히 드러나 있다.[52]

---

52 이능화의 글은 『조선불교총보』 5~6호, 8호에는 시론이 들어갈 첫 번째 지면에 수록되어 있다. 총보를 불교 연구의 장으로 만들고자 하는 편집의 의도를 일정부분 드러낸 것으로 해석된다. 아울러 상당히 정치적인 자리인 기관지의 편집겸발행인으로서 제반 정황을 타개할 만한 것이 난망한 가운데 자료의 수집이라는 무시간적 학문의 세계로 침잠한 것인지도 모른다.

이외에 학술 기사를 수록한 필진은 대부분 일본 유학생이거나 유학 후 귀국한 인물들이다. 1918년 봄에 귀국한 졸업생 이지광조동종대학, 건봉사, 김정해조동종대학, 용주사, 이혼성조동종대학, 유점사, 그리고 1919년 5월에 귀국한 이종천동양대학, 통도사, 김영주풍산대학, 해인사, 조학유풍산대학, 해인사 등이며, 여기에 그 후배인 김경주동양대학 동양윤리교육과, 1923졸, 김도원일본대학, 범어사 등이 필진으로 참여하였다.

이지광은 「불교윤리학」 총4호, 9~10호, 12~13호,[53] 김정해는 「불교철학개론」 총7호, 15~18호, 20~22호,[54] 이혼성은 「불교심리학」 총4호, 9~10호, 12~13호[55]을 연재하였고, 이종천은 「불교와 철학」 총3호, 9호, 12호, 13호[56]을, 조학유는 일련의 종교론「종교기원에 대ᄒᆞ야」, 「종교의 기초적 관념」, 「종교의 이상」, 「종교와 지식」을[57] 개진하였

---

53 이지광은 「불교윤리학」의 서론에서 불교는 무엇인가, 윤리는 무엇인가, 불교와 윤리의 관계 등으로 나누어 서술하였다. 본론은 제1장, 불교윤리의 역사적 관찰, 제1절 인도불교의 윤리론까지 수록하였고 미완성으로 연재가 마무리되었다.

54 김정해는 「불교철학개론」에서 제1편 서론과 제2편 본론에 이어 제3편 연기론까지 비교적 긴 내용을 연재하였다. 제1편 서론에서는 불교와 철학, 철학과 종교로 나누어 개념을 정리했으며, 제2편 본론에서는 철학적 우주와 종교적 우주론을, 제3편 연기론에서는 제1장 業感연기론까지 수록하였다. 각 장의 마무리에 현대철학과 접맥하여 본인의 해석을 개진한 부분도 있다.

55 이혼성은 「불교심리학」의 서론에서 불교심리학의 개념을 소개하였고, 본론의 제1장은 총론으로 諸法分類, 心法分類, 心王義解, 心所義解 순으로 제시하였다.

56 이종천은 「불교와 철학」의 서두에서 불교교리는 종교적으로 우리의 행복을 계시할 뿐 아니라 각 인생의 가치, 즉 의의를 논구하는 철학적 요소가 다분히 포함되어 있다는 점을 제시하며, 자신의 경험과 다소 얻은 제가의 소설을 귀납하여 철학의 해석, 불교의 해석, 철학門과 종교門의 관계 순으로 약술하였다.

57 조학유는 「종교기원에 대ᄒᆞ야」(9호), 「종교의 기초적 관념」(10호), 「종교의 이상」(12호), 「종교와 지식」(19호)를 게재하여 종교학의 기초를 소개하였다. 「종교의 기원에 대ᄒᆞ야」에서는 종교의 기원에 대한 3종의 학설(祖先崇拜기원설, 庶物崇拜기원설, 無限崇拜기원설)을 제시하였다. 「종교의 기초적 관념」은 '욕망은 인생의 본능성이며 萬爲의 기초'라는 명제로 시작하여 고대의 종교관념의 기초를 '恐怖에 因한 依賴心의 生存 慾望'으로 해석하였다. 최종적으로 '종교의 기초는 자신의 육체상 향상적 행복 또는 정신상 安立 행복을 구하여 완성코자 하는 생존욕망에 있다'는 결론을 내렸다. 「종교의 이상」은 '밖으로는 객관적 관념으로 欽望聖境하고 안으로는 주관적 관념으로 神人同格의 妙域에 도달하여 四面玲瓏한 眞境處'로

고, 동양대학 재학생인 김경주는 「포교법촬요」19호, 21호[58]를 연재하였다. 대부분 일본 유학의 결과물인 졸업논문으로서 이들 연재물은 이 시기 해외 불교학의 성과를 국내에 유입하여 근대불교학의 기반을 다지는 중요한 요소로 활용된 것으로 판단한다.

김영주는 「불교의 삼부지방」8호[59]과 「제서에 현흔 원효화엄소 교의」12호, 13호[60]를 소개허였고, 김도원의 「공자교와 기 사상」13호[61]과 이종천의 「기독교와 불교의 입각지」14호[62]는 유교와 기독교 지식을 기본으로 한 논의를 전개하였다.

당시 해외 학술 정보를 번역하여 소개한 글로는 이지광, 이혼성 등의 성과가 있다.

이지광은 「영미의 종교담」2호을 게재하였다. 당시 조동종대학 유학생 신분인 필자가 같은 대학 출신으로 영국에 유학하고 귀국한 오카다 요시노부岡田大豊 씨를 직접 방문하여 영미 종교계기독교 시찰의 내용을 직접 듣고

제시하였다. 「종교와 지식」은 지식인과 종교인의 서로 배적적인 지식과 종교론을 제시한 후 이를 양 극단이라 평가하고 제3의 절충론을 제시하였다. 이상의 논설을 보면 조학유는 종교론의 여러 측면에 관하여 다양한 학설을 종합하고 자신의 이해를 가하여 설득력 있게 전개하고 있음을 알 수 있다.

58 김경주는 「포교법촬요」(19, 21호)를 통해 근대의 포교법을 정립하고자 하였다. 포교의 의의, 포교의 究極목적, 포교의 형식(형식포교, 문서전도, 口舌포교), 포교와 교육 항목으로 나누어 그 개요를 진술했으나 미완인 채로 마무리하였다.

59 불교가 전포되는 지역을 남부(면전, 석란 등), 북부(서장, 몽고 등)와 동부(중국, 조선, 일본, 안남)로 대별하고 각 지역마다 전파 과정을 약술하였다.

60 『위인원효』를 참고로 하여 대사의 전기를 소개한 후 원효의 '해동소'(『起信論初疏』2권)의 서지, 이에 대한 청량의 評과 혜원의 判, 그리고 일본에 전래된 과정을 소개하였다.

61 김도원은 「공자교와 기 사상」(13호)에서 공자교의 기원과 역사를 약술한 후 『대학』의 三綱을 중심으로 유가의 논리를 소개하였다.

62 이종천은 「기독교와 불교의 입각지」(14호)에서 불교와 기독교의 교리를 객관적 입장에서 비교 서술하고 결론으로 기독교는 타력교, 불교는 자력교라 결론을 내리면서도 그 경계를 나누기가 난망함을 부언하였다.

작성한 리포트이다. 자치제도, 농촌문제, 종교교육, 도서관, 승려교회에서 의술전도, 문서전도까지 총13가지 조목으로 나누어 영국의 포교 실상을 상세하게 소개하였다.

이혼성의 「세계에 과장훌 일본대장경의 출판」10호은 『대제국공론大帝國公論』 소재 기사를 번역한 글이다. 일본대장경 편찬회 회장인 마츠모토 분자부로松本文三郎와 편집장 나카노 타츠에中野達慧가 1914년 4월에 작성한 것으로, 『일본대장경』의 편찬 유래와 의의, 십대 특징 등을 번역, 소개하였다.[63]

이외에 15, 16호에는 편집국 번역으로 「아의 양단」이 수록되어 있다. '이我'를 주관적 자아와 객관적 자아 양단으로 분석, 해부하여 극점을 찾아 그 의미가 무엇인가를 발견하는 것을 글의 목적으로 삼았다. 이는 오시마 마사노리大島正德가 철학회에서 강연한 내용을 번역한 것인데, 역자는 미상이나 당시 주필인 김정해로 볼 수 있지 않을까 한다.

3) 역사－역사자료의 소개

총보에 수록된 불교사 연구와 사료 발굴의 성과를 필자별로 구분하여 제시하면 다음과 같다.

---

63 日本大藏經(전48권)은 마츠모토 분자부로(松本文三郎, 1869~1944)가 주도하여 1914년(大正3)부터 1921년(大正10)에 완성되었다. 메이지시기에 몇 차례에 걸쳐 대장경이 편찬되었지만 일본불교 입장에서 볼 때 그것만으로는 일본불교 전체를 통람하기에는 부족하다 여겨 마쓰모토 박사를 편찬 회장으로 하여 『일본대장경』이 기획되었다. 이 책에는 일본 찬술의 여러 경전 주석서와 여러 宗의 宗典을 담고 있는 등 주로 교리 관계의 찬술서를 수록하였다. (윤기엽, 「다이쇼시대 일본 불교계의 대장경 편찬사업」, 『근대 동아시아의 불교학』, 동국대 불교문화연구원 편, 동국대 출판부, 2008, 368면 참조)

호수	필명	대표명	제목	비고
3호	四佛山人	권상로	朝鮮佛敎의 朝鮮律宗	종파(율종)
5호	雲皐金日宇	김일우	乾鳳寺燒身臺石塔新築記	석탑신축기
7호	金雲皐	김일우	海印寺와 大藏經	불교사(대장경)
9호	金雲皐	김일우	西藏의 宗敎	불교사(티벳)
8호	金晶海	김정해	韓昌黎와 佛敎	불교사(한창려)
9호	晶海喆宇	심성해	歷史上에 現하는 朝鮮僧侶와 外國布敎의 價値	연구(ㅍㅠ)/유학생
10호	渡邊彰 최병호 역	와타나베 아키라	僧侶架橋의 功德	불교사(사적), 번역(日)
11호	渡邊彰 기자 역	상동	諺文製作의 建功者	학술(언문), 번역(日)
15호	渡邊彰 편집부 역	상동	京城의 人口에 關혼 硏究	학술(경성인구론), 번역(日)
17호	渡邊彰	상동	恩津의 彌勤에 關한 硏究	불교사(은진미륵), 번역(日)
18호	渡邊彰	상동	恩津의 彌勤에 關한 硏究	불교사(은진미륵), 번역(日)
3호	渡邊彰	상동	工藝史料의 仙巖寺 昇仙橋	불교사(건축), 번역(日)
4호	渡邊彰	상동	太白山浮石寺所藏 三種華嚴經 高麗版의 價値	화엄경판, 번역(日)
5호	渡邊彰	상동	鳳凰山 浮石寺 保存工事執行의 際에 現혼 古記錄의 歷史的 價値①	부석사, 번역(日)
6호	渡邊彰	상동	鳳凰山 浮石寺 保存工事執行의 際에現혼 古記錄의 歷史的 價値②	부석사, 번역(日)
3호	稻田春水	이나다 슌스이	北漢山史蹟	불교사(사적)
4호	稻田春水	상동	鷄龍山의 史蹟	불교사(사적)
17호	華山衲子	미상	大本山龍珠寺沿革	용주사
15호	朴漢永	박한영	靈龜山雪乳堂處明大師行略	행장
15호	朴漢永	박한영	白巖山道巖堂大禪師行略	행장
17호	寓山沙門	박한영	龍船和尙門契序	사찰계
15호	白初月	백초월	忠淸北道 淸州郡 四州面 龍華寺創建記	창건기
18호	本多日生	혼다 닛쇼	日本의 文明과 三敎	일본불교
1호	尙玄	이능화	佛祖遺骨東來史－江原道旌善郡太白山淨巖寺世尊舍利水瑪瑙塔	탑비

호수	필명	대표명	제목	비고
1호	無能居士	이능화	德山會下에 新羅僧	불교사
2호	尙玄	이능화	智異山大華嚴寺拈頌會起發文	포교(발기문)
3호	能和尙玄	이능화	擎雲大禪師와 兩處 白蓮社	불교사(고승)
3호	無無居士	이능화	雲門會下에 新羅僧	불교사
9호	尙玄	이능화	蒙古喇嘛僧과 宗派의 來歷	불교사(티벳)
20호	尙玄居士	이능화	朝鮮僧侶와 社會的 地位	불교사(승려지위)
15호	綺山子	임석진	曹溪山淵源	송광사
21호	張道斌	장도빈	古代朝鮮佛敎	조선불교회 강연
14호	嵩陽山人 張志淵	장지연	馬山新造佛石塔	석탑
21호	張志淵識	장지연	虎隱和尙碑銘幷序	비명
14호	聖德山房 張志炯	장지형	聖德山觀音寺瑞龍堂大禪師 行狀	행장
5호	鄭晄震 (鈔寄)	정황진(역)	般若心經	반야심경 발굴, 번역(日)
8호	妻木直良	쯔마키 지키료/정 황진(역)	高麗의 大覺國師	의천, 번역(日)
12호	鄭晄震記送	정황진	晉譯華嚴經疏序(釋元曉撰) 외	원효저술 원문
13호	鄭晄震	정황진	一覽表考編緒言(원효저술일람표)	신라불교사
14호	鄭晄震	정황진	佛敎史學硏究(경흥국사)	신라불교사
15호	鄭晄震	정황진	佛敎史學硏究(경흥국사논저 총람표)	신라불교사
18호	獅吼生	정황진	海東大旅行家 慧超三藏	신라불교사
19호	獅吼生	정황진	新羅佛敎界의 法會儀式	신라불교사
20호	獅吼生	정황진	書聖丘龍의 格言	신라불교사
20호	釋元曉	원효/정황 진	불설아미타경서 외	원효 저술 8종의 서문
22호	獅吼生	정황진	今津洪嶽老師訪問記	
4호	猊雲散人	최동식	華嚴大敎師大本山仙巖寺往持錦峯堂傳	비문
8호	猊雲散人 撰	최동식	故宗門大德錦巖大禪師傳	전기
10호	秋堂菊人 譯註	최동식	寶壤梨木	삼국유사
10호	猊雲 選	최동식	眞表律師傳簡	삼국유사
21호	迦陵精舍主 人咸東虎	함동호	乾鳳寺의 沿革과 萬日會의 緣起	사찰

호수	필명	대표명	제목	비고
1호	柳應運撰		忠南天安郡廣德寺世尊舍利華山廣德寺事實碑(유응운)	비문
1호	姜希孟撰		楊州奉先寺鍾銘(강희맹)	비명
1호	崔亮撰		葛陽寺惠居國師碑(용주사)	비명
1호	淸虛遺著		奉恩寺記(청허 유저)	기문
1호	蓮坡惠藏		楞嚴緖言(연파혜장 유저)	연파혜장, 능엄경
2호	李之茂撰		高麗國曹溪宗堀山下斷俗寺大鑑國師碑銘(坦然禪師碑)(이지무)	비명
2호	李秉輝撰		曹溪山仙巖寺枕溟堂大禪師碑銘(이병휘)	비명
2호	孤峯朴東宣撰		曦陽山鳳巖寺白蓮庵重修記(박동선)	중수기
3호	崔彦撝撰		眞澈國師塔碑銘(최언위)	비명
4호	林存撰		南崇山僊鳳寺海東天台始祖大覺國師之碑銘(임존)	비명
5호	牧隱李穡撰		西天提納薄陀尊者浮屠銘(목은이색)	부도명
5호	蓮潭有一		安義靈覺寺華嚴閣新建記(연담유일)	기문
6호	元曉		法華經宗要序(선암사장판, 원효국사 유저)	원효, 법화종요
6호	高聰撰		浮石寺圓融國師碑(고청)	비문
8호	閔漬撰		高麗國義興華山曹溪宗麟角寺迦智山下普覺國尊碑銘 병서(민지)	비명
9호	栢庵性聰		高麗國大覺國師殿記(백암성총)	기문
9호	鄭萬朝撰		曹溪山松廣寺霽雲大禪師碑銘(정만조)	비명
10호	李溰撰		有明朝鮮國禪敎都摠攝國一都大禪師霜月大師碑銘(이은)	비명
10호	鹵峰和尙		讀法華妙音品(이봉화상)	법화경사기
10호	趙性憙著		有明朝鮮國扶宗樹敎傳佛心印圞獲護象塔鐵鏡大師實蹟記(조성희)	비문
15호	編輯局選		『海珠錄』(연담유일 서, 묵암최눌 발)	화엄대회
17호	鄭之益撰		江西寺事跡碑銘(정지익)	비명
18호	尹喜求撰		碧波大禪師碑銘幷序(윤희구)	비명
19호	李建昌題		學契序(이건창)	계안
19호	尹喜求撰		景鵬堂大禪師碑銘(윤희구)	비명
19호			幻月大師行蹟(선암사)	행적
21호	權重顯題		擎雲和尙懺悔禊成帖序(권중현)	사찰계

『조선불교총보』에는 1호부터 21호에 이르기까지 여전히 불교사 관련 원전 정보가 발굴, 소개되고 있는데 새로 제작한 것을 제외하면 사찰 관련 비문이나 기문은 편집인인 이능화와 최동식의 주관으로 발굴, 수록된 것으로 보인다. 위의 표에서 대표명 없이 소개한 불교사 자료는 편집인인 이능화가 발굴한 것, 각 사찰에서 제공한 것, 선암사 중심으로 최동식이 발굴한 사료가 섞인 것으로 추정된다. 시기적으로는 고려시대부터 19세기 및 당대 작성한 자료까지 다양하게 분포되어 있다. 문헌의 종류는 비문, 비명, 사적기, 행적, 계안 서, 계첩 서 등이다.

『불교진흥회월보』『조선불교계』를 통해 자료를 발굴하고 축적한 이능화는 이를 집대성하여 1918년 3월 10일 『조선불교통사』3권2책, 신문관를 펴냈다. 통사가 출판된 3월은 『조선불교총보』 8호가 간행되는 시기에 해당한다. 이능화의 글 중 「불조유골동래사」 1호는 『조선불교계』에서 시작한 연재를 마무리한 것이다. 이외에 「덕산 회하와 운문 회하의 신라승」 1호,[64] 「경운대선사와 양처 백련사」 3호,[65] 「몽고라마승과 종파의 내력」 9호[66], 「조선승려와 사회적 지위」 20호[67]를 게재하였다. 이능화는 역사연구에 국한해

---

[64] 「덕산 회하와 운문 회하의 신라승」(1호)는 신라승이 등장하는 德山禪師와 雲門禪師의 공안을 소개하며 그 의미를 설파한 것이다.

[65] 「경운대선사와 양처 백련사」(3호)는 당시 선교양종삼십본산연합포교당(각황사)의 포교사로 활동하고 있는 선암사 擎雲元奇 선사의 행적 관련 자료(金允植의 「喚仙亭白蓮社記」, 여규형의 「白蓮社發願文跋」, 권중현의 「擎雲大禪師謄本華嚴經序」)를 소개한 것이다.

[66] 「몽고라마승과 종파의 내력」(9호)은 대정 7년(1918) 4월 2일에 일몽(日蒙) 연합불교회 주선으로 조직된 內地佛敎視察團 몽고 라마승 일행 15명이 경성에 도착한 기사를 제공하며 원세조 때 라마승 파스파(發思八)가 몽고문자를 만들었고, 조선의 언문 제작에 그것이 영향을 끼쳤다는 사실을 말하였다. 그리고 라마교에는 구파와 신파가 있어 종파와 종지가 변별된다는 사실을 일본 불교잡지 『修養世界』(萬國宗敎號)'에서 발췌하여 소개하였다.

[67] 「조선승려와 사회적 지위」(20호)는 승려의 명칭을 소재로 고대부터 당대까지 변화양상을 검토한 후, 삼십대본산 주지는 과거의 僧統, 혹은 摠攝에 상당하며, 삼십본산연합사무소 위원장은 都僧統, 혹은 都摠攝, 혹은 禪敎兩宗判事에 상당하고, 승려는 기독교의 신부, 목사,

볼 때, 1~3호에 불교사 관련 논문을 발표하고, 9호와 20호에 두 편의 글을 수록한 것을 제외하면 더 이상의 심도 있는 연구 성과를 수록하지 않았다.

최동식의 성과로 주목되는 자료는 『해주록』 15호이다. 이 자료는 '편집국 선'으로 소개되었는데 체제, 제목 등에 '猊雲 補'라 하여 보완하여 전문을 소개하였다. 예운은 최동식의 호로 순천 선암사 소장 자료를 소개하며 교감하고 보완하며 자료의 의미를 부연 서술하였다. 이 책은 1754년 4월 선암사에서 성대하게 개최된 화엄법회의 참여한 회중의 이름과 소속사찰을 기록한 것이다.[68] 최동식은 이외에 「선암사주지 금봉당전」 4호, 「종문대덕 금암대선사전」 8호을 작성하였다. 「금봉당전」은 경운 원기의 법제자인 선암사 주지 장기림1869~1915의 전기를 직접 찬술한 것이다.1916 「금암대선사전」은 선암사에서 출가한 금암 천여錦巖天如, 1794~1878의 전기를 직접 찬술하여 수록한 것이다.

박한영은 설유 처명의 행장15호과 도암당 대선사의 행장15호을 수록하였다. 설유 처명1858~1903은 순창 구암사에 주석하였고 박한영의 법사로서 당시 명사인 황매천 등과 방외의 교유를 맺은 바 있는데 박한영이 1918년 지은 것을 수록한 것이다. 도암 인정道巖印正, 1805~1883은 백양사 토굴에서 수십 년을 참선수행했던 선사이자 대율사이다. 기정진奇正鎭의 「정토사기淨土寺記」 백양사에 등장하기도 한 대사의 행적을 백양사에서 수학한 바 있는 박한영이 1918년 찬술한 것을 수록하였다.

장로, 유교의 提學, 司成, 講師에 해당하다 하였다. 승려 된 자로서 자기의 사회적 지위를 부활케 하려면 상당한 학문, 상당한 계행을 닦아야 함을 강조하였다.

68　회주는 霜月璽封이며 서문은 '參學門下' 蓮潭有一이, 발문 역시 '참학문하' 默庵最訥이 작성하였다. 선암사의 각 殿堂에 배속된 1,200여명의 명단이 적혀있어 화엄법회의 성대함을 확인할 수 있다. 최동식은 조선불교의 쇠퇴 기간은 불과 백년으로 영조 조 성대한 화엄 법회 이후 다수의 宗匠이 배출된 결과 오직 조선만이 동방의 불법을 이었다는 점을 강조하였다.

일인 학자로는 총독부 관리인 와타나베 아키라渡邊彰와 이나다 슌스이稻田
春水가 진행한 일련의 불교사 연구가 수록되었다. 와타나베 아키라의 글인
선암사 승선교3호, 부석사 소장 화엄경 고려판의 가치4호, 부석사 공법에 관
한 고 기록의 역사적 가치5,6호에 관한 글은 모두『조선휘보朝鮮彙報』에 수록
된 것인데, 기자나 편집부에서 번역하여 수록하였다. 이외에도 그는 선암
사의 두 승려가 1737년 낙안군의 벌교筏橋를 석교石橋로 만든 기록10호을 소
개하였다.「언문제작의 건공자」11호는 언문제작에 공을 세운 성삼문, 회항,
신숙주, 정인지의 출생 장소와 분묘지를 조사한 것이다. 또한 석불을 실측
하고 사찰의 유물과 배치 등을 조사한 후 본존불 창조 연대를 고증한「은
진의 미륵에 관한 연구」17, 18호를 투고하였다.

이나다 슌스이稻田春水는「북한산 사적」3호[69]과「계룡산의 사적」4호[70]을 게
재하였다.

이외에 권상로의 조선율종의 역사적 연원과 전개과정을 자료 중심으로
소개한「조선불교의 조선율종」3호, 김일우의 해인사 대장경의 주조와 간
행의 역사적 자취 및 의의 탐구7호 등이 주목되는 가운데 정황진의 탐구는
그중에서도 이채를 띠고 있다.

일본 유학생 정황진1919 귀국은 처음에는『반야심경』중권을 발굴한 일본
잡지『불교사림佛敎史林』22호의 내용을 소개하고, 대각국사 의천에 대한 쯔마
키 지키료妻木直良의 논문을 번역 소개하였다. 이후 12호에는 원효가 찬한
「진역화엄경소서」,「열반경종요서」,「해심밀경소서」,「금강삼매경론서」,

---

69 「북한산 사적」은 1917년 4월 22일 경성일보사 주최로 북한산 등산회를 개최했을 때 삼각산
   중흥사 터에서 강연한 내용을 정리한 것이다. 사찰과 북한산성의 역사에 대해 정리하였다.
70 「계룡산의 사적」은 계룡갑사, 신원사, 동학사 등지의 유물을 중심으로 개략을 소개한 글이다.

제5장_『조선불교총보』   203

「본업경소서」 등을 원문으로 소개하였다. 이후에 진행된 일련의 원효 연구는 서지학적 고찰이 두드러진다.[71] 정황진이 원효, 경흥의 저술을 서지적으로 조사하고 목록표를 작성하며, 사상사적 의의까지 탐구하는 일련의 과정은 해외 불교학의 개론적 지식을 소개하는 데 진력한 다른 초기 불교 유학생의 행보와 차이가 있다. 이런 면모야말로 박한영이 신진유학생들에게 당부했던 '敎의 山祖와 學의 源頭를 여지없이 단도직입으로 顚倒粉碎'[72] 하는 모습이 아니었을까 한다.[73] 1919년 귀국했던 정황진이 1920년 5월에 동경의 대학과 서점을 찾아다닌 것을 보면, 아마도 조선불교회가 결성된 직후 결성된 조선불서간행회의 실무자로 조사를 진행하는 과정이 아니었나 생각된다.[74]

---

71 『조선불교총보』 13호에서 그는 유학 후 5, 6년간의 탐구 결과로서, 원효의 저술 통계에 대한 고교형의 설(45부 89권)과 장도빈의 설(49부 97권)을 부정하고 87부 223권의 일람표(1918.8.31 완료)를 만들어 공표하였다. 14, 15호에는 '海東瑜伽正宗初祖憬興國師'론을 전개하였다. 15호에는 경흥국사의 저술 총람표를 작성하여 총 40부 245권의 목록을 제시하였다. 이어 彌勒疏에 나타난 국사의 탁견, 무량수경연의술문찬의 형식과 내용, 찬술이 염불종에 미친 영향과 그 가치 등을 고찰하였고 해동 瑜伽正宗의 초조는 경흥이 된다는 사상사적 의의까지 도출하였다. 「書聖丘龍의 格言」(20호)은 견등지의 『동이집』에서 원효의 호 '구룡'을 발견하고 문장이 좋은 수양적 경구 몇 구절 발췌하고 해설한 것이다. 20호에서는 원효 서문 8종을 원전과 대조하여 수록하였다. 「今津洪嶽老師訪問記」(22호)(1920.5.25)는 정황진의 학문의 지향과 탐구의 자세를 엿볼 수 있는 글이다. 이는 필자가 『宗敎界』에 수록된 이마즈 코가쿠(今津洪嶽, ?~?)의 원효관련논문 「元曉大德의 事蹟及其敎義」를 읽고 직접 방문한 내용을 기록한 것이다.

72 박한영, 「불교청년에 대ㅎ야」, 『조선불교총보』 18호(1919.11), 2면.

73 손지혜(2015)에 따르면 정황진의 작업은 서양에서 유래한 근대적 불교연구방법론에 자극을 받은 것이며, 각 저서에 대한 교학적 분석보다는 소개와 정리에 머무르기는 했지만 이것이 조명기, 김경주, 최범술 등 원효 학자 연구의 밑바탕이 되었고 이와 함께 원효라는 인물을 한국 불교도들에게 각인시키는 중요한 역할을 한 것으로 평가하였다. 흩어졌던 원효의 저술이 퍼즐처럼 맞춰지며 대저술가이자 사상가로서의 위상이 자리 잡아 간 것으로 본 것이다. (손지혜, 「근대기의 원효 재발견자들—정황진, 최남선, 조명기, 허영호를 중심으로」, 『일본사상』 28호, 한국일본사상사학회, 2015, 110면)

74 이러한 준비과정을 거쳐 이능화와 정황진은 1925년 6월에 조선불교총서 간행의 대장정을 시작하였다. 「조선불교총서간행 취지서」는 대정 14년 6월 조선불교총서간행회(조선불서

4) 문화와 문학

『조선불교총보』는 전체적으로 편목이 나누어지지 않았기 때문에 문학 분야 역시 일정한 기준 없이 수록되는 경향이 있다. 본 항에서는 출판, 의식, 문학 관련 기사를 차례로 제시하고자 한다.

〈표 6〉『조선불교총보』 출판 기사 목록

호수	필명	대표명	제목	비고
6호	尙玄居士 李能和	이능화	朝鮮佛敎通史에 就ᄒ야	통사
9호	猊雲散人	최동식	佛敎에 亦一瑞光	연담임하록
9호	金雲皐	김일우	朝鮮佛敎通史의 出現을 歡迎	통사 출간
10호	총독부宇佐美 勝夫외 2인	우사미 외	朝鮮佛敎通史著者李能和殿	통사 출간
10호	晩香堂	최동식	天地禎祥으로 佛敎通史가 現世	통사 출간
11호	六堂學人	최남선	朝鮮佛敎의 大觀으로부터 朝鮮佛敎通史에 及홈①	통사 조선불교사
12호	六堂學人	최남선	朝鮮佛敎의 大觀으로부터 朝鮮佛敎通史에 及홈②	통사 출간
17호	寅山沙門	박한영	新刊禪學入門後跋	선학입문

이 시기 단연 화제를 불러일으킨 저술은 발행인 이능화의 노작 『조선불교통사』1918.3이다. 간행되기 전인 6호에 이능화는 이 책이 '천오백 년에 초유한 책'으로 육당 최남선의 교열을 거치고 현재는 신문관에서 인쇄 중이라 소개하면서 저술의 동기, 재료의 수집, 결구結構의 내용, 이백품제二百品題, 출판의 찬성贊成으로 나누어 소개하였다.

책이 간행된 직후에는 김일우9호, 우사미宇佐美 외10호, 최동식10호, 최남선 11, 12호의 평가와 상찬이 이어졌다. 특히 최남선의 글「조선불교의 대관으

간행회)의 이름으로 작성되었으며 임원으로 회장 무능거사 이능화, 編纂師 정황진과 翠農居士 吳徹浩가 명기되어 있다.

로부터 조선불교통사에 급흠」은 방대한 자료를 동원하여 종교사적, 역사적, 학술사적 의의를 설파했는데, 가히 대중용 조선불교사라 할 만큼의 내용과 분량을 자랑한다.[75] 단순한 치하의 글이 아니라 조선불교사의 맥을 다양하게 고찰하고 때로는 비분강개하며 독자들의 자각과 분발을 촉구한 장대한 글이다.

총보 6호와 7호에는 '인쇄중'인 『조선불교통사』 광고가 한 면에 수록되었고, 9호에는 이능화가 직접 쓴 광고가 실렸는데, 저술 동기를 제시한 후 책의 요점과 장점을 18항목으로 제시하였다. 이능화는 여기에 그치지 않고 12호 「광고」란에 보유편 자료를 편찬하겠다는 내용으로 자료수집 협조를 당부[76]했으나 보유편이 간행되지는 않은 것으로 보인다.

최동식의 「불교에 역일서광」 9호은 대흥사 소장 『연담대사임하록』 2권 판본 수십 부를 1917년 여름과 가을 사이에 인쇄한 것을 상찬하며 연담유일 저술의 의의와 출판사적 가치를 소개한 글이다. 박한영의 「신간선학입문후발」 17호은 김대현 거사의 『선학입문』[1855]을 1918년에 신문관에서 신연활자본으로 간행할 때 수록했던 한문 발문을 현토로 바꾸어 잡지에 수록한 것이다. 이 책에는 박한영과 함께 최남선의 발문도 수록되어 있다. 전통시대의 불교학의 정수가 근대에 정전으로 정립되는 과정에서 이들의 연대와 역할이 크게 자리 잡고 있음을 보여준다.

---

75 소제목을 보면 조선문화에 미친 불교의 영향, 동서교통사에 대한 조선불교의 관계, 불교유통사상의 조선의 지위, 佛典해석상의 조선의 공헌, 조선民性에 대한 불교의 3대 영향, 불교도야 먼저 역사적 자각을 가지라, 외방인의 조선불교에 대한 무식, 일본사와 조선사, 더욱 그 불교사의 관계를 차례로 서술한 후 조선불교의 자력적 연구의 필요성을 제기하였다.
76 「謹告諸方」 조선불교통사의 보유를 편찬하야 방금 진행 중이오니 귀사 고덕의 비문행장, 계첩문, 기타 사원, 탑상, 鍾鐘, 도구 등 일체 舊蹟을 유루의 歎이 無히 左記졸자의 주소로 謄送하심을 千萬切望하나이다. 이능화. (『조선불교총보』 12호(1918.11)의 후면 광고)

다음은 권상로와 이능화의 불교문화에 대한 관심을 보여주는 글을 별도로 제시한 것이다.

<표 7> 『조선불교총보』 권상로, 이능화의 문화론 목록

호수	필명	대표명	제목	비고
1호	四佛山人	권상로	卍字에 對하야	불교어휘
1호	退耕沙門	권상로	山家語彙(佛, 法堂, 僧尼)	불교어휘
2호	退耕沙門	권상로	山家語彙(彌勒, 佛供, 齋, 磬, 搖鈴)	불교어휘
3호	退耕沙門	권상로	山家語彙(衲, 鉢, 木杯, 曲鉢, 動鈴, 笠)	불교어휘
4호	退耕沙門	권상로	山家語彙(知殿, 副殿, 澡罐, 金鼓木魚)	불교어휘
3호	無能居士	이능화	俗事瑣言(喫飯飮酒, 出行忌盲, 接際用語)	불교풍속
4호	尙玄居士	이능화	擬定佛式花婚法	화혼법 제정
4호	無能居士	이능화	俗事瑣言(元嗔忌避)	불교풍속
5호	無能居士	이능화	俗事瑣言(好爲人上, 妓舞出處)	불교풍속

권상로는 불교어휘 연구를 진행하였다. 「산가어휘山家語彙」 1~4호는 친근하나 유래를 알기 어려운 불교어를 국한문 현토체로 풀이하여 연재한 글이다. 이능화의 「속사쇄언俗事瑣言」 3~5호은 불교풍속을 특유의 박학다식한 자료를 들어 정리한 글이다. '기무출처'는 세조 당시의 영산회상곡에서 유래한 정악正樂, 구운몽을 배경으로 한 성진무性眞舞, 화청고무和請鼓舞에서 유래한 승무, 원효의 무애가에서 유래한 무애무無㝵舞 등의 사례를 들어 기녀의 가무 속에 내재된 불교문화사적 의의를 소상하게 밝혔다. 이능화는 기존 불교문화에 대한 연구 외에도 「의정불식화혼법擬定佛式花婚法」 4호에서 근대적인 불교혼례 의식 절차를 제정하였다. 이 절차에 따른 실제 혼례가 거행된 사례가 15호의 「휘보」란에 소상하게 소개1919년 1월에 각황교당에서 거행한 것은 새로 제정한 의식이 현실화하는 양상으로 주목된다.

다음은 전통 양식과 근대 양식을 포괄하여 잡지에 흩어져 있는 자료를 모아 제시한 것이다. 일명 잡고雜稿라 할 만한 내용이다.

<표 8> 『조선불교총보』 잡고 목록

호수	필명	대표명	제목	비고
1호			「和中峯和尙樂隱歌十六閱」(蓮潭有一)①	게송(한시)
1호	尙玄	이능화	「牧牛歌」	소설
2호			「和中峯和尙樂隱歌十六閱」(蓮坡惠藏)②	게송(화운시)
3호	菊如居士	양건식	小說 西遊記에 就하야	중국소설론
4호	衆香城迦陵精舍主人	함동호	南游曹溪山仙巖寺記	사찰기행문(선문)
4호	中央學林學友一同		悼曹君秉浩文	추도사
7호	보령군미산면장黃斗顯	황두현	修中臺庵重讚	투고(한시)
7호	이회광 외	이회광 외	-視察中 唱酬	시찰단 한시수창
7호	菊如梁建植 외	양건식 외	-視察祝賀의 文辭	시찰단 송별사
9호	金日宇	김일우	靑谷寺佛像 放光說	영이담
10호	梧頭陀	오두타	桐華寺 地方學林 春季旅行에	기행문
10호	退耕權相老	권상로	生祭淨智金居士文	제문
10호	記者譯		大眞和尙의 拘尸那城 紀行文	인도기행문 번역
10호	記者譯		獨嘯和尙의 王舍城 紀行文	인도기행문 번역
10호			「和中峯樂隱詞」16수(离峯大禪師)	게송(한시)
11호	一石崔丙昊	최병호	仁川遠足記	기행문(수필)
11호	통도사秋長福	추장복	敬答三十本山委員長金九河大和尙書	서간문
13호	塢雲生		金山寺記實	기행문(자료포함)
13호	石顚沙門	박한영	楊州天寶山遊記	기행문
15호	記者		題法利大本山海印寺古蹟名所紀念品	기행(가야19경 제영시)
17호	聲律生	김성율	夢中語	수필(단형 만평)
17호	金菊初	김국초	休暇의 感想	수필
18호	龜山山民	박한영	興震應講伯書	서간문
19호	金聲律	김성률	「蜻蜓의 魂」	수필과 시
20호	石顚上人	박한영	도라오다가 明月이 積雪에 비친 것 보고	수필
20호	石顚上人	박한영	歲華의 所感	수필
20호	蓮史混醒竹軒晶海	이혼성 김정해	「敬和久米民之助氏遊華溪寺韻」	한시

호수	필명	대표명	제목	비고
21호	龜山山民	박한영	東峽遊記	기행문 (소요산, 보개산)
21호	擎雲	김경운	「楡岾寺」「祇林寺」	한시
22호	朴東一	박동일	宗敎的 友情	수필
22호	朴寅瀚	박인한	大本山桐華寺 前往持 南坡和尙 入滅에 就하야	추도문
22호	孫愚齋 金擎雲	손우재 김경운	孫愚齋와 金擎雲의 화답시	한시
22호	靈龜山民	박한영	小師 講演에 對한 感想	수필(백양사 주동훈)

산만한 자료 가운데 근대 문학 양식으로 소설과 시가 1편씩 등장한다. 이능화의 「목우가」 1호는 '충북 괴산군' 출신 '李無能'이 주인공이다. 이능화 자신이 서술자가 되어 출생에서부터 생장, 그리고 불교사학에 매진하게 된 동기 등을 중간 중간 대화를 삽입하여 서술하였다. 소설이라는 제목을 붙였으나, 소설의 수준에 미치지 못한, 본인 인생의 '작은 이야기' 정도로 평가할 수 있다.[77] 김성률의 「청정蜻蜓의 혼魂」은 잠자리를 소재로 한 수필 겸 시인데 습작수준으로 평가된다. 『조선불교총보』는 근대문학의 풍부한 감성을 담기에는 폐쇄적인 종교잡지로서 매우 보수적이고 고답적인 지면을 마련했다 하겠다.

한시 분야에 있어서는 宋元대 중봉화상의 선가 「낙은가」에 화답한 조선 선승들의 화답시 세 편을 발굴한 것이 주목된다. 연담 유일의 「화중봉화상락은가십육결和中峯和尙樂隱歌十六関」蓮潭有一遺稿(1호), 연파 혜장의 「화중봉화상낙

---

77 「목우가」는 『조선불교통사』 하편 「이백품제」의 '성불도승도이무능' 조와 동일하다. 이능화가 편집인으로 있던 여러 잡지의 내용이 『조선불교통사』에 반영된 대표적인 예인데, 이에 대한 구체적인 분석은 별도의 연구가 필요하다.

은가십육결和中峯和尙樂隱歌十六関」蓮坡惠藏遺稿(2호), 이봉대사의 「화중봉락은사和中峯樂隱詞」 16수离峯大禪師遺著(10호) 세 편이다. 18세기와 19세기 중후반의 선사의 동일 게송에 대한 화답시를 게재하여 불교문학의 전통 하나를 발굴하는 성과를 얻었다.

반면 전통적 서정시로서 개성을 표출하는 한시 창작은 뚜렷한 성취가 발견되지 않는다. 오히려 7호에 수록된 1917년 8월 31일부터 9월 23일까지 일본을 시찰한 조선불교 내지시찰단의 시찰 중 수창시이회광, 권상로, 강대련, 김구하, 권상로 등, 20호에 수록된 여포거사久米民之助氏 화계사 시에 대한 이혼성과 김정해의 차운시 등 총독부 관련 인사들과의 교분에서 나온 시가 무겁게 자리잡고 있을 뿐이다.

이외에 박한영의 양주 천보산13호과 소요산, 보개산21호에 대한 기행문이 있고, 박한영이 백양사의 대강백인 진진응에게 보낸 편지글18호이 있다. 이들은 20년대 이후 뚜렷한 족적을 남긴 석전 박한영의 국토기행의 한 단면을 엿볼 수 있고, 같은 시대 공존한 강백과의 교유를 살펴볼 수 있는 자료적 가치가 있다.

5. 학술 성과

1910년대 불교잡지의 주요 성과 중 하나로 불교사 사료의 발굴을 들 수 있다. 『조선불교총보』에서도 각종 비문, 비명, 종명, 상량문, 사찰계 서문, 전기傳記 등을 발굴 소개하였고, 당대의 고승들에 대한 추도문, 행적을 한문으로 찬술하여 게재하였다. 이는 이능화가 주도한 학술 성과로 평가된다.

『총보』의 또 다른 학술성과는 1910년대 말부터 유입되기 시작한 1세대 일본유학생의 학술논문과 번역물이다. 이지광의 「불교윤리학」, 이혼성의 「불교심리학」, 조학유의 종교론, 이종천의 불교 철학론, 김정해의 「불교철학개론」, 김경주의 포교론 등이 대표적이다. 이들은 이 시기 불교학의 편폭을 확장하는 1차적인 과업을 수행하였다.

그리고 의천, 원효의 논서, 경흥, 혜초의 저술을 목록화하고 일본학자를 직접 방문하여 여러 정보를 얻은 후 이를 잡지에 소개한 정황진, 그리고 원효 저술을 소개한 김영주는 이 시기 신라 교학에 대한 문헌학적 연구로서 의의가 있다. 이들은 신라의 대표적인 사상가가 이 시대에 우리 민족의 업적으로 부상하는 데 기여한 것으로 평가된다.

최남선의 「조선불교의 대관으로부터 조선불교통사에 급及홈」은 조선불교사의 전반적인 성격을 약술한 것으로 주목할 만하고, 일인 학자 이나다 슌스이稻田春水, 와타나베 아키라渡邊彰의 자료 소개 역시 이 시기 불교사 연구로서 주목할 만한 가치가 있다. 권상로의 불교어휘 탐구「山家語彙」 연재와 이능화의 풍속 어휘 탐구「俗事瑣言」 연재 등은 불교 어휘의 정리라는 점에서 의의가 있다.

6. 문예 성과

『조선불교총보』는 학술적 성과와 달리 문예적 성과는 매우 소략하다. 이능화의 자전적 실명소설 한 편「牧牛歌」과 습작 수준의 근대시 1편이 수록되어 있는 정도이다. 전통 한시 영역에서는 중봉의 선가에 차운한 조선 선사들의 화운시和韻詩 세 편을 발굴한 것이 나름대로의 성과이고, 박한영의 기행문은 20년대 이후 국토기행으로 문명文名을 떨친 석전의 초기 작품으로 의의를 찾을 수 있다.

『총보』는 대중매체를 통한 대중문화의 확장, 문예를 활용한 창의적 재생산에는 관심을 두지 않은 잡지로 평가할 만하다. 한글에 대한 인식도 보수적이어서 한글문화의 진작에 기여하는 별다른 성과는 찾아볼 수 없다.

『조선불교총보』는 별다른 디자인을 가미하지 않은 단조로운 단색 표지에 별도의 편제 없이 10편 정도의 글을 수록하였다. 이들은 시론을 제외하면 대부분 학술 기사이며, 잡지 전체적으로 문학이나 문화적 방향으로 대중성을 강화하는 적극적인 모색은 보이지 않는다. 『총보』는 1910년대 초반의 첫 잡지인 『조선불교월보』가 보여준 대중불교운동의 다양한 아이디어와 의지가 보이지 않으며, 암울한 시대 분위기와 함께 학술적인 무게감이 가중된 잡지다. 이러한 상황은 역사연구가이자 종교사학인 이능화 자신의 학술적 성향과 관계된 것이기도 하지만, 다른 한편으로는 정치적 억압 속에서 출판문화의 자율성이 크게 위축되었기 때문이다.

『총보』 종간 이후 불교계의 잡지는 3년 정도의 공백기를 거치게 된다. 1924년 5월에 동경불교유학생의 학우회지인 『금강저』가 출현하고, 그해 7월 불교사 간행의 종합문화잡지 『불교』와 국학자 위주의 종합교양지 『불일』이 간행되기 전까지 불교잡지는 공백기를 맞이하였다. 공백기에 응축되었던 청년의 잠재적인 힘은 『금강저』로, 문화적 다양성을 지향하는 일련의 응축된 힘은 『불교』와 『불일』을 통해 표출되었다. 『조선불교총보』 종간 이후 3년 4개월간의 공백기는 이들을 예비하는 단계에서 그 자체의 의의가 있다.

제6장

『유심』

조선 청년의 수양을 위한 잡지

1. 전개사

『유심惟心』통권 3호, 1918.9~1918.12은 조선 청년들의 수양을 독려하기 위한
목적에서 만해 한용운이 창간한 잡지다.[1] 인쇄소는 신문관이며 발행소는
유심사다.[2] 만해의 1인 기획 잡지이며, 청년을 위한 잡지로서 다양한 층위
의 수양론이 전개되었다.

1) 창간의 배경과 경과

1910년대에 간행된 불교잡지가 원종사무소, 삼십본산주지회의소 등
불교기관의 기관지, 혹은 그 기관의 포교단체인 불교진흥회의 기관지로서

---

[1] 1호(1918.9), 2호(1918.10), 3호(1918.12)

[2] 『유심』의 '分賣所'는 경성 종로의 광익서관, 동양서원, 운니동의 장문사서점, 황금정의 신문
관이다.(1호의 안내문)

교계 소식 전달이 기본 목적이었으며, 총독부 종교 정책을 전달하는 체제 내의 잡지였다. 이에 비해 『유심』은 한용운韓龍雲, 1879~1944 개인의 발심과 의지로 발간한 잡지로서 상당히 예외적인 존재다. 『유심』은 새 시대의 총아라 할 수 있는 '학생' 청년 세대에 대한 고려가 많지 않은 기존 잡지에 대한 반작용으로 나온 기획물, 혹은 보완재 성격의 잡지다.

삽지 내에 만해 자신이 창간의 경괴를 언급한 별도의 자료가 없는 관계로 범위를 넓혀 『유심』이 등장하기까지 만해의 저작에 나타난 내적 흐름을 살펴볼 필요가 있다.

만해는 조선불교를 일제의 한 종파조동종에 귀속시키려는 이회광 일파의 원종圓宗에 대응하여 1910년 1월에 박한영구암사, 진진응화엄사, 김종래송광사, 장금봉선암사 등과 함께 임제종운동을 전개하였다.[3] 그리고 1910년 겨울 백담사에서 불교개혁에 대한 자신의 논리를 다듬어 『조선불교유신론』의 초고를 완성하고,[4] 1913년 5월 25일 불교서관에서 발행하였다.[5]

총 17장으로 구성된 『조선불교유신론』에서 「논승려지교육論僧侶之敎育」[6]

---

3 이들은 장차 한용운의 임제종 인맥의 핵심이 된다. 만해는 승려 궐기대회를 개최한 후 송광사에 조선임제종종무원을 설치하여 서무부장 취임하였고(3.15), 조선임제종 관장에 취임하였다(3.16). 5월 5일에는 조선임제종종무원의 본부를 범어사로 옮기게 된다. 조선총독부에서는 이회광의 원종, 만해 등의 임제종을 모두 승인하지 않고 삼십본산주지회의를 결성하여 조선선교양종각본산주지회의원을 출범시켰다(1912.4).

4 『불교유신론』의 서문에 '1910년 12월 8일 밤', '백담사 한용운 저'라 하였다. 이를 통해 이 책의 탈초 시기와 장소를 알 수 있다.

5 표지는 '韓龍雲君 著, 朝鮮佛教維新論, 石顚山人 籤'이다. 한용운이 책을 발행하며 당대의 불교계 석학인 박한영에게 표제를 받은 것이다. 박한영의 표제를 받은 것은 만해의 석전에 대한 헌사로 해석된다. 『정선강의채근담』(1917)의 머리말도 석전이 썼으며, 책의 출판허가증에 만해의 주소가 박한영이 주지로 있던 순창 구암사로 기록되었다. 『유심』(1918)에도 호마다 석전의 글이 등장한다. 만해는 박한영, 백용성 대덕의 후배 세대이자, 1920년대 이후 일본 유학을 다녀온 제3세대(신진세대)의 중간자 역할을 담당하였다.

6 「논승려지교육」에서 승려교육의 급선무로 보통학, 사범학, 외국유학의 세 가지를 들었다. 보통학은 일반 사회생활을 하는 기초인데 승려학인들이 이를 보기를 원수같이 하고 중상을

과 「논포교論布敎」장[7]은 후에 펼쳐질 저술 활동의 예비적 논리와 다름이 없는데, 연설로 포교하고, 신문, 잡지를 통해 포교하며, 경을 번역 유포하는 포교 방식을 주창하였다. 이는 장래 만해의 활동을 예비한 것으로서 선언적인 동시에 실질적 의미가 있다.

경전을 번역하여 대중에게 유포해야 한다는 선언은 『불교대전』의 기획으로 연결된다. 1913년 5월 19일 통도사 강원의 『화엄경』 강주로 청빙된 만해는 그해 12월 새로운 불교경전의 편찬을 계획하고 통도사 소장의 고려대장경 1,511부, 6,802권을 열람하였다. 그리고 여기에서 발췌한 경문을 국한문 혼용체로 번역하여 이듬해 4월에 『불교대전佛敎大典』 범어사, 1914을 간행하였다. 만해가 『조선불교유신론』에서 밝힌 이상을 구현하는 방안의 하나로 사부대중이 의지할 새로운 방식의 불교경전 『불교대전』을 펴낸 것이다.[8]

『불교대전』은 『조선불교유신론』에서 제시한 포교 방법의 하나인 경전의 번역으로서도 의의가 있다. 더 나아가 이 책은 만해의 이후 저술에서 강조되는 수행, 수양과 연결되는 지점이 있어 주목된다. 특히 제6 「자치품」은 자기 수행을 위한 덕목을 제시하였고, 제7 「대치품」은 사회적 존재

일삼는 현실을 비판하였다. 기존 강원에서 私記 위주의 훈고학적 강학이 지니는 한계를 지적하며 불교가 현실사회와 접맥되는 지점을 찾기를 당부하였다.

7 「논포교」에서는 "포교의 방법은 하나가 아니다. 혹은 연설로 포교하고, 혹은 신문 잡지를 통해 포교하고, 혹은 경을 번역하여 널리 유포시켜 포교하고, 혹은 자선사업을 일으켜 포교하기도 하여 백방으로 가르침을 소개해"야 한다고 주장하였다. 한용운, 이원섭 역, 『조선불교유신론』, 운주사, 1992, 73면.

8 발행일은 1914년 4월 30일이며, 인쇄소는 대동인쇄소, 발행소는 범어사. 판매소는 경성 중부 사동의 조선선종중앙포교당과 광학서포. 이 책은 난조분유(南條文雄)·마에다 에운(前田慧雲)이 펴낸 『佛敎聖典』(1905)의 영향을 받아 제작되었다. 『불교성전』과 『불교대전』은 불교의 본질적 가르침을 한 권의 성전에 요약해 넣으려는 서구의 새로운 흐름과 맥이 닿아 있다. 송현주, 「근대불교성전의 간행과 한용운의 『불교대전』」, 『동아시아불교문화』 22집, 동아시아불교문화학회, 2015, 255면.

로서 원활한 역할을 다하기 위한 여러 덕목을 제시하였다.[9] 『불교대전』의 기획과 내용 구성, 전달방식은 『조선불교유신론』에서 제시했던 불교혁신의 포교 방안을 구체화한 것으로 판단된다.

『불교대전』의 6, 7품에 담긴 수양 담화는 『정선강의 채근담』신문관, 1917을 통해 발전적으로 확장되었다.[10] 이 책은 불교를 포함한 다양한 사상적 스펙트럼을 보여주고 있어 수양론을 대중적으로 확산하는 호재료로 활용한 것이다. 『정선강의채근담』 서문에서 만해는 "조선 정신계의 수양이 과연 어떠한가?", "정신을 수양하는 방법은 어떠한가?"를 묻고 강의의 목적이 수양론을 지향하고 있음을 드러내었다.

만해는 『조선불교유신론』에서 주창한 개혁적 포교방식을 끊임없이 고민하며 현실과의 접점을 찾기 위해 노력하였다. 그 과정에서 『불교대전』을 편찬하고 『정선강의채근담』을 출판하였고, 더 나아가 시대의 흐름을 직접 반영하고 대중화하는 매체로서 근대잡지에 주목하였다. 청년을 위한 수양담론의 잡지 『유심』은 이런 맥락에서 기획되었다. 이처럼 1910년대 간행한 만해의 저술에는 만해 자신의 지성인으로서의 변증법적 발전 과정이 담겨 있다.

---

9 자치품은 學問, 持戒, 修心, 自信, 進德 장으로 구성되었으며, 세부 절목으로 修學, 修行, 위생이 포함되어 있다. 대치품은 가정, 사제師弟, 타인, 사회, 국가로 구성되었으며, 세부 절목으로 부부, 보시, 박애, 평화 등이 제시되어 있다. 『조선불교유신론』이 승가를 향한 자체 개혁론이었다면, 『불교대전』은 재가신도를 위한 사상지침서로서 평가하기도 한다(이상 송현주(2015), 양은용, 「만해 한용운 선사 『불교대전』의 교의적 성격」(『선문화연구』 20집, 한국불교선리연구원, 2016) 참조).

10 『채근담』은 명나라의 홍자성(1573~1619)의 저술이다. 만해의 번역서는 修省, 應酬, 評議, 閒適, 槪論 장으로 나누어져 있다. 특히 수성론은 수양과 반성을 만사의 근본으로 제기한 장으로서 의미가 있다("講義 – 修省이라 함은 자기의 심신에 대한 수양성찰을 謂함이라. (…중략…) 고로 자기의 심신을 수성함은 만사의 본이 되느니라").

2) 발행인과 필진의 분포와 성격

『유심』의 편집 겸 발행자는 한용운이다. 그는 '萬海' '韓龍雲' '五歲人'이라는 필명, 그리고 '主管'1호과 '一記者'2, 3호 등으로도 등장하는데, 필자명이 없는 경우 만해의 글일 가능성이 크다. 만해는 기자이자 주관자이며, 『유심』은 만해의 1인 잡지이기 때문이다. 이외의 조직과 운영상의 정보는 잡지에 드러나지 않는다.[11]

만해 외에 등장하는 여러 필진은 조선청년을 위한 수양 잡지라는 『유심』의 지향성에 공감하고 자신의 전문 영역의 시각과 논리를 여기에 덧붙였다. 만해와 동시대를 살았던 이들 필진은 당대의 대표적인 지성들이며 『유심』의 공동 제작자다.

이들을 등장 순서에 따라 소개하면 최린, 최남선, 유근, 이광종, 박한영寓山頭陀,[12] 石顚, 이능화, 김남전, 강도봉, 서광전, 김문연, 임규桂東山人,[13] 양건식菊如, 백용성, 권상로, 현상윤小皐, 홍남표 등이다. 이들의 투고는 모두 만해가 『유심』의 주제와 지향에 맞는 글을 요구한 데 따른 것이다. 2호에 투고한 위음인威音人은 현상문예 투고자를 제외하면 유일한 외부 기고자가 된다.

이들은 크게 당시 불교계를 대표하는 승려들, 최남선이 주도한 조선광문회의 동인, 『청춘』의 주요 필진, 그리고 1910년대 거사불교운동에 적극 참여한 불교계 인사로 나누어진다. 『유심』이 불교만의 잡지가 아니라 '조선청년'의 잡지를 지향하고 있기 때문에 승려, 거사는 물론이고 기타

---

11 불교잡지에 전개된 한용운의 글쓰기 양상에 대해서는 김상일, 「근대 불교지성과 불교잡지 ─석전 박한영과 만해 한용운을 중심으로」(『한국어문학연구』 제52집, 한국어문학연구학회, 2009)를 참고할 수 있다.

12 우산두타가 박한영의 호라는 사실은 『매일신보』 광고(1918.8.31)에 근거한다(고재석, 「한국 근대불교와 문학의 상관성」, 『민족문화연구』 45호, 고려대 민족문화연구원, 2006b, 12면).

13 계동산인이 임규라는 사실은 『매일신보』 광고(1918.8.31)에 근거한다(위의 글, 12면).

민족계열의 지식인도 주요 필진으로 등장하였다.

불교경전을 새롭게 편찬하여 수양 관련 어록을 소개하고, 전통시대에 향유된 수양론을 번역한 만해는 다음 단계로 청년들을 위한 수양담론의 장으로『유심』을 창간하였다.『불교대전』이 유교적 수행 담론을 포괄하고 있고,『채근담』이 유불도 삼교가 결합된 수양서임을 기억한다면,『유심』에 민속주의 계열의 지식인들이 비중 있게 참여한 것은 자연스러운 현상이다.[14]

『유심』에는 청탁받은 승려 필진으로 박한영1870~1948, 김남전1868~1936,[15] 강도봉1873~1949,[16] 백용성1863~1940, 권상로1879~1965가 등장한다.[17] 1910 년대 거사불교운동의 중추로서 불교진흥회를 설립한 이능화, 그리고 이능화의 제자로서, 이능화 잡지 발행의 조력자이자 중문학자 겸 번역가로 활동한 양건식은 친불교계 인사이며, 서광전, 김문연도 명확히 밝혀지지는 않았으나 친불교계 인사로 파악된다.[18]

---

14 고재석은 한용운의 수양론을 '행동적 수양주의'로, 민족진영(최남선, 현상윤 등)의 그것을 '준비론적 수양주의'로 규정하였다. 행동적 수양주의는 정신문명의 우월성과 주체 의식, 능동적 의지와 실천력의 강화로 요약되며, 최남선 현상윤 등 일본유학생 출신 필자들은 문체 개혁에 성공했지만 민중의 열등한 능력을 인정하고 실력을 배양하여 이상을 획득하라는 준비론적 수양주의 또는 관념적 개조론을 주장했다고 한다(고재석, 2006a, 238・249면).

15 남전 한규(南泉翰奎). 다른 호는 우두산인, 백악산인. 해인사와 선학원에 주로 주석하였고, 경학과 선학에 밝아 법문을 잘하는 선승으로 명성을 얻었다. 문집으로『남전선사문집』(인물연구소, 1978)이 입적 후에 간행되었다.

16 도봉 본연(道峯本然). 석왕사 경성포교당 포교사로 활동했으며 선학원 창립에 주도적으로 참여하였다.

17 일반 독자로서 화엄사 승려 위음인이 등장하는데, 이는 도진호로 추정된다. 위음인이 도진 호라는 필자의 추정은 다음 장에서 상술하기로 한다.

18 서광전(호 正觀, 正觀齋)은 권상로가 간행한『조선불교월보』4호(1912)에「宗教基礎在於青年教育」을 투고하였으며, 김문연(寓松, 寓松居士)은 이능화가 간행한『불교진흥회월보』9 호(1916.1)에「宗教中の佛教」를 수록하였다. 전자는 종교가 청년교육에 기초가 있다는 논설, 후자는 종교 중에 불교가 가장 가치 있는 종교인 이유를 밝힌 글이다.

권상로, 박한영, 이능화, 양건식은 1910년대 잡지 발행의 주체로 활동한 인물들이다. 백용성은 특정 잡지를 주관하지 않았지만 여러 잡지에 대각사상을 구현하는 여러 글을 투고하였으며, 1920년대에는 삼장역회를 조직하여 불경의 번역에 힘쓰게 된다. 당시 대표적인 불교지성의 인프라가 만해에 의해 『유심』의 필진으로 유입된 정황이 뚜렷하다.

승려와 거사 집단을 제외한 나머지 필진은 민족주의 계열의 지성인으로 포괄할 수 있다. 이들은 최린1878~1587, 최남선1890~1957, 유근1861~1921, 이광종, 임규桂東山人, 1867~1948, 현상윤小星, 1893~?, 홍남표1888~1950 등이다. 이들은 최남선이 설립한 조선광문회와 최남선이 창간한 『청춘』의 주요 필진이라는 공통분모가 있다. 큰 틀에서 이들은 최남선이 마련한 지성 그룹의 주인공으로서 한용운이 포함된 불교지성 그룹과 문화적 교유를 나눈 인물이라고 할 수 있다.[19]

결국 『유심』에 등장하는 필진은 한용운을 주축으로 하고 불교계의 좌장이나 불교대중화의 최전선에 있던 승려들, 그리고 최남선을 매개로 이어지는 민족주의, 사회주의 계열의 지성들이 합류하여 이루어졌다.[20]

이처럼 출신이 다른 지성집단의 공통적인 지향은 조선청년의 자각을 위

---

19 "1910년대 조선의 양산박이며 아카데미아(김윤식의 표현)라 일컬어지는 웃보시꼬지(상리동)의 신문관과 조선광문회, 사동의 임제종중앙포교당, 그리고 돈의동의 여박암(오세창 자택), 계동의 유심사에 드나들던 인사들이 대부분 『유심』의 주요 필자가 되고, 3·1운동의 주역이 된다"는 견해가 주목된다(고재석(2006b), 8~9면 재인용). 『유심』에 등장하는 이들 간의 교유가 입체적이라는 점을 이해할 수 있다.
20 최근의 연구에서 홍승진은 '한용운이 기획한 『유심』 필진의 구성에는 조선의 주체성을 강조하는 조선불교의 흐름과 동시에, 동학(천도교)이나 대종교와 같은 한국 토착 사상의 흐름이 광범위하게 스며들어 있다'고 하면서 『유심』을 단순한 불교잡지의 틀에만 가둘 것은 아니라고 주장하였다(홍승진, 「만해의 『유심』 기획과 한국 고유사상의 합류」, 『한국문학논총』 87집, 한국문학회, 2021, 152면).

한 구체적인 방법으로 수양론을 제기하며 이를 다각도에서 구현하고자 하였다. 『유심』은 한용운 개인이 기획했지만 실상은 당대의 지성집단이 공동으로 참여하여 내용을 풍부하게 한 공동의 저작인 셈이다.

2. 잡지의 지향

『유심』에는 창간사가 없으나 창간호 서두에 실린 만해의 시와 논설을 통해 잡지가 지향하는 방향을 확인할 수 있다. 만해는 본문 첫 번째 순서로 산문시 「심心」을 배치하여 잡지의 탐구 주제를 시적으로 선언한 후, 산문 「조선청년과 수양」에서 발행의 목적과 지향을 제시하였다.

> 조선 現時 청년의 심리는 여하흔가. (…중략…) 조선청년의 심리를 일언으로 폐흐야 말흐자면 未定이라 흘지오. 설혹 一定의 志를 立흔 人이 有흐다 흘지라도 실행흘 만흔 용기가 無흐리니 是는 掩護치 못흘 사실이라.[21]

인용문은 '조선청년'을 표제로 제시하여 이 잡지가 조선의 청년을 대상으로 하고 있음을 드러내었고, '現時'의 조선청년을 위하여 무슨 일을 도모하는 자는 그들의 심리를 이해하는 것이 선결과제임을 밝혔다. 시의 주제 '心'을 '조선청년의 현 시국의 마음'으로 구체화하여 제시한 것이다. 그러나 그들의 심리는 '미정未定'이며, 설혹 일정한 의지를 세웠다 하더라도 실행할 용기가 없음이 현실이라 하였다. 그렇다면 그 원인은 무엇이며 해

---

21 「조선청년과 수양」, 『유심』 1호(1918.9), 6면.

결책은 무엇인가.

만해는 조선청년의 심리가 일정한 방향이 없는 것은 그들이 '물질문명에 휩쓸린 까닭'이라 규정하였다. 특히 조선인은 현재 문명의 창조자가 아니라 외부 문명 세력의 일방적인 수용자의 위치에서 부화뇌동하기 때문에, '금전광' 아니면 '영웅열사'를 소망한다고 하였다. 그 대안으로 만해는 '상당한 수양의 실력'을 갖출 것을 요구하였다. '심적 수양'과 '심리적 실력'이야말로 지식을 주체적으로 수용하며 삶의 주인공이 되는 지름길로 보았다.[22] 내면의 수양이 필요함은 세계 보편적인 진리일 것인데, 만해는 이를 다시 조선의 현실, 청년의 미래와 연결하여 논리를 전개한다.

> 조선청년의 급무를 논하는 자가 혹은 학문이 급무라 실업이 급무라, 기외에도 다종의 급무를 唱하리라. 그러나 심리 수양이 何者보다도 급무라 하야 차를 환기코자 하노라. (…중략…) 심리적 수양은 軌道와 如하고 물질적 생활은 객차와 如하니라. 개인적 수양은 원천과 如하고 사회적 진보는 강호와 如하니라. 최선의 機柢도 수양에 在하고 최후의 승리도 수양에 在하니 조선청년 前道의 광명은 수양에 在하니라.[23]

당시 사회에서 물질문명의 유입으로 방황하는 청년을 위한 극복 방안으로 학문, 실업 등 다양한 영역에 대한 논의가 많은 가운데, 만해는 '마음'의 '수양'을 행동 규범으로 제시하였다. 시 형식의 「심」과 같은 심오한 불교적 이념의 표출에서 벗어나 '현시' 즉 당대의 현실 속에서 방황하는 젊

---

22 위의 글, 6~7면.
23 위의 글, 7~8면.

은 청년들 곁으로 한 걸음 더 다가간 것이다.

이런 의미에서 『유심』은 불교잡지이면서 종교성을 뛰어넘는 대중적인 종합지로서 존재한다. 만해는 단순한 불교인이 아니라 나라와 시대를 고민하는 선각자요 실천가라는 기존의 인식은 이 대목에서도 유효하다.

만해가 제시한 심心의 탐구, 조선청년 심리 분석에 기반한 수양의 강조는 이하의 지면에서 개별적인 내용으로 구체화된다. 잡지에 투고한 승려들은 전통적인 주제의 탐구결과를 전통적인 표현 방식으로 제시하는 경향이 있고, 동시대를 살았던 외부 선지식들은 학생이 중심이 된 조선청년들의 생활 지침까지 제시하였다.

『유심』에 실린 외부의 축사 성격의 글과 독자 투고를 통해서 잡지의 지향점을 보론하기로 한다.

박한영은 「우담발화재현어세」 1호에서 『유심』의 등장은 우담발화가 이 시대에 재현한 것을 말하며 이를 통해 중생들의 안목이 두루 확충될 것을 기대하였다. 만해가 창간한 잡지이고 그동안의 불교잡지의 전통도 있는 만큼, 석전은 『유심』을 순수한 불교잡지로 파악했을 수 있다. 시대의 요구에 부응하는 청년의 '수양'을 지향하는 종합지로서의 성격에 대해서는 구체적으로 언급하지 않았다.

잡지의 '현시'적 성격과 기대는 '청년 독자'의 글을 통해서도 확인된다. 글을 쓴 이는 필자가 도진호로 추정하는 '위음인威音人'의 「유심惟心에」 2호, 46~51면다.[24] 『유심』 창간호를 받아본 후 감흥을 담은 글인데, 투고문의 제

---

24 위음인은 도진호(都鎭鎬, 1891~해방 이후)로 추정된다. 그는 쌍계사 출신으로 화엄사로 재적사찰을 옮겨 수학하였다. 일본대학 미학과를 졸업(1925)하고 1930년에 하와이에서 개최된 범태평양불교도대회 참가하여 연설하였다. 1931년에는 조선불교청년동맹 중앙검사위원장으로 활동하였고, 이후 도미하여 정치적인 활동을 전개하였다. 『불교』에는 '위음인'이

일성은 "시대의 요구"라는 표현이다. 『유심』의 창간은 시대의 요구인데, 특히 조선청년을 위한 잡지가 절실하게 요구되는 시대에 오히려 만시지탄이 있음을 말하였다.

'유심'이라는 오래된 표현은 만해에 의해 시대의 외피를 입어 근대적 창조물로 전환된 시대의 용어임을 밝히고, 청년들이 희생정신과 용기와 도덕적 근성을 함양하며 열심과 성의로 살아가는 전도자가 되기를 바라는 것이 『유심』의 주된 목표라 하였다.[25] 그리고 종교와 동서양의 구분을 초월하여 다양한 글을 발췌함으로써 청년들에게 정신적 수양을 강조했고 실제 그러했음을 말하였다. 이는 곧 잡지의 지향을 정확히 집어낸 글이라 할 수 있다.

이처럼 박한영과 위음인도진호은 투고를 통해 『유심』의 지향성을 확인하고 잡지 창간의 의의를 드러내었다. 그런데 박한영은 1920~1930년대 불교청년들의 정신적 지주였으며, 도진호는 1920년대와 1930년대에 조직된 불교청년단체의 출범에 지주역할을 한 인물이다. 창간호에 박한영─한용운─도진호로 이어지는 이들의 구성은 매우 상징적이다. 『유심』은 정신적 육체적인 수양과 현실에서의 실천을 지향하면서 조선청년의 각성과 실천을 추구하는 잡지로 창간되었고 젊은 청년들의 호응을 이끌어 내었다. 이후 만해는 3·1운동에 주도적으로 참여했으며, 1920년대 이후 불교청년계의 정신적 지주로서 자리 잡았다. 만해의 사상과 활동은 이후 불교청

라는 필명으로 주요 논설을 게재하였다. 위음인은 불교청년회 활동의 기획자이자 중심인물이며, 『동아일보』에 논설과 축시를 게재할 정도의 실력과 문학적 능력도 구비하였다. 화엄사에서 보낸 이 글의 작자가 당시 화엄사의 진진응 문하에 있던 도진호라는 추정이 가능하다. 도진호가 일반 문예지에도 시를 게재했던 사실도 기억할 만하다(『조선시단』 4호, 『일광』 1호(시 「생의 환상」), 『불교』(67호 「성도가」, 79호 「새 무대」, 80호 「성도의 노래」(시조)).

25 위음인, 「推心에」, 『유심』 2호(1918.10), 49~50면.

년들에 의해 계승되었다는 점에서 의미가 있다.[26]

3. 잡지의 편제와 항목별 분류

『유심』은 특별한 편목 없이 기사나 문학 작품이 나열되어 있다. 『유심』의 체제 구성을 보면, 만해의 시를 수록한 권두언에 이어 본문에는 만해의 기획 논문과 관련 기사가 4~5종 수록되고, 이후 외부 필진의 글이 수록되는 경향이 있다.[27] 외부 필진의 글은 1호의 경우 먼저 민족주의 계열 인사의 글, 다음에 불교계 인사의 글에 이어 교육계 인사의 글이 등장하였다. 2, 3호도 약간의 편차가 있지만 불교계 인사의 글이라 해서 꼭 앞부분에 집중되지는 않았다. 『유심』은 주제별 분류, 즉 편목이 제시되지 않았는데, 이는 전체의 주제, 소재, 제재가 '유심'과 '수양'에 있었기 때문이다. 그 가운데서도 '만해의 글+외부 투고자의 글', '만해의 기획 담론+개별적 수양의 예증'이라는 구성 특징은 분명하게 드러나 있다.

---

26 1920년대와 1930년대 발간된 불교잡지의 전체적 경향을 통해 확인되는데, 이에 대해서는 본서의 각 장에서 부분적으로 검토될 것이다.

27 『유심』 1호는 20편의 글 중 만해의 글이 7종으로 35%를 차지한다. 2호는 14편의 글 중 만해의 글이 5종으로 36%를 차지한다. 3호는 13편의 글 중 만해의 글이 8종으로 62%를 차지한다. 1호의 외부 필진은 12명, 2호는 8명(신규 2인), 3호는 5명(신규 2인)이다. 1, 2호에 만해의 글 비중이 35%와 36%이고, 3호는 62%를 차지하고 있다. 외부 필진의 범위는 한정적이었고 필자 확보에 대한 노력도 많지 않았다. 이러한 자체적인 제약과 함께 사회적으로도 1919년 3·1운동 전후 기간 잡지 발간에 주력할 수 없었던 상황은 『유심』이 1918년 12월로 종간된 정황근거이다.

1) 수양론

(1) 만해의 수양론

〈표 1〉『유심』소재 만해의 수양론 목록

호수	필명	대표명	제목	비고
1호	萬海	한용운	「心」	시
1호	韓龍雲	한용운	朝鮮靑年과 修養	
1호	主管	한용운	苦痛과 快樂	
1호	韓龍雲	한용운	苦學生	
1호	五歲人	한용운	前路를 擇하야 進하라	
1호		한용운	修養叢話①	격언집
2호		한용운	隻眼 : 魔는 自造物이라	
2호		한용운	修養叢話②	격언집
3호		한용운	隻眼 : 自我를 解脫하라	
3호		한용운	遷延의 害	
3호		한용운	前家의 梧桐	
3호		한용운	無用의 勞心	
3호		한용운	毁譽	
3호		한용운	修養叢話③	격언집

만해의 권두 논설은 '심'의 수양 논리를 전개한 특징이 있다. 「조선청년과 수양」1호에서는 조선청년의 마음의 상태를 '未定'이라 진단하고, 물질문명에 휩쓸린 조선 청년의 심적 상태를 극복하기 위해 정신문명이 필요하며, 이를 위해서는 상당한 수양의 실력이 필요하다고 하였다. 이는 앞에서 소개한 대로 『유심』지 창간의 논리이자 지향을 담은 선언문에 해당한다.

「마는 자조물이라」2호는 불교나 야소교 등의 종교와 일체 사업에서 말하는 '魔'의 실체에 대해 논한 글이다. '魔는 自心의 妄覺에서 나온 幻影이며, 자기의 心魔이므로 自心을 믿는 자의 앞에는 마도 없고 적도 없으니, 自信의 힘을 증장하여 분투노력하자'고 당부하였다. 「자아를 해탈하라」3호에서 만해는 사람은 온갖 사물에 계박繫縛되기 쉬운 존재인데, 이를 면하고 자 노력하는 것도 또 다른 계박이라 하였다. 일체의 해탈을 얻고자 하는 자는 먼저 자아를 해탈해야 하나 그것이 쉬운 일은 아니기 때문에 '修養의 一道'에 의지하지 않을 수 없다 하였다.

이상의 논설에 이어 만해는 실생활에서 적용 가능한 다양한 사례와 감상을 위주로 한 부수적인 글을 수록하였다.

고통과 쾌락은 모두 사람을 오뇌하게 하는 것이며 그 원인은 물질이 아니라 '심'에 있다는 「고락과 쾌락」, 일시의 물질적 궁핍을 견디지 못하는 학생들에게 등산과 같은 수행 방식을 권장한 「고학생」, 권리와 의무가 없는 패자가 되지 말고 근면 용진의 자세로 우자, 승자되는 천국으로 나가자는 내용을 담은 「전로를 택하야 진하라」이상 1호, 금강산에 있으면서도 평생 금강산을 보지 못한, 미루기 좋아하는 사람에 대한 경계를 담은 「천연의 해」, 내 소유는 아니지만, 앞집 뒤뜰에 있는 오동나무가 필자에게 주는 풍취를 담담하게 서술한 수필 「전가의 오동」, 쓸데없는 걱정의 예를 제시한 후, 인생의 최대 기회는 현재이며, 인생의 구 할은 평상平常한 일에 있다는 내용의 「무용의 노심」, 신문 잡지의 등장으로 소문의 빠르기가 배가된 현대에 이를 무시하는 호담豪膽이 있어야 만인의 이상을 초월하는 쾌사를 창조한다는 내용의 「훼예」이상 3호 등이다.

이처럼 『유심』에 수록한 만해의 수양담론은 전체와 부분, 논리와 일상을 적절하게 조합하여 배치하였고, 독자 수준에 맞는 평이한 표현으로 자신이 기획한 주제를 일관되게 펼쳐 나갔다.

『유심』의 마지막 지면에 수록된 「수양총화」1,2,3호는 수양을 하는 과정에서 도움이 될 동서고금의 격언과 경구를 폭넓게 발췌한 격언 모음집이다. 격언의 수를 살펴보면 1호는 40건, 2호는 28건, 3호는 24건으로 총 92건이 수록되어 있다. 이중 격언, 고언, 이언 등 속담 격언은 11건, 불교 경전과 어록은 13건, 중국 고전과 인물은 18건, 서양의 명사 어록은 30건, 서양의 속담 및 격언은 16건이다.

이 가운데 1호의 사례를 분석하면 불교 경전으로 『능엄경』, 『대일경』, 『무량문미밀지경無量門微密持經』, 『아함경』, 『법집요송경法集要頌經』, 『법구경』, 『육도집경』, 『잡아함경』, 『정률경淨律經』, 『제법집요경』, 『출요경出曜經』, 『화엄경』과 『계숭선사어록契嵩禪師語錄』이 등장하였다. 특정한 경전에 구애받지 않는 분포를 보이는 가운데 『화엄경』이 3회 인용되어 가장 빈도수가 높다.

중국 고전에는 공자, 맹자, 순자, 소노천, 육상산, 한퇴지의 어록과 『가의신서』, 『채근담』이 있다. 이중 『채근담』은 7회 인용으로 빈도수가 가장 높으며, 공자는 4회, 맹자는 2회 등장한다. 서양의 명사로는 가라일, 라쌕에싸2회, 라우스, 란도루후, 마슈, 몬네스기, 쏜기됴, 쎄곤3회, 쏜쌕2회, 쌘록쿠, 쎈셰룸, 쇼우, 쉑스피야3회, 스마일쓰2회, 에마손2회, 오셋트, 카라일, 호레쓰2회, 호와이도레2회, 후랫지카 등이 있다.

내용은 불교의 명구 외에도 도덕심, 덕행, 언행 조심, 면학, 친구의 소중함, 정직, 명예, 인내, 책임감, 직업 등 독자의 현재와 미래의 실천에 도움이 되는 다양한 덕목을 주제로 한 평이한 경구를 집성하였다.[28]

『유심』의 한 호를 총괄해 보면, 먼저 수양의 이념을 담아낸 논설을 제시하고, 이어 개별 덕목과 관련된 글로 이를 보완한 후, 최종적으로 언제나 활용 가능한 실천적 덕목을 제시하는 경향이 뚜렷하다. 『유심』이 단순한

---

28 이는 만해가 편집한 『불교대전』의 주제 전달방식이자 『채근담』의 구성 방식이기도 하다는 점에서 이들 저술과 『유심』의 구성 사이에 공통점이 발견된다.

정보전달이 아니라 실천의 교본으로 활용되기를 바란 편제상의 의도가 드러나 있다.

(2) 외부 필진의 수양론

외부 필진의 논설은 수양론의 일반을 전개한 글, 개별 수행의 덕목을 구체적으로 소개한 글로 나뉘며, 필진에 따라 민족주의 계열과 불교계 지성으로 나누어 볼 수 있다.

〈표 2〉 『유심』 소재 외부 필진의 수양론 목록

호수	필명	대표명	제목	비고[29]
1호	崔麟	최린	是我修養觀	천도교 민족대표 33인
1호	崔南善	최남선	同情 바들 必要 잇는 者ㅣ 되지 말라	조선광문회 『청춘』
1호	柳瑾	유근	修進	대종교 조선광문회
1호	李光鍾	이광종	惟心	중앙고보
1호	李能和	이능화	宗敎와 時勢	불교거사운동, 불교진흥회
1호	金南泉	김남전	心論	범어사포교당포교사, 선학원
1호	康道峯	강도봉	反本還源	범어사포교당포교사, 선학원
1호	徐光前	서광전	家庭敎育은 敎育의 根本	거사
1호	金文演	김문연	自己의 生活力	거사
1호	桂東山人	임규[30]	學生의 衛生的 夏期自修法	조선광문회
2호	林圭	임규	人格修養의 初步	
2호	朴漢永	박한영	惟心은 卽金剛山이 안인가	임제종운동, 중앙학림 교장
2호	李光鍾	이광종	善養良心	
2호	白龍城	백용성	破笑論	임제종운동, 선학원
2호	金南泉	김남전	心의 性	

호수	필명	대표명	제목	비고[29]
2호	權相老	권상로	彼此一般	대승사 『조선불교월보』
3호	李光鍾	이광종	靜坐法	
3호	權相老	권상로	彼何爲者오	
3호	小星	현상윤	몬져 理想을 셔우라	중앙고보 『청춘』
3호	洪南杓	홍남표	勤勞하라	3·1운동, 사회주의활동

먼저 민족주의 계열 지성의 수양론으로 대표적인 것은 최린과 최남선의 글이다.[31]

최린의 「시아수양관」1호은 당시 조선청년계의 활동과 노력이 부족한 것은 심정신의 독립적 수양이 없는 데서 비롯한 것으로 파악한 후, 정신 즉 심의 독립을 가장 중요한 것으로 강조하였다.

최남선은 「동정바들 필요잇는 자ㅣ 되지말라」1호에서 세계가 힘, 용기, 근면, 노력하는 자의 것이며, 이것이 고금의 역사를 관통하는 대 법칙이라 전제하였다. 약자의 불평은 그들의 논리일 뿐이며, 약자가 되지 않으려 노력하는 것은 곧 생명의 원천이자 문명발전의 원동력이라 하였다. 생존경쟁의 시대에 약자의 노력은 조소와 모욕을 받을 수 있지만 이는 한때일

---

29 비고란의 정보는 기본 정보와 선행연구(고재석 2006b; 홍승진 2021)를 참고로 기입하였다.
30 고재석(2006b), 12면.
31 고재석은 유심의 필진을 임제종, 불교진흥회, 조선광문회, 천도교, 중앙고보의 다섯 계통으로 나누었다. 홍승진은 불교진흥회는 임제종의 흐름 속에 위치하며, 중앙고보는 앞서 제시한 사상적, 학술적 그룹과 층위가 맞지 않기 때문에 중앙고보를 설립한 학술단체인 기호흥학회에 주목하는 편이 더 타당하다고 하였다(홍승진, 「만해의 『유심』 기획과 한국 고유사상의 합류」, 『한국문학논총』 87집, 한국문학회, 2021, 138면 인용). 결론적으로 홍승진은 유심의 인적 네트워크로 크게 조선불교, 대종교, 동학(천도교)의 세 흐름으로 필진의 범주화가 가능하다고 하였다(170면). 본서에서는 이를 참고하되 민족주의 계열 인사로 포괄하여 소개한다.

뿐, 용기로써 생존경쟁에 나설 것을 '어린 동무'들에게 당부하였다.

이광종은 불교와 유교를 하나의 논리로 규합하여 설명하였고,[32] 임규는 교육학적 견지에서 수양을 재해석하였다.[33]

이외에 현실적으로 실천 가능한 덕목을 강조한 실용적인 글이 함께 수록되었다. 서광전의 「가정교육은 교육의 근본」, 김문연의 「자기의 생활력」, 세동산인(임규)의 「학생의 위생적 하기 자수법」, 이광종의 「정좌법」, 소성현상윤의 「몬져 이상을 셔우라」, 홍남표의 「근로하라」3호 등 제목이 곧 주제를 담고 있는 글이 이에 해당한다.

이상 민족주의 계열 인사들은 유교적 관점, 진화론적 관점, 실용적 관점 등 다양한 시각에서 수양론을 전개하고 있음을 알 수 있다. 특히 정좌법의 수행 방법, 방학 중 생활 자세 등은 수양의 실제를 제시한 글로 학생, 청년들에게 매우 현실적인 정보전달의 글로 수용되었을 것이다.

사상에서나 현실 개혁운동에서나 한용운의 우군이라 할 불교계 지성의 글은 앞서 소개한 경향과 달리 전통적 담론을 선사의 설법 같은 고어투에 담아낸 경우가 많다.

거사불교운동을 전개했던 이능화는 비교종교학적 관점에서 불교의 장점을 도출하며 그것을 '유심'으로 귀결시켜 논의를 전개하였다.[34] 김남전

---

32 이광종은 「유심」(1호)에서 『대학』의 격물치지 치국평천하는 불교의 돈오점수, 점수돈오와 다르지 않다고 하였고, 「선양양심」(2호)에서 양심은 '생래부터 구유'한 것이라 전제하며 유교적 논리와 진화론을 접맥시켰다.

33 임규는 「인격수양의 초보」(2호)에서 새로운 시대를 맞이하여 수양(culture)의 새로운 의미와 방법론을 제시하였다. 수양은 개인적 방면과 사회적 방면에서 각각 정적 수양과 동적 수양이 있음을 설명하였고, 수양은 교육과 같은 의미로 해석할 수 있다고 하였다.

34 이능화는 「종교와 시세」(1호)에서 유교, 불교, 기독교 간 비교를 통해 교리가 심오 광대하기로는 불교가 최고라고 하였고, 불교가 '유심'을 위주로 하기 때문에, 一理가 齊平하며 만사가 원융하다고 하였다.

의 「심론」1호, 「심의 성」2호, 강도봉의 「반본환원」, 박한영 「유심은 즉 금강산이 안인가」, 권상로 「피하위자오」3호 등은 승려로서 전통적인 불교의 심성론을 재생산하였다.[35]

이들 선사의 글이 고답적인 문체에 갇혀 대중성과 거리가 있는 것은 한계이다. 그러나 이들 승려와 당대 지식인을 대표하는 일반 지성들의 다양한 수양론과 실천방안은 만해의 그것을 상호보완하면서 주제를 확산하는 역할을 담당하였다. 편집 및 발행인과 불교계 내외의 다양한 필진이 하나의 주제를 향해 일관성 있게 쓴 글을 모은 『유심』은 잡지의 복합성과 앤솔러지의 일관성을 동시에 지니게 되었다.

2) 과학 지식과 문명

『유심』에는 정신적인 수양의 의미와 그 실천 방안이 핵심 주제인 가운데 과학 지식을 전달하는 기사도 포함되어 있어 이채를 띤다. 이들 기사는 필명이 없거나 '일기자一記者'의 글로 소개되었는데, 모두 만해가 작성한 기사로 판단된다.

「항공기발달소사航空器發達小史」2호는 20세기 초까지 전개된 공기구空氣球, 항

---

35 김남전의 「심론」(1호)은 '마음이 가장 크다'는 말의 의미를 묻는 객에 대해, 이는 다만 중생의 근기에 따라 교법이 다양한 가운데 나온 방편적 말이며, 마음(心)의 德用이 무량무변하여 가히 비할 바 없으므로 최대라고 답변한 문답식 글이다. 「심의 성」(2호)은 마음의 본질을 선사의 어법과 고어투로 설파한 심론이다. 강도봉의 「반본환원」은 심은 만법의 本이며 중생의 源이라 하고, 우주간 유형의 삼라만상이 모두 '心'에서 왔음을 설명하였다. 박한영의 「유심은 즉 금강산이 안인가」는 금강산의 비유를 통해 유심의 도리를 설파하며, 『유심』이 마음 공부에 안내자가 되기를 소망한 글이다. 백용성의 「파소론」(2호)은 심성을 수양하는 고금의 설을 갑과 을의 대화를 통해 설파한 글이다. 심성의 과학적, 기계적 설명에 대한 반론을 담은 선사의 고어투 설법이다. 권상로의 「피하위자오」(3호)는 철오한 식견, 웅대한 기상, 이 두 덕목이 우리 청년들에게 가장 필요한 것이며, 민족의 우승열패가 여기에 달려있기에 이를 잘 수양하지 않으면 안 된다고 하였다.

공선航空船, 비행기의 개발과정을 상세하게 기술하였다. 비행기는 당시 개발 단계에 있으나, 장차 '심력을 기울여' '항공술이 이상적으로 진보되면 육해 陸海 생활의 인류가 공중생활의 인류가 될는지도 모르는' 미래를 제시하였 다. 그리고 그 이상이 실현될 때 창공에서 종횡 자재하는 호방하고 장쾌한 기상을 느낄 수 있다 하여 조선의 청년들을 계발하고자 하는 의도를 드러 냈다.

「과학의 연원」2, 3호은 역시 20세기 초까지 등장한 10대 발명가과학자를 소개한 과학 기사이다. 아르키메데스의 원리를 발견한 아르키메데스, 천 문학자인 요한 케플러, 만유인력 법칙을 발견한 늬우톤뉴턴, 진화론을 주장 한 다윈, 잡종유전의 법칙을 발견한 멘데르멘델, 종두법을 발견한 제너, 광 견병과 미생물학을 연구한 파쓰톨파스퇴르, 결핵균과 콜레라균을 발견한 세 균학자 로베르트 콧흐코흐, 무선전신의 아버지 말코니마르코니, 발명가 도마 쓰토마스 에디슨 등의 생애와 업적을 소개하였다.

이들 기사는 『유심』보다 앞서 간행한 최남선의 『청춘』의 유사 기사와 관련성이 있다. 과학지식, 발명품에 대한 소개는 『청춘』을 관통하는 큰 주 제의 하나인데, 「태서삼대기인泰西三代奇人」1호, 「진화론」・「F광선」・「요중尿 中의 보물을 탐색하는 기인」2호, 「비행기의 창조자는 조선인이라」・「유전 은 부에게서 만히 오는가 모에게선가」4호, 「박명의 사기가砂器家 파리시」8호, 「공업가 메손」9호, 「십대분투적위인十大奮鬪的偉人」10호, 「근래의 생물학」12호, 「자연과학을 배호라」13호 등을 예로 들 수 있다.

이들 해외 자연과학, 기술문명에 대한 소개는 청년들이 흡수해야 할 근 대지식의 하나로 부각되었고 최남선은 『청춘』을 통해, 한용운은 『유심』을 통해 이를 전달하고자 하였다. 『유심』은 정신적 수양을 위주로 하되 육체적 수양, 생활 태도, 위생 관념등도 중요한 지식의 하나로 전달하였다. 나아가 과학기술에 대한 글은 우주와 지구를 이해하는 주요한 정보임은 물론이고, 조선 청년들의 세계를 바라보는 시야를 확장하고 도전 정신을 심어주는 글로서 의미가 있다. 『유심』에 실린 과학 지식 기사를 단순하게 이질적 주제의 글로 치부할 수 없는 이유가 된다.[36]

3) 번역 및 문예 성과

(1) 타고르 번역과 시론

『유심』에는 타고르타쿠르 원저의 「생의 실현」 1, 2호이 한용운 번역으로 수록되었다. 박한영석전은 「타고올陀古兀의 시관」 3호을 통해 타고르에 대한 관심을 표명하였다.

『생의 실현』은 타고르의 대표적인 수상록으로 총 8장[37]으로 구성되어 있다. 동양인 최초로 노벨상을 수상1913한 저자가 서구 독자를 위한 수상록으로 제작한 것으로, 저자는 유럽의 독자들이 우파니샤드를 중심으로 한 인도의 성전을 통해 고대 인도의 사상에 접하고, 현대를 살아가는 지혜를 얻기를 기대하고 있음을 밝혔다.[38]

『생의 실현』 원저 제1장에서는 도회의 도시 성벽堡壘에서 산출된 희랍문명을 계승한 서구의 근대문명과 삼림 속에서 배태된 인도 문명과의 차이

---

36 『청춘』은 만물이 모여 구성하는 세계의 복잡성을 보여주고 있고, 최남선은 진화론에서 우주 만물의 생성과 변화의 원리를 찾았다고 한다.(이경현, 「『청춘』을 통해 본 최남선의 세계인식과 문학」, 『한국문화』 43, 서울대 규장각 한국학연구원, 2008, 330면) 『유심』에 서양 인물에 대한 소개 및 발명품과 과학에 대한 글이 들어간 것도 『청춘』의 영향이라 말할 수 있다.
37 1장 개인과 우주와의 관계, 2장 영혼의 意識, 3장 악의 문제, 4장 자아의 문제, 5장 사랑에서의 실현, 6장 행동에서의 실현, 7장 미의 실현, 8장 무한의 실현(유영 역, 『생의 철학』(타골 전집 제6권), 정음사, 1974).
38 위의 책, 130면.

를 밝혔다. 성벽은 인간과 자연의 구별과 단절을 의미하고 삼림은 자연과 인간의 밀접한 교통과 포용을 의미한다고 하며, 그 결과 서구인은 대립과 정복의 대상으로 자연을 바라보고, 인도인은 대자연 속에서 지혜와 영감을 얻는다고 하였다. 만해는『생의 실현』전 8장 중 제1장을 '개인과 우주의 관계'로 번역하고,『유심』1, 2호에 소개하였다. 3호에는 "「생의 실현」은 不認可로 因ㅎ야 연재치 못ㅎ오니 微意를 諒ㅎ시오"라 하여 일제의 출판검열로 인해 게재하지 못함을 밝혔다.

국내 최초로 타고르의 문학을 소개한 글은 최남선이 간행한『청춘』11호이다. 타고르의 사상과 문학이 세계적으로 확산하면서 일본을 통해 자연스럽게 국내에 유입되었다.[39]『유심』에 타고르의 산문이 번역된 것은『청춘』에 이은 두 번째 사례로서 의미가 있다.『생의 실현』에는 노예와 폭군의 관계로 세계를 설정하고 노예의 입장에서 정복과 폭군의 소유를 비판하며 개인의 자유를 다루는 내용이 포함되어 있는데,[40] 3호에 게재하려 했던 내용이 바로 그 내용인지는 알 수 없지만 '不認可'의 상황을 짐작할 수 있다.

그러나 타고르의『유심』지 번역의 의의는 간접적으로 드러난 일제 비

---

39 노벨문학상 수상자인 타고르를 국내 최초로 소개한 글은 秦瞬星이『청춘』11호에 게재한 두 편의 글이다.「印度의 世界的 大詩人 라빈드라나드 타쿠르」과 「타先生送迎記」(11호)다 (장정희,「1920년대 타고르 시의 수용과 소파 방정환의 위치」,『인문연구』63호, 2011, 5면). 당시 와세다 대학 영문과 유학생이었던 진순성은 1916년 일본에 체류 중인 타고르를 두 차례 면담한 기사문과 함께『기단쟈리』,『원정』,『신월』에 수록된 시 각 1편씩, 도합 3편을 번역 소개하였다. 그리고 '선생의 저작이 많은 중 가장 유명한 것은 희곡에 〈암실의 왕〉 〈우편국〉 〈치트라〉가 있고, 시집에는『기단쟈리』『신월』『園丁』이 있으며 철학 방면에는 『생의 실현』이 있다'고 소개하였다. 이 중 희곡 〈우편국〉은 오천석에 의해,『생의 실현』은 한용운에 의해 일부 번역되었고, 3권의 시집은 김억에 의해 완역되었다(위의 글). 한용운의 타고르 번역에『청춘』의 기사 소개가 영향을 주었음은 분명하다.
40 장정희, 위의 글, 7면.

판 의지에만 있는 것은 아니다. 당대 동서양 문명의 통찰자로 세계에 영향을 끼친 위대한 사상가의 대중적 논설을 잡지에 번역, 소개하는 것 자체가 근대 지성사적 의의가 있다.[41]

박한영의 「타고르의 시관」3호은 타고르에 대한 불교계 지성의 관심과 경도가 만해로 그치지 않았음을 방증한다.[42] 석전은 타고르의 시가 내용은 어렵지만 율도律度 절주節奏를 들으면 유연히 공감의 정이 피어오르는 것으로 보아 그의 '聲詩'에 '神聖'의 기운이 있음을 토로하며, 타고르의 시가 높은 평가를 받는 이유는 시상詩想에 철리哲理를 가미한 조화에 있다고 하였다. 즉 타고르는 철학과 문예, 종교 자체의 한계를 벗어나 그것들을 조화시켰다는 평가를 내렸다.

박한영이 여러 불교잡지에 투고한 글에서 문학과 불교의 결합, 사상성을 문학으로 승화한 작품의 가치를 강조하는 경향이 뚜렷한 것을 보면, 석전이 타고르의 문학을 세계적으로 가장 탁월한 성취를 얻은 것으로 평가한 것은 자연스러운 귀결이다.[43]

타고르를 국내 최초로 소개한 진순성秦瞬星의 글『청춘』11호은 탐방 기사로서 타고르 문학과 사상에 대해 깊이 있게 논의하기 어려웠다. 이에 비해 만해의 번역에 이은 석전의 비평은 국내 타고르 수용의 편폭을 넓힌 의의가 있다.

---

41 타고르에 대한 만해의 감복은『님의 침묵』으로 승화되었다는 점에 대해서는 이미 많은 선학들이 언급한 바 있다.

42 박한영의 글은 만해의 번역과 함께 당시까지 국내에 번역되지 않은 타고르의 사상과 문예에 대한 독서를 기반으로 하고 있다.

43 다만 제목으로 내세운 '詩觀'은 내용 전체를 포괄하지 않는다. 글에는 타고르의 노벨상 수상과 그 의미, 타고르의 사상적 모태(바라문), 생애와 가문, 동서양의 문명관(도성문명과 산림문명) 등이 폭넓게 소개되어 있다.

(2) 한용운의 시와 양건식의 소설

『유심』에 수록한 만해의 시로 추정하는 글은 「처음에 씀」^{무명, 1호 권두언},
「심心」^{만해, 1호}, 「일경초一莖草의 생명生命」^{무명, 2호}, 천애天涯의 악로惡路...」^{무명, 무}
제, 3호가 있다. 양건식菊如은 소설 「오悟!」^{1, 2호}를 발표하였다.

「처음에 씀」^{1호}은 창간호의 권두언 시다. 전체적으로 '현시現時' 수행의
당위성을 제언한 『유심』에서 「처음에 씀」은 잡지 창간의 이념과 장래의 기
대를 시로 형상화한 작품이다. 궁극적으로는 '우리의 고원故園'을 함께 찾아
가자 권유하였는데, 고향을 찾는 것은 나의 본래 마음을 되찾아 가는 과정
이며, 잡지가 지향하고 있는 정신적 수양으로 이어지는 상징적 표현이다.

본문의 첫 번째 글인 산문시 「심心」^{1호}은 '유심惟心'이라는 주제를 선언적
으로, 상징적으로 제시한 작품이다.

> 心은 心이니라
>
> 心만 心이 아니라 非心도 心이니 心外에는 何物도 無ᄒ니라
>
> 生도 心이오 死도 心이니라
>
> 無窮花도 心이오 薔薇花도 心이니라
>
> (…중략…)
>
> 空間도 心이오 時間도 心이니라
>
> 心이 生ᄒ면 萬有가 起ᄒ고 心이 息ᄒ면 一空도 無ᄒ니라
>
> 心은 無의 實在오 有의 眞空이니라
>
> (…중략…)
>
> 心은 何時라도 何事何物에라도 心自體뿐이니라
>
> 心은 絕對며 自由며 萬能이니라⁴⁴

마음 외에는 어떤 사물도 존재하지 않는다는 논리, 시공이 다 마음이고 이 마음의 유무로 인해 만유가 발생하고 소멸한다는 불교의 논리를 반복적으로 전달하였다. 이는 전통적인 선사의 설법에 다름 아닌데, 고어투의 발화는 화자의 권위와 메시지의 진실성을 배가시킨다. 짧은 문장이 반복되는 과정에 일정한 리듬감이 형성되고, '무궁화도 심이오 장미화도 심이니라'라는 표현에서는 진리를 구체적인 물상으로 형상화하고 있어 시적 가능성을 보여주고 있다. 그 어떤 산문보다『유심』의 주제이자 탐구 대상인 심의 의의를 선명하게 제시한 작품이다.

2호에 수록한 시「일경초의 생명」[45]은 한 줄기 풀의 생명력을 노래한 시로, 일방적인 화자의 목소리를 낮추고 객관의 사물을 촘촘히 묘사하는 여유를 보여주었다. 궁극적으로 화자는 '焦土의 땅'에서 '금석을 뚫을 듯한 참 생명을 가진' 풀의 발아 순간을 포착한다. '귀신의 도끼로도, 마의 어금니'로도 어쩌지 못할 보잘것없는 한 줄기 풀의 생명력을 찬미한 시다.

天涯의惡路, 運命의神이아니다 너의墳墓는 蹰躇가아니고 무어시냐 人生의遷路는 快樂도아니오 悲哀도아니오 活動뿐이라 酷寒을마그미 毛外套뿐이랴 힘잇게運動홀지라 盛暑를避ᄒ미 扇風機가아니다 冷靜ᄒ頭腦는 百道의淸泉을超越ᄒ리라 開山攻城의大砲도 虛空이야껫칠소냐 넓기도넓다 너의衿度 제아모리가리고자ᄒ지마는 사못치는찬빗이야 黑暗인들엇지ᄒ리 崑山의石이 굿지아니ᄒ랴마는 波斯의市에 白玉黃玉紅玉靑玉[46]

44 『유심』1호(1918.9), 2~3면.
45 『유심』2호(1918.10), 1면.
46 『유심』3호(1918.12), 표지.

3호의 권두시「天涯의 惡路」는 제목 없이 수록되었다. 시라는 의식 없이 서술한 내용이 시가 되었다. 천애의 악로 속에서 인생의 길은 오직 활동이라 전제하였다. 이어 힘 있게 움직이고 활달한 포부를 가지고 흑암을 뚫고 나가는 인물과 굳세고 아름다운 페르시아 시장의 백옥 황옥 홍옥 청옥을 대비적으로 병렬시켜 놓았다. 굳센 의지를 가진 청년, 그 정신은 옥과 같이 단련의 아름다움을 긴직해야 한다는 의도를 형상화한 것이다.

한용운의 초기 시는 고어 투를 벗어나지 못한 표현상의 한계를 보이고 있고, 추상적 논리를 전개하여 구체적이고 감각적인 형상화에는 이르지 못했지만, 점차 시적 형상화의 가능성을 확장하는 발전적 양상이 드러나 있다. 그리고 시에 자연의 순환, 생명력, 인간 정신의 고결함을 진부하지 않은 표현으로 담아내었다. 이러한 과정을 거쳐『님의 침묵』에서 가장 높은 수준의 시 창작이 이루어져 갔던 궤적으로 살펴보면,『유심』소재 만해의 창작 시 세 편은 만해 시 창작의 출발점으로서 문학사적 의의가 있다. 마음의 수양이라는 계몽적인 담론이 사실과 의견의 전달에 그치는 것이 아니라 시적 표현으로 독자들에게 감성적으로 다가가게 했다는 점에서 만해의 시는 잡지를 이념의 전달 매체가 아니라 문화적 텍스트로 확장한 의의가 있다.

『유심』소재 소설로는 양건식국여의 「오惱!」1, 2호가 유일하다. 그는 이능화와 함께 1910년대 불교잡지에 다양한 글을 투고하며 거사불교운동을 전개한 인물이기에『유심』의 지면을 할애 받았을 것이다. 주인공은 중국 선종 오가五家의 하나인 위앙종의 창시자 위산 영우潙山靈祐, 771~853의 제자 향엄 지한香嚴智閑이다. '부모미생전父母未生前'의 본분사가 무엇인가라는 화두와 씨름하던 향엄이, 대나무 쪼개지는 소리를 듣고 일순간에 견성 득도했다는 일회香嚴擊竹를 소설화하였다. 다만 작자가 개입하여 참선의 참된 가치와 의의, 그리고 주인공 수행의 한계를 독자에게 직접 설명하였는데, 이는 불교지식을 직접 전달하고자 한 의욕이 앞선 결과로서 작품의 한계이다. 그러나 『유심』이 순수한 문예잡지가 아니라 '심의 탐구'를 위한 대중서라는 의미에서 잡지에 걸맞은 교술성을 가미한 것으로 평가할 수 있다.

(3) 문예현상란과 신진 배출

『유심』은 기존 불교잡지와 달리 독자층을 '청년'으로 규정하였다. 청년은 현실적으로는 중등학교 이상의 학생(물론 여러 사찰의 불교청년을 포함하여)에 해당할 것이다. 이러한 『유심』의 독자층은 『청춘』의 그것과 일정한 공통분모가 있다. 『청춘』은 독자를 대상으로 문예 작품을 응모하였는데, 『유심』도 이를 본떠 현상응모 제도를 운영하였다.[47] 1~3호의 「현상문예」 광고란을 보면 응모하는 작품의 양식은 국한문의 '보통문', 단편소설한자를 약간 섞은 時文體, 신체시가新體時歌, 한시 등 네 영역이며 입선 상금은 한 작품 당 50전이다. 보통문, 소설, 신체시가는 총 3원까지, 한시는 총 1원까지 수상이 가능한 것으로 소개하였다. 아울러 광고지에 '유심현상응모증惟心懸賞應募證'을 두어 잡지 구독자에 한해 응모하도록 유도하였다.[48]

1, 2호의 문예현상文藝懸賞 광고에 이어 현상응모의 결과는 3호에 발표되었다. 당선작으로는 '학생소설' 1편, 일반수필보통문 1편, 시신체시가 1편이

---

47 『청춘』의 현상응모 대상은 時調, 한시, 잡가, 新體詩歌, 보통문, 단편소설 등 6종이다. 『유심』은 이 중 네 분야를 응모했는데, '新體詩歌'는 '新體時歌'로 바뀌어 있으며, 시조와 잡가가 빠져 있다. 조선시대 양반문화를 기반으로 향유된 시조와 세속적 분위기를 물씬 풍기는 잡가는 『유심』지에서 수용하기에 문화적으로 제약이 있었을 것으로 보인다.
48 이러한 내용 역시 『청춘』의 그것을 모방한 것이다.

수록되었다.[49] 이외에 선외가작選外佳作으로 선정한 12편은 투고자와 제목만 소개하였다.[50]

현상응모의 당선작과 가작을 살펴볼 때 몇 가지 유의미한 현상을 확인할 수 있다. 먼저 투고자의 소속으로 확인되는 기관은 중앙학림, 평양 의명학교, 청주 용화사, 휘문고보 등이다. 소속은 밝히지 않았지만 소파 방정환1899-1931은 당시 보성전문학교 1학년이었다. 고등보통학교에서 전문학교대학 수준의 청년이 주요 독자층임을 확인할 수 있고, 사찰의 청년독자도 당연히 비중을 차지하고 있음을 확인할 수 있다.

제목을 보면 대부분 『유심』의 주제와 관련성이 있는 작품으로 보인다. 당선작인 학생소설 「고학생」, 수필 「인생의 진로」, 시 「마음」은 『유심』지에서 수양의 실제를 소개하며 강조했던 여러 주제—고난의 극복, 미래지향적 탐구 자세, 마음의 수양 등—를 내면화한 작품들이다. 기타 '선외가작'도 이와 다르지 않다. 「운명자조설」 「현대청년에게 묻는 수양론」 「일반청년과 시간」 「인생의 가치」 「대심과 소심」 등의 제목에서 벌써 이같은 경향이 나타난다. 즉 대부분의 응모 작품이 잡지 발행인이 기획한 주제를 재현한 작품들이다. 현상응모 광고에 주제까지 명시하지 않은 것을 고려하면, 잡지 구독자가 잡지의 주제와 내용에 상당히 고무되었고, 계몽담론에 견인된 상황이었음을 알 수 있다.

---

49 「學生小說, 苦學生」(상금 1원), 견지동 118, ㅈㅎ生; 「人生의 進路」(상금 50전), 평양 창전리 89번지, 金淳爽; 「마음」(상금 50전), 견지동 118, ㅈㅎ生.

50 「七夕」, 김형원(충남 논산 강경면 황금정); 「동무야 아느냐 알거든」, 상동; 「運命自造説」, 백중빈(白重彬)(평북 정주군 성내); 「喜와 怒」, 鐵啞(경성 중앙학림); 「天籟?曙星?」, 상동; 「現代青年에게 묻하는 修養論」, 小波生(경성 견지동 118); 「壹般青年과 時間」, 李炳濬(평남 평원군 순안 의명학교); 「大空의 勝景」, 李英宰(청주군 용화사); 「人生의 價値」, 魚學善(경성 원동 71); 「掛鐘」, 金滄振(경성 휘문고등보통학교); 「소낙비」, 상동; 「大心과 小心」, 李重珏(경성 관훈동 1번지).

투고자, 당선자의 면면도 예사롭지 않다. 먼저 당선작 「학생소설, 고학생」과 3.3.5조 창가형식의 시 「마음」의 투고자인 'ㅈㅎ生', 그리고 가작으로 선정된 「현대청년現代靑年에게 정묻하는 수양론修養論」의 필자 '소파생小波生'은 아동문학가인 방정환이다.[51]

방정환은 최남선이 발행한 『청춘』에 다수의 작품을 투고하여 당선된 바 있다. 10호1917.9에 게재한 수필 「일반과 사회」부터 15호1918.7에 수록한 수필 「시냇가」까지 수필과 시, 소설에 걸쳐 총 12편이 소개되었다.[52]

이처럼 『청춘』과 『유심』은 적극적인 독자 방정환을 기준으로 볼 때에도 연속성이 있다. 한용운이 방정환이 창간한 잡지 『신청년』에 서문을 썼다는 사실, 방정환이 『청년』과 『유심』에 소개된 타고르의 인물과 작품을 읽은 경험을 발전시켜 『개벽』 창간호1920.6에 타고르 시 세 편「신월」 2편, 「기탄자리」 1편을 번역 소개하고 있다는 사실도 상호 영향의 수수관계를 증명한다.[53] 『청춘』-『유심』-『신청년』, 『개벽』을 근간으로 하여 최남선-한용운-방정환으로 이어지는 연속성, 영향의 수수 관계를 그려볼 수 있다.

가작 당선자 중에는 1920년대 이후 한용운의 후속 세대로서 불교혁신운동을 전개한 불교청년의 존재가 주목할 만하다. '철아'라는 필명으로 수

---

51 방정환은 1918년에 보성전문학교 법과에 입학한 후, 청년운동조직체인 청년구락부를 조직하여 『신청년』(1919.1)을 발행하였다. 3·1운동 당시에는 독립선언문을 배포하다 일경에 체포되었고, 1920년에는 일본 동양대학 철학과에 입학하여 아동문학과 아동심리학을 전공하였다.
   『신청년』은 1919년 1월 20일 1호가 발행된 잡지로서 京城靑年俱樂部의 주도자인 方定煥, 柳光烈, 李復遠, 李重珏 등이 주도하였다. 한기형, 「근대잡지 『新靑年』과 경성청년구락부」(『서지학보』 26집, 2002; 이경순(2017) 재인용)

52 방정환이 본명과 소파생, ㅈㅎ생이라는 필명으로 『청춘』에 응모한 작품은 신체시 4편, 소설 2편, '보통문' 3편이다(10~15호, 1917.9~1918.7).

53 정정희, 「1920년대 타고르 시의 수용과 소파 방정환의 위치」, 『인문연구』 63호, 영남대 인문과학연구소, 2011, 6~10면 참조.

필 「희喜와 노怒」, 「천뢰天籟? 서성曙星?」을 투고한 청년은 동국대 전신 중앙학림교장 박한영 재학생으로 3·1운동 후 프랑스 유학을 떠났던 김법린이다. 그는 유학 후 『불교』에 불교의 문화적 번역론을 개진하기도 하였다.[54] 수필 「대공大空의 승경勝景」을 투고한 이영재청주 용화사는 이후 일본에 유학하여 동경불교유학생회를 만든 촉망받는 불교청년으로 성장하였다. 그는 일본대학 종교과1920~1923와 동경제국대학 인도철학과1923년 입학를 거쳐 1925년에는 구법 순례를 떠나 1927년 스리랑카에서 요절하였는데, 당시 기행문이 박한영의 추천으로 『불교』에 수록되었다.[55] 이들은 모두 한용운이 창간한 잡지에 투고하며 문학청년의 꿈을 피워 나갔고, 프랑스나 일본에 유학하여 근대 지식을 흡수하였으며 박한영을 지도교수나 좌장으로 삼아 청운의 꿈을 펼쳐나갔다. 다시 말하면 이들의 세대적 위상은 박한영을 불교 내 정신적 좌장으로 삼고, 한용운을 실천운동의 좌장으로 삼아 새로운 시대 불교개혁의 논리를 전개하고 학문적으로 승화한 제3세대 불교청년의 대표자로 자리매김할 수 있다. 이들의 글이 만해가 발간한 『유심』에 첫선을 보인다는 점은 지금까지 잘 드러나지 않았던 사실로서, 매우 상징적인 현상이라 할 수 있다.[56]

---

54 김종진, 「근대 불교잡지의 번역담론-『불교』를 중심으로」, 『불교학연구』 54호, 불교학연구회, 2018.

55 이영재의 활동은 『불교』와 『금강저』에서 확인할 수 있다. 김종진, 「1920년대 『불교』지에 나타난 불교유학생의 문학활동-백성욱, 김태흡, 이영재를 중심으로」, 『불교연구』 42호, 한국불교연구원, 2015b.

56 한용운의 수양론에 힘입은 불교청년들은 시대의 각성한 주역으로, 불교계를 이끌 새로운 세대로서 이후 역사의 전면에 나설 수 있게 되었다는 선행연구의 평가와 합치하는 지점이다 (이경순(2017)).

4. 종합 평가

『유심』은 청년의 정신적인 수양을 독려한 계몽지로서 한용운의 1인 잡지 성격을 띠고 있다. 만해의 수양론에 동참한 집필진은 최남선 등 광문회와 신문관을 중심으로 국학운동에 참여한 민족주의 계열의 인사들, 박한영 백용성 권상로 김남전 등의 불교계 인맥, 이능화 양건식 등 불교거사운동의 주인공들이 포함되어 있다. 승려와 거사를 포괄하는 불교계 인사들은 대부분 『유심』 이전 1910년대 간행된 기존 불교잡지의 주요 기획자, 집필자로 등장하였다. 승려들은 '심'의 탐구 결과를 불교의 전통적 논리와 고답적 표현으로 제시하였다. 민족주의 계열은 『청춘』지, 조선광문회 등 최남선의 활동반경과 겹치는 인사들이 대부분인데, 각자의 사상과 직위에 따라 일부는 유교적 논리를, 일부는 사회진화론적 시각을 드러내었고, 일부는 중등 학생 수준의 생활준칙을 소개하는 등 교육자의 입장에서 접근하였다. 아울러 『유심』은 인지를 계발하고 세계관을 확장하는 과학기사를 게재하는 등 기존 불교잡지와 다른 면모를 보인다. 이는 최남선의 『청춘』에서 영향을 받은 것인데, 양자의 관련성은 현상문예 응모제도의 운영, 필진과 독자층의 중복 등에서 살펴볼 수 있다. 현상문예 당선자 가운데 보성고보 학생인 소파 방정환, 중앙학림 학생인 김법린, 후에 불교청년의 대표주자로서 개혁론을 제시한 이영재가 등장한다는 사실은 만해의 잡지 창간이 후속세대에 끼친 영향을 단적으로 보여준다.

제2부

학술의 다변화와 문화잡지 지향

1920년대 초·중반 창간 잡지

제1장

『축산보림』과 『조음』

통도사의 문화적 역량

1. 전개사

『축산보림鷲山寶林』통권 6호, 1920.1~1920.10은 불보종찰 통도사 내 축산보림 사에서 간행한 잡지다.[1] 일명 취산보림이라 하기도 한다.[2] 축산보림사 사 장은 당시 통도사 주지인 김구하金九河. 1872~1965, 편집 겸 발행인은 이종천 李鍾天, 1890~1928이다.

『조음潮音』은 『축산보림』의 후속 잡지다. 『축산보림』 종간 두 달 후인 1920년 12월 15일 조선불교청년회 통도사지회에서 발행하였는데, 창간 호가 곧 종간호가 되었다.

---

1 『축산보림』은 창간호(1월 25일) 이후 2호(4월 15일), 3호(6월 15일), 4호(7월 15일), 5호 (8월 15일), 6호(10월 15일)가 발행되었다.

2 통도사는 영축산에 있다. 1910년대 주지는 김구하인데, 법호는 九河, 법명은 天輔, 자호는 축산(鷲山)이다. 기존에 鷲山寶林을 '취산보림'으로 읽었는데, 통도사가 자리한 산 이름과 김구하의 자호를 고려할 때 '축산보림'으로 읽는 것이 타당하다.

1) 창간의 배경과 경과

1918년 기준『조선불교통사』 부록 30본산 가운데 말사가 가장 많은 사찰은 평안도의 보현사이고, 통도사가 그 다음의 자리를 차지한다. 남쪽에 국한하면 통도사는 범어사, 해인사와 더불어 가장 사세가 컸던 '불보종찰'이다. 사찰령 체제 하에서 주지에 선출된 이는 김구하이다. 그는 사찰령과 시행세칙에 의해 제정된 본말시법에 따라 1911년 11월 통도사 초대 주지로 임명되었고, 이후 1925년 8월까지 연임하였다. 전국 삼십본산의 연합체로 1915년 출범한 삼십본산연합사무소 위원장3, 4대. 1917~1918과 중앙학림 학장1918을 역임한, 통도사를 대표하는 족적이 뚜렷한 인물이었다. 1919년 1월 2일 새로운 총회에서 범어사 주지 김용곡이 위원장으로 선출되고, 5일 취임[3]하면서 김구하는 자리에서 물러났다. 동시에 1,2대 위원장 강대련용주사, 이회광해인사 등과 함께 연합사무소의 상치원常置員으로 임명받았지만, 중앙에서의 직접적인 활동은 접고 본산 즉 통도사로 돌아가는 수순을 밟았다.[4]

1919년 5월에는 통도사 지원으로 일본에 유학 갔던 이종천이 해인사 유학생 김영주, 조학유와 함께 귀국하였다.[5] 5, 6년 동안 통도사에서 학비를 지원했을 때 주지는 김구하였고, 둘은 통도사에서 재회한다. 바로 1년 전 귀국했던 이지광, 김정해, 이혼성이상 조동종대학 3인이 총독부와 중앙학림, 각 본사에서 성대하게 환영을 받고 각각 중앙학림 교원이지광, 김정해, 조

---

3 「휘보」, 『조선불교총보』 14호(1919.2), 53면.
4 "구 위원장 김구하 화상, 사무인계 종료하고 1월 10일 하오 8시 경부 급행열차로 본산을 향하여 출발." 「휘보」, 『조선불교총보』 14호(1919.2), 56면.
5 "불교유학생 졸업 귀성-동경에서 5, 6성상을 끽고ᄒᆞ던 대본산 통도사 유학생 이종천, 해인사 유학생 김영주 조학유 3군은 형설의 업을 승ᄒᆞ고 본월 초순에 귀성ᄒᆞ얏더라더라." 「휘보」, 『조선불교총보』 15호(1919.5), 100~101면.

선불교총보 주필이혼성, 김정해로 중심부로 직입한 것과 달리, 이들 3인은 조학유가 후에 중앙불전 직원으로 진입한 것을 제외하면 중앙 기관의 보직을 받지 못했다. 이종천의 경우도 자의건 타의건 본산으로 귀향할 수밖에 없었다.

삼십본산연합사무소 위원장으로 현실 불교계의 중심에서 포교와 교육에 헌신했던 김구하, 그리고 옥천사 출신으로 통도사 유학생에 발탁되어 조동종 제1중학, 동양대학 윤리철학교육과를 졸업했으며, 귀국 전 유학생 신분으로 『조선불교총보』 9, 12, 13호에 「불교와 철학」을 연재하고, 14호에 「기독교와 불교의 입각지」를 게재한 이종천이 통도사에서 재회한 사건은 새로운 불교잡지 창간의 시발점이 되었다.

중앙 기관지로서 『조선불교총보』가 고답적이고 보수적인 체제, 문체, 내용으로 젊은 청년의 목소리를 담아내는 데 한계가 있던 그 시점에서, 그리고 1919년 3월 만세운동의 영향으로 일제가 문화정책을 표방하며 언론, 출판, 집회, 결사의 자유를 일부 허용한 1920년대의 초입에, 사세가 가장 크고 상대적으로 재정이 넉넉했으며 근대불교계의 발전을 위해 여러 가지로 기여했던 통도사에서 『축산보림』 잡지를 발간하게 된 것은 자연스러운 시대의 흐름이었다.

1910년대 간행된 모든 불교계 잡지는 교단의 기관지『조선불교월보』 등거나 개인잡지『유심』거나 모두 서울, 즉 중앙의 산물이었다. 이에 비해 『축산보림』은 경남 양산 통도사에서 간행한 잡지로서 불교계 최초의 개별지방, 본사 사찰 잡지라는 특색이 있다. 교단의 기관지가 아니기 때문에 편집과 내용에서 비교적 자유로웠고, 통도사가 배출한 젊은 일본유학생 출신이 발행하였기 때문에 억눌린 시대 꿈틀거리는 자유 의지를 펼치려 노력한 자취가 뚜렷하다. 양산 울산 마산 진주 등지에서 활동한 문사들이 주필이나 기자로 활약하였고, 그들이 잡지 활동 전후로도 민족의식을 고양하는 청년회 활동과 교육사업을 전개했다는 점에서 이 잡지는 지역문화운동과도 밀접한 관련이 있다.

처음에 축산보림사에서 간행하던 잡지는 5호부터는 통도사 불교청년회로 주관 기관이 바뀌었다(발행인은 같다). 김구하가 통도사 불교청년회의 출범을 기념하여 출판권을 청년회에 양도하고, '용단'과 '희생' 정신으로 천오백 원을 청년회에 증여하여 청년회와 잡지의 발전을 도모하였다.⁵호의 광고 그러나 실제 경제적 지원이 원활했는지는 알 수 없다. 종간호에는 경제상의 문제가 있어 간행이 지체되었고,[6] 확실하지 않은 '어떠한 사정'으로 『축산보림』은 6호로 종간되었고, 잡지 제호를 『조음潮音』으로 바꾸어 불교청년회 이름으로 간행하였다.[7]

잡지의 간행 주체가 불교청년회로 바뀐 것은 경성과 일본 유학생이 누적되고 강원의 학인이 다수 배출되면서 청년 세대의 목소리가 커지고 조직화되는 시류가 반영된 것으로 보인다. 일제와 갈등이 깊어가는 과정에

---

6 "寶林이 潮音 — 아, 무정한 경제의 공황이여! 너의 저주와 너의 협박에 구인되야 장차 우리 잡지의 생명이 하경에 이를는지? 아마 '經濟' 너의 承許를 엇기싯지는 당분간 停刊이 될 쯧하다. 모쪼록 『조음』의 생명이 길게 이어가도록 독자 제위는 肉으로 精으로 원만히 愛助하야 주시압. 本社 일동 謹白"(『조음』 1호, 앞면 광고). 이를 보면 제1차 세계대전 종전 직후의 활황에 이어 세계 경제에 불어 닥친 '경제 공황'이 영향을 준 것으로 보인다. 본지를 인쇄한 창명인쇄소의 광고 중 '경제, 너의 승낙을 받기 전까지는 停刊이 될 듯하다'는 내용이 이를 잘 보여주고 있다. 이점에 비추어 볼 때, 제명이 『축산보림』에서 『조음』으로, 운영기관이 축산보림사에서 불교청년회로 바뀔 때 김구하가 지원하기로 약속한 천오백 원은 지원되지 않았을 가능성이 크다.
7 "改題의 豫告 — 본지의 책임자인 우리는 사회의 지식을 更一層 발전하기 위하며 또는 엇쓰흔 사정의 관계를 兼因흐야 부득이 『축산보림』은 본호로써 一紀元을 劃흐고 來號부터는 제호를 '潮音' 제1호로 변경 繼刊하겟삽기 玆에 예고함." 『축산보림』 6호(1920.10), 32면.

서 통도사가 잡지 발행에 어느 정도 거리를 두면서 현실적 책임을 내려놓고자 하는 의도도 있었을 가능성도 있다.

2) 조직과 운영 및 발행과 편집의 주체

잡지의 간행의 좌장은 주지 겸 사장 김구하가, 주요 논조는 편집인 이종천이 이끌어 나갔다. 2호의 '본사 직원'란에 소개된 사장 김구하, 편집인 이종천, 주필 박병호朴秉鎬, 1888~1937, 기자 강성찬姜性璨, 서기 강정룡姜正龍, 1898~?은 발간의 주체이자 주요 필진이 된다. 발행소는 통도사 내 축산보림사이다. 종간호인 6호에 주필 박병호 퇴사의 변[8]이 있으나, 6호가 종간호이므로, 이러한 진용은 거의 종간호까지 지속된 것으로 보아도 가능하다.

축산보림사의 사장은 당시 통도사 주지이며 중앙학림 학장, 그리고 30본산연합사무소 위원장을 역임2017.1~2018.10했던 김구하다. 그는 근대불교를 형성해가는 과정에서 교육으로, 포교로, 기타 잡지 창간 등 문화적 활동으로 중심 역할을 담당하였다. 김구하가 『축산보림』에 기고한 논설은 「이십세기 불교」1호, 「참괴의 가치」2호, 「평상심시도」3호, 「대자유대평등」4호, 「작일금일급명일」5호 등으로 1호에서 5호에 걸쳐 있다. 발행의 주체가 통도사 불교청년회로 이관하기 전까지 매 호 선적 법어와 함께 근대불교의 흐름과 불교청년의 역할에 대한 시의성 있는 논설을 써서 잡지의 정신적 좌장으로 충실한 역할을 수행하였다.

이종천[9]은 통도사의 유학생으로 조동종제1중학과 동양대학 윤리철학

---

8 "以來僉賢의 不誅하신 광영을 猥蒙하와 감히 操觚의 任에 安하온바 今回본지의 主管변경 並 他私故에 因하야 퇴사치 아니치 못할 사정이온 고로 玆에 任辭하는 匪意를 고백홈. 축산보림 주필 박병호." 『축산보림』 6호(1920.10), 57면.
9 이종천의 호는 春城이며 正眼子, 萬東生, 福山居士도 사용하였다. 『불교』 54호(1928.12)

교육과를 졸업하고, 해인사 유학생 김영주풍산대학,[10] 조학유풍산대학[11]와 함께 귀국하였다.1919.3 이들은 1918년에 조동종 대학을 졸업한 건봉사의 이지광, 용주사의 김정해, 유점사의 이혼성에 비해 언론의 주목은 상대적으로 적게 받기는 하였지만, 『조선불교총보』의 휘보란에 주요 동정으로 소개될 정도로 당시 불교계의 주목을 받았다. 많지 않은 필진 가운데 일본 유학생 출신이거나 일본에 유학 중인 학생의 투고가 많았던 이유는 당시 불교계의 근대적 변화에 민감했던 사장, 유학을 다녀온 불교청년을 대표하는 편집인의 역할이 크다.

박병호1888~미상는 잡지에서 '조선 문단 상에 가장 저명한' 분2호「社告」으로 소개[12]하였는데, '외우畏友' 이종천의 추천으로 입사하였다.3호「입사의 변」[13] 참고로 이종천과 박병호는 울산, 통도사를 기반으로『축산보림』이후에도 청년회 활동을 함께 펼쳐나간 막역한 관계에 있다.[14] 박병호는「사림」과

「휘보」에는 '이종천군 천도식' 조가 있고,「고 춘성 이종천 군의 추도문」이 조선불교청년회 회원 명의로 수록되어 있다. 그는 통도사 유학생으로 조동종 제1중학, 동양대학 윤리철학교육과를 졸업하였다. 『축산보림』발간 후, 한성에서 불교청년회의 간사로 활동하였고, 동래고보 교사, 진주교당 포교사 등으로 활동하다 38세로 요절하였다. 이종천을 비롯한 불교유학생의 기행문과 논설에 대해서는 이성수,「20세기 전반 유학승의 해외 체험과 시대인식 연구」(동국대 박사논문, 2021) 참조.

10 김영주는 제일중학림과 풍산대학을 졸업(1920년)하고 후에 대원사 주지를 역임하였다.

11 조학유는 제일중학림과 풍산대학을 졸업하였다. 1931년 조선불교청년총동맹 제2대 회계장, 동광고등보통학교 교감, 중앙불전 서무부장(1928~32)을 역임하였다.

12 "본사는 이후 대대적 발전을 計圖코져ᄒᆞ와 조선문단상에 가장 저명ᄒᆞ신 박병호씨를 迎ᄒᆞ와 본지주필로 推定되엿사오니 독자는 배전 愛順ᄒᆞ심을 敬要홈".「社告」,『축산보림』2호 (1920.4), 62면.

13 "入社의 辭 - 아, 불찰대본산통도사주지 김구하화상은 능히 如斯ᄒᆞ 變勢를 혜안으로 달관홈인가. 후히 이종천군을 江戶에 유학케ᄒᆞ얏더니 昨夏에 동양대학을 卒하고 귀국함을 기회로 ᄒᆞ야 아 반도의 정신계를 고찰ᄒᆞ고 심히 고려ᄒᆞ던 중 무한ᄒᆞ 경륜의 배태가 관음묘화의 신력하에셔 寶林兒를 산출ᄒᆞ엿다. (…중략…) 於是乎 余의 외우 이군을 쇼ᄒᆞ야 여의 庸愚을 不棄ᄒᆞ고 입사ᄒᆞ기를 권홈에 여는 역불급의 감은 不無ᄒᆞ되 군의 희생적 정신은 심히 경앙홈이 잇섯다. 辭遁의 부득이ᄒᆞ 바를 感ᄒᆞ야 입사를 決ᄒᆞ고 감히 觚를 操홈은 여의 망외의 영광일다. 3월 10일."『축산보림』3호(1920.6), 41~43면.

「한시」란에서 한시 작품을 선별하여 소개하였고 본인도 한시 창작에 참여하였다. 잡지가 불교 교리에 치중하다보니 일반 독자들에게 어렵게 다가간 한계가 있다는 2호의 사고社告에 따라 교리에 대한 통속적 문답 내용을 추가하기도 하고, 창작 소설을 게재하여 일반 독자의 관심을 환기하기도 하였다. 그는 불교 교리에 대한 글도 쓰면서 '장편 신소설'「혈가사血袈裟」「축산보림」 4~6호, 『조음』 1호를 연재했는데 이는 국내 최초의 추리소설로 정평이 나있다.[15]

한편 실명實名이 등장하지 않는 편집후기는 이종천이나 박병호, 강성찬의 글이 섞여 있을 것으로 보인다.

한편 필진 중에는 이종천, 박병호 외에 다수의 일본 유학생이 논설과 문학 작품, 축사 등을 투고하여 젊은 잡지로서 성격이 분명하다. 이도현, 김진목, 문세영, 이지영, 그리고 동성 등[16]은 당시 일본의 각 대학에서 수학하고 있던 학생들로 잡지에 대한 반가움과 기대가 상당했음을 보여주며, 이종천과 후배 유학생 사이의 네트워크가 형성되었을 가능성도 보여준다.

---

14 박병호는 울산 출신으로 3·1운동 직후에 울산청년회를 만들어 민족운동에 나선 인물이다. 1922년 10월 경남 울산청년회 제6차 정기총회에서 집행위원으로 선출되었고, 1923년 3월 전조선청년당대회에 울산청년회 대표로 참가했다. 1924년 1월 울산노농동우회 결성에 참여하고 위원장을 맡았고, 4월 조선노농총동맹 창립대회에서 중앙위원으로 선출되었다. 1925년 2월 경남사회운동자동맹 발기준비위원이 되었으며 4월 울산군청년연맹 결성에 참여했다. 1926년 2월 『동아일보』 지국장으로서 울산기자단 발기에 참여했다. 1927년 6월경 울산민우회 결성에 참여했다. 『울산신문』 누리집(http://www.ulsanpress.net) 참조.
15 박병호의 호는 濠觀, 濠觀散人이다. '太和江漁子'도 울산 출신인 그의 호일 가능성이 있으며, 'ㅂㄱ'의 호로 쓴 논설 역시 그일 가능성이 있다. 「혈가사」는 『조음』 연재 후 후속 이야기를 더하여 1926년 울산인쇄소에서 인쇄하였다. 일제는 이 소설이 귀족 작위를 지닌 친일인사를 비판했다는 이유로 압수했기 때문에 1945년 광복 이후에도 제대로 알려지지 않았다. 『울산신문』 누리집(http://www.ulsanpress.net) 참조.
16 在東京李道賢, 東京에서 金鎭穆, 在日本文世榮, 在東京東星 등의 필자 표기는 이를 필자들이 현재 일본 유학생임을 나타낸다.

『축산보림』에서 보여준 청년들의 목소리는, 실증하기는 어렵지만, 1924년 동경불교유학생회에서 『금강저』를 발간하게 되는 데 작은 출발이 되었다고 할 수도 있다.

2. 잡지의 지향과 시대 상황

창간호의 「발행사」에는 잡지의 발행 목적과 간행의 기대가 잘 담겨 있다.

문명사회가 된 고로 지식이 필요하다 함도 무방하거니와 그 지식을 공급하는 기관이 있어야 문명 시대를 이룰 수 있나니라. 연즉 기관은 무엇을 말함인가. 물론 신문잡지 등 발행이 그 공급에 관한 최상의 기관이라 할지로다. 然이나 금일의 조선은 何如오. 소위 문명인 此 시대에 신문은 차치하고 일권의 잡지 발행을 면키 難하니 我 사회의 발전을 何에 구할가 是가 此 보림잡지의 발행된 동기오 此 잡지의 발행은 一方面 시대의 요구에 相應인 고로 我 사회동포의 생활과 又난 인생관에 직접관계가 有한지라.

환언하면 此 잡지로부터 지식의 光이 적막하고 학술계예 기갈한 吾 형제의 정신을 문명의 피안에 達케하며 他사회의 경쟁裡예 落步하여 제 사상계의 거취예 번민한 我 사회을 근본적 혁신케 함이 此 잡지의 목적이로다.

또한 此 잡지의 내용을 소개할진댄 보통잡지보담 진일보의 自慢点이 有하니 즉 종교적 색채 즉 불교교리가 위주라 是가 其 특색이 되난 동시예 오인의 안심입명의 地을 此 잡지예 依하야 可得할 줄노 信하노라. (…중략…) 최후에 此 잡지난 所説과 如히 동기, 목적, 내용이 공히 我 사회의 발전에 직접 관계라. 其 장

래의 사명을 逐號 확장키 위하야 조야명사로써 其 투고의 責에 任케하며 主幹者
는 무한한 희망과 무상한 열성으로써 차 잡지의 장래가 조선 최고의 학술잡지
즉 최상의 知識關 되기를 기도하노니 倂히 독자 제군의 차 잡지의 장래에 대하
야 심원한 동정과 무궁한 협력을 再乞하노라.[17]

본문에 '主幹者'의 기대가 있는 것으로 보아 글쓴이는 편집인인 이종천
일 가능성이 크다.

요약하면, '문명사회, 문명시대는 지식을 공급하는 기관이 있어야 하는
데 그 최상의 기관은 신문 잡지다. 『축산보림』 발행은 우리 사회의 발전을
위한 것이며, 이는 시대적 요구인 고로 우리 사회동포의 생활과 인생관에
직접 관계가 있다. 학술계에 목마른 우리 형제의 정신을 문명세계로 도달
케 하며, 사상계의 거취에 번민하는 우리 사회를 근본적으로 혁신하는 데
목적이 있다. 한편 보통 잡지보다 진일보하는 자부심이 있는데 곧 종교적
색채, 불교교리가 위주가 되는 것이다. 이와 같이 동기, 목적, 내용이 모두
우리 사회의 발전에 직접 관계되는 것으로서, 조야의 명사로써 투고하게
하며 장차 조선최고의 학술잡지, 최상의 知識關이 되기를 바란다'라고 주
장하였다.

구체적인 수록 내용의 방향성은 창간호에 수록된 2호 예고 목록과 함께
제시되었다.

來月號目錄豫告 (내월호부터 대대적 발전투고 대환영)

---

17 「발행사」, 『축산보림』 1호(1920.1), 1~3면.

강호씨는 본지의 발전을 계도ᄒᆞ시와 다수 투고ᄒᆞ야 쥬심을 切望ᄒᆞᄂᆞᆫ 중 左揭
諸目에 한ᄒᆞ되 단 時事政談에 관ᄒᆞᆫ 것은 불가홈

一, 論文 : 可成的 교육 경제 풍속 등 문제에 관련ᄒᆞᆫ 것

一, 漢詩 : 七言七律

一, 新体詩歌 : 格調隨意

一, 短篇小說 : 한자 약간 석근 時文体

주의－원고는 楷字로 出送ᄒᆞ시되 其 기한은 하시라도 무관홈[18]

'시사정담'에 관한 것은 불가하다는 내용은 일제 치하의 현실적인 제약
속에서 이 잡지가 간행된 것을 말한다. 다만 『축산보림』은 이러한 제약 속
에서 정치경제적 현실, 이에 대한 민족의 울분, 발행에 가해지는 검열의
부당함을 표출하는 다수의 기사가 있어 기존 잡지에서 들을 수 없던 청년
들의 목소리를 확인할 수 있다.

투고를 권장한 대상은 논문, 한시, 신체시가, 단편소설 등이다. 한시, 신
체시가, 단편소설은 1920년 당시 공존했던 신,구 문학장르로 시대적 양상
을 보여준다. 전체적으로 보면 논문과 문학인 셈이다. 논문은 학술, 교리,
시사를 포함하는데 불교론을 전개하면서도 종국에는 불교계의 현실에 대
한 비판으로 이어지는 불교시론이 다수를 차지한다.[19]

---

18 『축산보림』 1호(1920.1), 2면.
19 『축산보림』 2호의 광고는 현상문예모집이 실려 문학적 방면의 성격을 더욱 구체화하였다.
"독자란 모집－창작,평론 여하한 수필이던지 무방이올시다. 단 20자 語 이십 행의 원고용지
12매의 이하에 한함. 특히 편집부에서 엄선한 우수작품은 매호 2편 又 3편씩 게재하오, 현상
문예모집－신시, 소설, 단가, 한시." 이하 원고지 사용법과 상품 소개하였다. 短歌는 시조를
말하는데, 『축산보림』에 수록된 시조는 없다.

1호의 판권 내용은 다음과 같다.

○ 정가 1부 30전, 6부 1원 60전, 12부 3원 30전.
○ 대정9년 1월25일 발행, 발행겸편집인 이종천, 경남 양산군 통도사. 인쇄인 심우택(경성부 공평동 55번지) 인쇄소 성문사(경성부 공평동 54번지). 발행소 통도사내 축산보림사
○ 購讀家의 注意 — 1.본지는 매월 1회(25일)로 정기발행함. 1.본지대금은 선금을 요함. 1.본지를 청구할 시난 주소씨명을 詳記하야 본사발행소로 송교하심을 요함. 1.투고코자 하시난 제씨는 政界及시사득실을 際한 外에난 수의기고하심을 요함. 단 記, 停, 敵, 評의 권한은 본사에 自任함.

그러나 창간호의 내용은 당시 대부분의 승려에게 어렵게 다가간 것으로 보인다. 2호의 사고는 이러한 점을 고려하여 종교적 문구와 철학적 숙어가 간혹 인용되어 초학 독자들에게 다소간의 난점이 있음을 인정하고, 다음 호부터 권말에 통속강연 란을 마련하여 난점에 대한 질문을 통속적으로 해석하겠다는 내용을 공지하였다.[20]

이처럼 잡지의 내용은 논설, 문학으로 대별되며 논설은 특별한 체제 구분없이 종교론, 불교교리, 강연, 설법, 시론 등이 혼재되어 있으며, 문학은 당시 유행했던 신시, 소설, 한시 등이다. 잡지에는 이외에 기행문, 수필이

---

20 "본지는 학술에 관한 일체문제를 포함하야 매호 기재할 취향이오나 특히 학리와 온오를 공구하고 행복의 표준을 결정하여 엄숙한 우주와 진정한 인생을 해석코져함이 그 主眼이라. 평범한 소설과 예술등의 잡지와 달라 종교가의 문구와 철학상의 숙어가 간혹 인용된 고로 초학 독자 다소 난점 있어 다음 호부터 권말에 통속강연 란을 두고 난점에 대한 질문을 통속적으로 해석ᄒᆞᆫ 동시에 我반도문학의 향상을 計圖ᄒᆞ오니."「사고」, 『축산보림』 2호 (1920.4), 목차 앞면.

다수 수록되어 있고, 불완전하기는 하지만 희곡도 한 편 전하며, 시사만평이나 만담 성격의 글도 보인다.

『축산보림』은 당시 불교계를 대표하는 주지, 유학생으로 촉망받은 편집인, 그리고 소설과 한시 창작에 능했던 주필과 기자가 상호 상보적 역할을 하면서 구성한 잡지다. 근대에 유입되는 불교지식이 중앙의 잡지 못지않게 소개되고 있으며 창가調의 시, 자유시, 한시, 소설 등이 다양하게 등장하기 시작했다는 점에서 기존 불교잡지의 고답성을 탈피하고자 하는 시도를 보여준다. 아울러 지방 잡지로서 경상도와 평안도를 비교하고, 양산의 천성산을 '新金剛'으로 부각시키며1호, 「신금강 발표에 대ᄒ야」, 3호 「양산의 신금강」, 양산의 관광지를 광고하고자동차회사, 지역을 소재로 한 한시를 게재하거나 운문사 석남사 등 주변 사찰을 탐방하는 기행문 등 여러 방식을 통해 경남 양산 통도사의 지역기반, 지역성을 드러낸 독특한 잡지로 평가할 수 있다.

『축산보림』은 일제의 검열의 영향으로 예고된 기사가 삭제되거나 시사비판적 분위기의 글에 공란이 다수 보이는 점을 보면 젊은 유학생 출신이 편집한 젊은 잡지로서 기존 잡지와 비교되는 지점이 있다. 일제의 검열로 매월 발간하기로 한 것이 2, 3개월 지체되는 경우도 있다. 3호의 「사고社告」,[21] 「소문소견」,[22] 5호의 「편집여적」,[23] 6호의 박스기사[24]에 보이는 일

---

21 "본호난 오월 15일 발행홀 即오월호이오나 출판허가의 지연됨에 인하야 欠刊의 만부득이한 사정하에서 6월호로 월간이 되었고 또 전호로써 예고한 목차중 2, 3 문제는 당국의 삭제한 바이 되어서 자에 供讀키 불능하오니 폐사에 유감된 誠私를 吐白함에 先하야 출판부자유에 대한 독자첨언의 열렬한 동정을 乞홈"(「社告」,『축산보림』 3호, 목차 앞면). 한편 『축산보림』 2호에 예고된 3호 목차(앞면, '내월호 중요문제 예고') 중, 「希望의 歌」(유재현)가 삭제되었다. 일제의 출판 검열에 통과하지 못했을 것으로 추정된다.
22 "가련하다 보림잡지 5월호를 쌔쪄두고 6월호로 월간함은 출판의 부자유, 평등인가 차별인가. 동일한 일본여행 鮮人의게만 여행권". 「소문소견」,『축산보림』 3호(1920.6), 71면.
23 "편집자 홀연 頭重症 이 生ᄒ며 흉저에 울기가 발하야 원고지를 산산이 비비여바리고 筆을 閣

본의 차별과 권력에 대한 직접적이거나 비유적인 표현에서 이를 확인할 수 있다. 초기에 1호는 1월, 2호는 4월, 3호는 6월 간행으로, 매월 간행되지 못한 것 역시 상당부분 일제의 검열에 기인한다.

일제의 검열 이외에 재정적 문제도 잡지의 매월 발간을 어렵게 만드는 한 요인이 되었다. 이에 따라 매월 발행에서 격월간으로 바꾸는 변화를 꾀하기도 하였다.[25]

『조음』 창간호를 보면, 잡지의 서두에 기존 발행인, 주필, 기자의 논설이 차례대로 등장한다. 이종천의 「불교의 정치관」, 박병호의 「사회의 향상과 사상통일」, 몽부생강성찬의 「행복자가 되어라」가 그것이다. 박병호가 직전에 퇴사했지만 기존 틀에 변화는 없다.

발행기관이 불교청년회 통도사지회로 바뀐 결과 내용에도 약간의 변화를 수반하였다. 외솔의 「오인의 급선무는 하인가」, 오봉빈의 「청년과 희망」, 숭양산인 장지연의 「권고불교청년제군」, 은해사 최진규의 「불교청년의게」, '솔'의 시 「젊은이들아」 등이 그것으로, 주로 당대에 청년의 역할과 사명을 제시한 글이다. 1920년에 부상하기 시작하는 불교청년회의 희망과 사명의식이 더욱 강하게 투영되어 있다. 『축산보림』과 비교하면 논조나 경향이 거의 같다고 할 수 있지만, 청년의 목소리가 상대적으로 더욱 활발하게, 적극적으로 드러나 있으며, 현실적 억압에 대한 목소리가 선명

하고 육칙보지 된 문전 小丘에 나서니…" 「편집여적」, 『축산보림』 5호(1920.8), 50면.

24 "○동구람이 解釋 – 간혹 본문 중에 이상한 ○○을 그린 것은 소위 당국에서 비장 傷는 말이라하야 ○獄의 削刑을 나린 것이올시다." 『축산보림』 6호(1920.10), 46면.

25 "謹告 – 旣報와 如히 매월마다 一齡을 더하기로 誠意中 豫算이옵더니 料外에 經濟의 承許를 엇지 못하야 但當分間은 월간이 격월간으로 變行되겟사오니 이에 대하얀 만천의 유감이 不無하오나 강호의 독자제씨는 십분 용서하시고 더욱 사랑을." 『축산보림』 6호(1920.10), 37~38면.

하게 드러난 경우가 많다. 문학적 다양성을 추구하며 젊은 독자에게 다가가는 젊은 잡지로서 성격이 더욱 분명해졌다.

종간의 이유는 경제적인 측면이 강하다. 그러나 잡지의 내면을 보면 일제에 대해 격앙된 목소리가 다수 표출되어 있으며, 그들 대부분이 ○○○ 표기로 검열을 통과하지 못한 상황임을 알 수 있다. 이종천의 「불교의 정지관」, 강성찬의 「행복자가 되어라」, 외솔의 「오인의 급선무는 하인가」에 다수의 삭제 표시(○)가 있는 것이 확인되며, 『축산보림』 5호에서 출판권에 대한 격앙된 목소리를 드러낸 것을 보면 일제와의 마찰이 작지 않았을 것으로 추정된다. 이러한 현상은 『축산보림』, 『조음』이 그 이전이나 이후에 등장하는 불교잡지와 차별성을 가지는 특징 중의 하나이다.

3. 잡지의 편제와 항목별 분류

1) 논설 교리 시사

일정한 편제 없이 잡지의 서두에 수록된 논설은 주로 '축산보림사'의 사설이거나 편집진김구하, 이종천, 박병호의 글인 경우가 많다. 이외에 지면 여러 곳에 이들을 포함하여 해외 유학생과 국내 강원 학인의 투고문이 수록되어 있다. 이들 논설은 종교, 불교, 시론, 교육, 경제 등 비교적 다양한 성격의 글이 포함되어 있다. 이 가운데 주류는 제1차 세계대전의 영향으로 세계질서가 급변하고 있으며, 종교계 역시 급격한 변화의 시기를 맞이했다는 시대 인식을 바탕으로 조선의 불교계가 어떤 대응책을 마련해야 하며, 불교청년들은 어떤 역할을 해야 하는지 제언하는 시론이다.

〈표 1〉『축산보림』논설 목록 – 필자별

호수	필명	대표명	제목	비고
1호	축산보림사		金龍谷猊下의 病態와 我佛敎의 前途	불교시론
1호	축산보림사		新金剛發表에 對ㅎ야	지역론
2호	축산보림사		一大의 疑問	종교 시론
2호	一記者		金剛山의 開放은 一大恨事라	시론
2호			朝鮮民族의 南北評(평안도 경상도)	지역
3호	축산보림사		東洋에 在흔 女子의 地位	여성
3호	축산보림사		通俗講演欄①	교리(문답)
4호	축산보림사		通俗講演欄②	교리(문답)
5호			讀者의 聲(교리문답)③	교리(문답)
6호	축산보림사		通俗講演欄④	교리(문답)
1호	鷲山金九河	김구하	二十世紀佛敎	불교시론
2호	鷲山金九河	김구하	慚愧의 價値	교리 시론
3호	鷲山金九河	김구하	平常心是道	교리
4호	鷲山金九河	김구하	大自由大平等	교리
5호	金九河	김구하	昨日今日及明日	교리 청년
1호	李鍾天	이종천	宗敎論①	종교론
2호	萬東生	이종천	社會와 個人의 服從	사회
2호	正眼子	이종천	宗敎論②(완)	종교론
5호	萬東生	이종천	不良靑年論	시론 청년
6호	李鍾天	이종천	死後의 問題	교리
3호	福山居士	이종천	社會敎育의 不備에 就ㅎ야	시론 교육
4호	福山居士	이종천	最高最上의 根本問題	교육 종교
6호	福山居士	이종천	朝鮮佛敎靑年會創立에 就하야	시론 청년
3호	朴秉鎬	박병호	佛敎의 眞髓①	교리
3호	濠觀散人	박병호	禁酒問題에 就하야①	시론
4호	朴秉鎬	박병호	佛敎의 眞髓②	교리
4호	濠觀散人	박병호	禁酒問題에 對하야②	시론
5호	濠觀	박병호	平和의 根本은 自己에 求하라	불교시론
5호	朴秉鎬	박병호	佛敎眞髓③	교리
6호	朴秉鎬	박병호	財界의 恐慌과 信仰의 確立	시론
6호	濠觀	박병호	偉人을 崇拜하라	논설

호수	필명	대표명	제목	비고
5호	ㅂㄱ生	(박병호)	現代 佛教家난 무엇을 爲하느냐?	불교시론
6호	太和江漁子	(박병호)	運命開拓의 要素	논설
3호	三省堂主人	강성찬	自己를 自重自愛하라	인격
4호	性爍生	강성찬	自信하라	시사
3호	頭陀金鏡峰	김경봉	梁山의 新金剛(천성산)	지역
5호	頭陀金鏡峰	김경봉	道俗에 偉人(원효)	불교인물
1호	金瑛周	김영주	東京佛教小觀	해외불교
4호	京東에서 金鎭穆	김진목	最近 基督教의 盛因과 佛教의 自覺을 促함	불교시론
4호	在日本文世榮	문세영	나의 宗教觀	종교관
1호	R生	미상	安價의 食物	식품영양
2호	B生	미상	困難은 成功의 基礎라	시론
4호	鶴城山樵	미상	社會와 人格	인격
5호	鷲林人	미상	自己를 改造하라	시론
6호	외솔	미상	吾人의 急先務는 何인가?	시론 수양
6호	浮田和民	우키다 카즈타미	人類改造의 十大原則	『大觀』번역(日)
1호	宋雪牛	송설우	修養論	수양
2호	吳榮哲	오영철	偶然의 成事는 無함	시론
2호	李景珍	이경진	우리 힘슷 努力이라	시론
3호	曹學乳	조학유	人格의 要素	인격
6호	龍川 崔宗範	최종범	浮浪靑年諸君의게 一言을 告함	시론 청년
1호	黃基瑀	황기우	寺院과 宗教의 復活	불교시론

『축산보림』에는 김구하와 주요필진이 다채로운 관점에서 종교론을 개진했으며, 이들은 대부분 대중적인 관심을 적절히 고려하며 글을 전개한 점이 특색이다.

김구하는 「이십세기불교二十世紀佛教」 1호, 「참괴慚愧의 가치價値」 2호, 「평상심시도平常心是道」 3호, 「대자유대평등大自由大平等」 4호, 「작일금일급명일昨日今日及明日」 5호을 수록하였다.

「이십세기불교」는 조선왕조 500년 이래 사찰령 반포가 일종의 개혁기운이라 하겠지만, 그 시기를 맞이하여 본격적인 개혁을 행하지 못한 이유는 오랜 기간 잠재된 관습 때문으로 파악하였다. 금일 불교의 급무는 구태를 변화시켜 이 시대 요구에 적합한 활동을 경영하는 것이며, 종래 불교의 장점은 취하고 단점을 버리자는 것을 대안으로 제시하였다.

「참괴의 가치」는 대승소승을 막론하고 가장 세밀히 연구하는 바가 '心所'로서 그 중 '참괴'심은 고금의 불교에서 중요한 의미가 있다고 전제하였다. 참괴란 무엇인가, 불교는 참괴를 어떻게 해석하는가, 참괴의 정은 어떻게 일어나는가를 고찰한 후 참괴는 모든 선과 도덕의 배경이라 결론지었다.

「평상심시도」는 선의 대표적인 공안의 의미를 철학의 역사와 학설을 인용, 고찰하여 논리적으로 전개한 글이다. 종국에는 현실이 곧 정신이요, 정신이 곧 현실이며, 불법과 세법이 결코 둘이 아님을 강조하였다.

「대자유대평등」은 세상 사람들의 대자유, 대평등은 구속과 제한이 있으므로 진정한 그것이 아니며, 그것이 없는 것이 진실한 대자유, 대평등임을 분석적으로 고찰한 일종의 법문이다. 자유를 본연의 자유와 욕정의 자유로 나누고 본연의 자유는 불교에서 말하는 '心眞如門'이라 하였다.

「작일금일급명일」은 인류의 일생을 통계내면 수많은 어제, 오늘, 내일이 있을 터인데 그 가운데 가장 귀한 것이 무엇일까 자문自問하면서 삼계를 관통함이 제일 귀하다는 요지를 서두에 제시하였다. 청년 독자를 대상으로 한 생활 법문에 해당한다.

당시 불교계의 최고 직책에 오른 통도사의 주지이며, 선사인 김구하의 논설은 기존의 공안이나 불교교리를 현대의 다양한 지식 정보를 활용하여 이해하기 쉽게 제시하고 있는 특징이 있다.

발행인 이종천의 논설로는 「종교론宗敎論」1, 2호, 「사회社會와 개인個人의 복종服從」2호, 논설 「불량청년론不良青年論」5호, 「사후死後의 문제問題」6호가 있다.

「종교론」은 독일 철학자 '슈라히마하Schlimacher'의 종교론을 상당 부분 참고하여 작성한 것인데, '神'은 '佛'과 동의어로 보고 논의를 전개하였다. ①종교적 요구 장에서는 종교적 요구는 인심의 최심최대最深最大한 요구라 하며 종교의 요구는 즉 생명의 요구라 하였다. ②종교의 본질 장에서는 신과 인간 사이 어떤 관계가 진정한 종교적 관계가 될 것인가를 고찰하였다. ③'神' 장에서는 신이란 무엇이고 불교의 신관은 어떠한지 논의하며 '오인은 最深의 內 생활에 의하여 신에 도달하나니, 즉 범부가 성불하는 소이'라고 결론을 내렸다.

「사회와 개인의 복종」은 사회는 개인의 집단이 아니고 사회적 사실을 지시함이라 전제하고 그 원동력은 모방, 관습, 암시 등이라 하였다. 복종의 관념에서 석가의 자비와 기독교의 박애가 나왔으며 그 본지는 사회적 구제에 불과하다 하였다. 궁극에는 조선 청년들에게 현 사회에 대한 복종이 국민의 의무이며, 그렇지 않으면 사회를 초월하여 불복종의 관념을 책려함이 우리들의 책임이라 주장하였다.

「불량청년론」은 인생의 가치를 청년에게 소개하여 그 책임을 반문하고자 하는 것을 목적으로 하였다. 서론에 이어 인생의 의의, 청년기의 가치, 반도청년의 현상 등으로 장을 나누어 기술하였다. 반도 청년은 호부豪富 청년이 2/3를 차지하는데, 이들이 주사나 허영에 빠져 국사國事에 무관심한 상황을 비판하였다. 또 이들은 원래 양반계급, 관료에 속한 자라 비판하며, 동포구제와 적극적 사업경영이 우리의 본분임을 강조하였다.

「사후의 문제」는 사람들에게 활력을 주고 무번뇌, 상락의 경에 처하게 함이 종교라 규정하고, 죽음에 관한 제반 문제를 기술하였다. 궁극에는 사전死前의 문제를 원만히 해결하는 것이 곧 사후의 문제를 해결하는 것으로 귀결 지었다.

이외에 이종천福山居士의 글 「사회교육社會敎育의 불비不備에 취就ㅎ야」, 「최고최상最高最上의 근본문제根本問題」는 각각 교육과 종교시론을 전개한 글이며, 「조선불교청년회창립朝鮮佛敎靑年會創立에 취就하야」는 불교청년이 세력화하기 시작하는 단계의 상황을 반영하는 선언문이다. 젊은 유학생의 지향이 불교청년회로 모아지면서 새로운 기관과 잡지를 모색하는 현실을 반영한다.

박병호는 「불교佛敎의 진수眞髓」3~5호, 「금주문제禁酒問題에 취就하야」3, 4호, 「평화平和의 근본根本은 자기自己에 구구求하라」5호, 「재계財界의 공황恐慌과 신앙信仰의 확립確立」6호, 「위인偉人을 숭배崇拜하라」6호의 논설을 게재했으며, 기타 'ㅂㄱ生'과 '太和江漁子'라는 필명으로 쓴 「운명개척運命開拓의 요소要素」6호도 울산 출신인 박병호의 글로 추정된다.

「불교의 진수」는 종교의 개념을 '悲, 情, 智'의 조화를 의미하는 것으로 규정한 후 불교만이 이를 조화하여 전미개오轉迷開悟의 목적에 도달할 수 있다고 하였고, 이하 불교의 목적과 불교의 이법理法, 인과론因果論의 여러 측면을 기술하였다.

이외 「금주문제에 대하여」는 제목 그대로 금주문제를, 「평화의 근본은 자기에 구하라」는 파리 강화조약 이후 국제연맹이 결성되어 세계 평화의 약속을 제시했지만 이는 권력에 의한 약속이며, 낙관적 기대를 가질 수 없다고 전제한 후, 영성靈性의 활동이 진일보로 진격한 지경에 도달하면 세계의 영구한 평화가 도래할 것이며 이것이 곧 종교의 사명이라 강조하였다.

「재계의 공황과 신앙의 확립」은 1차 세계 대전으로 공전에 없던 호황을 누렸으나 시세가 반등하여 공황의 시기가 박두했음을 말하여 이를 종교적 신념을 고취하여 신앙을 확립하는 것이 정신적 예방 비법이라 하였다. 두 논설 모두 급변하는 세계정세와 경제적 변화를 날카롭게 파악하면서 이에 대한 대책으로 종교적 신념을 강화하는 것으로 귀결한 글이다.

'ㅂㄱ생'의 「현대 불교가는 무엇을 위하느냐」는 포교와 교육의 성과가 미진한 불교계 현실을 지적하면서 포교사의 활발한 사회 활동을 강조한 글이다. '태화강어자'의 「운명 개척의 요소」는 운명개척의 요소로 필요한 것은 '明察의 智'이며, '제1 要義'는 자기를 스스로 알고 다음으로 타인을 아는 지식이 필요하다는 논지를 제시했는데 미완으로 마무리되었다.

이외에 김영주의 「동경불교소관東京佛敎小觀」1호, 조학유의 「인격人格의 요소要素」3호, 황기우의 「사원寺院과 종교宗敎의 부활復活」 등을 비롯하여, 송설우의 「수양론修養論」1호, 김진목의 「최근最近 기독교基督敎의 성인盛因과 불교佛敎의 자각自覺을 촉促함」4호, 문세영의 「나의 종교관宗敎觀」4호 등은 대부분 유학생 출신이거나 현재 유학생 신분으로 투고한 것인데 대체로 종교론, 수양론, 종교시론의 내용을 담고 있다.

『축산보림』의 논설은 근대 종교와 불교의 성격과 지향을 개진하여 불교청년들의 교양을 형성하는 다양한 글이 수록되어 있다. 아울러 일본 불교유학생의 불교적 지식장이 전달되는 근대불교 유입의 장으로, 교양의 장으로 존재하고 있다. 이들의 소개로 일본에서 얻은 근대불교의 개념과 학술적 시야가 고스란히 소개되어 있다는 점이 『축산보림』의 한 특징이다. 그리고 이러한 경향 가운데 『조음』은 시사적 비판 의지가 좀 더 강하게 표출되며, 청년담론이 비중 있게 제시되는 경향이 있다.

『조음』의 논설은 이종천, 박병호, 강성찬, 외솔, 김경봉, 오봉빈, 장지연이 작성하였다.

이종천의 「불교佛敎의 정치관政治觀」은 '사회가 없는 개인의 가치가 어디에 있으며, ○○○○○ 오인의 행복을 어디서 구할까' 반문하면서 '조선의 불교가 조선의 정치를 알지 못한다면 그 또한 우리의 신앙대상이 되지 못할 종교'라 하였다. '정치관의 유래'에서는 '佛典 中 最古한 諸阿含中에 散說'되어 있는 것으로 소개하였다. 조선이 처한 현실 정치를 은근히 전제하면서 불교경전의 정치론의 근거를 소개한 글이다.

박병호, 「사회社會의 향상向上과 사상통일思想統一」은 '우리 반도의 사상계가 혼란하고 불통일한 비극적 현상'을 보인다고 하며 민주주의와 평화주의, 관료주의와 군국주의, 사회주의와 무정부주의, 국가주의와 전제주의, 개인주의와 자유주의 등으로 '사상 혼란'의 양상을 소개하였다. 결론으로 '우리의 사상 통일이 사회의 향상 즉 사회의 개조상 제일 긴절한 근본문제'라 하였다. 약간은 추상적인 문제제기에 그친 감이 있다.

강성찬夢夫生의 「행복자幸福者가 되여라」는 행복론을 전개한 다음 반만년의 우리 역사에서 행복한 예로 첨성대 등을 들었다. 최종 문장은 '아아 불행복자여, 아아 불행복자여'로 마무리하였다. 그 앞에 2행에 걸쳐 삭제표기(○○)가 되어 있는 것으로 보아 국권 박탈이라는 불행의 현재 진행형에 대한 폭로가 이어진 것으로 보인다.

외솔의 「오인吾人의 급선무急先務는 하何인가」는 실업장려를 주제어로 삼고 하위 항목으로 이천만 생령의 생활을 보전키 위해 무엇을 해야 할 것인가를 논한 글로 ① 걸인 많음으로, ② 농업뿐임으로, ③ ○○○○, ④ ○○

○○로 항목을 나누어 개진하였다. 경상도, 황해도의 걸인단이 기십 명에서 기백 명 씩 이동하며, 강원도에 집합처가 있다는 등 당시 민초들의 고초의 실상을 구체적으로 제시하였다. ③과 ④장은 모두 결락되었는데 앞서 제시한 고통보다 더 절실한 내용이 담겨있었을 것으로 추정된다.

이와 같은 현실에 대한 분석과 폭로에 이어 청년을 호명하며 그들에 대한 희망과 권면의 내용을 담은 논설이 게재된 것은 상호 호응하는 것으로 자연스러운 귀결이라 하겠다.

김경봉鏡峰生의 「대몽大夢을 속각速覺하야 분기奮起하라」는 꿈을 깨 보니 우리 가족 문정門庭에 대변大變이 났다는 현실을 제시하고 꿈을 깨어 생각하고, 맹성하고 분기하여 용진하고 역행할 것을 주장한 글이다. 시대 인식과 청년들에 대한 분투 권면의 메시지를 담은 법어이다.

오봉빈의 「청년靑年과 희망希望」은 미래는 청년의 시대라 전제하면서 알렉산더, 나폴레옹, 워싱턴을 부러워말고 실력을 양성하자는 주장을 폈다.

장지연嵩陽山人의 「권고불교청년제군勸告佛敎靑年諸君」은 불교청년회의 조직에 대한 기대를 담은 글이다. 현금세기는 청년의 시대라 전제하며 청년단체 조직의 본의는 일체중생의 구제와 사회의 개조하 하며 분발하여 삼천리 청구靑丘 동포로 하여금 신사상을 발휘케 하자는 것으로 마무리하였다.

2) 학술기사 양상

불교청년들이 주요 독자요, 집필자요, 투고자인 『축산보림』에는 상대적으로 학술적 담론을 담은 성과가 미진하다. 이종천의 「조선문학사개론」 2~4호은 한국문학 최초의 '문학사'로서 의의가 크다.

글은 크게 ① 문학적 사상의 변천, ② 삼국시대의 문학, ③ 삼국시대문학의 유전과 그 특색, ④ 고려시대의 문학, ⑤ 고려문학의 계통으로 이어지며, 조선시대문학은 제목 없이 (1)(2)로 구분되어 있다. 시기적으로는 단군신화에서부터 선조 이전의 조선시대 문학까지 서술했으며, 삼국시대, 고려시대, 조선시대를 각각 2장으로 구성하여 균형을 보여주었다 할 수 있다. 그러나 서술 내용과 지향은 고려시대 문학에 더 큰 가치를 두고 서술하였다. 이러한 평가는 저자가 불교의 수입과 문화적 창조에 대해 매우 큰 가치를 부여한 결과이다. 시대구분도 삼한이전은 '창시시대', 삼한과 고려시대는 '개화시대', 이조 이후는 '파괴시대'로 규정한 데서 잘 드러나 있다.

2장에서는 신라, 백제 고구려의 불교 유입의 역사를 소개하고 이로 인해 학문, 기술, 예술이 동시에 꽃을 피운 시기로 규정하였고, 3장은 삼국 통일로 인해 당의 문화가 유입되어 발전이 극도에 달했다고 주장하였다. 불교를 국교로 정한 사실, 설총의 이두 창조에 의미를 부여하고 최치원의 저술과 시풍詩風을 약술하였다.

고려시대 문학은 왕조 출범 당시부터 불교를 강조하였고 문종의 아들 의천이 장경을 간행하여 조선문학의 기초를 공고히 한 것으로 평가하였다. 이후 유교가 유입된 역사를 소개하며 김부식의 삼국사기에 대해 비판적으로 평가하고 최충, 이인로, 이규보의 문학과 정몽주 죽음의 의의까지 기술하였다. 불교와 유교, 중국서적의 유통, 대장경 간행 등 다양한 문화사 지식이 문학사의 이름으로 기술된 것이다. 고려시대는 다시 묘청의 난과 김부식 출현 이전을 불교의 극성시대, 그 이후를 유학의 부흥시대로 구분하며 유교의 홍성이 불교의 자극에 있음을 서술하였다.

조선시대는 다시 선조 조를 기준으로 이전의 극성시대와 이후의 파괴시대로 나누었고, 이중 극성시대에 국한하여 논의를 전개하였다. 마지막 장에서는 세종조를 중심으로 다양한 문화적 창조 양상을 소개하였다. 성균관 신설, 보문관寶文館 설치, 활자판 발명, 조선글 발명 등을 들어 이 시기가 문명의 진보를 이룬 시기로 평가하고 서적 발간의 현황까지 서술하였다.

『조음』의 경우 전문적인 학술 논문은 보이지 않는다. 개혁 정신으로 무장한 불교청년회의 잡지는 학술 기사를 담기에는 발행인이나 수용자 모두 여력이 없었을 것으로 추정한다.

3) 문예의 양상

기존의 불교계 잡지에 비해 현실문화에 눈을 뜬 불교청년이 주도하고 투고한 『축산보림』에는 자연스럽게 당시 명멸하던 문학이 상대적으로 다양하게 등장한다.

〈표 2〉 『축산보림』 문학 작품 목록 – 장르별

호수	필명(찬자)	대표명	제목	비고
1호	鷲林學人夢夫生 朴映湖	강성찬 박한영	「五月田家」「仲秋將歸省鄕第渡洛東江有感」 「馬山敎堂謹次張韋菴先生韻」「宿晉州護國寺」 「宿白雲菴」「秋山月夜」－鷲林學人夢夫生 「三釜淵暴布」「重登永平金水亭」－朴映湖	한시 「詞藻」
2호	鷲山夢夫 朴映湖 鷲山夢夫 朴秉鎬	강성찬 박한영 강성찬 박병호	「梅花」－鷲山夢夫 「鐵原寶盖深源寺」－朴映湖 「白雲山寺口呼」－鷲山夢夫 「將向寶林社別故園諸友」－濠觀朴秉鎬	한시 「詞藻」
3호	濠觀 撰	(김부식 외)	「啞鷄賦」－金富軾 「蜀葵花」－崔致遠	한시 「海東文苑」
3호	夢夫 映湖 濠觀 夢夫 鄭基昌 朴宣鎬	강성찬박한영 박병호 강성찬 정기창 박선호	「歲暮懷朴映湖先生」－夢夫 「北林淸夜追和嵸上人寄韻」－映湖 「春夜逃懷」－濠觀 「又」－夢夫 「雨中觀釣」－呑海生 鄭基昌 「祝鷲山寶林」－怡堂 朴宣鎬	한시 「詞藻」
4호	濠觀 撰	(석선탄 외)	「白鷺行」－釋禪坦	한시

호수	필명(찬자)	대표명	제목	비고
			「石不可奪堅」-金良鏡 「厭觸舍人廟」-釋大覺 「江南女」-崔致遠	「海東文苑」
4호	夢夫 濠觀	강성찬 박병호	「漢城歸路戲贈濠觀詞伯」・「雨過三浪津」 「漢城鐘路」-夢夫 「歸山日戲和夢夫詞伯」・「樑峰小宴」-濠觀	한시 「詞藻」
6호	夢夫生	강성찬	「題晉州矗石樓」-夢夫生	한시 「漢詩」
1호	ㅈㅅ生	미상	(新詩)「눈물과 피」	4.4조
2호	松軒生	미상	「望月」	창가조
4호	申東園	신동원	「思鄕歌」	창가조
4호	ㅁㅎ生	미상	「봄의 노래」	창가조
5호	平壤 雲生林	미상	「虛僞!」	시
6호	鳳岳山人	미상	「故鄕을 作別」	창가조
6호	흰옷	미상	「친구야 아느냐」	시
2호	米國호-宋氏 原著	호-송씨	「災禍의 夢」	번역소설 (美)
3호	太和江漁子	(박병호)	(단편소설)「短棹春夢」	소설
4호	濠觀	박병호	(장편신소설)「血裂裟」①	소설
5호	濠觀	박병호	(장편소설)「血裂裟」②	소설
6호	安岳楊晉遠	양진원	(단편소설)「破毀」	소설
6호	濠觀散人	박병호	(장편소설)「血裂裟」③	소설
6호	綠蕉山房主人	미상	「無料의 劇場」	희곡 만평
3호	鷲林人	미상	石南寺까지	기행문
2호	靈鷲沙門	미상	雲門寺의 盤松이라	기행문
5호	在日東文世榮	문세영	追想一念	수필
5호	曉星金成律	김성률	雨日午後	수필
6호	ㅂㄱ生	미상	月下의 感傷	수필

한시는 이 시기에도 지식인의 내적 교유의 산물로 여전히 지속되던 장르이다. 1호는 '鷲林學人夢夫生' 찬으로, 3호, 4호는 '濠觀' 찬으로 선별하여 수록하였는데, 한시의 내용을 검토하면 축림학인몽부생은 기자 강성찬이며,[26] 호관은 주필 박병호이다. 가장 많은 작품을 발표한 이는 강성찬이

며 석전 박한영, 박병호의 시가 비중을 차지하고 있다. 박한영의 기행시 1~3호, 삼부연폭포, 금수정, 심원사, 백운산사는 20년대 최남선, 이광수 등과 함께 금강산, 한라산, 백두산 등지를 답사하던 활동의 전사前史로 파악되며, 그의 국토에 대한 발견은 바로 이 시기부터 시작된 것으로 보인다.

시 작품인 「눈물과 피」 1호, 「망월」 2호, 「사향가」 「봄의 노래」 4호, 「고향을 삭별」 6호 등은 7 · 5조 위주의 창가조에 가깝다. 현대 자유시의 시초로 평가받는 주요한의 「불놀이」가 1919년 2월 동인지 『창조』에 발표된 것을 보면, 전문적인 문사가 아니었던 청년들이 창가의 구투를 완전히 벗어나지 못한 습작 형태의 시를 투고한 것은 당시의 문학 풍토를 반영하는 것이다. 평양 운림생의 「허위」 5호, 흰옷의 「친구야 아느냐」 6호는 형식적으로 진일보한 형태의 자유시이나, 감정의 과잉과 구투의 표현으로 수준을 평가받기에는 미진한 작품이다.

소설은 한 편의 번역소설과 세 편의 창작소설이 있다.

미국 호-송 씨의 「재회災禍의 몽夢」 2호은 개인이 가지는 불행의 부피에 관한 단편 소설로서, 「주홍글씨」, 「큰바위 인물」로 유명한 미국의 소설가 나다니엘 호손1804~1864의 작품이다. 옥황상제의 심판에 따라 이 세상의 모든 불행을 한곳에 모으고 서로의 재앙을 바꾸는 우스꽝스러운 소동을 벌인 후에 '각각 무거운 짐 벗어버리고 그전에 가지고 있던 짐을 가져가라'는 명에 일동이 희열과 안도를 느꼈다는 내용이다. 우의적이고 상징적인

---

26 수록된 한시 작품 중 '鷺林學人夢夫生' '鷺山夢夫' '夢夫'라는 호를 가진 인물의 작품이 다수 있다. 박한영과 수답한 시(4호, 강성찬의 「세모회박영호선생」, 박한영의 「북림청야추화찬상인기운」)도 있는 것을 보면 박한영의 제자일 가능성이 있다. 한편 '몽부'의 작품에 자신을 '姜郎'이라 한 부분이 있고, 박한영이 준 시 가운데 '璨上人'이란 표현이 있는 것을 보면 취림학인, 축산몽부, 몽부는 바로 『축산보림』의 기자인 강성찬으로 추정된다.

이야기를 낭만적으로 묘사한 작가의 특기가 잘 드러나 있는 흥미로운 번역소설이다.

태화강어자박병호로 추정의 「단도춘몽」은 큰 부자는 아니나 넉넉했던 어부 가족 다섯 식구가 겪는 황망한 고난사를 다루었다. 마지막에 어부가 낮잠 자는 동안 꾸었던 꿈 이야기였음을 밝히면서 스토리가 마무리된다. 작품 에는 우연성이 개재되어 약점으로 작용하지만 스토리에 긴장감이 살아있 고 결말 또한 급속한 반전으로 마무리되어 당시 독자들에게 흥미를 불러 일으킨다. 행복의 터전을 빼앗긴 내용과 후반부의 상징적인 묘사는 나라 를 빼앗긴 조선의 현실을 은유하는 것으로 볼 수 있다.

박병호호관의 「혈가사」 4~6호, 『조음』 1호는 미완으로 끝난 추리소설이다. 『축 산보림』에는 본격적인 전개에 앞서 경성 남산공원이라는 공간적 배경, 이 협판의 딸 이숙자와 안동에서 올라온 고학생 권중식이라는 등장인물을 소 개하였고, 본격적인 사건의 발생, 즉 남산공원에서 죽은 남자를 발견하는 장면까지 전개되었다.

안악 양진원의 「파훼」는 이원순이라는 부자가 감사의 딸을 혼인시켜 주 겠다는 기생 설매의 꼬임에 너머가 온 재산을 탕진하고 인력거 보행꾼으 로 하루를 지낸다는 이야기로 본격적인 소설은 아니고 근대 이전의 야담 같은 꽁트에 해당한다.

녹초산방주인의 「무료의 극장」은 머리말, 1막, 2막으로 구성되어 희곡 장르에 가깝다. 구시대 인물頑固生員이나 겉만 개화한 인물假明人이 등장하여 나눈 대화를 제시하고 작가가 비평하는 식의 구성으로, 시사만평에 희곡 적 요소를 가미한 수준이다.

<표 3> 『조음』 문학 작품 목록 – 장르별

호수	필명	대표명	제목	비고
1호	ㅂ生	미상	「小蕾의 運命」	시
1호	새볫메	미상	「새 가을 봄」	시
1호	외솔生	미상	「故金君을 弔함」	시
1호	솔	미상	「젊은이들아」	시
1호	金成律	김성률	「山翁의 富」	시
1호	曉星	김성률	「하트의 상처」	시
1호	金九河 徐海曇	김구하 서해담 (증곡치익)	「山家早秋」－金九河 「淸秋旅懷」－徐海曇	한시 「漢詩」
1호	濠觀	박병호	(장편소설) 「血裂裟」④	소설
1호	한돌	미상	安養 東臺에서	수필
1호	曉星	김성률	岐路에서	수필
1호	河玟昊	하민호	月夜의 感懷	수필
1호	春堂生	미상	ㄹ先生의게	수필
1호	綠蕉山房 主人	미상	「無料의 劇場」	희곡 만평

『축산보림』에 수록된 근대시는 내용과 표현에서 습작 수준의 작품이 대부분이었다. 『조음』의 경우 상대적으로 다양한 시상의 작품이 수록되어 있다. 작은 싹이 피어나 풍파를 겪고 찬란한 꽃과 과실을 맺는 과정을 노래한 산문시「소뢰의 운명」, 청년의 본뜻을 낙관적으로 전개한 작품「젊은이들아」, 근대적 삶과 거리가 먼 평범한 촌로의 여유 있는 삶을 부러워하는 작품「산옹의 부」, 젊은이의 광야에 독보하는 듯 미몽에 반환하는 듯한 삶의 불안한 심리를 영탄조로 토로한 작품「하트의 상처」 등이다. 내용과 함께 산문시 율격을 채택하는 등 좀더 다양한 시도가 전에 비해 두드러진다. 한시로는 김구하와 서해담의 화답시가 유일한데 가을 산속의 풍경과 나그네가 느끼는 감상을 읊은 칠언절구이다.

소설은 『축산보림』에 이어 「혈가사」 제4회가 연재되었다. 시간이 흘러 남산에서 죽은 또 다른 사람은 정 남작이며, 그의 손에 쥐어진 머리카락은 이숙자의 것으로 밝혀졌다. 탐정 방규일, 윤석배가 서로 추론을 거듭하며 이숙자의 범인 여부에 대해 상반된 태도를 보여주는 것으로 마무리되었다. 속도감 있는 진행, 비교적 사실적인 장면묘사, 두 수사관의 심리 묘사가 독자를 유인하는 충분한 요소이다. 비로소 제4호에 이르러 추리소설의 성격이 선명하게 드러났다.

『축산보림』 6호에 이어 연재된 「무료의 극장」은 양반파, 수전노守錢奴를 등장시켜 시류를 비판하는 내용을 담은 시사만평이다. 3막에서는 시대와 어울리지 않는 양반의 모습을 나열한 후, 지금의 양반은 학교 졸업생이라 평하였고, 4막에서는 돈놀이하는 채권자를 청자로 등장시켜 학교설립, 자선사업, 동포구제에 힘쓸 것을 제언하였다.

4. 학술 성과

편집인 이종천이 연재한 「조선문학사개론」2~4호은 한국 최초의 문학사인 안자산의 『조선문학사』1922보다 앞서 있다. 비록 고려시대까지의 기술에 머물고 말았지만, 1918년 간행한 『조선불교통사』이능화와 함께 불교계 국학 연구의 성과를 보여주었다.

다만 이 시기는 아직 '문학'이라는 개념이 새로 형성되던 시기였기 때문에 우리가 인식하는 문학 자체의 발전사로서 문학사와는 다른 특징이 있다. 현재적 관점에서 문학을 거론하기보다 역사의 교체, 사상의 부침, 문헌의 생성, 문자의 창조 등 다양한 문화사적 현상이 나열되어 있다는 점에서 그가 생각하는 문학은 불교를 중심에 놓은, 좀 더 포괄적인 종교문화사의 개념에 가깝다.

한편 기자조선의 문학은 중국문학의 지게미에 불과하여 우리 문화적 발전에 도움이 되지 않으며, 단군신화가 우리 역사의 산모産母됨을 강조하는 등 논의의 출발점에 민족문학사적 인식이 드러나 있다. 서경덕과 이황 등 우리의 철학과 문학에 대해 자부심을 강조하는 마무리 부분 역시 전체적인 서술의 기조가 민족문학에 있음을 보여준다.

학계에서 최초의 문학사로 인식되는 임화의 『조선문학사』는 상고문학의 기원을 종교적 신화 즉 '종倧'에서 비롯되는 것으로 전제한 정신사를 중시하는 문학사이다. 이 책은 문학의 흐름뿐만 아니라 불교와 유교의 사상적 흐름과 교체에 주목했으며, 지눌·혜심·일연·혼구·운묵·각운·충지·의천·천인·신탄·진정·성민·굉연·혜근 등 고승의 저술을 낱낱이 제시하고 있다. 이는 이종천의 문학사가 정신사, 사상사적 맥락에서 생성된 문화사 중심의 서술을 보이고 있는 것과 상통한다. 이런 의미에서 이종천의 문학사는 직접 영향을 주었든, 시대적 경향이 그러했든, 임화의 문학사에 영향을 준 것은 분명해 보인다.

5. 문예 성과

『축산보림』은 논설과 문학으로 대별하여 투고를 권장하였고, 문학도 시, 한시, 소설 등 구체적인 장르를 제시하고 있어 기존 잡지와 다른 문화적 확장성을 염두에 둔 점이 특징이다.

수록된 시는 전 시대의 창가조 작품이 대부분이며 자유시 형식의 두 편역시 내용과 표현에서 감정의 과잉과 투식으로 인해 일정한 수준에는 이르지 못한 한계가 있다.

소설은 특히 주필이었던 박병호의 창작 소설이 두각을 나타내었다. 작품을 통해 기존 양반의 후예인 친일 귀족의 양태를 폭로하는가 하면, 재산을 몰수당한 가족을 통해 나라 빼앗긴 조선의 현실을 은유적으로 표현하기도 하였다. 「혈가사」의 경우 개연성 있는 스토리에 사실성 있는 인물 묘사로 한국 최초의 추리소설로 평가받았지만, 작가가 스토리에 개입해 해설한다든지, 우연성과 비약이 있다든지 하는 점은 한계로 작용한다.

『조음』에 수록된 문학 작품으로는 기존 연재하던 소설 「혈가사」 외에 근대시 6편이 주목된다. 비교적 다양한 시상을 담아내었고, 기존의 고답적 창가조에서 벗어나려는 움직임이 보이며, 내적 리듬을 지닌 산문시도 등장하였다.

『축산보림』과 『조음』에 수록된 문학 작품은 격변하는 시기 불교청년들의 시대인식을 보여주고 청춘 시기의 감성을 소박하게나마 표출하여 불교잡지에 활력을 불어넣었다는 점에서 그 의의가 있다.

『금강저』

동경 불교유학생의 정체성

1. 전개사

『금강저金剛杵』통권 26호, 1924.5~1943.1는 일본 동경을 중심으로 한 불교유
학생회의 잡지다.[1] 학술논설에는 여러 주제에 걸쳐 리포트 수준의 글에서
부터 졸업논문이 섞여 있어 이 시기 유학생이 받아들인 근대불교학의 범
위와 내용을 파악할 수 있다. 문학에서는 자유시를 지향하는 작품이 다수
를 차지하고 있다. 기존 불교잡지에 보이는 고답적인 문학을 벗어나 자유
시 경향이 있는 것은 근대문학사의 흐름을 앞서 공유한 까닭이다.

---

[1] 간행연도를 보면 1924년 4호, 1925년 4호, 1926년 3호, 1927년 3호, 1928년 2호, 1929년
2호, 1931년 1호, 1932년 1호, 1933년 1호, 1937년 1호, 1938년 1호, 1940년 1호, 1941년
1호, 1943년 1호 간행되었다. 1930년, 1934~1936년, 1939년, 1942년은 간행되지 않았다.
매년 4호부터 3호 간행기를 거쳐 2호, 1호 간행으로 줄어드는 경향이 있고, 정간과 복간을
반복하였다.

1) 창간의 배경과 경과

1924년 5월 1일, 동경불교유학생회에서 『금강저』를 창간하였다. 일본 유학생의 잡지는 이미 1907년 대한유학생회에서 간행한 『대한유학생회학보大韓留學生會學報』대한유학생회, 통권 3호, 1907.3~5가 있고, 1910년대 이후에는 다양한 학회와 동인이 잡지를 발행한 바 있다. 『근대사조近代思潮』황석우 발행, 통권 1호, 1916.1, 『여자계女子界』동경여자유학생회, 1917.6~미상, 『기독청년基督靑年』동경조선기독교청년회, 통권 15호, 1917.11~1919.12, 『현대現代』조선기독청년회, 통권 9호, 1920.1~1921.2, 『학지광學之光』동경조선유학생학우회, 통권 29호, 1914.4~1930.4, 『학우學友』경도제국대학기독교청년회, 통권1호, 1919.1, 『창조創造』주요한 외 동인, 통권 9호, 1919.2~1921.5 등으로, 이들 잡지는 1910년, 20년대의 시대적 변혁의 목소리를 담아내었고 한국 근대문학의 첫 장을 마련하는데 기여한 바 있다.[2]

바로 이 시기 일본에는 조선의 유명 사찰에서 선발하여 보낸 사비寺費(公費) 유학생이 속속 동경을 중심으로 모이기 시작[3]하였고, 젊은 불교청년의 열정이 모여 하나의 조직으로 규합되었다. 이렇게 만들어진 동경불교유학생회에서는 잡지 발간을 통해 상호친목을 도모하는 한편, 각 대학에서 새로 받아들인 근대불교학의 면면을 논설로 발표하였고, 조선불교를 위한 격정적인 개혁 담론을 분출하였다.

조선 각지의 사찰에서 일본에 유학생을 보낸 이유는 불교의 근대적 재정립과 불교계의 발전을 위한 현실적인 필요성이 있기 때문이다. 1911년

---

2   김영민, 『1910년대 일본 유학생 잡지 연구』, 소명출판, 2019 참조.
3   일제 강점기 재일 불교유학생의 수는 360명 정도가 파악되며, 이들의 입학연도는 1910년대 전반 14명, 후반 5~12명, 20년대 전반 62명 이상, 후반 64명 이상, 30년대 전반 32명 이상, 후반 117명 이상, 40년대 전반 69명 이상이다. 이경순, 「일제시대 불교 유학생의 동향」, 『승가교육』 2집, 대한불교조계종교육원, 1998.

사찰령 반포 이전에 보현사普賢寺의 金法龍, 金承法이 경도京都 하나조노중학花園中學에 입학한 것이 일본 유학의 효시이다.[4] 1914년을 기준으로 보면 조선 승려로서 일본에 유학한 이는 13인이다.[5] 대표적인 인물은 건봉사 이지광, 용주사 김정해, 장안사 이혼성, 쌍계사 정황진이상 曹洞宗大學, 해인사 조학유豐山大學 옥천사 이종천東洋大學 범어사 김도원日本大學 등이다.

본서의 『조선불교총보』편에 소개한 것처럼 1913년에 渡日한 이지광 김정해 이혼성이 1918년 7월에 귀국하여 총독부를 방문하고 주요 본사와 각 기관에서 성대하게 환영을 받고 주요 요직에 직입한 하나의 의미 있는 '사건'은, 표면에 드러나지는 않았으나 30본산을 중심으로 여러 학생에게 자신들이 지향해야 할 하나의 행로로 강하게 각인되었을 것임에는 틀림없다.

한편으로는 1919년 3월 1일을 기점으로 조선독립운동이 발발한 후, 민족적 활로는 교육에서 찾아야 한다는 사회적인 분위기 속에서 조선 사찰의 소년, 청년 불교도도 경쟁하듯 경성으로 일본으로 향한 결과 다수의 불교유학생이 파견되었다는 증언도 있다.[6]

1920년 4월 11일, 동경조선불교유학생 정황진, 엄용식, 김상철, 성기현, 김경주, 박경순, 강성인, 박종수, 이도현, 신태호, 신현철이 동경에서 모여 '조선불교유학생학우회' 발기 총회를 열고, 세계정세 변동에 따른 개조의 시대에 조선불교의 혁신을 위해 실천하자는 취지의 발기서를 작성하였다. 1년 후인 1921년 4월 1일 제2차 정기총회에서는 회명 명칭 개정을 결의하고, 그해 4월 7일 재일본조선불교청년회 제1회 정기총회를 개최하

---

4 강유문, 「東京朝鮮佛敎留學生沿革一瞥」, 『금강저』 21호(1933), 22면.
5 위의 글(『조선불교통사』 재인용).
6 위의 글, 23면.

였다.[7] 아마 이때 불교유학생의 잡지 발행도 안건에 올랐을 것으로 추정되는데, 잡지는 3년 후인 1924년 5월 1일 창간되었다.

『금강저』 1~14호는 현전하지 않으며 목차만 확인할 수 있다.[8] 창간호가 결호이기 때문에 창간의 변을 담은 창간사를 확인할 수 없다. 다만 현전 잡지의 일부 호에 회고담이 수록되어 있어 그 정황을 짐작할 수 있다.

동경에 유학하던 이지영, 김상철, 이덕진 세 분이 제1차로 大崎町에 모여 잡지 발간을 꾀한 뒤, 제2차로 주영방, 강재원, 이영재 세 동지를 손잡게 되고, 제3차로 김태흡, 김정원, 유이청 세 동지를 맞나 냉수에 信字를 써서 연령 차례로 마시고 맹서한 다음에 잡지 하나를 세상에 보냇스니 이것이 금강저이다. 이 잡지는 무슨 會가 조직되면 다반사로 발간되는 잡지 싸위나 이것을 팔어 私腹을 기름지게 하거나 자기의 명성을 낚시질하는 機械와는 전연 그 성질이 판이하엿다.[9]

잡지 창간의 주역들은 창간 준비 기간에 몇 차례의 회합을 거친 후, 마침내 1924년 5월 1일에 이영재를 책임편집자로 추대하여 창간호를 간행하였다. 상기한 일본유학생의 잡지는 기독교계, 여자 유학생회, 문인 동인, 개인 등 다양하였는데, 개인이나 동인이 주간하는 잡지는 대부분 창간

7　취지는 큰 차이가 없었고 이후 십 년간 조선불교유학생회와 조선불교교계에 대하여 적지 않은 업적을 남긴 것으로 평가되었다(위의 글, 24면). 1920년대 재일불교유학생 단체의 출범과 변동 양상과 그 의의는 김광식, 「1920년대 재일 불교유학생 단체 연구」(『한국근대불교의 현실인식』, 민족사, 1998) 참조.
8　「총목차」, 『금강저』 21호(1933), 57~66면.
9　박윤진, 「金剛杵 續刊에 際하야」(19호)와 김진원, 「금강저 속간에 제하야」(22호)에도 『금강저』 발간의 역사가 소개되어 있다.

제2장_『금강저』　281

호가 종간호가 되거나 몇 호 지나지 않아 종간되는 경우가 대부분이었다. 이에 비해 불교계 잡지『금강저』는 태생부터 개인의 이익이나 판매를 목적으로 하지 않았고, 조선불교의 발전이라는 원대한 공심公心이 싹이 되었고 학우들의 순수한 종교적 학술적 문예적 취향을 공유한 공간이었기 때문에 조직적으로 안정된 구조를 지니고 있었다. 인용문은 이러한 점을 잘 드러내고 있다.

인용문에 따르면 창간호에 동참한 '同人'으로는 이지영, 김상철, 이덕진, 주영방, 강재원, 이영재, 김태흡, 김정원, 유이청 등이다. 이지영夢庭生, 李龍祚, 이영재梵鸞, 김태흡素荷, 大隱은 이후의 발행에서도 주도적 역할을 담당한 바 있다. 처음에는 별다른 기금 없이 각자의 '주머니 돈'을 모아 간행하였기 때문에 재정적 형편은 매우 열악하였다. 발행을 주도한 유학생들 스스로는『금강저』를 "無産者의 標本的 잡지, 域境兒의 대표적 잡지, 先天的 貧血兒의 잡지라고 自叫"[10]했다는 것을 보면 경제적인 제약이 매우 컸음을 짐작할 수 있다.

그러나『금강저』창간호가 본국의 불교계에 끼친 영향이 매우 컸고 많은 독자층을 확보했던 것으로 보인다. 예를 들어 권상로가 발행한『불교』의 창간호에는『금강저』의 창간으로 큰 자극을 받았다는 기사가 수록될 정도였다.[11] 이러한 영향으로『금강저』3호부터는 고국의 각 사찰에서 동정금이 쇄도하여 경제적 기반을 마련하였을 정도로『금강저』가 준 반향

---

10 위의 글,『금강저』19호(1931.11), 46면.
11 "(『금강저』동경유학생회 발간 소식) 풍부한 그 취미, 미려한 그 문사, 그것을 볼때에는 내 것 변변치 안는 것을 자각하겠다. (…중략…) 이러한 허물을 自知하는 下에서 참아 대금을 줍시사고는 염치가 업습니다. 그래서 無代進呈이라는 사개자로 온갖 흉허물을 쓰러 덥히려 합니다."(「편집여묵」,『불교』1호(1924.7), 77면)

은 실로 컸다.[12] 그러나 이후 자금 마련에 상당한 어려움을 겪는 일이 다반사였기에 발행인을 포함한 발행의 주체들은 자금의 모연에 상당한 고심을 하지 않을 수 없었다. 종종 등장하는 발간의 모연을 위한 국내 사찰 답사 기록, 모연금 수집 상황의 기사와 광고 등이 이를 반영한다. 그럼에도 1년에 4호가 발행된 것이 최대치였으며 점차 횟수가 줄어 1년에 1회 혹은 정간한 해도 없지 않았다. 여기에 30년대 후반 전시체제로 진입하고, 내선일체 정책을 강화한 일제의 정책과 정치상황에 따라 유학생의 잡지도 지속적으로 간행되기 어려움을 겪게 되었다.

창간호는 등사판으로, 2~14호까지는 석판으로, 15호부터는 활판으로 인쇄하여 출간하였다. 편집인은 동경유학생 중 대표 인물이 담당하였으며, 몇 개의 부서를 두고 기획, 수집, 교정, 인쇄 등의 역할을 분담하였다. 부서는 상시적으로 조직된 것으로 보이지는 않는다. 소수의 인원이 그때그때 필요한 역할을 담당하다 보니 잡지에 공식적인 조직으로 등장하지는 않는다. 소식란에 학술행사 시에는 '문교부' 주관으로 소개되는 예가 있다. 실제로는 소수의 구성원들이 일인 다역을 했을 가능성이 있다.

2) 조직과 운영 및 발행과 편집의 주체

『금강저』는 1~18호는 '재일본조선불교청년회'의 기관지로 발행되었다. 1931년 5월에는 '조선불교청년총동맹 동경동맹'으로 명칭을 변경하여 19~21호까지 발행하였고, '조선불교동경유학생회'로 명칭이 변경된 후 22~25호를 발행하였다.[1937.1~1941] 종간호26호, 1943.1에는 발행소가

---

12 박윤진, 앞의 글, 46면.

'조선불교동경학우회'로 되어 있다.

편집 겸 발행인은 이영재1~6호, 김태흡7~15호, 곽중곤16호, 오관수17호, 허영호18호, 강유문19호, 박윤진20호/21호는 미상, 김삼도22호, 곽서순23?, 24~25호, 홍영의26호 등이다.

〈표 1〉『금강저』 발행 정보표

호	발행월	발행기관	편집 겸 발행인		판종	현전 여부
			이름	소속		
1호	1924.5	재일본조선불교청년회[13]	이영재	천은사, 일본대학 종교과	등사판	×
2호	1924.7	재일본조선불교청년회	이영재		석판	×
3호	1924.10	재일본조선불교청년회	이영재		이하 같음	×
4호	1924.12	재일본조선불교청년회	이영재			×
5호	1925.4	재일본조선불교청년회	이영재			×
6호	1925.7	재일본조선불교청년회	이영재			×
7호	1925.10	재일본조선불교청년회	김태흡	대승사, 일본대학 종교과		×
8호	1925.12	재일본조선불교청년회	김태흡			×
9호	1926.5	재일본조선불교청년회	김태흡			×
10호	1926.7	재일본조선불교청년회	김태흡			×
11호	1926.10	재일본조선불교청년회	김태흡			×
12호	1927.1	재일본조선불교청년회	김태흡			×
13호	1927.5	재일본조선불교청년회	김태흡			×
14호	1927.7	재일본조선불교청년회	김태흡[14]			×
15호	1928.1	재일본조선불교청년회	김태흡		활판	○
16호	1928.6	재일본조선불교청년회	곽중곤	해인사, 동경농업대학	이하 같음	○
17호	1929.5	재일본조선불교청년회	오관수	옥천사, 일본대학 종교과		○
18호	1929.7	재일본조선불교청년회	허영호	범어사, 대정대학 불교학과		×
19호	1931.11	조선불교청년총동맹 동경동맹	강유문	고운사, 대정대학 사학과		○

호	발행월	발행기관	편집 겸 발행인		판종	현전 여부
			이름	소속		
20호	1932.12	조선불교청년총동맹 동경동맹	박윤진	고양 흥국사, 대정대학 종교학과		○
21호	1933.(11)	조선불교청년총동맹 동경동맹	(?)			○
22호	1937.1	조선불교동경유학생회	김삼도	통도사, 동양대학 학부 철학과		○
23호	1938.1	조선불교동경유학생회	(?)			○
24호	1940.7	조선불교동경유학생회	곽서순	백담사, 일본대학 법문학부 사학과		○
25호	1941.12	조선불교동경유학생회	곽서순			○
26호	1943.1	조선불교동경학우회	덕산영의 (홍영의)	유점사, 동양대학 문학부 지나철학과		○

외부 필진은 많지 않은 가운데 국내 고승 대덕의 글이 일부 수록되어 있다. 중앙불전 교장 박한영 「금강저에 대한 소감」 2호, 「題菊花」 20호, 「蓮潭과 仁岳의 관계」 20호, 방한암 「頌金剛杵」 20호, 「猫捕鼠」 22호, 백초월 「金剛杵의 노래」 2호, 김경운 「頌金剛杵」 19호 등이다. 한용운은 당시 불교사 사장으로서 19호 속간호에 표제를 써서 20호까지 사용된 바 있고, 23호에는 권두언을 쓰기도 하였다.

오대산 상원암에서 오롯하게 선수행에 전념하던 '산중불교'의 대표자 격인 방한암, 그리고 중앙불전의 교장으로 있으면서 후학들의 학문적 귀감이 된 박한영, 임제종 운동을 추진했던 활동가 한용운, 봉선사와 선암사의 대강백이자 후학들의 귀감이 된 백초월과 김경운 등이다.

이들은 유학생들이 자발적으로 권두언과 축시를 의뢰하고 법어를 의뢰한 대상으로서, 당시 불교청년들의 정신적 좌장이었음이 분명하다.

13 『금강저』 1~18호의 발행기관 명칭 정보는 강유문, 「동경조선불교유학생연혁일별」 (21호) 22~29면 참조.
14 『금강저』 1~14호의 발행인 정보는 박윤진, 「금강저 속간에 제하야」, 『금강저』 19호(1931.11), 45~47면 참조.

다만 일제 말 전시체제에서 간행된 26호에는 방한암총본산 태고사 종정의 권두언, 김종우의 「故而新たなる問題」, 권상로의 「피갈회옥被褐懷玉・의금상회衣錦尙徊」, 에다 토시오江田俊雄의 「조선청년불교자의 입장朝鮮靑年佛敎者の立場」, 이종욱총본산 태고사 종무총장의 「사상선도思想善導・종교보국宗敎報國」, 김구하의 「기동경유학생寄東京留學生」한시이 실려 있는데, 이중 일부는 일제의 의도된 시국담에 구속된 것으로서 유학생 잡지의 자발성과 순수성을 일실한 양상을 보여주고 있다. 절대 암흑의 시기가 되자 『금강저』도 빛을 잃고 26호로 종간되었다.

2. 잡지의 지향

『금강저』의 사명과 창간 목적은 창간호에 제시되었을 것이나 창간호가 전하지 않기에 일부 내용만 확인할 수 있다.

적게는 조선불교의 시대상을 討究하며 느려서는 세계의 불교와 아울러 문화의 움즉임을 遍照하야 邪正을 비판하고 死生을 啓示하야 倦怠에서 방황하는 敎徒와 절망으로 파멸되는 인류와 가치 새 운명을 개척하고 生의 문화를 창조하며 沙婆를 淨嚴하고 자유의 春光을 영원히 노래하자 함이 本願이다." (…중략…)

이 금강저가 불기 2951년(대정13년) 5월 1일에 고 이영재씨 편집으로 창간호가 소리를 첫스니, 완연히 梵天이 금강저를 執하고 아수라군을 파멸함과 가티 混沌濁流에서 一切邪惡을 파멸하고 佛陀의 正法을 擁護扶植하야 最眞과 萬善을 期함에 잇섯다. 금강저는 反動的 행위를 더할 나위 업시 痛擊하고 業鏡臺는 黑幕

에 가리여 잇는 罪相을 일일이 폭로하엿다.[15]

창간의 목적은 '혼탁한 세상에서 일체의 사악을 금강저로 물리쳐 없애고 불타의 정법을 옹호하여 널리 확산시키는 것'이다. 이를 통해 세상에 진리와 선을 추구하며 불법의 바른 실현을 거스르는 반동적 행위와 흑막에 가려져 있는 죄상을 폭로하고 격파하려는 강한 의지를 드러냈다. 현실적으로 보면 조선 불교계에 만연해 있는 여러 반동적인 요소, 예를 들어 부정과 부패, 시대를 거스르는 교계의 여러 제도와 억압들, 여러 인사들의 퇴행적 행태를 여과 없이 비판하겠다는 다짐을 보여주었다.

잡지에는 창간호부터 「업경대」라는 항목을 마지막에 배치하였는데, 청년유학생들이 보는 조선 불교계의 여러 부정적 행태가 거침없이 폭로되어 있다. 불교청년회의 현실을 바라보고 개혁하고자 하는 실천적인 관점이 잡지 발간의 또 다른 목적이었을 것이다.

이러한 거칠고 열정적인 발간의 자세는 조선의 유수한 사찰에서 선발하여 보낸 유학생으로서 2~4년간의 학업을 마치고 다시 각 사찰로 돌아가야 하는 학생들의 입장이 반영된 것이다. 현해탄을 사이에 둔 조선과 일본의 거리는 국내 불교계에 대한 객관적 시각을 가지게 했을 것이고, 당국의 검열도 경성보다는 상대적으로 자유로웠기 때문에 비판의 농도가 더 강했던 것으로 생각된다.

한편 1930년대 초, 21호[1933] 간행 이후 3년이 지나 복간한 22호[1937.1.30]에는 표지와 목차 사이에 한 면을 할애하여 금강저의 이미지와 함께 새로

---

15 위의 글, 45면.

운 '강령'을 제시하였다. "우리는 佛陀精神을 體驗하며 그 敎綱을 傳承하는 導師의 實現을 期함"이라는 구인데, 문녹선의 글 「우리의 강령」 5면에 따르면, 이 강령은 '청년총동맹의 3대 강령 중 합리 宗政의 확립을 拔取한 불타 정신의 체험, 대중불교의 실현에 계합'한 것이다. 이는 합리적인 종무행정을 촉구하는 젊은 청년 승려들의 목소리가 잡지 문면에 드러난 것과 관련이 있다.

『금강저』는 전체적으로 교계의 종무행정에 대한 제언시사 논설, 불교학의 다양한 학술 논술, 현대시 위주의 다양한 문학 작품 등 세 가지 비중이 삼각형처럼 구조화되어 있다. 구체적인 해설은 없지만, 이들이 모두 불타 정신을 체득하며 교강敎綱을 전승, 전파하는 대중불교의 실현 과정 그 자체가 아니었을까 한다.

3. 잡지의 편제와 항목별 분류

『금강저』는 매 호 항목의 구분 없이 대략 10여 편의 글이 수록되어 있다. 대체로 '권두언-시론-학술논설-문예작품-업경대-소식-편집자의 글'의 순서이며 기존의 불교잡지와 다르게 문예작품의 수가 많은 것이 특징이라면 특징이다.

24호의 경우, 공지사항으로 제시한 투고 '규정요령'에 투고 가능한 글의 종류를 예시하고, 참고사항을 제시하였다.

○ 규정요령

가. 敎界, 敎政에 對한 論說

나. 學究小論文

다. 隨筆, 紀行文

라. 詩, 歌, 코싶

마. 敎界消息 等

○ 참고

가. 會員의 投稿枚數는 制限치 아니하나 揭載의 選擇은 文敎部에서 行함

나. 投稿에 關한 質疑로서 回答을 要할 時는 四錢郵券의 同封을 要함

다. 一次 接受한 原稿는 一切返送치 아니함

朝鮮佛敎東京留學生會 文敎部 白.[16]

규정요령을 기준으로 전체 목차를 다시 배열하면 크게 '교계 교정논설
－학술논설－문예작품－학생회소식－시사만평'으로 구분할 수 있다.

'참고'를 보면 투고에 제한을 두지 않았다. 물론 부분적인 검열의 흔적삭
제이 있기는 하나 국내에서 발행된 모든 잡지에 '시사적인 글은 배제'하는
방침은 표면에 드러나 있지 않다.

1) 잡지 발행 경과와 학생회 소식

〈표 2〉『금강저』 발행과 학생회 기사 목록

호수	필명	대표명	제목	성격
15호			故李英宰君 追悼文	학생회_추도
15호	李德珍	이덕진	故友李英宰君 哀悼文	학생회_추도

---

16 『금강저』 24호(1940.7), 71면.

호수	필명	대표명	제목	성격
15호	崔英煥	최범술	哀悼의 一片	학생회_추도
15호	都鎭鎬	도진호	李君이 정말 죽었서요	학생회_추도
15호	李智英	이지영	敎門의 寵兒를 일은 悲運	학생회_추도
15호	姜正龍	강정룡	李英宰君의 永眠의 報를 接하고	학생회_추도
15호	金素荷	김태흡	故李英宰君의 死를 哀悼함	학생회_추도
15호			금년 7월 이후 의연금 기부 각사 방명	금강저_기부
15호			明年度 졸업생의 氏名	학생회_졸업
16호	東山人	주동원	君去後	학생회_추도
16호			금강저사 기부금 방명	금강저_기부
17호	李智英	이지영	卒業祝賀를 밧고	학생회_졸업
17호	吳官守	오관수	新春과 卒業生	학생회_졸업
19호	朴允進	박윤진	金剛杵 續刊에 際하야	금강저_속간
19호	李璉洙	이연수	學窓漫感	학생회_불청동맹
19호	草香學人	박윤진	畏友漫評	학생회_중앙불전1회
19호	吳官守	오관수	追憶!	학생회_졸업
19호	記者	강유문	歸國紀	금강저_기부금
20호			送別辭	학생회_졸업
20호	黙人	강유문	제2회 中央佛專卒業生을 마즈면서	학생회_중앙불전 2회
20호	유문生	강유문	四文學士를 보내면서	학생회_졸업
21호	姜裕文	강유문	東京朝鮮佛敎留學生沿革 一瞥	학생회_명부
21호	一佛子	(강유문)	十八人印象記	학생회_중앙불전졸업생
22호	文琭善	문녹선	우리의 綱領	금강저_강령
22호	金鎭元	김진원	金剛杵 續刊에 際하야	금강저_속간
22호	姜裕文	강유문	오직 慶賀합니다	금강저_속간
22호	張道煥	장도환	學界의 態度	금강저_속간
22호	再雄生	미상	三兄을 보내면서	학생회_졸업
23호	朴允進	박윤진	靑春往生記	학생회_추도
23호	郭西淳	곽서순	卒業하는 諸兄의 面影	학생회_졸업
23호			조선불교 동경유학생회 회원일람	학생회_명부
23호			금강저 축하금 방함록	금강저_기부
24호	西峯	미상	會館建設과 金綱杵에 對하야	금강저_현안
24호	梁應華	양응화	卒業生送別辭	학생회_졸업
24호			졸업생 두 형의 약력	학생회_졸업

호수	필명	대표명	제목	성격
24호			故金再雄君追悼詞	학생회_추도
24호			조선불교동경유학생회 회원일람	학생회_명부
24호			金綱杵祝賀金芳啣錄	금강저_기부
25호			추도사	학생회_추도
25호			敎界名士 招待 茶話會	금강저_명사
25호			조선불교동경유학생회원 일람	학생회_명부

학생회 소식은 개별 유학생들의 입국, 출국, 입학, 졸업 활동기록이 담겨있고, 유학생회의 회합 모임 등 잡지 발행기관의 소소한 회합의 정보가 소개되어 있다. 특히 졸업생 면면이 짧은 글이나 시조 형식으로 소개되어 고향, 출신 사찰, 중등학교 이력, 전공, 개인적 성격과 특기 등이 담긴 인상 비평기가 꾸준히 게재되었다. 21호부터는 졸업생환송을 기념하여 촬영한 사진이 게재되어 있다.[17]

유학의 역사가 축적되면서 1년 단위가 아닌 기존 유학생 명단을 소개한 항목도 유학생들에게 중요한 정보로 소개되었다. 21호, 23~25호에 수록된 연혁 및 동경유학생회 회원일람이 이에 해당한다. 19~21호에는 국내 중앙불전 1, 2회 졸업생 면면을 소개하기도 했다. 이외에 간행 직전까지 수록한 잡지의 목차를 소개한 경우도 있는데, 21호에 수록된 1~20호의 전체 목차가 그 예다.

이러한 다양한 기사 내용은 역설적으로 이국에 유학 온 젊은 청년들의 불안한 자아와 자기정체성을 끝없이 확인하고자 하는 내적 의식을 드러내는 것이다. 타국에 유학 온 사찰 장학생이라는 소수의 학생들이 가지는 동

---

17 기본적으로 학생회의 활동은 별도의 편제로 독립하여 짧은 단신 형태로 소개하였다. 「소식」(16~17호), 「우리뉴쓰」(19~21 · 23~24호), 「본회기사」(22호), 「회보」(26호)란에는 집행부의 여러 활동과 입학과 졸업 행사 등 다양한 내용이 수록되어 있다.

질성은 강한 결속력으로 자리 잡았을 것이다. 이들은 학비 이외의 경비는 소속 사찰에서 지원받지 못한 경우가 대부분이었다.[18] 경제적으로 고군분투하며 어렵게 학업을 진행하고 있으나, 귀국 후의 미래는 불확실하였기에 이들의 자기 애호에 가까운 '소식' 분량은 늘어날 수밖에 없었을 것이다.

2) 교계, 교정 논설

〈표 3〉『금강저』 교계, 교정 논설 목록

호수	필명	대표명	제목	성격
15호	彭鑑淸	팽감청	東亞佛敎靑年應有相互提携之必要	해외논설_불교청년
15호	도환	장도환	囑望의 一束	교계
16호	金大隱	김태흡	日本佛敎의 視察을 마친 諸位의게	시찰단
16호	吳官守	오관수	學人大會를 보고	학인대회
16호	유문生	강유문	佛專誕生을 보고	교육
16호	밧가는 比丘	미상	學人會에 보냄	학인대회
16호	金素荷	김태흡	故國에 도라와서-朝鮮佛敎의 曙光을 보고	시론
16호	夢庭	이지영	배속푸리	시론 수필
16호	金孝敬	김효경	同志의게 檄함	시론
16호	청년회 일동		視察團 一行 前에	시찰단
17호	金剛子		僧侶大會에 對한 各觀 -조선불교승려대회를 발기한 제군의게	승려대회
17호	夢庭生	이지영	僧侶大會를 듯고	승려대회
17호	한양 化竹	미상	僧侶大會를 發起한 諸兄들의게	승려대회
19호			敎政統一運動의 展望	교계교정
19호	雷默	미상	住持論	교계교정
19호	丁鳳允	정봉윤	敎界現狀의 諸問題에 對하야	교계교정

---

18 한 예로 오관수의 고백을 보면 인력거 운전 등 온갖 잡일을 하며 생활난을 해결해 나가는 경우도 있다(「못할 것은 苦學이다」, 『불교』 23호(1926.5) 37~40면). "(불기) 2953년 3월 4일 밤 9시에 納豆를 팔고와서"라는 附記가 있는 이 글은 각고 면려하는 한 유학생의 삶이 생생하게 드러나 있다.

호수	필명	대표명	제목	성격
19호	유문	강유문	教界短評	시론
20호			朝鮮佛教徒의 實踐運動을 提唱함	교계교정
21호			何時定乎	교계교정
21호	趙大順	조종현	鬪爭力의 强化(격언류)	학생운동
21호	少翁	미상	吾輩의 不察을 論하야 斷乎 反醒을 促함	교계교정
22호	東遊	미상	寺院과 僧侶	시론
22호	方漢巖	방한암	猫捕鼠	법어
22호	素熊	미상	柳葉氏의 參禪問答駁議를 評'彰'함	잡지논쟁
22호	鷄龍山人	미상	林和氏의 '學藝自由의 擁護'를 읽고	잡지논쟁
23호	東雲	미상	朝鮮佛教統制機關總本山建設에 際하야	총본산
23호			조선불교 좌담회 – 교육문제	교육
23호	姜裕文	강유문	朝鮮佛教中等教育問題	교육
24호			朝鮮佛教 新展開에 就하야 當路者의 猛省을 促함	교계교정
24호	郭西淳	곽서순	人才養成에對한一考察	교육
25호			總本寺機構組織을압두고 –불기2968년 8월	총본산
25호	張敬祚	장경조	教育方針의 小考	교육
25호			(特告)선교양종조선불교가 조계종으로 그 종지를 일원화	종헌
26호	廣田鍾郁	이종욱	思想善導宗教報國	청년
26호	林原吉	임석진	宗門の棟梁として	청년
26호	許永鎬	허영호	唯一の期待	청년
26호	李龍夏	이용하	私の期待	청년

　　일본 불교유학생의 관심사는 기본적으로 조선불교의 발전일 것이다. 학우회의 잡지로서『금강저』에는 예상과 달리 조선불교계의 교정敎政에 대한 관심이 상당히 많은 비중을 차지하고 있는 이유다. 그들이 주로 제기한 조선 불교계의 현실은 교육을 포함한 교정 전반에 걸친 문제, 개별 사찰의 비리, 31본산 대표 임원의 공명하지 않은 행태 등이다. 국내의 불교 대표 기관의 회합 소식과 일본 방문단 소식, 31본사 주지들의 행위에 대한 평

가 등 거의 실시간으로 국내 소식이 전해졌다. 교육, 재정, 사찰운영 등 매우 현실적인 사안들이 잡지 앞부분의 논설에 제시되어 있고, 짤막한 단신들은 후반부 「업경대」란에 제시되었다. 김태흡 등 유학생 선배로서 국내에서 활동하는 몇몇 인사에 대한 비판의 목소리도 상당히 격하게 표출되는 경향이 있다.

현전하는 『금강저』 15~26호를 시기별로 구분하면 제1기는 1920년대 후반, 제2기는 1930년대 전반, 제3기는 1930년대 후반, 제4기는 1940년대이다. 시기마다 잡지에는 서로 다른 불교계의 현안이 등장한다.

제1기는 1920년대 후반이다(15~17호, 1928.1~1929.5).

15호는 전체적으로 『금강저』의 창간호부터 깊게 관여한 이영재가 스리랑카 유학 중 입적한 것을 추도하는 특집 기사가 다수 수록되었다. 논설은 두 편이 있다. 팽감청의 「동아불교청년응유상호제휴지필요東亞佛敎靑年應有相互提携之必要」는 동아시아 불교청년들이 상호 제휴해야 하는 필요성을 역설한 중국어 논설이다. 장도환의 「촉망囑望의 일속一束」은 불교가 새로운 시대에 기여하기 위해서는 대학자가 나와야 하며, 참다운 발전을 위해서는 생활과 밀접한 예술과 문학, 다양한 과학에 분업적 역량을 다하여 포교, 교육 등에 역할을 할 교인이 필요하다는 점을 역설하면서 학우들의 분발을 다짐한 글이다.

16호는 조선불교학인대회 개최에 대한 기대감을 표현한 두 편의 논설이 있다. 오관수의 「학인대회學人大會를 보고」는 1928년 3월에 청년회 일로 귀국한 필자가 서울 각황사에서 개최된 학인대회를 관람하고 그 의의를 소개한 글이다. '밧가는 비구'의 논설 「학인회學人會에 보냄」은 조선불교학인대회 발기취지서를 읽고 쓴 격려문이다.

17호에는 1929년 1월 3일 각황사에서 개최된 조선불교승려대회과 관련한 논설 세 편금자의「僧侶大會에 對한 各觀」, 이용조(몽정생, 이지영)의「僧侶大會를 듯고」, 한양화죽의「僧侶大會를 發起한 諸兄들의게」이 수록되었다. 이들은 이번 대회가 몇몇 승려 개인의 야비한 명예욕에서 발기되고 별다른 계획 없이 진행된 것을 비판적으로 평가하고, 홍보, 조직, 예산, 회기 등 체계적인 준비과정이 필요함을 주창하였다.

이상에서 보듯『금강저』에는 1928~29년에 개최된 조선불교학인대회, 조선불교승려대회에 대한 적극적인 의견을 개진하였으며, 1922년 4월 강제 휴교한 중앙학림의 후신으로 1928년 개교한 중앙불교전수학교의 장래에 대한 희망을 강력하게 피력한 글이 주목된다.

제2기는 1930년대 초반이다(19~21호, 1931.11~1933).

19~21호는 발행 기관이 기존의 재일본조선불교청년회에서 조선불교청년총동맹 동경동맹으로 바뀌었다.

19호에는 국내 불교계의 교정 통일운동에 대한 언급과 주지 역할론에 대한 두 편의 논설「교정통일운동의 전망」「주지론」이 게재되었고, 20호에는 조선불교도의 실천운동을 제창하는 논설이, 21호에는 조선불교중앙교무원 이사회에서 중앙불교전문학교 폐교를 결의한 것에 대한 반대의 성명서가 게재되었다.

필자명 없이 게재된 19호의「교정통일운동의 전망」은 조선불교의 침체를 극복하는 가장 시급한 방법이 '교정의 통일'임을 제시하고 그 주요한 방법론으로 '宗憲運動'이 3년째 진행된 것을 소개하였다. 종헌운동이 미진한 이유와 현황에 대해 구체적으로 소개하였고, 종헌운동의 집행기관으로서 선교양종교무원을 신설할 것과 그 실행방안을 모색한 장문의 논설이다. 조선불교청년 총동맹의 이념과 지향이 실린 글이다.

이어 필자 명 없이 게재한 20호[1932.12]의 논설 「조선불교도의 실천운동을 제창함」도 사설과 같은 성격을 지닌다. 1929년 개최한 선교양종대회에서 백성욱이 제안한 종헌 제정과 교정통일 운동이 근래 불교운동의 획기적 계기가 되었음을 말하면서 그 이후 성과가 미진한 것을 비판하였다.

필자 명 없이 수록된 21호의 사설 「하시정호」는 금강저 19호에서 종헌운동을 주창하고, 20호에서 실천운동을 제언했음을 밝히면서 그 실천이 미진함을 비판하고 그 문제점과 해결 방안을 제시하였다. 재단법인조선불교중앙교무원과 조선불교선교양종중앙교무원 두 기관이 본말이 전도되는 상황에 놓여있음을 비판하며 유기적 관계를 유지해야 한다는 점을 강조하였다.

21호 소옹의 「오배의 불찰을 논하야 단호반성을 촉함」은 불청운동에 대해 논한 글이다. 최근 승려대회 이후 불청운동이 개막되어 공헌이 많았지만 매년 개최되는 청총靑總 대회의 성과가 무엇인지 반문하고 있다. 이어 중앙 대표자인 이사들의 다양한 부정적 행태를 드러내어 비판하였다.

이처럼 30년대 초의 금강저에는 청년운동의 파생으로 불교계에서 구성한 불교청년총동맹의 활동과 종헌운동에 대한 비판의 목소리가 실시간적으로 담겨있다.

제3기는 1930년대 후반기다(22~23호, 1937.1~1938.1).

다시 불청운동의 기운이 잠잠해지는 가운데 발행기관이 조선불교청년총동맹 동경동맹에서 조선불교동경유학생회로 다시 바뀌었다.

21호 간행 이후 4년 만에 발간된 22호^{1937.1}에는 "불타정신을 체험하며 그 교강을 전승하는 도사의 실현을 기함"「우리의 강령」이라는 『금강저』의 새로운 강령을 제시하여 잡지가 지향하는 바를 재확인하는 기회로 삼았다.

귀국한 유학생이 많아지면서 선배 유학생의 행태에 대한 비판도 수위가 높다. 22~24호의 「업경대」란에는 심전개발운동을 전개하고 있는 유학생 선배인 김태흡을 비판하는 내용, "怪誌『불교시보』"의 기사와 그 발행인인 김태흡에 대한 노골적 비난, 중앙포교소가 그곳의 포교사인 김태흡의 개인 소굴로 변했다는 비판이 소개되었다. 『불교시보』를 발행하고 심전개발운동을 전개하며 일제의 시책에 적극 부응했던 선배 김태흡에 대한 청년들의 목소리를 이국에서 대변한 것으로 보인다. 국내 불교잡지에서는 볼 수 없는 수위의 비판이다.

1936년경 경성에 있는 일본 조동종 사찰 박문사 주지가 그곳에 조선불교총본산을 두고 전국의 31본산을 귀속시켜 관리하겠다는 신청서를 제출한 사건이 발생하였다. 이에 이종욱 성월 경운을 위시한 31본산의 주지들이 대책을 찾기 시작하여 1937년 2월 24일 31본산주지회의를 개최하고 이튿날 조선불교총본산이 될 사찰을 건립하기로 결의하였다. 그해 10월 총본산 건물로 각황교당 터에 대웅전을 건립하기 시작하여 1938년 10월 25일, 태고사라는 이름으로 낙성식을 거행하였다.

이러한 불교계의 움직임은 『금강저』에 그대로 반영되어 있다. 23호 ^{1938.1} 서두에 실린 논설 「조선불교통제기관 총본산건설에 제하야」^{동운}는 잡지의 사설에 해당한다. 서두에서 조선불교의 현 상황이 자체의 지도원리, 주의주장, 종지의 표명이 긴요하다는 상황인식을 드러내며 1937년 벽두부터 조선불교의 통제기관으로서 총본산과 건물을 신축하자는 움직임이 진행된 상황을 정리하였다. 본론에서는 균등한 권한을 가진 31본산 주지들의 보조 문제, 장차 출현할 총본산이 법려 전체의 총의를 반영시킬 기관으로 조직, 구성될 것인가에 대한 문제를 제기하고 해결방안을 제시하였다. 유학생들에게 고국의 총본산 건설 문제는 가까운 미래에 승려로서 닥치게 될 현실이었던 것이다.

제4기는 1940년대다.(24~26호, 1940.7~1943.1)

24호에 무기명으로 수록한 사설 「조선불교 신전개에 就하야 당로자의 맹성을 촉함」은 조선일보에 소개된 1940년 3월 31본산주지회의 기사에 대한 논평이다. 인용한 주요 안건은 ①기금 백삼십만 원으로 31본산총본산을 확립하고, 수만 승려를 중앙집권제로 통제하겠다는 내용, ②중앙불전을 확충하고 교명을 변경하며 종합전문대학으로 내용을 혁신한다는 내용, ③사찰령, 시행규칙을 개정하고 조선불교 재산관리에 대한 감독을 강화한다는 내용 등이다.

이러한 움직임에 따라 1941년 4월 23일, 조선불교조계종총본사사법이 인가되어 5월 1일 시행되었다. 25호의 사설 「총본사 기구조직을 압두고」필자명 없는는 1941년 8월에 작성한 선언문 성격의 글이다. "대동아공영권이 수립"되는 시기에 조선불교의 개혁 사업이 전개된 것에 기대감을 표하고 초대종정으로 한암대선사가 피선되었음을 말하였다.

종간호인 26호1943.1는 내선일체운동, 창씨 개명, 조선어 사용금지 정책 등으로 잡지의 표기가 완전히 일본어로 바뀌었고 내용 역시 친일적 요소가 강하게 담겨있다. 일종의 특집기사로 '각계명사 기대란'에서는 에다 토시오의 「조선청년불교자의 입장」, 이종욱의 「사상선도 종교보국」 등의 논설이 있다.

3) 학술 논설_학술적 성과를 포함하여

<표 4> 『금강저』 학술 논설 기사 목록

호수	필명	대표명	제목	성격
15호	金泰洽	김태흡	大恩敎主釋尊의 人格과 그의 宗敎에 就하야	불타론
15호	崔英煥	최영환	佛陀의 面影	불타론
15호	李德珍	이덕진	自然科學과 宗敎史觀	과학 종교
15호	谷山學人	미상	社會主義와 宗敎의 精神①	사회주의 종교
15호	張曇現	장담현	生死問題와 그의 價値	생사론
16호	崔英煥	최범술	飛躍의 世界	불교 진화론
16호	朴昌斗	박창두	佛陀의 苦觀	불타론
16호	谷山學人	미상	社會主義와 宗敎의 精神②	사회주의 종교
16호	春雨	최춘우	文藝는 何也오	문예론
17호	崔英煥	최범술	佛陀의 戒(갈음ㅅ결)에 대해서	불교어
17호	許永鎬	허영호	唯法的 立場에서 본 我의 省察	자아론
17호	崔應觀	최응관	佛敎의 精神	불교론
19호	許永鎬	허영호	上座大衆 二部의 分裂에 대해서	인도불교사
19호	崔英煥	최범술	華嚴敎學六相圓融論에 對하야	화엄학
19호	張道煥	장도환	儀式古今	의례
20호	許永鎬	허영호	高句麗의 原音推定에 對해서	어휘론
20호	姜裕文	강유문	'大爲國' 妙淸論	불교사_묘청
20호	張道煥	장도환	淨業院과 婦人運動과의 歷史的 意義	불교사_정업원
20호	朴漢永	박한영	蓮潭과 仁岳의 관계	불교사_ 조선후기
20호	朴允進	박윤진	印度阿育王과 朝鮮世祖大王에 對하야	불교사_세조
20호	李康吉	이강길	佛陀의 男性貞操觀	계율
21호	朴允進	박윤진	'뇌'語源의 硏究	어휘론
21호	朴成熙	박성희	運動이 各器官에 밋치는 影響	체육 의학
22호	趙明基	조명기	元曉宗師의 十門和諍論硏究	불교사_원효

호수	필명	대표명	제목	성격
22호	釋天輪	차상연	四溟堂 松雲大師와 景徹女蘇의 一面	불교사_사명당
22호	李富烈	이부열	佛敎의 社會性	불교론
23호	文珠善	문녹선	均如聖師 著述에 對하야	불교사_균여
23호	牛步行人	김삼도	소크라테스의 人間「소크라테스」	서양철학
23호	W.Y.C.	미상	벨옥손의 哲學 道德 宗敎의 質疑	서양철학
23호	南華	미상	現實社會에 合理한 戒律觀	계율
23호	張元圭	장원규	佛敎의 宗敎的 特異性	불교론
23호	吳松齊	오송제	支那 宋朝의 天台宗과 高麗 諦觀禪師에 對한 考察	불교사_천태
24호	金德秀	김덕수	天台四敎儀著者 高麗沙門 諦觀法師에 就하야	불교사_천태
24호	丁仲煥	정중환	原始 宗敎의 社會學的 一考	종교사회학
24호	U.K.생	미상	宗敎에 對한 感情의 地位	종교심리학
24호	丁道日	정도일	普遍的 宗敎의 特質	종교론
25호	洪映眞	홍영진	禪의 起源과 發達	선학
25호	雲耕	미상	王陽明의 思想과 佛敎	불교사_중국
25호	金達生	미상	唯識學上에 나타난 種子와 熏習	유식
25호	鄭斗石	정두석	日本佛敎 傳來와 百濟佛敎와의 關係	불교사_백제
25호	文東漢	문동한	朝鮮文化思想과 佛敎	불교문화_조선
25호	寅曙	미상	吾人의 要求하는 宗敎	종교론
26호	張祥鳳	장상봉	朝鮮佛敎史に 現はれたる 信仰の 特色	불교문화_조선
26호	洪映眞	홍영진	新羅時代 禪宗 小考	불교사_신라선종
26호	文東漢	문동한	論理の世界と表現の世界	논리학
26호	大山上夫	미상	ゲルマン民族 古代宗敎の性格	종교사
26호	大川鳳壽	배봉수	佛敎敎學上に於ける 物と心	교학
26호	德山永義	홍영의	生の哲學(易經解題として)	주역

학술논설은 유학생들이 강의 시간에 얻은 정보를 활용한 리포트 수준의 글에서부터 각고의 노력으로 완성한 졸업논문이 섞여 있다. 이외에 산만한 여러 주제의 글이 분포되어 있는데, 이들을 통해 이 시기 유학생이 받아들인 근대불교학의 범위와 내용을 파악할 수 있다.

대략 48편의 학술 논설 중 불교사 및 문화사 관련이 18편, 불교 교학 관련이 14편, 종교론과 종교사 및 서양철학 관련이 14편, 어휘와 문학론이 4편, 체육론이 1편으로 분포되어 있다.

불교사 관련 논설은 한국 관련, 인도와 중국 관련으로 대별된다.

한국 불교사 관련은 일본불교와 백제불교의 관계정두석, 25호, 신라시대의 선종사홍영진, 26호, 원효의 십문화쟁론 연구조명기, 22호, 균여 저술문녹선, 23호, 묘청론강유문, 20호, 천태종과 고려 체관諦觀, 오송제 김덕수, 23, 24호, 인도 아육왕과 조선 세조의 비교박윤진, 20호, 사명당과 일본 경철현소의 교류석천륜, 22호, 연담과 인악 사기私記의 비교박한영, 20호 등이 있다. 한국 불교문화사의 시대별 고찰문동한, 25호, 같은 주제의 일본어 논설장상봉, 26호도 있다.

인도 중국불교 관련 논설로는 초기 상좌불교와 대중불교의 분열 시기와 원인의 고찰허영호, 19호, 교주敎主 석가모니의 전기와 진면목 및 동서철학자와 다른 석가의 고관苦觀의 고찰김태흡(15호), 최영환(15호), 박창두(16호)가 있고, 중국 관련해서는 송대 왕양명의 사상과 불교의 관계에 대한 고찰운경, 25호 등이 있다.

불교 교학 관련으로는 선의 기원과 발달홍영진, 25호, 화엄교학의 육상원융론최범술, 19호, 유식학에 나타난 종자와 훈습김달생, 25호, 자아론허영호, 17호 등이 있다. 의례와 계율론으로는 장도환19호, 이강길20호, 남회23호의 논고가 있다. 불교의 본질과 종교적 속성에 대한 논의로는 최응관17호, 이부열22호, 장원규23호, 배봉수26호가 있다.

서양철학 논설로는 베르그송론WYC, 23호, 소크라테스론김삼도, 23호이 있고, 일반 종교학 관련 글로는 원시종교의 사회학적 고찰정중환, 24호, 종교에서 감정의 지위UK생, 24호, 보편적 종교의 특질정도일, 24호, 신앙상의 유의점인서, 25호, 게르만 민족의 고대종교 특징대산상부, 26호 등이 있다.

기타 생사문제_{장담현, 15호}, 논리학에서 표현의 세계운동_{한, 26호}, 「역경」 해제_{홍영의, 26호}, 자연과학과 종교사관_{이덕진, 15호}, 사회주의와 종교의 정신_{곽산학인, 15, 16호}, 불교와 진화론의 소개_{최범술, 16호} 등이 있다.

체육과 언어학, 문예론의 논설도 수록되었다. 운동이 각 기관에 미치는 영향_{박성희, 21호}, '고구려'의 원음 추정_{허영호, 20호}, '뫼'의 어원 연구_{박윤진, 21호}, 불교어 '戒'의 우리말 어휘 분석_{최범술, 17호}, 문예론_{최춘우, 16호} 등이다.

이상의 논설을 다시 제1~4기로 나누어 경향성을 살펴보면 다음과 같다.

제1기, 즉 1920년대 후반에 간행된 15~17호에는 석존과 불타의 본질론, 자연과학 및 사회주의와 종교의 관계를 고찰한 논설이 주목된다. 현해탄을 건너와 새롭게 얻은 불교 교리와 교주에 대한 지식에 자신의 철학적 사유를 가미한 글이 많고, 당대의 시대사조인 사회주의, 자연과학의 지식을 종교와 접맥시킨 논의도 있다. 이외에 최범술의 「불타의 계에 대하여」는 계의 우리말 표현에 주목한 언어학적 논설이다.

제2기, 즉 1930년대 초에 간행된 19~21호에는 소속 대학의 졸업논문으로 제출된 논문이나 학술적으로 비중 있는 논설이 등장하였다. 이 시기는 중앙불전을 졸업한 유학생이 일본의 대학에서 수학하여 논문을 제출하기 시작한 시기다.

19호에는 허영호, 「상좌대중 이부의 분열에 대하야」, 최범술, 「화엄교학육상원융론에 대하야」가 수록되었다.

20호는 허영호, 「고구려의 원음 추정에 대하여」, 강유문, 「대위국묘청론」, 장도환 「정업원과 부인운동과의 역사적 의의」, 박윤진, 「인도아육왕과 조선세조대왕에 대하야」 등 불교사논문이 주목된다. 박한영의 「연담과 인악의 관계」는 '교정 박한영 노사가 서신으로 강유문 군을 통해서 대정대학 석정교수에게 공답한 것인데 불교학도에 참고가 되겠기로 본지에 게재한다'는 설명을 부기하였다. 조선후기부터 이어진 사기의 전통을 영호남의 계통으로 살펴본 간명한 해설인데, 사기의 존재에 대해서 이 정도의 통찰력을 가지고 설명한 논설은 지금까지 불교잡지에 등장하지 않은 것이다.

21호에는 박윤진의 「뫼 어원의 연구」, 박성희 「운동이 각 기관에 밋치는 영향」이 수록되었다.

제3기, 즉 1930년대 말에 간행된 22~23호에는 대표적인 한국의 불교 사상가에 대한 본격적인 학술적 접근이 주목된다. 조명기의 원효 십문화쟁론 연구22호, 석천륜차상윤의 사명당과 일본선사의 교류 연구22호, 오송제의 송대 천태종과 고려 체관의 고찰23호, 문녹선의 고려 균여 저술의 분석23호이 주목된다. 이외에 서양철학에 대한 두 편의 논문23호, 김삼도의 소크라테스 소개, W.Y.C의 베르그송 소개이 있다.

제4기, 즉 1940년대에 간행된 24~26호에도 학술적으로 비중있는 논문이 소개되었다. 불교사 분야에는 김덕수의 고려 체관 천태학 고찰24호, 정두석의 한일불교 관련 논문25호, 홍영진의 신라 선종사 고찰26호이 주목된다. 종교학 분야에는 종교심리학, 종교사회학으로 관심이 확장되었고, 기타 중국의 양명학, 주역, 게르만 민족의 고대 종교 등 관심이 다변화하는 양상을 보인다.

한편 금강저의 「우리 뉴-스」 기사에서 확인되는 각 대학의 졸업 논문은 다음과 같다.

<표 5> 『금강저』 일본유학생 졸업논문 목록

호수	제목
19호	허영호, 「般若部經의 成立 次第에 對하야」, 대정대학 학부 불교학과. cf.19호 「上座大衆 二部의 分裂에 대해서」 장도환, 「高麗末과 李朝初의 儒佛의 干渉」, 조도전대학 학부 동철과. cf.19호 「儀式古今」, 20호 「淨業院과 婦人運動과의 歷史的意義」 정봉윤, 「古代朝鮮文化의 研究」, 구택대학 학부 동양학과. cf.19호 「敎界現狀의 諸問題에 對하야」 김인우, 「原始佛敎敎理論」, 구택대학 학부 불교학과
20호	이강길, 「普照國師及懶翁王師의 禪學에 對하야」, 구택대학 학부 불교학과. cf.20호 「佛陀의 男性貞操觀」 최영환, 「小乘時代의 世親敎學에 對하야」, 대정대학 학부 불교학과. cf.19호 「華嚴敎學六相圓融論에 對하야」
21호	강유문, 「高麗 末의 妖僧 辛旽에 對하야」, 대정대학 사학과. cf.20호 「大爲國'妙淸論」 박윤진, 「朝鮮山嶽崇拜考-特히 佛敎의 影響을 바든 山嶽崇拜를 中心으로」, 대정대학 종교학과. cf.21호 「'뫼' 어원의 연구」
23호	조명기, 「元曉宗師의 十門和諍論 研究」, 동양대학 불교학과. cf.22호 수록 차상연, 「泗溟堂松雲大師와 景徹玄蘇의 一面」, 구택대학 불교학과. cf.22호에 필명 석천륜으로 수록 문녹선, 「均如聖師 著述에 對하야」, 대정대학 학부 불교학과. cf.23호 수록 이부열, 「朝鮮佛敎儀式에 關한 一 考察」, 대정대학 학부 종교학과 cf.22호 「불교의 사회성」
26호	곽서순, 「朝鮮士禍」, 일본대학 사학과 홍영진, 「羅麗時代의 禪宗에 付いて」, 구택대학 불교학과. cf.25호 「禪의 起源과 發達」, 26호 「新羅時代 禪宗 小考」 정두석, 「李朝時代의 排佛에 就いて」, 일본대학 사학과. cf.25호 「日本佛敎傳來와 百濟佛敎와의 關係」 문동한, 「現實と存在」, 동양대학 철학과. cf.25호 「朝鮮文化思想과 佛敎」, 26호 「論理의 世界と表現の世界」 장상봉, 「朝鮮佛敎に理發達史序說」, 구택대학 동양학과. cf.26호 「朝鮮佛敎史に現はれたる信仰の特色」 김병규, 「李栗谷」, 일본대학 과문학과 박춘해, 「李朝時代의 宗敎政策」, 구택대학 불교학과 김상영, 「朝鮮山神崇拜의 研究」, 일본대학 종교학과

졸업생의 논문발표회 행사를 통해 각각의 졸업논문이 공유되었으며, 그중 일부는 전재, 부분 게재의 방식으로 지면에 수록되어 있는 양상을 확인할 수 있다. 표의 내용으로 볼 때 박윤진, 허영호, 홍영진은 졸업논문과 관련 있는 글을 금강저에 재수록 했음을 알 수 있다. 기타 필자의 경우도 넓게 보아 졸업논문의 주제와 관련시켜 볼 수 있는 글을 다수 발표하였다.

4) 「문예」란 - 문학적 성과를 포함하여

〈표 6〉 『금강저』 문학 작품 목록_장르별(수필 제외)

호수	필명	대표명	제목	장르
15호	郭重坤 姜裕文 도환 一笑生	곽중곤 강유문 장도환 미상	곽중곤, 「靈」(시) 강유문, 「저녁놀」「가을 黃昏」(시) 장도환, 「銅像」「海南島에서」(시) 일소생, 「金剛陵의 노래」(시)	시
16호	釋子垣烈 C生 應海	최원열 미상 김응해	석자원열, 「釋迦牟尼, 如來, 應供, 正編智에 歸命홈」 (번역시) C생, 「永遠의 反映」(시) 응해, 「破寂」(시)	시
17호	봄빗	미상	봄빗, 「님생각」「숨」(시)	시
19호	玄洲 苦星 江戶客 石味 張道煥 天燈沙彌	허영호 고성 강호객 석미 장도환 천등사미	현주, 「부처님의 노래」(시) 고성, 「詩影」(한시의 시조역) 강호객, 「님」(시) 석미, 「西將臺」(시조) 장도환, 「톨스翁 짜님을 보고」(3행시)「렌즈 한 아」(시) 천등사미, 「天燈山」(시)	「詩歌」 시, 시조
20호	太白山人 趙宗玄 金鏞煥 楊順信 金永煥 朴東憲 禹德壽	태백산인 조종현 김종환 양순신 김영환 박동헌 우덕수	태백산인, 「梧桐曲」(서사시) 조종현, 「拜新羅厭觸聖廟詩」(한시의 시조화) 김종환, 「金剛杵를 읽고」(시. 대문)「偶今」(한시, 두륜산) 양순신, 「偶像」(시) 김영환, 「오시켓다지요!」(시) 박동헌, 「學士臺」(시, 가야산 학사대에서) 우덕수, 「銀海의 밤」(시조)	시, 시조 「독자시단」 -김영환 이하
21호	기자 蘆舟 黙堂 嶺梅 갈배 車天輪 曹相萬	기자 노주 강유문 영매 갈배 차천륜 조상만	기자, 「同遊十頌」(시조) 노주, 묵당, 영매의 「中秋月」(시조) 갈배, 「隨喜曲」(3행시) 차천륜, 「되오실리업건만」「荒城」(시), 「雙溪寺 의 밤」(시조), 「또한밤새려네」「消息조차업네」 (시) 조상만, 「고요한 鏡湖江」(7·5조)	「노래」시, 시조
22호	蘆舟 野生 吳官守 金魚水	노주 야생 오관수 김어수	노주, 「舞踊『印度의 悲哀』를 보고」(시) 야생, 「長夜」(시) 오관수(창가조), 김어수(시조)의 「祝金剛杵續刊」	「詩歌」시
23호	趙靈出 大應 趙宗玄 尹二祚 牛步行人	조영출 대응 조종현 윤이조 우보행인	조영출 역,(폴 베르레느 원작)「내 마음엔 눈물 이 날여」(번역시) 대응, 「影子」(시) 조종현, 「新羅 瑞巖和尙의 三段法語(一譯)」(번역시) 윤이조, 「떠나는 동무여」(시) 우보행인, 「失題」(시)	「詩歌」 시

호수	필명	대표명	제목	장르
24호	金魚水 金宗河	김어수 김종하	김어수, 「人生頌」(시조) 「落葉」(시조) 김종하, 「駝鳥」(시) 「窓과 人生」(시)	「詩壇」 시조,시
25호	月下 趙宗玄 趙靈巖 趙芝薫 黄鶴成 朴準路 金宗河 洪永義	김달진 조종현 조영암 조지훈 황학성 박준용 김종하 홍영의	월하, 小詩數題-「깁흔 겨울 밤을」「茶房」「입술」 (시) 조종현, 「書懷」(霜月祖師集의 한시, 譯詩 3수) 조영암, 「圓寂誌:沙羅鶴樹의(聖歌其八)」cf.於惠 專도서실(시) 조지훈, 「마을」「山」(시) 황학성, 「印度의 太陽-나의 스승님의게 드리는 詩」cf.惠專도서실에서.(시) 박준용, 「밤비」(시) 김종하, 「鄕愁」(시) 홍영의, 「어느날」(시)	「金剛詩壇」 시
19호	金擎雲	김경운	「頌金剛杵」	「詩歌」 한시
20호	崔英煥	최범술	「石蘭臺」	한시
20호	方寒岩	방한암	「頌金剛杵」	한시
20호	石頭山人	박한영	「題菊花」	한시
22호	曾谷	서해담 (증곡치익)	「頌金剛杵」	한시
22호	蕙圓	미상	「東遊」	한시
25호	金寶蓮	김보련	「金剛杵韻」	한시
25호	백담사 朴永哲	박영철	「頌金剛杵」	한시
26호	金九河	김구하	「寄東京留學生」	한시
26호	月下金達鎭 金森淨原 東園李伯夏 金容泰	김달진 김정원 이백하 김용태	김달진, 「孤燈」「華門」「遊聖興寺」「歸鄕」「百合」 「夏夜」「夜鳥」(한시) 김삼정원, 「祝金剛杵」(한시) 이백하, 「秋夜宿摩訶衍」「萬物相」「遊懷」(한시) 김용태, 詠詩夜話(시론, 일어)	「詩苑」 한시, 시론
15호	一碧	미상	「外道」	소설

『금강저』는 통권 26호 발행되었으며 그 기간은 1924년에서 1943년까지 20년간이다. 1~18호는 1920년대[15~17호 현전], 19~23호는 1930년대, 24~26호는 1940년대에 해당한다.

잡지 자체는 전해지지 않으나 기존의 목차 정보가 남아 있어 1~15호까지의 문학작품 현황은 어느 정도 파악할 수 있다.[19]

5호, 13, 14호에 수록된 작품이 상대적으로 많은데 전체적으로 지면의 상황이나 투고의 상황에 따라 작품 수가 정해진 것으로 보이며 잡지에는 문학작품, 즉 시와 수필이 수록되는 것을 당연하게 여겼던 당시 청년문화, 잡지 문화의 일단을 보여주고 있다. 주목되는 인물은 강유문으로 아직 중앙불전 학생으로 활발하게 학생운동을 전개하던 시기에 유학생의 잡지에 투고한 것으로 보인다.

시와 시조가 수록된 목차상의 편제를 보면, 19호에는 「시가詩歌」로, 20호에는 「독자시단」으로, 21호에는 「노래」로 편제되어 있고, 22, 23호에는 「시가詩歌」, 24호에는 「시단詩壇」, 25호에는 「금강시단金剛詩壇」으로 제시되었다. 종간호인 26호1943에는 한글 사용이 금지된 시기로 「시원詩苑」란에 한시를 수록하였다.

각 호를 시기로 구분하면 먼저 제1기에 해당하는 1920년대 말15~17호에는 곽중곤, 강유문, 장도환, 김응해의 시가 수록되었고, 최원열의 번역시 1수가 수록되었다.

제2기에 해당하는 1930년대 초19~21호에는 허영호, 장도환, 조종현, 김종환, 양순신, 김영환, 박동헌, 우덕수, 강유문, 차천륜, 조상만 등의 시와 고성, 석미, 천등사미, 태백산인, 노주, 영매, 갈배라는 필명으로 발표한 시와 시조가 있다.

제3기에 해당하는 1930년대 말22~23호에는 오관수, 김어수, 조영암, 조

---

19 白初月의 「金剛杵의 노래」; 東星의 「꽃구경」(詩調)(2호), 「强者와 弱者」(시)(5호), 「詩調」 (12호); 鳳巢山人의 「꽃빗」(동요)(3호); 위배의 「녀름의 밤」(散詩)(3호); 無言者의 「惜春」 (詩), 「眞理를 찾는 마음」(詩)(5호); 秋星의 「卒業生」(창작)(5호) / 申泡月의 詩調 3편 「落望」「更生」「行樂」(9호); 朴順子의 「望鄕小曲」「벅국새(동요시)」(13호); 「애처러운 쑴」(14호); 姜裕文의 「洛東江」(13호), 「月下에서」(14호); 崔憲軾의 「逆境」外, 「忍耐」1편(14호); 梧月生의 「讀金君詩稿」외 1수(14호).

종현, 윤이조의 시와 시조, 그리고 노주, 야생, 대웅, 우보행인을 필명으로 한 인물의 시가 수록되어 있다.

제4기에 해당하는 1940년대 초24~26호에는 김어수, 김종하, 김달진, 조종현, 조영암, 조지훈, 황학성, 박준용, 김종하, 홍영의의 시가 수록되어 있다.

강유문은 일본에 유학하기 전부터 시를 투고하였고, 조종현, 김어수, 조지훈 등 중앙불전과 후신인 혜화전문 학생들이 투고한 경우도 있다. 30년대 초까지는 전문 작가로 성장한 시인보다는 학생회를 주관했던 학생들의 작품이 주류를 이루고 있다. 1930년대 후반, 1940년대 초반에는 김어수, 조영암, 조종현, 김달진, 조지훈 등 한국문학사에서 뚜렷한 자취를 남긴 인물의 초기 작품이 수록되었다.[20]

불교의 교주인 불타에 대한 관심이 학술적으로 다양하게 전개된 것과 같이 이를 노래한 시도 보인다. 최원열, 「석가모니釋迦牟尼, 여래如來, 응공應供, 정편지正編智에 귀명歸命홈」16호은 한역漢譯 경전을 영어로 번역한 시를 재번역한 것이다. 다만 漢譯經은 확인하지 못한 점을 밝히면서 불교원전연구가 필요하다는 점을 부기하였다. 현주라는 필명으로 발표한 허영호, 「부처님의 노래-우다나에서」19호는 팔리어 역을 우리말로 번역한 2연 구성의 산문 운문 복합체이다. 운문의 경우 팔리어 영어 표기를 소개하며 "Bodhivaggo (5th, 9th) sutta"를 출전으로 제시하였는데 초역인지 중역

---

20 일본 유학생의 수가 많아지고 개인이나 동인의 문예잡지가 등장하며 한국 근대시의 가능성을 실현하였다. 불교유학생은 당시 전문적 시인으로 문학수련에 전념한 것은 아니었지만 실존적으로 고뇌하고 삶과 종교의 본질을 탐구하는 철학도, 종교학도, 인문학도들이 대부분이어서 시를 통해 젊은 청춘의 고뇌와 이상을 표현하는 것은 소망스러운 문학적, 문화적 행위였을 것이다.

인지는 확실하지 않다.

조종현은 한시의 번역에서 높은 역량을 보여주었다. 「배신라염촉성상시拜新羅厭觸聖廂詩」20호는 대각국사 의천의 7언 절구 한 편(千里南來問舍人…)을 시조와 시 형식으로 변주하여 두 번 번역한 것이다. 단순한 직역이 아니라 시적 감각으로 재구성한 솜씨가 탁월하다. 「신라新羅 서암화상瑞巖和尙의 삼단법어三段法語(一譯)」23호는 전등록에 수록된 서암화상의 법어 "如何是禪, 古塚不爲家. 如何是道, 徒勞車馬迹. 如何是敎, 貝葉收不盡" 3구를 시적으로 번역한 것이다. 추상적으로 보이던 선문답이 반어법의 사용, 헌 책장 등의 어휘 사용으로 매우 친근한 설법으로 변하는 효과를 보여준다. 「서회書懷」25호는 선암사 재적 승려로서 상월조사집霜月祖師集의 칠언절구 한 수(日月爲燈燈不盡 …)를 3연의 시로 번역한 것이다.

김달진月下의 작품도 주목된다. 창작 시로는 '小詩數題'라는 제목으로 「깁흔 겨울 밤을」「다방茶房」「입술」시(25호)를 발표하였고, 한시 작품도 창작하여 「고등孤燈」「화문華門」「유성흥시遊聖興寺」「귀향歸鄕」「백합百合」「하야夏夜」「야조夜鳥」한시(26호)를 발표하였다. 이외에 일기 및 수상록으로 「건록蹇錄 : 일기日記」호. 25호를 발표하기도 하였다. 자유시와 한시 창작에 능했던 작가의 역량은 유학생이 아닌 혜화전문 학생으로서 잡지에 작품을 수록한 계기가 되었을 것으로 보인다.

일본에서 경험했을 인도 관련 시도 있다. 장도환의 「톨스翁 싸님을 보고」19호, 노주의 「무용舞踊「인도印度의 비애悲哀」를 보고」22호, 황학성의 「인도印度의 태양太陽 ─ 나의 스승님의게 드리는 시詩_혜전惠專도서실에서」25호 등은 기존 불교잡지에 보이지 않은 새로운 소재의 다양성을 보여준다.

김어수는 시조 세 수를 투고하였다. 13세인 1922년 범어사로 출가하여

30년 일본 하나조노 중학花園中學을 졸업하고 1938년 중앙불전을 졸업하였다. 1933년 조선일보에 「조시弔詩」로 등단한 시조시인이다. 「축금강저속간祝金剛杵續刊」漢陽學窓에서(22호)은 금강저 속간을 기념한 것이며, 이후 「인생송人生頌」 「낙엽落葉」24호 두 수를 투고하여 시조시인으로서의 역량을 보여 주였다. '趙靈出'이라는 이름으로 폴 베르레느 원작을 번역한 「내 마음엔 눈물이 날여」(23호)를 투고한 작품이 있다. 순수 자유시의 서정의 세계를 보여주는 시다.

조영암趙靈巖은 1918년생으로 1943년 혜화전문을 졸업한 인물이다. 「원적지圓寂誌 — 사라학수沙羅鶴樹의(聖歌其八)」25호는 사라수 아래에서 입적한 부처님을 찬한 노래이다. '성가' 연작 시리즈로 제작된 것으로 보이는데, 부제와 "於惠專圖書室"의 후기로 보아, 혜화전문 학생으로서 투고한 것으로 보인다.[21]

조지훈은 시 「마을」과 「산山」25호을 투고하였다. 「마을」은 그림 같은 평화로운 시골의 풍경 속에 생멸이라는 우주의 원리를 자연스럽게 드러낸 시다. 1941년의 작품으로 이미 1939년 『문장』지를 통해 등단한 작가의 역량을 보여주고 있다.

태백산인의 장시 「오동곡梧桐曲」20호은 총 5연으로 구성된 작품으로, 『금강저』에 수록된 유일한 서사시다.[22] 줄거리는 정암사 법당에서 예배드렸

---

21 필명은 趙鳴巖(1913~1993). 1924년 건봉사로 출가하였고 1930년 건봉사 장학생(한용운 추천)으로 보성고보에 입학하였다. 이후 1936년 와세다대 불문과에 입학하여 1940년 졸업하였다. 대중가요 작사가, 극작가로 활동했으며 월북하여 문화계의 핵심인사로 활약하였다 (『한국민족문화대백과사전』 및 정우택, 「조영출과 그의 시문학 연구—해방 이전을 중심으로」(『국제어문』 58집, 국제어문학회, 2013. 457~459면) 참조).

22 「梧桐曲」의 주인공 尹武가 있는 곳은 어느 봄날 동경의 隅田川이다. 화자는 십 년 전 금호강에서 불렀고, 북악산 기슭에서도 불렀고, 압록강 철교 위에서도 불렀던 '오동곡'을 부른다. 2연부터 4연까지는 십 년 전의 사랑 이야기를 회상하는 내용이며, 마지막 5연에서는 다시

던 수성중학 다니는 19세의 윤무가 일요일 낮 오동나무 밑 담 너머로 우부호의 첩인 동갑의 계화와 눈빛을 나누고 사랑을 싹틔운 대목에서 시작하여 비운의 사랑으로 끝나는 스토리를 담고 있다. 절정과 결말 부분이 비약이 있고 단조로운 해결을 맞이한 것이 한계다. 그럼에도 동경 유학생 태백산인의 청춘과 사랑에 대한 감수성이 회고의 목소리로 담겨 『금강저』를 문학적 감수성을 담아내는 잡지로 만드는 데 기여하였다.

소설 작품으로는 일벽一碧의 「외도外道」 15호 한 편이 수록되어 있다. 소설의 주인공은 최필한, 극락보다 사람 사는 세상을 밝히는 데 더 관심이 있으며 대추나무 묘목을 길러 조선 아이들에게 먹이려는 헌신적인 지사의 모습이다. 이와 대척적인 인물은 절의 조실 31세 해운당인데, 그는 주인공을 일본의 경찰력을 동원하여 내쫓으려 한다. 둘 사이의 갈등을 통해 작가는 당시 주지들의 타락상을 비판하였다.[23] 미완으로 마무리된 이 작품은 불교계 내부에 감추어진 탐욕과 비리를 사실적으로 폭로한 것으로, 여타의 불교잡지에서 찾아보기 힘든 주제와 내용을 담았다.

동경유학생 세대는 전통 한시의 창작에서 멀어진 첫 세대다. 금강저에 수록된 한시의 경우에도 유학생 자신보다는 국내 전통 문사의 체험을 한 기성세대의 작품이 소수 수록되었다. 김경운, 박한영, 방한암, 증곡, 김구하의 한시가 한 편씩 수록되었는데, 박한영을 제외하고는 주로 금강저 발행을 축하하거나 동경유학생을 격려하는 축시가 대부분이다. 유학생으로

십 년 후의 현재로 돌아오는 회귀 구조로 되어 있다.

23 현 조실의 이름은 해운당이며, 그의 스승은 남방의 대강사로 명성이 자자했던 벽봉 스님이다. 그런데 벽봉은 미목이 수려한 미망인과 안살림을 하며 겉으로는 부인 집 근처에 포교당을 세우고 포교사로 활동하는 위선적인 모습을 보여준다. 이는 어린 제자에게 영향을 주어 해운당 역시 허영심과 위선기가 가득한 인물이 되었다고 서술자는 평하였다.

는 최영환최범술의 「석란대石蘭臺」 20호가 유일하며, 이외에 혜원蕙圓의 「동유東遊」, 김보련과 백담사 박영철의 축시가 있다. 한시라는 시 장르는 이제 기성세대들의 축시 정도로 위축이 된 양상이 여실하다.

수필 역시 다양한 필진에 의해 기행, 단상, 일기식 수상록, 서신 등의 형식에 다양한 소재를 담은 글이 수록되었다. 수필이 대부분의 유학생이 문학직인 기법에 익숙지 않아도 동참할 수 있는 장르로서 활용되었다. 가벼운 신변잡기부터 철학적 사유를 담은 중수필까지 다양한데, 일본유학생의 삶의 애환과 사유의 깊이를 두루 살펴볼 수 있는 좋은 자료가 된다.

4. 종합 평가

『금강저』는 일본 유학생들의 잡지로서 다양한 학술논설 발표의 장으로 활용하였다. 유학생들은 강의시간에 얻은 정보를 활용한 리포트 수준의 글에서부터 각고의 노력으로 완성한 졸업논문을 투고하였다. 대략 48편의 학술 논설 중 불교사 및 문화사 관련이 18편, 불교 교학 관련이 14편, 종교론과 종교사 및 서양철학 관련이 14편, 어휘와 문학론이 4편, 체육론이 1편으로 분포되어 있다. 졸업생의 논문발표회 행사를 통해 졸업논문이 공유되었으며, 그중 일부는 전재, 부분 게재의 방식으로 지면에 수록되었다. 그 결과 『금강저』는 불교사학, 서지학, 종교학, 종교철학의 분야에서 학술적으로 검증된 성과를 수록할 수 있었다. 이는 근대 학문으로서 불교학 연구의 시발점이 되는데 특히 최영환최범술, 조명기 등의 성과는 귀국 후의 학술활동으로 이어진다.

『금강저』에는 기존의 불교잡지와 다르게 문예작품이 풍부하게 수록되어 있다. 모순으로 가득찬 시대, 불교계의 현실, 그리고 자신들의 불안한 미래를 체감하면서 다양한 감성을 시와 소설, 수필로 표현하였다.

일본유학생 출신들이 근대문학의 개척자로 등장하면서 자유시의 발전이 이루어진 것이 1920년대 전후의 상황이다. 이 시기 등장하는 『금강저』에는 수필 이외에 주로 근대자유시를 지향하는 작품이 다수를 차지하고 있다. 1910년대 불교잡지에 보이는 고답적인 시에서 상당히 나아간 작품이 게재되기 시작한 것은 근대문학의 발전이 불교계 청년에게까지 미친 결과로 풀이된다. 특히 김달진, 조종현, 조영암, 조지훈 등 『금강저』에 등장하는 1930년대 이후의 시인들은 자유시라는 형식에 다양한 소재를 담아내었고 시적 수준도 기성 시인의 그것에 준하는 것이어서 『금강저』의 문예적 수준을 높이는 데 기여하였다.

제3장

『불일』

조선불교회 간행 잡지

1. 전개사

『불일佛日』통권 2호, 1924.7~1924.11은 조선불교회에서 간행한 불교계 잡지다. 조선불교회는 이능화가 1910년대에 전개한 거사불교운동의 연장선상에서 1920년에 다시 결성한 조직이다. 김세영과 백우용이라는 새로운 발행인을 두고 기존에 전개한 거사불교운동을 새로운 감각으로 펴낸 잡지다. 무거운 시론과 교학적 내용의 논설보다는 좀 더 대중적인 포교 매개로 활용 가능한 내용을 담는 데 주력하였다.

1) 창간의 배경과 경과

『불일』은 조선불교회 내 불일사佛日社에서 간행한 불교계 잡지다. 조선불교회의 회지, 회보로 간행된 『불일』은 1924년 7월 23일 창간되어 같은 해 11월일자 불분명에 2호로 종간되었다.

조선불교회는 1920년 3월 7일 박한영, 이능화 등 29명의 인사가 동대문 밖 청량사에서 모여 결성한 새로운 불교계 단체이다. 박한영, 이능화가 주축이 되어 지난 10여 년 동안 불교국학운동을, 불교문화운동을 전개했던 문화계, 학술계 인사들이 동참하고 1910년대 후반에 귀국한 신진 불교 유학생들이 참여하였다.

임원진 개편 때마다 명칭은 조금씩 변화가 있기는 하지만, 조선불교회의 좌장은 박한영이고, 활동의 중추는 이능화이다. 박한영은 『해동불보』의 편집자로서 국학운동의 불교적 측면을 잡지를 통해 구현한 바 있고, 이능화는 이미 거사불교운동의 중추로서 『불교진흥회월보』, 『조선불교계』, 『조선불교총보』의 편집과 발행을 맡아 국학운동의 실질을 채운 바 있다. 아울러 이능화가 발행한 잡지는 거사불교운동을 실천하는 공론의 장이었다는 것을 앞 장에서 살펴본 바 있다.[1] 『불일』은 이들 잡지의 전통을 이으면서 한편으로는 기존 잡지와 다른 문체의 사용을 통한 불교의 대중화 운동을 전개했다는 측면에서 이들보다 앞선 『조선불교월보』권상로 발행의 지향을 발전적으로 계승한 측면이 있다. 박한영과 이능화는 조선불교회의 주요 보직을 맡은 인사로서 잡지의 필진으로서도 중심에 있고, 권상로는 경전의 순한글 번역물을 게재하여 이들의 운동에 동참하고 있다.

이능화가 1910년대에 전개한 거사불교운동의 연장선상에서 1920년에 다시 결성한 조직이 조선불교회이다. 그리고 조선불교회 내에 불일사를 두어 불교계 잡지 『불일』을 발간하였다. 『불일』의 편집인은 1호는 김세영,

---

1   이능화는 『불교진흥회월보』의 편집 겸 발행인으로 활약하며 거사불교운동의 이념적 기초를 세우는 데 앞장섰으며, 거사불교운동은 1920년 이후 조선불교회 조직을 통해 그 맥이 이어졌다는 점은 이재헌, 앞의 책(172~174면)에 자세히 소개되어 있다.

2호는 백우용이다. 기존의 잡지에 거의 등장하지 않은 새로운 인물이다. 잡지의 내용과 문체 역시 기존의 잡지와 상당한 차이가 있다. 시론과 학술적 내용을 국한문 혼용체로 풀어낸 기존 잡지와 달리 대중성을 확장하는 회화 소개, 경전의 순 한글 번역 등이 두드러진다. 기존에 전개한 거사불교 운동, 불교국학 탐구의 지향이 새로운 언어 감각을 지닌 편집인과 결합하여 산출해 낸 잡지로 인식할 수 있다. 그러나 잡지간행은 안정적으로 전개되지 못하였다. 창간호와 2호종간호 모두 예정되어 있던 간행 일정을 지키지 못하는 등 불안정한 모습을 보여주었다. 불교 대중화 사업을 모색하던 조선불교회가 1922년 4월 임원을 개편하면서 조선불교총서 간행이라는 방대한 사업을 전개하는 과정에서 잡지가 발행되었지만, 자금과 인력의 제한으로 총서의 간행도, 잡지의 발간도 미완에 그친 것으로 보인다. 아울러 창간호가 발행된 1924년 7월에 조선불교중앙교무원에서 권상로를 편집인으로 한 불교종합잡지 『불교』가 발간7.15되면서, 잡지 발간의 동력과 필요성이 『불교』에 견인, 흡수된 것도 하나의 영향이라 할 수 있다.

2) 조직과 운영

근대 불교사에서 '조선불교회'라는 이름의 불교단체로는 3종이 있다. 한용운이 1910년대 조직한 것, 1920년에 이능화 등이 조직한 것, 그리고 1930년대 시이오 벤교椎尾弁匡, 1876~1971가 조직한 것이다.[2] 이 가운데 본 장의 연구 대상은 이능화 등이 조직한 조선불교회이다.[3]

---

2   사토 아츠시(佐藤 厚), 「조선불교회의 역사와 성격-1920년대 「조선불교총서」 간행을 계획한 단체」, 『2016년도 불교학연구회 춘계학술대회 자료집』, 2016b, 36면.
3   『개벽』 48호(1924.6.1)는 『불일』 창간호보다 1개월 전에 간행되었다. 소식란에는 경성 각 교회의 본부를 탐방하여 소개하였는데, 불교 기관으로는 모두 7곳이 소개된 가운데 그 중

조선불교회는 1920년 3월 7일 동대문 밖 청량사에서 발기대회를 열어 임원을 선정하고 취지서와 선전서를 작성하였다. 발기인은 총 29명이며,[4] 임원으로는 28명의 명단이 소개되었다.[5]

총재 : 미정

전무이사 : 박한영, 이명칠, 오철호

이사 : 서병협, 고희동, 최창선, 양건식, 오봉혜, 윤익현尹翼鉉,[6] 홍우기, 이윤현

심의회 : 이윤종, 이능화, 김영진, 김돈희, 이광종, 김호병, 이혼성, 권순구, 김정해, 이우경, 이지광, 정황진, 마상학, 김용태, 이청운, 황규, 최용식

서기 : 미정

이 가운데 이능화, 양건식중문학자, 작가, 고희동서예가, 권덕규국어학자 등은 불교진흥회 활동을 함께하던 문화 학술계 인사이며, 이혼성 김정해 이지광 정황진은 1910년대 불교유학생 출신조동종대학의 신진 인사들이다. 박한영 이능화 양건식을 중심으로 기존 거사불교운동의 권역에 있던 여러 문화 학술계 인사 그룹에 신진 불교유학생 그룹이 결합하였으며 기타 친불교 인사들이 포진하였다.

하나로 조선불교회를 거론하였다. 즉 "불경 출판을 목적하는 박한영 중심의 조선불교회"라는 간략한 소개는 이 기관의 중심에 박한영이 있음을 드러낸다. 이능화가 실무를 주도하면서 박한영을 좌장으로 모신 것이 아닌가 한다.

4 「조선불교회취지서」 발기인 – 김홍조·김영진·이능화·고희동·김돈희·김영칠·김호병·김용태·김정해·권덕규·권순구·양건식·이우경·이철상·이윤현·이용기·이명칠·이혼성·이지광·마상학·박한영·서병협·윤기현(尹冀鉉)·오철호·오봉헌·정황진·최창선·최용식·홍우기. 『조선불교총보』 21호, 11~12면.

5 『매일신보』, 1920.3.10.

6 『조선불교총보』의 발기인 명단과 『매일신보』 12월 임원 명단에는 '尹冀鉉'으로 되어 있다.

발기인 일동의 「조선불교회취지서朝鮮佛敎會趣旨書」는 대정 9년[1]1920 2월 17
일자로 작성되었다.

久遠한 역사를 有한 민족은 또한 반드시 구원한 종교를 有흘지라. 아 조선인

의 원시적 신앙으로 言ㅎ면 天神을 대상으로 흔 종교에 不外ㅎ얏스니 此는 濊,

扶餘와 麗, 濟, 羅의 祭天祀神흔 古史에 徵ㅎ야 昭然흔 것이오 삼국의 중엽에 至

ㅎ야 비로소 불교가 수입되매 此 天神의 古敎는 불교에 융화되고 동시에 유교도

수입되얏스나 그 세력이 甚盛치 못ㅎ얏고 천여년 간 정신계와 물질계는 거의

다 불교의 支配흔 바- 되야 조선반도의 문명을 장엄ㅎ얏도다. (…중략…) 吾人

이 今에 본회를 설립흠은 이러흔 역사의 관념으로 우리 祖先을 繼襲ㅎ고 이러

흔 종교의 신앙으로 우리 동포에게 소개ㅎ야 現下 혼란흔 정신계를 통일ㅎ야

조선불교의 慈光慧燄을 세계에 발휘코저 흠이니 오인의 취지를 찬동ㅎ는 강호

僉彦은 속속 來參ㅎ야 조선불교의 光榮과 인민의 복리를 增長케 흠을 切望ㅎ노

라. 불기 2947년(경신) 2월 17일. 대정 9년(1920) 2월 17일.[7]

오랜 역사를 지닌 민족은 오랜 종교를 가지고 있다고 전제한 후, 조선의
경우 예, 맥, 부여의 제천의식이 있었으며 삼국시대 중엽에 불교가 수입되
어 한반도의 문명을 지배했음을 말하였다. 이후 통일신라, 고려 불교문화
의 융성을 말하였고, 조선이 억불의 시대라 하나 한글창제, 간경도감의 불
경 번역서 출판, 영산회상의 제작 등 유수한 성과가 있어 찬란한 불교문화

---

7 「朝鮮佛敎會趣旨書」, 『조선불교총보』 21호(1920.5), 9~12면. 한반도 고래의 종교에서 시
　작하여 불교의 문화사를 도출하는 글의 전개 방식은 이능화의 글쓰기 방식과 흡사하여 그가
　작성한 것으로 추정된다. 『매일신보』(1920.3.11)에도 같은 글이 수록되었다.

를 꽃피어왔음을 말하였다. 결론으로 조선불교회의 설립은 이러한 유구한 조선불교의 정화를 소개하고 혼란한 정신계를 통일하여 조선불교의 광명을 만방에 떨치고자 함을 천명하였다.

이와 함께 「조선불교회선전서朝鮮佛教會宣傳書」를 국한문과 순한글로 작성하여 대외적인 홍보에 활용하였다.[8]

조선불교회는 현대 불교의 활법을 우리 사회에 선전코저 함이라. 다만 교리에 취언하면 獨坐一爐香으로 金文誦兩行이라 可憐車馬客이어 門外에 任地忙이로다 함은 그것이 幽雅치 아니함은 不是언만은 현대의 불교는 아니오 (…중략…) 維摩丈室에 法雨其霧하니 天女가 散花하고 遠公東林에 社鼓方鳴하니 蓮香이 滿院이라 함은 그것이 神聖한 法會라 할지나 현대의 불교는 아니니라. 姑舍是라하면 如何한 것을 指하야 현대의 불교라 할가. 우리 사회의 상태를 周察하라. 世界大戰雲이 捲霧라 하나 질서가 愈亂하고 정신이 혼돈하야 향상의 활로가 未明한 중에 第一着 經濟滾海에 沈淪한 동포들은 哀鴻과 如히 怨號의 聲이 載路한지라 (…중략…) 於是乎 조선불교회는 이 사회를 연민하야 代佛出世하며 이 사회를 憤歎하야 代佛說法하게 된 금일에 민족의 頹綱을 欲整하며 고해의 迷倫을 欲拯하야 현대에 적응흔 기관과 방법을 施設講究하며 闊步進行하는 것이 현대의 불교라 謂할지니라. 본회의 강령을 左가티 開列하고 此意를 謹히 宣傳하옵나이다.

－조선불교회 강령－

일. 조선의 불교를 발전

---

8 필자는 미상이나, 명제를 제시한 다음 5언절구 한시를 인용하여 논지 전개에 활용하는 방식은 박한영의 글쓰기 방식과 흡사하다.

일, 사회의 정신을 지도

일, 習俗의 虛僞를 改良

일, 感化의 사업을 진작

일, 吾人의 생활을 향상

불기 2947년 대정 9년 3월 일[9]

조선불교회는 '현대 불교의 활법活法'을 사회에 선전하고자 하는 목적으로 설립되었음을 밝히고 '현대의 불교'란 무엇인가 물음을 던진 후 '민족의 무너진 기강을 바로 잡으며, 미혹에 빠진 중생을 구제'하는 것, 그리고 '현대에 적응한 기관을 설립, 방법을 강구하여 앞으로 나아가는 것'이 바로 현대의 불교임을 천명하였다.

이와 동시에 순 한글로 작성된 「죠션불교회 션젼셔」는 '부인신도와 기타일반에 周知키 위'해 중첩 게재한 것으로 소개하였다.[10] 이 글은 국한문 원문을 직역한 것이 아니라 더욱 평이한 용어와 표현을 사용하여 독자를 배려하였다.[11]

이후의 경과를 보면, 먼저 1920년 3월 27일 경성 단성사에서 조선불교회 제1회 강연회를 개최하였다. 강사는 김명식, 장도빈이다.[12] 1920년 각

---

9 「朝鮮佛敎會宣傳書」, 『조선불교총보』 21호(1920.5), 12~13면.

10 "此 鮮文譯은 記載ᄒ야 婦人信徒와 其他 一般에 周知키 爲ᄒ야 重疊으로 記載ᄒ얏ᄉ오니 諒存ᄒ시옵소서". 『조선불교총보』 21호(1920.5), 14~15면.

11 앞서 취지서는 이능화의 글쓰기 방식, 선전서는 박한영의 글쓰기 방식에 흡사하다고 추정한 것을 미루어 생각해 보면, 이 한글 취지서는 권상로의 번역일 가능성이 크다. 그의 『조선불교월보』의 한글사설과 『불일』에 수록한 경전의 한글화에 비추어 볼 때 그러하다. 다만 이상의 추정은 문체적 경향에 비추어 본 것으로 단정적으로 말하기는 어렵다.

12 "조선불교회 강연 - 3월 27일, 조선불교회의 제1회 강연회를 경성 단성사 내에 개ᄒ얏ᄂ듸 전 26일에 선전서와 취지서를 경성시내에 자동차 3대로 군악대의 선두로서 수만장을 산포ᄒ야 현대불교계에 미증유의 성황을 정ᄒ얏스며 강연 당일에는 불교계의 초유의 사인 고로

황사의 불탄 기념회에서는 조선불교회 주최로 이윤현, 이지광이 강의하였고[13] 같은 해 6월 26일 통속강연회에서는 도진호, 이윤현이 강의하였다.[14] 1922년 1월에는 박한영과 국어학자 권덕규의 강연이 있었다.[15] 이외에 각황사에서의 능엄경 강의[1921]가 있었고 석존탄강제를 주최하는 등 불교 대중화 운동을 실천하였다.[16] 1922년 4월 22일에는 수송동 각황사에서 정황진, 정인범의 강연이 있었고,[17] 1923년 3월 5일에는 정황진과 이윤석의 강의가 있었다.[18]

조선불교회는 본회를 경성에, 지회를 지방에 두었고, 조직으로는 진제부眞諦部, 건화부建化部, 경리부經理部를 두었다. 임원은 총재1인, 이사 12인, 심의원 20인, 간사 약간인, 서기 3인으로 하였으며, 구성은 이사회, 심의회, 총회의 3종으로 조직하였다.[19] 그러나 실제로 이러한 구성에 따른 명단이 소개된 것은 1922년 4월의 임원 개편에서이다.[20]

인산인해를 작흥얏고 기 강연의 문제와 강연사는 좌와 여흠. 俗人의 佛敎觀 – 김명식, 古代의 朝鮮佛敎 – 장도빈.”『조선불교총보』 21호(1920.5), 74면.

13 이윤현의 「佛誕八相」, 이지광의 「천상천하유아독존」, 『동아일보』, 1920.5.27.

14 도진호, 「불타의 정신과 현대청년」·이윤현, 「유심」, 「휘보」 '조선불교회 제2회 강연', 『조선불교총보』 22호(1921.1), 69면.

15 박한영의 「見道」, 권덕규의 「진리를 아랏스면」, 『동아일보』, 1922.1.5.

16 사토 아츠시(2016b), 47~49면 참조.

17 정황진(미정), 정인범의 「貳乘의 의의」, 『동아일보』, 1922.4.22.

18 정황진의 「위험한 사조」, 이윤석의 「사회현상과 종교신력」, 『동아일보』, 1923.3.5.

19 「휘보」 '朝鮮佛敎會會規', 『조선불교총보』 21호(1920.5), 73~74면.

20 임원 구성의 변천 사항은 다음과 같다.
1920년 3월 7일 청량사 회의 : 총재는 미정, 전무이사 3인은 박한영, 이명칠, 오철호이며 심의원에 이능화, 이혼성, 김정해, 이지광, 정황진(『매일신보』, 1920년 3월 10일 자).
1920년 12월 5일 각황사에서 정기총회 : 상무이사와 이사 체제로 개편. 상무이사(19인)에는 박한영, 이능화, 권덕규, 오철호, 이명칠, 윤익현, 양건식, 서병협, 이윤현, 백우용이 등. 이사(29인)에는 고희동, 이혼성, 이병기 등이 포함됨(『매일신보』, 1920년 12월 12일 자, 사토 아츠시(2016b), 46~47면에는 『동아일보』로 소개됨.)
1922년 4월의 정기총회 : 이사장 이능화, 이사 : 박한영(진제부장)·오철호(건화부장)·고희동(사회부장)·최창선(경리부장)·권덕규·양건식·주재품·손준모·백우용·김병룡·

조선불교회의 불교대중화 사업이 출판 사업으로 이어진 것은 1922년 4월 임원 개편과 함께 시작된 것으로 보인다. 이때 개편된 임원진을 보면, 이사장에 이능화, 이사에 박한영진제부장 오철호건화부장 고희동사회부장 최창선 경리부장 외 권덕규, 양건식, 이병기, 정황진이 포진하였다.[21]

이 중 이능화가 주도하고 정황진이 실무를 담당한 사업으로 조선불서의 간행과 번역 사업이 주목된다. 그 결과로 1923년에 조선불교회는 원효의 『금강삼매경론』을 발굴, 간행하였고, '조선불교총서'를 기획하여 「조선불교총서간행 예정 서목」 533종을 작성하였다1925. 일본의 대정신수대장경의 간행과 같은 시기에 이루어진 이 사업은 1925년 10월부터 3년을 기한으로 전권을 모두 출판할 계획을 잡았으나 일부 불서를 간행한 채 사업은 중간에 종료되었다.[22] 재정적인 문제도 컸고, 실무를 담당한 정황진의 과로에 따른 갑작스런 죽음에 따라 이후 지지부진한 채 종료되고 말았다.[23]

조선불교총서간행회의 조직은 회장 이능화, 편찬사 정황진, 오철호, 교정사 박한영 최남선 권상로, 이사 백우용이다. 이들이 편찬하고자 했던 한국불서 집대성 사업은 1970년대 한국불교전서 편찬 사업으로 이어지는 선도적인 의의를 지닌다. 그리고 간행에 참여했던 이들의 명단은 『불

이병기·정황진·임청. 한충(議事長). 이광종(議事)·김영칠·한성·홍우기·최용식.

21 『동아일보』, 1922.4.27(사토 아츠시(2016b), 49면 참조).

22 사토 아츠시(2016b), 51면. 이외에 1920년대 조선불교총서 간행의 경과와 성과에 대해서는 사토 아츠시(佐藤 厚), 「朝鮮佛敎叢書刊行計劃について(1)」, 『東洋學硏究』 53호, 東洋大學 東洋學硏究所, 2015; 「朝鮮佛敎叢書刊行計劃について(2)」, 『東洋學硏究』 54호, 東洋大學 東洋學硏究所, 2016c 참조.

23 조선불교총서간행회에서 533종의 한국찬술 불서를 3년 계획으로 출간하겠다는 목표를 현재 실현된 한국불교전서(동국대 출판부) 편찬 실태와 비교해 보면 사실 불가능에 가까운 목표였던 것으로 생각된다. 한국불교전서는 1책(1979)에서 10책(1989)까지 10년이 소요되었고, 이후 보유편으로 11책(1992)에서 14책(2004)까지 간행되었다. 1~14책까지 수록된 문헌은 모두 324종이다.

일』의 간행에 실질적인 협업자로 규정할 수 있다.

『매일신보』 1922년 4월 28일 자 모임란에는 "조선불교회회에서는 오는 29일에 시내 관철동 同 회관 내에서 정기총회를 개최하고 會報 경과와 임원 개선을 행한다더라"라는 기사가 있다. 이는 '(조선불교회) 회보' 발행의 경과를 기록한 유일한 기록인데, 이 '회보'가 『불일』로 구체화되었을 것으로 추정한다. 다만 1호의 발행인인 김세영金世暎은 임원 명단에 없으며, 2호 발행인인 백우용은 처음 발기인 명단에는 없으나 1920년 12월 5일 임원 개편 때는 박한영 이능화 등과 함께 상무이사로 선임되었고, 1922년 4월 29일 임원 개편 때는 이사로 등재되었다. 이후 1925년 조선불교총서 간행회의 이사로도 활동하였다.

『불일』의 간행 계획은 잡지 공지란의 예고와 다르게 진행된 듯하다.

1호의 판권 「편집실」에는 "이 책은 매월 1회 발간으로 하야 십일에 발행"하기로 하였다고 하였다. 실제로는 1호는 7월 23일 간행되었고, 2호는 11월 간행되었다. 1호의 「근고謹告」[42]면에 '이번 호는 창간호이기 때문에 기일 전에 발행하게 되었사오나 다음 호부터는 정기일인 매월 10일에 간행하겠다'라고 한 것을 보면, 창간호는 8월 10일 간행 예정, 2호는 9월 10일 간행 예정이었다. 2호의 「사고」에는 '본지 제2호는 9월 10일이 발행일이었으나 편집부의 부득이한 사정'으로 11월에 간행되었음을 밝혔다. 아울러 2호에 게재할 것으로 예고했던 내용과 실제 수록한 내용도 일치하지 않는다.[24]

---

24 "구월 십일에 발간되는 제이호부터는 『유마경』은 최남선 선생, 『사십이장경』은 박한영 선생, 『무량수경』은 권상로 선생 純朝鮮文(순전한 조선글)으로 번역하야 기재합니다."(「社告」, 『불일』 1호(1924.7), 목차 앞면) 그러나 최남선, 박한영의 번역은 게재되지 않았고 권상로는 『무량수경』의 일부에 해당하는 사십팔대원 편을 소개하는 것으로 대신하였다.

3) 발행과 편집의 주체

창간호의 판권정보는 다음과 같다.

대정 13년(1924) 7월 23일 발행
편집 겸 발행인 김세영, 경성부 낙원동 50번지
인쇄자 노기정, 경성부 견지동 32번지
인쇄소 한성도서주식회사, 경성부 견지동 32번지
발행소 조선불교회 내 불일사, 경성부 낙원동 50번지
cf.정가 이십 전(책 광고의 난외)

2호는 대정 13년[1924] 11월 발행이나 판권은 현재 확인하기 어렵다. 편집 동인은 1호와 2호에 가나다순으로 제시되어 있다. 1호를 기준으로 제시하면 다음과 같다.

운초雲樵 김익승金益昇
편집인 해파解波 김세영金世暎[25]
석전石顚 박한영朴漢永
용성당龍城堂 백상규白相奎
정산鼎山 백우용白禹鏞 cf.2호의 편집인
국여菊如 양건식梁建植
상현尙玄 이능화李能和

---

25 『불일』 2호(1924.11) 명단에는 김세영이 제외되고 翠農 吳徹浩가 추가되었다.

육당六堂 최남선崔南善

해원海圓 황의돈黃義敦

퇴경退耕 권상로權相老

1호의 편집인은 김세영, 2호의 편집인은 백우용이다. 2호에는 김세영은 명단에 없으며 오철호가 새로 추가되었다. 1호의 편집인인 김세영은 당시의 활동에 대해서는 알 수 없는데, 외부에서 영입한 편집인으로 보인다. 그는 1호에 불교가사인 「나옹화상참선곡」을 수록하였고,[26] 「부텨님세게 그림장엄」이란 제목으로 본생화本生畵 두 작품을 순한글로 평이하게 소개하였다.

2호 발행인인 백우용은 2호에 「영산회상靈山會上의 곡보曲譜를 역제譯製하면서 조선음악朝鮮音樂의 역사歷史를 약술略述함」이라는 글을 수록하였다. 그는 한국 최초의 서양음악 전공자이면서 한국의 음악사에 조예가 깊었던 인물이다. 조선불교회 이사 백우용은 우리나라 최초의 양악군악대를 창설한 독일인 음악가 에케르트 밑에서 서양음악을 배우고 군악대에서 활동한 후 1928년 4월 이왕직아악부의 촉탁으로 위촉되어 아악의 오선보 채보의 직무를 담당한 인물이다.[27] 서양음악 전공자로서 한국의 전통 음악을 학술적으로 소개한 점에서 선도적인 역할을 담당하였다. 그를 1920년대 음악 분야의 국학자라 해도 무방할 것이다.

창간호의 표지 이면에는 「불일사사우회규약佛日社社友會規約」이 수록되어

---

26 「나옹화상참선곡」의 실제 작가는 나옹화상이 아니다. 印慧信士 智瑩이 짓고 1795년 불암사에서 판각한 작품이다. 지형의 가사에 대해서는 김기종, 「지형의 불교가사 연구」, 『한국문학연구』 24집, 동국대 한국문학연구소, 2001 참조.

27 『한국민족문화대백과사전』 '백우용' 조 참조.

있다. 조선불교회 내의 조직으로서 불일사는 『불일』 간행의 주체가 된다. 회원제로 운영하여 자금의 확보와 잡지의 간행에 선순환으로 운영하고자 하는 의도가 담긴 것으로 보인다.

일. 본회는 불일사 사우회라 칭하야 위치를 조선불교회 내에 둡니다. 단 필요한 지방에는 지회를 둡니다.

이. 본회에 회원은 유공회원 특별회원 통상회원의 삼종으로 합니다.

삼. 본회에 통상회원은 일반적으로 아모나 입회할 수 잇습니다.

사. 회원이 그 주소를 이전할 째에는 곳 본 사우회로 통지하서야 합니다.

오. 회원에게는 불일이 발간되는 대로 곳 우편으로 보내드립니다.

육. 본회에 입회하시는 이는 반다시 회비 삼개월분 이상을 만저 보내주서야만 합니다.

칠. 본회에 유공회원과 특별회원의 회비는 아래와 갓습니다.

유공회원 매년 금 십원 이상, 又는 일시금 일백원 이상.

특별회원 매년 금 오원 이상 又는 일시금 오십원 이상.

팔. 본회 통상회원에 회비는 아래와 갓습니다.

일개월분 금 십오전, 육개월 분 금 팔십전, 일개년분, 금 일원 오십전.

회원은 유공회원과 특별회원, 통상회원의 세 종류로 나누고 통상회원의 경우 일반인 누구나 입회할 수 있으며, 회원에게 『불일』을 발송한다고 하였다. 그리고 회원 종류마다 차등을 두어 회비를 정하였다. 통상회원의 경우 1개월분 15전, 6개월분 80전, 1년분 1원 50전이라 하였다. 이는 결국 『불일』의 정가가 20전이었던 것을 볼 때 회비는 곧 『불일』의 할인 구독비에 해당하는 것이다.

2. 잡지의 지향

『불일』의 지향을 엿볼 수 있는 자료로는 창간사와 투고규정이 있다.

> 아— 사랑은 쓴어졋다. 人道는 멸망되얏다. (…중략…) 아— 우리는 그 무슨
> 방편으로 (…중략…) 사랑의 나라 깃붐의 동산을 차저서 인생최고의 행복적 생
> 활을 누려볼ㅅ가? 그는 오즉 일체 죄악의 種仁이오 萬種 번뇌의 萌芽인 我見의
> 邪執 곳 개성적 小生命觀의 미혹망상을 버서바리고 개성과 개성과의 차별을 철
> 폐하며 인생과 자연과의 界線을 초월하야 彼我가 歸一하고 天人이 合致한 우주
> 무궁의 大生명관 곳 究竟 열반의 위에서 건설된 평등, 자유, 박애, 자비의 無上
> 大道인 佛日의 광명을 놋코서는 다시 구할ㅅ곳 업슬ㅅ것이다. 그럼으로 우리는
> 即今 그의 광명을 찾고 그의 범종을 울녀보랴는 첫길로 微力임을 돌보지 안코
> 本誌를 발간하는 바이다.[28]

잡지 창간호의 현실인식은 '인도ㅅ道가 멸망'하고 '사랑이 끊어진' '약육
강식'의 시대다. 세상은 온갖 다툼이 횡행하고 있으며 세상은 죽음의 누리
가 되었다고 하였다. 필자는 무슨 방편으로 이를 벗어날 것인가 물음을 제
기하고 '불일의 광명'을 회복하는 길만이 유일한 길임을 역설하고 있다.

---

28 「창간사」, 『불일』 1호(1924.7), 1~2면.

인생과 자연이 하나가 되고, 천인天人이 합치하는 무궁한 생명이 넘치는 우주, 구경 열반의 위에서 건설된 평등 자유 박애 자비의 무상대도가 곧 '佛日'의 구체적 함의이다. 잡지의 발간자는 그 광명을 찾고 그의 범종을 울려보려는 첫 실행으로 '본지를 발간'하고자 함을 역설하였다.

근대는 불교인의 관점에서 볼 때 기존의 가치관이 전복되는 약육강식의 시대, 파괴의 시대, 죽음의 시대이다. 이를 다시 전복시켜 생명이 넘치는 사랑과 기쁨이 넘치는 행복의 세계를 만들기 위해 필요한 것은 '불일'이기에, 이를 본 잡지의 창간 논리로 삼았다.

1호의 판권에 실린 「편집실!!」에는 "이 책은 매월 발간되는 대로 잘 바다 모으기만 하면 「불교연구에 유일한 강습록講習錄」이 됩니다"라고 하였다. 좀 더 구체적인 잡지의 지향성은 잡지의 공지란에 있는 문구이다. 1호의 안내문[29]을 보면 잡지에 투고할 내용으로 제시한 것은 첫째, 조선 사찰의 역사, 둘째, 찬불가와 찬불시, 셋째 조선 고 조사와 거사, 신녀들의 신이한 행적, 넷째 조선불교의 발전에 대한 구체적인 안, 다섯째 불교포교당의 제도 개혁안 등이다. 이 가운데 찬불가는 가사를 써서 투고하면 잡지사에서 작곡을 하기로 하였다. 이는 백우용이라는 음악가가 포진했기에 가능한 방식이었을 것이다. 『불일』 직전의 불교잡지가 주로 다루었던 조선 사찰의 역사, 조선불교 발전안, 제도개혁안과 함께 대중화와 밀접한 관련

---

29 "稿歡迎!! 이 문제를 보시고 만히 투고하야 주심을 바랍니다. 일. 조선 내 각 사찰에 단편적 역사(본지로 20항 이내). 이. 찬불가 及 詩(작곡은 본사에서 합니다). 삼. 조선 古祖師와 居士 及 信女의 신기한 행적(본지로 오항 내외). 사. 조선불교 발전책에 대한 구체적 案(본지로 삼십항 이내) 오. 불교포교당의 제도 개혁에 구체안(본지로 십항 이내). 기한 양력 9월 15일 까지. (주의) 일. 기사는 반다시 순 조선문 본위로 아모나 아라보기 쉬읍게 하시요. 이. 투고 하실 째에는 주소와 씨명을 명기하야 경성부 낙원동 오십번지 조선불교회내 불일사 편집부로 보내주십시오. 삼. 한번 투고한 원고는 다시 돌려보내지 안씁니다." 『불일』 1호(1924.7), 목차 앞면.

이 있는 찬불가, 찬불시, 신이담 등을 강조한 것이 눈에 띈다. 좀 더 유연한 시각으로 대중화를 위해 구안을 한 것을 알 수 있다. 이는 1910년대 후반의 잡지와 차별화 되는 지점이다.

한편 위에서 소개한 1호의 「사고」에는 2호의 예고가 담겨있다. 최남선의 『유마경』, 박한영의 『사십이장경』, 권상로의 『무량수경』을 '순 조선문'으로 게재하겠다는 내용이다. 그러나 실제로는 권상로가 번역한 「아미타불 인행 때 법장비구 사십팔원」이 예고와 같을 뿐 최남선과 박한영의 번역은 게재되지 못하였다. 다만 『불일』지가 경전의 한글 번역에 지대한 관심을 가지고 있음을 알 수 있다.

전체적으로 『불일』은 교단 내의 소식을 전달해야 하는 의무가 없는 교단 외부에 설립된 기관의 기관지로서 기존 거사불교운동의 주축과 함께 신진 문화계 인사들이 참여하여 한글의 사용에 적극적인 양상을 보인다. 수록하고 있는 글도 시사논설이나 교학에 대한 학술적인 논설은 비중이 매우 작고, 음악, 미술, 불타의 전기문학, 한글가사 등 대중적인 문화를 적극 소개하고 있다. 기존 경전의 번역도 여러 번역자의 경우가 다르기는 하지만 전반적으로 한글 위주의 평이한 풀이를 위주로 하고 있다. 이는 1910년대 잡지의 고답적 문체, 역사자료의 원전에 충실한 자료 소개, 교계의 발전에 대한 시사논설의 비중이 컸던 것에 비해 상당히 당시의 시대 변화와 언어 감각을 적극 반영한 잡지로서 의의가 있다.

3. 잡지의 편제와 항목별 분류

1호는 창간사를 포함 11편의 글, 2호에는 9편의 글이 특별한 편제 없이 나열되어 있다. 창간사를 제외하고 1호와 2호 모두 박한영의 시론이 특유의 문학적 감각으로 수록된 것을 제외하고는 수록 순서에서 일정한 경향성을 발견하기 어렵다. 문학작품은 한글가사 한 편을 소개한 것 외에는 창작물이 소개되지 않았다. 이를 편의상 제재 별로 묶어 소개하면 다음과 같다.

1) 논설 - 시론

박한영의 시론 두 편은 불교계의 현실 인식과 당대에 세계를 휩쓴 칼 막스 이론 및 공산주의 운동에 대한 시각을 노정하였다.

「일모황혼에서」 1호는 석양 노을을 보며 금강산 백운대에서 지었던 자신의 시를 소개한 후, 불교계의 상황을 떠올린 시론이다. 조계산 사찰의 강학도가 항상 수십, 수백 명이 운집한 것과 달리 금강산 강원에는 사람이 없는 상황이 곧 낙일 황혼의 상황임을 말하였다. 당대 언론에서 교육, 포교 사업을 소리 높여 말하는 이면에 선실禪室, 강사講肆가 전폐한 현실을 폭로하였고, 대학 졸업생 청년 사리에 대한 원로들의 걱정을 전하는 한편, 무저항주의와 폭동혁명사조가 횡행하는 시대에 주지파와 비주지파가 재산다툼에 몰입하는 교계의 현실을 비판하였다.

「사상개조 문제에 대하야」 2호는 당시에 한 시대를 풍미한 '사상개조' 운동에 대한 소견을 피력한 글이다. '사상개조'의 의미를 물질문명에 경도된 세계에서 정신을 개조한다는 것으로 이해할 때는 환희심을 가졌으나, 실제로 보면 '공산주의'와 '노동 신성神聖'과 '인간 해방'을 주창하는 칼 막스

공산주의의 논리임을 말하며, '물질에서 기점起點되어 평등을 주창하는 것보다 발본색원으로 직입하여 심원心源을 맑게 하는 것'이 진정한 사상 개조라 역설하였다.

영재생의 「불교의 여성관」 2호은 불교 경론에서 여성담론의 양상을 살피고 역사적으로 여성에 대한 인식이 어떻게 전개되어 왔는지 상론한 글이다. '남성문화의 여성학대' 장에서는 고대 희랍, 로마, 기독교, 인도, 중국 철학, 유교에서 보여주는 여성에 대한 차별적 시선을 소개하였다. 그리고 여성과 노동자를 현대의 2대 노예로 소개하며 현대사회가 얼마나 여성의 자유를 구속하였는가를 소개하였다. 영재생이 누구이며 어떤 외부의 자료를 토대로 작성했는지도 파악되지 않으나, 이 글은 기존의 불교잡지에서 보기 어려웠던 현대사회와 여성의 위상을 거론한 혁신적인 글로 평가할 만하다.

2) 불전佛傳과 불경의 번역

『불일』이 불전과 경전의 한글 번역에 기울인 노력은 주목할 만하다.

「석가전釋迦傳」 1, 2호은 근대 일본의 문학평론가인 다카야마 조규高山樗牛, 1871~1902[30]의 글을 황의돈海圓居士, 1890~1964이 번역한 글이다.[31] 서론에서는 전기 기술의 관점을 거론하였다. 모든 종교의 교주에 대한 전기가 그러

---

30 원 저자인 다카야마 조규(高山樗牛)는 당대 청년들에게 영향력을 끼친 문학평론가로서 30대 초반에 요절하기 직전에 일련종에 귀의한 인물인데, 원저는 그 시기에 쓴 것으로 추정된다.

31 황의돈은 역사학자로서 투고 당시에는 보성고등보통학교 教諭로 재직하였다. 1911년에는 안창호가 설립한 대성학교에서, 1920년 이후로는 보성고보, 휘문고보, 중동학교에서 국사와 한문을 가르쳤다. 중일전쟁 이후 학교에서 국사 교육이 금지되자 보성고보 교사직을 사임하고 조선일보사 기자가 되었다. 국권상실의 시대에 국사교육과 저술을 통해 민족의식을 고취하는 데 주된 뜻이 있었다고 한다. 해방 후에는 동국대학의 교수로 재임하였다. 『불일』 1호에는 그가 『조선일보』 기자 신형철과 함께 펴낸 『學生書翰』(홍문원)이 광고된 바 있다.

하듯 신이한 스토리가 가미된 이야기 중에 실제 전기 조사의 어려움이 있다고 하였다. 본론에서 불타 출현의 시대적 배경을 상세하게 소개하며 그는 시대가 요구하는 대 성인임을 말하며 불타의 탄생1호, 궁중의 생활2호 순으로 서술하였다. 불타의 일대기를 서술하는 역사적 관점과 서술상의 제약을 토로하는 등 진실에 접근하는 과학적 방법론을 앞서 제시한 점이 특징이다.

백용성과 권상로는 경전의 한글 번역에 관심을 기울였다. 백용성의 「마하반야바라밀다심경역해摩訶般若波羅蜜多心經譯解」1호는 서언에 이어 '마하'에서부터 '수상행식 역부여시'까지 본문 일부를 번역하였다. 서언에서는 마하반야바라밀다 제목의 심대한 가치를 소개하였고, '마하'에서 '수상행식 역부여시'까지 각각의 표제어마다 한문 현토의 법어와 순한글일부 한자 부기 풀이를 제시하였다. 제목에 이어 본문이 시작되는 지점에는 "일로부터는 경전대문을 일일이 해석하니 한문을 모로는 사람은 죠션글만 보드라도 그 깁흔 뜻을 용이하게 알 수 잇습니다"라 하여 한글사용의 목적을 분명히 하였다.

권상로는 『미타경』1호 및 『무량수경』 중 사십팔대원 부분2호을 번역 소개하였다. 『미타경』은 "퇴경 즉역"으로 소개하였는데 이는 즉역卽譯 곧 직역直譯을 말한다. 앞의 백용성 번역이 역술, 역해 차원이었다면 권상로의 번역은 경문 자체의 직역으로서 한글 표현에 더 많은 관심을 기울인 특징이 있다.

이러케 나는 드럿다 · 한째에 부텨님이 · 사위국 · 긔수급고독원에서 큰비구 승일천이백오십인으로 더부러 함께 게시더니

- 한때에=부텨님이 이 경 설하시든 그 째
- 사위국=부텨님 탄생하신 나라 일음
- 긔수급고독원=공원 일음
- 비구승=출가한 남자 승려

경전의 대문大文을 순 한글로 풀이하고, 각 어휘의 뜻을 병기하여 이해를 도우며, 부호를 사용하여 독자들이 내용을 정확하게 이해할 수 있도록 구성하였다. 사람 이름, 술어, 땅 이름, 해석표 등 네 가지의 부호 사용은 이미 앞서 이 방식을 사용한 기독교 성경의 번역과 유포에 영향받은 것으로 추정된다.

『불설무량수경』에서 뽑은 「법장비구 사십팔원」2후은 순한글 직역의 경향은 동일한데, 『미타경』에서 사용하던 기호는 모두 없앴으며, 새로운 불교어가 나올 때마다 쌍행으로 풀이한 점이 앞의 경우와 다르다. 정각, 삼악도, 숙명, 나유타, 천안, 천이, 타심지 등 모두 42개의 불교어를 한글로 평이하게 풀이해 놓았다.

백용성과 권상로는 국한문 현토 해석의 병용 여부의 차이, 역해와 직역이라는 번역 방식의 차이가 있으나, 순한글체 번역과 개별 어휘의 평이한 풀이를 통해 대중의 이해를 적극 돕고 있다는 의미에서 당시 경전의 한글화를 통한 불교대중화 운동의 최전선에 있다고 평가할 수 있다.

3) 불교 상식과 불교사

불교 어휘의 한글 풀이는 당시 우리말 불교사전이 없던 시기에 개념을 정리하고 대중화의 필요성이 제고된 현실을 반영하는 것이다. 이능화의 경우에는 한글화에 대한 관심이 적은 대신 불교 개념어를 사전적으로 풀이하는 데 지면을 할애하였다. 「불교술어」1, 2호라는 제목으로 '육근, 육진, 무명, 진여, 무생, 애착, 악업, 악마, 나무아미타불, 아미타, 구품왕생, 십악, 십선, 육취사생' 등을 사전적으로 풀이하였다. 순한글체의 노력은 없지만 불교 개념의 이해를 심화한 특징이 있다.

박한영의 「불교의 개념」1, 2호은 불교의 정의, 불교의 유래, 불교의 본체론3구성론 – 轉迷啓悟, 離苦得樂, 止惡修善을 소개하고, 불교의 중추는 "唯心의 敎"요 "平等의 敎"라 설명하였다. 이어서 불교에 대한 다섯 가지 오해, 즉 '미신론, 無事無爲의 敎'이상 1호, '염세의 교, 專制의 교, 의뢰의 교'이상 2호 등을 소개하고 반론을 제기하였다. 그리고 이를 불교의 형식론대상론이요 방편설로 규정하고, 이보다는 "活法으로 通達觀이 近是하다"하며 선사의 어법으로 앞의 내용을 휘갑하였다.

이능화의 「달마조사약전」1호은 서두에서 달마조사의 선종사에서의 위상을 약술하고, 동래東來 이전의 삶과 이력, 중국 도래 후 양무제梁武帝와의 문답, 소림사에서의 9년 면벽, 제자 신광神光의 단비斷臂와 전법, 귀국 등의 일화를 소개한 글이다.

「조선불교역사」는 고구려1호와 백제2호의 불교를 소개한 글이다. 고구려 편에서는 불교의 수입, 중국에 가서 불법을 선양한 승려, 일본에 가서 불법을 선전한 승려, 군사 정탐 및 전진戰陣과 관련 있는 승려 등을 소개하였고, 을지문덕의 「여수장우중문시與隋將于仲文詩」보다 앞선 한국 최초의 한시 작가로 정법사定法師와 그 작품을 소개하였다. 백제 편에서는 불교의 수입, 일본에 가 불교를 선전한 승려 등을 소개하였다. 문학사의 신자료를 소개한 점, 역사적 전거典據 사이사이에 '부론附論'과 '참고' 항을 두어 자료를 근거로 역사적 사건의 의미를 부연 설명한 점이 특징이다.

4) 문화 관련

김세영과 백우용은 『불일』지의 역대 편집인으로서 문학과 예술 분야의 글을 소개하여 불교잡지 내용의 다양성을 추구하였다.

『불일』에는 창작 문학 작품이 한 편도 수록되지 않은 특징이 있다. 문학 작품으로 유일하게 조선후기 불교가사인 「나옹화상참선곡」1호의 원문을 한자를 병기하여 소개하였다. 그러나 이 작품은 실제로는 불암사에 주석하고 있던 인혜신사 지형이 1795년 경기 양주 불암사에서 판각한 작품으로서, 나옹화상의 지명도에 견인되어 그의 작품으로 유통된 정황을 알 수 있다. 불교가사에 대한 인식이 그리 크지 않았던 당시에 신자료를 발굴한 의의가 있다.

김세영의 「부처님세계 그림장엄」1호은 기존의 근대 불교잡지에서 볼 수 없었던 불교회화를 소개한 평론이다. 먼저 불교회화를 본생화, 불전화佛傳畵, 불보살화, 세계와 극락정토, 만다라로 구분하고 이를 각각 한 호씩 소개하여 불교 포교의 자료로 삼고자 하였다. 글에서는 본생화 가운데 시비왕尸毗王과 큰곰 그림을 생생한 삽화와 함께 소개하였는데, "金言" 부분에서는 경전 속의 근거를 소개하였다. 시비왕의 경우 『광명경』 『화엄경』을, 큰곰 그림의 경우 『불보은경』과 『화엄경』을 인용하였다. 순 한글의 명쾌한 해설, 생생한 그림 제시, 경전적 근거의 제시를 통해 논리성과 가독성을 높였다. 이 글이 계속 지속되었다면 당시 독자들에게 불교예술의 정수를 전달하는데 큰 도움이 되었을 것이나, 1호로 종결되고 말았다.

2호의 편집인인 백우용은 「영산회상의 곡보를 역제하면서 조선음악의 역사를 약술함」2호이라는 제목으로 조선음악의 역사를 기술하였다.[32] 당시 영산회상을 서양의 오선지에 채보하면서 한국의 전통음악사에 관심을 가지기 시작한 그는 역사 자료를 낱낱이 들어 한국음악사의 초창기 작업을 진행하였다. 당시 국학분야의 연구 영역으로 음악사를 편입한 것은 연구사적 가치가 있다고 판단한다.[33]

4. 종합 평가

『불일』은 3·1운동의 여파가 전 사회에 파급되던 1920년에, 과거 5~6년 동안 거사불교운동을 실천하던 국학자와 불교계 지성이 모여 만든 잡지다. 불교를 현재적 상황에 맞는 방식으로 이 땅, 이 사회에 구현하고자 했던 그들은 조선불교회를 결성하여 한국 찬술의 불교문헌 500여 종을 3년 안에 완간한다는 원대한 프로젝트를 구상하고 일부 실천하기도 하였다. 이와 함께 창간된 『불일』은 조선불교의 찬란한 영화를 새로운 시대에 새로운 방법으로 구현하고자 하였다. 조선불교회의 지향을 구현하는 매체로서 『불일』은 존재한다. 이에 따라 무거운 시론과 교학적 깊이 있는 논설보다는 좀 더 대중적인 포교 매개로 활용 가능한 내용을 담는 데 주력하였다. 『불일』에는 불교회화의 소개, 우리의 음악사에 대한 기술, 경전을 한글화하는 다양한 방식의 시도, 불교어휘의 우리말 풀이와 사전식 정리에

---

32 상고시대(단군과 동이, 기자의 遺曲, 고조선의 공후인)부터 중고시대(한·예·부여, 종교 樂舞, 農功 歌舞), 삼국시대(고구려, 백제)까지 기술하였다.

33 참고로 백용성이 비슷한 시기에 불교잡지에 게재한 글은 다음과 같다. 「조선음악상으로 보는 불교」, 『불교』 7호(1925.1); 「양악과 조선악에 대한 소감」, 『일광』 1호(1928.12).

이르기까지 기존의 불교잡지에서 볼 수 없던 다양성을 추구하며 대중적
확산을 기획하였다. 이를 위해 1910년대 불교잡지와 연관이 없던 김세영
과 백우용이라는 신진인사를 편집인으로 초빙하였고 일정 부분 성과를 거
두었다. 그러나 잡지 간행 자체는 매우 불안정하여 1, 2호의 편집인이 다
르고, 정기 간행월일도 모두 계획과 다르게 진행되었다. 재정적인 여건도
취약했던 것으로 보이고, 조선불교총서를 간행하는 데 경주했던 열정이
큰 만큼 잡지 발행의 여건은 위축되었을 가능성도 있다. 창간호가 간행된
1924년 7월, 조선불교중앙교무원의 기관지 『불교』가 본격적으로 등장함
에 따라 불교지성의 잡지에 대한 관심은 그리 쏠릴 수밖에 없었다. 이러한
내부 외부의 상황에 따라 『불일』지 간행의 추동력은 2호 간행 후 상실된
것으로 보인다.

제4장

『불교』

조선불교중앙교무원의 기관지에서 종합 문화지로

1. 전개사

『불교佛敎』통권 108호, 1924.7~1933.7는 재단법인 조선불교중앙교무원의 기관지로서 불교사에서 발행하였다. 창간호부터 69호1930.3까지는 중앙교무원에서 예산을 투입하여 발행하였고, 이후 불교사에서 독립적으로 운영한 시기70~93호, 1930.4~1932.3를 지나, 94호1932.4부터는 다시 조선불교선교양종중앙교무원의 예산으로 발행하였다.

편집 겸 발행인은 창간호~83호1931.5는 권상로, 84·85합호~종간호 1931.7~ 1933.7까지는 한용운이다.

이 시기는 사회 전반적으로 조선의 문화와 정신의 원천에 대한 탐구가 국학계의 주요 담론으로 자리 잡고 있는데, 『불교』에는 불교학, 불교사, 어학, 문학 등 여러 영역에서 이러한 시대정신을 잘 구현하였다. 외부 문인을 직원으로 유입하여 문화적 잡지를 표방하고, 독자 투고란을 상설하여 대중화를 기획하여 다양한 장르에 걸쳐 방대한 성과를 거두었다. 명실상부한 근대 불교잡지의 대표 격이다.

1) 창간의 배경과 경과

1910년대의 근대 불교교단 형성기에 산출된 불교잡지는 실로 격동적인 변화를 반영하듯 비교적 짧은 기간에 창간과 종간을 반복하였다. 중앙기관에서 발행한 기관지로 명맥을 이어온 1910년대 불교잡지는 『조선불교총보』삼십본산연합사무소, 1917.3~1921.1의 종간을 끝으로 기관지 부재의 시기를 맞이하였다. 1921년 2월에는 삼십본산연합사무소가 삼십본산선교양종종무원으로 명칭을 바꾸고 『종보宗報』라는 기관지를 내기로 하였으나 잡지 발행은 확인되지 않는다.

『조선불교총보』후반부에 설립취지서가 공표된 조선불교청년회, 그리고 청년회의 실천운동을 전개할 전위로서 설립된 조선불교유신회는 1921년 1월 개최된 삼십본산 주지총회에서 8개항의 유신안을 연합사무소 측에 제출하였다. 그 내용은 모든 일을 공론으로 결정하고, 연합사무소 제도와 규정을 수정하며, 사찰의 재정을 통일할 것, 교육과 포교방법을 혁신할 것을 주창하였다. 이에 따라 주지총회에서는 연합사무소를 종무원으로 수정하기로 하였고, 중앙학림을 불교전문학교로 개정하며 포교방법도 각 사찰 단위가 아니라 통일적인 포교시설을 행하여 나갈 것을 결의하였다.[1]

---

1 『조선불교총보』가 1921년 1월 갑자기 종간된 이유도 이러한 정세 변화에 기인한다. 이상 김성연, 「일제강점기 잡지 『불교』의 간행과 그 성격」, 『선문화연구』 5집, 한국불교선리연구원, 2008, 65~66면 요약. 교무원의 설립 배경에 대해서는 김성연, 「재단법인 조선불교중앙교무원의 자산 운영과 한계」, 『불교학연구』 27호, 불교학연구회, 2010, 13~18면; 한동민, 『사찰령 체제하 본산제도 연구』, 중앙대 박사논문, 2005 참조.

이듬해1922 열린 불교총회에서는 삼십본산연합사무소를 폐지하고, 불교유신회의 주장에 따라 새로운 중앙기관인 총무원을 설립하기로 결의하였다. 결의 당시 불교유신회 측과 통도사, 위봉사, 범어사, 석왕사, 해인사 등 몇몇 주지들만 참석하였고, 이에 반발한 다수의 주지들은 불참하였다. 그 결과 불교계는 총무원과 이를 반대하는 주지들로 대립하는 형세가 되었다. 이들 사이에 통일기관의 설립문제로 분쟁이 발생한 가운데 비 총무원 측 주지들은 총무원측을 배제한 가운데 조선불교중앙교무원을 설립하였다. 이후 개혁성향의 총무원과 보수성향의 교무원의 대치가 지속되던 중, 양자가 1924년 4월 재단법인 조선불교중앙교무원으로 통합되었다.[2] 통합과 동시에 교무원에서는 기관지를 간행하기로 결의하고 그해 7월부터 『불교』지를 발행하였다.[3]

2) 편집진의 변동과 편집 체제

『불교』의 발행 기관은 시기별로 변화가 있다. 창간호1924.7부터 69호 1930.3까지는 재단법인 조선불교중앙교무원에서 기관지로서 발행하였다. 창간호의 판권을 보면 편집겸발행인 권상로경성부 수송동 82번지, 인쇄소 한성도서주식회사, 발행소 불교사경성부 수송동 82번지이며 매월 1회 발행이며, 정가는 20전으로 책정되었다.[4]

---

2 양자가 통합하여 재단법인으로 출범하게 된 동인은 첫째, 재단법인 설립이라는 당시 종교계의 시대적 요구가 있었다는 점(특히 천주교). 둘째, 통일기관을 세워 불교사업을 전개할 것을 총독부에서 권고하였다는 점, 셋째, 보성고보를 인수한 총무원 측에서 학교운영의 능력이 부족하여 교무원과의 타협점을 찾을 수밖에 없었다는 점 등이 이유로 제시되었다(김성연(2010), 13~18면; 한동민(2005), 173~181면).

3 이 단락은 김성연(2008), 67~68면 요약.

4 『불교』지는 대체로 1,000부에서 1,500부 정도 발행되었다. 출간된 잡지는 1930년대 초를 기준으로 하면 전국의 30개 본산에 배부하였는데, 잡지 구독률이 높은 사찰은 김룡사, 마곡

이후 중앙교무원에서 설립한 불교사에서 각 사찰에 지사를 두고 수금을 하는 등, 독립적으로 간행하기도 하였다.70~93호, 1930.4~1932.3 이 시기에는 불교계의 공식적인 행정 소식을 담은 「종보宗報」란이 사라지며 각 지사별 수금 독려내용이 다수 고지되었다. 94호1932.4부터는 다시 조선불교선교 양종중앙교무원[5] 직영으로 교무원의 기관지로서 발행하였다. 편집겸발행인은 창간호~83호1931.5는 권상로, 84·85합호1931.7~종간호1933.7까지는 한용운이 담당하였다.

『불교』의 편집진과 체제는 권상로와 한용운이 교체되는 시기를 기준으로 '권상로 편집 시기' '한용운 편집 시기'로 나눌 수 있다. 그리고 권상로 편집 시기에 외부 문인의 유입과 퇴출을 기준으로 하여 '전기' '중기' '후기'로 나누어 볼 수 있다.

『불교』지 초기에는 문학을 전문적으로 관장할 진용이 갖추어지지 않은 채, 권상로가 필명을 다양하게 쓰면서 원고를 채워나간 1인 편찬 시기로 규정할 수 있다.

(1) 권상로 편집 시기-전기

창간호에 제시한 『불교』지의 발간 방침은 기본적으로 조선 불교 사찰

사, 통도사, 해인사 등으로 평균 50부 이상을 구독했다. 각 본산은 지사를 설립하고 종무소의 감독하에 지사장이 잡지의 구독과 각 사암의 誌代를 수납하였다. 그러나 대체로 잡지 대금의 수납은 원활하지 못하였고, 불교사도 잡지 발행에 어려움을 겪을 수밖에 없었다(김성연(2008), 68~77면 요약).

5 이는 재단법인 조선불교중앙교무원과 다른 기관이다. 불교계는 1920년 1월, 조선불교 선교양종 승려대회를 개최하여 종헌을 제정하고 통일, 입법 기관으로서의 종회를 설립하였다. 새로운 중앙교무원은 조선불교 선교양종의 교무와 제반 사업을 통괄하는 집행기관이었다(김광식, 「일제하 불교계의 총본산 건설운동과 조계종」, 『한국민족운동사연구』 10집, 한국민족운동사학회, 1994. 292면. 김성연(2008), 70면 재인용).

의 승려를 주 독자층으로 설정하고 각 사찰에 무료로 배부하는 것이다. 그리고 독자들의 투고를 권장하되 정치, 사상의 원고는 배제한다는 방침이 정해졌다. 3호1924.9에는 「불교소식佛敎消息」과 「불교결의佛敎決疑」란을 신설하면서 체제와 방향을 발전적으로 모색하고자 하였다. 「불교소식」은 전국 900여 사찰의 소식을 담은 것이고, 「불교결의」는 불교 진리에 대한 의문을 묻고 답하는 란으로 모두 독자의 적극적 참여를 기대하고 있다.

22호1926.4부터는 지면을 확장하고 체제를 변경하여 풍부한 기사를 제공하고자 하였다. 별다른 장 구분 없이 제시되던 목차가 22호에 이르면 '사진寫眞, 권두언卷頭言, 논총論叢, 사료史料, 문답問答, 잡저雜著, 소설小說, 사단詞壇, 소식消息, 관보官報, 소개紹介'의 순으로 표제가 제시되는데 이는 약간의 넘나듦을 보이며 36호1927.6까지 지속된다.

25호1926.7부터는 「불사의不思議」란을 신설하여 영험담을 통해 불교신앙을 고취하고자 하였다. 이는 근대의 합리적인 종교로서 불교를 지향하는 과정에서 배제된 순수한 신앙적 체험을 발굴하는 한편, 부녀자들의 신행까지 아우르려 한 의도를 보여주는 것이다. 이는 1910년대 잡지의 「언문」란에서 그러한 것처럼 부녀자를 독자로 확보하려는 노력의 일환으로, 실제로 공주의 불교부녀회아리다라회의 기고문이 게재되기도 하였다.

27호에는 월간잡지『조선불교朝鮮佛敎』에서 「소년少年뉴-쓰」를 부록으로 발행한 소식을 전하면서 읽을거리가 없어 적막하고 방향을 얻지 못한 소년계에 희망이 되고 있음을 인상 깊게 소개하고 있다. 이에 자극을 받은 『불교』도 28호1926.10부터 「소년란少年欄」을 증설하였다. 29호에는 조선불교소년회 주최 제1회 전조선소년소녀현상웅변대회를 적극 홍보하였고, 후속 소식을 상세하게 전하였다. 동시, 동화가 다수 수록된 「소년란」은 이후 36호1927.6까지 지속되었다. 소년회 활동은 보성고보학생인 한영석이 주도하였고 불교사 및 중앙교무원의 전폭적인 후원이 뒷받침되었다.

이러한 노력은 『불교』지가 기존의 독자층 — 사찰의 승려 — 을 넘어서 다양한 독자층을 대상으로 하는 종합지를 지향하고 있음을 보여주는 증거이다. 또한 소년회, 청년회, 부인회 등이 전국적으로 조직되고 활성화되는 시대적 변화를 반영하는 편집 전략이면서, 동시에 『불교』지의 독자층 확장을 꾀하는 일련의 기획으로 평가된다.

38호1927.8부터는 지방의 주요사찰본산 중심에 지방통신 기자를 배치하여 체계적인 네트워크를 결성하게 된다. 그리고 매호마다 약간의 변동이 반영된 기자명단을 제시하고 있다. 49호1928.7에는 '불교사 사우모집 취지', '규정'과 함께 '사우제명록社友諸名錄'을 수록하고 있는데, 이는 단순히 회원독자를 위한 서비스만이 아니라 독자층의 확장과 잡지의 안정적 재정구조를 위한 전략으로 보인다.

(2) 권상로 편집시기 – 중기와 후기

『불교』지는 46 · 47합호1928.5에 백성욱, 김태흡, 유엽시인, 방인근소설가이 입사하고 48호1928.6에 김일엽이 입사하여 새로운 편집진을 갖춘 이후 문예지로, 대중지로, 문화담론지로 잡지의 편폭을 확장해 나갔다. 이러한 변화는 1년 정도 지속되었으나 다시 외부 문인들이 편집진에서 물러나면서 지면의 변화를 가져왔다.

46 · 47합호1928.5와 48호1928.6는 『불교』지가 대중에게 다가가는 질적인 변화를 보여준다. 철학박사 백성욱, 문학사 김진린, 종교학사 김태흡과 함께 1920년대 문단에서 문예지 발간으로 주목받던 젊은 문사들유엽, 방인근

을 영입하고, 신여성의 이론적 실천적 선구자로 알려진 김일엽을 편집진에 포섭함으로써 같은 시기에 명멸한 문예지 못지않은 진용을 갖추었다. 동시에 "偏局하든 회보의 체재를 일변하야 순전히 대중독물로 自期하야 문예, 학술, 온갖 방향을 모다 일초하야 고급적 학술잡지"로 탈바꿈하고자 하는 의도를 널리 공포하였다. 이에 따라 47호 이후에는 다수의 문인 작품이 등장하였다.

대표적인 문인과 장르를 들면, 유엽柳春燮의 시와 소설, 백기만의 시, 홍사용과 백승회의 희곡, 방인근의 소설 등이다. 이들은 20년대 문예잡지를 창간하고 활발하게 활동하던 문인들로서, 이들의 투고는 『불교』지가 대중지, 문예잡지의 성격으로 변모하는데 크게 기여하고 있다. 이러한 경향이 62호1929.8까지 지속되며 이후63~83호에는 종교성을 강화하는 방향으로 편집이 이루어졌다. 이는 불교청년운동의 혁신 움직임과 기타 불교계의 급격한 판세 변화에 따른 변화 양상으로 파악된다.

한용운 편집 시기

한용운의 편집 시기에는 『불교』지에 전국 여러 사찰의 강원, 불교청년회, 유학생, 중앙불교전문학교 출신 청년 승려들이 불교시를 투고할 수 있도록 문호를 개방한 역할을 하였다. 개개인과 직접적인 교류는 없었다 하더라도 잡지에 신진 청년들이 투고할 수 있도록 「불교시단」, 「독자시조단」, 「불교문단」을 신설하여 시의 부흥을 유도한 만해의 역할은 작지 않다. 이들 지면에 등장하는 조종현 김어수 박병우 나방우 등은 강원이나 중앙불전 출신들이다. 만해는 이들 문학청년의 등장에 좌장 역할을 하였다. 100호를 전후로 시 분량이 비약적으로 확대된 것 역시 만해의 역할이라 하겠다.

2. 잡지의 지향

『불교』지는 1924년 재단법인 조선불교중앙교무원의 설립 취지에 따라 기관지로 발간되었다.[6]

'淨法界身, 本無出沒. 大悲願力, 示現受生.' 이것이 여래 출세의 本旨와 무변한 불교의 要義를 간명하게 道破한 것이다. (…중략…) 일체의 施設이라는 것도 施設할 것 업는 곳에서 시설이 되고 일체의 작용이라는 것도 작용할 것 업는 곳에서 작용이 되야, 어떤 째에는 梦然히 雜出하야 萬象이 森如하게 되고 또 어떤 째에는 寂然히 空寂하야 萬籟가 默如하나니 (…중략…) 이상에 말한 것은 최근의 조선불교의 제반 施設을 여지업시 表白하는 것이외다. 이것저것이 모다 乍立 乍廢가 아니면 忽分 忽合의 眩慌한 역사가 잇섯다. 個中에도 더욱이 불교의 기관인 報誌이엇다. 무릇 전후를 相繼하야 사오 종의 刊行이 잇섯스나 어써한 시절인연에 싸라서 寥寥한지도 발서 四五 星霜이 다 即不滅의 滅을 示現하엿다. 그리하야 다시 不生의 生을 示現치 아니치 못하게 되엿다. 말이 자기의 상당한 입지의 궤도로부터 탈선이 되어서 망녕되이 수평선 이상으로 폭등하엿다. 언제나 아니 그런 것은 아니지마는 이번의 간행은 단순히 우리 불교의 機關다운 기관이 되어서 教理, 宗制, 여러 방면으로 노력하야 조선불교로 하여곰 불교다운 불교가 되게 하여서 그에 싸라 우리 교역자이나 신앙가도 모다 상당한 향상을 期코자 하는 바이다.[7]

---

6 『불교』 3호에는 불교잡지의 발행이 근대불교계의 활동의 주요 사업 내용의 하나로 설정되어 있다. 「재단법인조선불교중앙교무원설립주지」, 『불교』 3호(1924.9), 16~19면.
7 필자명 없음, 「창간사」, 『불교』 1호(1924.7), 2~3면.

창간사의 서두에서는 근대를 맞이한 불교계는 다양한 사업을 추진하여왔으나 시대상황, 경제 및 조직이 처한 여건에 따라 생겼다가 사라지는 경향이 있었음을 말하였다. 그 대표적인 것 중의 하나가 불교계 잡지다. 논자에 따르면 불교계의 기관지報誌는 그동안 4, 5종이 간행되었으나 사라졌고, 현재는 4, 5년째 잡지가 없는 상황에 처해있음을 말하였다. 『불교』지의 간행은 이를 회복하는 의미가 있다고 하면서 잡지를 통해 교리, 종제宗制, 기타 여러 방면으로 노력하여 '조선불교로 하여금 불교다운 불교'가 되도록 하여 교역자나 신도 모두 상당한 향상을 기약하자고 하였다.

창간사에 이은 논설에서는 그 방안으로 참선, 교육, 법식의례의 정비라는 목표를 제시하였다.

우리 조선불교는 일본불교 各宗보다는 그 발전의 경로와 민족성의 相違에 기인하야 현저한 특색이 잇다. 이 특색을 조장하며 발전시키기 위하야 힘써 宗旨를 확립하고 일본 各宗과 蘭菊의 美를 爭耀함에 至케 하는 것이 우리들의 노력하지 아니하면 아니될 것이다. 이럼으로 우리 조선불교는 실로 조선문화의 一大要素일 줄로 思料한다. 이에 대하야 우리 조선불교도는 어써케 준비를 하는가. 吾人이 과문이지마는 아즉 多聞치 못한 것은 甚히 유감일다.

幸히 삼십본산과 及其말사의 열성으로 재단법인교무원이 성립되고 本年 三月 評議員會에서 포교비, 포교도서 간행, 고등학교 이상 재학 徒弟의 학비보조, 及本誌의 발행 등을 결의한 등 다소의 施設은 잇지마는 이것뿐으로 조선불교의 근본적 시설이라고는 하지 못하겟다.

(…중략…)

근본적 施設이라는 것은 吾人 스사로의 수련, 오인 스사로의 體得에 향하야

그 도량되며 기관 될 만한 자의 施設이 그것이니

　1. 참선 도량의 신설, 재래 도량의 개량과 及 통일

　2. 불교전수학교의 신설, 재래 전문학교의 개량과 及 통일

　3. 法式, 梵唄의 연구와 及 통일

이것을 捨코는 다시 他에서 求치 못할 것이다. 오인은 目下의 時勢에 鑑하야
포교가 가장 필요한 것을 認得하고 大히 獻力하기를 望하노라"[8]

　이 글에는 조선불교는 일본의 여러 종파와 다른 상당한 특징이 있다는
점을 밝히고 이를 조장하고 발전시키기 위하여 힘써 종지宗旨를 확립하고
자 노력해야 한다고 하였다. 그리고 조선의 불교는 조선 문화의 일대一大
요소임을 전제하고, 불교도가 장차 어떤 준비를 행할 것인가 묻고 있다.

　삼십본산과 말사의 열성으로 재단법인 교무원이 설립되고, 1924년 3
월 평의원 회의에서 다양한 발전 방안이 모색되었다. 그 중 하나가 "本誌
의 발행"이었다. 『불교』는 당시 교계를 대표하는 종단의 기관지로서 궁극
적인 목표는 한국불교의 발전이었음을 확인할 수 있다. 그리고 그 발전을
위해 다양한 방법을 모색했는데, 이는 『불교』지의 내용을 구성하는 절대
인자가 되었다.

　『불교』지 발간의 방침은 기본적으로 조선 불교 사찰의 승려를 주 독자층
으로 설정하고 각 사찰에 배부하는 것이었다. 독자들의 투고를 권장하되
정치, 사상의 원고는 배재한다는 방침이 정해졌다.[9] 첫 회 발간을 앞두고

8　필자명 없음, 「우리의 行進할 方途」, 『불교』 1호(1924.7), 4면.
9　"「불교」 발간의 주의―1. 불교는 조선사찰승려의 참고자료로 해서 차를 매월 1회 발간함.
　2. 불교는 무료로 차를 배부함. 3. 불교는 투고를 환영함. 4. 불교에는 정치사상의 원고는 차
　를 밧지 아니함." 「공지」, 『불교』 1호(1924.7), 72면.

불교사에 동경불교유학생의 잡지『금강저』가 접수된 사실이『불교』창간호에 실려있다. 편집자권상로는『금강저』에 실린 젊은 유학생들의 유려한 글과 인쇄물의 수준에 자극을 받아,『불교』가 비록 정가20전가 책정되었지만, 무료 배부라는 것으로 상쇄한다는 자괴감을 토로하기도 하였다.[10] 이처럼『불교』와『금강저』는 1924년 7월 같은 달에 창간호가 발행되었는데,『불교』가 종간1933.7된 이후에도『금강저』는 1943년26호까지 발행되었다. 그 과정에서 경성과 동경 사이 상호 영향을 주고받으며 불교잡지의 내용을 채워간 역사가 있다.

3. 학술의 경향성 – 한글문화 창달을 중심으로

20년대『불교』잡지에 보이는 한글문화운동의 실체는 조선어와 불교의 관계에 대한 학술적 담론, 언해 자료 발굴성과 보도 등이다. 이 시기는 사회 전반적으로 조선의 문화와 정신의 원천에 대한 탐구가 국학계의 주요 담론으로 자리 잡고 있다. 이 시기는 일명 문화정치의 시대로 신문, 잡지가 다수 창간되고 대학이 설치되어 근대적 학문 탐구가 본격화된 시기이며, 이병기의 시조부흥론, 최남선의 조선심 탐구를 비롯하여 민족의 언어, 문학, 사상, 역사에 대한 관심이 사회전반에 걸쳐 전개된 시기다.『불교』지에서의 조선 문화와 불교의 관련성 탐구도 이러한 시대적 흐름과 함

---

10 "『금강저』–동경유학생회 발간. 풍부한 그 취미, 미려한 그 문사, 그것을 볼 때에는 내 것 변변치 안는 것을 자각하겠다. (…중략…) 이러한 허물을 自知하는 下에서 참아 대금을 줌시 사고는 염치가 업습니다. 그래서 無代進呈이라는 사개자로 온갓 흉허물을 쓰러 덥히려합니다." 「편집여묵」, 『불교』1호(1924.7), 78면.

께 하는 것으로 보인다.

1) 한글과 불교의 관계론

권상로(退耕), 「朝鮮과 佛教와의 相似點」(2호, 1924.8)

이병기, 「朝鮮語로 보는 佛教」(7호, 1925.1)

권상로(雲陽沙門), 「世界文字와 佛教의 關係」(49호, 1928.7)

안자산, 「梵語와 朝鮮語와의 關係」(52~54호, 1928.10~12)

허영호, 「梵巴 兩語의 發音法에서 본 朝鮮語 發音法에 關한 一考察」(80~84·
85합호, 1931.2~7)

「조선朝鮮과 불교佛教와의 상사점相似點」에서 권상로는 조선과 조선불교와
의 공통점을 '조선정음과 조선불교', '조선 양반과 禪教 양종', '조선양반
의 自高와 조선승려의 自信' 등 셋으로 나누어 소개하였다. 그중 첫째 장에
서는 '조선 정음, 즉 언문은 세계 音符 문자 중에 가장 완전하고 가장 편리
하게 제조된 것은 세계에 누구나 칭찬하여 일컫는바'라고 하여 한글의 우
수성을 제시하였다. 그러나 역사적으로 오직 정음을 학습한 인물은 부녀
계, 노동계이며 정음을 사용한 서적은 여항소설뿐이어서, 만일 부인, 유자
幼子, 노동자류가 아니면 정음이 거의 폐지되었을 것이라 하였다. 이러한
정음의 신세와 마찬가지로 불교에 대해서도 그동안 배척해왔던 역사가 있
고, 불교에 귀의하는 자는 역시 부인계뿐이며 불교의 명을 연속하게 한 유
일한 존재라고 하였다.[11] 이외에 양반과 선교양종, 양반과 승려를 비교한
글까지 권상로의 글은 일종의 문화비평, 인상비평에 가깝다. 다만 불교와

한글의 가치를 제대로 평가받지 못했던 과거 역사에 대한 비판을 통해 현재적 부흥의 의지를, 한글문화 창달의 의지를 표출한 것으로 볼 수 있다.

「조선어朝鮮語로 보는 불교佛敎」에서 이병기는 1천 5백여 년 전에 불교가 중국으로부터 수입되어 모든 문화가 그 영향을 받아 크게 발달된 사실을 제시하고, 그 결과 우리말에도 불교어가 많이 섞이게 되었다고 하였다. 그 증거로 전국 각 지역의 산 이름 가운데 불교식 표현이 많다는 점, 불교가 융성하던 시대에 오히려 국학이 진흥하여 국학을 면려한 고승高僧 거유巨儒가 많이 출현하였다는 점을 들었다. 마지막으로는 '야소교가 처음 조선에 전포될 때 그 성경을 조선어로 번역하여 전포'하여 그 성과가 컸다는 점을 들어 '조선의 불교도 다시 융성케 하려면 저 국어학자가 많이 나기를 바라며, 국학이 발달되는 동시에 불교도 따라 부흥'할 것으로 기대하였다. 국어학자로서 전문적 논의보다는 대중적 관심을 환기할 수 있는 일반적 수준의 글이라 할 수 있다. 그러나 이는 불교 연구가 국학진흥과 길항관계가 있음을 환기한 글로 의의가 있다.

『불교』지는 48호부터 종합적인 학술지로 대중화하고자 하는 편집의 방침에 따라 심층적인 논의가 수록되었다. 49호에 실린 권상로의 「세계문자와 불교의 관계」는 다분히 학술적 논의에 가까운데, 편제는 '문자의 기원, 불교와 관계, 한글의 제작, 한글과 범문梵文, 각국문자와 범문' 순으로 구성되어 있다. 문자의 기원에서는 결승結繩문자, 복희씨의 팔괘의 문자로서의 성격, 창힐의 한자 창조에 대해 간략히 소개하였다. 불교와 관계, 각국문자와 범문에서는 중국, 몽고, 인도 문자가 불교 수입과 함께 창제된 내력

---

11 "噫홉다. 부인계가 아니런들 조선정음과 조선불교는 금일까지 능히 전해왔을는지가 의문이다."

을 소개하였다. '한글의 제작'과 '한글과 범문' 두 장은 이 논설의 핵심으로 분량이 가장 크다. 먼저 훈민정음訓民正音은 세종의 창작이 아니고 신라, 고려시대의 고승의 제작이라는 학설을 소개하였다. 그 예로 화엄사 현엄玄 𤎟대사, 금강산 김택영의 견해를 기반으로 세종 창작설에 대한 의문점을 여덟 가지로 제시하였다.[12] 이어 다시 현엄대사의 견해를 인용하여 세종 이전에 국자가 보급되지 못한 이유와 세종 이후 한글이 보급된 이유를 제시하였다. 전자의 이유로는 ① 철자, 독음의 불편, ② 저작자의 권력 미약 고승, ③ 활용의 범위가 개인에 불과하다는 점을 들었고, 후자의 이유로는 ① 철자와 독법의 편리, ② 저작자의 권리 위대왕, ③ 활용의 모범 완전 등을 거론하였다.

한글과 범문 장에서는 한글과 범자梵字, 즉 실담장悉曇章을 비교하면 매우 밀접한 관련이 있다고 하면서 기존의 다섯 글자 모방설을 소개하고 자신의 학설을 제기하였다. 이는 훈민정음 범자모방설, 즉 실담자 모방설에 대한 그동안의 논의를 최대한 인용 정리하면서 자신의 견해를 밝힌 것으로 다분히 학술적인 성격을 띠고 있다. 지금의 관점에서 보면 일종의 민간어원설로 치부할 수 있겠으나 오랫동안 우리 말글의 발전에 불교계가 기여해 온 사실을 감안해 볼 때 불교계의 우리말에 대한 관심과 그 전통적 논의의 일단을 보여준 것으로 의의가 있다.[13]

---

12 ① 최만리의 상소문 중에 "儻曰 諺文 皆本古字 非新字也"라 한 점. ② 신경준의 『훈민정음도해서』에 "東方舊有 俗用文字 …"라 한 데서 한글 이전에도 특별히 속용하던 문자가 있었다는 점. ③ 유희의 『언문지』에 "諺文 雖創於蒙古 而成於我東"이라 한 점. ④ 『균여전』 제8 「역가현덕분」에 "鄕札似梵書連布 彼土難諳"이라 한 점. ⑤ 고려시대에 模鑄한 元祐通寶의 背文에 한글 모양이 있는 것. ⑥ 일본인 行智의 『訓釋諺文解』에 고문으로 소개된 글자가 한글과 매우 유사한 점. ⑦ 여진 발해 거란 일본이 모두 각각 國字가 있는데 신라, 고려에서 홀로 국자를 제정치 않았을 이유가 전혀 없다는 점. ⑧ 正音이라는 이름부터 창작이 아닌 기분이 든다는 점. 종래에 유행하던 正답지 못한 것이 있어서 이를 교정한 것이라는 점.

권상로가 범자와의 비교를 통해 한글 형태론을 전개했다면, 안자산은 「범어梵語와 조선어朝鮮語와의 관계關係」라는 장편의 글에서 우리말과 범어의 어휘 및 음운 비교론을 전개하였다. 먼저 52호에서는 어휘론을 전개하며 이덕무의 『청장관전서靑莊館全書』에서 소개한 범어 '舍喃'과 우리말 '사람', '摩羅'와 '마리머리', '阿摩'와 '어미', '普陀'와 '바다'의 유사성과, 황윤석黃胤錫의 『이새집頤齋集』에시 소개한 범어 '毗嵐'과 우리말 '바람波嵐', '曼陀羅花'와 '맨드라미曼等羅味' 등을 소개하였다. 이들의 설명이 단편적이고 통속적 견해라 비판한 안자산은 자신의 관점에서 범어와 불경의 '尸羅'가 곧 '신라'이며, 신라의 국명, 가야산 등의 지명은 모두 불경의 어휘가 변한 것으로 설명하였다. 또 단군의 '단'이라는 글자도 범어에서 온 것이며, 신라의 '蘇伐公', '金城', '鷄林' 등도 범어, 불교어이며, '건달'은 물론이고 '태백산 금강산 오대산 인왕산' 등의 지명 역시 불교어로 범어에서 유래한 것으로 보았다. 이 과정에서 이의봉의 『고금석림』, 『해인사기』, 『삼국사기』, 『고려사』, 『세종실록』, 『역옹패설』, 『우바새계경』, 『불본행경』, 『방광대장엄경』, 『전단수경』, 『서역기』, 『법원주림』, 『몽계필담』, 『경외잡초』 등 많은 전거를 들어 논리를 뒷받침하였다.

53호에서는 범어의 문법과 음운변화를 우리 말글의 그것과 자세히 비교하면서, 국어를 연구하는 '문법가는 범어를 연구하지 않고는 격화소양의 감을 면치 못할' 것이라 단언하였다. 54호에서는 '서양언어학계에서도

---

13 전통적인 견해를 넘어서 훈민정음의 창제원리와 용법이 소상하게 밝혀진 것은 1940년에 『훈민정음해례본』이 발굴되면서부터다. 이후 범어기원설은 학술적 논의의 대상에서 벗어나 있다. 그러나 해례본이 발견되지 않은 2, 30년대의 시대적 한계를 고려해 볼 때 이상의 논의는 한글에 대한 불교계의, 국학계의 진지한 탐구의 일환으로 충분한 가치를 부여할 수 있다.

범어의 성질을 연구한 후에야 비로소 과학적 근거가 확립'되었다 하면서 '우리 역시 친근한 관계가 중重한 범어를 강구講究한 후가 아니면 조선어의 본질을 해득키 불능할 것은 불언가지의 일'로 '문법가들'의 '각성'을 촉구 하는 것으로 마무리하였다. 호한한 자료 가운데 범어와 우리말의 유사성 을 천착하고 어휘는 물론 음운, 문법현상에 이르기까지 치밀한 논의를 전 개하면서 어학자들에게 범어와 우리말글의 유사성을 연구하는 것을 권장 하며 서구의 예를 보아서도 시대조류에도 맞는다고 하였다. 우리 시대의 상식으로 보아 인도유럽어족으로 묶일 수 있는 유럽의 여러 언어와 범어 를 비교언어학적으로 고찰하는 것과, 알타이어족에 속하는 한국어와 범어 를 비교하는 것은 여러 가지 차이가 있기 때문에 안자산의 주장은 타당성 이 떨어진다고 할 수 있다. 그러나 1920년대에 다양한 자료를 토대로 천 여 년 동안 우리의 불교문화에 녹아있는 범어의 영향에 대해 학술적으로 탐구했다는 의미를 부여할 수 있다. 비교언어학적인 고찰에서 보여준 정 치한 분석은 『조선문학사』의 저자인 안자산의 국학 연구의 일단을 보여주 는 것으로 의의가 있다.

허영호許永鎬, 1900~1952의 「범 · 파 양어의 발음법에서 본 조선어 발음법 에 관한 일 고찰」은 범어와 팔리어의 발음법과 한국어의 발음법을 상세하 게 비교한 논문이다.[14] 그는 대정대학 불교학과 학생으로서 범문학연구실

---

14 허영호는 1929년 범어사 유학생으로 東洋대학 문화과와 大正대학 불교과를 졸업(1932)한 불교학자로 해방이후 초대 동국대학장을 역임하였다. 유학하기 전인 1926년에 이미 부산에 서 『평범』이라는 문예잡지를 창간할 정도로 문학에 조예가 깊었으며 그가 수학한 학과에서 보듯 문학, 문화, 불교 전반에 걸쳐 다양한 관심을 보여주었다. 그는 어학 분야 연구에도 몰 두하여 조선어기원론과 훈민정음 관련 논문을 다수 남겼다. 허영호의 『조선어기원론』 서문 에서 저자는 '현평효와 최학선 군이 淨寫한 것'을 치하하고 있는데 현평효는 제주민속연구 자로, 최학선은 향가연구자로 이름이 나 있다. 허영호의 학적 전통이 후대에 계승되는 한 단면으로 보인다.

의 주임교수인 오기하라 운라이와 가와구치 에카이 등으로부터 산스크리트어, 팔리어, 티베트어 등을 배웠고, 언어학에 관한 서적을 폭넓게 섭렵했을 것으로 추정된다.[15] 이 논문은 그가 대정대학 재학 중에 투고한 것이다. 안자산과 달리 허영호는 범파어와 조선어가 계통이 다름을 전제하면서, '그 발음법에서나 文典에서나 정돈된 품으로는 과연 자랑할 만치 정돈된 말'이며, '발달 정돈된 그만큼 수긍하고 배울 만한 것'이 많은 언어라 하였다.『불교』 80호, 15면 본론에서는 범어 자모음표와 우리말 발음을 비교하였고, 이하 '모음과 모음사이의 발음상 결합', '자음이 자음 또는 모음 사이의 발음상 결합', '합성어 사이의 음의 連變' 순으로 논의를 전개하였다. 인도 고대어의 발음, 문법에 대한 서구 언어학계의 최신 동향에 대해 해박했을 것으로 추정되는 허영호의 글은, 현재의 비교언어학적 수준과 견주어 어느 정도의 수준인지 필자는 판단할 수 없지만, 적어도 당시 비교언어학적 연구의 한 성과로 인정받을 것은 분명해 보인다.

2) 언해불서 발굴과 인출

1920, 30년대 『불교』지에서 언해불서를 발굴하고 이를 영인보급하며 세종세조대의 한글문화에 대한 관심을 드러낸 활동은 다음과 같다.

㉠

권상로(四佛山人), 「五臺山에 留鎭한 御牒에 對하야」(59호, 1929.5)

최남선, 「影印 臺山御牒敍」(59호, 1929.5)

---

15 허영호, 김용환 편, 『조선어기원론』, 정우서적, 2014, 317면.

ⓛ

김태흡, 「世宗大王의 信佛과 月印千江曲」(69호, 1930.3)

김태흡(大隱), 「月印千江曲讚佛歌」(69호, 1930.3)

ⓒ

한용운, 「國寶的 한글經板의 發見巡路」(87호, 1931.9)

한용운, 「한글經 印出을 마치고」(103호, 1933.1)

ⓐ『불교』 59호에는 오대산 월정사에서 최남선이 발굴한 어첩의 전문을 소개하였다. 어첩은 『오대산상원사중창권선문』으로, 한문 권선문에 이어 언해권선문이 방점과 함께 수록되어 있어 국어사 연구의 중요한 자료로 평가된다. 권상로는 육당의 글에 앞서 수록의 변을 게재하였다. 그리고 훈민정음 창제 후 『석보상절』 『월인천강지곡』의 제작, 세조대 간경도감에서의 『법화경』 『원각경』 『능엄경』 간행 등을 소개한 후 본 자료를 제시하였다. 권상로는 이에 앞서 『월인천강지곡』을 인출, 보급하고자 하였으나 완질이 없는 이유로 진행할 수 없었던 아쉬움이 있던 차에, 『월인천강지곡』보다 18년 후이며, 신역한 『법화경』 『원각경』보다는 1년 후에 제작된 이 어첩을 『월인천강지곡』의 축본과 마찬가지로 생각하고 원문 그대로 소개한다고 하였다.

최남선은 자료 발굴의 감격을 말하며 '그 譯意의 審愼함과 擇語의 典嚴함과 綴字의 精一함과 表音의 周密함 등이 이미 일단의 작음을 말할 수 없으며 그 중에는 귀중한 古語의 遺珠도 있어 학자의 애중이 더욱 클 수 있도다'[31]면하였고, '그 외에 고문헌적 문화사적 문학사적 문법학적 중대한 가

치를 含藏하였음이며 하물며 훈민정음의 시대를 直摩할 유일한 재료가' 될
것으로 기대하였다.32면

　ⓛ『불교』지 편집자인 권상로가 『월인천강지곡』을 인출하여 소개하고
자 하였으나 여의치 않았던 사실을 앞서 확인한 바 있다. 이러한 한글경판
에 대힌 관심의 연장선상에서 불교 68호¹⁹³⁰·² 「종보宗報」에는 『월인천강지
곡』 인행 기사가 실려 있다.¹⁶ 당시 젊은 학승으로 활발한 포교활동을 전개
하던 도진호¹⁷가 1929년 12월 중순에 영주 희방사에서 세종대왕 『월인천
강지곡』을 인출하여 관련 학자들에게 배부하였고, 이에 대한 반응이 매우
좋았다는 취지의 기사다. 김태흡의 글 「세종대왕의 신불과 월인천강곡」은
이러한 인출이 계기가 되었던 것으로 보인다. 69호 김태흡의 글에는 세종
대왕이 수양대군에게 『석보상절』을 편찬하게 한 과정, 세종이 『월인천강
지곡』을 제작한 과정과 동기 등이 소개되어 있다. 그리고 「석보상절서」와
「어제월인석보서」 전문을 소개하고 이어 『월인천강지곡』 제1과 『석보상
절』 제1 부분각其11까지을 수록하며 자신의 현대어 역과 주석을 첨부하였다.

　그런데 昨冬에 도진호씨가 몃분 동지의 예약을 모아가지고 이차나 희방사에
　출장하야 월인천강곡의 제1권 제2권을 박혀오고 中外日報에 월인천강 인행의
　기행문을 내게 되얏슴으로 세간에서 월인천강곡을 이름만이라도 만히 듯게 되

---

16 "去年十二月中旬에 都鎭鎬氏가 慶北榮州郡喜方寺에가서 世宗大王御製月印千江曲을 印刊하
　야 數十名의 豫約者의게 配付하엿슴으로 學界有志의讃頌이 藉藉하더라." 「종보」, 『불교』 68
　호(1930.2), 75면.
17 이 시기 都鎭鎬에 대한 연구는, 김광식, 「최남선의 『조선불교』와 범태평양불교청년회의」
　(『새불교운동의 전개』, 도피안사, 2002) 참고.

고 따라서 그것을 구하며 내용을 아라보앗스면 하는 자가 만히 생기게 되었다. 그리고 우리 각황교당에서 월인코러스의 합창대가 조직되야 될수잇는대로 월인천강곡을 현대어로 번역하야 가사를 지어서 노래하겟다는 요구가 나오게 되었다.[18]

도진호가 희방사에 가서 월인천강곡을 인행해 왔다는 점과 여행기를 중외일보에 게재하여 세간의 관심이 지대했다는 점을 작품 수록의 변으로 삼았다. 그리고 인용문에는 김태흡이 같은 호에서 김대은이라는 필명으로 「월인천강곡찬불가」[19]를 수록한 동기도 함께 실려 있다.

ⓒ 잡지의 한글화에 대해서는 권상로에 비해 상대적으로 보수적인 입장에 있던 한용운은 다른 방식으로 한글에 대한 관심을 표명하였다. 특히 한글경판에 대해 지대한 관심을 보이고 이를 지면에 널리 홍보하고 있음이 주목된다. 한용운은 불교사 사장으로서 1931년에 전주 안심사에 한글경판이 소장되어 있다는 제보를 받고 직접 방문하여 650여 판의 서지 정보를 확인한 후 잡지에 크게 기사화하였다.[20]

---

18 김태흡, 「世宗大王의 信佛과 月印千江曲」, 『불교』 69호(1930.3), 12~13면.
19 김대은 편, 「月印千江曲讚佛歌」, 『불교』 69호(1930.3), 55면.
20 "지금까지 그 존재를 인식하든것이 산질된 月印 千江曲 四卷의 板이 있을뿐이오 그밖에는 실로 寥廖無聞 그 形影을 볼 수 없었다 나는 약 십여일전에 김종래씨와 한상운씨로붙어 전주 안심사에 한글경판에 있다는말을 듯게되얏는대 (…중략…) 나는 그말을 들은 뒤에 나의 일생에 많이 받어본 기억이있는 정도의 충동을 받엇다 그리하야 듯든 그 이튼날 (…중략…) 한글 경판의 정리를 시작하얏는대 모든 경판 약 이천판의 뒤석겨 있는 중에서 종류와 순서를 차저서 정리하기에는 여간곤란이 안이엇다 그러나나는 나의손이 경판에 접촉될때마다 강반의 감개를 석긴 깃분마음을 움직이게되얏으며 동시에일판이판 순서를차저정리할 새에 만일 낙질이 되얏으면 엇지하나하는념녀로 마음은 긴장에 긴장을 거듭하얏다." 한용운, 「國寶的 한글經板의 發見巡路」, 『불교』 87호(1931.9), 41~44면.

기사에는 한글경판으로는 '월인천강지곡 4권의 판목만 전해지'던 당시에 한글경판이 있다는 소식을 듣고 상당한 감격을 느낀 나머지 안심사로 달려가 확인하고 감격하는 한용운의 모습이 잘 드러나 있다. 이후 직접 내려가 판목을 정리하였는데, 『원각경』, 『금강경』, 『은중경』, 『천자문』, 『유합類合』의 경판 662판 중 7판이 누락된 658판을 확보하였다. 그리고 이를 불교계와 조선학계의 경사이며 "한글 경판은 모든 의의에 있어서 조선의 국보적 가치를 갖인 것이다"라 선언하였다. 그리고 이를 수호할 방안으로 세 가지 방안을 모색한 결과 경성에 이안移安하여 일반 대중에게 편의를 주는 방안을 실행하고자 한다고 소개하였다. 93호1932.2~95호1932.5에 걸쳐서는 한글경판 인출자를 모집한다는 광고[21]를 크게 실었으며 101·102합호1932.12에는 한글경 인출을 종료한다는 광고를 실었다. 103호1933.1 「한글經印出을 마치고」65~68면에서는 『원각경』 『은중경』 『금강경』 판목 가운데 훼손된 판본을 직접 수리하여 보완하느라 인출 기간이 늦어졌다는 사정과 함께 '經板新刻及修補一覽表'를 제시하며 사업의 종료를 보고하였다.

『님의 침묵』이라는 절창을 남긴 시인이자 조국독립을 위해 기여했던 지사적 풍모가 가득했던 인상이 그의 전부는 아니다. 우리글로 시를 써서 우리말의 안팎을 풍부하게 또 심오하게 한 것도 그가 한글의 창달에 기여한 바이듯, 세조대의 언해불서를 발굴하고 그 국보적 가치를 역설하는 것 역시 근대 불교잡지를 통해 한글문화의 창달에 기여한 실제적 내용이 된다. 비록 잡지의 편집자로서 전 편집자인 권상로에 비해 한글사용의 빈도와 분량이 현저하게 줄어들었음에도 불구하고 언해불서에 대한 지대한 관

---

21 광고문안 가운데는 "朝鮮文化의 驚異的白眉!!" "國寶的한글經板의印出" "學界各方面의 衝動的然!!"이라는 강렬한 표현들이 시각적으로 표현되어 있다.

심을 보여주며 사계에 이를 널리 광고하는 것은 당시 한글문화에 대한 관심을 상당히 높이는 데 기여했을 것으로 평가할 수 있다.

4. 문예의 경향성－작품의 연대기를 중심으로

1) 권상로 편집 시기

(1) 전기(1~45호)－편집 체재의 발전적 변화와 문학 장르의 모색

문학 작품을 수록한 지면으로는 「잡저」, 「소설」, 「사단」 등이 있다. 「잡저」에는 기행문, 답사기, 편지, 수필 등이 수록되었다. 무호산방의 시와 산문이 섞인 「평수잡조」는 주로 「잡저」에 수록되어 있으나 29호에는 「시가」란에 수록되어 있다. 「소설」란에는 헤르만헤세의 「싯달타」를 양건식 번역으로 연재하였고, 「사단詞壇」란에는 번역 한시, 근대시, 중국 현대시를 수록하였다. 「사단」은 이후에 「시단詩壇」25~27 「시가詩歌」28~30호로 이름이 바뀌나 수록 내용은 같다. 중국 현대시로는 중국에서 근대불교혁신 운동을 전개하던 장종재張宗載의 시가 주로 수록되었다. 28호부터 연재된 조학유曹學乳의 「찬불가」 연작도 「시가」란에 수록되었다.

수록된 주요 문학 장르는 찬불가, 기행문, 시 장르이다. 권상로의 찬불가7~21호[22]가 그 가능성을 열었고, 조학유의 찬불가 연작28~41호[23]이 그 완

---

22 김기종, 「권상로의 불교시가 연구」, 『한국문학연구』 40집, 동국대 한국문학연구소, 2011; 김종진, 「1920년대 불교지 문학장 형성의 주체와 동력－동력의 중심 권상로와 대승사·김룡사 인맥」, 『동악어문학』 64집, 2015a.
23 김기종, 「1920~30년대 찬불가의 존재양상과 주제적 지향」(『한국어문학연구』 63집, 한국어문학연구학회, 2014) 참조.

결편으로 등장하였다. 기행문의 경우 안진호의 사찰사료답사기, 김태흡의 순례기, 이영재의 스리랑카 여행기 등이 있다. 이들 작품은 한국불교의 역사적 정체성을 확인하고 근대불교의 현실태를 인식하게 하는 주요한 텍스트로서 수록되었다. 시의 경우 해외 유학생인 김태흡, 백성욱의 작품이 새로운 시대에 직면한 불교청년, 문학청년의 시각과 감성을 담아내었다.[24]

(2) 중기(46·47~62호) – 외부 문인 유입과 문예지적 성격 강화

1927년에는 전국적인 지방 주재 기자를 배치하여 체계적인 관리를 시작하였다. 지방 주재 기자는 주로 각 사찰의 감무監務가 대행하였는데, 주로 소식의 수합, 잡지의 배부 및 투고의 대리, 사찰별 의무 납부비 수합과 전달 등의 역할을 하였다. 그러나 매번 1,000~1,500부가량을 인쇄[25]하는 경비, 발간비, 배포비, 원고료, 직원 월급 등 많은 부분에서 경비가 소요되었고 지방사찰에서의 납부금 징수가 매번 원활하지는 않았다. 불교사에서는 이를 회원제로 운영하여 재정적 안정을 시도하였다.[26] 49호1928.7부터 「불교사 사우모집 취지」, 「규정」과 함께 「사우제명록社友諸名錄」을 수차례 수록하고 있는 것은 단순히 회원 독자를 위한 서비스만은 아니며 독자층의 확장과 잡지의 안정적 재정구조를 위한 것이다.

46·47합호1928.5, 48호1928.6부터 『불교』지는 철학박사 백성욱, 문학사 김진린, 종교학사 김태흡과 함께 1920년대 문단에서 문예지 발간으로 주목받던 젊은 문사들유엽, 방인근과 화가를 영입하고, 당시 신여성의 이론적

---

24 이에 대한 자세한 논의는 김종진(2015b) 참조.
25 김성연(2008), 73면.
26 「사우 모집 취지와 규정」, 『불교』 49호(1928.7), 85면.

실천적 선구자로 알려진 김일엽을 편집진으로 편입하였다.

이때부터 62호1929.8까지 1년 넘게 불교사 안팎에 포진한 문인들의 시, 소설, 희곡 작품이 집중적으로 수록되어 문예 잡지의 성격이 강화되었다.[27] 이 시기에 발표된 작품 목록은 다음과 같다.

〈표 1〉『불교』 1928~1929년 중반 문학 작품 목록

호수	연도	시	소설(희곡)
46·47합호	1928.5		柳葉, 「梵鐘을 울닐 때」
48호	1928.6	류춘섭, 「산길을 차저서」 白基萬, 「獨白」	유엽, 「범종을 울닐 때」 万仁根, 「산으로 가는 남녀」 春崗, 「홀아비형제」 (희곡)
49호	1928.7		露雀, 「벙어리굿」 (희곡) (삭제) 素然, 「冷笑」 (희곡)
50·51호	1928.9	張晦根, 「誕生」 都魯凡, 「인생은 유희가 아니다」	扁舟, 「아버지」 白牛, 「흰젓」 (희곡)
53호	1928.11	赤彈子, 「漫唫數曲」 牧園, 「白羊小曲」	露雀, 「歸鄕」)
54호	1928.12	周東元, 「旅中寸感」 雲精, 「心響曲」 白雷, 「박처사따님」	
55호	1929.1	도진호, 「歲去來詞」	
56호	1929.2	東山人, 「流兒」	큰터, 「하로사리 목숨」 露雀, 「除夕」 (희곡)
57호	1929.3	동산인, 「大聖釋迦牟尼의 成道紀念」 (창가) 琵琶室, 「愛經」「님찾어가는길」 「두치강큰애기」「別曲」	큰터, 「無名指」
58호	1929.4	卓相銖, 「묵상할 때」	큰터, 「無名指」
59호	1929.5	素荷, 「花魔」 卍熊, 「生의 道」	큰터, 「無名指」
60호	1929.6	늘샘 臥龍山人, 「制勝堂」「모춘」 「석양」 (시조)	白山, 「旅人」
61호	1929.7		白山, 「여인」
62호	1929.8	石帆, 「庭有花」	白山, 「여인」

---

27 『불교』 67호(1930.1)의 「근하신년」에 "불교사 권상로, 사원 김태흡 김정완 김창기"로 소개되어 있다.

표에서 도진호, 김태흡소하, 주동원동산인, 목원, 백뢰를 제외한 작가는 일반 문인으로 분류된다.[28] 불교사 직원으로 유입된 유엽1902~1975, 방인근 1899~1975이 중심이 되어 외부의 문인들이 『불교』지에 유입된 양상을 보여준다. 1928년 5월부터 1929년 8월까지 작품을 발표한 작가들은 희곡 작가로 춘강 박승희1901~1964, 노작 홍사용1900~1947이 있다.[29] 백기만 1902~1967, 장회근미상 그리고 닥싱수1900~1941는 늘샘과 와룡산인이라는 필명으로 시를 발표했으며, 큰터미상, 백산미상은 소설을 발표하였다.

(3) 후기(63~86호)

① 1929년 – 순례기 집중 수록으로 잡지의 종교성 강화

1929년 후반 이후에 편집진의 변화가 「사고」를 통해서 제시되지는 않아 앞서 소개한 외부 문인들이 언제까지 불교사에 근무했는지 명확하지 않다. 다만 67호1930.1의 「근하신년」 광고 명단에 "불교사 – 권상로, 사원 – 김태흡 김정완 김창기"로 소개되어 있고, 지면의 편제를 고려할 때 외부 문인들은 이미 1929년 후반에 편집진에서 배제된 것으로 보인다. 1929년 말부터 문예지적 성격은 축소되었고 외부 작가의 투고도 거의 사라졌다. 이를 대신하여 지면을 채운 장르는 기행문이다. 대표작품은 김태흡김소하・수송운납의 「남유구도예찬南遊求道禮讚」과 「삼방약수포전도행三防藥水浦傳道行」, 안진호만오생의 「천불천탑千佛千塔을 참배하고서」, 주동원동산인의 「육수삼천

---

28 주동원의 필명은 동산인이며 중앙불전 학생이다. 주동훈과 주동원은 혼용되어 쓰인 것으로 보인다. 목원과 백뢰는 각각 백양사와 내장사 소속의 인물로 추정된다. 비파실과 적탄자는 알 수 없다.
29 박승희와 홍사용은 이 시기의 대표적인 희곡 작가다. 박승희는 1930년 전후 토월회를 결성하여 신극운동을 펼치면서 홍사용을 영입한 바 있다.

리陸水三千里」, 강유문의 「순강천리巡講千里」 등이다. 이들 기행문은 기존의 소설에 육박하는 분량으로 국토의 종교적 해석이라는 종교성을 강화하는 결과를 가져왔다.

〈표 2〉『불교』 1929년 후반기 기행문 목록

호수	연도	필명	대표명	기행문
63호	1929.9	無號山房	백성욱	다시 寂滅寶宮을 차저가면서
		金素荷	김태흡	南遊求道禮讚①
		東山人	주동원	陸水三千里①
		白山人	미상	娑婆行苦①
64호	1929.10	金素荷	김태흡	南遊求道禮讚②
		壽松雲衲	김태흡	三防藥水浦傳道行①
		白山人	미상	娑婆行苦②
		東山人	주동원	陸水三千里②
		姜裕文	강유문	巡講千里①
65호	1929.11	晚悟生	안진호	千佛千塔을 參拜하고서①
		壽松雲衲	김태흡	三防藥水浦傳道行②
		海印寺講院學人	미상	秋期修學旅行記 ①
		東山人	주동원	陸水三千里③
		金素荷	김태흡	南遊求道禮讚③
		姜裕文	강유문	巡講千里②
		白山人	미상	娑婆行苦③
66호	1929.12	晚悟生	안진호	千佛千塔을 參拜하고서②
		海印寺講院學人	미상	秋期修學旅行記②
		東山人	주동원	陸水三千里④

정체를 알기 어려운 백산인을 제외하면, 이들 필진은 초기 불교사의 촉탁기자안진호, 현 불교사 직원김태흡, 중앙불전 학생주동훈, 강유문으로 나누어진다. 표에 소개한 기행문은 단순한 여행기라기보다는 일종의 순례기, 포교

전도기, 참배기의 성격을 가지고 있다. 문학적 다양성을 추구하기보다는 국토를 종교적으로 재인식하게 하는 성격의 글이다. 또 일반 독자들에게 지역적으로 접근이 쉽지 않던 한반도 남부와 북부 지역의 불교 상황에 대한 독자들의 지적 욕구를 충족시켜주는 방향성이 뚜렷하다.

이러한 지면 변화는 바로 46 · 47합호부터 62호1929.8에 이르는 동안 문예지적 성격을 상화함에 따라 불교적 구심력이 약화되어간 현상에 대한 반작용으로 해석된다. 독자 확산을 위해 일반 문인들에게 문호를 열어 종합잡지의 성격을 가미했지만 대부분이 승려였을 일반 독자들의 호응이 만족스럽지 않았을 가능성이 있다.

② 1930년 – 포교 현장성을 반영한 작품의 증가 및 기행문의 다변화

이 시기에는 문학잡지, 문화잡지를 표방한 이태 전의 방침은 완전히 사라졌다. 이 시기의 시단은 조종현과 사공의 시 두세 편이 수록된 것을 제외하면 표에 보이는 '행사' 관련 시기찬불가류가 대부분을 차지한다. 대신 「휘보」란에 소개한 강연, 공연이 여러 장르를 통해 동시적으로 드러나 있다. 즉 각황교당중앙교당의 일토曰土설교 및 여러 사찰의 성도일, 불탄일에 공연된 작품이 행사 전후로 하여 수록되는 경우가 많다.

〈표 3〉『불교』 1930년도 도시 포교 작품 목록

호수	연도	필명	대표명	작품	비고
67호	1930.1	都鎭鎬	도진호	「成道歌」	시(찬불가)
		素荷	김태흡	勝利의 새벽(成道歌劇)	희곡
68호	1930.2	法雨樓主人	김태흡	「月印코러쓰」와 「藍毘尼 드러마클넙」을 조직하기까지	수필

호수	연도	필명	대표명	작품	비고
		廉根守	염근수	狂經一節 −「勝利의 새벽」 뒤풀이	수필
		사공	미상	남어지타령 −聖劇의 밤을 더듬질하며	수필
69호	1930.3	金大隱	김태흡	「月印千江曲讚佛歌」	시(찬불가)
		素荷	김태흡	(喜劇) 떡!!!떡	희곡
70호	1930.4	金大隱	김태흡	「月印코러스隊歌」	시(찬불가)
		金大隱	김태흡	「鍾소리」	시(찬불가)
71호	1930.5	素荷	김태흡	(史劇) 佛心	희곡
72호	1930.6	素荷	김태흡	우주의 빗(聖誕劇)	희곡
73호	1930.7	金三超	김태흡	(創作) 回心	희곡
75호	1930.9	三超	김태흡	쌀!!!(戲曲)	희곡
76호	1930.10	三超	김태흡	눈을 뜨지 말앗드면(喜劇)	희곡

이 시기 불교잡지는 포교 현장의 상황을 실시간으로 전달하는 불교대중화의 매체로 활용되었다고 평가할 수 있다. 이러한 경향의 저변에 김태흡과 도진호라는 걸출한 존재가 있다. 김태흡은 불교사의 직원이자, 각황사 중앙포교당의 포교사1928.5~로서 활발한 투고 활동을 하며 도시포교의 현장성을 『불교』 지면에 반영하는 중심 역할을 하였다.[30]

68호1930.2의 「종보」에 실린 각황교당의 성도기념법회 소식에 김소하의 희곡 「떡」 1막과 '성도가극' 「승리의 새벽」 1막2장의 배역이 자세히 소개되어 있다. 도진호의 「성도가」, 김태흡의 「승리의 새벽」과 「떡」은 성도일 공연과 관련 있는 찬불가, 가극, 연극의 대본이다. 김태흡이 결성한 합창단 월인코러스와 극단 람비니 드라마 클럽 소식도 함께 수록되어 있다. 68호에는 출범 소식이, 69호에는 월인코러스 1회 공연 소식 및 「월인천강곡

---

30 〈표 3〉에 필명으로 등장하는 소하, 김대은, 삼초, 법우루는 모두 김태흡의 호다. 도진호, 염근수의 글을 제외하면 모두 김태흡의 작품이다.

찬불가」가, 70호에는 「월인코러스대가」와 「종소리」가 수록되어 있다. 이 밖에 69호1930.3 휘보에 소개한 통도사포교당의 '행방行坊 포교극'이자 '현대 종교극'인 「범종이 울릴 때」는 48호1928.6 「범종을 울닐 때」유엽, 소설를 각색한 것으로 추정된다.31 『불교』지에는 당시의 근대적 포교활동이 거의 실시간으로 반영되어 있는 것이다.

한편 전년도에 이어 1930년에도 순례기, 답사기가 지속해서 게재되었다.

〈표 4〉『불교』 1930년도의 기행문 목록

호수	연도	필명	대표명	제목
68호	1930.2	白陽桓民	미상	漢挐山巡禮記①
		東山人	주동원	陸水三千里⑤
69호	1930.3	白陽桓民	미상	漢挐山巡禮②
		海印寺講院學人	미상	雁鴨池(秋期旅行記의 其三)
70호	1930.4	金素荷	김태흡	太祖大王의 發祥 咸興傳道行
		白陽桓民	미상	漢挐山巡禮記③
71호	1930.5	白陽桓民	미상	漢挐山巡禮記④
72호	1930.6	白陽桓民	미상	漢挐山巡禮記⑤
73호	1930.7	晩悟生	안진호	桐華寺의 一週日①
		白陽桓民	미상	漢挐山巡禮記⑥
75호	1930.9	都鎭鎬	도진호	汎太平洋會紀①
		晩悟生	안진호	桐華寺의 一週日②
		白陽桓民	미상	漢挐山巡禮記⑦
76호	1930.10	都鎭鎬	도진호	汎太平洋會紀②
		晩悟生	안진호	桐華寺의 一週日③
		金轝啞	미상	南順求法(조계산)

31 한편 각 호마다 소개된 각황교당 설교와 강연 목록에 김태흡의 다양한 주제발표가 소개되어 있는데, 여기에 소개된 각 주제가 중복되는 경우가 많다. 그가 발표한 다양한 불경 각색 설화도 강연의 주제로 다수 등장하고 있다. 김태흡의 희곡 「애욕의 말로」(84·85합호)는 69호(1930.3)의 「종보」에 각황교당의 강연 주제로 소개된 바 있다. 김태흡의 문학에 대한 종합적 논의로 김기종, 「김태흡의 대중불교론과 그 전개」(『한국선학』 제26집, 한국선학회, 2010), 희곡 소개로 신은연, 「1930년대 불교희곡 연구」(동국대 석사논문, 2006); 김홍우, 「근대희곡의 소재적 개방」(『불교문학연구입문』, 동화출판공사, 1991) 등이 있다.

호수	연도	필명	대표명	제목
		白陽桓民	미상	漢拏山巡禮記⑧
77호	1930.11	都鎭鎬	도진호	汎太平洋會紀③
		白陽桓民	미상	漢拏山巡禮記」⑨

1930년도에는 김태흡김소하의 「태조대왕의 발상 함흥 전도행」, 안진호만 오생의 「동화사의 일주일」, 주동원주동훈, 동산인의 「육수삼천리」, 백양환민의 「한라산순례기」, 도진호의 「범태평양회기」, 해인사강원 학인의 수학여행기 등이 게재되었다. 한반도의 남부와 북부를 포함하되 제주도와 하와이 등지로 기행의 대상이 확장되는 경향을 파악할 수 있다.

③ 1931년 전반기 – 한글화 노력과 권두언 시의 부활

1931년 전반기79~83호, 1931.1~5의 편집은 전과 같이 권상로가 담당하였다. 1931년 1월호의 신년 명함에 "불교사 사장 권상로, 사원 김태흡 도진호 김정원" 및 "중앙포교당 포교사 김대은김태흡"이 소개되어 있다. 1931년 3월에는 중앙불교전문학교 제1회 졸업생이 배출되어 잠재적인 필진으로 등장한다.

이 시기에 주목할 만한 동향 중 하나는 「사고」를 통해 한글화에 대한 의욕을 강조하고 있다는 점이다. 한글 철자법 이해를 위한 실용사전의 보급계획79호, 1931.1, 조선문을 본위로 하겠다는 의지의 표명, 「조선어불교성전」「석가여래」 등 순 한글 지면을 홍보한 것이 주목된다.82호, 1931.4

그런데 같은 시기79~82호에 각 사찰의 불교사 지사 설립 당부, 재정난 호소, 회비 독촉, 미수금 문제 등에 대한 「사고」가 집중적으로 실려 있다는 점도 주목할 필요가 있다. 심각한 재정난과 한글을 통해 독자를 확보하려는 시도가 표리를 이루고 있는 것이다.

한편 포교당에서 포교할 때 잡지를 활용해야 한다는 것과 지사 분사가 없이는 대중과 연락할 도리가 없다는 「사고」80호. 41면는 경제적인 문제를 떠나 잡지가 불교대중화를 위한 중요한 매체로 활용되어야 함을 강조한 것이다.

이 기간의 변화 중 하나는 「권두언」에 시가 등장한 것이다. 다만 과거처럼 편집인권상로의 작품을 게재한 것은 아니며, 이은상, 유엽, 조종현 등의 시조 작품을 게재하였다. 권상로는 『불교』지 창간 이후 한동안 자신이 창작한 찬불가를 권두언에 수록한 바 있는데 1930년대에는 국문시가 작품을 권두언에 게재하지 않았다. 자신의 작품은 아니지만 권두언에 시를 게재한 것은 편집인으로서 문예작품의 수용에 개방적이었던 권상로의 의지가 반영된 것으로 보인다.

전년도와 비교해 시 분량이 상대적으로 많아지기 시작한 것도 주목된다. 이때 새롭게 부상하는 시인은 조종현이다. 그는 71호1930.5와 73호1930.7부터 시조와 시를 게재하기 시작하였는데, 79호1931.1부터 종간호까지는 매 호 작품을 발표하여 불교시단의 주인공으로 성장하였다. 그는 시와 시조 작품 외에 83호1931.5에는 동요극 「꽃피는 동산」을 수록하는 등 다양한 시도를 보여준다.

2) 한용운 편집 시기(87·88~108호) - 불교시단의 활성화

(1) 1931년 - 권두언 시 수록과 「불교시단佛敎詩壇」의 신설

84·85합호1931.7 이후 한용운이 책임편집을 맡으면서 『불교』지에는 약간의 체제 변화가 수반되었다.[32] 먼저 권두언에 편집인의 시를 수록하

는 체재가 다시 갖추어졌다. 그리고 87호1931.9에 「불교시단」란을 신설하고 매 호 다수의 불교청년들의 시를 게재하였다. 만해 등장 이후 90호 1931.12까지 등장하는 시인은 이광수, 이병기, 리범신, 류엽, 영매학인, 조종현탄향, 강유문유문, 홍해은, 최설천, 김어수 등이다. 이 가운데 조종현조탄향이 등장하는 빈도가 가장 많다. 이 시기는 불교 문학청년으로 조종현, 김어수범어사 등의 강원 소속 작가, 강유문중앙불전 등의 전문학교 소속 작가가 등장하는 시기로 규정할 수 있다.

이 시기에도 기행문은 매 호 한두 편씩 지면을 차지하고 있다. 김태흡의 연주대84·85합호, 동룡굴86호, 국경연안88호, 북선北鮮 일대의 전도 순강기89호와 백두산 등척기89~90호, 안진호의 사찰사료 수집 기행86~89호 등이다.

시와 시조가 상대적으로 일정하게 지면을 확보하고 있는 반면 이 시기의 소설, 희곡은 김소하의 희곡 1편「애욕의 말로」, 84·85합호 외에는 보이지 않는다. 이는 시, 소설, 희곡이 골고루 포진했던 1930년도의 분포와 분명한 차이가 있다.

(2) 1932년~종간호까지

① 「독자시조단讀者時調壇」 「독자문단讀者文壇」의 신설

재정난으로 어려움을 겪던 불교사는 94호1932.4부터 다시 조선불교선교양종중앙교무원 직영으로 전환되어, 지사를 폐지하고 각 본산 종무소에서 업무를 담당하도록 하였다. 기존에 지사제를 홍보하면서 명분으로 삼았던 것이 독자와의 소통이었는데, 교무원으로 전환하게 되면서 전과 다

---

32 84·85합호에는 주간으로 유엽(柳葉)이 소개되어 있으나, 86호에는 「사고」에서 '그는 본사와 관계가 없다'는 사실을 공지하였다.

른 방식으로 독자의 참여를 유도해야 하는 환경에 놓였다. 이는 「독자시단」 「독자논단」 「독자문단」 란을 신설하게 되는 배경이 된다.

96호1932.6 「사고」에서 "본지로 하여금 독자의 것으로 만들기 위한 제1보"로서 「독자시조단」을 신설할 것을 예고하였고, 97호1932.7~99호1932.9에 걸쳐 「독자시조단」을 신설하였다. 그러나 여기에 수록된 작가가 기존에 「불교시단」에 투고한 작가와 크게 다르지 않은 상황이다. 따라서 양자는 100호부터는 구분 없이 「불교시단」으로 흡수되었다. 불교 독자들과 소통하여 참여를 유도하려는 노력은 「독자시조단」에 이어 「독자논단」의 신설로 이어졌고, 106호1933.4부터 종간호까지 「독자문단」이 배치되었다. 105호1933.3의 「사고」에는 「독자문단」을 창설하면서 '논문, 기행문, 문예, 기타'의 글을 공모하였다.

이 시기의 기행문은 과거와 비교해 이북 지역을 대상으로 한 것이 두드러진다. 1920년대 남도 사찰 기행이 주류를 이룬 것과 확연한 차이가 있다. 이는 아마도 그동안 소외되어 온 지역에 대한 지식의 욕구가 반영된 것이기도 하고, 타 종교의 전도 여행기에 자극받은 결과이기도 하다. 김태흡의 보개산·태고사 기행, 안진호의 석왕사 기행, 장도환혜근의 관북순회3회, 강유문의 함북불교 기사, 김태흡의 「서선국경西鮮國境의 전도행각기」2회, 이용조몽정생의 「북국행北國行」만주, 2회 등이다. 106호1933.4부터는 기행문이 「독자문단」에 소개되었는데 김어수, 정중환, 장익순, 김어수, 취산학인 김학순, 조계학인의 수필과 조영출의 「경주순례기」3회, 장혜월의 「심사순례기尋寺巡禮記」평안도, 2회가 수록되어 있다.

이 시기 소설장르는 김일엽의 소설 「자비」92호, 1932.2 한 편에 불과하며 이 또한 완결되지 않은 것이다. 포교사이자 불교사 직원인 김태흡은 불경 가운데 극적 소재를 발굴하여 각황교당 일토강연에서 강연하였고, 이를 각색하여 『불교』지에 수록하였다. 이 시기에 등장하는 작품은 「구이선녀瞿夷仙女」96호, 1932.6, 「우란분盂蘭盆」98호, 1932.8, 「전화錢禍」99호, 1932.9 등이다.

② 「불교시단」의 분량 확대

87호1931.9부터 편제된 「불교시단」이 종간호까지 명맥을 유지한 가운데 특히 100호1932.10 기념호에 폭발적으로 시의 분량이 많아졌고 그 이후에도 100호 이전과 비교해 상대적으로 많이 수록되는 경향이 있다.[33] 87호 이후 종간호까지 「불교시단」에 1회 이상 투고한 시인은 47명이다. 빈도순으로는 조종현조탄향 포함, 19회 32수, 김태흡8회 8수, 김일엽7회 14수, 나방우7회 8수, 윤한성7회 7수, 김어수6회 11수, 장익순5회 8수, 홍준표4회 4수, 박병우4회 6수, 강유문3회 3수, 김남수3회 5수, 김현극3회 3수, 민동선3회 6수, 석란생3회 3수, 오낙교3회 6수, 창호일지3회 3수, 김재수3회 4수, 김만기2회 2수, 김영환2회 2수, 나운향2회 3수, 박동헌2회 2수, 윤이조2회 3수, 한종욱2회 2수 순이다.

③ 1930년대 만해의 신진 배출

강원 출신들이 자신들의 문학적 재능을 표출할 수 있는 공간으로는 그래도 『불교』지가 가장 안정적인 지면이었다. 이 시기 「불교시단」에 투고한 강원 출신으로는 김남수전등사 해인사, 김만기마곡사 통도사 개운사, 김세진개운사, 김어수범어사, 김영환동화사 개운사, 김학순통도사, 김현극대승사, 나방우동화사 통도사, 박동헌통도사 동화사, 박병우동화사 통도사, 서병재해인사, 윤이조통도사, 윤한성해인사 개운

---

33 「불교시단」에 수록된 작품의 수는 98호 4수, 99호 4수, 100호 35수, 101·102합호 20수, 103호 12수, 104호 18수, 105호 3수, 106호 18수, 107호 7수, 108호 6수이다.

사, 정법연통도사, 조종현범어사, 동화사, 개운사 등이다. 이 중에는 박한영이 강주로 있던 개운사 승려가 많으며, 해인사 통도사 동화사 출신도 다수 보인다.

중앙불전 출신으로「불교시단」에 투고한 청년 문사는 강유문, 김만기, 김어수, 김재수, 나방우, 민동선 등이다. 중앙불교전문학교는 동국대학교의 전신으로, 당시 송종헌, 박한영이 교장으로 재직하였고, 권상로가 교수로 근무했으며 최남선 정인보 등이 외래 강사로 강의하였다.『일광』 5호 1935.1에 소개된 교수진으로 권상로조선불교사, 조선문학강독, 조선종교사, 한문 최남선 조선문학사 박승빈조선어학 등이 소개되어 있다. 조선어문학 관련 강의는 있었으나 본격적인 창작 강의가 진행된 것은 아니다. 문학 창작과 투고는 서정적 감성의 시대에 대학에 모인 청년승려들의 마음속에 자연스럽게 싹튼 문화라 하겠다. 이들 가운데는 중앙불전에 입학하기 전 강원에서 투고한 경력이 있는 경우도 많다.

이 시기는 유명 시인의 추천을 받아 등단하는 문단 제도가 확산하지 않은 단계였다. 다만 각 강원에서 창작한 시를 선배나 스승이 발탁하여 잡지에 소개하여 수록한 경우도 없지는 않았을 것으로 추정한다. 이들 시의 내용은 종교적 심상을 드러내고 있는 시, 산사의 정취를 담은 전통적인 한시풍의 시, 젊은이의 고뇌를 담은 시 등 다채로운 세계가 담겨 있어 시대적으로 일반적 경향을 드러내기는 어렵다. 다만 교조적인 종교시는 거의 보이지 않고 개인 서정시가 다수를 차지하고 있음은 분명하다.『불교』잡지의 철학적 사상적 주제들, 현실적 상황과 극복을 주제로 한 현실적인 글 사이에 이들이 투고한 시 작품은『불교』지를 사상적 텍스트에서 문화적, 정서적 텍스트로 보완하는 데 중요한 요소가 되었다.

5. 종합 평가

『불교』에는 1924년 7월부터 1933년 7월까지 108호에 걸쳐 실로 다양한 학술 기사와 논설이 수록되어 있다. 이 시기 불교학계의 교학 연구의 대체적인 경향을 확인할 수 있는 자료로서『불교』는 학술적 의의가 크다. 다만 본서에서는 방대한 학술 논설 중 한글문화의 창달에 기여한 학술성과를 중심으로 살펴보았다.

1920년대『불교』잡지에 보이는 한글문화운동의 실체는 조선어와 불교의 관계에 대한 학술적 담론, 언해 자료 발굴성과 보도 등이다. 이 시기는 사회 전반적으로 조선의 문화와 정신의 원천에 대한 탐구가 국학계의 주요 담론으로 자리 잡고 있다. 이 시기는 일명 문화정치의 시대로 신문, 잡지가 다수 창간되고 대학이 설치되어 근대적 학문 탐구가 본격화된 시기이며, 이병기의 시조부흥론, 최남선의 조선심 탐구를 비롯하여 민족의 언어, 문학, 사상, 역사에 대한 관심이 사회전반에 걸쳐 전개된 시기다. 『불교』지에서의 조선 문화와 불교의 관련성 탐구도 이러한 시대적 흐름과 함께 하는 것으로 의의가 있다.

문학적 측면에서 한국문학사의 전개 양상과『불교』잡지의 관련성을 파악할 필요가 있다. 1920년대 중후반부터 1930년대로 이어지는 시기에 문학, 문화 현상을 살펴보면, 국학연구가 본격화되었고, 한글맞춤법통일안 제정 등 우리말글의 사용에 대한 관심이 증대되었다. 다수의 문예지, 종교계 잡지, 종합지가 다채롭게 간행되었고, 어린이 잡지 등 여러 계층을 독자로 한 다양한 잡지가 발간되었다.

『불교』지 불교문학장의 흐름은 크게 4기로 나누어진다.

1기 다양한 장르 모색의 시기 : 1~45호(1924.7~1928.3)

2기 개방과 확산의 시기 : 46・47합호~62호(1928.5~1929.8)

3기 종교성 강화 시기 : 63~83호(1929.9~1931.5)

4기 시단 활성화 시기 : 84・85합호~108호(1931.7~1933.7)[34]

문학적으로 볼 때 1920년대는 민요시 운동이 전개되었고, 시조부흥운동이 일어났으며, 양장시조가 등장하여 시조의 현대시화를 가속화한 시기다. 이와 함께 기행 수필이 인기를 끌었다. 이러한 시대적 변화는 1920년대 『불교』지면에 「문예」란을 다양화하는 기반이 되었다. 앞서 거론한 것처럼 1928년에는 『불교』지에 외부 문인을 직원과 기자로 유입하였고, 종교잡지와 일반 문예잡지가 서로 필진을 공유하는 현상도 발견된다.

1930년에 들어서면 시문학계는 시문학파의 등장, 모더니즘 운동 등으로 질적으로 비약적인 발전을 이루었다. 이 시기는 불교계에서는 중앙불교전문학교와 지방의 강원에서 청년문사들이 배출되는 시기이기도 하다. 만해 한용운이 편집인으로 등장하면서 『불교』지에 불교청년들의, 예비문사들의 시가 다수 투고되는 것은 오직 만해의 영향만은 아니지만, 그의 역할은 나름대로 큰 의의가 있다. 정리하면 불교 내외의 문화적, 문학적 경향이 청년세대의 좌장인 만해의 기획과 상호 관계를 이룬 결과로 파악할 수 있다.

---

34 『불교』지는 108호(1933.7)로 종간된 후, 1937년 3월에 같은 표제로 속간되어 1호부터 67호(1944.12)까지 출간되었다. 『(신)불교』는 시대 상황으로 인해 창작물의 투고가 활발하게 이루어지지 못하였다. 문학 작품 수나 작자층이 전보다 크게 소략한 가운데, 번역 관련 기사가 상대적으로 많아지는 경향이 있는 점이 주목된다.

제3부

발간 주체의 분화와 역동성
1920년대 말 이후 창간 잡지

제1장

『일광』

중앙불교전문학교 교우회의 앤솔로지

1. 전개사

『일광一光』통권 10호, 1928.12~1940.1은 중앙불전교우회에서 발행한 교지 성격의 잡지다. 발행인은 학교 교장이며 소속 교수진과 학생이 함께 투고하였다. 매년 1회, 12월 간행을 기준으로 했는데, 4호 이후로는 교우회가 졸업생 위주로 바뀌면서 작품의 수록에 양적, 질적 변화가 일어났다.

1) 창간의 배경과 경과

중앙불교전문학교약칭 중앙불전는 1924년 출범한 재단법인 조선불교중앙교무원에서 1928년 설립한 고등교육기관이다.

근대불교계에서 인재양성을 위해 설립한 최초의 근대 교육기관은 명진학교1906이며 그 전통이 불교사범학교1910, 불교고등강숙1914, 중앙학림1915~1922으로 계승되어 왔다. 중앙학림 학생들은 1919년 3·1운동의 전국적 확산에 크게 기여하였다. 운동을 주도한 백성욱, 김법린 등은 해외로 망명성 유학을 떠나기도 하였다. 이러한 이유로 중앙학림은 1922년 4월 강제 휴교를 당하였다.

1920년대 초의 불교 교단은 교무원과 총무원으로 분열되어 있었는데, 단일한 조직을 원했던 조선총독부의 견인과 각 본산의 자각에 의해 1922년 5월, 기존의 불교계 대의기관인 삼십본산주지회의에서 삼십본산연합사무소를 폐지하고, 각 본사에서 62만 원을 출자하여 재단법인 조선불교중앙교무원을 설립하기로 의결하였다. 동 12월에 설립 인가를 얻은 중앙교무원의 제1성은 "규율이 엄정한 참선도량과 시대에 적응한 불전전수학교佛敎專修學校"를 신설하는 것이었다.

규율이 엄정한 참선도량과 시대에 적응한 佛典專修學校를 設하야 승려로 하야곰 각기 所嚮을 知케 하야 혹은 승당에 入하야 심안을 點하며, 혹은 佛敎專修學校에서 佛旨를 究하며 더욱 청규에 의하야 그 坐臥를 律에 依하고 佛家의 德操를 馴養하면 此等의 화근이 일소함을 득하리라 하노라. 만일 如法수업하는 승려가 소수라도 배출함에 至하면 일반의 모범이 되어서 自로부터 他를 律하는 일면에 점차로 각 대찰에 도량 혹은 학교를 設하리니 苟히 승려된 자의 수업이 이러케 성취된다 하면 승계의 적폐 일신과 불교재흥의 업은 희망도 업지안타. 是以로 今에 現勢匡救의 대책으로 하며, 且 此를 실행함으로써 재단법인 중앙교무원 존립의 眞意義라 하노니[1]

---

1 「財團法人 朝鮮佛敎中央敎務院 設立主旨及寄附行爲年賦金融規定」, 『불교』 3호(1924.9), 16~19면.

불교전수학교의 설립이 단순한 인재양성에 그치는 것이 아니라 불교계의 청정한 수행 가풍을 진작시키고 기존 승단의 적폐를 해소하는 데 기여할 것으로 보고 이를 실행하는 것이 재단법인 중앙교무원 설립의 참된 의의라 천명하였다.

1925년 중앙교무원에서는 불교전문학교 설립을 추진하면서 먼저 전문학교의 교수가 될 인재 양성이 가장 시급한 업무로 보고 각 사찰 승려 중에서 경성제대에 합격하는 자에 한하여 학비를 지원하기로 하였다.[2]

그해 불교전문학교 설립을 위해 기존 중앙학림 터北廟인 숭일동 1번지의 부지 2,716평을 1만 4천 2백 76원에 총독부로부터 불하받고, 혜화동 1번지와 2번지의 땅과 건물을 1만 4천 2백 20원에 '송 백작'으로부터 매입하였다.

1927년 9월을 개교 목표로 건물 신축에 박차를 가하였으나 당국의 인가 수속이 완료되지 못해 결국 1928년 4월 1일 개교하기로 결정하였다. 중앙교무원에서는 생도모집 방법에 대해 각 본말사의 재단 출자액에 따라 차등을 두어 생도 수를 배정하였다.[3]

1928년 3월 30일 당국의 개교 허가를 받고 4월 30일 개학식을 거행하였다. 초대 교장은 송종헌宋滿巖이 피선되었고, 학생은 정원 50명이며 과정은 '불교 외에 문학, 철학, 법제 경제'가 있었다.[4] 다만 이는 교과목의 범주

2　「불교소식」, 『불교』 9호(1925.3), 54면. 그러나 실제 입학자가 있었는지는 확인되지 않는다.
3　「불교휘보」, 『불교』 44호(1928.2), 57면 참조.
4　「불교휘보」, 『불교』 48호(1928.6), 91면. 중앙불전의 정원은 50명이나 제1회 불교전수학교의 실제 입학은 40명이었고(1호, 「편집실」, 2018.4.30), 입학하던 해 12월 재학생 명단의 의미가 있는 '정회원'에는 34명이 소개되었다(1호, 「회원명부」, 54면). 이들 중 1930년 4월 16일 편입시험을 치르고 중앙불교전문학교 3학년으로 편입한 학생은 본과 13인, 特科 12인(2학년은 본과 7인, 특과 6인)이었으며(1호, 「편집실」, 1930.4.16), 1930년 4월 25일 제1회 시업식에는 신입생 32인의 명단(後에 3회 졸업생이 됨)이 소개되어 있다. (위 기사 1930.4.25

를 소개한 것으로 실제로는 단일학부인 '불교과'가 개설된 것이다.

이렇게 개교한 중앙불전의 정식 명칭은 중앙불교전수학교이며 2년제로 시작하였다. 1928년 입학한 1회 입학생들은 입학한 해 12월 3일 3년제 전문학교로의 승격을 중앙교무원에 진정하였고, 1929년 2월 28일 중앙교무원 평의회에서 기존 60만 원에 새로 40만 원을 출자하여 전수학교를 전문학교로 승격하는 것을 가결히였다. 그러나 기대와 달리 진척이 없어서, 학생들은 다시 1930년 2월 13일 학교승격 학생회 위원 3인박영희 박윤진 강유문을 선정하여 학교와 교무원을 방문하여 교섭하였고, 3월 14일은 재차 회의를 열어 승격되기 전에는 등교하지 않겠다는 뜻을 학교 당국에 통지하고 동맹휴학을 단행하였다. 학교 당국이 승격 의지가 확고하다는 점을 확인한 학생들은 3월 20일 동맹휴학을 해제하고 등교하였다. 이러한 노력을 거쳐 결국 4월 7일 중앙불교전문학교로 승격 인가되었다.

4월 16일에는 불교전수학교 학생으로서 중앙불교전문학교에 편입시험을 치렀고, 그 결과 3학년 본과 13인, 특과 12인, 2학년 본과 7인, 특과 6인이 선발되어 그해 4월 25일에 시업식을 거행하였다. 1930년은 명실상부하게 1, 2, 3학년이 완비된 해라 할 수 있는데, 그 결과 1931년 3월 1회 졸업생이 배출되었다. 1932년 5월 31일에는 문부성 고시 제158호로 중앙불전 졸업자는 고등학교 고등과 또는 대학 예과 졸업자와 동등 이상의 자격을 가지게 되었다.[5]

『일광』은 중앙불전 교우회의 기관지이자 실제적인 교지로서 개교한 해

기록) 최종적으로 1931년 3월 졸업한 중앙불전 제1회 졸업생은 24명이다(「북한봉대」, 『일광』 3호(1931.3), 126면).

5 「휘보」, 『불교』 98호(1932.8), 70면.

인 1928년 12월 28일에 1학년들이 주축이 되어 제작한 창간호가 나왔고, 1940년 1월 제10호로 종간되었다. 1940년 2월 6일 재단의 명칭을 조선불교중앙교무원에서 조계학원으로 개칭하였다. 같은 해 6월 19일 중앙불교전문학교를 혜화전문학교로 개칭하고 불교과, 흥아과興亞科를 설치하여 개교하였다. 이때 중앙불전의 학생은 그대로 계승되어 중앙불전 11회 졸업 예정생이 혜화전문 1회 졸업생이 된다. 『일광』은 중앙불전의 시작과 끝까지 함께 한 잡지로서 1920년대 말부터 1940년대 초까지 재직 교수들의 국학 연구 성과가 수록되어 있고 재학생들의 세계관과 문예적 감성을 담아내는 교지, 교우지로 자리 잡았다.

2) 조직과 운영 및 발행과 편집의 주체

『일광』을 발간한 주체는 중앙불전교우회이다. 개교한 해인 1928년 5월 4일 신입생들은 불전교우회 창립 준비위원을 선정하였고[박영희 문기석 주동훈 손욱현 강유문] 28일에는 불전교우회 창립총회를 개최하고 임원을 선정하였다. 회장은 학교장인 송종헌, 총무는 김영수, 종교부장은 박한영, 학예부장은 윤태동, 논변부장은 김법린, 체육부장은 이희상으로 교수와 강사진이 담당하였고, 각 부의 간사는 3, 4명의 학생으로 구성하였다.[6] 『일광』의 제작과 간행은 학예부에서 담당하였다.[7] 창간호의 학예부장은 윤태동, 간사는 주동훈 한성훈 강유문이며, 2호의 학예부장은 변영만,[8] 간사는 주동

---

6 『일광』 창간호(1928.12), 53면. 「북한봉대」(중요일지) – 회장 송종헌, 총무 김영수, 종교부장 박한영, 간사 박영희 박윤진 김재원, 학예부장 윤태동, 간사 주동훈 한성훈 강유문, 논변부장 김법린, 간사 문기석 권증원 김해윤, 체육부장 이희상, 간사 박근섭 박봉석 박성희 방규석.
7 「북한봉대」 '12월 28일자', 『일광』 2호(1929.9), 117면.
8 「3년」, 『일광』 3호(1931.3), 85면 참조. 『일광』 2호의 「북한봉대」(117면)에는 '卞榮爽'으로 나와 있다.

훈 이병국 강유문이다. 3호의 학예부장은 최남선, 간사는 강유문, 한서훈, 황성민이다. 3호에 최남선 작「교가」가 발표된 것은 최남선이 학예부장으로 잡지 발행을 주관한 것과 밀접한 관계가 있다. 학생 신분으로 1~3호 잡지 발간에 빠짐없이 관여한 이는 강유문이다.[9]

1호의 회원명부에는 교직원은 특별회원, 재학생은 정회원으로 소개되었고, 2호와 3호에는 교직원은 특별회원, 재학생은 보통회원으로 소개되어 있다. 4호부터는 회원일람에 현직원, 구직원, 추천교우, 졸업생기수별 순으로 명단이 기재되었다. 이는 1~3호와 4호 이후 발행의 주체가 성격이 달라진 결과이다.

1931년 3월에 첫 졸업생이 배출된 이후에는 교우회의 성격이 재학생에서 졸업생 중심으로 바뀌었다. 구체적 전개과정이 4호의「북한봉대」에 일자별로 정리되어 있다. 이를 발췌 소개하면 다음과 같다.

1931년 4월 17일 교직원회에서 교우회와 학생회 분리를 의결하고 5월 2일 "종래 직원 及 생도로써 조직된 중전교우회를 사정에 의하야 해체하고 직원 及 졸업생으로써 중전교우회를, 생도로써 학생회를 각각 분립조직"하였다. 그해 7월 4일 새로운 중앙불전 교우회 창립총회를 개최하고 회장 김영수교장, 총무 김경주, 간사 조학유 김해윤을 선출하였다. 1932년 소화7 3월 17일에는 제2회 정기총회를 개최하고 회장 김영수, 총무 김경주, 간사 조학유 조명기1회졸 이갑득2회졸을 임원으로 선출하였다. 1933년 3월 16일에는 제3회 졸업식을 거행한 후 제3회 정기총회를 개최하여 회장 박한영, 총무 허영호, 간사 조명기1회졸 문녹선2회졸 김영두3회졸를 선출하였다.

---

9 강유문은 교내 학생운동의 주역이자 청년운동을 주도했으며『詩』(詩社)라는 문학잡지를 발간한 문학인이기도 하다(『불교』 79호(1931.1)의 신년호 광고 참조).

6월 23일에는 교우회보를 확장하여 교원의 논문을 다수 기재하기로 하였다. 10월 31일에는 제7회 역원회를 열어 『일광』에 본교 존폐 문제에 대한 논문을 다수 기재하기로 결의하고 추천교우 12인을 추천하였다. 그해 12월 11일, 『일광』 4호가 발행되었는데 이는 교우회보 제3호에 해당한다.[10]

재학생과 분리된 교우회에서 처음 발행한 4호에는 「교우회 회칙」과 「실행세칙」이 부록에 수록되어 있다.[11] 이를 보면 회원 자격은 본교 직원교수, 강사, 행정직원 포함과 졸업생과 추천 교우로 조직하였다. 추천교우는 일종의 명예회원 성격의 것으로 4호의 경우 12개 주요 사찰의 주지 명단이 수록되어 있다. 그리고 퇴직 교원, 교직원의 경우는 '舊직원'으로 매 호의 회원 명부에 현재 재직 정보를 빠짐없이 수록하고 있는데 이들은 상기 회칙 제4조에는 포함되지 않지만, 실행세칙 제4조에서는 "회비는 隨意로" 한다는 점에서 넓은 의미에서는 회원에 포함한다고 할 수 있다.

『일광』의 편집인과 발행 정보는 〈표 1〉과 같다.

---

10 이상 「북한봉대」, 『일광』 4호(1933.12), 69~73면.
11 〈교우회 회칙〉의 주요 사항은 다음과 같다.
　　제1조 본회는 중앙불교전문학교 교우회라 칭함
　　제2조 본회는 중앙불교전문학교 내에 置함
　　제3조 본회는 회원의 互相친목을 圖하며 본교의 진흥을 목적으로 함
　　제4조 본회는 본교 직원 及 졸업생 及 추천교우로써 조직함
　　제5조 본회에 左의 役員을 置함
　　회장 1인, 총무 1인, 간사 약간인
　　〈실행세칙〉
　　제1조 본회목적을 관철하기 위하야 左의 사항을 실행함
　　1) 기관지 발행－연 1회 발간하되 12월 중에 발행 배부함
　　2) 弔慰賞罰
　　3) 친목 遠遊會－연 2회로 하되 춘추 가절에 此를 행함

<표 1> 『일광』 발행 정보 1

호수	발행월	편집 겸 발행인	인쇄소	발행소	정가
1호	1928.12	송종헌(1대 교장)			
2호	1929.9	송종헌	한성도서주식회사	불전교우회(경성부 崇一洞 2번지)(이하 같음)	
3호	1931.3	송종헌	동아사인쇄소	중앙불교전문학교교우회	30전
4호	1933.12	박한영(3대 교장)	선광인쇄주식회사	중앙불교전문학교교우회	20전
5호	1935.1	박한영	동아사인쇄소	중앙불교전문학교교우회	20전
6호	1936.1	박한영	동아사인쇄소	중앙불교전문학교교우회	20전
7호	1936.10	박한영	동아사인쇄소	중앙불교전문학교교우회 (경성부 明倫町 1丁目 2번지)(이하 같음)	20전
8호	1937.11	박한영	동아사인쇄소	중앙불교전문학교교우회	20전
9호	1939.3	김경주(4대 교장)	동아사인쇄소	중앙불교전문학교교우회	20전
10호	1940.1	김경주	동아사인쇄소	중앙불교전문학교교우회	20전

발행 경비는 교우회비에서 지급되었다. 일광 4호부터 수록된 「교우회
세입세출 결산서」, 「교우회 세입세출 예산서」에 상세하게 소개되어 있다.
예를 들어 교우회보 1호는 인쇄비 17.55엔으로 50부를 인쇄했으며, 교우
회보 2호는 인쇄비 13엔으로 100부를 인쇄하였다.[12]4호, 64면 교우회보 3호
는 『일광』 4호에 해당하는데 여기에는 인쇄비 30엔통신비 별도을 책정하여
100부를 인쇄할 예산을 산정하였다.4호, 66면 이후 1933년도 예산으로 80
원, 1934년도 예산으로 60엔, 1939년도 예산으로 120엔이 책정되었다.
단위가 원과 엔이 혼용되어 있고 또 당시 세계 경제 공황기에 물가 상승률
도 반영되었을 것이나, 예산 액수의 상승은 기본적으로 『일광』지의 간행

---

12 『교우회보』는 『일광』 3호 발행 이후 학생회와 분리된 교우회에서 발행한 별도의 잡지다. 현
재 1, 2호는 전하지 않으며, 『회보』 3호는 명칭을 바꾸어 『일광』 4호로 간행했다는 사실이
『일광』 4호 「편집후기」에 수록되어 있다("회보 제3호를 일광 제4호로 계속한다. 일흠을 밧
구고 내용을 확장함이 復興發展의 희소식").

에 학교의 지원이 있었고, 여기에 광고 수입까지 더해져 잡지의 지속적 간행에 도움이 되었을 것으로 파악된다.[13] 이들 광고는 일광 잡지가 불교계에 끼친 영향이 컸음을 방증하는 것이며 발행의 주체인 중앙불전의 교수, 학생들이 불교계에 차지하는 위상이 그만큼 컸음을 방증하는 것이다.

비교적 안정적인 재정의 지원 덕분에 『일광』은 중앙불교전수학교 개교 이래 중앙불교전문학교 제10회 졸업생이 배출되는 기간 동안 매년 간행되었다. 간행일을 기준으로 하면 1930년, 1932년, 1934년, 1938년은 간행되지 않았으며, 1936년은 6호와 7호가 동시에 등장하기도 하였다. 이는 4월에 입학, 3월에 졸업하는 학년제 실시에 따른 것으로 실제로는 1928년에 중앙불교전수학교 개교하고 1931년 중앙불전 제1회 졸업생이 배출된 후 1940년 3월 제10회 졸업생이 배출될 때까지 거의 매년 1회 발간된 것으로 보아도 무리가 없다. 이를 표로 요약하면 다음과 같다.

〈표 2〉 『일광』 발행 정보 2

호수	간행일	학년도	발행 주관 학년	졸업생의 입학년도	비고
1호	1928.12	1928.4~1929.3	중앙불교전수학교 1학년		
2호	1929.9	1929.4~1930.3	중앙불교전수학교 2학년		
3호	1931.3	1930.4~1931.3	중앙불교전문학교 3학년(1회 졸업생)	1928.4	편집후기 강유문(1회) 1회 졸업기념 특집호
·		1931.4~1932.3	학생회와 분리한 교우회(2회 졸업생)	1929.4	(교우회보 1호)

---

13 잡지 간행 축하 명단(2호), 『금강저』 광고(4호), 불교시보사와 금강산사의 광고(6호), 동소 문약국과 혜화상회 광고(7호), 화엄사 (송광사) 석왕사 패엽사의 명함(8호), 용주사 등 8곳 본사의 명함과 요리점 태서관, 제일양화점, 동광당서점의 광고(9호), 봉선사 등 30본사의 축하 명단 및 조선불교중앙교무원, 총본산주지대표 이종욱, 경남3본산종무협회, 『불교시보』 주간 김태흡, 불교사 주간 김삼도, 경북불교협회 명함 및 삼신양복점, 동광당서점, 동소 문약방, 동화상회 광고(10호)가 게재되었다.

호수	간행일	학년도	발행 주관 학년	졸업생의 입학년도	비고
·		1932.4~1933.3	(3회 졸업생)	1930.4	(교우회보 2호)
4호	1933.12	1933.4~1934.3	(4회 졸업생)	1931.4	(교우회보 3호) 일광 4호. 편집후기 밝터. 佛傳問題 특집호
5호	1935.1	1934.4~1935.3	(5회 졸업생)	1932.4	편집후기 한영석(도서과 직원)
6호	1936.1	1935.4~1936.3	(6회 졸업생)	1933.4	편집후기 한영석 불교문학 특집호
7호	1936.10	1936.4~1937.3	(7회 졸업생)	1934.4	편집후기 한영석
8호	1937.11	1937.4~1938.3	(8회 졸업생)	1935.4	편집후기 한영석
9호	1939.3	1938.4~1939.3	(9회 졸업생)	1936.4	편집후기 작성자명 없음
10호	1940.1	1939.4~1940.3	(10회 졸업생)	1937.4	모교발전 특집호

위의 표를 보면 중앙불전 신입생이 3학년까지 재학 중에는 교우회지가 당연히 교수, 직원과 학생으로 구성될 수밖에 없어 1, 2, 3호는 명목상 교수의 지도하에 1학년, 2학년, 3학년이 차례로 담당했을 것이 분명하다. 졸업생이 배출된 1931년도 새 학기부터는 재학생은 학생회로,[14] 졸업생은 교원, 직원과 함께 교우회로 편입되었다. 1~3호의 편집후기 작성자로 확인된 인물은 3호의 강유문인데 1회 졸업생으로 재학 내내 학교의 승격과 학생운동에 헌신한 대표 격인 인물이다. 4호의 편집후기 작성자 '밝터'는 실명이 확인되지 않으며, 5~8호까지 편집후기 작성자는 한영석이다. 그는 중앙불전 1회 입학생이자 학생대표자였으며 졸업 이후 도서과 직원으로 재직했던 인물이다. 졸업 학년인 3학년은 재학 중 5원을 납부해야 했으며 졸업과 동시에 "신입회원"으로 명부에 올랐다. 교우회와 학생회가 분리되어 교우회 주관으로 간행된 4호 이후에도 교수의 학술 논문을 제외

14 학생회는 구성과 해체, 재구성을 반복하였는데 이에 대한 고찰은 생략한다.

하면 대부분 졸업반 학생의 글이 수록되어 있다. 지난 3년의 학창시절에 대한 회고, 감성적 시, 수학여행 등 기행문과 여러 상념, 철학적 고민을 담은 수필 등이다. 이를 보면 비록 학생회와 교우회가 분리되었지만 실제적으로는 교우회지를 넘어서는 '교지'의 성격을 담당한 것으로 보인다.

2. 잡지의 지향

『일광』은 중앙불교전문학교의 교우회지이자 실질적인 교지로서 학교의 존립 이유가 잡지의 지향점이 되는 것은 당연한 일이어서 창간의 변이라든가 기획의 변이 선언적으로 잡지에 드러나 있지는 않다. 창간호를 보면 권두언과 교장 훈시를 논외로 하고 첫 번째 수록된 글은 김영수의 「조선불교와 소의경전」이라는 묵직한 불교사 논문이다. 에다 토시오와 박한영은 중앙불전의 개교가 가지는 역사적 의의를 제기하였고, 일본 유학생인 최범술·최영환과 재학생인 강유문의 개교의 의의와 학교의 사명에 대한 의기 넘치는 글이 수록되어 있다. 그 외의 글은 재학생의 문예 작품이 차지하고 있는데 다양한 영역의 수필로 10편, 시와 시조로 14편 정도가 수록되어 있다. 다른 호의 경우에도 대부분 교수진의 불교학 관련 논문과 학생의 문학작품이 큰 축으로 자리 잡고 있다.

창간호를 비롯한 전체적인 호의 내용을 검토해 보면 『일광』의 지향은 비교적 분명하다. 첫째 불교학·불교문학·불교사학의 진흥을 도모하는 학술논문 발표의 장이다. 둘째 오랜 역사 속에서 왜곡된 현실적인 불교계의 여러 난맥을 타기하고 부흥을 이끌기 위해 탄생한 중앙불전의 존재의 이유와 발전에 대한 담론 개진의 장이다. 자신들의 진로문제에 대한 고민도 포함된다. 셋째 불교와 문학을 두 축으로 하는 중앙불전의 독특한 학풍에서 창작분야에 대한 활발한 관심과 발표의 장이다.

편집후기에서는 잡지가 교수들의 학술논문 발표의 장이며, 물론 불교학 중심의 논문이 위주이되 점차 문학 연구 및 문학창작에 대한 비중 혹은 기대가 높아지는 경향을 확인할 수 있다.[15]

중앙불전의 교수진은 불교학 불교어문학 불교사 영역에서 국학 연구의 학풍을 만드는 역할을 담당했으며, 재학생들은 문학적 감수성을 배출하며 시인으로 성장하는 자유로운 문학활동의 장으로 『일광』을 활용하였다.[16]

필자가 회원 명부를 조사한 결과 교우회의 회원 명부에 수록된 교직원 수는 1928~1940년 1월까지 총 88명이다. 대부분이 교수, 강사진으로 「북한봉대」란에는 각 교원의 임용과 사임이 이루어진 기록이 각 호마다 비중은 다르지만 기록되어 있다. 4, 5, 6호에는 이들이 담당한 과목이 명시되어 있는데 이를 중심으로 중앙불전의 주요 강의를 소개하면 다음 표와 같다.

---

15 "본지가 불교학 그것을 중심으로 하는 것인 만큼 천하 불교학도의 그 도움을 바래는 바이다."(「편집후기」, 『일광』 2호(1929.9))
   "중앙불전도 넘어 불교치중주의에 치우친다는 원성이 높혼지라. 불교과 문학과 이러 분과를 하야 보려는 계획이 있다하니 이것이 어서 실현된다면 을마나 조혼일인가 편즙자는 교우와 한가지 축수하는 바이다."(「편집여묵」, 『일광』 5호(1935.1))
   "이번 호는 불교문학을 高調한 학술연구호로 소개하는 것인만치 무거운 斤重있는 논문을 만이 실게 되엿다. 제목이 보혀주니만치 불교와 문학, 인간의 최고목표, 舌音한자음의 연구, 법화경소, 매월당에 대한 소고, 불상의 기원에 대한 논문, 심전개발에 대한 강연초고, 교우들의 종교와 인생과의 관계에 대한 答論, 졸업감상문 등은 종교문학적의 인생관을 拈弄한 것갓다."(「편집여묵」, 『일광』 6호(1936.1))
16 이는 중앙불전과 그 후속인 혜화전문학교, 그리고 동국대학이 문학인 배출의 산실이 되는데 중요한 기제를 마련한 것으로 파악된다.

	개교 당시17	1호 (28년)	2호 (29년)	3호 (32년)	4호 (33년도)	5호 (34년도)	6호 (35년도)	7호 (36년)	8호 (37년)	9호 (38년)	10호 (39년)
김영수	교수	○	○	○	화엄경, 기신론, 금강경, 인명학, 구사학	화엄경, 기신론, 금강경, 인명학 구사학	화엄경, 금강경, 기신론, 인명학, 구사학	○	○	○	○
에다 토시오 (江田俊雄)	교수	○	○	○	인도철학사, 일본불교사, 불교개론, 불교서지학, 불교미술, 국어	인도철학사, 일본불교사, 불교서지학, 불교미술, 국어	일본철학사, 일본불교사, 국어, 불교미술, 佛教書史學	○	○	○	○
박한영	강사	○	○	○	염송, 유식학	염송, 유식학	염송, 유식학	○	○	○	○
최남선			○	○	조선문학사	조선문학사	조선문학강독	○			
김두헌					윤리학개론, 서양윤리사, 동양논리사, 국민도덕, 윤리학, 영어	윤리학, 논리학, 서양윤리사, 국민도덕, 동양윤리사	윤리학개론, 논리학, 국민도덕, 서양윤리사, 동양윤리사	○	○	○	○
김태흡					사회문제급 사회사업	사회문제, 사회사업, 종교학개론	사회학개론, 사회문제, 사회사업, 종교학개론	○	○	○	
박동일					서양철학사, 교육학개론, 심리학, 교육사, 자연과학개론, 철학개론						
김경주					佛祖三經, 인도지나불교사	불조삼경, 인도지나불교사	불조삼경, 인도지나불교사	○	○	○	○
권상로					조선불교사, 한문강독, 조선문학강독	조선불교사, 조선문학강독, 조선종교사, 한문	조선종교사, 조선불교사, 한문강독, 조선문학사, 한문	○	○	○	○
김잉석					화엄학, 各宗綱要	화엄학, 각종강요, 자연과학, 지나철학사, 불교개론	불교개론, 각종강요, 화엄학, 지나철학사, 자연과학개론	○	○	○	○
김문경					종교학개론						
김현준					사회학개론						
이능화					조선종교사						
이병도					조선유학사	조선유교사	조선유교사	○	○	○	○
박승빈					조선어학	조선어학	조선어학	○			

개교 당시 교수로는 김영수와 에다 토시오이며 강사로는 박한영, 이희상, 김법린, 백성욱, 윤태동, 백우용, 서무는 조학유였다.

포광 김영수는 제2대 교장을 역임하였으며, 화엄경, 기신론, 금강경, 인명학, 구사학을 강의하였다. 에다 토시오는 인도철학사, 일본불교사, 불교개론, 불교서지학 등을 강의하였다. 석전 박한영은 3대 교장을 역임하였고, 염송과 유식학을 강의하였다. 김경주는 제4대 교장을 역임하였고 불조삼경, 인도지나불교사를 강의하였다.

이후 부임한 김잉석, 권상로도 중앙불전 불교학 연구의 정초를 놓는 역할을 담당하였다. 김잉석은 화엄학, 각종개요各宗槪要 등을 강의하였고, 권상로는 조선불교사, 조선종교사와 함께 조선문학강독, 한문강독을 강의하여 국문학 연구의 발판을 마련하였다. 이외에 조학유는 종교 사회학 관련 강의를 담당하였다.

이상 나열한 중앙불전의 교수진 외에 최남선의 조선문학사강의 및 조선문학강독, 이능화의 조선종교사 강의, 이병도의 조선유학사 강의, 박승빈의 조선어학 강의도 주목되는 강의이다. 교과과목을 보면 당시 유수한 학자들이 출강하여 중앙불전의 학문적 토대를 충실히 마련한 것으로 평가할 수 있다.

박승빈은 당시 보성전문학교의 교장으로서 중앙불전에 출강하였는데, 중앙불전에서 강의를 맡은 강사 가운데는 당시 유수한 대학과 전문학교의 명사들이 등장하였다.

---

17 강유문의 「3년」, 『일광』 3호(1931.3), 82면 참조.

연희전문학교 소속의 정인보, 보성전문학교 소속의 백상규白象圭, 함병업 국문학, 김광진, 박승빈조선어학, 윤행중, 안호상철학개론, 경성제국대학 소속의 아카마쓰 치조赤松智城, 하야미 히로시速水滉, 아키바 타카시秋葉隆, 아마노 토 시타케天野利武, 아베 요시시게安倍能成, 서양철학사, 다카하시 토오루高橋亨, 윤태 동예과, 이화여전 소속의 성낙서, 경성사범학교 소속의 조윤제와 이치무라 히데오市村秀志, 교수법, 경성약전의 배상하 등이 그들이다.

일본 학자 가운데 아카마쓰 치조와 아키바 타카시는 『조선무속의 연 구』의 공저자이며, 다카하시 토오루는 『이조유학대관』『이조불교』를 저술 한 학자로 총독부 내부부장관 우사미宇佐美가 본사 주지들을 권발시켜 중앙불 전의 전신인 중앙학림을 개교하도록 한 숨은 발기자發起者[18]로서 1940년 교 명이 혜화전문으로 바뀌었을 때 교장으로 부임하기도 하였다. 이들 일본학 자의 연구는 일제의 통치 전략의 일환의 하나로 기획된 연구라는 한계가 있지만, 조선의 민속과 사상 연구를 주도한 업적으로 평가할 만하다. 이들이 중앙불전에 강사로 출강하여 강의한 것은 중앙불전의 종교학, 불교학, 문학, 불교사학 연구의 풍토를 만드는 데 일정 부분 기여한 것으로 볼 수 있다.[19]

---

18 박한영(석전사문), 「고목춘」(속), 『일광』 2호(1929.9), 37면.
19 조명기의 회고담에는 잡지에 나오지 않는 강의과목 정보가 포함되어 있다(『동대신문』 329 호, 1966.7.4). "초대교장에 宋宗憲(曼庵師)이 취임하였으며 서무에는 曺學乳 선생이 담당 하였고, 교수에는 金包光(佛敎學 및 佛敎史) 金斗憲(倫理), 江田俊雄(佛敎學) 제사이었고, 강 사로는 朴漢永(拈頌), 白性郁(哲學), 金法麟(倫理), 速水滉(心理), 赤松智城(宗敎學), 植村(經 濟學), 白允和(法學), 白象圭(英語), 河村道器(支那文學), 韓基彦(敎育學, 敎育史, 敎授法) 鄭 寅普(支那文學), 崔南善(朝鮮古代史), 咸秉業(日本文學), 裵相河(社會學), 金泰洽(社會事業), 白禹鏞(음악), 李熙祥(體操) 등 제 선생이 기억에 남아있다."

3. 잡지의 편제와 항목별 분류

일정한 표제어로 정형화되지는 않았지만 『일광』의 대체적인 편제는 목차
-권두언-학술논문-논설 및 수필-문학 공간-휘보-편집후기 순이다.

권두언은 한용운의 짤막한 경구인 「성불과 왕생」1호, 한샘의 한글 시2호,
최남선 창작의 「교가」3, 4호, 교장 박한영의 짧은 한시 구4호, 중앙불교전문
학교 지도정신교훈(5호) 등이 제시되어 있다. 1937년도 이후 발행한 8, 9,
10호의 권두언은 일제말 시국의 변화에 따라 잡지의 성격도 급변하여 「황
국신민의 서사」8호, 「황국신민의 서」9호, 「內鮮一體の眞諦」10호 등이 수록되
어 있다.

학술논문은 김영수, 에다 토시오, 박한영, 권상로, 김경주, 조명기 등 중
앙불전 교수진의 학술논문이 수록되어 있다. 불교학 관련 분야에 비중 있
는 학술논문이 수록되어 잡지의 학술적 가치를 높이고 있다.

이어 교내 문제에 대한 구성원들의 시론時論, 현실 불교에 대한 다양한
논의, 논리적 사유를 담아낸 짤막한 논설 등이 다양하게 수록되어 있다.
교수들의 글은 학술적인 측면과 시사적인 측면이 섞여 있는 경우도 많다.

수필에는 교우회의 춘계 추계 정기 원유회, 중앙불전 졸업반의 국내외
수학여행기 등 여러 기행문이 포함되어 있고, 당해 연도 졸업생 중심으로
종교와 인생에 대한 다양한 해석을 담아낸 글을 발표하였다.

문학공간은 주로 시와 시조, 소설 작품이 수록되었다. 1~3호는 재학생
이 중심이 되어 창작한 작품이 수록되었다. 이후에 교우회의 성격이 변하
면서 수록 작가의 성격에도 변화가 발생하였다. 4호는 문학란이 없으며, 5
호에는 소설 1편이 수록되어 있다. 6호에는 교수최남선, 정준모의 시, 시조가

수록되었고, 7, 8호에는 소수의 지명도 있는 재학생인 김달진9회 졸업생, 김어수9회 졸업생의 시를 중심으로 게재하다가 일제가 전시체제로 돌아서는 9, 10호는 문학공간이 사라졌다.

휘보에는 「중앙불전교우회의 회칙」, 「실행세칙」, 「예산 및 회계 내역」, 「회원명부」가 수록되어 있다. 교우회실은 학교 전체의 행사 및 활동일지로 「북한봉대」라는 편제가 창간호부터 종간호까지 지속되었다. 회원명부에는 현직원, 구직원, 특별회원, 졸업생 명부가 매년 재 작성되었다.

편집후기는 1~3호는 재학생이 담당하였고, 그 이후는 현 직원이 담당한 것으로 보인다. 현재 확인되는 담당자는 3호는 졸업반인 강유문, 4호는 밝터, 5~8호는 도서과 직원인 한영석이다.

1) 시론의 경향성

『일광』은 당시 국내 유일한 불교 고등교육기관인 중앙불전의 탄생부터 교명이 바뀌기 전까지 함께 한 중앙불전의 유일한 잡지다. 『일광』의 역사는 중앙불전의 역사이며, 전체 내용이 모두 중앙불전의 역사라 해도 무방할 정도다. 중앙불전의 존재론적 양상, 재단문제, 졸업생 자격 문제, 학제 개편, 발전방안 등 다양한 논의가 여러 형태로 잡지에 수록되는 것은 자연스러운 현상이다.

〈표 4〉 『일광』 시론 목록

호수	필명	대표명	제목	비고
1호	江田俊雄	에다 토시오	世界宗教를 論하야 佛專의 使命에 及함	중앙불전
1호	불교사장 權相老	권상로	佛敎大學	중앙불전
1호	大敎師 朴漢永	박한영	古木春①	중앙불전

호수	필명	대표명	제목	비고
1호	서무주임 曹學乳	조학유	佛專昇格에 對하야	중앙불전
1호	姜裕文	강유문	天下에 告하노라	중앙불전
2호	朴漢永	박한영	古木春②	중앙불전
2호	金法麟(鐵亞)	김법린	民衆本位의 佛教運動의 提唱	불교운동, 포교
2호	金載元	김재원	우리의 使命	불교운동
2호	안룡호	안룡호	나를 알고서	불교운동
3호	江田俊雄	에다 토시오	朝鮮佛教는 어데로? -新佛教 教學樹立을 提唱함	불교학 수립
3호	石顚沙門	박한영	雪窓閑話	설문조사
3호		김법린 외 21인	[설문조사 2대문제]	불교문화, 불교계 지향
3호	姜裕文	강유문	朝鮮佛教青年運動縱橫觀	불청운동
4호	石顚沙門	박한영	根本教育과 名譽事業	중앙불전
4호	金映遂	김영수	教務院理事 諸氏의게	중앙불전
4호	退耕頭陀	권상로	菩薩行乎아?	중앙불전
4호	金暎潭	김경주	朝鮮佛教生命의 象徵인 중앙불교전문학교	중앙불전
4호	江田俊雄	에다 토시오	佛專에 對한 批難에 答함	중앙불전
4호	金斗憲 (天籟生)	김두헌	時題斷想	중앙불전
4호	金泰洽	김태흡	中央佛教專門學校 支持論	중앙불전
4호		이병목 외 24명	보아라 校友의 近況 들어라 校友의 절규	중앙불전
5호	石顚漢永	박한영	[특별논문]朝鮮佛教의 精神問題	언론대응
5호	權相老	권상로	[특별논문]佛專과 朝鮮佛教와의 關係	중앙불전
5호	(학감실)		中央佛教專門學校 學制改善	중앙불전
6호	石顚漢永	박한영	佛教와 文學	불교문학
7호	石顚漢永	박한영	佛教文學으로 青年諸君	불교문학
10호	石顚漢永	박한영	佛專前途에 就하야	중앙불전
10호	憂校生	미상	中央佛教專門學校 百年大計를 樹立함에는?	중앙불전
10호	尹基元	윤기원	人政과 財政을 確立하라	중앙불전

논설은 매 호 일정한 경향을 가지고 수록되는 경우가 많다. 1~3호는 신
입생이 입학한 해부터 졸업한 해까지 간행한 것으로 1호는 창간호, 3호는

졸업 기념 특집호이다. 이에 따라 수록한 논설도 일정한 경향을 띤다.

에다 토시오의 「세계종교世界宗教를 논론論하야 불전佛專의 사명使命에 급及함」
1호은 불교연구가 세계적으로 발흥하여 구미 각 대학에서 범어와 불교강
좌를 개설치 않은 곳이 없다는 점, 독일 불란서 영국 벨기에佛등 여러 나라
에서 위대한 불교학자가 배출되어 연구에 종사하고 있는 현실, 그리고 스
리랑카, 서장, 몽고, 중국, 일본에서 불교가 성행한 사례를 제기하며 '반도
에 불교를 부활시키는 것은 반도 문화를 부흥'시키는 것이며, 그 방법은
'인재양성'에 있다는 점을 강조하였다. 중앙불전의 설립 근거를 소개한 글
이다.[20]

권상로는 당시 불교사 사장으로서 제목을 「불교대학」 1호이라고 적실하
게 붙였음에도 『대학』의 3강 8조목을 불교에 적용시켜 해석한 사변적인
글을 발표하였다. 전통 교학에서 강의하던 방식으로 말의 연원을 찾고 깊
이 있게 음미해 볼 여지를 남겼다 하겠으나 근대의 글쓰기 방식으로는 고
답적인 평가를 받을 수밖에 없다.

박한영의 논설 혹은 법어 「고목춘」 1호은 마른 나무에 핀 꽃이라는 비유
로 불교전수학교가 척박한 불교계의 현실에서 탄생했음을 기뻐하며 기존
의 산림법회에서 경험했던 문란한 수행 태도를 경책하며 중앙불전만이 유
일한 희망임을 드러내었다.[21]

---

20 에다 토시오(江田俊雄)는 「朝鮮佛敎는 어데로?－新佛敎 敎學樹立을 提唱함」(3호)에서 조선
    불교의 발전을 위해 '신불교 교학'을 수립해야 한다는 주장을 펼쳤다. 신불교 교학이란 '불
    타의 종교로 하여금 시대사조와 사회 상태를 지도하고 또 여기에 적응케 하려는 재조직에
    의하여 구성될 새로운 교리 체계'를 말하며 이것이 불타의 眞精神을 시대에 살리고 불교의
    직분을 시대에 발휘함에 가장 중요한 것이라 하였다.
21 박한영은 「고목춘」(2호)에서 중앙학림의 개교에서 폐교, 중앙불전의 개교와 학교 승격 방
    침까지의 경과를 회고하며 '형식으로는 고목이 봄빛을 띄운 것'이 분명하나 내용적으로는
    아직 북풍이 휘몰아치고 있음을 말하며 학생들의 노력을 당부하였다.

조학유는 개교 당시 서무계원으로서 학교의 행정과 회계 업무를 맡은 인물이다. 이미 재단법인 중앙교무원 회의에서 승격을 결의하고 기존 자금 60만 원에 40만 원을 증자하기로 결의했지만, 지역에 따라 부정적 여론이 있고 이에 따라 증자가 수월하지 않았던 상황에서 필자는 승격의 필요성을 세 가지로 제시졸업생의 진로 문제, 학생 모집 문제, 교리 홍포 문제하고 40만 원 증자의 실제적인 안을 제시하고 있다.

3호는 제1회 졸업생 기념 특집호이다. 졸업생들의 회고담, 3년의 일지 기록, 졸업생을 위한 시조 창작 등 다양한 글이 있는 가운데, 「설문조사」는 이들의 사회진출과 관련한 특별 기획이다. 편집후기에 '이번 호는 제1회 졸업생은 조선불교의 새 일꾼 될 것이 번듯한 사실이오매 이에 조선불교에 대한 2대 문제를 들어 일터에 나가시는 한가지 선물로 드리나니다'라 한 것처럼 조선불교를 위해 전문대학을 졸업한 청년들이 해야 될 시대적 사명을 교내 교수를 중심으로 의견을 구한 것이다. 설문조사는 '2대 문제'로 첫째는 '불교가 조선 당래當來의 문화에 대하야 어떠한 점에서 큰 공헌을 할 수 있는가?'이고, 둘째는 '조선 금일의 불교도는 어떠한 방면에 역량을 집주集注함이 가능하겠는가?'이다. 교내 교수, 강사 및 교외 저명학자, 언론인 등 총 19명의 인사가 응답하였다.[22] 다양한 답변이 제시된 가운데 '조선학의 개척과 완성' '농촌계몽과 문맹퇴치' '승려자신의 계몽운동'김법린, 역경사업한용운, 장경經藏의 한글화안재홍, 경전의 조선어 번역김두헌 등이 주요한 기여 및 매진할 사업으로 제시되었다. 김법린의 답변은 2호에 투고한 「민중본위적 불교운동의 제창」과 그 맥을 같이 하는 것이다.

---

22 김법린, 김해은, 송진우, 김영수, 한용운, 안재홍, 권상로, 송종헌, 홍기문, 赤松智城, 이용조, 忽滑谷快天, 박동일, 김두헌, 江田俊雄, 서원출, 김정완, 박창두, 한용운, 권상로, 홍기문 등이다.

박한영은 설문조사에 대한 답변으로 「설창한화雪窓閑話」라는 별도의 글을 3호에 수록하였다. 두 가지 질문을 묶어 문학방면으로 논하기로 하면서 마명, 용수, 구마라집, 청량, 규봉, 원효의 문장과 사상적 깊이를 거론하였다. 이어 서유기, 구운몽 등 중국과 한국의 소설이 불교정신을 형상화한 것으로 제시하였다. 이는 당대의 문장으로 사상적 깊이를 견지하며 대중들에게 쉽게 접근할 수 있는 매개로 넓은 의미에서나 좁은 의미에서의 문학의 효용성과 필요성을 강조한 것이다. 박한영은 중앙불전의 정신적 좌장이자 당대 청년학생들의 사표가 되었던 인물인데, 중앙불전 교수로서 불교문학의 진흥을 제언한 것은 학술적인 면이나 창작 활동 면에서 중앙불전의 전통에 상당한 영향력을 끼친 것으로 볼 수 있다.

1933년 10월 15일 재단법인 중앙교무원 이사회안으로 '재단사업 정리의 건'을 평의원회에 제출하기로 결의하였다. 현 재단의 재정이 빈약하여 두 학교중앙불전, 보성고등보통학교와 하나의 포교당을 유지하는 것이 어렵다는 논리에서였다. 이는 실질적으로는 '중앙불전 정리'라는 이사회의 복안이었다.[23] 이에 대해 일본에 유학한 불교유학생들은 조선불교청년총동맹 동경동맹의 이름으로 『금강저』 21호에 반대 촉구 성명서를 게재하였다. 중앙불전 1회 졸업생의 모임인 이구오팔회二九五八會도 별도의 성명서를 함께 발표하여 게재하였다.[24]

이에 따라 『일광』 4호1933.12는 중앙불전 폐지안에 대한 교내 교직원, 학생들의 격앙된 목소리가 분출된 '불전문제 특집호'로 제작되었다. 당시 교장인 박한영, 교수인 김영수, 권상로, 김경주영탄, 에다 토시오, 김두헌,

---

23 김영수, 「재단사업정리에 대한 건의」, 『일광』 4호(1933.12), 4면.
24 「성명서」, 『금강저』 21호(1933), 목차 앞면.

김태흡의 글은 불전폐지의 부당함과 함께 전방위적인 중앙불전 옹호론을 전개하였다. 1회 졸업생을 중심으로 한 25인의 졸업생들은 짧은 답신으로 절대적인 반대의 의지를 표명하였다.

김경주영탑의 글은 여기에서 더 나아가 '장래 中專 확장 槪案'을 구체적으로 제시한 점에서 학교 발전에 대한 강한 의지를 확인할 수 있다. 대체적인 내용은 장차 불교학과와 인문학과로 분과하고 이미 문부성에서 중앙불전을 고등학교 고등과와 대학 예과와 동등 이상의 자격을 가지는 것으로 지정했으니, 이에 따라 중등교원 지정을 얻어야 할 것이라 하였다.

일광 5호에는 학감실에서 작성한 '중앙불교전문학교 학제 개선'안이 공개되었다. 당시 학감은 김경주로, 4호에 제시한 발전방안을 구체화한 역할을 한 것으로 보인다. 요지는 역시 불교과와 문과의 두 과로 나누고 이에 따라 개정된 학칙을 소개하는 것이다. 1934년 10월 9일부로 학칙변경의 건을 교수회에 제출한 결과 1935년 4월부터 시행한다는 설명과 함께 변경학칙 전문을 소개하였다.

박한영의 「불교와 문학」 6호, 「불교문학으로 청년제군」 7호은 이러한 교단과 학교의 움직임 가운데 제시한 학술적 논설로서 중앙불전의 존재의 의의와 사명을 강조하는 의도가 반영된 것으로 보인다.

10호에는 재차 중앙불전의 발전방안을 주제로 한 글을 모아 '모교발전 특집호'로 꾸몄다. 이는 기존의 운영기관이던 재단법인 중앙교무원의 변화와 관련이 깊은 것으로 보인다. 이후 교명을 혜화전문학교로 바꾸었다. 학교의 전통은 교명이 바뀌어도 계승될 수 있지만 교지, 교우회지는 그럴 수 없어 『일광』은 1940년 1월에 간행한 10호가 종간호가 되었다.

2) 학술 논문과 그 성과

교수진의 논문을 필자별로 분류하면 다음 〈표 5〉와 같다.

〈표 5〉 『일광』 학술논문 목록 – 필자별

호수	필명	대표명	제목	비고
1호	金暎遂	김영수	朝鮮佛教와 所依經典	불교사
2호	金暎遂	김영수	朝鮮佛教의 傳燈과 教理	불교사
3호	金暎遂	김영수	始興은 涅槃宗의 異名	불교사
4호	金包光	김영수	通度寺之戒壇에 就하야	불교사
6호	金暎遂	김영수	舌音漢字에 對하야	언어
7호	金暎遂	김영수	通度寺의 舍利와 袈裟	불교사
8호	포광 金暎遂	김영수	海印藏經板에 就하야	불교사
9호	金暎遂	김영수	揷門落臼란 무슨 말	선어
3호	因明學人	미상	因明問答	인명학
6호	石顚漢永	박한영	佛教와 文學	불교문학
7호	石顚漢永	박한영	佛教文學으로 青年諸君	불교문학
2호	白龍城	백용성	世界起始論	대각교
2호	江田俊雄	에다 토시오	法華佛教と淨土佛教との佛陀觀	일본불교
4호	江田俊雄	에다 토시오	朝鮮語譯佛典에 就하여(日文)	언해
6호	江田俊雄	에다 토시오	朝鮮に行はる法華經疏に就いて－戒環の法華經要解(일어)	법화경
7호	江田俊雄	에다 토시오	釋譜詳節と月印千江之曲と月印釋譜(日文)	언해
2호	權相老	권상로	宋學의 淵源	송학과 선학
6호	退耕相老	권상로	梅月堂에 對한 小考	불교사
7호	退耕	권상로	李朝時代 佛教諸歌曲과 名稱歌曲의 關係	불교음악, 불교문학
8호	權退耕	권상로	祇林寺의 光有聖人－特히 月印千江曲과 古本祇林寺事蹟에 對하야	언해
9호	權相老	권상로	阿度에 대한 小考	불교사
2호	河村道器	카와무라 도키	王師無學及び釋王寺의 創建에 就て(日文)	불교사
3호	河村道器	상동	眞表律師와 長安寺의 開創	불교사
3호	金泰洽	김태흡	플라톤의 이데아와 佛教의 涅槃思想	비교불교학
5호	暎潭生	김경주	[특별논문]教育의 根本問題	교육

호수	필명	대표명	제목	비고
6호	金敬注	김경주	人間의 最高目標	인간론
7호	金敬注	김경주	佛教興起以前印度思潮一瞥	불교사
8호	金敬注	김경주	聖典大觀	경전
10호	金敬注	김경주	普觀佛心論	불심론
9호	趙明基	조명기	義湘의 傳記와 著書	불교사
10호	趙明基	조명기	太賢法師의 著書와 思想	불교사
3호	韓永圭	한영규	大乘이란 무엇인가	대승론
6호	朴允進	박윤진	佛像起源에 對한 私考	불상
3호	崔南善	최남선	三國文學略年表	문학사
8호	李丙燾	이병도	李朝太祖의 開國과 當時의 圖讖說	조선사
3호	金斗憲	김두헌	個體로서 본 人格의 本質	인격론
3호	朴東一	박동일	東西哲學 一瞥	철학
1호	이왕직아악대장 白禹鏞	백우용	洋樂과 朝鮮樂에 對한 所感	음악
2호	白允和 (又山生)	백윤화	法律哲學に就て(日文)	법철학
8호	柳應浩	유응호	數詞構造의 諸形式	언어학
3호	咸逸敦	함일돈	言語의 生命論	언어학
2호	忽滑谷快天	누카리야 카이텐	腦髓의 構造와 人格	해부학 번역(日)

김영수는 개교할 당시 교수로 부임하여 화엄경, 기신론, 금강경, 인명학, 구사학을 강의한 인물인데 조선불교사 분야에서 획기적인 논문을 발표하였다.[25]

「조선불교와 소의경전」1호은 중앙불전의 불교학과 교수라는 사명감에서 장래 교과목을 제정할 때 어떤 과목을 선정해야 하는가 하는 실제적인 필요성에서 발표한 짧지만 중요한 학설을 담았다. 본론에서는 조선불교에서 역

---

25 『조선불교사』(중앙불전 간행, 1939)는 권상로의 『朝鮮佛敎略史』(1917), 이능화의 『朝鮮佛敎通史』(1918) 등을 이은 초기의 한국 불교통사로서, 삼국시대, 고려시대, 이조시대의 총 3편으로 구성되었다. 이 책에서 주장된 삼국시대~통일신라시대의 불교종파인 五敎九山說은 아직도 유효한 의의를 가지고 있다(『한민족문화대백과사전』 참조).

사적으로 어떤 소의경전을 정해 왔는가 하는 역사적 과정을 고찰하였다.

「조선불교의 전등과 교리」2호는 한국불교사에서 가장 큰 논쟁거리 중의 하나인 종조宗祖 논쟁을 다루었다. 조선불교는 종명宗名이 무엇인가 하는 질문에 선종이다 교종이다 일정한 주장이 없고, 법맥에 대해 여러 의견이 있어서 포교 전도상 일정한 주장을 선전하기 어렵다는 것을 문제로 제기하고 본문에서 법맥 상속과 교리의 역사적 전개과정을 고찰하였다.

「시흥은 열반종의 이명」3호은 조선불교의 한 종파의 명칭으로서 여말선초에 기록상 이름이 남아 있으나 정체가 드러나지 않은 시흥종에 대한 논문이다. 시흥이란 한 종파의 정체를 바로잡지 못한다면 조선불교의 강령이 되는 오교양종이란 것을 알 수 없다는 것을 논의의 필요성으로 제기하였다.

이들 논문은 김영수의 대표 논저『조선불교사고朝鮮佛敎史藁』1939에 일부 편입되어 한국불교사론의 근간이 되었다. 이 책의 「제종諸宗의 울흥蔚興」삼국시대 편, 「태고太古의 전등傳燈」고려시대 편, 그리고「불조원류佛祖源流와 전등傳燈」, 「강경講經에 전업專業」장조선시대 편의 서술은 상기한 논문과 밀접한 연관이 있다.

김영수의 글로는 이외에도 「통도사지계단에 취就하야」4호, 「통도사의 사리와 가사」7호가 있다. 통도사 금강계단, 해인사 팔만대장경판에 대한 문헌실증 연구의 수준을 보여주는 논문들이다. 「설음한자에 대하야」6호와 「추문낙구란 무슨 말」9호은 불교 한자어'菩提', '推門落臼'의 속음에 대한 음성학적 고찰로서 치밀한 어휘 분석의 논증이 돋보이는 글이다.

에다 토시오江田俊雄는 중앙불전의 개교부터 재직한 교수로서 강의는 인도철학사, 일본불교사, 불교서지학, 불교미술 등을 담당하였다.

「법화불교와 정토불교의 불타관法華佛敎と淨土佛敎との佛陀觀」 2호은 일본불교가 13종 58파로 분화되어 있음을 소개하고 그들은 다시 천태종 계통의 불교 법화불교가 하나, 진언종 계통의 불교비밀불교, 정토종 계통의 불교정토불교, 선종 계통의 불교선불교의 세 줄기로 포괄될 수 있음을 소개하였다.

「조선어역朝鮮語譯 불전佛典에 취就하여」 4호는 흔히 불경언해라고 하는 조선어 번역 불전의 존재 양상에 대해 상세하게 고찰한 논문이다. 훈민정음의 창제, 불경번역의 의의를 간단히 약술하고, 조선어 번역 경전을 한문을 언문의 토를 붙여 해석한 것현토, 조선어로 번역한 것, 音譯 등 세 종류가 있다고 밝혔다. 본문은 자신이 2, 3년간 조사한 수십 종의 번역 문헌에 대해 서지와 문헌 특징을 소개하며 장차 '조선어역 불전 일람'을 완성하고자 한다고 하였다.

「朝鮮に行はる 法華經疏に就いて－戒環の法華經要解」 6호는 조선 불교에서 개간한 불서 판종 중에서 가장 많은 판종을 가진 『법화경』의 유통 배경에 대해 고찰한 논문이다.

「釋譜詳節と月印千江之曲と月印釋譜」 7호는 제목과 같이 석보상절, 월인천강지곡, 월인석보의 관계를 고찰한 논문이다. 간행의 경과, 문헌의 외형적 형태, 내용적 고찰에 이어 문화사적 의의를 제시하였다. 문화사적 의의는 다시 불교사적 관점, 문학사적 관점, 어학사적 관점, 서지학적 관점 등 네 가지로 나누어 제시하였다. 본고의 기초起草에 권상로의 교시를 받은 것으로 소개하였다.

박한영은 6, 7호에 불교와 문학 관련 논의를 전개하였다.

「불교佛敎와 문학文學」 6호은 불교와 문학의 관계를 논한 글인데, '대저 문학을 떠나서 불교를 구한다 하면 마치 花木을 떠나서 春光을 찾는 것과 같다'는 표현, '불교 교리는 문학 외에서 찾을 수 없다'는 표현이 전체의 요지이다. 분량 관계상 중국의 사례를 중심으로 우수한 불교와 문학의 관계를 예를 소개하는데 그쳤지만, 논의의 범위는 호방하며 각각의 작품들이 몇 구절의 간명한 표현으로 그 탁월성을 드러내고 있어 전통시대 비평가의 글쓰기 양상을 띠고 있다.[26]

「불교문학佛敎文學으로 청년제군靑年諸君」7호은 전호에 이은 불교문학 관련 기고인데, 당시 한문을 멀리하려 하고 불리佛理가 구조화된 문학을 어려워하는 청년 제군을 독자로 상정하여 '불교문학이 보통문학에 不妨할 뿐 아니라 불교문학성이 深麗高嚴함으로 悟道文學을 必成하리라'라는 요지를 담은 글이다. 논자는 논의 과정에서 문학에 대한 관점을 제기하고 있는데 특히 '寓理', '達理' '佛理'를 강조하고 있다.

권상로는 불교사, 문학사, 음악사 분야에서 의미 있는 성과를 도출해 내었다.

「송학宋學의 연원淵源」2호은 송학에 끼친 선학의 영향을 고찰한 글이다. 주돈이의 경우 불인요원佛印了元 선사와의 교류가 있음을 밝히고 〈태극도설〉은 자신이 연구해 낸 창작물이 아니라 여러 선사의 영향이 있었음을 여러 자료를 논거로 활용하여 밝혔고, 최종적으로 송학의 골자는 불교에서 받은 것이라는 결론을 도출하였다.

---

26 박한영은 이 글에서 육조시대 구마라집의 번역, 당송원명에 이르기까지 즉 '수호전과 서상기, 서유기 등 3대 기서 모두 주요점이 불교문학의 대 전개'임을 주장하였다. 경전의 번역, 각종 논소의 창작, 시, 소설, 희곡에 이르기까지 동양의 불교 관련 저술을 모두 불교문학으로 환치시켜 놓았다. 박람강기형 지식인의 일면을 보여주면서 각 시대 대표적 저술가의 성격과 의의를 간명하게 표현하고 있는 독특한 글이다. 이는 중앙불전의 학문적 지향을 제시하고 불교포교의 나아갈 바를 학술적으로 명징하게 논증해 나간 것이다. 다만 논자가 말하는 문학의 개념과 범주가 현재와 다르다. 전통시대의 관점에서 기술된 글이다.

「매월당梅月堂에 대對한 소고小考」6호에서는 '조선시대 유일한 거사'로 평가받는 김시습의 인물과 불교에 대한 조예를 거론한 글이다. 김시습의 「잡저」에 수록한 무사無思 편제1, 인애仁愛 편제10 등은 불교를 논변한 것으로 상찬하였으나, 그의 잡저 중 부세扶世 편제5과 이단변異端辨을 통해서는 그가 과연 불법을 알았다고 할 수 있을지 의문을 표명하며 결국 김시습은 행적만 불교이지 내면은 불교가 아니었다는 결론을 도출하였다.

「이조시대李朝時代 불교제가곡佛教諸歌曲과 명칭가곡名稱歌曲의 관계關係」7호는 조선 초기의 불교시가, 불교음악의 연원에 대한 독특한 시각을 보여주는 논문이다. 조선의 불교가요 중 세종, 세조대에 저작된 두 가지 찬불가가 있는데, 하나는 『사리영응기』에 있는 찬불가단편, 다른 하나는 『월인천강지곡』장편이라 하였다. 그 선후를 검토한 후 석보상절의 저작은 사리영응기보다 먼저이되 월인천강지곡은 사리영응기보다 나중에 창작된 것으로 파악하였다.

「기림사祇林寺의 광유성인光有聖人 – 특特히 월인천강곡月印千江曲과 고본기림사사적古本祇林寺事蹟에 대對하야」8호는 경주 기림사 사적에 2종의 이본이 있으며 그곳에 나오는 '광유성인'은 기실 월인천강지곡 220~250장에 걸쳐 있는 『안락국태자경』 이야기와 같다는 내용을 소개하며 『월인천강지곡』 해당 지문 전체를 인용하고 각주를 달아 이해를 도모한 글이다.

「아도阿度에 대한 소고小考」9호는 『삼국사기』, 『삼국유사』, 『해동고승전』, 『대둔사지』 등에 등장하는 아도가 한 사람이 아니라 세 사람이라는 주장을 치밀한 문헌 분석을 통해 제기한 논문이다.

카와무라 도키河村道器는 사찰 창건의 역사를 주로 다룬 논문을 발표하였다. 「왕사 무학과 석왕사의 창건에 대하여王師無學及び釋王寺の創建に就て」2호와 「진

표율사眞表律師와 장안사長安寺의 개창開創」3호은 각각 무학대사와 진표율사의 생애를 재구성하고 석왕사와 장안사의 개창 연도가 잘못 전해왔음을 여러 문헌적 근거를 제시하여 논증한 불교사 논문이다.

이병도의 논문 「이조태조李朝太祖의 개국開國과 당시當時의 도참설圖讖說」8호은 태조 개국의 유래를 약술하고 당시 유행하던 도참설에 대해 권근이 찬한 태조의 실제 비문과 『양촌집』, 그리고 『동국여지승람』에 실린 비문을 자료로 실체를 규명하였다.

중앙불전 강사 조명기[27]는 「의상義湘의 전기傳記와 저서著書」9호, 「태현법사太賢法師의 저서著書와 사상思想」10호을 발표하였다. 전자는 백화도량발원문을 연구대상으로 삼은 것인데, 의상 교학의 특징을 법계도, 본존관本尊觀, 전법 방식으로 나누어 살펴보았다. 후자는 태현을 논한 것으로 '태현의 사상은 유식 교학이 중심이 됨은 물론이나 당시 대 유행인 화엄교학의 영향과 원효의 화쟁사상을 계승한 고로 조화적 태도를 취하고 있으며, 그의 유식 석의釋義는 자은慈恩과 원측圓測의 양파 이설에 대하여 장점만 종합한 집대성한 것'으로 평가하였다.

중앙불전에서 음악을 강의하던 이왕직아악부의 백우용은 「양악洋樂과 조선악朝鮮樂에 대對한 소감所感」1호을 발표하였다. 서양악은 표제악이며 순수, 절대음악인 반면 조선악은 문학적 내용이 중심이며 의례의 부속물로 존재해 왔음을 말하며 양자의 거리를 부각시켰다. 그러나 음계, 음의 진동수, 작곡법을 고찰한 결과 조선악은 서양의 고조古調와 유사하다는 점, 그리고 '보통 인사'가 조선악을 들을 때는 염증이 날 수도 있으나 음악 전문

---

27 조명기는 중앙불전 1회 졸업생으로서 중앙불전 도서관에 잠시 근무하다가 일본으로 유학을 떠나 동양대학에서 「元曉宗師의 十門和諍論 硏究」로 문학사를 취득하였다.

가가 들으면 극히 고상하고 고아古雅하다는 점을 강조하였다. 간단한 감상 문이나 조선악에 대한 이해의 깊이가 담겨 있는 글이다.

이외에 백용성은 「세계기시론世界起始論」2호을 발표하였다. 그는 강의를 담당하지는 않았는데, 대각교의 창시자로서 불교대각교적 세계관의 이론적 근거가 담겨있는 논설법문을 『일광』에 수록한 것은 이채로운 현상이다. 천지 세계와 아뢰아식의 괸계를 논하면서 세계는 하늘이나 귀신이 창조하는 것이 아니니 미신에 집착하지 말라 첨언하였다. 이는 당시 기독교의 논리를 의식한 불교적 세계관을 대중적으로 전달하고자 쓴 것으로 보인다.

한편 법문의 마지막에는 '송頌'을 붙이고 있는데, 4.4조의 가사체로 되어 앞의 논의를 요약 정리하는 중송重頌의 형태를 띠고 있다. "眞과 妄이 화합하여 第八識이 되엿스니 고요하야 허공되고 움직이여 세계된다"는 표현이 논의의 핵심을 전달하는 내용으로 파악된다. 이는 조선후기에 유행한 전통적 불교가사 형식인데 근대 종교 경쟁기에 불교의 세계관을 전달하는 포교문학으로 가사 양식을 차용한 문학사적 의의가 있다.[28]

3) 문예 창작의 성과들

전체 호수 중 목차상 문학지면이 표제로 등장하는 것은 2호의 '시가'란, 3호의 '시가', '소설'란, 5호의 '소설'이며, 6~8호는 별다른 표제 없이 시 작품을 수록하였다. 9호 10호는 문학면이 사라진 시기이다. 1~3호가 재학생 위주의 투고를 권장하면서 창작 의지를 적극 수용할 수 있었던 것과

---

28 이봉춘, 「불교지성의 연구활동과 근대불교학 정립」(『불교학보』 48집, 동국대 불교문화연구원, 2008)에는 이 시기 불교 지성의 계보와 계통에 대한 분석을 통해 학술사적 흐름에 대해 조망하였다.

비교해 4호 이후는 교우회의 성격이 졸업생 위주로 바뀌면서 작품의 수록에 양적, 질적 변화가 일어났다.

〈표 6〉『일광』 문학 작품 목록

호수	필명	대표명(졸업기수)	제목	비고
1호	都鎭鎬	도진호(직원)	「生의 幻想」	시
	朴奉石	박봉석(1회)	[가을三題]「表忠의 밤」「秋夜」「달아!」	시
	李秉穆	이병목(1회)	「海岸의 夕陽」	시
	朴暎熙 (一舟)	박영희(1회)	「죽엄의 사랑」	시
	化竹	미상	「녜 놀든 들」	시
	春波	미상	「江邊에서 X를 생각하며」	시
	黃性敏	황성민(1회)	「白鷗」	시조
	밧가는 중	미상	「紅流洞」	시조
	金龍鶴	김용학(1회)	「꿈」	시
	金鍾出	김종출(1회)	「病床의 秋夜」	시
	韓英錫	한영석(1회)	「새벽달」	시
	鄭在基	정재기(1회)	「祝一光」	시
	東山人	주동원(1회입학)	「마음은 흘너서」「亡命」	시
	유문	강유문(1회)	「論介」(시조)	시조
2호	白龍城	백용성	世界起始論(附歌辭)	가사
	姜裕文	강유문(1회)	記夢見異次頓先生事	몽유록
	白鶴鳴	백학명	「禪園曲」	가사
	朴奉石 (嶺南生)	박봉석(1회)	「金붕어」	시
	안송	미상	「그대 마음」	시
	東山人	주동원(상동)	「病旅」	시
	化竹	미상	「당신을 이즈랴고」	시
	성도	미상	「가을 아츰」	시
	竹波	미상	「님의 影子」	시
	무명	미상	「그님만은 그대로」	시
2호	東山人	주동원(상동)	「誘惑은 아니다」	소설
	유문	강유문(1회)	「下山」	소설
3호		최남선	校歌	중앙불전

호수	필명	대표명(졸업기수)	제목	비고
				교가
3호		미상	「庚午銘」	시
3호	成樂緖	성낙서	「朴淵行」	시조
	雲水行者	미상	[孤雲寺六曲]「騰雲山」「雲水庵」「白蓮庵」「駕雲樓」「蓮池瀑」「金堂古塔」	시조
	朴奉石	박봉석(1회)	[旅中殘片]「細雨長堤」「異國의 心思」「歸路에서」	시조
	白雲生	미상	「漢陽년쎈쓰」	시
	鳥嶺人	미상	「젊은이의 맘」	4.4조 시
	金龍鶴	김용학(1회)	「주머니 노래」	동요
	宋廼淳	송내순(3회입학)	「生」	4.4조 시
3호	昏笛	미상	「그가 그러케 말하는 까닭은?」	소설
	쏘-ㄹ 스와지 作/野曙 역	야서 역	「花商과 그 男便」	번역소설
	유문	강유문(1회)	「三日」	소설
4호		최남선	「校歌」(재수록)	교가(창가)
5호	金華山人	미상	「못난이의 豫言」	소설
6호	崔南善	최남선	「文殊山城」(3수)	시조
	준모	정준모	[古試再吟]「綠鄕丹心」「袂別」「春圃斷腸」	시
7호	崔南善	최남선	「三郞城」	시조
	柳錫奎	유석규(9회)	「自蠹島向修道山奉恩寺」「閏之暮春牛耳洞園遊會一日」	한시
	金達鎭	김달진(9회)	「嗚咽」	시
8호	金達鎭	김달진(9회)	[春宵二題]「寢室」「」「뜰」	시
	柳錫奎	유석규(9회)	「遊楊花渡」	한시
	李鳳浩	이봉호(10회)	「現實」	시
	虛夢	미상	「春怨」	시
	金魚水	김어수(9회)	「弔詞」	시조

1호에 실린 14편의 작품 중 '현 직원'은 도진호화엄사 한 명이며, 실명이 확인되는 투고자는 모두 1학년 신입생이다. 박봉석, 이병목, 박영희, 황성민, 김용학, 김종출, 한영석, 정재기, 주동원, 강유문이 해당한다. 필명으

로 소개한 '화죽', '춘파', '밧가는 중'은 미상이다. 2호에는 강유문, 박봉석, 주동원이 시를, 주동원, 강유문이 소설을 투고하였다. 강유문과 주동원은 시와 소설을 동시에 투고하였다. 2호의 '안송', '화죽', '성도', '죽파'와 무명은 미상이다. 3호의 경우 성낙서는 중앙불전에서 영어과목을 담당한 교수이며, 운수행자는 미상이다. 그 외에 시를 투고한 박봉석 김용학, 소설을 투고한 강유문은 3학년이며, 송내순은 당시 1학년 신입생3회 입학이다. 주동원과 송내순의 경우 입학년도는 확인되나 졸업년도는 확인되지 않는다. 시를 쓴 '백운생' '조령인', 소설을 쓴 '혼적', 번역소설을 투고한 '야서'는 미상이다.

이상을 보면 1~3호는 중앙불전의 1회 입학생으로 후에 1회 졸업생이 된 학생들의 문학적 감수성을 담아내는 비교적 자유로운 공간이었음을 알 수 있다. 이와 비교해 학생회와 분리된 교우회가 간행한 4호부터는 학생들의 작품보다는 재직 교직원의 글이 위주가 되었다.

3호에 편집부장으로 잡지 간행의 책임을 맡았던 최남선은 중앙불전 강사로서 교가를 작사하여 3호, 4호에 게재하였다. 6호와 7호에는 시조「문수산성」과 「삼랑성」을 실었다. 「문수산성」은 제물포가 마주 바라보이는 강화도의 문수산을 직접 답사하면서 그곳에 전하는 전설을 소재로 삼아 산성의 풍경을 읊은 3수의 시조이다. 「삼랑성」은 단군의 세 아들이 쌓았다는 전설이 전하는 강화도 정족산성을 소재로 한 3수의 시조이다. 두 작품 모두 전설과 역사, 과거와 현재, 고아한 표현과 운치 있는 묘사가 어우러지는 수작이다.

정준모의 '古試再吟'은「녹향단심綠鄕丹心」, 「몌별袂別」, 「춘포단장春圃斷腸」을 묶은 시 연작이다. 중앙불전에서 영어를 담당하여 4호부터 10호까지 현직원 명단에 수록되어 있다. 「춘포단장」은 봄날 밭에서 나물을 캐는 아낙네의 모습을 소재로 한 시인데, 얼굴이 '검노란' '조선 아낙네'의 얼굴과 집에서 울부짖는 어린 아이들을 등장시켜 제목처럼 가난에서 우러나는 애끓는 아픔을 노래하였다.

7호에 게재한 학생은 당시 1936년 입학한 1학년 유석규9회, 김달진9회이며, 8호에 게재한 학생은 유석규10회, 김달진9회, 이봉호10회, 김어수9회 등이다.

이들은 이미 재학생 시절부터 두각을 나타내었는데, 유석규는 한시 창작으로, 김달진과 김어수는 시조 창작에 특기를 보여주었다. 유석규의 「자독도향수도산봉은사自纛島向修道山奉恩寺」는 뚝섬에서 배를 타고 봉은사로 가는 강의 풍경과 수도 정람인 봉은사에 향이 가득한 광경을 읊은 7언 절구, 「윤지모춘우이동원유회일일閏之暮春牛耳洞園遊會一日」은 우이동에 원유회를 떠난 하루의 풍경을 담아낸 7언 율시이다. 학생의 한시 작품으로 시의 격조가 기성 한시에 뒤떨어지지 않았다.

김달진은 이미 1929년에 시 「잡영수곡雜泳數曲」을 『문예공론』에 발표하여 문단에 나온 시인으로 중앙불전을 졸업한 해 첫 시집 『청시靑柿』1940를 간행한 인물이다. 7호의 「오열」은 지향없는 청춘의 내면을 묘사한 시로 약간의 감상적 어조가 있으나 "오뇌는 판테온의 黃촛불 녹아나리는 그늘 아래 턱고인 半裸體의 女像의 숨은 가슴에 살찌고"라는 감각적인 심상이 돋보인다. 이는 8호 「침실」의 "하마 울안 벚꽃 봉아리 봉아리는 붉은 입술 입술 마다 水銀을 물었겠다"는 표현과 상통한다.

이봉호의 「현실」은 현실과 괴리된 젊은 청춘들의 낭만적 불안감을 담은 시로 30년대 시 세계의 다양성을 보여주는 작품이다.

김어수金魚水의 시조 「조사弔詞」는 5연의 연시조로 "시골 잇든 영식이 떠난 그 날에"라는 설명이 붙은 작품이다. 김어수 역시 『조선일보』에 「조시弔詩」를 발표[29]하며 등단한 시인으로, 이 작품은 네 살 어린아기의 죽음 앞에 무너지는 가족의 비애감이 상황의 비극성과 함께 독자들에게 큰 공감을 불러일으키는 수작이다.

소설은 주동원東山人의 「유혹은 아니다」 2호, 강유문의 「하산」 2호과 「삼일」 3호, 혼적의 「그가 그러케 말하는 까닭은?」 3호이 있고, 번역소설로 싀-ㄹ스와지 작·야서 역, 「화상과 그 남편」 3호이 있다. 모두 재학생의 작품으로 생각되며 주동원과 강유문은 시와 소설을 동시에 창작하는 의욕을 보여주고 있다. 5호에는 금화산인미상이라는 필명으로 「못난이의 예언」이 수록되어 있다.

「유혹은 아니다」는 여 주인공 K와 남 주인공 C 사이에서 벌어지는 유혹과 믿음의 경계에 관한 이야기다. 남녀 사이의 애욕과 진심의 진위에 대해 질문을 던지는 소설인데 이야기가 평면적이고 독자에게 묻는 질문도 별다른 필연성 없는 단순한 질문이어서 큰 설득력을 얻지는 못한 소설이 되었다.

강유문의 「하산」은 25세라는 젊은 나이에 가야산 해인사에 조실로 초청받은 고문봉에게 경전을 배우러 다니던 백련암 남별당의 비구니 김해주가 청춘남녀의 연분을 맺게 되고 희랑대의 바위에서 사랑의 맹서를 한 후 야반도주한다는 이야기다. 당시 강원에서 벌어지는 노장들의 대화라든가

---

29 김어수의 시집에는 그가 1938년 조선일보에 「弔詞」를 발표하여 등단한 것으로 소개되어 있다. 이는 『일광』 8호(1937.11)의 「弔詞」와 같은 작품이다. 시집마다 그가 등단한 시기가 1932년, 1933년, 1938년도로 달리 나오는데 확인할 필요가 있다. 『일광』에 수록한 작품이 추천되어 조선일보에 등단했을 가능성도 없지 않다.

신교육을 받은 젊은 학승에 대한 대중의 반응이라든가 하는 점이 당시의 상황을 생생하게 전달하고 있으나 사찰이라는 공간에서 조실과 젊은 비구니 사이에 벌어진 청춘 남녀의 사랑 이야기라는 일견 부조화한 이야기가 불교교육기관인 중앙불전의 잡지에 표면적으로 아무런 제약 없이 수록되어 있다는 점이 이채롭다.

강유문의 「삼일」은 사찰 공간에서 벌어지는 애욕의 양상을 관찰자 기법으로 서술해 나간 단편소설이다. 주인공은 20세 청년 김선생성순인데 경성대 문과 1학년으로 안동 연미사의 승려이다. 이 작품 역시 작가 또래의 젊은 승려를 주인공으로 하여 현실에서 발생할 수 있는 애욕심의 발동과 내적 고민을 담아낸 작품이다.

혼적의 「그가 그러케 말하는 까닭은?」은 서울에 유학온 젊은 학생들 사이에 전개된 오해와 진실의 경계에 관한 질문을 던지는 콩트이다.

『일광』에는 시, 소설 외에 근대불교가사 두 편이 수록된 것이 특색이다. 2호에는 당시 불교계의 큰 인물인 백용성, 백학명의 가사 두 편이 수록되었다. 백용성은 근대불교혁신운동의 일환으로 대각교를 개창했으며, 백학명은 내장산에서 반선반농운동을 전개한 선승이다. 「세계기시가」와 「선원곡」은 용성과 학명 두 대덕의 시대에 부응하는 불교를 모색해 나가는 지향을 담아낸 대표적인 근대의 불교가사로서, 『일광』에 두 작품이 수록되었다는 것은 『일광』이 단순한 젊은 승려 학생의 폐쇄적 공간이 아니라 불교계의 혁신을 이끌어 나갈 미래의 주역으로 불교계에서 인식되고 있었음을 드러내는 것이다.

이외에 강유문의 「기몽견이차돈선생사記夢見異次頓先生事」는 꿈속에서 이차돈을 만나 그의 순교 의식을 되새기고 현재의 불교계를 위해 다짐하는 내용의 한문 단편으로 일종의 몽유록에 해당한다. 강유문은 이처럼 시, 소설, 몽유록 등 다양한 장르에서 작가로서의 가능성을 보여주었다.

4. 종합 평가

『일광』은 중앙불전 교수들의 학술논문 발표의 장으로 활용되었다. 기본적으로 불교학 논문이 중심이 되었으나, 문학 연구와 창작에 대한 열의가 높아진 결과, 불교학과 문학으로 학과를 분과하자는 내부 논의도 있었던 것으로 파악된다. 이러한 분위기에서 6호는 불교문학 특집호로 구성하기도 하였다. 중앙불전 교장인 박한영이 이러한 분위기의 중심에서 불교문학의 논리를 개진하고 창작을 독려하였다. 결론적으로 중앙불전 교수진은 불교학 불교어문학 불교사 영역에서 국학 연구의 학풍을 만드는 역할을 담당했으며, 재학생들은 문학적 감수성을 배출하며 시인으로 성장하는 자유로운 문학활동의 장으로 『일광』을 활용하였다.

개교할 당시 교수로 부임한 이는 김영수1884~1967와 에다 토시오江田俊雄이다. 근대제도로서의 대학에서 학위를 취득한 두 사람은 중앙불전의 학술적 역량을 보여주기에 충분한 불교사 관련 논문을 호마다 발표하였다.

박한영은 6, 7호에 불교와 문학 관련 논의를 전개하였다. 그가 쓴 두 편의 글은 체계적인 근대의 논문 형식은 아니다. 박람강기의 지식과 깊이 있는 통찰력으로 쓴 논설로서 중앙불전의 학술과 문학 창작에 하나의 좌표를 제시하고 있는 글이기에 주목할 필요가 있다.

권상로의 논문은 불교사, 불교문학, 불교음악사 분야에서 구체적인 주제를 제시하는 가운데 명칭가곡 영향론, 아도 3인설 등 학술적으로 의미 있는 성과를 담아내었다.

이들 연구는 중앙불전의 학풍을 수립하는 데 토대를 마련한 의의가 있다.

창작 면에서 『일광』 1~3호에는 재학생 위주의 투고를 권장하면서 창작의 의지를 적극적으로 수용하였다. 박봉석, 박영희, 한영석, 강유문 등 1회 입학생들의 시 창작 활동이 두드러진다. 교우회의 성격이 졸업생 위주로 바뀌 4~8호에는 강사 최남선의 시조, 졸업생 김달진9회의 시 작품이 주목된다. 재학생들의 창작 의지는 학생회의 잡지인 『룸비니』를 통해 상보적으로 실현되었다.

제2장

『회광』

조선불교학인연맹의 기관지

1. 전개사

『회광回光』통권 2호, 1929.3~1932.3은 조선불교학인연맹의 기관지다.[1] 발행인은 이순호청담이며 발행소는 개운사에 두었다. 전통강원 교육을 받는 학인들의 교육현실 개혁 담론이 담겨있다.

1) 창간의 배경과 경과

1910년대 유학을 하고 1918년에 귀국을 시작한 불교유학생들은 일본에서 습득한 서구의 불교연구의 경향을 교계 잡지를 통해 소개하였다. 기존의 전통 강원에서 교학을 연찬하던 전통시대 지식인과 신진 유학생 출신의 불교학 연구방식에 대한 관점은 차이가 있을 수 밖에 없었고, 이들의 진

---

1   『회광』 1호는 연세대학교 학술정보원에, 2호는 국회도서관에 소장되어 있다.

입에 따라 전통 강원 교육에 대한 인식은 약해져 갔고 이를 우려한 목소리가 간간이 노출되다가 잡지를 통해 공론화가 된 것은 1920년대 후반이다.

권상로權는「개운사 불교전문강원 개원식 감상기」에서 이러한 시대풍조와 함께 전통 강경講經의 풍토가 쇠퇴해지는 것을 우려하였다.[2]

석왕사 경응 박승주의 글,「전문강원 복구에 就하야」[3]는 이러한 시대의 흐름을 잘 소개한 글이다. 그는 먼저 신학문의 풍조에 따라 도시로 유학을 보내고 근대교육을 지원했지만, 그 결과 겉멋에 물든 부박한 풍조가 만연하여 '실질에 있어서는 하등 취할 만한 성적을 발견하지 못'한 상황임을 적시하였다. 그리고 남북의 각 사찰에서 연이어 옛 강당을 재건한다는 소식에 대해 고무적인 감정을 표출하고 연구방식의 개량보다는 제도조직상 다소간의 개량을 인정하는 선에서 강원교육이 이루어져야 함을 주장하였다.

이러한 불교계의 움직임 속에서 1927년 10월 29일 '사계의 유지자들 다수'가 개운사에 모여 '현하 조선불교 사정을 토의한 결과' 조선불교학인대회의 발기를 결의하고 1928년 개최를 위한 발기인 모집 위원을 선정하고 취지서를 작성하였다. 발기인 모집 위원으로는 박용하이용하, 운허 용하, 이순호청담, 정찬종, 김형기, 박홍권, 배성원구암사 출신, 김태완, 정화진이다.[4]

1928년 3월, 조선불교중앙교무원평의원회가 열리는 기간을 이용하여 3월 14일부터 17일까지 조선불교학인대회를 각황사에서 개최하였고, 강령, 교리연구, 교육제도, 교육기관배치, 교과서, 학인 의제衣制, 예식, 학인

---

2   권상로,「개운사 불교전문강원 개원식 감상기」,『불교』29호(1926.11), 28~31면.

3   박승주,「전문강원 복구에 就하야」,『불교』32호(1927.2), 30~33면.

4   「조선불교학인대회 발기 취지서」,『불교』42호(1927.12.10) 앞면 광고. 조선불교학인대회 (1928.3.14~17)의 전개과정과 성격, 의의에 대해서는 김광식,「조선불교 학인대회 연구」 (『한국근대불교의 현실인식』, 민족사, 1998)에서 연구가 이루어졌다.

품행, 교화, 상설기관, 기관지 발행, 회록출판, 대회비용 및 기타사항을 결의하였다.[5] 아울러 상설기관인 연맹의 규약을 정하고 기관지로 『회광回光』을 연2회 발행하기로 하였다.[6]

당시 결성된 학인연맹은 기실 조선 각지 사찰의 강원 동창회가 연합하여 조직된 것으로 처음에는 금강산 유점사의 동국경원에서 실무를 집행하다가, 그해 가을에 본격적으로 연맹이 성립되자 사무집행을 개운사 강원 동우회에 위임하였다. 이때 참여한 조직은 개운사강원동우회, 건봉사봉명강우회, 동화사강원강우회, 유점사동국경원홍법동우회, 유점사 강원학우회, 통도사강원 신진회 5인단체, 해인사강원불지회, 백양사강원학우회 등 8개 단체였다.[7]

학인연맹의 기관지 『회광』은 1928년 3월 각황사에서 개최된 학인대회의 주요 안건이었다. 실제 연맹이 개운사에 기구를 두고 활동하던 1928년 가을 가장 먼저 진행한 사업으로 보아도 무리는 아니다. 그 결과 창간호는 1929년 1월 발행을 목표로 진행했던 것으로 보인다.[8] 그러나 실제 발행일은 1929년 3월 6일 자이다.

2) 조직과 운영 및 발행과 편집의 주체

학인이란 넓은 의미와 좁은 의미의 개념이 있다. 기본적으로 학인은 계

5　교리연구는 先敎後禪으로 하게하고, 교육제도는 초등과 3년 중등과 3년 고등과 4년으로 구성하며, 교육기관의 배치에 관해서는 고등강원 1개소를 경성에, 중등강원 6개소 이상을 지방에, 초등강원은 중등강원과 그 외의 사찰에 두기로 하였다.

6　「휘보」 '조선에 초유한 불교학인대회', 『불교』 46·47합호(1928.5), 106면.

7　「휘보」 '조선불교학인연맹성립', 『불교』 제55호(1929.1), 128면.

8　"학인연맹 기관지 回光 간행 – 전선강당학인단체로 조직한 조선불교학인연맹은 별항과 여하거니와 그 기관지로 회광을 간행하게 되야 금월부터 제1집을 발행한다더라." 「휘보」, 『불교』 55호(1929.1), 128면.

정혜戒定慧의 삼학 즉 계율, 참선, 강학을 각각 전수專修하는 조선의 승려를 말한다.[9]

1928년 봄3월 14~17일 서울에서 개최한 조선불교학인대회는 이들을 총 망라한 것으로 '조선불교의 신진학도의 조선불교에 대한 운동'이다. '조선불교의 신진학인으로서 조선불교를 자력으로 공고히 하고 발전시키고 施設하자는 자각적 정신하에 일치의 대동단결을 절규'하던 것이 당시의 발기 취지였다. 이 대회에서 이들은 상설기관의 필요성에 동감하고 학인 연맹의 설립을 만장일치로 결의하였다. 그리고 학인연맹의 일체 사무절차는 학인대회를 발기한 개운사 강원에 일임하기로 하였고, 약 10여개 월후 조선불교학인연맹이 결성되었다. 이 과정에서 광의의 학인은 실제로는 축소되어 '혜학, 즉 강원의 학인'에 국한하여 연맹이 완성되었다.

불교학인이라 하면 그 범위가 범박하야 無學位의 이전까지는 모다 학인이라 할 수 잇지마는 이에서는 조선의 관습상에 불러오든 즉 常定한 필수과를 배호기 위하야 笈을 지고 師를 차저서 講肆에 몸을 담고 경전에 마음 부치는 즉 螢窓 雪案에 끽고하는 일부 청년납자를 지칭하는 말이다.[10]

학인연맹을 주도한 인물은 박용하운허 용하, 개운사강원,[11] 이순호청담, 개운사강

---

9 김덕수, 「학인연맹의 회고, 비판, 전망」, 『회광』 2호(1932.3), 45면. 이하 학인대회의 정보는 이 글을 참조하였다.
10 필자명 없음, 「조선불교학인대회를 보고」, 『불교』 46·47합호(1928.5), 2면.
11 박용하(1982~1980)의 본명은 이학수. 호는 운허. 1921년 유점사 강원에서 불교초등과를 이수하고, 1924년 5~9월, 범어사 강원에서 진응 스님에게 사교과를 배웠다. 1928년 봄에 청담, 조종현과 함께 전국불교학인대회를 개최하고 학인연맹을 조직하였다. 1928년 2월~1929년 4월, 개운사 강원에서 석전 박한영에게 대교과를 배우고 만주로 가서 교육계에 종사하였다. 1936년에 광릉의 봉선사에 불교강원을 설립하여 강사로 취임한 이래 동학사

원,[12] 조종현개운사강원[13] 등이다.[14] 이들은 당시 개운사 강원에서 박한영에게 강의를 들었다는 공통점이 있다. 박용하는 1928년 2월~1929년 4월에 개운사 강원에서 대교과를 배웠고, 이순호는 박한영을 은사로 출가한 후 개운사 강원에서 이력과정을 이수했으며, 조종현은 선암사 출신으로 선암사의 대 강백인 경운 원기의 제자이며 동시에 박한영의 사제가 되는 인물이다. 『불교』지의 휘보란을 보면 그는 1926년 범어사 강원 중등과 졸업, 1928년 동화사 강원 졸업, 다시 1928년 개운사 강원을 수료한 것으로 나타난다.

이상 학인연맹을 주도한 세 명은 박한영을 강사로 모시고 개운사 강원에서 이력을 닦은 공통점이 있다. 이 시기 학인연맹의 정신적 지주는 당연히 박한영이 될 것이다.

조선불교학인연맹이 결성되고 연맹의 기관지인 『회광』이 1929년 3월 6일자로 창간되었다. 편집겸발행인은 이순호조선불교학인연맹 대표자, 발행소는 조선불교학인연맹고양군 숭인면 개운사이며, 비매품이다.

1929년 3월 제2차 학인대회와 학인연맹 제1차 총회를 개운사 강원에서 개최하였고, 총회에서 투표한 결과 연맹 사무기관은 다시 개운사 강원

해인사 강원의 강사를 역임하고 봉선사 주지를 지냈다. 1961년 국내 최초로 불교사전을 편찬하고, 1964년 동국역경원을 설립하여 한글대장경 완간에 기여하였다.

12 이순호(1902~1971)의 호는 청담. 1925년 진주농고를 졸업하고 26세 때 고성 옥천사에 주석하던 석전 박한영 선사를 은사로 출가, 득도하였다. 이후 석전이 개운사 강원을 열자 그곳에서 이력과정을 이수하였다. 조계종 초대 총무원장(1955)과 통합종단 조계종 제2대 종정을 지냈다.

13 조종현(1906~1989)의 호는 철운. 선암사 출신으로 범어사 강원(1926), 동화사 강원(1928), 개운사 강원(1928)을 차례로 수료하였다. 1930년 조선불교청년총동맹 중앙집행위원을 역임했고, 1932년 개운사에 설치한 중앙불교연구원에서 박한영을 강주로 모시고 唯識科를 졸업하였다. 선암사 경운 원기의 제자이며, 박한영과는 師兄 관계. 시조시인으로 많은 작품을 창작하였다.

14 김덕수, 앞의 글; 본서 앞의 각주 9번 참조.

에 두기로 하였다. 이어 연맹에서는 중앙불교연구원의 설치를 중앙교무원에 건의하였고, 그 결과 개운사에 이 기관이 설치되고 원장으로 중앙학림 교장을 지낸 박한영을 초빙하였다.

1930년 봄에는 개운사 강원에서 제2회 학인연맹총회를 개최하고 연구원 시설의 완성과 각 강원제도 개선의 촉진을 결의하였다. 이때까지 학인연맹의 시무기관은 개운사 강원同友會에 두었는데, 초기 주역인 박용하, 이순호, 조종현이 물러나고 배성원구암사 출신, 개운사 강원이 홀로 역할을 맡았으나 이후 별다른 준비와 활동이 없는 상황이 지속되었다. 이에 1931년 제3회 정기총회는 소집 개최하지 못하고 서면 총회로 대신하였는데, 투표 결과 사무기관 위치를 해인사 강원佛地會으로 이전하였다. 이로써 불지회 회원은 학인연맹 간부의 직을 담당하게 되었고, 이들이 주축이 되어 『회광』 2호1932.3.16를 발간하였다.[15] 창간호 발행 3년 만이다.

조선불교학인연맹의 중앙기관이 해인사 강원으로 이관된 시점부터 『회광』 2호가 간행되기까지의 경과는 다음과 같다.

- 1931년 4월 4일, 학인연맹의 중앙기관을 개운사 강원 동우회에서 해인사 강원 불지사로 이관하기로 결의. 9개 단체에 서면총회를 개최, 무기명 투표한 결과. 인계자-개운사 강원 학인연맹 위원 대표 표리정表裡晶, 인수자 해인사강원 불지회 대표 이상우, 김한수, 박대형.
- 1931년 11월 5일, 해인사 불청 강원 내에서 학인연맹 제17회 중앙위원회 개최. 안건 중 『회광』 속간여부에 관한 건.

---

15 편집 겸 발행인은 조선불교학인연맹 대표 김덕수, 인쇄소 신소년사인쇄부(경성부 수표정 42번지), 발행소는 조선불교학인연맹(해인사 내)이다.

- 1931년 12월 10일, 해인사 강원 연맹사무소에서 학인연맹 제18회 중앙위원회 개최. 토의사항 중 『회광』에 관한 건. "『회광』지를 출판하기 위하여 집금集金위원과 편집위원을 선정. 집금위원 - 이상우, 편집위원 - 김덕수에게 일임.
- 1932년 1월 9일. 편집위원 김덕수, 원고모집과 출판하러 상경.

1931년 4월 4일 개운사에서 해인사 강원 불지회로 중앙기관이 이전되었고, 그해 11월 중앙위원회에서 『회광』 속간 여부를 논한 후, 12월 10일 본격적으로 『회광』을 발간하기 위해 편집위원과 집금위원을 선정하였다. 편집위원은 김덕수, 집금위원은 이상우이다. 집금위원은 후원금을 조달하는 역할을 했고, 「우리의 소식란」에 「중요일지기사」를 작성하였다. 김덕수는 편집위원이자 발행인으로 서울에 상경하여 원고를 수합하였고, 인쇄까지 전 과정을 담당하였다. 김덕수는 2호의 사설 격인 「학인연맹의 회고·비판·전망」을 써서 수록한 것으로 보아 해인사 강원의 대표인물로 학인연맹의 발전에 크게 기여한 인물로 평가된다. 그러나 그 후의 이력은 자세히 밝혀지지 않았다.

2호가 간행된 1932년 이후에 불교학인연맹의 추이를 알려주는 특별한 기사는 확인되지 않는다. 학인연맹에서 주장하는 교육과정의 개선, 교재 내용의 개선 등은 젊은 학인들이 단시간 내에 가시적인 변화를 불러오기 어려운 현실적인 한계가 있었기 때문이다.

학인연맹의 대표 주자 중 하나인 조종현은 『회광』 2호가 간행되는 1932년 3월 발행된 『불교』지에 「강원교육과 제도개선」『불교』 93호, 1932.3을 투고했는데, 이는 개운사 강원 소재 중앙불교연구원 원장인 박한영의 영향을 받은 것으로, 학인연맹의 그동안의 개선 주장을 공론화한 것이다. 그러나 이 개선안은 바로 2개월 후 노악산인미상, 「강원교육과 제도개신을 읽고」『불교』 95호, 1932.5에서 개선안의 비 체계성, 기존 이력과정에 대한 분석의 오류 등을 통렬하게 지적받았다. 논자는 이 글에서 당시 세계특히 일본의 불교학 연구 성과에 기반하여 논리적 빈약함을 통박했는데, 이에 대한 반론은 다시 제기되시 못했다.

조종현 개인이 아니라 학인연맹에서도 『회광』 2호를 발간한 이후로 별다른 움직임을 보여주지 못하였다. 이력과정에 있는 젊은 학인들이 연맹을 통해 얻을 수 있는 성과는 그들 자신의 노력으로만 성취할 수 없는 성격의 것이기에 불교학인연맹은 더 이상의 유의미한 활동을 지속하지 못하였다.[16] 이에 따라 전국적 조직인 불교학인연맹의 기관지『회광』은 2호로 종간되었다. 학인의 잡지 간행 전통은 이후『탁마』보현사불교전문강원 간행, 1938.2 창간호, 『홍법우』봉선사 홍법강우회 간행, 1938.3 창간호 등으로 이어졌다.

2. 잡지의 지향

『회광』은 조선불교학인연맹의 기관지로서 1930년 전후 강원의 학인들이 가지는 시대적 소명의식을 표출하기 위해 마련한 공적 마당이다. 조선불교학인연맹은 강원제도 교육방식 교육내용의 혁신을 대외적으로 표명

---

16 이후의 소식은 다음에 소개하는 총회 소식 정도에 그친다. 조선불교학인연맹 정기총회 등 관련 기사가『불교』 95호(1932.5), 96호(1932.6), 97호(1932.7) 「교계소식」에 수록되어 있다.

하면서 시대의 흐름에 맞는 불교개혁의 선봉장이 되고자 하였다.

창간호의 사설 「연맹의 성립과 오제吾儕의 책임」은 무기명으로 작성되었으나 발행인인 이순호의 글로 짐작된다.

> 早春 학인대회의 결의에 의하여 이제 조선불교연맹이 성립되었다. 학인대회가 불교 東傳 이래 초유의 事인 것처럼, 학인연맹도 우리 동국에서 처음 보는 일이다. 처음 보는 일이라고 반드시 반가운 것은 아니겠지마는 大教弘闡의 큰 사명을 가지고, (…중략…) 연맹의 성립이 반가운 것은 성립되는 연맹이 반가운 것이 아니요, 그 연맹으로 인하여 실현될 사업, 取穫이 반가운 것이니, (…중략…) 시대는 讀經的 설법을 요구하지 않는다. 기계적인 講說을 환영하지 않는다. 맹목적인 신앙은 벌써 시기가 지났다. 智解 없는 口說이 무슨 効가 있으랴. 각오하라 학인아! 伊麼한 法師가 되지 말라. 이마한 講師를 作하지 말라. 이마하게 학습하지 말고, 이마하게 傳受하지 말라. (…중략…) 학인들아! 우리 자신부터 眞佛子, 시대가 요구하는 승려가 되자. 주위에 있는 노소 同伴들로 하여금 다 보살의 행로를 밟게 하자. 우리는 결코 無耻僧이 되지 말자. 염세적 逃世的 口腹的 승려가 되지 말자.[17]

여기에는 새로운 사조가 팽배한 시대에 대한 비판은 보이지 않는다. 그럼에도 1910년대 후반부터 이 땅 불교계에 편만한 근대불교학에 대한 경도와 기존 강원 교육에 대한 불인정이 전제되어 있다. 본 사설은 강원에 속한 학인으로서 '독경적 설법' '기계적인 강설' '맹목적인 신앙' 등 전통

---

17 「聯盟의 成立과 吾儕의 責任」, 『회광』 1호(『한국잡지백년』 1, 현암사, 2004, 412~413면 재인용).

강원제도의 부정적 유산을 탈피할 것을 주장하고 있다. 강원의 제도적 혁신을 통해 강원의 존재의의를 근대에 재확립하려는 의도를 표명한 것이다. 과거 10여 년 동안 근대불교학의 형성기에 가졌던 소외감과 위축을 극복하고 외적 변화에 치중한 새로운 풍조를 반면교사로 삼아 자기존재를 재확인하고 '불교 본연의 길'인 경전 탐구의 길로 매진하고자 하는 의욕이 담겨있다. 그것은 같은 시기에 새로이 결성되는 불교청년회와 같은 근대 불교의 개혁 세력으로 당당히 자리 잡고자 하는 강한 열망이 집단적으로 표출된 것이다.

잡지의 지향은 곧 학인연맹의 지향과 동의어가 된다. 2호의 발행인 김덕수의 글 「학인연맹의 회고·비판·전망」에서도 기존 교육방식에 대한 비판, 학인연맹의 강령과 규약 실천을 재천명하였다.

조선불교학인연맹은 어떻게 하여야 될까. (…중략…) 諸天이 與衣食이란 迷蔓的 어조로써 隨文隨釋이나 하며 尾狐的 奸巧의 態姿로써 施利口腹이나 하려는가? 이는 발서 시대가 지났다. (…중략…) 口腹的 肥己的 私謀奸策으로 인한 게송 長唄와 昇座說敎는 시대와 민중이 요구하지 않는다. (…중략…) 우리 학인으로서는 佛旗를 들고 행진할 길이 엄연히 따로 잇지 않는가? 조선불교를 조선불교답게 운전하고 천양할 새로운 이상과 포부를 가진 학인연맹! 즉 학인연맹의 강령과 그의 규약을 철저히 실행하고 관철하는 데서만이 장래의 조선불교를 운용할 有爲의 인물이 될 것이다. 우리의 사명과 의무를 다할 것이다. 우리는 다 분발하고 각성하자! 학인운동을 부흥하자!
   1. 今春에 학인연맹총회를 전 역량을 총 집중하여 개최할 것이다.
   2. 학인연맹에 대한 의무를 철저히 이행하고 모든 권리를 여실히 행사할 것이다.

3. 현 중앙불교연구원(지금 개운사에 있는)의 모든 시설을 完善히 하기 위하
   야 그 확장을 교무원에 요구하고 촉진할 것이다.

4. 在來의 강원(각 본산의) 제도의 개선책을 교육당국에 촉진하야 실현을 기
   할 것이다.

5. 未加盟인 각 강원 학인 단체로 하여곰 하로 바삐 本盟에 가맹케 하야 학인
   운동을 가일층 맹렬화하게 할 것이다.[18]

학인연맹의 강령과 그 규약은 짐작하기 어렵지 않다. 기존 각 본산의 강
원 제도를 개선하는 것이다. 이는 장차 강원을 이수한 학인들의 장래를 보
장하는 대책을 마련해야 한다는 주장으로 이어진다. 2호에 담겨있는 많은
다짐과 아쉬움과 전망의 글은 이를 다채롭게 풀어낸 것에 불과하다. 결국
『회광』의 지향점은 첫째, 강원 소속의 학인들이 자신들의 정체성을 재인
식하고, 둘째, 근대의 변화된 상황에서 그것을 확고히 하고자 기존제도와
내용을 혁신하는 노력을 집단의 힘으로 진행하며, 셋째, 미래의 진로를 확
고하게 마련하려는 공동의 과제를 논의하는 담론의 장을 만들고자 하는
것으로 정리할 수 있다.

3. 잡지의 편제와 항목별 분류

편제는 통일된 체제로 제시되지는 않았지만, 부수적인 부분을 제외하

---

18 김덕수, 「학인연맹의 회고, 비판, 전망」, 『회광』 2호(1932.3), 49~50면.

면 다음 몇 단락으로 묶일 수 있다.

　1호 : 권두언-사설-명사들의 제언(기획)-학인논설-감상문과 시
　2호 : 권두언-학술논설-명사들의 제언(기획)-연맹원의 절규(기획)
　　　-학인논설-「문예」란 「회광시단」

　권두언은 1호는 김경운석옹경운과 박한영석전산인의 글이 수록되었고, 2호
는 한용운의 글이 수록되었다. 기획란에는 1, 2호 모두 명사들의 글을 다
수 수록했는데 1호의 주제는 '조선불교학인에 대한 諸師의 기대'이다. 박
한영, 송만암, 한용운, 이능화, 권상로, 최남선, 도진호, 백성욱, 이광수의
글을 수록하였다. 2호는 '諸名士의 조선불교와 학인에 대한 기대'이다. 박
한영, 권상로, 노정일, 안재홍, 이광수, 유광렬, 차상찬, 박명환, 주요한,
이은상, 김일엽, 윤홍렬, 강헌의 글을 수록하였다. 당시 불교계나 국학계,
언론계에서 학문적으로나 사회적으로 존경받는 유명 인사들이 망라되었
다. 학인논설은 학술성보다는 시사, 즉 학인연맹의 현재와 미래를 걱정하
는 회원들의 주장을 담는 경향이 있다. 문학은 소설은 등장하지 않았고 짧
은 감상문과 시 위주로 투고하는 경향이 있다. 불교와 국학계 인사들의 격
려와 불교계의 발전을 위한 제언을 소개하였고 다양한 학인들이 주장을
표출하는 공적인 장으로 활용하였다. 동일한 기관이 아닌 전국 각지에 흩
어져 공부하는 학인들의 잡지다 보니 학인들의 논설과 작품은 산만하게
나열된 경향이 있다. 대부분 20세 초반이 주를 이루는 학인들의 수준이
어떤 영역에서 일가를 이루기에 한계가 있는 상황이다 보니 여러 논설이
등장하지만 비슷한 논조가 반복되는 경향이 있는 것은 어쩔 수 없는 한계

로 보인다.

1) 주요 논제–학인의 존재론과 강원의 개혁

논설은 크게 학인의 논설과 명사의 논설로 나누어진다. 학인의 논설은 강원의 현실을 비판하며 합리적 개선안을 마련하는 공적 담론와 개혁의 운동성을 추구하는 계도적 담론이 주를 이룬다. 명사의 논설은 당연히 잡지 편집부에서 부여받은 주제에 따라 투고한 격려와 제언의 글이다. 그 전모를 차례로 제시하면 다음 표와 같다.

〈표 1〉『회광』학인 논설 목록

호	필명	대표명(소속)[19]	제목	비고
1호			聯盟의 成立과 吾儕의 責任	사설
1호	李淳浩	청담(개운사)	講院制度의 改善에 及함－學人大會의 綱領을 論하야	
1호	転虛沙門	운허(유점사, 범어사, 개운사)	首楞嚴室에서	
1호	周東元	주동원(백양사)	眞實된 精進	『조선불교총보』 22호
1호	徐炳宰	서병재(해인사)	同志로서 同志에게－特히 學人諸位에게	
1호	金正泰	김정태(해인사)	先驅者의 熱叫	통도사사교과 『불교』62호
1호	石蒲	미상	佛菩薩의 本意와 現下朝鮮僧侶의 마음	
1호	花山人	미상	苦諦	
1호	湖亭	미상	信仰에 對하여	
1호	金鍾遠	김종원(동화사)	講院敎育制度에 對하야 一言을 付함	석왕사출신 『불교』53호
1호	韓永圭	한영규(건봉사)	大勢를 좇차 進步하자－朝鮮僧侶 동무에게	『불교』56호
2호	金德秀	김덕수(해인사)	學人聯盟의 回顧, 批判, 展望	
2호	金魚水	김어수(범어사, 중앙불전9회)	學人諸兄께 呼訴함	「盟員諸君의 熱叫」
2호	李강섭	이강섭(통도사)	時代의 思潮를 따라 움직이자	

호	필명	대표명(소속)[19]	제목	비고
2호	姜鎬龍	강호룡(범어사)	우리의 將來와 任務	
2호	金蘭園	김난원	우리 學人의 義務는 무엇인가	
2호	海雲	미상	學人의 使命	
2호	中央委員 李尚祐	이상우(해인사)	우리 學人의 使命은 偉大하다	
2호	金學順	김학순(통도사)	佛教青年들이여 時代를 覺醒하여라	
2호	石蒲	미상	佛化에 充實하자	
2호	金相烈	김상렬(범어사)	悲觀? 樂觀?	
2호	玄圓悟	현원오(해인사)	失望 속에서 精神을 차리자	
2호	公山學人	미상	某講院盟休와 나의 片感	

여러 학인들의 논설이 있지만 대표 논설은 학인연맹 대표자의 논설일 것이다. 1호의 사설 「연맹의 성립과 오제의 책임」, 편집겸 발행인 이순호의 「강원제도의 개선에 及함－학인대회의 강령을 논하야」, 운허사문의 「수릉엄실에서」는 학인연맹을 주도하고 기관지 간행을 주도한 이들의 첫 목소리로 잡지의 지향은 물론이고 학인연맹이 추구하는 제반 가치와 강원 개혁의 방안이 담겨있을 것은 물론이다.

2호에는 학인연맹이 개운사에서 해인사로 옮겨 간 후 발행되었다. 학인연맹의 중앙위원이자 편집겸 발행인인 김덕수해인사는 「학인연맹의 회고·비판·전망」에서 제반 경과와 목표를 재확인하고 실천방안을 제시하였다. 기획특집란인 「맹원제군盟員諸君의 열규熱叫」에 수록된 11편의 논설에서는 개혁의 목소리가 재천명되었다. 학인들의 자기 존재에 대한 재 규명이 이어졌고, 새로운 시대의 변화에 따른 강원 제도의 개선을 주장하였다.

---

19 소속 강원은 잡지 부록의 정보와 『불교』 등 다른 잡지의 정보를 활용하여 제시한다.

㉠ 우리는 학인이다. 학인라면 무엇이든지 배우는 처지에 잇는 사람일 것이다. 그러나 세속에서 과학을 전공하는 학인과는 다르다. 종교를 배우고 도덕을 숭상하고 止惡持善으로 主長하고 자비도생을 목적한 大主義를 가진 학인일 것이다. 那佛陀의 주의와 行履를 전혀 모방하려는 사람이며 불타의 정신을 영원히 弘闡하려는 사람이다.[20]

㉡ 과거에 있어서 우리 교계 인물도 학교를 하느니 유학을 가느니 중학을 햇느니 대학을 햇느니 떠드는 소리만 듯고 깁버하면서 이제는 또다시 우리 교계도 신안목이 열리여 實事業하려네 大望을 하고서 기다렷드니 그들은 너무나 과도적으로 사회의 인물로 변해버렷네. 겨우에 俗諦를 떠나서 眞諦를 맛보다가 도로혀 속제로 還去하엿네. 현대화 문구에 국집하여서 참다운 眞諦業을 등한시하려네 참으로 애석다. 가련하구나. (…중략…) 실지에 행동을 우리가 안이면 실천의 길까지 끈어지련다.[21]

㉢ 우리 학인의 지위와 사명이 이러틋 중차대함에 불구하고 우리 학인은 삼사백 년 전에 조직된 불합리한 교육제도 미테서 의연히 신음하며 다소의 결함을 발견하고 합리적의 새 제도를 요구하야 事半功倍의 불교연구의 방침을 취코저 하나 한 가지도 뜻대로 되지 안이함은 무슨 까닭입닛가? (…중략…) 보통교육과 전문교육의 학교 教授를 밧는 준재가 不少하나 우바이의 佛行과 가섭의 佛心과 아난의 佛語를 겸하야 계정혜 삼학을 圓修하는 정통적자 우리 학인을 제하고 업슬 것입니다.[22]

---

20 김난원, 「우리 학인의 의무는 무엇인가」, 『회광』 2호(1932.3), 57면.
21 현원오, 「실망 속에서 정신을 차리자」, 『회광』 2호(1932.3), 67~68면.

ⓔ 교육제도가 不合하다고 떠드러온 지가 벌서 幾個年이 지나여도 아직 완전한 신교육을 발견할 수 없고 또한 한자철폐이니 제한이니 하는 사회여론이 비등함에 우리의 교과서는 위기에 처하야 있습니다. 하로라도 빨리 譯述을 완비하야 우리 글노써 聖典을 만들어야 합니다. 엇지 붓끄럽지 않습닛가. 自體를 손실하고 가보를 쓰지 못하고 남의 글노써 교육을 받게되니 그 가운데 자연히 어그러지는 것은 밀힐 수 없고 상실된 것은 비할 때 없읍니다. 이것은 도저히 우리 학인이 안이면 번역할 수 없다고 합니다. (…중략…) 우선 학인의 급선무는 譯述을 先習하고 인격을 保重하여야 되리라고 나는 생각합니다.[23]

　　이상 인용한 글은 학인연맹의 중앙위원을 비롯하여 당시 대교과를 이수한 졸업생들의 주장을 담은 것이다. 인용문 ㉠은 학인의 개념을 '세속에서 과학을 전공하는 학인' 즉 '학생'과 다른 존재로 규정하였다. 이로부터 학인은 강원에서 전통 교육을 받는 이요, 학생은 근대적 교육 기관에서 신학문을 교육 받는 이를 가리키게 되었다. 이들 학인은 ㉡에서 말하듯 근대 교육을 받은 학생들이 경성에서 혹은 동경에서 배워 온 지식의 결과가 불교 자체의 길에서 멀어져버린 현상을 목도하였다. 강원의 공부보다 근대 교육기관에서 공부를 해야 사회 진출에 유리하고 대우받고 있는 현실 속에서, 학인들은 참된 불교 공부, '眞諦業'을 닦는 자신들의 존재론적 의의를 자각하게 되고 더 나아가 전통적인 강원 교육의 불합리한 면을 개선하고자 하는 열망을 연맹이라는 조직으로 집약하고 구체화하였다.

　　학인연맹의 중앙위원인 이상우와 김어수의 글은 좀 더 반성적이고 현실

22　이상우, 「우리 학인의 사명은 위대하다」, 『회광』 2호(1932.3), 60~61면.
23　김어수, 「학인 제형께 호소함」, 『회광』 2호(1932.3), 52~53면.

적이다. ㉢은 학인의 존재론적 의의를 재확인하면서 지난 3, 4년 동안 강원 제도에서 '합리적인 새 제도를 요구'해 온 학인 연맹의 성과가 쉽게 얻어지지 않고 있음을 말하였다. ㉣에서는 제도 개선안 중의 하나로 기존 한문 경전을 우리 글로 '譯述'해서 강원의 교재로 활용해야 함을 역설하였다.

<표 2> 『회광』 명사의 제언 목록

호	필명	대표명	제목	비고
1호	石翁擎雲 石顚山人	김경운 박한영	卷頭	권두언
1호	石顚沙門	박한영	遲遲回光	「朝鮮佛教學人에 對한 諸師의 期待」
1호	宋宗憲	송만암	寄學人諸君	
1호	韓龍雲	한용운	人格을 尊重하라	
1호	李能和	이능화	無光으로 回光에	
1호	權相老	권상로	나의 經歷으로 여러분을 忖度함	
1호	崔南善	최남선	朝鮮佛教의 顯揚	
1호	都鎮鎬	도진호	義學의 徒는 반다시 佛光三昧로 身心을 統行	
1호	白性郁	백성욱	學人聯盟의 期待	
1호	李光洙	이광수	物我無二	
2호	韓龍雲	한용운	卷頭言	권두언
2호	釋大隱	김태흡	佛教專門講院의 展望	논설
2호	石顚沙門	박한영	佛을 信할 것	「諸名士의 朝鮮佛教와 學人에 對한 期待」
2호	退耕 權相老	권상로	時代를 逆轉하라	
2호	頌翰 盧正一	노정일	學人 同志에게	
2호	安在鴻	안재홍	佛教의 學徒에게	
2호	李光洙	이광수	내가 感化 바든 三老師	
2호	柳光烈	유광렬	먼저 朝鮮學人이 되라	
2호	車相瓚	차상찬	壬申年과 朝鮮佛教	
2호	三千里社 朴明煥	박명환	現實社會에 立脚을	
2호	東光社 朱耀翰	주요한	回光을 通하야	
2호	李殷相	이은상	眞正한 學佛者－學人여러분께 一言	
2호	金一葉	김일엽	衆生의 눈에 비치는 스승이 됩시다	

호	필명	대표명	제목	비고
2호	伽倻浪人 尹洪烈	윤홍렬	一過客의 본 朝鮮佛敎界	
2호	海印沙門 江軒	미상	回光返照하라	

1호, 2호에 권두언을 쓴 이는 석옹 경운, 박한영, 한용운이다. 석옹 경운은 경운 원기1852~1936이며 선암사 강백이다. 19세기 선암사의 강맥은 함명－익운－경운으로 이어지는데 그 강맥은 이후로도 진진응, 박한영, 조종현 등으로 전승된다. 이는 가히 19세기와 20세기의 전통 강맥을 이어주는 연결고리로서 조선불교 교학 연구에 획을 그은 인물들이라 할 수 있다. 경운의 문하 중 대표인물은 제봉영찬, 영호정호박한영, 진응혜찬진진응, 월영처관이다. 1호의 주관자 중 하나인 박용하운한용운가 범어사 강원에서 진진응에게 사교과를 배우고 개운사 강원에서 박한영에게 대교과를 배운 사실을 상기할 때, 경운과 박한영의 글을 창간호의 권두언으로 수록한 것은 우연이 아니다. 학문적으로나 정신적인 좌표로서 경운과 박한영, 특히 박한영이 있고, 현실적인 맥락에서도 젊은 학승학인, 근대교육을 받는 국내, 해외 유학 대학생들의 좌장으로 우뚝 서 있음을 알 수 있다(이는 금강저, 일광, 룸비니 등의 잡지 연구를 통해서도 확인된다). 한용운은 박한영보다 후속세대이기는 하나 당시 강원의 학인들에게는 역시 불교가 나아가야 할 방향을 제시하는 좌장으로 충분한 자격을 가진 인물이다.

명사의 투고는 1호에는 '諸師의 기대', 2호에는 '諸名士의 기대'를 기획주제로 제시하였다. 1호에는 당대를 대표하는 강백과 교학자인 박한영, 송만암, 권상로의 글, 불교운동의 최전선에 있던 한용운의 글, 불교청년의 대표 주자인 도진호, 백성욱의 글, 불교사학의 개척자이자 거사불교운동을 주도한 이능화의 글, 박한영과 함께 국토를 기행하던 역사학자 최남선과 소설가 이광수의 글이 수록되었다. 2호에는 범위를 불교계 밖으로까지 확장하여 당시에 사회적으로 영향력이 큰 언론인, 잡지사 주간 등을 섭외하여 글을 받았다. 1호에 당시 불교계의 대표적인 석학이 포진했다면 2호에는 당시 문화계의 대표 인물들이 포진해 있다고 할 수 있다.

2호 권두언에 이어 첫 번째 실린 김태흡석대은[24]의 논설 「불교전문강원의 전망」은 강원과 학인이 처한 실상과 발전 방안을 제시한 글이다. 학인연맹 위원들의 선배 세대이면서 일본 유학을 다녀온 각황교당의 포교사로서 강원교육과 관련된 정세에 대한 객관적인 시각이 돋보인다.[25]

박한영석전은 그동안 유신이니 혁신이니 하면서 혼돈에 빠져버린 불교 청년들에게 근본적인 반성이 필요하다면서 '佛을 信할 것'을 당부하였다. 권상로는 해외유학생, 외과 졸업생, 구직에 힘쓰는 사판승보다 구시대의 면목과 규구規矩를 간직하고 있는 강당의 학인에게 기대를 건다는 의미에서 '시대를 역전하라'는 당부의 내용을 담았다.

불교 외 인사의 글은 외부에서 보는 당부의 메시지를 담았다. 노정일盧正一, 당시 중앙일보 사장은 우리는 모두 학인이지만 처한 현실이 다르다 하면서 그

---

24 김태흡은 1919년 중앙학림을 졸업한 후 1925년 일본대학 종교과를 졸업하고 이듬해 동 대학 종교연구과를 졸업하였다. 이어 1928년 일본대학 고등사범부 國漢科를 졸업하였다. 각황교당의 포교사, 중앙불전 강사, 『불교시보』 사장을 역임하였다. 1930년대 후반에는 『불교시보』의 지면을 중심으로 심전운동을 전개하며 친일의 행보를 걸어간 인물이다.

25 김태흡의 주장은 크게 세 가지다. 먼저 불교 전문교육기관을 세우되 재단법인이나 사단법인으로 세워 백년대계의 불교전문고등강원을 확정적으로 설치할 것을 주장하였다. 둘째는 강원의 교재에 관한 문제의 제기이다. 과거의 이력과정 교재와 다른, 초학자가 이해하기 쉬운 문장을 독본식으로 편집하여 활용할 것을 제언하였다. 셋째는 학인의 졸업 후 진로에 대해 논의하였다. 불경 전문 강사, 포교사, 주지의 길을 제언하였고, 강사나 포교사에 대한 대우를 현실화할 것을 주장하였다.

목적은 '원만한 행복을 누리자'는 것이라 하였다. 안재홍安在鴻, 1891~1965, 조선일보 사장은 '時俗의 淺見'을 따르지 말고 '진지한 학적 견지에서 불교와 불교도로 하여금 현대의 수난받는 조선의 역사적 과정과 합류함이 있는 학적, 이론적 근거를 세울 것'을 당부하였다. 유광렬柳光烈, 1889~1981, 조선일보 편집국장은 「먼저 조선학인이 되라」는 제목으로 '종교도 조선사회를 떠나서는 존립할 수 없으니 먼저 조선사회 구제의 조선학인이 되기를' 당부하였다. 차상찬車相瓚, 1887~1946, 『개벽』 주간은 임신년과 조선불교의 인연을 간단히 소개했다. 이외에 잡지 『삼천리』의 박명환朴明煥, ?~1970은 '현실사회에 입각한 불교'를 기대하며 '최근 융기되는 불교청년총동맹, 불교여자청년총동맹, 불교학인연맹' 등의 조직에 큰 기대를 표명하였다. 『동광』의 발행인인 주요한朱耀翰, 1900~1979은 『회광』을 '불교문학' 잡지로 파악하고 '조선문화와 조선의 前途'에 『회광』이 기여할 것을 당부하였다. 이은상李殷相, 1903~1982, 시조시인, 이화여전 교수은 '조선의 역사와 현대의 추세로 보아서는 지금의 불교운동이 또 있기 어려운 중대한 기회'임을 말하면서 '慈悲熱力의 대발동'을 당부하였다.

이들 외부 진용의 글은 당시 불교운동에 대한 사회의 시선을 반영하는 것이다. 전체적으로 학인의 운동에 기대를 표명하면서 현실에 입각한 불교, 조선의 발전에 기여하는 불교를 만들어 줄 것을 당부하는 논조가 주를 이루었다.

2) 학술란과 그 성과

학술논설로는 중앙불전 교장인 김영수와 강사 김경주의 글이 있고, 대각교를 창시한 백용성의 법문도 교학적 논설에 포함시킬 수 있다.

김영수는 1928년 중앙불전이 개교할 때부터 에다 토시오江田俊雄와 함께 교수로 부임한 불교사학자다.[26] 「조선불교朝鮮佛教와 화엄관華嚴觀」2호은 먼저 조선의 불교는 조계종인데 염송은 물론 화엄경을 필수과목으로 수학하는 이유가 무엇일까 반문하며, 물과 불의 관계인 교종과 선종의 소의경전이 우리 불가에선 일가一家의 소의경전이 된 역사적 과정을 고려 중엽 대각국사 의천과 보조국사 지눌의 사상 형성과정을 중심으로 소개하였다.

김경주[27]의 「불교佛教의 지나초전연대支那初傳年代와 사십이장경四十二章經 역작譯作에 대對한 일고찰一考察」2호은 불교가 중국에 처음 전해진 연대를 규명하고 중국에서 『42장경』이 최초로 번역된 사실에 대해 변증한 글이다.

백용성은 대각교 창시자로서 경전의 한글번역에 탁월한 성과를 낸 인물인데 『일광』 『회광』 등 젊은 학생, 학인의 잡지에도 전통적인 형식의 논설에 교학적 내용을 담아내었다. 「유심유물부이론唯心唯物不二論」2호은 '若人欲了知 三世一切佛 應觀法界性 一切唯心造'라는 『화엄경』의 사구게四句偈를 해설한 것이다.

---

26 김영수는 중앙불전 개교시 교수로 부임하여 화엄경, 기신론, 금강경, 인명학, 구사학을 강의하였고, 조선불교사 분야에서 획기적인 논문을 발표하였다. 1931년과 1932년에는 중앙불전의 제2대 교장으로 부임하였는데, 『회광』 2호의 논설은 바로 중앙불전의 교장으로서 학인들의 교육을 위해 발표한 것이다. 그의 『조선불교사』(중앙불전 간행, 1939)는 권상로의 『朝鮮佛敎略史』(1917), 이능화의 『朝鮮佛敎通史』(1918)를 이은 초기의 한국 불교통사로서, 삼국시대, 고려시대, 이조시대로 구성되었다. 이 책에서 주장된 삼국시대~통일신라시대의 불교종파인 五敎九山說은 아직도 유효한 의의를 가지고 있다(『한민족문화대백과사전』 참조).

27 김경주는 1918년에 범어사 강원을 제2회로 졸업하고, 일본 동양대학 동양윤리교육과에 입학하여 1923년에 졸업하였다. 1933년에는 중앙불전의 학감을 맡았고, 1938년에 중앙불전 제4대 교장이 되어 1940년까지 재임하였다. 『회광』에서는 범어사의 강원 출신이자 중앙불전의 강사로서 투고를 의뢰받은 것으로 보인다.

3) 「문예」란과 시단

2호의 「문예」란에는 일기를 포함한 수필이 수록되었고, 「회광시단」에는 시, 시조, 동요가 수록되었다.

〈표 3〉 『회광』 문학 작품 목록

호수	필명	대표명	제목	비고
1호	如是山房	조종현(개운사)	「行路難」(시조)	
1호	石帆	석범	「가을밤」(시조)	
1호	碧坡生	벽파생	외로운 넋은	
1호	韓椿	한춘	大陽의 臨終	
1호	형진	형진	「꾀꼬리」(속요)	
1호	張元圭28	장원규	가더이다	
1호	꼬실이		「念佛」(동요)	
1호	꼬실이		「단풍잎」(동요)	
1호	趙重連	조중연	가을	
1호	鶴岩	학암	夕陽에 돌아가는 가마귀	
1호	白南奎	백남규	回光의 創刊을 祝함 — 未來의 成功을 期待	
1호	星園	성원(개운사)	「時調三篇」(시조)	
2호	灘鄕	조탄향(개운사)29	[文藝日記](시조 포함)	「文藝欄」
2호	尹漢星	윤한성(해인사)	講院을 써나면서(수필)	
2호	慧信	혜신	님이 떠나실 때에(수필)	
2호	萬寶山	만보산	親愛한 벗에게(수필)	
2호	茂根生	무근생(파계사)30	「回光의 노래!!」(시)	
2호	吳相淳	오상순	「鄕愁」(시)(舊稿)	
2호	辛夕汀	신석정(개운사, 후에 혜화전문)	「山村에 와서」(시)	
2호	李世震	이세진(개운사)	「오라시네」(시조), 「誓願」(시조)	「回光詩壇」
2호	雲鄕 羅方右	나방우(나운향) (해인사) (중앙불전9회)	「나그네」(3연, 시조)	
2호	方人	방인	「님의 큰 뜻」(시)	
2호	赤裸學人	적라학인	「뉘 잇는고」(2연, 시조)	
2호	永煥	김영환(개운사)31	「올해를 보내면서 — 雲鄕君의게」(시)	

호수	필명	대표명	제목	비고
2호	眉山 徐成基	서성기(선암사)	「새벽鍾」(시)	
2호	류남수	류남수(해인사)	「새길을 차저가면서」(시)	
2호	金滿山	김만산	「첫여름!」(시)	
2호	車性晤	차성오(해인사)	「눈나리는 밤」(동요)	

투고자는 대부분 당시 여러 사찰의 강원 소속으로 있는 학인이다. 1호의
조종현개운사과 성원개운사, 2호의 조탄향개운사,[32] 윤한성해인사, 무근생파계사, 신
석정개운사, 나방우해인사, 김영환개운사, 서성기선암사, 류남수해인사, 차성오해인사
등이다. 혜신, 만보산, 오상순, 방인, 적라학인은 소속 미상이다. 이중 조종
현,[33] 윤한성,[34] 신석정, 나방우나운향,[35] 김영환,[36] 오상순, 석범,[37] 적라학

---

28 『불교』 43·45호에는 건봉사 강원의 '張元奎'가 등장하는데, 같은 인물일 가능성이 있다.
29 탄향은 아직 명확한 연구가 없는 인물이다. 『불교』지에는 80·84·87·89·100호(1931년
2월부터 1932년 10월까지 기간)에 시와 동요를 발표했는데 100호에는 조탄향으로 등장한
다. 탄향의 「문예일기」중 '石汀이 떠나는 밤'(『회광』 2호, 80~82면)에는 그와 신석정이 동
갑이며 '詩友중에 퍽 친한 벗'으로 강원에서 함께 기거하며 우정을 쌓은 것으로 소개하였고,
'星園 형'과 함께 막역한 교우를 나눈 것으로 소개하였다. 신석정이 이 시기에 개운사 강원에
서 박한영의 지도를 받았으니, 조탄향은 개운사 강원 출신임이 분명하다. 그런데 개운사 강
원을 수료한 이 중에 조씨 성을 가진 인물로 시인으로 자칭할 만한 이는 조종현이 있을 뿐이
다. 조종현은 『불교』지에 조종현, 조철운, 조대순 등의 필명으로 시를 발표하였는데, 탄향도
조종현의 호일 가능성이 있다. 다만 탄향 필명의 시와 조종현의 시 사이의 상관관계를 고찰
할 필요가 있고, 조종현은 1906년생, 신석정은 1907년생이라는 점에서 '동갑'이라는 표현
의 정확성 여부에 대해 고찰할 필요가 있다.
30 본명은 알 수 없다. 작품의 말미에 '2959 新春 把溪山房'이란 부기가 있어 파계사 강원 출신
으로 추정한다.
31 영환이라는 이름에는 박영환(범어사 강원 졸)도 있으나 여기서는 『불교』지의 「시단」에 나
운향과 같은 지면에 투고한 김영환(개운사)이 더 정확할 듯하다.
32 (조)탄향의 작품으로 「聖夢」(제80호), 동요 「엄마같소」(84·85합호), 「背信者」(87호), 「鶴
鳴禪師追慕」(89호), 「제단앞에서 - 수영씨의 일주기」(100호) 등이 있다.
33 조종현의 작품으로 「城北春懷」(제71호)부터 「비닭이」「동무의 말」(106호)에 이르기까지
30여 편이 있다.
34 윤한성의 작품으로 「故鄕가는 길」(97호), 「別後曲」(99호), 「歸依」(100호), 「飢民曲」(101·
102합호), 「三神山夜吟」(104호), 「人間살이」(105호), 「彼岸行」(106호) 등이 수록되었다.
35 나운향(羅雲鄕)은 나방우(羅方佑)의 이명, 필명이다. 나방우는 「동화사 강원 정기총회 명

인[38]은 기성 시인이거나 당시 『불교』지에 작품을 수록한 바 있는 시인들이다. 다만 신석정와 오상순은 기존에 발표한 작품을 재수록하였다.

이들의 소속은 개운사조종현, 성원, 조탄향, 신석정, 김영환, 해인사윤한성, 나방우, 류남수, 차성오, 파계사무근생, 선암사서성기 등이다. 역시 현재 1호와 2호에 각각 편집과 발행을 주관한 개운사와 해인사가 작은 표본이기는 하지만 의미 있는 분포를 보인다.

무근생의 시 「회광의 노래」는 잡지 발간에 따르는 축시이다.

학인으로서 정진을 다짐한 작품으로는 이세진 「서원」과 적라학인의 「뉘잇는고」가 있다. 「뉘잇는고」에는 "佛祖의 큽신 慧命" 이어갈 이는 "三學을 배우는 무리"인 우리 "학인"이라는 다짐이 담겨있다.

신석정 구고 「산촌에 와서」는 산촌 풍경을 그린 서정시이고, 나방우의 시조 「나그네」는 "애닯다 人生一生이 나그낸가 하노라"로 마무리한 평면적인 풍경화다.

오상순의 구고인 「향수」는 "당신의 낫 뵈옵고야/어두운 이밤도 빗나리라" "오! 당신의 本來面目 뵈여지이다"는 구는 가향, 본향이라 할 수 있는 귀의처를 노래하였다.

이세진의 단시조 「오라시네」는 "저나라 저나라로 부처는 오라시네"로 시작하여 신앙적인 복종의 자세를 노래한 작품이다.

단」(68호), 「통도사 불교강원 졸업식 명단」(108호)에 등장한다. 그의 작품으로 「夕陽古塔」(91호), 「老僧」(93호), 「흐르는 靑春」(98호), 「苗판에서」 「오오 잠이여! 안어주소」(100호), 「祝佛敎兒」(101·102합호), 「秋夜長」(103호), 「學海를 등지면서」(107호) 등이 있다. 그는 해인사 강원에 재학 중 『불교』지에 활발하게 투고하였고, 1936년에 김달진 김어수와 함께 중앙불전에 입학하여 1939년 제9회로 졸업하였다.

36 김영환의 작품으로 「挑花」(93호), 「念佛庵」(99호), 「換歲曲」(104호) 등이 있다.
37 석범의 작품으로 「庭有花」(62호)가 있다.
38 적라학인의 작품으로 동요 「부처님」(82호)가 있다.

방인의 「님의 큰 뜻」은 "비밀의 저 장막 속", "구천의 저 黑雲" 속에 담긴 뜻이 무엇인지 몰라도 그것이 "님의 큰 뜻이라면" 가슴에 담겠다는 신심의 시다.

서성기의 「새벽종」은 고사의 종소리를 "법계에 가득찬", "흑암에서 광명으로 건져주는" "신비로운" 소리로 그려내었다.

류남수의 「새길을 차저 가면서」는 "가시밧길 맨발노 듸뎌가라"는 엄중한 "그이"의 음성에 복종하며 가시에 찔려 넘어져도 앞으로 나아간다는 신심을 담은 시다.

4. 종합 평가

『회광』에 실린 학술논문은 비록 2호에 실린 세 편에 지나지 않으나 조선불교의 강맥을 이어나갈 강원의 학인들에게 조선불교의 정체성을 확립하는데 필요한 학술적 정보와 불교사적 지식을 제공하고 있다는 점에서 의의가 있다. 2호가 해인사 강원에서 주관하여 발행하였지만, 전국 강원연맹을 대표하여 나름대로는 최고의 강백과 학자의 글을 수록하고자 노력한 점이 돋보인다. 이는 강원연맹의 의지와 포부가 느껴지는 기획이라 할 수 있으나 2호로 종간되어 더 이상의 확장은 이루어지지 못하였다.

『회광』에 실린 시와 시조는 상대적으로 신심에서 우러난 종교성이 농후한 작품도 비교적 다수를 차지한다. 기존의 유학생회나 전문학교 학우회의 잡지보다도 『회광』에 투고한 강원의 학인들은 상대적으로 불교 경전의 연찬에 더 밀접한 관련을 맺고 있었고, 생활의 공간도 강원이었기 때문에 신심에서 우러난 다짐의 시가 많은 것은 자연스러운 귀결이라 할 수 있다.

결국『회광』의 문학지면은 근대 불교문학의 종교성을 상대적으로 확장한 의의가 있다고 할 수 있다.

제3장

『불청운동』

조선불교청년총동맹의 기관지

1. 전개사

『불청운동佛靑運動』통권 11호, 1931.8~1933.8은 조선불교청년총동맹에서 발행한 기관지로, 총동맹 운동의 핵심 선전 매체이다.[1] 현실 투쟁의 도구로 잡지가 활용되었기 때문에 진지한 학술 담론은 담겨 있지 않다. 『불청운동』은 불교개혁의 현장성이 반영되어 있으며, 문학에서도 현실 개혁의 도구로 문학의 기능을 바라보는 관점이 드러나 있다.

1) 창간의 배경

『불청운동』은 조선불교청년총동맹에서 발행한 기관지로, 1931년 8월

1　『불청운동』 1~4·5합호, 7·8합호, 9·10합호, 11호의 영인본을 동국대 불교학술원 불교기록문화유산아카이브에서 제공하고 있다. 김광식 자료제공 및 해제로 『불청운동』 자료집이 간행된 바 있다(조계종 불교사회연구소, 2019). 각 호의 발행일은 본서 448면 〈표 1〉 '『불청운동』 발행 정보' 참조.

창간되어 1933년 8월 제11호로 종간되었다.

『불청운동』은 1920년대에 불교계에서 배출한 학생과 학인들의 존재, 그리고 그들의 활동이 배경으로 자리 잡고 있다. 일본에 유학한 학생들이 결성한 동경유학생회에서는 1924년 5월 『금강저』를 창간하였고, 중앙불전교우회에서는 1928년 12월 기관지 『일광』을 창간하였다. 20년대 전국 여러 사찰에서 다시 개원한 강원에서도 젊은 학인 승려가 다수 배출되기 시작하였고, 이들은 1929년 3월 학인연맹의 기관지로 『회광』을 창간하였다.

조선불교청년총동맹이 결성되고 『불청운동』이 창간되는 과정에는 기본적으로 중앙학림 졸업생이 등장하고, 일본 유학생이 파견되기 시작한 1910년대 말부터 시작하여 중앙불전 졸업생, 유학생, 강원의 학인이 다수 배출되는 1920년대 후반까지의 전사前史가 배경으로 자리 잡고 있다.[2]

전문학교, 대학, 강원에서 배출된 신진 인재들이 맞이한 시대 분위기와 교육 환경, 방식은 전통 시기 승려들이 겪어보지 못한 신세계였고, 그만큼 그들의 열의와 사명감은 증폭되어 갔다. 이들은 스스로 집단화하여 '청년'이라 규정하고 새로운 시대 불교의 재정립과 혁신을 그들의 사명으로 삼아 담론을 꽃피웠고, 그 자취가 당시 잡지에 생생하게 담겨졌다.[3] 불교청년들의 잡지는 타 종교 기관 및 타 종교 유학생, 일반 잡지와 비교해서는 뒤늦게 등장했지만, 개혁의 열망은 그들에 못지않았다.

---

2 이들이 출현하기 직전에 발행된 1910년대의 잡지는 불교지식과 교양을 축적하며 현실을 깨치는 훌륭한 교재로 활용되었다. 그리고 한용운의 『조선불교유신론』(1913)은 이들의 현실 인식과 실천 운동에 선도적인 좌표로 제시되었고 운동의 동력으로 내재화되었다. 한용운은 불교청년운동의 첫 깃발을 세운 '선배'로서 1920년대 이후 청년운동의 좌장으로 자리 잡은 것은 청년들의 잡지에 나타나는 뚜렷한 사실이다.

3 1910년대 불교계의 변화와 불교청년의 등장에 대해서는 이경순, 「불교청년의 탄생 - 1910년대 불교청년의 성장과 담론의 형성」(『한국호국불교의 재조명』 6권, 조계종불교사회연구소, 2017)을 참고할 만하다.

한용운의 『조선불교유신론』1913을 현실 인식의 교과서로 습득한 이 땅의 불교청년들은 1920년 경 각 사찰에 불교청년회를 결성하기 시작하였고, 이러한 움직임은 교계 대표 기관지인 『불교』에 낱낱이 소개되었다.

3·1운동 이후 각성된 불교청년의 현실 대응의 목소리를 담아내는 전국적인 조직으로 조선불교청년회가 1920년 6월 각황사에서 출범하였다. 6월 15일 각 사찰에서 올라온 위원들과 경성의 불교청년 50명은 중앙학림 대강당에 모여 발기대회를 열었고, 6월 20일 백여 명이 각황사에 모여 총회를 개최하고 불교청년회를 창립하였다. 불교청년회는 전국사찰에 지회를 설립하였으며 1920년대에 38곳이 창립되었는데 1920년 6월부터 1922년까지 3년간 22곳이 창립되는 등 활기를 띠었다.[4] 조선불교회는 창립 이후 사찰령 철폐운동과 불교계 통일운동을 적극적으로 추진하였다. 그 결과 1922년 1월 청년회와 10개 본산이 주도하여 통일 기관으로 총무원을 세웠고, 이는 기존 다수 본산들의 재단법인 조선불교중앙교무원과 대립하였다. 양원은 갈등을 지속하다가 1924년에 상호 타협한 결과 교무원으로의 통합이 이루어졌다. 교무원은 이후 일제의 식민 정책에 타협하는 길을 갔기 때문에, 청년회의 활동은 소강상태로 접어들었다.

이후 청년운동은 조선불교청년대회1928.3를 개최하면서 강력한 불길로 재 점화되었다. 불교청년들은 1929년 1월 개최된 조선불교선교양종승려대회에 주도적으로 참여하여 불교계의 종헌 제정과 종회, 교무원을 성립시키는데 일익을 담당하였다. 그리고 1930년 7월 범태평양불교도대회에, 1928년 불교청년회를 다시 일으킨 주역이자 조선불교승려대회를 주도적

---

4 이상 불교청년회의 출범, 지회 설립은 김경집, 「일제하 조선불교청년회의 지회결성과 활동」(『불교학보』 88집, 동국대 불교문화연구원, 2019, 207~208면)의 요지를 인용하였다.

으로 이끈, 각황교당 포교사 도진호를 파견하였다. 그의 참여 활동과 대회 회의록은 당시 『불교』지에 상세하게 소개되었다.[5] 세계 불교청년운동의 실상과 전망을 소개한 도진호의 보고는 당시 불교청년회 구성원들에게 큰 반향을 일으켜, 기존의 조선불교청년회를 조선불교청년총동맹으로 전환시킨 표면적인 계기가 되었다. '분산적 불청회로부터 통일적 불청총동맹으로'의 슬로건 아래 재조직된 운동은 1931년 3월 22일의 조선불교청년대회를 거쳐 3월 23~24일의 조선불교청년총동맹 창립대회로 이어졌다. 창립대회에서는 총동맹의 「맹헌盟憲」이 발표되었고 이로써 불교청년 운동의 구심점은 조선불교청년회에서 조선불교청년총동맹으로 전환되었다. 각 지역의 불교청년회 명칭 또한 '○○寺 동맹'으로 개칭되었다.[6] 1931년 3월 출범한 조선불교청년총동맹은 출범시 『조선불교총동맹 맹헌』을 공표하였고, 별첨 자료에 기관지 발행에 대한 안건을 제시하였다. 그리고 그해 8월 창간호가 발행되었다.

2) 조직과 운영 및 발행과 편집의 주체

조선불교청년총동맹은 중앙 본부 조직으로 중앙집행위원회, 전체대회 대의원, 중앙검사위원회를 두어, 행정, 입법, 사법부의 체제를 갖추었다. 그리고 행정을 주관하는 중앙집행위원회는 서무부書記長, 이재부理財部, 會計長, 문교부, 체육부를 두어 실무를 주관하였다. 1931년 창립 대회 직후 선출된 제1기의 임원으로, 중앙집행위원장 김상호, 중앙검사위원장 도진호가

---

5 「汎太平洋會紀」, 『불교』 75~77·79호(1930.9~11, 1931.1).
6 이상 불교청년회의 출범에서 불교청년총동맹의 결성까지는 김광식, 「조선불교청년회의 사적 고찰」(『한국근대불교사연구』, 민족사, 1996, 192~254면)의 요지를 바탕으로 서술하였다.

선출되었고 서무부장에는 박영희뒤에 정상진으로 교체, 이재부장에 조학유, 문교부장에 김태흡, 체육부장에 강재호가 임명되었다.[7]

1931년 3월 24일 제1회 중앙집행위원회를 본 회관에서 개최하고 업무를 주관하는 중앙상무집행위원과 서기장, 회계장을 선출하였다. 중앙상무집행위원에는 최봉수, 박동일, 강재호, 박창두, 김해윤, 김광호, 김태흡, 정상진이 선출되었고, 서기장 박영희, 회계장 조학유가 포함되었다. 최고집행기관인 중앙집행위원회는 상무집행위원회를 조직하여 폐회 기간 동안 업무를 대행하도록 하였다. 중앙상무집행위원회는 위원장, 서기장, 회계장 및 상무집행위원으로 구성하여 매월 1회 이상 개회하기로 하였고, 상무집행위원은 본부 소재지에 거주하는 자를 선정하도록 하였다.[8]

중앙상무집행위원회는 4부장을 포함하여 총 10명으로 구성되었고, 창립대회 이후 1932년 3월 16일 '제1회 정기 전체대회'가 개최될 때까지 총 14회가 열렸다. 상무집행위원회에서 중앙 본부의 사무 일체를 매달 집행, 관리하고, 정기적으로 중앙집행위원회를 열어 사무 보고와 함께 주요 안건을 결의하는 구조였다.[9]

기관지인 『불청운동』은 그 성격과 발행 목적이 『조선불교청년총동맹맹헌』이하 「맹헌」[10]의 별지에 명시되어 있고 초기 1년간의 간행일지는 『조선불

---

7 이상 조선불교청년총동맹의 구도와 활동은 김성연, 「조선불교청년총동맹의 성립과 활동」(『사학연구』 132호, 한국사학회, 2018, 431~470면)의 요지를 인용하였다. 이후의 서술 또한 이 논문과 논문에서 소개한 자료(『조선불교청년총동맹 맹헌』, 『조선불교청년총동맹 제1회 정기전체대회록』)를 토대로 기술하였다.

8 「조선불교청년총동맹 맹헌」(조선불교청년총동맹 준비위원회 제출) 3장 기관, 2절 중앙집행위원회 항 참조.

9 김성연(2018), 448면 인용.

10 「맹헌」은 「集會取締狀況報告(通報)」(京鍾警高秘 第3528號)(『思想에 關한 情報(副本)』, 경성지방법원검사국, 1931.3.25)에 수록되어 있다(국사편찬위원회 한국사데이터베이스(db.history.go.kr), 『국내항일운동자료-경성지방법원 검사국문서』 수록).

교청년총동맹 제1회 정기전체대회록』이하「대회록」[11]에 기록되어 있다.

「맹헌」은 강령 3조와 규약 8장, 부칙으로 구성되었다. 여기에 첨부된 別紙에는 議案 6종이 수록되어 있는데, 그 내용이『불청운동』의 전개 양상과 밀접한 연관이 있다.

강령은 불타정신의 체험, 합리종정의 확립, 대중불교의 실현이다.[12] 규약 중 제3장 '기관' 제2절 '중앙집행위원회'의 조직 중 '문교부'는 '연구, 포교, 출판 及 ○○○○에 관한 사무를 掌理함'[13]으로 되어 있다.

기관지에 대한 구체적인 안건은 별지에 수록된「교양에 관한 의안」이다. 이 의안에는 의제로 '기관지 간행의 건', '정기강좌 及 연구회 개최의 건', '巡廻講班의 건'이 제시되어 있어, 기관지 간행이 총동맹 출범 당시 주요 의제 중의 하나로 대두되었음을 알 수 있다.

'기관지 간행의 건'[14]을 보면, 기관지를 발행하는 목적은 첫째, 총동맹의 주의·주장과 교리를 선전하고, 둘째, 교계와 사회문제를 비판하며, 셋째, 예술적 교양을 제고하며, 넷째 총동맹과 세포 동맹사찰·지역, 그리고 맹원들 간에 상호 연락을 제시하였다. 그리고 발간의 이유는 '총동맹 사업상

---

11 용흥사 소장본. 김성연(2018), 435면에 소장 정보가 담겨있다. 자료를 제공해 준 김성연 선생에게 감사의 뜻을 표한다.

12 이는 비밀 결사인 卍黨의 강령인 정교분립, 교정확립, 불교대중화와 동질적인 내용이다(김광식, 「조선불교청년총연맹과 만당」, 『한국근대불교사연구』, 민족사, 1996, 275면).

13 「맹헌」, 위의 자료, 14면.

14 一. 의제 其1 기관지 간행의 건
    一. 목적 1. 총동맹 주의 주장 及 교리 선전
    2. 교계 及 사회문제 비판
    3. 예술적 교양
    4. 총동맹, 세포동맹 及 맹원간 호상 연락 소식 전달
    一. 이유 총동맹 사업 운행상 不可缺의 기관인 까닭
    一. 방법 연 6회 이상으로 발행하되 경비는 맹비로서 충용하고 금액은 250円 이내로 함. 단 體裁 及 기타는 집행위원회에 일임함(「맹헌」, 25면).

불가결의 기관'인 것으로 제시하였다. 간행은 연 6회 이상, 즉 최소한 격월호로 간행하기로 했으며, 비용은 맹원들의 회비로 충당하고 연 250원 이내에 경비를 지출하도록 하였다. 체재와 기타 세부 사항은 집행위원회에 일임한다고 명시하였다.[15]

결국 『불청운동』은 조선불교청년총동맹이 출범하며 제시한 「맹헌」에 간행의 목적, 내용, 방식이 명시되었고, 발행의 제반 업무는 중앙집행위원회에 일임하였다. 매년 3월, 1년에 한 번 개최되는 총동맹 전체대회 기간 외에 상시 업무를 담당한 것은 중앙상무집행위원회이기 때문에 기관지의 간행 업무도 이곳에서 이루어졌다.

그 결과 1931년 8월부터 1932년 3월 16일 전체대회 개최 직전까지 중앙상무집행위원으로 선출된 인물들이 『불청운동』 1~4·5합호까지의 업무를 관장하였다. 1932년 3월에 개편된 제2기 위원회에서는 6호와 7·8합호, 9·10합호를 발행했으며, 1933년 3월부터 개편된 제3기 위원회에서는 11호를 발행하였다. 이를 표로 정리하면 다음과 같다.

〈표 1〉 『불청운동』 발행 정보

임기	중앙(상무)집행위원장	상무집행위원	호수	발행월
제1기 (1931.3 ~1932.3)	김상호	김태흡(문교부장), 최봉수, 김해윤(이상 문교부), 박동일, 강재호, 박창두, 김광호, 정상진, 서기장 박영희(정상진으로 교체. 4월 20일), 회계장 조학유	1호	1931.8
			2호	1931.10
			3호	1931.12
			4·5합호	1932.2

<hr>

15 「맹헌」, 위의 자료, 14면.
16 명단은 「대회록」의 '총동맹역원선거'에도 수록되었다.
17 김광식(1996), 281면 참조.
18 「총동맹소식」, 『불청운동』 11호(1933.8), 14면.

임기	중앙(상무) 집행위원장	상무집행위원	호수	발행월
제2기 (1932.3 ~1933.3)	허영호	위원 7인(불청운동 7·8호, 34면)~9인(10호, 47면) *중앙집행위원 박성희, 황운곡 등 30인,[16] 서기장 정상진, 회계장 조학유, 문교부장 정준모, 체육부장 이갑득(『동아일보』, 1932.3.19)[17]	6호	부전
			7·8호	1932.10
			9·10호	1933.2
제3기 (1933.3 ~1934.3)	최영환	김해윤(문교부장), 김일엽, 최봉수, 하윤실(이상 문교부), 정봉윤, 김삼도, 서기장 오관수, 회계장 장도환, 부원 조은택, 문녹선[18]	11호	1933.8

이들 상무집행위원회는 「맹헌」에 규정되어 있는 대로 매월 개최되었고 그 회의 안건은 『불청운동』 「총동맹소식」란에 간략히 보고되어 있다. 1931년부터 1932년 2월까지의 안건은 『조선불교청년총동맹 제1회 정기 전체대회록』에 상세하게 제시되었다. 이 두 가지 문헌을 토대로 기관지 발행과 관련한 사항을 정리하면 다음과 같다.

• 1931년

(4.1) 제1회 중앙상무집행위원회 개최 – 기관지에 관한 건 토의 결정.

(4.1) 제3회 중앙상무집행위원회 개최 – 기관지에 관한 건 토의 결정.

　　cf.기관지 體裁 결정.(『불청운동』 1호, 「총동맹소식」)

(4.20) 제2회 중앙집행위원회 개최 – 기관지명은 '불청운동'이라 결정.

(5.9) 제5회 중앙상무집행위원회 개최 – 기관지 편집에 관한 사항 토의 결정.

(9.6) 제9회 중앙상무집행위원회 개최 – 기관지代, 同 支社 설치에 관한 사항 토의 결정.

• 1932년

(7.24) 제5회 상무집행위원회 – 『불청운동』 차호 준비에 관한 건 : 경비 관계

로 9월 중에 발간하기로 하다.

(11.5) 제7회 중앙상무집행위원회-『불청운동』제9호 준비의 건 : 『불청운동』은 12월 말까지 탈고 期日로 하다.

(11.16) 제9회 중앙상무집행위원회-『불청운동』제9호 원고에 관한 건 : 제9호 원고는 가급적 상무위원 제씨가 책임 집필하기로 하다.

(이상『불청운동』9・10합호, 「총동맹소식」)

• 1933년 (기록 없음)

　대체적인 흐름을 보면 3월 23일 출범한 총동맹의 중앙상무집행위원회에서는 4월 1일 기관지에 관해 발간하기로 하고 그 체재를 결정하였다. 4월 20일 열린 중앙집행위원회에서는 기관지명을 『불청운동』으로 결정하였다. 『불청운동』은 처음에는 5월 1일 창간호를 간행하기로 했으나 출판허가 문제로 지연되어[19] 8월 1일에 비로소 창간호가 발행되었다. 발행의 제반 업무는 중앙상무집행위원회가 관장했으며 그 가운데서 문교부가 실무를 집행하였다. 1932년 11월 제9회 중앙상무집행위원회의 안건으로 "원고는 가급적 상무위원 제씨가 책임 집필하기로 하다"는 결의사항이 있는 것으로 보면 그들이 가지는 책임감과 필진의 범위 등을 알 수 있다.

　1931년 12월 30일 발행한 3호는 송년호로 제작되었다. 3호의 「편집여담」에는 최소한 1년에 6호 이상, 즉 격월호 이상으로 발행하기로 하였으나 실제로 1년간 4호만 발간하게 된 것에 대해 양해를 구하고 있다.[20] 사

---

19 "5월 1일에 발행될 창간호가 이와 같이 晩刊케 된 것은 出狀許可 기타 관계이오니 독자 제위는 잘 양해하시압." 「社告」, 『불청운동』 1호(1931.8), 25면.

실은 8월 창간호부터 4·5합호까지는 격월 간행이 이루어졌는데, 이는 1기 집행부의 노력과 총동맹원들의 집약된 의지의 결과로 판단된다.

앞서 기관지 업무를 담당한 기관과 부서를 언급했지만 3호의 편집여담을 보면 "창간호에는 이용조씨가 힘을 만이 쓰주워서 감사를 들입니다. 제 2, 3호는 정상진씨가 전력을 하엿서 감사보다 미안함니다" 하여 특별히 글을 두고한 이용조와 정상진에게 감사의 뜻을 표하였다.

「대회록」에 따르면 창간호[21]는 25항(면) 1천 부, 2호는 29항 1천 부, 3호는 30항 부수 기록 없음, 4·5합호는 36항 8백 부를 간행하였다.[22] 예산은 1년에 250원 이내로 정했으며,[23] 1932년 3월 17일자 회의록에는 300원으로 인상할 것을 결의하였다. 정가는 1호부터 4·5합호까지는 각 5전, 9·10합호, 11호는 10전이다.

2. 잡지의 지향

불교청년총동맹의 전사前史인 불교청년회는 전국 각 사찰, 지역 청년회의 느슨한 결합체로서 구심력과 결속력이 약한 한계가 있었다. 총동맹의 결성은 분산적인 운동을 극복하고 강한 당파성을 가지고 활동하는 것을 지향했다. '분산적 불청회로부터 통일적 불청총동맹으로'라는 슬로건이

---

20 "본지를 明三 대회시(1932.3)까지 6회를 발간하기로 예정하엿는데 실행을 하여오는 결과 경비 기타 관계로 4회박게 발행을 못하게 됩니다. 그리고보니 차호가 송구영신호가 되고 제 4호는 明2월경에 발간하게 되겟습니다. 독자 제씨에 불만을 들러 죄송합니다."
21 잡지 표지에는 발행일이 8월 1일인데, 이 보고에서는 8월 6일 발행한 것으로 보고하였다.
22 1932년 3월 16일 문교부원 김해윤 씨의 '문교부 보고'.
23 「맹헌」(조선불교청년총동맹 준비위원회)의 별지 '교양에 관한 의안'.

이를 상징적으로 나타낸다. 결속력과 구심력을 견인하는 운동의 매개체로서 『불청운동』은 핵심적인 위상을 가지고 있다.

기존의 불교잡지가 발행인을 중심으로 편집, 발행되고 여러 분야의 인사들이 상대적으로 다양한 글을 투고한 것과 비교해, 『불청운동』은 상부기관의 「맹헌」과 회의록에 제시된 토의 결과가 편집과 원고작성의 원칙으로 제시되었고, 그 범주 안에서 투고가 이루어졌다. 그리고 그곳에 제시된 불교청년총동맹의 이념과 방법이 잡지 내용으로 고스란히 반영되었다.

「맹헌」에 제정된 강령은 불타정신의 체험, 합리종정의 확립, 대중불교의 실현이라는 세 가지 모토다. 잡지에는 합리적인 종정에 대한 다양한 의견들이 논설 대부분을 이루고 있다. 불타정신의 체험은 불교인으로서의 내적 수양을, 대중불교의 실현은 이타利他를 구현하는 포교의 실천을 지향하는 것으로 이를 위한 다양한 행사 보고 내용이 잡지에 담겨 있다.

「맹헌」의 별지에 수록된 '敎養에 關한 議案'과 각 호의 투고 모집 내용을 비교해 보면 다음과 같다.

〈표 2〉「맹헌」 의안과 투고범위 비교

분류	「맹헌」 의안	1, 2호	4·5합호	7·8합호, 9·10합호
항목	간행 목적	투고의 범위(투고환영)		
내용	1. 총동맹 주의주장 及 교리선전 2. 교계 及 사회문제 비판 3. 예술적 교양 4. 총동맹, 세포동맹 급 맹원간 호상 연락 소식 전달	1. 총동맹 주의주장 及 교리 선전[24] 2. 교계 及 사회문제 비판 3. 예술적 교양 4.총동맹, 동맹급맹 원간 호상연락 소식 전달	1. 총동맹 주의주장 2. 교계 일반적 혁신 3. 예술적 교양 4. 동맹, 맹원간 소식 5. 각본말사 행정, 교 계 각 단체 동정 6. 사회문제 비판	1. 총동맹 주의주장 及 교리 선전 2. 교계 及 사회문제 비판 3. 예술적 교양 4. 총동맹 동맹 급 맹 원간의 연락소식 전달 5. 문화운동 및 경제 운동에 관한 것

투고 모집은 잡지에 게재할 투고문의 성격을 규정하는 지침이다. 〈표

2)에 있는 투고 범위를 보면 첫째, 총동맹의 주의 주장과 교리 선전, 둘째, 교계와 사회문제의 비판, 셋째, 예술적 교양, 넷째, 총동맹과 동맹, 그리고 맹원 간의 소식 등이다. 4·5합호에는 교계의 일반적 혁신, 각 본말사 행정, 교계 각 단체 동정이 추가되었고, 7·8합호에는 문화운동 및 경제 운동에 관한 것이 추가되었다. 이상의 항목은 외부 투고자에게 투고를 요청하는 내용인데, 기실 외부 투고자는 모두 총동맹의 맹원에 해당하며, 운동을 추진해 나가는 집행위원의 글도 당연히 여기에서 벗어나지 않는다.

한편 『불청운동』의 지향성은 총동맹운동을 추진하기 위해 제출한 안건과 의제 안에 고스란히 담겨 있다.

〈표 3〉 「맹헌」 별지의 회의 안건

의안	의제(목적, 이유, 방법)
교양에 관한 의안	기관지 간행의 건, 정기강좌 급 연구회 개최의 건, 巡廻講班의 건
宗政에 관한 의안	종헌실행의 철저 건
교육에 관한 의안	강원교육에 대한 통일 개선 촉진의 건, 선원교육에 대한 통일개선촉진의 건, 교무원 원비 급 중앙불교전문학교 교비 유학생 양성실현의 건, 여자교육시설 촉진의 건
경제에 관한 의안	조선불교청년운동에 관한 경제적 기초확립의 건(총동맹, 동맹의 경제적 기초)
교화에 관한 의안	포교사업에 대한 통일개선촉진의 건, 교화운동 대중화의 건
綱紀肅淸에 관한 의안	교계 풍기상 존엄을 保할 건, 금주단연의 건, 반동분자 청산의 건, 반동단체 응징의 건

〈표 3〉은 대회 안건과 의제를 제시한 것이다. 교양, 종정, 교육, 경제, 교화, 기강과 숙청정확은 불교청년총동맹에서 실현하고자 하는 교계의 혁신을 위한 구체적인 방안들이다. 이상의 안건을 반영한 논설이 전 호에 걸쳐 일관되게 수록되어 있다.

---

24 『불청운동』1호에는 宗傳으로 되어 있으나 2호에 宣傳으로 교정되어 있다.

한편 총동맹이나 동맹에서는 기관지의 내용에 관한 의견을 적극적으로 개진하였다. 4·5호가 발행된 직후인 1932년 3월 17일 개최된 전체대회의 「대회록」에는 각종 의안 토의사항이 수록되어 있는데, 이 중 기관지 관련 사항은 다음과 같다.

동경동맹은 '종헌 절대 지지의 건'을 제안하였고 그 방법 중 하나로 "총동맹 기관지 동맹 기관지에는 종헌실행운동란과 종헌반역부란을 특설할 것"을 명시하였다. 또 동경동맹은 '불청운동 강화의 건'을 제안하며 그 방법의 하나로 "태만하고 의무를 잘 이행치 못한 동맹에 대하야는 기관지를 통하야 경고케 할 일" 그리고 "기관지를 확장하야 지방동맹의 소식을 相知케 할 일"을 명시하였다. 또 다른 회의록 안건으로 '기관지 내용 충실의 건'이 있다. 목적은 "총동맹 주의주장, 교리선전, 교계 급 사회 문제 비판 급 맹원 호상 연락 소식 전달"이며, 이유는 "현 수준만으로는 내용이 빈약한 것"이라 하였으며, 방법으로 "간행비를 300원을 증가할 것"을 명시하였다.[25] 이에 따라 회의 이후 발간된 7·8호와 9·10호에는 기존의 「총동맹소식」과 「동맹소식」 외에 「종헌실행운동란」이 신설되었다.

잡지에는 대부분 이상의 안건과 동일한 현실 개혁적 주제를 담은 논설이 대부분을 차지하고 있고, '예술적 교양'과 관련된 글은 거의 없다. '우리 교계에 유일한 혁신적 무기' 4·5호 편집을 맞치고인 이 잡지에 예술적 교양이 들어갈 여지가 거의 없었다고 보아도 무방하다. 문학 작품으로는 시와 시조가 꾸준히 수록되었고 소설은 두세 편이 수록되어 있다. 비록 작품 수는 적으나 운동성이 강한 잡지에 문학 지면이 일정량 확보되어 시사와 문학

---

25 이상 용흥사 소장본, 『조선불교청년총동맹 제1회 정기전체대회록』, 27~29면.

이 균형을 이루고 있는 형국이다.

외부 독자 투고 가운데는 시나 시조가 상당수였던 것으로 보인다. 11호의 「편집여적」에 "원고를 쓰는 이가 원래 적은 탓이겠지만은 지방에서 보내는 원고는 대부분이 산문시, 詩調, 신시 등등으로 자유체가 많으니 그대로 모다 게재한다면 불청운동이 自由詩篇이 되여버릴 것이다. 아무튼 자유시편이 되드래도 불청운동디운 시편만 되엿으면…"이라 한 것을 보면 대부분의 투고가 산문시, 시조, 자유시이며 그 소재와 주제는 불청운동과 크게 관련이 없는 서정적, 감상적인 것임을 확인할 수 있다. 총동맹을 집행하는 중앙의 위원들이 『불청운동』을 강력한 운동성을 가진 매체로 인식하고 이를 강하게 추진했다면, 많은 맹원들은 관습적으로 개인적인 서정을 담은 시와 시조를 창작하여 투고하는 경향이 있음을 알 수 있다.

결국 『불청운동』은 통일성을 지향하는 총동맹의 논리가 강하게 표출된 당파성을 지향하게 되었고, 선언적으로 가능성을 열어둔 '예술적 교양', '문화운동'의 영역은 부수적인 영역으로 자리 잡는 경향이 있다.[26]

3. 잡지의 편제와 항목별 분류

『불청운동』은 별다른 하위 편제 없이 10여 편의 논설과 시와 시조「불청시

---

26 한편 도진호가 소개한 범태평양불교청년대회의 프로그램(「제1회 汎太平洋佛敎靑年大會並會議紀要抄譯」, 4·5합호)에 있는 불교대중화의 여러 방안이 『불청운동』의 지면에 반영되어 있다. 총동맹기, 동맹기, 휘장을 모집하는 1, 2호의 「현상모집」 광고, 2호에 수록된 「佛靑同盟歌(The Hymn of Y.M.B.A Korea)」 등은 그중의 하나다. 잡지의 발간, 찬불가의 활용 그리고 기타 다양한 사업에 있어 이 프로그램의 안건은 하나의 지침서로서 영향을 준 것이 분명하다.

団를 중심에 두고, 서두에는 「권두언」을, 후미에는 「총동맹소식」 「동맹소식」 등 활동일지를 수록하였다.

1호는 창간사에 이어 석전 박한영과 만해 한용운의 축사를 실었고, 7·8합호와 11호의 권두언은 만해가 작성하였다. 불교청년운동의 정신적 좌장으로서 석전과 만해의 위상을 재확인할 수 있다.

논설은 앞서 소개한 불교청년운동의 강령과 안건을 구체적으로 풀어낸 다양한 수준의 글이 수록되어 있다. 논설 가운데는 호에 따라 부분적으로 「건달총」2호, 「살활검」2호, 「대원경」란7·8합호, 9·10합호이 있어 교계 비판을 담은 단평을 수록하였다.[27]

총동맹 활동과 관련하여 중앙집행부의 활동 양상은 「총동맹소식」에, 지방 각 사찰의 소식은 「동맹소식」에 수록하였고, 7·8합호, 9·10합호에는 「종헌실행운동란宗憲實行運動欄」을 두어 하위 동맹의 종헌 실행 여부를 소개하였다.

1) 논설_총동맹의 이념과 실천

논설의 대부분은 총동맹의 이념과 실천을 주창하는 성격을 지닌다. 주요 논설 목록은 다음 〈표 4〉와 같다.

〈표 4〉 『불청운동』 논설 목록

호	필명	대표명	제목	비고
1호			創刊辭	창간사
1호	夢庭	이용조	佛靑總同盟組織縱橫觀	경과보고

---

27 창간호의 「社告」에 "교계의 비판과 교역자 비판은 제2호에 게재코자 하오니 그리 아시고 단편적으로 투고를 많이 하셔주시기를"이라는 내용이 있다. 비판정신은 『불교청년』의 핵심적 동력으로 인정된다.

호	필명	대표명	제목	비고
1호	柳葉	유엽	敎界 沈滯의 原因을 指摘하야 復興할 對策을 究함	실천방안
1호	許永鎬	허영호	佛靑同盟組織과 나의 雜感	실천방안
1호	金大隱	김태흡	佛靑運動의 使命과 任務	임무
1호	雪山돌범	미상	한 뭉텡이	다짐 격려
1호	朴東一	박동일	몇 가지 關心事	다짐 격려
1호	姜在鎬	강재호	佛靑의 使命과 體育	체육 건강
1호	金敬注	김경주	나의 綱領觀	강령
2호	鄭尙眞	정상진	卷頭言	권두언
2호	鄭尙眞	정상진	敎界展望	순시 보고와 제언
2호	姜裕文	강유문	熱血兒는 而今에 安在오	다짐 격려
2호	金光浩	김광호	京城佛敎女靑 回顧와 展望	여성
2호	이돌	이돌	靑年佛敎徒에 訴함	현황분석
2호	金魚水	김어수	朝鮮僧侶의 마음과 靑年의 旗발	다짐 격려
2호	李龍祚	이용조	地方巡禮記①	지방 순시
3호	鄭南溟	정상진	二九五八年을 送하면서 그를 回顧함	권두언
3호	鄭尙眞	정상진	改正寺法起草案의 批判	사법개정안 비판
3호	許永鎬	허영호	佛靑運動의 新課題	불타정신 회복
3호	韓永圭	한영규	朝鮮佛敎革新論①	혁신론
3호	李龍祚	이용조	地方巡禮記②	지방순례
3호	六波 權泰錫	권태석	佛靑運動의 將來	전망(시대, 투쟁)
4·5호	夢庭	이용조	卷頭言	권두언
4·5호	夢庭生	이용조	宗政會期를 압두고 全鮮法徒의 一大決心을 促함	종헌개정문제
4·5호	韓永圭	한영규	朝鮮佛敎革新論②	혁신론
4·5호	崔應觀(崔春雨)	최응관	布敎와 社會事業의 同異에 對하야	포교
4·5호	趙重連	조중연	朝鮮佛敎의 再建設	전망
4·5호	金敬注	김경주	佛陀成道의 眞義	강연
4·5호	禹東田	우동전	佛敎의 大衆化	대중화
4·5호	朴炳秀 (17세)	박병수	[少年欄] 新年을 마지하며	소년란
7·8호	許永鎬	허영호	佛靑運動과 理想確立	근본 정신
7·8호	張道煥	장도환	佛敎의 大衆的 進出에 對해서	포교현황자료
7·8호	一女靑盟員		佛敎女靑運動에 對하야	여성 명성여실

호	필명	대표명	제목	비고
7·8호	文瑊善	문녹선	내가 본 우리 運動의 核心	신앙강조
7·8호	根秀	미상	盟友諸君을 向하야	개인주의 자성
7·8호	慧勤	장도환	北鮮巡廻槪感	지방순례
9·10호	馬言	미상	卷頭言	권두언
9·10호	根秀	미상	統一機關의 總決算과 來頭	교단조직운동
9·10호	張道煥	장도환	靑年運動의 總決算과 來頭	청년운동
9·10호	隕星生		一般制度에 對한 宗敎人의 訓鍊缺陷	제도조직론
9·10호	慧勤	장도환	新年과 希望	다짐 당부
9·10호	一女靑盟員		佛敎의 女性運動	여성 부설기관
9·10호			紙上懇談會	종헌실행 중앙사업
11호	一掃除夫	미상	大淸潔日을 기두리며	폐단 일소

이들 논설을 작성한 논자는 대부분 총동맹의 임원으로서 활발하게 활동하던 이들이다. 이들의 활동 이력을 소개하면 다음 표와 같다.

〈표 5〉『불청운동』 주요 필진의 명단과 활동 이력

이름	약력	총동맹 활동(직위)
이용조 (몽정, 이지영)	해인사, 동경의학전문학교(1929졸)	중앙집행위원(1기, 2기)
허영호	범어사, 대정대학 불교과(1932졸), 중앙불전 교수(1933)	임시집행부의장(창립회의) 집행위원장(2기)
정상진	선암사, 교무원 재무부	중앙집행위원서기장(1기) 중앙집행위원(2기)
장도환 (혜근)	쌍계사, 조도전대학 동양철학과(1932졸)	중앙집행위원(1기) 중앙집행위원회계장(3기)
김경주	범어사, 동양대학 동양윤리교육과(1923졸), 중앙불전 교수(1935)	중앙집행위원(1기) 중앙검사위원(2기)
한영규	석왕사, 건봉사 강원 졸. 중앙불전 1회 입학생.	중앙검사위원(1기)
김광호	미상, 명성여실 설립 주역(2대 원장, 여성동맹)	중앙상무집행위원(1기)
박동일	중앙학림(1920), 중앙불전 강사(1932~33, 서양철학사 강의)	중앙상무집행위원(1기) 중앙검사위원장(2기)
강재호	대원사, 동경고등사범 지리역사과 졸(1929)	중앙상무집행위원(1기)
최응관	석왕사, 구택대학 인문학과(1931졸),	경성동맹 대의원(1기)

이름	약력	총동맹 활동(직위)
(춘우)	중앙불전 전임강사(경제, 法制)	중앙집행위원(2기)
조중연	미상	
우동전	미상	
문녹선	범어사, 중앙불전(1932졸), 중앙불전 직원(1933), 대정대학 불교학과(1937졸)	경성동맹 대의원(1기) 중앙집행위원(2기) 상무집행위원(3기)

총동맹운동의 대표적인 논사로는 이용조, 허영호, 정상진, 장도환, 김경주, 한영규 등이 있고, 여성동맹 관련 논사로는 김광호2호와 익명의 맹원7·8합호, 9·10합호가 있다. 이들을 보면 대체적으로 일본유학생 출신으로 총동맹의 주요 임무를 맡은 인물이 주를 이루고 있다.

이용조는 「불청총동맹조직종횡관佛青總同盟組織縱橫觀」1호, 「지방순례기地方巡禮記」2, 3호, 권두언과 「종정회기宗政會期를 압두고 전선법도全鮮法徒의 일대결심一大決心을 促함」4·5합호을 발표하였다. 「종횡관」은 총동맹의 발기와 원인 고찰, 준비 과정, 대회 당시의 안팎의 광경을 소개하고 3강령에 대해 소개하였다. 「순례기」는 총동맹 위원으로서 '세포동맹 맹무시찰'과 훈련, 종무 상황조사 등을 목적으로 실시된 순시 결과 보고서다. 금강산 장안사, 표훈사, 마하연, 유점사, 신계사, 석왕사를 순회하면서 총동맹에 대한 실제 반응을 소개하며 지방사원이 대개 경제적 파멸에 당면하고 있다는 점, 그리고 지방의 종무직은 대다수 밥그릇에 급급하다고 총평하였다. 「종정회기를 압두고」는 1932년 3월 개최될 종정회기에 논의할 종헌의 제정 문제로 여러 의견이 대립하고 있는 가운데 제3안으로 '院則 인가설'을 제안한 글이다. 이는 사법의 개정이 총독부의 통제 하에 있어 제기되는 여러 문제를 극복하는 하나의 조정안으로 제시한 것이다.

허영호는 「불청동맹조직佛青同盟組織과 나의 잡감雜感」1호, 「불청운동佛青運動

의 신과제新課題」3호, 「불청운동佛靑運動과 이상확립理想確立」7·8합호을 발표하였다. 「잡감」은 총동맹의 내적 내실을 다지는 방안으로 교학에 대한 관심 제고, 범어 팔리어 서장어 서역어 등의 연구, 불교경전사에 대한 연구, 현대 세계불교연구 등을 제안하였다. 「신과제」는 청년들에게 '새로운 불교이데올로기'를 가질 것을 당부한 글이다. 당시 諸德들의 불교를 이조 말기의 신앙을 반영한 것으로 비판하였고, 大乘非佛說의 견지에서 '원시불교의 심금을 두드려 현대적 조음을 울려야' 하고, '불타의 原意'를 찾아야 한다고 하였다. 초기불교 전공자로서의 학술적 관점이 담겨 있는 글이다. 「불청운동과 이상확립」에서는 유물사관과 유심사관을 다 포괄한 것이 불교의 법이며, 그 필연적 귀결은 우리의 생활이 되어야 한다고 주장하였다.

정상진은 「교계전망敎界展望」2호, 「개정사법기초안改正寺法起草案의 비판批判」3호을 발표하였다. 「교계전망」은 본산, 중소 말사, 도회 포교당의 문제점을 일일이 비판한 글로 총동맹의 지방 출장 결과를 가감 없이 드러낸 글로, 사찰의 재정 문제와 포교당의 열악한 포교현실을 낱낱이 보고하였다. 「사법기초안 비판」은 1932년 3월에 종회에서 논의할 사법의 초안을 검토한 후 작성한 글이다. 조선불교를 통일하기 위하여 사법을 개정하는 것인데, 실제 위원들이 말하는 통일이란 31개 독립국인 본산법을 도출한 것에 불과한 것으로 평가하였다.

장도환은 「불교佛敎의 대중적大衆的 진출進出에 대對해서」7·8합호, 「청년운동靑年運動의 총결산總決算과 내두來頭」, 「신년新年과 희망希望」9·10합호을 발표하였다. 「대중적 진출」은 불교가 민간신앙과 습합되어 있어 대중화에 장애가 있다고 평가하며 대중화 방안을 모색한 글이다. 당시 13개 주요 사찰의 예산문제의 취약성을 제기하였고, 동맹의 힘을 강조하며 종무소에 진출한 회원 수가 55인에 불과하니 약진을 바란다는 당파적 입장을 드러내었다.

김경주는 「나의 강령관綱領觀」1호, 「불타성도佛陀成道의 진의眞義」4·5합호를 발표하였다. 「강령관」은 총동맹 강령의 근본정신을 약술하며 이를 불법승 삼보에 비유하였고, 동맹원들에게 단결과 실천을 당부하였다. 「불타성도의 진의」는 성도재 기념 강연의 내용을 옮긴 글로서, 불타의 생애를 기본으로 설명하면서 자리이타의 근본정신을 소개하였다.

한영규의 「조선불교혁신론朝鮮佛教革新論」3, 4·5합호은 농민의 비참한 현실을 소개하며 불교가 현실에 기여하는 바가 미약하다는 전제 하에 총동맹의 역할을 재고한 글이다. 본사의 문중관념에서 탈피하여 평등사상과 자존의식을 가질 것, 통일 기관을 설립하여 합리적 종정을 실현하고 사법을 철폐하여 조선불교 宗正院을 건설할 것을 주장하였다.

여성동맹 관련자의 논설로는 김광호의 「경성불교여청京城佛教女靑 회고回顧와 전망展望」2호, 일 맹원의 「불교여청운동佛教女靑運動에 대對하야7·8합호와 「불교佛教의 여성운동女性運動」9·10합호이 있다.

김광호는 1929년 경성불교여자청년회 창립 이후 1931년 현재까지의 경과를 소개하고 야학교와 명성여자실업학원의 운영을 위해 보조금이 필요함을 역설하였다. 「불교여청운동에 대하야」는 명성여실 창건의 경과를 소개하고 학교 승격을 위해서는 9천 원의 자금이 필요하나 절대적으로 부족하여 지방본산의 지원이 필요함을 역설한 글이다. 「불교의 여성운동」은 조선의 부인계를 위한 부설 문화기관이 필요하며, 맹아원 고아원 설립 등의 준비활동이 필요하다는 점을 강조한 글이다.

이상의 논설을 활동 주제별로 살펴보면 총동맹의 강령을 소개한 글, 총동맹에 속한 지방 각 사찰과 포교소의 실상을 드러내며 비판과 제언을 담은 글, 통일기관 설립과 관련한 비판과 제언들, 여성의 교육기관을 본격적으로 운영하기 위해 관심을 환기한 글, 불교대중화의 방안을 모색한 글, 조선후기의 신앙이 아닌 근본불교로 돌아가 불타의 근본정신을 회복하는 것이 당대의 '뉴 이데올로기'임을 역설한 글 등이다. 전반적으로 1930년 대의 세계적 경제난 속에서 개별 사찰이 겪는 암울한 경제적 현실이 바탕에 깔려 있고, 통일기관을 설립하여 통일조직을 구성하고 개혁을 실천하고자 하나 여전히 사찰령과 동 시행세칙을 벗어나는 것에 대한 두려움을 가지는 딜레마에 빠져 있음을 알 수 있다.

2) 논설과 단평_교계 비판과 논쟁

시사비평은 『불청운동』이 지향하는 비판정신을 반영한 글이 주로 수록되었다. 1호에 예고한 대로 2호부터 게재되었는데, 「건달총健達銃」2호 「살활검殺活劍」2호 「대원경大圓鏡」7 · 8합호, 9 · 10합호은 짧막한 단평을 수록한 코너에 해당하며, 기타 개별 논설은 교무원과 중앙불전의 현안에 대한 격렬한 반응을 담아내었다. 전반적으로 교무원, 학교, 본산, 기타 사회의 불교 내 모순을 폭로하는 글이 대부분인데, 논설을 통해 첨예하게 논쟁을 전개하는 양상도 주목할 만하다.

「건달총」은 반종교운동의 시류를 소개하며 이를 종교의 내부 혁신을 고조하는 계기로 제시하였고, 불청총동맹의 반년간 활동 결과 세포동맹의 예산안이 미결인 점, 종헌은 총독의 인허가 없으니 좀 위반해도 된다는 여론에 대한 비판을 담았다. 「살활검」도 교무원 임원들의 공정하지 못한 행태를 비판하였고, 불교사 사장 교체 문제, 보성고보 교원 급여 문제 등을 비판하였다. '근자에 젊은 인물로서 주지 삼직석三職席을 차지한 자들 보면 참 요절할 일이' 많다는 지적은 불교청년 집단에서도 기존 권력에 편입되는 인물이 늘어나면서 내부 균열이 발생하고 있음을 반증하는 것이다.

출범 당시부터 기획자로 함께 참여했던 불교청년들은 총동맹 결성된 후 머지 않은 시점에 일부는 교무원의 임원으로, 일부는 중앙불전 강사로, 일부는 각 지역 사찰의 운영자로 진출하였다. 이들 간에 갈등은 자연스럽게 노정되어 때로는 극력한 지상 논쟁으로 발전하기도 하였다.

허영호분개생의 「불교지상佛教誌上 남명씨南溟氏의 변명辨明을 재박再駁함－사십만원四十萬圓 증자폐지增資廢止 폭론暴論에 대對해서」 9·10합호는 당시 교무원의 가장 큰 현안으로 등장한 재단의 40만 원 증자안과 관련된 주장을 담았다. 당시 재단법인 교무원이 출범할 당시 기본금을 60만 원으로 책정했었는데, 1929년 3월 교무원 평의원 총회에서는 불교전수학교를 전문학교로 승격시키기 위해 40만 원 증자안을 결정하였다. 당시 청년총동맹 중앙집행위원이자 교무원 재무부원으로 재정 실무를 담당하고 있던 정상진남명은 『불교』지에 이를 반대하는 글을 발표하였고, 허영호분개생은 정상진의 견해를 반대하는 반론을 제기하였다.[28]

허영호와 정상진은 지면을 통해 격렬하게 논쟁하였고, 결국에는 감정적인 표현까지 드러내며 파국 일로로 치달았다. 중앙불전의 학감으로 있던 허영호, 재단법인 교무원의 실세격인 재무부원 정상진의 갈등은 중앙불전과 교무원간의 알력으로 비화되었다. 이후 중앙불전의 강사 다섯 명

---

28 논쟁의 순서대로 소개하면 다음과 같다. 중앙교무원 재무부(정상진), 「불교 재정에 대하야」 (『불교』 100호) → 분개생(허영호), 「40만 원 증자폐지안의 폭론을 듣고－중앙재단 급 장래사업을 옹호하야」(『불교』 103호) → 남명(정상진), 「40만 원 증자폐지에 대한 분개생의 망론을 듣고」(『불교』 104호) → 분개생(허영호), 「불교지상 남명씨의 변명을 재박함－사십만 원 증자 폐지 폭론에 대해서」(『불청운동』 9·10합호)

이 학감인 허영호를 해임하라는 청원을 교무원에 제기하였고, 이로 인해 교무원과 중앙불전의 갈등이 첨예하게 전개되었다.[29]

이러한 총동맹원 내부의 갈등은 이제 그들이 균일한 지향을 가진 순수한 청년집단에서 교단의 이해관계에 따라 입장을 달리 하는 위상으로 변해갔다는 것을 증명한다. 총동맹 최고의 기획가인 이용조는 이 사건을 시점으로 만주로 떠나고 불교청년총동맹원의 핵심인물이 결성하여 운동을 견인한 비밀조직 '만당'도 이 시기에 해체를 결의하게 된다.[30] 이에 따라 자연스럽게 총동맹의 활동도 급격히 미약해졌고 잡지도 11호로 종간하게 되었다.

중앙불전 5명의 강사가 교무원에 허영호의 퇴진을 진정한 것을 비판한 내용도 있다. '一記者' 명의로 작성된 9 · 10합호의 「대원경」은 당사자인 허영호가 작성한 것으로 추정되는데, 이 기사 또한 갈등을 증폭시켜 교무원과 중앙불전 사이에 심각한 갈등을 야기하였다. 이 과정에서 당시 교장인 박한영의 용퇴를 주장하는 비판 기사도 게재 되었다. 조직술趙直述의 「중앙불전中央佛專 교장校長의 용퇴勇退를 진언進言함」11호은 이러한 일련의 상황 속에서 표출된 글이다.

---

29 결국 허영호는 중앙불전 학감 겸 교수직에서 사면되었다. 그는 1932년 9월 신임 학감 겸 교수로 부임, 1933년 5월 사면, 1937년 복직되었다(『일광』 4호, 71~72면). 총동맹 활동의 핵심이던 이용조는 이러한 갈등과 분열 상황에 대해 염증을 느끼고 1932년 12월경 만주 길림으로 떠나게 된다. 이용조가 만주로 떠난 이야기는 김태흡의 소설 「개척자」(『불청운동』 9 · 10합호, 11호)에 묘사되어 있다. 김법린, 허영호, 장도환 등이 서울에서 낙향하여 '鄕山'으로 복귀했다는 『금강저』 21호(1933.12), 51~52면의 기사도 같은 맥락에서 이해할 수 있다.

30 1933년 3월 허영호 후임으로 제3기 집행위원장 최범술이 선출되었다. 4월에는 총동맹의 동력이자 이면 단체였던 卍黨의 해체를 결의하였고 그 결과 총동맹활동은 침체의 길을 겪게 되었다. 30년대 중반 이후는 일제의 시책에 총동맹 맹원들이 협조하는 등 초기 정신을 상실하고 말았다(김광식(1996), 290~304면 참조). 이에 따라 『불청운동』도 자연스럽게 11호(1933.8)로 종간을 고하였다.

논설과 시사비평을 전반적으로 보면 초기 호에는 청년총동맹 출범 과정에 대한 회고와 낙관적인 전망이 우세했다면, 후기로 갈수록 교정 문제에 대한 견해의 대립, 주지 전횡에 대한 비판의 표출이 강해지는 경향이 있다. 그리고 결국에는 총동맹 구성원 간의 갈등이 첨예하게 드러남으로써 총동맹운동의 구심력이 약화되었고, 결국 종간에 이르게 되었다. 『불청운동』의 내용을 보면, 모색의 시기에서 확전의 시기로, 이론의 시기에서 투쟁의 시기로 진행되다가, 마지막에는 내부의 갈등과 소멸에 이르는 자취가 분명하다.

2) 문예 관련

〈표 6〉 『불청운동』 문학 작품 목록 - 작가별

호	필명	대표명	제목	비고
2호	姜裕文	강유문	「熱血兒는 而今에 安在오」	시
9·10호	유문	강유문	「弔曹學乳師」	시조
7·8호	敎正 金擎雲	김경운	「贈巡廻員」	한시
2호	金光水	김광수	「님 그려서」	시
2호	金光水	김광수	「江 언덕」	시
2호	金光水	김광수	「님 가실 때」	시
2호	金光水	김광수	「黃昏」	시
2호	金魚水	김어수	「우리 靑年아」	시
2호	金魚水	김어수	「光明의 꽃」	시
3호	金魚水	김어수	靑年	수필
7·8호	金魚水	김어수	「團結」	(낙장)
11호	金魚水	김어수	「成熙君을 보내면서」	시조
9·10호	金永煥	김영환	「同志」	시
3호	金一葉	김일엽	佛靑員의 壹人으로(感想)	수필
9·10호	金一葉	김일엽	「새해를 마즈며」	시조
11호	金一葉	김일엽	(동요) 「봄비」	동시

호	필명	대표명	제목	비고
4·5호	대흥사 金慈應	김자응	「祝佛青總同盟」	한시
4·5호	金正寅	김정인	「여름을 金剛山서 보내면서」	시조
4·5호	金素荷	김태흡	(創作小說)「新舞臺」	소설
7·8호	金素荷	김태흡	(콩트)「熱血兒」	소설
9·10호	金素荷	김태흡	(小說)「開拓者」①	소설
11호	金素荷	김태흡	(小說)「開拓者」②	소설
3호	羅方右	나방우(운향)	「夕陽古塔」	시조
7·8호	羅方右	나방우(운향)	「病床에서」	(낙장)
11호	羅雲鄉	나방우(운향)	「흐르는 봄」	시조
2호	都元悟	도원오	「祝佛青運動」	시
4·5호	범어사 都元悟	도원오	「觀生」	창가조
4·5호	朴東憲	박동헌	「玉流洞」	시조
11호	載藥山人	박봉석	「紅流洞天」(9수)	시조
3호	상원 方漢岩	방한암	「頌佛青運動」	한시
9·10호	申尙寶	신상보	(산문시)「새날을 向하야」	시
11호	申尙寶	신상보	「그대 武器는 녹이 슬고 잇다」	시
9·10호	春皐	오춘고	佛敎詩壇의 SOS-詩歌總評을 보고	비평
9·10호	禹永基	우영기	「雪中松竹」「雪夜鐘聖」	시조
7·8호	尹漢星	윤한성	「바람아 부지마라」	(낙장)
9·10호	尹漢星	윤한성	「넷 놀든 곳을 차저」	시조
11호	張道煥	장도환	歸山의 路에 올은 白鹿魂	수필
9·10호	趙靈出	조영출	「낡은 骸骨을 혀집으며」「北國의 눈벌에」	시
1호	趙宗玄	조종현	「團結부터」	시조
3호	趙宗玄	조종현	「한 그쌜 밋으로 뫼자!!」	시조
7·8호	趙宗玄	조종현	「人格의 所有者」 외 1편	(낙장)
7·8호	趙重連	조중연	(수필)海濱의 斷想	수필
2호	韓永圭	한영규	「佛青同盟 앞에」	언문풍월
4·5호	許宗	허종	「앞은 다리」	시
3호			「佛青同盟歌」 (The Hymn of Y.M.B.A Korea)	회가(악보)

호	필명	대표명	제목	비고
7·8호	범신	미상	「밤새도록」	(낙장)
7·8호	韓鐵筆	미상	「仲秋慢吟」(3수)	(낙장)
9·10호	韓鐵筆	미상	「떠날 때」	창가조
11호	丸海金	미상	「바람아 부러라」	시

『불청운동』에 수록된 작품 중 서정 장르로는 시, 시조, 동시, 창가, 언문 풍월, 한시가 있고, 서사 장르로는 소설이 있다. 개별 장르는 다양하지만, 시와 시조가 주를 이루고 있는데 이들은 주로 「신시新詩」 2호, 「불청시단佛青 詩壇」 4·5합호, 7·8합호, 9·10합호, 「시단詩壇」 11호으로 묶여 있다.

시와 시조 작품을 투고한 작가는 강유문시, 시조, 김광수시, 김어수시, 시조, 김영환시, 김일엽시조, 동시, 김정인시조, 나방우시조, 도원오시, 창가조, 박동헌시조, 박봉석시조, 신상보시, 우영기시조, 윤한성시조, 조영출시, 조종현시조, 한영규언 문풍월, 허종시 등이 있고, 필명으로 투고한 범신, 한철필, 환해금시 등이 있 다. 한시 작품으로는 김경운한시, 김자응한시, 방한암한시의 한시가 있다. 소 설은 김태흡의 작품 세 편이 있다. 문학비평에 해당하는 글에 오춘고의 「불교시단佛教詩壇의 SOS-시가총평詩歌總評을 보고」가 수록되어 있다.

문학작품을 투고한 이들 가운데 앞장에서 살펴본 중앙집행위원회 등 중 앙 활동의 전면에 나선 인물은 드물다. 이들은 각 단위 동맹에서 활동하며 자기의 문학세계를 꾸준히 연마해간 문학청년의 성격을 지닌다. 일부는 중앙불전 학생, 졸업생으로서 당시 간행되던 중앙불전의 교우회지 『일 광』에 투고한 이들도 있고, 30년대 후반에 중앙불전에 입학하여 학우회지 인 『룸비니』에 투고한 이들도 있다.

앞서 살펴본 대로 『불청운동』은 강한 구심력을 가지고 간행되었으며 내용 또한 강한 운동성을 지향하고 있다. 3강령을 모토로 불교혁신의 다양한 방안이 모색되어 있으며 현실 문제에 대한 당파적 입장이 강하게 표출되어 있다. 시, 시조는 이들 총동맹의 지향을 견인하고 추동하는 매체로 활용되기를 기대하였으나, 실제로는 일부 작품에 국한되었다.

조종현의 「단결團結부터」는 창간호에 실린 시조로서, 『불청운동』의 지향성을 담은 작품이다.

일보고 힘내런가 힘잇서야 일을한다
힘잇서 일하든가 信誼로써 일을한다
信誼도 잇서야지만 團結부터 하여라.

조종현은 선암사 동맹의 대의원이자 1기 중앙검사위원회 위원이며, 중앙상무검사위원 4인 중 한 명으로 선출되었다. 2기에도 중앙집행위원회 30인 중의 한 명으로 활동하였다. 작품을 1호에 게재했다는 것은 집행부에 소속되어 발행 준비 기간에 의뢰받아 창작한 것을 의미한다. 「단결부터」는 총동맹의 제일선에서 선전 운동의 일환으로 창작한 작품이다. '힘'이 있어야 일을 하며, '신의'로써 일을 하며, 최종에는 '단결'이 있어야 일을 할 수 있다고 하여 '단결부터' 할 것을 주창하였다. 출범과 창간호 발행 당시의 활기와 의기를 느낄 수 있는 작품이다.

강유문[31]은 '8월 1일 내장산 서래봉'에서 지은 시 「열혈이熱血兒는 이금而今에 안재安在오」 2호를 게재하였다. 시는 외적으로 경제난과 세계적 반종교 운동, 내적으로 교단 내 악성분자의 준동이 불교침체의 원인이라 제시하

---

31 강유문은 중앙불전 1회 졸업생('2958회')이며 조선불교청년총동맹 준비위원이자 동경동맹의 집행위원장(1932)을 맡은 인물이다. 투고 당시 대정대학 사학과 재학 중이었다.

며, 과거 영호남의 임제종 운동, 교계 청산운동鳴鼓사건의 기세를 오늘에 살리는 열혈 청년, 유명 무명의 지사를 기다린다는 내용이다. "熱血兒! 熱血兒! 너는 '왁!'하고 뛰여 나오라", "아아 불보살은 우리 열혈아 나올 길을 보살펴주소서"라는 결구는 주제를 직설적으로 전달하는, 목적성이 강한 작품이다.

범어사 동맹원인 김어수는 시조 시인으로 정평을 얻은 인물이다.[32] 「우리 청년靑年아」2호 는 교계의 넘어진 깃대를 다시 세우는 청년을 불러 앞서 나오기를 희망하는 내용을 담았고, 「단결團結」7·8합호, 낙장은 청년들의 단결을 제언하는 내용을 담았을 것으로 추정한다. 「광명의 꽃」2호은 내 가슴속 빛나는 광명의 꽃을 소재로 그것을 가꾸고 모든 중생의 가슴속에 피어나기를 소망하는 종교성 짙은 시다.

한영규의 「불청동맹佛靑同盟 앞에」2호는 '축조선불교청년총동맹앞에' 12자를 첫 글자로 제시하고, 매 행 7.5조의 가사로 합리종정의 실현, 대중불교의 실현이라는 주제를 제시한 것이다. 이는 일종의 표어 같지만, 장르적으로는 언문풍월과 창가 형식을 원용한 작품이다.

도원오는 범어사 동맹의 맹원으로 활동하였다. 「축불청운동」2호은 『불청운동』이 세상을 밝히는 도구가 되기를 희망한 축시이고, 「관생觀生」4·5합호은 무상한 인생, 생사고해를 건너 속히 극락으로 가기 위해 지성으로 합장 예배하고 염불할 것을 담은 창가조 시다. 근대시의 창작 경험이 없는 학인의, 단순한 시상을 담은 평이한 작품이다.

범어사 동맹의 맹원인 김광수는 다른 잡지에서는 활동한 적이 없고 중

---

32 본서의 『일광』과 『룸비니』에 기술한 김어수 관련 정보 참조.

앙 활동도 하지 않은 인물인데, 「님 그려서」 「강언덕」 「님가실 때」 「황혼」 이상 2호 등 서정적인 시를 주로 투고하였다.

나방우는 1930년대 초에는 통도사 동맹의 맹원으로 활동하며[33] 「석양고탑夕陽古塔」 3호 「병상病床에서」 7·8합호, 낙장 「흐르는 봄」 11호을 발표하였다.[34] 「석양고탑」은 팔공산 부인사夫仁寺 옛터의 고탑 정경을, 「흐르는 봄」은 금강산 남천南川의 산사에서 느끼는 봄날의 감상을 담은 시조로서 작가 특유의 고아함을 담아내었다.

박봉석은 표충사 출신으로[35] 총동맹 1기 중앙집행위원으로 활동하며 「홍류동천紅流洞天」 9수11호를 투고하였다. 이는 서곡序曲과 7경을 읊고, 마지막에 歸曲을 노래한 9수의 시조인데, "『해인사행海印寺行』 기행시 중에서"라는 소개가 있는 것으로 보아 본인의 시조집 일부를 게재한 것으로 보인다. 농산정, 차필암, 홍류정 등 홍류동 계곡 절경의 정경과 감흥을 절제된 표현으로 노래한 작품이다.

신상보[36]는 1933년 새해를 맞이하여 지난해의 성과를 아쉽게 반성하고

---

33 나방우는 동화사 강원(1930)을 거쳐 통도사 강원을 수료(1933.7)하였다. 1932년에서 1933년 사이에는 『불교』지에 시를 발표하였다. 「夕陽古塔」(91호), 「老僧」(93호), 「흐르는 靑春」(98호), 「苗판에서」 「오오 잠이여! 안어주소」(100호), 「祝佛敎兒」(101·102합호), 「秋夜長」(103호), 「學海를 등지면서」(107호) 등이다. 1936년에는 김달진 김어수와 함께 중앙불전에 입학하여 1939년 제9회로 졸업하였다.

34 「석양고탑」은 『불교』 91호, 「흐르는 봄」은 '흐르는 청춘'이라는 제목으로 『불교』 98호에 수록하였다. 전자는 『불교청년』에 먼저, 후자는 『불교』에 먼저 투고한 것을 재수록한 것이다.

35 박봉석은 표충사 출신으로 중앙불전 1회 졸업생이다. 호는 영남생, 재약산인. 『일광』에 많은 시조를 남겼고 졸업한 이듬해인 1932년 8월에 중앙불전 동기인 조명기와 함께 시 잡지 『鹿苑』을 발행하였다(「우리뉴스」, 『금강저』 21호). 그는 30년 중반부터 총독부 도서관에서, 해방 이후에는 국립중앙도서관에 근무하였다. '조선십진분류표'(1947)를 발표함으로써 한국도서관의 아버지로 불렸다. 6·25 때 납북되었다.

36 신상보는 김달진, 나방우, 김어수와 함께 1936년에 중앙불전에 입학하여 1940년 9회로 졸업한 인물로, 그해 원산 명성학교 교원이 되었다(「회원일람」, 『일광』 10호). 1937년 학예부원으로 『룸비니』 창간호를 간행하면서 편집후기를 작성하였다. 『룸비니』 3호에 김어수가

전진하자고 다짐하는 산문시 「새날을 향向하야」9·10합호를 발표하였다. '굴러가는 역사의 수레를 뜻 있게 원리 궤도로 굴려야 되지 않겠는가. 힘차게! 값있게! (…중략…) 재건의 소리가 들리는 이 때 (…중략…) 씩씩히 달음질쳐야 되지 않는가?'라는 선동적인 시다. 「그대 무기武器는 녹이 슬고 잇다」11호는 참다운 삶을 위하여 싸울 용사에게 '진리를 찾아 행진'하며 '딤비려는 벌레떼를 처서 버리자'라고 외치는 시다.

윤한성은 해인사 동맹 소속으로 「바람아 부지마라」7·8합호, 낙장와 「녯 놀든 곳을 차저」9·10합호를 투고하였다. 후자는 여수 흥국사를 찾아 옛 자취를 살피고 회고의 감흥을 담은 평이한 시조다.[37]

조영출[38]은 「낡은 해골骸骨을 허집으며」와 「북국北國의 눈벌에」9·10합호를 투고하였다. 두 작품은 기존에 『불청운동』에 투고된 어떤 작품보다 참신한 시상과 표현으로 현실성을 담보한 작품이다. 「낡은 해골을 허집으며」는 6연의 장시로서, '至上의 예술'만을 추구하는 시인에게 '그대들'의 노래는 역사성과 시대정신을 탈각한 것이니, '그대들의 피 식은 노래를 이 지축에서 걸어가거라'는 도발적 언사로 마무리하였다. 『불청운동』에 발

쓴 인물평은 "'문학 방면에 뜻이 깊어 수필과 作詩에 상당한 수준을 가졌고 이미 발표된 작품 중에도 발군의 평을 받는 것이 많으시다'라 하였다(「물망초의 그림자」, 99면). 이후 신상보는 중앙불전 출신들인 장상봉, 김석준, 장성진, 김해진, 김용태 등과 함께 동인지 『白紙』(1939.7 창간)를 간행하였다.

37 윤한성은 『불교』, 「불교시단」에 시조를 7회 게재하여 조종현, 김태흡, 김일엽, 나방우, 김어수와 함께 주요 시인으로 자리 잡은 인물이다. 학인연맹의 일원으로 『회광』 2호에 수필을 발표하였다.

38 조영출은 1924년 건봉사로 출가하였고 1930년 건봉사 장학생(한용운 추천)으로 보성고보에 입학하였다. 이후 1936년 와세다대 불문과에 입학하여 1940년 졸업하였다. 대중가요 작사가, 극작가로 활동했으며 월북하여 문화계의 핵심인사로 활약하였다.(『한국민족문화대백과사전』 및 정우택, 「조영출과 그의 시문학 연구-해방 이전을 중심으로」, 『국제어문』 58집, 국제어문학회, 2013, 457~459면 참조).

표한 여러 불교청년들의 감상적 작품을 비판한 것으로 해석된다.

이러한 불교청년들의 시 세계에 대한 비판은 춘고春皐의 비평 「불교시단佛敎詩壇의 SOS - 시가총평詩歌總評을 보고」9·10합호의 논지와 상통하는 면이 있다. 이 글은 『불교』 103호1933.1에 수록된 조대순趙鍾玄의 「시가총평론詩歌總評論」59면을 읽고 비판한 비평이다.

조종현은 당시 주류 불교잡지인 『불교』 71호1930.5, 73호1930.7에 시와 시조를 게재하기 시작하였고, 79호1931.1부터 종간호까지 매 호 발표하여 불교시단의 주인공으로 자리 잡은 시조 시인이다. 조종현의 시가총평은 1932년 한 해 동안 『불교』지에 수록된 문학 작품을 비평한 글로 작가와 작품에 대한 평가를 통해 불교시단을 격려하고 활성화하고자 한 의도가 있다.

'춘고'는 자신을 '오직 讀詩를 좋아하는 일개 학도'라 소개하며,[39] 조종현의 글이 예술지상주의자의 예술관을 투영한 것이며, '자기 그룹의 발표 기관으로서의 시단'을 신성시하고 옹호하며, 내용 없는 표피적 아름다움에 도취된 비평을 하고 있다고 비판하였다. 현실의 모순과 고난은 전혀 도외시한 그의 비평은 '현하 조선불교의 상태를 보더라도' '얼마나 위험한 소행인가' 묻고 있다.

---

39 오택언은 중앙학림 졸업(1919) 후 진주 불교포교당 포교사를 지냈고(『불교』 40호, 『금강저』 16호), 통도사 종회원(『불교』 105호)과 통도사 감사(『불교시보』 66호)를 역임하였다 (김광식(1996)의 부록 참조). 「총동맹제1회전체대회록」에는 "25쪽 중앙집행위원 중 '吳椿皐를 吳澤彦으로 證訂할 것"이라는 수정사항이 있다. 오춘고의 명단이 잘못되었으니 오택언으로 정정하라는 말인데, 두 사람이 동일인인지는 불확실하다. 오택언은 총동맹 1기 중앙집행위원이다. 참고로 중앙불전 교우회지인 『일광』 5호(1935.1)에 교우회의 추천 교우로 오택언이 등장한다(직업은 통도사의 監事).

宗憲실천을 불으짖고 재단 완성을 ― 교단 통일을 ― 승려생활 문제를 논의하는 등 다각적 혼란 상태에 있는 조선불교란 환경에서 修道者然하게 物外閑遊 納了然하게 다 죽어가는 氣息을 반복하는 것이 옳은 일일까? 문학이란 그 현실의 반영이라는 것을 부인하지 않는 한 엇지 그 현실을 무시하고 예술에 노예가 되어야 옳을까!

그는 '프로레타리아 신흥 문학에 있어서의 예술의 역할'을 긍정하는 입장에서 개별 작가들도 '불교개혁운동에 當하여서도 힘있는 용사가 있어지라고 노래하여주'기를 당부하였다. 비판의 대상이 된 작가는 조종현, 김태흡, 김일엽, 나운향9회졸, 김어수9회졸, 오낙교, 김영환, 윤한성, 김재수7회졸, 민동선, 박병우40 등인데 거의 모든 작가를 대상으로 한 셈이다. 「불교시단」 『불교』에 자기청산을 요구하고 시조보다는 자유시 창작으로 나아갈 것을 제언하였다.

근대 불교잡지 가운데 잡지에 수록한 창작 시가에 대해 비평을 가한 것은 조종현의 글이 유일하며, 이에 대해 반론을 제기하여 논쟁의 장으로 이끈 것은 '춘고'의 비평이 유일하다. 1930년대 초에 불교시단을 마련한 주류 잡지는 『불교』지였고, 그 작품의 경향은 개인 서정을 담은 감상적 시조가 주를 이루고 있던 것이 현실이었다. 『불청운동』에서는 이를 정면으로 비판하며 불교개혁의 운동성을 반영한 작품을 창작하기를 당부하는 비평을 통해 불교계 문단에 자극을 주었다.

---

40 이들 중 문녹선, 민동선은 중앙불전 1929년 입학, 나운향, 김어수는 1936년 입학(9회 졸업), 김재수는 1934년 입학(7회 졸업)이다. 김영환과 조종현은 개운사 강원 소속으로 학인연맹의 기관지 『회광』에 작품을 함께 수록하였고, 나방우와 윤한성은 해인사 강원 소속으로 학인연맹활동을 함께 하며 『회광』에 작품을 수록하였다.

소설로는 김태흡의 「신무대新舞臺」4·5합호, 「열혈아熱血兒」7·8합호, 「개척자開拓者」9·10호, 11호의 세 편이 있다. 소설의 주인공은 모두 청년총동맹 활동을 대표하는 전형적 인물이다. 1920년부터 현재까지 불교청년회 활동에 이어 불교청년총동맹을 세우고 주도적으로 활약한 주인공이 어떤 경과로 새로운 무대에 등장하였는지, 현재 어떤 도전 속에서 응전해 나가는지를 형상화한 작품이다.

「신무대」의 주인공은 십여 년 동안 불교개혁사업에 앞장서 온 '우리 교계의 투사'이자 '개혁운동의 원로'다. 「열혈아」는 '경성동맹 맹원 병규'의 동맹 활동을 소개한 소설이다. 「개척자」는 '경성불교동맹 맹원'이자 동경에서 의학전문학교를 고생 끝에 졸업하고 현재는 경성제대 병원의 조수로 근무하는 박태환이 새로운 불교사업과 포교를 위해 경성에서 만주로 떠나는 이야기를 담았다.

「개척자」는 실제로는 『불청운동』 창간호에 「불청총동맹 조직 종횡관」을 써서 총동맹 기획자로서의 경과와 전망을 소개한 이용조를 실제 모델로 하였다. 이용조가 만주로 떠난 실제 이유는 총동맹 운동의 내부 조직인 만당 구성원 간의 갈등이 가장 큰 이유라는 분석이 선행연구로 나와있는데, 소설에서는 그러한 외부 상황은 드러나 있지 않다. 대신 그의 만주행은 새로운 불교 포교를 위한 선구자적 행위로서 그 낙관적인 미래가 담겨 있다. 이 소설은 실제인물 이용조에 대한 오마주에 해당하는 작품이다.

세 편의 소설은 전체적으로 청년총동맹의 주역들이 1920년부터 발전시킨 운동 경과, 1920년대 말 운동을 부흥시키고 1931년 3월 총동맹을 출범시켜 활동한 이야기, 그리고 1932년 3월 대회 직전의 상황 등을 담았다. 불교청년 운동의 역사와 함께, 선배 유학생과 후배와의 사내 권력을 두고 벌이는 갈등, 동맹운동이 일제의 감시하에 억압을 받으며 전개된 현실, 사중의 동맹운동에 대한 반감 등 다양한 현실이 작품 속에 잘 반영되어 있다. 이런 점에서 이들 소설은 동맹운동의 당파성과 선동성을 잘 드러낸 보고문학이자 목적문학에 해당한다.

4. 종합 평가

『불청운동』은 목적성이 뚜렷한 불교청년총동맹의 기관지다. 잡지의 창간은 「맹헌」에 부속되어 있는 안건에 간행의 목적과 필요성이 명기되었다. 『불청운동』은 현실 투쟁의 도구로 잡지가 활용되었기 때문에 진지한 학술 담론은 담겨 있지 않다. 또한 『불청운동』은 '예술적 교양'과 '문화운동' 관련 글을 투고 요청했음에도 성과는 보이지 않는다. 다만 「불청시단」란을 설정하여 시와 시조 등 문학 작품을 투고하도록 한 것은 주목할 필요가 있다.

『불청운동』에 투고한 시, 시조의 대부분은 기존의 서정적 작품 세계를 벗어나지 못한 경우가 많았고, 이는 『불청운동』의 지향과 어울리지 않은 문학세계였다. 춘고의 조종현 비판 글은 음풍농월과 예술지상주의의 문학 풍토에 대한 비판을 제기한 글로, 문학이 현실을 반영해야 하고, 특히 청년운동의 선봉에 서야 한다는 『불청운동』의 지향을 잘 드러낸 글이다. 『불청운동』에 수록된 운동성을 반영한 작품은 나름대로 의미가 있으며, 특히 조영출의 작품은 다른 작품과 다른 수준을 보여주고 있다.

『불청운동』은 문학적 측면에서도 현실에 다가서고 현실을 견인하는 문학의 가치를 옹호했다는 점에서 다른 불교잡지와 다른 특징을 보여준다.

제4장

『선원』

선의 대중화를 위한 선학원의 기관지

1. 전개사

『선원禪苑』통권 4호, 1931.10~1935.10은 선의 대중화를 위해 설립된 선학원의 기관지다. 선화 및 선종사 관련 논설, 불교개설 및 한글 법문, 불전 번역 분야에서 주목할 만한 성과가 있다. 문학은 시조 장르가 압도적이다. 당시 시조가 대중화된 시기이기는 하나, 중앙선원에서 선의 대중화를 위해 노력한 편집의 주체들, 그리고 참여한 수좌들의 의도가 나름대로 작용한 현상이다.

1) 창간의 배경과 경과

불교계 잡지는 1910년대에 불교계의 현실 대응 기제로 등장하여, 1920년대에는 중앙의 대표 기관 외에도 여러 기관이나 조직에서 자신의 존재를 사회적으로 드러내는 여러 잡지가 등장하였다. 20년대 이후 유학생회,

전문대학 교우회 및 학우회, 강원의 학인회, 불교청년회 등 다양한 구성원 조직이 잡지를 발간하기 위해 각고의 노력을 다하였다. 이들의 노력이 모여 한국 근대불교의 내실을 형성, 발전시켜 온 것은 재언을 요하지 않을 것이다.

전통불교의 수행 조직 — 강원, 선원, 염불원, 율원 — 가운데 잡지를 독립적으로 발행한 곳은 강원과 선원이다. 강원의 학인들은 학인 연맹을 결성하고 잡지 『회광』을 발간1929.3~1932.3하였고, 보현사와 봉선사 강원에서는 『탁마』1938와 『홍법우』1938를 발행하였다. 참선수좌가 소속된 선원에서 잡지를 발행한 것은 선학원이 최초이자 마지막이다. 경성에 설립된 선학원에서 한국불교의 정체성을 회복하고 선의 대중화를 목적으로 하는 기관지 『선원』을 1931년 10월 6일 창간하였다.

기본적으로 선원 활동의 기록은 일회적이었고, 수행 자체가 개인적 득도 체험을 중시하다 보니, 선리를 탐구하는 구성원들이 자신들의 조직을 결성하고 집단적인 담론을 근대적 매체로 표출하는 기회를 얻기는 쉽지 않았다. 『선원』은 이러한 한계를 극복하고자 선원의 수좌들이 마련한, 작지만 강력한 공론화의 장이었다.

선학원은 1921년 창건된 선종 중심의 기관으로 현재에도 서울 종로구 안국동 처음 창립된 그곳에 자리 잡고 있다. 이러한 연속성에도 불구하고 선학원의 성격과 불교사적 위상에서 시기적으로 변곡점이 있다. 창간 이후 잡지 발간 시기까지로 한정해 보면 크게 두 시기로 나누어진다.

제1기는 선학원 창건과 선우공제회 활동기1921~1924이다. 1921년 12월 준공된 선학원은 창설 이후 선풍 진작운동의 구심점으로 전국 수좌들의 모임을 결성하였다. 즉 이듬해인 1922년 3월 30일에서 4월 1일까지 전국 각지의 참선수좌 35인송만공, 오성월, 백학명, 이설운, 임석두 외이 선학원에서 모였고, 그들의 조직체로서 선우공제회禪友共濟會를 결성하고 취지서를 공포하였다.

다소의 학자가 有하다 할지라도 진정한 발심 납자가 少할뿐아니라 眞贋이 相雜하야 禪侶를 等視하는 고로 선려 도처에 窘乏이 常隨하야 일의일발의 운수 생애를 지지키 難함은 실노 금일의 현상이라. 그러나 人을 怨치 말고 己를 責하야 猛然반성할지어다. 원래로 生受를 人에게 依함은 自立自活의 도가 아닌즉 학자의 전 생명을 人에게 托하여 타인의 鼻息을 侯함은 大道活命의 본의에 反할지라. 吾輩 禪侶는 警醒鬪勵하야 命을 覩하여 도를 修하고 따라서 자립의 활로를 개척하야 禪界를 발흥할 대도를 천명하야 중생을 고해에 구하고 미륜을 피안에 度할지니 만천하의 선려는 自立自愛할지어다. (발기인 오성월 이설운 백학명 외 79명)[1]

취지서에서 수좌들은 '철저한 수행을 하기 위하여, 선풍을 진작하기 위하여 자신들이 처한 상황을 타개하기 위하여 자립자애自立自愛할 것을 주장하였다'[2] 같은 회의에서 선원 기관에 관한 건과 임원 선거의 건을 상정하였는데, 선원 기관으로는 경성에 선우공제회본부를 설립, 서무부, 재무부, 수도부의 3부를 두고, 지방에는 선원이 있는 전국 19개 사찰에 지부를 설치하였다. 이어 임원 선거를 거행하여 오성월, 백학명, 강도봉, 임석두 등 총 20인을 투표로 선출하고 공제회의 운영방침을 정하였다. 즉, "본회의

---

1   정광호, 『한국불교최근백년사편년』, 인하대 출판부, 1999, 250면 재인용.
2   김광식, 「선학원의 설립과 전개」, 『선문화연구』 창간호, 2006, 285면.

경비는 禪友의 의연금 及 희사금으로 충용하고 각 지부의 禪糧中 2할과 매년 예산액 중 剩金을 저축하여 본회 기본 재산으로 하여 선원을 진흥케 하기로 가결"하였다.[3]

20세기 벽두에 범어사를 비롯하여 선풍을 진작하는 개별 사찰의 노력이 축적되어 온 결과, 1920년대에는 선학원이 건립되고, 선우공제회가 구심점이 되어 전국적인 범위에서 조직적인 선풍진작운동이 전개되었다. 선우공제회의 활동 목적은 '철저한 수행'과 '선풍 진작' 그리고 수좌들의 자립의 활로를 개척하여 이를 가능케 하고자 하는 것이다.

『선원』을 전체적으로 볼 때, 개별 단위의 글에서 선 논쟁을 근대적 방식으로 재점화하거나 새로운 아젠다를 제시하는 등의 사상적 논쟁은 나타나 있지 않다. 선 수행의 대중화, 자립경제를 기반으로 지속성을 가지는 선원의 운영이라는 것 자체가 하나의 아젠다요 근대불교의 혁신운동에 다름 아닐 것이다. 선 수행의 기풍을 전국에 확산하고자 하는 선학원의 지향은 일정정도 성공하여, '1924년경에는 통상회원 203인, 특별회원 162인 합계 365인의 회원이 소속된 수좌 중심 단체로 성장하였다'.[4] 그러나 재정적 어려움으로 수좌들의 '공제共濟'는 실현되기 어려웠던 것으로 보인다. 그 결과 1924년 4월에는 선우공제회의 본부가 직지사로 이전하였고, 1926년 5월 1일에는 선학원이 범어사 포교소로 전환되었다.[5] 이로써 선

---

3 이상 김광식(2006)과 정광호(1999)를 종합하여 정리하였다. 선학원의 활동양상과 의의에 대해서는 후속 성과가 축적되어 있다. 김광식, 「일제하 선학원의 운영과 성격」(『한국근대불교사연구』, 민족사, 1996, 95~146면); 김순석, 「일제하 선학원의 선맥 계승운동과 성격」(『한국근현대사연구』 20집, 한국근현대사학회, 2002); 김경집, 「근대 선학원 활동의 사적 의의」(『불교학연구』 15호, 불교학연구회, 2006); 오경후, 「일제하 선학원의 설립과 중흥의 배경」(『동방학지』 136집, 연세대 국학연구원, 2006) 등이다.

4 김광식(2006), 286면.

5 위의 글, 286면.

학원의 제1기 활동은 마무리된다.

이후 4년의 공백기를 거친 선학원이 다시 전국 수좌들의 구심 공간이 된 것은 1931년에 이르러서다. 제2기는 김적음 화상의 인수, 재건과 선리참구원 활동기1931~이다. 1931년 1월 21일 김적음은 한약방 경영으로 얻은 자산을 기반으로 선학원을 인수, 재건하였다. 재건된 선학원에서는 송만공, 이탄옹, 한용운, 유엽, 김남전, 도진호, 백용성 등이 대중들을 상대로 강연했으며, 일반 대중들도 남녀선우회와 부인선우회를 조직하여 생활 속의 참선수행을 실천하였다.[6]

이러한 선풍 진작 운동이 전국적인 영향력을 가지기 위해서는 잡지라는 새로운 매체가 필요하였는데, 선학원이 재건된 1931년 10월 6일 드디어 『선원』이 창간되었다. 『선원』은 선학원의 제2기가 시작되면서 그 기관지로 발행한 것이다. 창간호의 서지는 '편집겸 발행인 김적음, 인쇄소 신소년사, 발행소 선학원경성부 안국동 40번지'이다. 이는 2호1932.2.1와 3호1932.8.16. 에도 동일하다. 4호1935.10.15는 3호 간행 이후 약 3년 만에 발행되었다. 편집겸 발행인 김적음, 발행소 조선불교중앙선리참구원朝鮮佛教中央禪理參究院, 총판매소－조선불교선종중앙종무원朝鮮佛教禪宗中央宗務院이다.

이를 정리하면 다음 표와 같다.

〈표 1〉『선원』 발행정보표

호수	발행일	편집 겸 발행인	인쇄소	발행소	정가
1	1931.10.6	金寂音(경성부 안국동 40번지)	신소년사 인쇄소	禪學院 (경성부 안국동 40번지)	20전
2	1932.2.1	상동	상동	상동	15전
3	1932.8.16	상동	상동	상동	15전

6 위의 글, 287면.

호수	발행일	편집 겸 발행인	인쇄소	발행소	정가
4	1935.10.15	상동	중앙인쇄소	朝鮮佛教中央禪理參究院 총판매소-朝鮮佛教禪宗中央 宗務院	20전

　　3호와 4호 사이에 3년이 경과한 요인은 재정적인 문제였다. 선학원의 재정확립과 건실한 운영을 위해 기존의 운영기관인 선우공제회를 재단법인 조선불교선리참구원으로 개칭하였다.1934.12.5 신리참구원의 초대 이사장은 수덕사의 송만공, 부이사장은 상원사의 방한암, 상무이사는 오성월, 김남전, 김적음 등이다.[7] 김광식의 연구에 따르면 선리참구원으로 전환시킨 수좌들이 1934년 12월 30일에 조선불교선종의 종헌을 제정 통과시키고 송만공을 종정에 추대하였고, 1935년 1월 5일 그 종헌이 공포, 시행되었으며, 3월 7, 8일 선리참구원 강당에서 전국 수좌대회를 개최하였다. 1935년부터는 선리참구원에서 전국선원의 통일기관으로서 조선불교선종종무원이 운영된 것이다.[8] 『선원』 4호에 발행소선리참구원와 총판매소선종중앙종무원 정보는 이를 반영한 것이다.

2) 발행과 편집

　　『선원』의 발행인은 선학원의 원주인 김적음 화상이다. 그러나 실제 편집을 담당하거나 기자로 활동한 인물은 확실하지 않다. 기록상 선학원, 즉 중앙선원의 임원이나 직원으로 제시된 인물 중 한두 인물이 실제 편집기자로서 활동했을 가능성이 크나 각호에 제시된 명단에서도 구체적으로 지명하기는 어렵다.

7　위의 글, 289면.
8　이상은 위의 글, 290~295면 요약.

선학원 활동 제2기에 선학원 소속으로 활동조직, 활동, 강연, 방함록한 명단을 『선원』의 「선학원일기」에서 찾으면 다음과 같다.[9]

　1호, 「禪學院日記抄要」: (1931.1.21~1931.9.12) 김적음, 이탄옹, 한용운, 유엽, 김남전, 설운, 백용성, 도진호, 조명응, 김경주, 김태흡, 송만공, 조금포, 김석하. (5.23. 선원잡지 원고지를 刊布)

　2호, 「선학원일기초요」: (1931.9.14~1931.12.17) 김적음, 김태흡, 백용성. 결재대중방함록(백용성, 김석하, 신법해, 김대은, 김종협, 윤관하, 전덕진, 윤대후 외)

　3호, 「선학원일기초요」: (1931.12.23~1932.7.18) 백용성, 기석호, 설석우, 진공.

　4호, 「중앙선원현황」: 원주 김석하, 입승 이능혜, 지전 김진월, 전좌 김도홍, 사공 임초유, 지객 노석준, 미감 김인석, 회계 강석주, 화주 김적음, 주필 권혜영, 기자 최기출.

　『선원』 1호의 권두언은 만해 한용운이 썼는데, 창간사에는 필자명이 없다. 선학원의 활동일지를 작성하여 「선학원일기초요」를 정리한 이는 '노파老婆'인데 노파의 실명이나 법명은 알 수 없다. 2호의 권두언도 역시 한용운이 작성하였고, 「선학원일기요초」는 '일파日婆'가 작성하였다.[10] 그리

9　선학원 제1기 활동기록에 등장하는 인물은 다음과 같다.
　　선우공제회 제2회 임시총회(1922.11.3) - 경성사무소 전임간사 1인 임명(奇石虎). 제2회 정기총회(1923.3.29) - 참석인원 선학원 대표 기석호, 김남전, 강도봉, 이해산, 정석암, 하용주. 제3회 정기총회(1924.11.15) - 참석인원 본 사무소 강도봉, 김남전, 한용운, 신환옹, 김덕률, 김세권.
10　본문에는 필자명이 없다. 1호의 노파와 2호의 일파는 같은 인물인지 알 수 없다.

고 「지방선원소식」은 편집실에서 작성한 것으로 목차에 제시되어 있다. 3호의 권두언은 '운납雲衲'이 썼고, 「선학원일기초요」제2호續와 「지방선원소식」은 목차에서도 작성자가 표시되지 않았다.

다만 3호의 「편집여묵」에는 "사원일동"이라는 표현이 나오고, 4호의 「편집여언」은 '大牛'가 작성했으나 본명은 확인되지 않는다. 순한글로 수록한 「중앙선원」은 목차에 '더욱'이라는 인물이, 「조선불교중앙부인선원」은 '쥰극'이라는 인물이 작성하였다. 4호의 「편집여언」에는 "이제는 선리참구원으로 싀집을 가서 이른바 기관지로 나오게 되엇스니"라 하여 선리참구원의 기관지임을 명시하였고, "이번 호는 좀 그러하게 나와야 할 것이엇스나 편집 도중에 편집자의 경질 등 제 사정으로 부득이하게 되엇다"라는 표현이 있다. 1935년 4호 간행 과정에서 담당자가 교체된 사실을 알 수 있다. 그리고 4호의 「중앙선원 현황」45면에는 "본지 주필 權慧英, 기자 崔奇出"이 명시되어 있는데, 이는 교체된 이후의 『선원』 발행의 실제 담당자로 보인다. 그러나 권혜영, 최기출이 어떤 인물인지 알 수는 없다.

3호의 「편집여묵」에는 "벌서부터 세상에 나가야 할 3호가 퍽 뒷거름쳐서 나오게 되엇습니다. 그러나 잡지가 주가 아니요 선이 주가 되는 고로 선에 밧분 몸이라 자연히 그리 되엿으니 넘어 責誅나 업기를 바랍니다"라 한 것을 보면 일반 문인이거나 잡지 제작에만 전념할 수 없는 수행자일 가능성이 커 보인다.[11]

전체적으로 선학원의 기관지, 선리참구원의 기관지로서『선원』의 제작 실무자는 불분명하나 당시 선학원에 소속된 인물임은 분명하며, 잡지 제

---

11 권두언을 쓴 만해(1호, 2호), 성월일전(오성월)(4호)은 당시 대표적인 선사이자 선풍 진작 운동의 상징적 인물인데, 이들이 잡지 발행의 실무를 맡은 정황은 보이지 않는다.

작에 전념하는 일반 문사가 아니라 참선을 병행하는 수좌였음 또한 분명한 사실이다. 마치 하늘에 떠 있는 달을 볼 것이지 손가락을 볼 것이 아니라는 듯 『선원』의 제작과 편집 주체는 철저하게 감추어져 있다. 선학원의 잡지 『선원』은 편집자가 주제를 선정하고 전체 편제를 구성하는 실제적 편집자가 있었을 것이나 그들의 역할이 부각되지 않았다. 궁극적으로는 선학원에 소속된 구성원 전체, 그리고 강연을 했거나 동안거 하안거에 동참한 선사들 전체가 간행의 주체가 되며, 그들 전체를 공동 편집인으로 규정해도 무방하지 않을까 한다.

2. 잡지의 지향

『선원』은 선학원의 기관지이니만큼 선학원의 창립 정신을 구현하는 매체로 존재한다. 선학원은 참선 수좌의 자립을 도와 수행에 전념하는 풍토를 진작함으로써 궁극적으로는 한국불교의 정체성을 정립하고자 하는 의도에서 창설된 선종 기관이다. 외래 종교, 신흥 종교 가릴 것 없이 잡지라는 근대 매체를 통해 종교를 홍보하는 1930년대는 참선도 개인적 체험이나 득도로 자족할 수 있는 시대는 아니었다. 선의 대중화를 위한 잡지는 이제 시대적 요구가 되었다. 『선원』은 선에 관한 지식을 일반 수좌들, 즉 전국적으로 산재해 있는 수좌들에게 전달하여 수행에 도움을 주며, 일부 지면이라도 한글화하여 한글에 친숙한 대중과 여성 불자들에게 선리를 전달하고자 하였다. 창간호의 「창간사」는 잡지의 지향이 어디에 있는지 일목요연하게 제시되어 있다.

우리 불교 가운데도 선종에 잇서서 端的하게 宗趣와 법문을 드러본다고 할 것 같으면 佛心으로써 종지를 삼고 無門으로써 법문을 삼습니다. (…중략…) 그러기에 달마대사께서는 不立文字하고 直指人心하야 見性成佛의 도리를 端的하게 가르처주섯습니다. 우리가 이런 것을 생각하면 禪苑이라는 잡지를 세상에 내여노음도 無風起浪이요 好肉剜瘡일뿐더러 방맹이를 들어 달을 치며 신을 隔 하야 가려운 곳을 글는 것과 다름업슬 것입니다. 그러치마는 거문고나 가야금이나 피아노 가운데 아모리 듯기조혼 妙音이 잇드래도 손가락이 아니면 엇지 그 아름다운 소리를 내게 하렷가. 그것과 마찬가지로 우리 禪學 가운데 훌륭한 妙理가 만치마는 이것을 說明하지 안흐면 믿어들기가 어렵습니다. (…중략…) 이런 理趣를 입으로 말하지 아니하고 붓으로 써 보이지 아니하면 누가 알겟습닛가. 그래서 本是부터 文字에 서투른 선학의 修者라도 시대가 시대인만콤 精究墨守만 할때가 아니라하야 本誌를 세상에 보내게 된지라, 蕪辭로써 創刊辭를 代하는 바로소이다. 大道無門 千差有路 透得此關 乾坤獨步.[12]

선은 이심전심으로 전해지는 것이기에 불립문자를 표방하는데 굳이 문자로 의론하거나 대중적인 잡지가 필요한가에 대한 일반적인 의구심을 먼저 제시하고 이에 대한 답을 구체화하였다. 거문고, 가야금, 피아노 소리가 아무리 아름다워도 그것을 연주하는 손가락이 없다면 아름다운 소리를 낼 수 없다는 비유를 들어 '우리 선학 가운데 훌륭한 묘리가 많지만, 이것을 설명하지 않으면 믿어들기가 어렵다'고 주장하였다. 그리고 '내 안에 있는 心靈', '靈而覺하고 寂而照하는 一物', '佛', '如來', '一靈의 眞性', '涅槃

---

12 「창간사」, 『선원』 1호(1931.10), 2~3면.

의 '妙心'을 발견하고 포착하는 묘리가 있는 '선학의 이취를 입으로 말하지 않고 붓으로 써 보이지 않으면 누가 알겠는가'라고 역설하였다. 선학의 수좌들이 '문자에 서투르지만' '시대가 시대인 만큼' '묵수'할 때가 아니기 때문에 이 잡지를 간행한다는 논리를 담았다.

「창간사」에서는 변화하는 시대의 문장에는 조금 서툴더라도 선의 요체를 쉽고 간명하게 풀이하여 대중적 잡지를 통해 전파하는 것은 시대의 요구라 하였다. 선의 전통을 간직한 전근대에 교육을 받고 근대를 온몸으로 체험하고 있는 선지식들이 변화하는 시대의 요구에 대응한 것이 『선원』의 창간 정신인 것이다.[13]

『선원』은 선사의 설법을 비교적 길지 않은 분량에 담아내었다. 선방의 내밀한 법문을 선문을 넘어 일반 독자들에게도 전달하는 대중화의 실질을 담고 있다. 후술하겠지만 시조라는 단형의 시 형식을 원용하여 선 수행에서 느끼는 다양한 정서를 표출하기도 하고, 전파력과 감응력이 타 장르와 비교해 독보적인 소설을 통해 선문의 교양 지식을 전달하고자 하였다.

소설은 모두 순한글을 사용하여 가독성을 높이고 있다. 순한글 법문도 일부 수록되어 있고, 4호의 경우 '중앙선원' '조선불교중앙부인선원' 등의 소식란도 순한글로 소개되어 있다. 이는 모두 『선원』 대중화의 한 양상으로 의미 있는 것이다.

『선원』은 선의 대중적 개방과 확산, 선 담론의 형식적 다양화와 언어적

---

13 잡지의 창간호에 제시한 창간의 변은 잡지의 지향점을 선명하게 제시한 반면, 3호 이후 3년 만에 발간된 4호의 속간의 변(2면, 「속간사」)은 그 지향점을 다시 반복하여 설명하지는 않았다. 선리를 대중화하는 데 필요한 매체의 필요성이나 수좌들의 자립을 도모하고자 하는 「창간사」와 달리 「속간사」에서는 민중들의 정신적 위안에 방점을 두고 있으며, 좀 더 거시적인 불교의 대중적 사명을 거론하고 있다.

실천에 있어 다른 잡지에서 찾아볼 수 없는 독특한 지향을 가지고 있는 잡지로 규정할 수 있다.

3. 잡지의 편제와 항목별 분류

목차를 보면 시 작품만 「시조詩調」1~3호와 「시단詩壇」4호이라는 편명으로 묶여 있을 뿐 다른 글은 모두 독립적으로 나열되어 있다. 다만 그 가운데서도 일정한 흐름은 감지된다.

1호 : 권두언 – 선화禪話, 선종사 – 시조란 – 불교교양, 한글법문 – 선학원소식 – 불교전기(번역)

2호 : 권두언 – 논설, 선화, 선종사 – 불교교양, 한글법문 – 시조란 – 불교전기(번역) – 선원소식 외

3호 : 권두언 – 선화, 불교개설, 논설 – 번역 및 한글법문 – 시조란 – 불교전기(번역) – 선원소식 외

4호 : 권두언 – 법어, 선화 – 불교지식 – 시단 – 한글소식 – 선원소식 외

전반적으로 '권두언 – 선화와 선종사, 논설 – 문학시조 – 한글법문 – 불교전기 – 소식란'의 경향이 보인다. 이러한 경향성에도 불구하고 시조란이 중간에 들어있는 경우1호, 불교논설교양이 문학란 전후에 중복 배치되어있는 경우2호가 있는 등 전반적으로 각 항목의 편제가 중복되는 경향이 있다. 전문적인 문학인이나 잡지의 편집자가 아니라, 선학원에서 실참하는 수좌

가 편집을 담당, 발행했던 때문 아니었을까 짐작된다.

권두언은 짧은 시구 위주의 법어로서 만해1, 2호, 운납3호, 성월4호의 글이 수록되었다. 이는 잡지의 전체적인 지향이나 선의 핵심을 짧은 경구나 시구로 표현하여 잡지의 격조를 높인 부분이다.

다음 본문에서는, 새해를 맞이한 논설이나 시사 논설이 간혹 앞에 제시되기는 했으나, 전체적으로는 본 잡지의 핵심이라 할 고승대덕의 선화禪話와 함께 선종사 관련 지식을 담은 논설이 제시되었다. 백용성대각교당, 방한암의 선화가 핵심 내용이며, 여기에 박한영중앙불전 교수, 개운사 강주의 선화 및 선종사적 논설이 가미되었다.

이외에 이 시대 주요 논객으로 어느 잡지에나 등장하는 권상로중앙불전 교수, 김태흡중앙불전 강사, 불교시보사 사장, 김경주중앙불전 교수 및 허영호중앙불전 강사의 불교개설이나 논설이 섞여 있다.

한글법문은 선학원 내에 설립된 부인선원의 활동과 관련된 것으로 부인 회원에만 한정되지 않고 일반 대중들에게도 가독성을 높이는 기회를 제공하였다. 불교전기는 김태흡의 한글 번역물로 불교경전과 한국의 사찰연기 설화 가운데 서사적 흥미가 가득한 이야기를 각색하여 수록한 것이다. 「부설거사」「육조대사」「장수왕의 자비」는 추후 단행본으로 간행되었다.

권두언의 시적 표현, 선화 및 선종사 관련 논설, 불교개설 및 한글법문, 시조 작품, 불전 번역은 『선원』에서 거둔 주목할 만한 성과다. 이를 순서대로 살펴보면 다음과 같다.

1) 권두언의 시적 표현

권두언은 1, 2호는 만해가, 3호는 '운납雲衲'이, 4호는 '원장院長 오성월吳

慳月'이 작성하였다.

만해의 권두언은 매우 선적인 내용을 담고 있다. 1호의 권두언은 부처님의 三處傳心, 즉 多子塔前分半坐, 靈山會上擧蓮花, 泥連河畔示雙趺 외에 별도의 一法이 있는지를 묻는 법어此外別有一法相傳會麼요, 2호의 권두언은 한 편의 선시에 해당한다.

> 禪은 禪이라고하면 곳 禪이안이다. 그러나 禪이라고하는것을 여의고는 별로 禪이 없는것이다. 禪이면서 곳 禪이안이오 禪이 안이면서 곳 선이되는것이 이른바 禪이다. 달빛이냐 갈꽃이냐 흰모래우의 갈막이냐.

선적인 논리를 만해 특유의 시적 문법으로 승화시킨 표현을 『님의 침묵』에서 다채롭게 보여준 바 있는데 이 권두언에서도 선이면서 선이 아니고, 선이 아니면서 선이 되는 것이 곧 선이라는 불이不二의 논리를 전개하며 마지막 구에서 논리가 아닌 형상의 세계로 인도하고 있다.

3호의 운납의 권두언은 "지극한 도이시여 / 어려움이 업거만은 / 오즉이 혐의라면 / 가림일가 하노라"라는 『신심명』 4구와 함께 일원상을 그려 놓았다. 4호는 범어사 성월慳月-全 선사의 한문 게송7언 절구이 수록되었다. 전반부는 영축산의 한 줄기 꽃가지 그 꽃이 만방의 劫外春에 피어남을, 후반부는 무생곡을 부르는 열락을 노래하며 '三角山脚漢江心'으로 마무리하였다. '삼각산 아래 한강 물이로다' 정도로 해석되는 4구는 불교적 시상을 외경의 한 장면으로 제시하여 감각화하고 입체화하는 시적 묘미가 있다.

이상 권두언은 선리를 닦아 대중에게 대중의 언어로 '禪音'을 전하고자 하는 『선원』의 지향을 상징적으로 드러낸 것으로 잡지의 특색을 잘 드러내었다. 만해의 한글 시, 오성월의 한시는 문학적으로도 평가받을 만한 수준이다.

2) 시사논설

불교잡지의 경우 어떤 현안에 대한 시사 논설이 주를 이루는 경향이 있다. 권두언 다음에 잡지 소속 편집인 및 대표자를 비롯하여 불교계의 주요 인사, 혹은 잡지를 발행하는 기관, 학교, 단체의 구성원의 논설이 등장하는 경우가 많다.

『선원』의 경우 이러한 시사 논설의 비중이 적은 가운데, 선리의 탐구와 대중화라는 본연의 지향에 걸맞게 선원의 현황과 대응 방안 등이 모색되었다.

김태흡은 「호선론護禪論 – 신년新年을 당當하야」2호, 「선禪의 인생관人生觀」3호, 「심전개발心田開發과 선禪의 대중화大衆化」4호를 투고하였다. 그는 선사는 아니나 당시 가장 대표적인 포교사요, 언론인으로서 지명도가 있었기에 선에 대해서도 시사적 논설을 의뢰한 것으로 보인다.

「호선론」은 조선불교의 현실 가운데 가장 큰 문제는 조선불교의 공인된 기관으로서 대표 선원이 없다는 점을 들었다. 지방 몇몇 사찰에 선원이 미미하게 존재할 뿐이며, 조선불교선교양종이라는 대표기관의 이름과 다르게 종회에서도 선원, 선학에 관한 사항은 전혀 논의되지 않고 있는 상황은 모순이라 하였다. 선학의 진흥을 위한 구체적인 안으로는 세 가지를 제시하였다. 첫째는 선학을 부흥할 것, 둘째는 전 조선 대표 기관으로서 중앙 선원을 설치할 것, 셋째는 수행납자들의 생활을 보장할 것 등이다. 결어에서 선종은 과학적이고 철학적인 까닭에 '인테리겐자'를 교화하며 반종교운동, 유물론자들을 선도하는 유일한 종파라고 주장하였다. 『선원』잡지를 발간하는 선학원의 취지를 대변하는 시사 논설이다.[14]

마하사문의 「조선朝鮮 불교佛教에 대對하여」3호는 '禪과 講의 學'이 상호 배척하는 현실과 선사들이 각 지역의 패권을 잡고 있는 불교계의 당파성을 비판한 글이다. '굴지의 모모 선사 5, 6명이 각 지역에 할거하며 구역을 나누어 다른 선사를 비방'하는데, 경성에 와서 들어본 선지식의 법문도 여기에서 벗어나지 못하고 있음을 비판하였다. 이 글은 『선원』에 수록된 글 중 선원 및 수좌들이 보여주는 현실적 모습에 대한 거의 유일한 비판적 논설이다.

3) 선화, 법어

〈표 2〉『선원』선화와 법어 목록 – 필자별

호	필명	대표명	제목	비고
1호	石顚沙門	박한영	不是禪	선화
1호	白龍城	백용성	禪話漏說①	선화
2호	白龍城	백용성	禪話漏洩②	선화
2호	白龍城	백용성	一字百關問答	선화_법문
3호	白龍城	백용성	拈頌擧本話③	선화
3호	백룡성	백용성	화두법이라	한글선화
4호	白龍城	백용성	拈頌④	선화
1호	方漢岩	방한암	一塵話	선화
2호	方漢岩	방한암	惡氣息	선화

---

14 『선원』4호(1935.10)의 「심전개발과 선의 대중화」는 불교시보사 사장으로 불교시보를 창간한 직후 작성된 글로 그의 개인적 의도가 고스란히 노정된 논설이다. 같은 호, 정추강의 「心田開發에 對한 謾說」은 마음을 묵은 밭에 비유하고 그동안 버려두었던 묵은 밭을 개간하여 자신을 보전하고 남들에게도 보시하라는 일반적인 이야기를 담은 짧은 글이다. 당시 심전운동이 확산되는 시대적 분위기를 알 수 있다.

호	필명	대표명	제목	비고
3호	方漢岩	방한암	揚於家醜	법어
4호	宗正方漢岩	방한암	年年更有新條在하야 惱亂春風卒未休라	신년법어
4호	韓龍雲	한용운	文字非文字	선화
2호	金素荷	김태흡	生死에 超脫하라	한글법문
4호	金山一衲	김태흡[15]	本地風波	선화
4호	太祖禪院籌室鄭雲峰	정운봉	禪眼空花	선화
4호	中央禪院朴古峰	박고봉	紙黑說	선화
4호	華藏禪院朴錦峰	박금봉	夏安居示衆	선화
2호	李月華	이월화	法性山	법문
1호	風卓	미상	참된 사람	한글법문
3호	병납	미상	구든 맹서	한글기도문
4호	병랍	미상	용맹정진	한글발원문

『선원』에 선화를 게재한 선사로는 박한영, 백용성, 방한암, 한용운이 있다. 특히 백용성과 방한암은 연재물을 비롯하여 잡지사의 청탁을 받아 선화이자 법어를 보내 잡지의 지향을 실현하는데 기여한 바 크다. 이들을 주요 필진으로 하고, 이외에 포교사 김태흡, 태조선원 정운봉, 중앙선원 박고봉, 화장선원 박금봉 선사 등이 일부 글을 게재하였다.

박한영의 「불시선」1호은 창간사에 이어 첫번 째 글로 실린 선화이다. 그는 방거사가 '모든 所有가 空하다 할지언정 또한 所無를 實타 여기지 말라, 이 두 구절을 悟得하면 인생의 參學事를 맛츠리라' 하였으나 자신은 그렇지 않다 하고 '唐人의 읊은 바, 「운기남산우북산雲起南山雨北山커날 도시무정각유정道是無情却有情」이라 한 一聯을 明了하면 千聖의 頂顙을 踏破하리라 한다'고 하면서, 그 이유를 전자는 '卽是禪'이요, 후자는 '不是禪'이기 때문이

---

15 김태흡의 창씨개명 이후의 이름이 金山泰洽인 데서 추정하였다.

라고 하였다. 선의 본질, 참된 의미는 무엇인지 석전의 독특한 표현법으로 제시하면서 동도자同道者의 이해를 기대한 선화이자 법어이다.

백용성은 전 호에 걸쳐 『선문염송설화』 중 일부를 발췌하여 '拈頌本話題' – '講話' – '提宗'의 순으로 풀이하였다. 「선화누설禪話漏說」은 먼저 염송의 古則을 인용 제시하고, 이에 대해 옛 선사들의 해설을 참조하여 자신의 강설을 제시한 후, 공안에 담긴 의미를 7언의 게송으로 드러냈다.[16] 선 탐구의 교과서라 할 『선문염송설화』가 한글로 번역되지 않았던 1930년대에, 일부 그것도 현토에 가까운 번역이기는 하나, 잡지를 통해 대중에게 번역하여 선보인 것은 선의 대중화라는 측면에서 획기적이다.

백용성의 「화두법이라」3호는 한 면에 불과한 짧은 법문으로 순 한글로 되어 있어 쉽고 평이하게 화두 참선의 방법을 제시한 글이다.[17] 조선불교부인선원도 운영했던 선학원선리참구원에서 간행한 『선원』의 발간 의도를 충실하게 반영하여 선의 대중화에 기여한 글이다.

방한암은 백용성과 함께 전호에 걸쳐 선화를 게재하여 선 참구를 위한 잡지로서의 특색을 제고하는 역할을 하였다.

「일진화」1호는 참선의 본질을 제시한 후 대중들의 실참을 위한 제언을 담은 법어다. '一切處所와 十二時中에 昭昭靈靈 지각하는 이것이 무엇인고 의심하고 의심하여 본래 면목을 찾을 것'을 권발하였다. 이 글은 한암이

---

16 예를 들어 1호에는 고칙1(世尊未離兜率 已降王宮 未出母胎 度人已畢), 고칙3(世尊見明星悟道), 고칙2(世尊初生下時 周行七步 目顧四方 一手指天 一手指地云 天上天下唯我獨尊) 순으로 제시되었다. 이외에 2호는 고칙4, 고칙5, 고칙37, 고칙6, 고칙7, 고칙8 순으로, 3호에는 고칙9, 4호에는 고칙11, 고칙15 순으로 수록하였다.

17 백용성의 「화두법이라」는 '내게 한 물건이 있으되 (…중략…) 이것이 무엇인고 의심하여 보시오 (…중략…) 부대 분별심과 재교사량으로 알라고 하지말고 의정이 불덩어리와 갗이 의정만하고 추호도 달리 생각하지 마시오 (…중략…) 닭이 알 품듯 괴가 쥐 잡듯 간절이 간절이 의심하면 확철대오 하오리다'라는 요지를 담았다. 방한암의 「일진화」와 유사한 내용이다.

1922년 건봉사에서 행한 법문인『한암선사법어』에 수록된 한글가사「참선곡」과 비교했을 때, 가사와 일반 산문의 형식이 달라졌을 뿐 평소 한암이 선중들을 권발하기 위해 썼던 것과 동일한 내용의 담화이다.[18]

「악기식」2호의 제목 악기식은 '지독스런 구린 냄새를 말한다. 선문에서 악기식은 다름 아닌 지식자랑, 글 쓰는 것, 자기자랑, 알음알이知解, 천착 등이다. 깨달으면 세간의 속된 말도 모두 실상 법문이 되지만, 언어에 떨어지면 염화미소의 선기禪機도 모두 언어문자에 불과할 뿐이라는 것이다'[19] 라는 의미다. 이와 함께『선원』의 창간을 축하하며 '무상대도를 대중에게 권발'할 것을 당부하였다.

「양어가추」3호에서 제목의 의미는 가추 즉 집안의 허물을 세상에 드러낸다는 것이다. 가추는 비유적 표현으로 선가의 가리사家裏事를 말한다. 논제는 천상천하유아독존이라는 화두다. 이글 역시『선원』의 부탁임을 중간에 제시하여 자신의 글쓰기의 변과 독자를 고려한 정황을 드러내었다. 이는 앞서 살펴본 글에도 발견되는바, 독자들에게 좀 더 쉽게 다가가기 위한 한암의 글쓰기 방식의 하나로 파악된다.

「연년갱유신조재하야 뇌란춘풍졸미휴라」4호에서 제목은 '해마다 나뭇가지가 새로 돋아나 봄바람에 쉼 없이 하늘거린다'는 의미다. '僧이 鏡清禪師에게 問하되 新年頭에 還有佛法也無잇가'라는 질문에 '있다'라고 대답한 것에 대한 질문과 답변, 그리고 같은 질문에 대한 명교明敎선사, 운문雲門선사의 답변과 설명을 제시한 후 한암 자신의 답을 제시하였다. 신년맞이 법

---

18 김종진, 「한암선사의 참선곡」, 김종진 외,『한암선사』, 민족사, 2015, 283~287면 참조.
19 『정본 한암일발록』(한암대종사법어집편찬위원회 편, 민족사, 2010)에 실린 해당 부분의 해설(50면) 재인용.

어에 해당한다.

경성 대각교당의 교주인 백용성 선사와 오대산 상원사에서 머물고 있던 방한암 선사는 당시 선문에서 불교계를 대표하는 대덕이기에 매 호 이들의 법어, 선화를 게재하였고, 이들의 법어가 수록된 결과 『선원』이라는 잡지가 체제의 산만함에도 불구하고 순일한 선 탐구의 텍스트로 자리 잡을 수 있었다.[20]

4) 선종사, 선학

〈표 3〉 『선원』 선종사, 선학 논설 목록 - 필자별

호	필명	대표명	제목	비고
2호	石顚沙門	박한영	西震禪의 同別	불교사
2호	白龍城述	백용성	佛仙辨異論	불교사
3호	白龍城	백용성	摩訶般若波羅密多心經譯解	경론 번역
1호	權相老	권상로	朝鮮의 禪宗은 어떠한 歷史를 갖엇는가①	불교사
2호	權相老	권상로	朝鮮의 禪宗은 어떠한 歷史를 갖엇는가②	불교사
2호	之一 역	권상로	金秋史가 白坡和尙에게 보낸 辨妄證十五條	사료 번역
3호	退耕相老 역	권상로	了悟禪師의 四對八相法門	경론 번역
4호	退耕相老	권상로	某甲과의 問答	교리
1호	金映遂	김영수	釋尊의 悟道와 明星	교리
2호	金映遂	김영수	不立文字	불교사
1호	金泰洽	김태흡	心卽是佛	교리
3호	金泰洽	김태흡	禪의 人生觀	교리
2호	金敬注	김경주	佛敎의 三大骨髓①	교리

---

20 이 외에 한용운의 「문자비문자」, 태조선원 조실 정운봉의 「선안공화」, 중앙선원(선학원) 박고봉의 「지흑설」, 화장선원의 박금봉의 「하안거 시중」은 모두 원고지 1, 2매 정도의 짧은 분량으로 참선수좌에게 주는 법어에 해당한다. 김태흡의 「생사에 초탈하라」(2호), 풍고의 「참된 사람」(1호), 병납의 「구든 맹서」(3호)와 「용맹정진」(4호)은 선리를 듬뿍 담은 선사들의 법어와 다르게 일반 신도 및 한글이 친숙한 독자를 위해 순 한글로 작성한 대중 법문, 기도문, 참회발원문에 해당한다. 『선원』의 독자층을 고려한 한글화 노력으로 주목된다.

호	필명	대표명	제목	비고
3호	金敬注	김경주	佛敎의 三大骨髓②	교리
3호	許永鎬	허영호	大品般若에 보이는 菩薩의 十地思想	교리
1호	性海 金琪泓 역	김기홍	樂普和尙浮漚歌	게송 번역
1호	金琪泓 역	김기홍	南嶽懶瓚和尙歌	게송 번역
2호	文龍翰	문용한	眞如心性	독자투고

선종사를 중심으로 한 불교사의 논설로는 박한영의 「서진선西震禪의 동별同別」, 백용성의 「불선변이론佛仙辨異論」, 권상로의 「조선朝鮮의 선종禪宗은 어떠한 역사歷史를 갖었는가」, 권상로의 「김추사金秋史가 백파화상白坡和尙에게 보낸 변망증십오조辨妄證十五條」가 있다.

박한영의 「서진선의 동별」은 길지 않은 분량에 인도西와 중국震, 支那 선의 같고 다른 점에 대해 논증하였다. '보통의 불교강의나 불교잡지에 게재하기 어려운' 내용으로 『선원』 게재의 변을 삼았다.

백용성의 「불선 변이론」은 불교와 도교를 비교한 글이다. 불교와 도교의 역사적 경쟁과정을 소개하며 불교가 도교와 비교해 우위에 있음을 논하였다. 또 도교가 불교를 빙의하여 펼치는 논리가 터무니없음을 논박하고 있는데, 이는 1920, 30년대 당시 도교적 성격이 가미된 신흥종교의 성행을 의식한 것으로 보인다.

권상로의 「조선의 선종은 어떠한 역사를 갖었는가」1,2호는 신라 헌덕왕 13년823에 당에서 환국한 도의선사가 조선선종의 효시임을 장흥 보림사에 있는 「보조체징선사 영탑비」 등을 근거로 소개하였다. 조선의 선종이 도의화상으로부터 구산선문이 형성되었음을 말하였다.

권상로의 「김추사가 백파화상에게 보낸 변망증십오조」는 『선문수경』의 작자 백파 긍선에게 보낸 추사 김정희의 서간문을 번역한 것이다. 추사의 편지는 현재 한국불교전서에는 『백열록栢悅錄』에 수록되어 있는데, 백파의 선론에 대해 15가지 오류를 조목조목 비판한 내용이다. 역자는 당시로서는 신자료인 전문을 번역 소개하고 추사의 맹점과 당시 선문의 한계를 균형 있게 소개하였다.[21]

경론을 번역한 것에는 백용성 역 「마하반야바라밀다심경역해摩訶般若波羅密多心經譯解」, 권상로 역 「요오선사了悟禪師의 사대팔상법문四對八相法門」, 김기홍 역 「낙보화상부구가樂普和尚浮漚歌」, 「남악나찬화상기南嶽懶瓚和歌」가 있다.[22]

교리 연구로는 권상로의 「모갑某甲과의 문답問答」, 김영수의 「석존釋尊의 오도悟道와 명성明星」 및 「불립문자不立文字」, 김태흡의 「심즉시불心卽是佛」과 「선禪의 인생관人生觀」, 김경주의 「불교佛敎의 삼대골수三大骨髓」, 허영호의 「대품반야大品般若에 보이는 보살菩薩의 십지사상十地思想」, 문용한의 「진여심성眞如心性」 등이 있다.

김영수의 「석존의 오도와 명성」은 석존이 12월 8일 명성明星을 보고 득도한 것에 대한 여러 고덕의 해석을 소개하고 명성과 오도가 어떤 계기적인 작용을 하는지 아닌지, 어떤 의미가 있는지 소개한 글이다. 「불립문자」는 선종의 종지를 가장 간명하게 제시한 '불립문자 직지인심 견성성불' 가

---

21 고형곤은 『선의 세계』(동국대 출판부, 2005 개정판)에서 추사의 서간을 번역하고 이에 대한 학술적 평가를 개진하였다. 최근의 논문을 보면 이러한 선학들의 균형 잡힌 논증 과정은 참고하지 않고 어느 일방에 좌단하는 경향이 있는 듯하다. 최근의 번역은 『백열록』(김종진 역, 동국대 출판부, 2020) 참조.

22 백용성의 「마하반야바라밀다심경역해」는 심경의 구절 하나하나를 표제로 제시하고 이를 쉽게 강설하는 방식으로 '역해'한 것이다. 권상로 역 「요오선사의 사대팔상법문」은 『조당집』 권20 소재 「表相現法」을 번역한 것이다. 이 글은 한국불교전서에는 「조당집소재순지화상설」이라는 제명으로 수록되어 있다. 김기홍 역의 「낙보화상부구가」와 「남악나찬화상기」는 『경덕전등록』에 수록되어 있는 게송으로 선의 수행과정에서 부르는 수도가(禪歌)이다.

운데 불립문자를 소개한 글이다. 기록 근거로『오등회원』,『벽암록』,『조정사원』을 들고 불립문자에 대한 극단적 오해는 '조선의 선객' 중 무식자가 많아진 원인으로 지목하였다.

김태흡의「심즉시불」은 '佛'이라는 글자의 의미를 이해하지 못하는 대중들에게 설명하고자 한 글이다.「선의 인생관」은 서두에서 선을 활구선과 사구선문자선, 구두선, 의리선으로 구분하고 활구선도 어느 정도 설명이 필요하다는 점을 들어 글쓰기의 명분으로 삼은 후 선 연구와 수행의 필요성을 제기하였다.

김경주의「불교의 삼대골수」[1,2]는 크게 '불교총괄' 장과 '불교골자' 장으로 나누어 불교개론을 소개한 글이다. 불교총괄은 불교 교리의 총괄이요, 불교골자는 계정혜 삼학을 소개한 부분이다. 특히 계정혜 삼학 중에서는 '定'에 큰 비중을 두고 설명하였다. 인도선과 중국선의 대강을 소개한 후 중국과 조선의 선종 계보를 약술하였다. 마지막에는 경허를 조선 선종의 중흥주로 소개하였다.[23]

허영호의「대품반야에 보이는 보살의 십지사상」은 제목 그대로『대품반야경』에 보이는 십지사상을 소개한 논문이다. '共十地'를 대표하는 구마라집 역『대품반야경』에 나타난 십지의 성립에 대해 권6「발취품發趣品」을 중심으로 소개하며, 십지 중의 선후관계까지 고찰하였다.

---

23 선학원(중앙선원)에서 1942년『경허집』을 간행하여 경허의 위상을 정립한 것도 이러한 기본적인 연구가 토대가 되었을 가능성이 있다.

5) 문학의 양상

<표 4> 『선원』 문학 작품 목록 - 장르별

호	필명	대표명	제목	비고
1호	之一	권상로	「님 게신곳」	시조
1호	風臬	미상	「木鐸」	시조
1호	動初	미상	「禪學院에서」	시조
1호	都鎭鎬	도진호	「瓶花」	시조
1호	大隱	김태흡	「꿈」	시조
1호	古峯	(박고봉)	「自樂」	시조
1호	俗兒	미상	「禪苑에서」	시조
2호	趙宗玄	조종현	「拈花微笑」(3수)	시조
2호	羅方右	나방우	「旅枕病床」(3수)	시조
2호	羅方右	나방우	「雲鄕의 노래」(2수)	시조
2호	金剛山人	미상	「自樂」	시조
3호	萬海	한용운	「禪友에게」	시조
3호	趙宗玄	조종현	「生의 眞義」「彌勒」「그림자나 잇슬가」	시조
3호	金永煥	김영환	「山寺一夜」	시
4호	素峰生	미상	「내 무엇을 빛이려는가」	시
4호	RWH	미상	「가을밤」	시
4호	羅雲鄕	나방우	「秋夜長」(3수), 「哭金友龍哲靈前」(3수)	시조
4호	雲水	현상백	「님 차저 가는 길」	시조
4호	雲水玄祥白	현상백	「自在」	한시
4호	崔應山	최응산	「玉泉庵의 달밤」(2수)	시조
4호	崔南善	최남선	「九面觀世音」(3수)	시조
4호	風臬	미상	「祝禪苑」	시조
4호	長髮漢	미상	「祝禪苑」	시조
1호	金大隱	김태흡	「浮雪居士」	불교전기
2호	釋大隱	김태흡	「六祖大師」	불교전기
2호	風臬	미상	「욕미만의 중 되는 고개」	창작서사
3호	釋大隱	김태흡	「長壽王의 慈悲」	불교전기
4호	李光洙	이광수	求道者의 日誌	수필
4호	崔奇出	최기출	福堂의 녯 벗에게	수필

『선원』의 문학 지면에 등장하는 운문은 대부분 시조 장르인 점이 눈에 띈다. 투고 인물로는 권상로, 풍고, 동초, 도진호, 김태흡, 박고봉, 속아이상 1호, 조종현, 나방우, 금강산인이상 2호, 한용운, 조종현, 김영환이상 3호, 소봉 생, RWH, 나방우, 현상백, 최응산, 최남선, 장발한, 풍고이상 4호 등이 있다.

1호에 등장하는 풍고, 동초, 고봉, 속아라는 필명, 그리고 4호의 소봉생, RWH, 현상백, 장발한, 풍고는 누구인지 알 수 없다. 「자락自樂」을 쓴 '고봉'은 선학원 소속의 박고봉으로 보이는데, 필명으로 등장하는 인물도 박고봉과 같은 선학원 소속의 수좌들로 추정된다. 1호의 「선학원에서」동초와 「선원에서」속아, 4호의 「축선원」풍고, 장발한에서의 '선학원'과 '선원禪苑'은 바로 잡지가 발간되는 공간 선학원에서 수선修禪하거나 머무는 상황에서 창작한 것이 분명하다. 현장성을 반영한 시조 작품인 것이다.

실명이 확인되는 인물로는 권상로, 도진호, 김태흡, 조종현, 나방우, 한용운, 김영환, 최남선 등이 있다. 이들은 1920년대, 30년대 불교잡지에 자주 등장하는 대표적인 인물들로, 선학원의 활동에 직접 참여하거나 취지에 동참하여 투고하였다.[24] 이들은 모두 선학원의 지적, 문화적 인프라를 구성하는 지성이라고 할 수 있다.

여기에 수록된 시조와 시 작품은 선풍의 진작이라는 본연의 목적에 충실한 작품으로 평가될 수 있지만, 많은 경우 평면적이고 고식적인 표현으로 긴장감이 떨어지는 작품, 감상적인 경향이 남아 있는 작품으로 평가할 수 있다.

---

24 한용운은 선학원 활동의 주요 인물 중 하나이며, 도진호와 김태흡은 선학원에서 강연을 한 기록이 있다. 시조를 투고한 최남선과 수필을 투고한 이광수는 박한영과 함께 교유하며 국토기행문을 썼던, 불교와 친연성이 있는 인물들이다. 조종현은 강원 활동을 주로 한 시조시인인데 『선원』의 투고 요청을 받고 투고한 정황이 작품에 부기되어 있다.

문학적으로 평가할 수 있는 작품으로 먼저 조종현의 「염화미소」3수, 2호는 『선원』 편집자의 의뢰를 받아 투고한 작품으로 부처의 염화미소를 시화한 것이다. '세존의 염화시중, 가섭의 파안미소 염송의 一題'라는 부기가 있으며, 1수는 염화시중, 2수는 가섭의 미소, 3수는 이를 종합한 내용을 담았다.

> 만다라 만수사화 송이송이 흩어질제
> 우리님 무심할손 꽃한송이 드을시고
> 때마츰 금색두타도 하염없이 우섯소

영산회상의 한 장면을 시각화하는 장면으로 기존 지식에 새로운 지식을 더하지는 않으나 종교적 한 장면이 절제된 시 형식과 간결한 표현으로 장면화가 이루어져 종교적 감흥을 준다.

한용운의 「선우禪友에게」3호는 수선납자를 청자로 설정하여 선기禪家 가풍의 고준高峻함과 중생 구제의 다짐을 담은 시조이다. 중장에서 선가의 가풍을 '바위 밑의 喝一喝과 구름 새의 痛棒이라'라고 표현한 부분은, 그것이 선가의 일상사이기는 하나, 소재와 표현의 측면에서 시조의 표현 영역을 확장한 의의가 있다.

최남선의 「구면관세음九面觀世音」 3수는 '九面自在像'을 보내주는 이가 있어 감탄하고 음미하며 '禮讚의 誠'을 펼친 시조다. 그 과정을 1, 2수에서 읊고 3수에서 "쏘대다 못한몸이, 다버리고 눗는곳에 / 목말리 엇자든것, 죄다거기 잇기로니 / 이제야 어느물결이, 가슴칠줄 잇스랴"로 마무리하였다. 나의 세속적 삶의 방황을 종식할 위안을 주며, 내가 애타게 갈구했던 믿음의 대상을 눈앞에 두고 안도하는 종교적 심성이 잘 드러난 작품이다.

소봉생의 「내 무엇을 빛이려는가」 4호는 부처님의 원광圓光을 '님의 빛'이고 '투명체인 거울'이며, '내 마음의 요람'이자 '내 마음의 거울'로 표현한 시다. 시적 구조는 견고하지 못하지만 거울을 통해 님과 나와의 거리를 표상한 것은 나름대로 의미가 있는 시도이다.

서사문학으로는 불전을 번역하고 각색한 김태흡의 소설이 특색을 이루었다. 「부설거사」 1호, 「육조대사」 2호, 「장수왕의 자비」 3호는 모두 순 한글로되어 있으며 각 호의 마지막 부분에 부록처럼 수록되어 있다. 이들은 각각 13면, 17면, 34면의 분량으로 한 호에서 차지하는 비중이 가장 크다.

「부설거사」는 부안 지역에 구전되던 이야기이자, 조선시대 불가 문집에도 등장하는 등운암과 월명암의 연기설화를 극화한 것이다.[25] 「부설거사」의 도입부는 묘화가 부설에게 간청하는 대사로 시작하여 이야기를 입체화함으로써 독자들의 흥미를 자극하고 있다. 전체적으로 평면적인 스토리에 대화를 가미하여 더 극적으로 구성하고, 시간 순서를 일부 도치시키면서 서사 구조를 입체화하여 독자의 흡입력을 배가한 효과를 가져왔다.

「육조대사」는 오조홍인에게 육조 혜능에게 의발을 전수한 후, 다른 제자들의 위협을 피해 구강역九江驛에 도착하여 배를 타고 남방으로 가는 스토리를 앞에 제시한 후, 출생에서 출가, 신수와의 경쟁, 불법 홍포, 입적에이르는 일생담을 소개한 전기물이다.

---

25 이는 영허대사의 『暎虛集』(1635)에 나오는 「부설전」의 스토리와 비슷한데, 일부 차이가 발견된다. 「부설전」은 신라 진덕여왕대로 나오나 「부설거사」에는 선덕여왕대로 나오고, 「부설전」은 주인공들의 감흥을 표현한 시가 다수 삽입되어 있으나, 「부설거사」에는 시가 등장하지 않는다. 등운암과 월명암은 「부설전」에서는 지명까지는 제시하지 않은 것을 「부설거사」에서는 부안의 월명암, 계룡산의 등운암이라 소개하였다.

「장수왕의 자비」는 불경『장수왕경』을 번역 각색한 것이다. 이 경은 사위국 기수급고독원에 계시던 부처님이 여러 비구들에게 말씀하신 전생담으로, 전체가 부처님의 설법으로 이루어져 있다. 전체적으로 소설에서는 부처님의 전언으로 전하는 구조는 탈각하고 3인칭 시점으로 서술하였다.

경전 자체에 대립적인 등장인물, 대화로 전개되는 스토리, 상식을 초월히는 극적인 전개과정 등 서사구조의 튼실함, 흥미진진한 스토리는 상대적으로 개작의 범위가 넓지 않았음에도 불구하고 매우 흥미로운 서사로 각색되었다.[26]

4. 종합 평가

『선원』에는 선사의 법어를 제외하면 논설은 크게 선종사와 교리 관련 글로 나누어진다. 1928년 개교한 중앙불전에서 교수와 강사로 재직한 박한영, 권상로, 김영수, 김태흡, 김경주, 허영호 등은 1920~30년대 불교계 잡지의 지면을 장식한 대표적인 불교학자, 불교사학자였는데『선원』의 전호에도 이들이 등장하여 선과 관련된 기본적인 역사와 교학을 대중에게 전달하는 역할을 도맡았다. 선학의 교과서가 없던 시기에『선원』은 바로 그 역할을 학술과 교양의 영역에 걸쳐 충실하게 수행하였다.

문학적으로 보면『선원』에 시조가 대다수를 차지하는 현상이 주목된다.

---

26 「부설거사」「육조대사」「장수왕의 자비」는『선원』에 실린 후 소설로 독립 출판하고 재판까지 출간하였다.『선원』4호(1935.10)의 목차 앞면에는 조선불교선종중앙종무원에서 발매하는 네 권의 책을 홍보하는 광고가 있다.『장수왕의 자비』(정가 6전),『부설거사』(정가 6전),『육조대사』(정가 8전),『석가여래약전』(정가 15전) 등이다.

이는, 당시 시조가 대중화된 시기이기는 하나, 중앙선원에서 선의 대중화를 위해 노력한 편집의 주체들, 그리고 참여한 수좌들의 의도가 나름대로 작용한 것으로 판단된다.

불가문학에서 조선시대에 시조를 창작하지 않은 것은 시조가 사대부의 세계관을 반영하는 가곡으로서, 그들의 풍류현장에서 창작, 음영되었기 때문이다. 1930년대 『선원』의 편집자와 참여하는 지성들이 시조를 택한 것은 바로 이러한 시대에 간결한 시조 형식, 정제된 시적 표현을 담는 시조가 선의 정신을 담기에 적합한 장르로 여겼기 때문이다. 1930년대에 시조는 참선의 과정과 여가에 참선수좌의 선적 지향을 드러내고 선적 분위기를 담는 가장 적절한 장르로 부상하였다.

제5장

『룸비니』

중앙불전 학생회의 앤솔로지

1. 전개사

『룸비니』**통권 4호, 1937.5~1940.3**는『일광』의 자매지로서, 중앙불전교우회에서 분리된 중앙불전학생회에서 간행하였다.[1] 논총에는 불교철학, 문학, 언어학의 성과가 있어 근대불교학의 성과를 받아들이고 내면화하는 양상을 확인할 수 있다. 문학적으로 여러 양식의 작품이 수록되어 있어 중앙불전 출신 작가의 문학적 역량을 다지는 장으로 활용하는 양상이 뚜렷하다.

1) 창간의 배경과 경과

1928년 4월 개교한 중앙불교전수학교는 1930년 4월 7일 중앙불교전문학교로 승격 개편되었다. 1928년 입학한 학생을 중심으로 1931년 1월

---

[1] 1호의 제명은『럼비니(RUMBINI)』이나 2호부터『룸비니』로 표기가 변경되었다. 본서에서는『룸비니』를 대표명으로 삼는다.

24일 제1회 졸업식을 거행하여 24명의 졸업생을 배출하였다. 이후 1940년 2월 제10회 졸업생을 배출하고 1940년 6월에 교명을 혜화전문학교로 개칭하여 중앙불전 시대를 마감하였다.

중앙불전에서 간행한 잡지는 교직원과 학생이 함께 조직된 중앙불전교우회에서 발행한 『일광』지다. 개교한 해인 1928년 12월 첫 호가, 첫 입학생이 2학년일 때 2호가, 다시 졸업반일 때 3호가 발행되어 재학생의 성장과 함께 성장해 나갔다. 1931년 3월에 첫 졸업생이 배출된 이후에는 교우회의 성격이 재학생에서 졸업생 중심으로 바뀌었고, 학생회가 별도의 조직으로 구성되었다. 기존의 교지 『일광一光』은 교직원과 졸업생이 중심이 된 교우회의 기관지로 자리 잡으면서 1940년까지 제10호를 발행하였다.

교우회에서 학생회가 분리되어 독립한 1931년 이후 학생회에서 주도하여 발행한 교지는 공백으로 남게 되었는데, 학생회 주도로 재학생 위주의 교지가 발행된 것은 1937년 5월에 이르러서였다. 『일광』 3호가 1931년 3월 발행이고, 『룸비니』 창간호가 1937년 5월 발행이니, 1931~1936년 약 6년간은 중앙불전 학생들의 사유와 정서를 담아내는 그릇으로서의 교지가 공백인 상태가 유지된 것이다. 경성, 연희, 보성, 숭실, 이화 등 대학과 전문학교의 교지가 발행되어 젊은 사유와 정서를 담아내던 시대[2]에 중앙불전 학생들 입장에서는 아쉬움이 컸을 것으로 짐작된다. 『룸비니』의 창간은 시기적으로 지체되었지만 필연적이었다.

---

2   이들 교지에 대한 연구 성과는 다음과 같다. 박헌호, 「근대문학의 향유와 창조-『연희』의 경우」, 『한국문학연구』 34호, 동국대 한국문학연구소, 2008; 여태천, 「교지의 글쓰기 양식과 문학적 반응-1930년대 전문학교 교지를 중심으로」, 『한국학연구』 31호, 고려대 한국학연구소, 2009; 오문석, 「식민지 시대 교지 연구」(1), 상허학보 8집, 상허학회, 2002; 박지영, 「식민지 시대 교지 『이화』 연구」, 『여성문학연구』 16집, 한국여성문학학회, 2006; 박헌호, 「『연희』와 식민지 시기 교지의 위상」, 『현대문학의 연구』 28집, 한국문학연구학회, 2006.

『룸비니』는 1936년 가을에 발간을 준비하여 1937년 5월 7일 '람비니'라는 제명으로 창간하였고, 2호부터는 '룸비니'로 표기를 바꿔 간행하였다. 그리고 1940년 3월, 제4호로 종간되었다. 이 해는 제10회 졸업생을 배출하며 중앙불전이라는 교명이 사라지게 된 해이기 때문에 『룸비니』는 중앙불전의 후반기와 함께한 교지라 할 수 있다.

『룸비니』가 간행된 1937··1940년까지 중앙불전교우회에서 발행한 『일광』은 7~10호이다. 『일광』 7~10호, 『룸비니』 1~4호는 실제로는 1936 ~1939학년도에 교우회와 학생회에서 각기 발행한 학교 역사의 자료집이자 각각의 회원들의 학술, 문예의 성과가 담겨있는 잡지로서 상보적으로 존재한다.

2) 조직과 운영 및 발행과 편집의 주체

『룸비니』 1호에 수록된 1936학년도의 학생회 활동을 참고로 보면, 학생회는 서무부, 종교부, 학예부, 체육부로 구성되었다.[3] 서무부는 전체 회의를 주관하고 운영을 담당한 조직이다. 종교부는 4월 8일 석가탄신일 기념식을 거행하며, 12월 8일 석존 성도일 행사를 주관하였다. 그리고 매년 강연대를 조직하여 하계 휴가 기간 1개월 정도에 전국을 순회 강연하는 종교행사를 주관하였다. 학예부는 교내 웅변대회, 남녀전문학교 웅변대회, 강연회를 주최하고, 외부 대학에서 주관하는 토론대회에 대표자를 보내는 등의 행사를 주관하였다. 그리고 1936년 가을부터는 학생회의 회지會誌를 발간하는 데 주역을 담당하였다. 체육부는 1935년부터 전국남자중학교

---

3   2호부터 재무부가 등장하였고, 3호에 한하여 음악부가 등장하였다.

정구대회를 주관하였으며 정구부, 축구부, 농구부, 탁구부, 빙상부 등 다양한 종목에서 대외 경기에 참여하는 역할을 담당하였다. 대부분 승려 신분으로서 학생 수가 많지 않은[4] 중앙불전의 학생회에서 주관하는 행사가 상대적으로 다양하고 활발했던 점이 인상 깊다.

1호에 소개된 서무부 주요 일지[5]를 보면, 학생회지 발간은 1936년 11월 3일 임원회에서 결정된 사안이다. 학년 초가 아니라 2학기 중반기에 회지를 발간하기로 한 것은 학예부의 내부 사정에 기인한 것이다.[6] 이에 따르면 1936년의 시국이 전문학교 학생들의 자유로운 대내외 토론, 강연회를 불허하는 상황에서 잡지를 통해 언론을 열어보려는 중앙불전 학예부의 기획에 따라 『룸비니』가 창간된 것이다.

〈표 1〉 중앙불전 학생회 학예부원 명단

호	발행일	본회 役員 명단 (졸업기수)	비고
1호	1937.5.7	회장 양영조(9회) 학예부 송정의(9회) 나운향(9회) 신상보(9회)	출범 시 학예부원 김어수는 제8회 역원회에서 송정의로 대체[7]

4　『동대70년사』(동국대, 1980, 628~630면)의 졸업생 명단을 보면 1회 24명, 2회 13명, 3회 14명, 4회 16명, 5회 16명, 6회 21명이다. 『룸비니』의 명단을 통해서 확인되는 졸업생은 7회 15명, 8회 20명, 9회 40명, 10회 36명이다. 9회가 가장 많은 학생이 재학했던 기수로 파악된다.

5　1936년 4월 20일, 학생회 정기 전체대회 개최 동 5월 4일, 제1회 역원(임원)회 개최하고 본년도 예산 편성하다. 동 11월 3일, 제7회 역원회를 개최하고 左의 사항 결정하다. 一.학술강연 개최의 건. (…중략…) 一.회지 간행의 건. 「서무부보고」, 『룸비니』 1호(1937.5), 116면.

6　1936년도 학부는 5월과 6월 교내 웅변대회를 개최한 후, 제4회 남녀전문학교웅변대회를 주최하고자 12개교에 초청장을 발송한 결과, 8개교 10통의 원고를 접수하고 장소까지 마련했다. 그러나 "通過는 四通"에 불과하여 개최가 불가능해졌고, 다시 원고를 수합했으나 수포로 돌아가 휴회하기로 결정하였다. 이외에 梨專의 김상용, 中專의 김경주 김두헌 교수를 초빙하여 학술강연회를 개최하고자 하였으나 이 역시 "不許"로 중지되었고, 그 대안으로 추진하던 학생극도 준비를 잘 진행하였으나 "사정상 부득이 신학기로 연기"하게 되자, '장구한 역사를 가진 본교 학생회에 한 會誌조차 없음을 說하고서 회지 발간에 전력을 다'하기로 하였다. 아울러 '부득이한 사정'이란 대내적인 것보다 대외적인 이유가 있었음을 밝혔다.

호	발행일	본회 役員 명단 (졸업기수)	비고
2호	1938.3.17	회장 유석규(9회) 학예부장 김어수(9회) 학예부 부원 문동한(10회) 서병렬(9회) 오화룡(10회)	
3호	1939.1.30	위원장 한병준(10회) 학예부장 문동한(10회) 학예부 부원 김용태(혜화1회)	
4호	1940.3.10	위원장 김정묵(혜화1회) 학예부장 김용태(혜화1회) 학예부 위원 조동탁(혜화1회)	

1호는 1936년에 입학한 학생후에 9회 졸업이 학예부의 중추를 이루어 발행을 주관하였다. 표를 보면 9회 졸업생이 1호와 2호에 학생회 회장과 학예부 임원으로 등장한다. 9회 졸업생은 김어수, 김달진 등 창작에 재능 있는 학생이 상대적으로 다수 포진된 기수로 잡지 발간과 문학창작에 있어 중앙불전의 존재감을 드러낸 황금기수라 할 수 있다. 이외에 나운향9회, 신상보9회, 유석규9회, 문동한10회, 김용태혜화 1회 등 학예부 임원들은 잡지에 다양한 방면에서 필진으로 등장하였다. 특히 혜화전문 1회 졸업생인 조동탁 조지훈은 학예부 임원으로 4호의 발행에 주역으로 참여하였다.

1936년 11월 발행을 준비한 학예부는 이듬해 2월 경 교수진의 축사와 원고를 받아 1집을 펴냈다. 교지는 통상적으로는 한 학년도가 마무리되는 4월 1일 이전에 발행되는 경향이 있는데, 『룸비니』는 새 학기가 시작된 5월에 간행을 보았다. 실제 발간의 주축인 학예부 임원들이 2학년이었기 때문에 굳이 졸업반의 졸업시기에 맞출 필요가 없었다.

---

7 「서무부보고」, 『룸비니』 1호(1937.5), 116면.

호수	발행월	편집 겸 발행인	발행소	면수(비매품)	편집후기	비고
1호	1937.5	회장 양영조	중앙불교전문학교 학생회(경성부 明倫町 1丁目 2번지) (이하 같음)	122면	신상보	『일광』 7호 (1936.10)
2호	1938.3	학예부 김어수	중앙불교전문학교 학생회	116면	김어수	『일광』 8호 (1937.11)
3호	1939.1	학예부 문동한	중앙불교전문학교 학생회	140면	김용태	『일광』 9호 (1939.3)
4호	1940.3	학예부 김용태	중앙불교전문학교 학생회	127면	C.W.W	『일광』 10호 (1940.1)

『룸비니』는 창간 후 매년 1회 발행을 원칙으로 하였으며 면수는 116~140면, 가격은 비매품으로 발행하였다. 1호의 편집후기에 "재정난, 원고난 등의 여러 난관"이 있었으나 기본적으로 학생들이 내는 학생회비가 기본적인 자원이 되었고, 여기에 '각종 불교단체'를 방문하여 후원금을 모금했던 임원들의 노력이 바탕이 되었다. 2호의 재정부 보고에는 "소화 12년1937 11월 25일 현재"의 「중전학생회 세입세출 現計表」가 있는데, 세입 항목에 '잡지축하'금이 30円, 세출 항목에 "회지비"가 167円이다. 3호의 같은 기록에는 세입 항목에 '회지축하금' 40엔, 세출 항목에 '회지비' 180엔이었고, 4호에는 세입항목에 '회지축하금' 50円, 세출 항목에 '회지비' 230円이 기록되었다.

학교의 지원금 가운데 일정 부분 회지 발행에 들어갈 가능성도 있고, 축하금은 광고비와 여러 사찰[8]의 경비 후원이 포함되었을 것으로 보인다.[9]

---

8 『룸비니』 1호(1937.5)의 「축창간」, 3~4호의 「축룸비니발간」(삼십대본산종무소 소재 사찰, 개인) 명단 참조.

9 『룸비니』의 광고는 동광당서점(1호) 중앙불전교우회, 불교시보사, 동아사인쇄소, 청진서관, 삼원휘장공장(2호), 동광당서점, 소화제모상회, 혜동양복점, 동아일보, 조선일보, 매일신보사, 불교사, 불교시보사, 조선불교중앙교무원, 기타 약국 다방 인쇄소 등(3호), 동아일

창간호 편집후기에서 재정난을 토로했던 상황은 이 같은 광고비의 협찬에 의해 상당부분 해소되어 비교적 안정적인 상황에서 매년 간행될 수 있었다. 간행의 어려움은 사실 재정적인 측면보다 1937년 이후 전개된 일제의 전쟁 준비와 내선일치에 따른 조선어 사용 금지 등 외적 요인이 가장 큰 장애물이었을 것이다. 2호부터 4호까지 첫머리에 수록한 「皇國臣民ノ誓詞」가 이를 반증한다.

2. 잡지의 지향

중앙불전 학생회에서 발행한 학생회지 『룸비니』는 기본적으로 '중앙불전'의 존재론적 지향성과 '중앙불전 학생'의 내적 지향성이 어우러진 방향성을 가진다. 창간호에 실린 학생회장의 권두언과 교수진의 축하 글을 통해 이를 확인할 수 있다.

과학문명의 최후 심판일은 가차워 왔다. 자본주의 경제의 一轉機는 임박하였다. 세계평화의 신이라고, 전인류가 믿고 있든 국제연맹의 공든 탑도 이제는 그의 사명을 잃고 생명조차 풍전등화의 신세가 되고 말았다. 列國은 또다시 군비 확충과 살륙 연구에 몰두하고 있다. 소비에트 연방의 赤色火山脈은 이태리의 파쇼, 독일의 나치쓰 (…중략…) 인류를 위협하고 있다. 각국은 대내대외를 물론하고 그 정치 경제 모든 이면에까지 이들 사상의 영향을 받아 위정자의 낭패가 날로 심하여 갈 뿐이다. 우리는 현대 인류의 간단없는 불안 상태에 대하야

보사, 조선일보사, 매일신보사, 만선일보사 및 기타 다수의 상점 광고(4호) 등이 있다.

그 원인을 냉정히 살펴서 이에 불혹할 자기의 수양에 정진할 것이요 확호부동
할 인생관을 가져야 할 것이다. 그리하야 그의 현실에 노력할 것이요 이상적 새
로운 문화의 건설에 용왕매진하여야 할 것이다. 그 이유는 우리는 삼천년 전 인
도의 사회상태와 「럼비니」 동산에 성자의 출현을 잘 아는 따름이다.[10]

룸비니는 석가모니가 탄생한 동산의 이름이다. 과거 인도의 '사상, 종
교, 정치적 혼란 상황을 극복하고 전 세계에 일대광명을 주었던' 것은 '룸
비니' 동산에서 탄생한 석가모니, 그가 완성한 불교의 세계관으로 논자는
규정하였다. 그리고 1930년대 당시 제국주의가 격돌하여 세계적인 혼란
을 초래한 시대 상황에서 전문학교 학생인 '우리들'이 해야 할 사명은 냉
철한 현실 파악 후 자기 수양에 정진하고 확고한 인생관을 확립한 후, 현
실 개선에 힘써 새로운 문화를 건설하는 것이다.

생활을 떠나서 인간이 없고 인간을 떠나 종교도 없다. 아니 문화도 문명도 없을
것이다. 문학도 실생활에서 울어난 땀이요 고투의 기록일 것이다. 종교 亦 생활
에서 맛볼 수 있는 생의 환희일 것이요 혼의 절규일 것이다. 확호부동의 인생관
을 세우고 물심일여의 인격을 구현함이 「럼비니」의 사명이요 이상일 것이다.[11]

최종적으로는 확고부동한 인생관을 세우고 물심일여의 인격을 구현하
는 것이 『룸비니』의 사명이요 이상임을 천명하고 있다. 창간호의 편집 겸
발행인으로서 논자는 현실에 기반한 종교, 문학을 거론하며 당면한 현실

---

10 양영조, 「動中靜觀」, 『룸비니』 1호(1937.5), 1면.
11 위의 글.

을 직접적으로나 간접적으로, 단기적으로나 장기적으로 반영하고 그 모순을 극복해 갈 방향을 제시하였다. 우리가 살아가는 현실에 기반을 둔 사상의 모색, 문학 창작, 문화 창조에 학우들의 목소리를 담고자 하는 방향성을 확인할 수 있다. 그러나 이글은 일종의 선언문으로 추상적인 성격이 강한데, 창간호에 수록한 교수진의 축사에는 간행의 경과와 기대가 좀 더 사실적으로 담겨있다.

> 본 학생회는 동양의 最高한 佛學을 중심으로 하야 모든 철학과 문학을 연구하든 學庠으로서의 會의 英華를 발표코자 名句文身으로 황혼에 近한 세계의 함령을 覺惺케 하려는 그 光線이 중인도 藍毘尼 동산에서 마야성모께서 무우수 가지를 더우잡고 우협으로서 悉達태자를 탄생하시든 기분에 歷歷照應하다 하야 會誌의 명칭을 藍毘尼라 함이 깊은 의미가 含在한 것으로 思惟한다.[12]

> 이 학생회지의 「藍毘尼」는 교우회의 "佛放眉間 白毫相光하야 照東第八十世界하니 靡不周徧"을 뜻으로 한 『一光』과 자매의 聖誌로써 세계의 多事多觀에 반비례로 聖典 간행이 희소한 금일에 際하야 이 壯擧는 斯界의 天光彩를 放함이오 敎界의 曙光이라 안이 할 수 없다.[13]

박한영은 축사에서 중앙불전을 불교학을 중심으로 하고 철학과 문학을 연구하는 학교로 규정하고 중앙불전 학생으로서 갈고 닦은 최선의 성과를 발표하는 장으로 『룸비니』를 규정하였다. 김경주는 학생회지 『룸비니』를

---

12 박한영(석전한영), 「祝賀本會誌」, 『룸비니』 1호(1937.5), 2면.
13 김경주, 「축람비니」, 『룸비니』 1호(1937.5), 3면.

교우회지 『일광』의 자매지로서 불교 진리를 전파하는 '聖誌', 즉 종교적 잡지로 규정하였다. 불교 포교의 매체로 잡지의 성격을 규정하고 일종의 성전 간행에 버금가는 위상을 기대하였다.

결국 이상의 축사는 『룸비니』의 존재와 성격을 잘 드러내고 있다. 실제 투고 현황을 살펴보면 중앙불전 학생들의 수행에 대한 관심, 철학과 문학에 대한 관심을 확인할 수 있다. 재단법인 조선불교중앙교무원에서 세운 중앙불전, 그리고 청년 승려가 중심이 되는 중앙불전 학생의 성격을 보아 전체적인 학문의 방향이 불교학일 것은 당연하다 할 것이다. 여기에 철학과 문학에 대한 관심의 편폭도 커서 당시 학생들의 관심 영역이 단순하게 불교학에만 머물지 않았음을 상기할 필요가 있다.

3. 잡지의 편제와 항목별 분류

『룸비니』의 편제는 다음과 같다.

1호 : 권두언 (祝辭) − (論叢)[14] −「詩壇」−「斷章」−「隨筆」−「創作」 및 각 부보고, 편집여담

2호 : 권두언 「論叢」−「隨筆」−「斷想」−「詩壇」−「創作短篇」 및 각부보고, 남은잉크

3호 : 권두언 「論叢」−「隨筆」−「詩」−「創作」 및 각부보고, 편집후기

---

14 현재의 영인본(『한국근현대불교자료전집』 56권, 민족사)에서 목차가 확인되지 않아 본문 내용에 따라 제시하였다.

4호 : 권두언 「論叢」 － 「想華」 － 「詩壇」 － 「創作」 및 각부보고, 편집후기

권두언은 주로 학생회장과 학예부원이 작성하였다. 작성자는 양영조1호, 9회, 유석규2호, 9회 한병준3호, 10회 김용태4호, 혜전1회 순이다.[15]

「논총」은 중앙불전 학생들의 불교(학)와 철학에 대한 다양한 관심사를 담아낸 소논문을 게재하였다. 문학과 언어학에 대한 논설도 일부 포함되어 있다.

「논설」을 제외한 나머지 지면은 학생들의 자유로운 글쓰기 마당으로 활용되었다.[16]

1) 「논총」과 학술성과

「논총」란은 권상로와 김경주의 논설을 제외하면 모두 재학생의 투고로 이루어졌다. 주제는 철학, 불교학, 문학 분야로 대별된다.

〈표 3〉 『룸비니』 「논총」 논설 목록 － 주제별

호수	필명	대표명(졸업기수)	제목	분류
1호	牛山學蚍	미상	哲學에서 哲學으로	철학
1호	城山學蚍	미상	哲學의 새로운 출발 － 새로운 形而上學에의 渴望	철학

---

15 양영조의 글은 『룸비니』의 현재적 의의를 소개한 글이고, 유석규의 글은 무한한 중생계를 빠짐없이 대자비의 품속에 끌어안은 분이 석가대세존이라 하며 '우리의 修向할 길'을 결정해야 하며 이를 위해 自重하고 自重할 것을 제언하였다. 3호에 실린 한병준의 글은 '창조의 정신'이라는 제목 하에 '새 세기의 창조자 젊은 벗이여, 아직 인류가 손을 대지 못한 철학의 세계를 찾아내고, 문학의 嶺野를 개척하라, 그리하여 새 우주를 창조하야 새 인간을 등장시키라'라고 제언하였다. '철학의 세계', '문학의 영야'는 곧 중앙불전 학생들이 추구하는 진리의 영역으로 잡지의 성격을 잘 드러내 준다.

16 이를 넓게 '문예란'으로 묶을 수 있는데, 시, 시조, 한시는 「詩壇」으로 묶이고, 소설과 희곡은 「創作」편에 수록되었다. '수필'란은 「斷章」, 「隨筆」, 「斷想」, 「想華」 등이 섞여 있어 일정하지 않다. 근대문학의 장르명이 아직 유동적으로 쓰이고 있는 당시의 상황을 반영한다.

호수	필명	대표명(졸업기수)	제목	분류
3호	文東漢	문동한(10회)	哲學槪念의 變遷에 對하야－史的略考	철학
3호	韓應植	한응식(혜전1회)	人生과 自由	철학, 윤리학
3호	基梵	문동한(10회)[17]	"Schopenhauer" 硏究 一端	철학
4호	文東漢	문동한(10회)	形而上學論序說－或實體論序說	철학
4호	李碩漢	이석한(혜전1회)	Immanuel Kant 硏究의 一端	철학
2호	文東漢	문동한(10회)	人間敎育에 對하야	교육
1호	槿園	미상	禪觀의 發達	선학
2호	洪映眞	홍영진(8회)	禪學의 硏究	선학
2호	李根雨	이근우(10회)	參禪	선학
1호	金在壽	김재수(7회)	佛敎의 人性論(佛敎倫理思想의 一節)	불교윤리학
2호	韓椿	한춘(10회)	佛敎의 宗敎的 特性	불교와 종교
2호	尹基元	윤기원(8회)	到彼岸	불교용어
3호	柳錫奎	유석규(9회)	須磨心鏡	불교수양론
3호	韓椿	한춘(10회)	佛敎의 宇宙論－그 本質과 生成問題	불교우주론
3호	禹貞相	우정상(혜전1회)	佛敎의 三綱領	불교개념
4호	韓椿	한춘(10회)[18]	大乘起信論硏究	불교사상
2호	金敬注	김경주(교수)	東西文化의 精髓	동서문화비교
3호	趙東卓	조지훈(혜전1회)	된소리 記寫에 對한 一考察	언어
4호	趙東卓	조지훈(혜전1회)	唯美主義文藝小考	문예론
4호	韓應植	한응식(혜전1회)	文藝創作에 關한 理論的 考察	문예론
2호	退耕	권상로(교수)	時艱과 佛敎徒	시국론(친일)
3호	權相老	권상로(교수)	至近	시국론(친일)

　　수록된 철학 관련 논설은 모두 6편이다. 우산학비의 「철학에서 철학으로」1호, 성산학비의 「철학의 새로운 출발」1호, 문동한10회의 「철학개념의

---

17 『홍법우』(봉선사) 1호에 수록된 「불교에 귀의하기까지」(24면)에는 필자가 '釋基梵(文東漢)'으로 제시되어 있다. 기범이 문동한의 법명임을 알 수 있다.
18 『룸비니』 4호의 10회 졸업생 명단에는 한씨 성을 가진 인물로 한병준은 있으나 한춘은 없다. 다만 4호의 편집후기에 '문동한, 한춘, 오화룡, 오하동, 장상봉 제군이 룸비니와 인연이 끊어지게 되었다'는 내용이 있다. 이에 따라 한춘을 10회 졸업생으로 파악한다. 다만 한병준과 한춘의 관계는 확인되지 않는다.

변천에 대하야」3호, 필명 기범문동한의 「Schopenhauer 연구 일단」3호, 문동한의 「형이상학론서설」4호, 이석한혜전1회의 「Immanuel Kant 연구의 일단」4호 등이다. 한응식의 「인생과 자유」3호도 철학론의 하나인 인생론에 대한 글이다.

우산학비의 글은 철학의 기원을 논의한 글이다. 먼저 철학이라는 '역어譯語'가 명치유신 전후에 일본의 난영학자蘭英學者가 처음 사용하였는데, 그 철학의 원의는 '필로소피아'라는 희랍어에 그 근원을 둔 것이라 하며 소크라테스, 플라톤이 개념을 형성해 간 역사적 자취를 소개하였다.

성산학비의 글은 '근원철학'을 향한 동경을 담은 글이다. '새로운 형이상학에의 갈망'이라는 부제와 '우리는 참된 철학을 가져보고 싶다. 철학인 철학, 철학을 위한 철학, 깨끗한 철학! 지금의 우리를 만족시킬 철학은 이러한 철학이 되지 않아서는 안 된다'라는 서두에는 학문적 엄정성보다는 청년 철학도로서의 열정이 과도하게 분출되는 양상을 보여준다. 필자가 말하는 새로운 철학은 '무상無常의 철학' '유령幽靈의 철학' '불순不純한 철학'과 대척점에 있다. 논자는 '철학 자체로서의 근원철학은 만유에 평등히 공통되는 철학, 만유보편타당적 철학'이며, '새로운 형이상학의 수립은 오직 희랍철학의 재조명, 재검토, 재선휴再宣携로부터 시작'해야 할 것이라 하였다.

문동한은 네 편의 논설을 투고하였다. 「철학개념의 변천에 대하야」3호는 고대 희랍에서 현대에 이르기까지 3천 년간 서양에서 철학이라는 개념이 역사적으로 어떠한 변천을 이루어왔는지를 다양한 학파를 소개하는 방식으로 논의한 글이다. 과연 무엇이 진정한 철학의 사명인가를 과제로 제시하였다.

「형이상학론 서설」은 졸업논문에 해당하는데, 형이상학 탐구의 역사적 전개과정을 소개하고 다양한 분류 양상을 체계적으로 소개하였다. 참고문헌 11종은 모두 일본 철학자의 저서, 역서를 인용하였다. 철학도로서 기존 지식을 구조화하여 정리하는 학문의 첫 단계를 충실히 엮어간 논문으로 평가할 수 있다.

문동한의 「Schopenhauer 연구 일단」[3호]은 쇼펜하워의 철학을 의지설, 염세관, 해탈설로 나누어 소개하고, 그의 철학이 당시 학계와 후세에 어떤 영향을 주었는지 고찰하였다. 일본 철학서를 나열한 참고문헌을 통해 볼 때 중앙불전에서 일본을 통해 유입된 철학의 지식이 신진 철학도들에게 내면화되는 양상을 보이고 있다.

이석한의 「Immanuel Kant 研究의 一端」은 칸트의 생애와 저술을 다양하게 소개하고 학설의 핵심을 요약 제시한 후 남은 문제를 제기한 논설이다. 2장 「학설」에서는 '순수이성비판=인식론 또는 비판철학의 기초론'이라는 부제를 달아 순수이성비판의 개요를 직관형식선험감성론, 오성형식선험분석론, 오성법칙선험분석론, 이성관념선험변증론으로 나누어 소개하였다. 이 논문의 형식과 체제는 앞서 소개한 문동한기범의 그것과 동일하다. 모두 중앙불전 강의에서 함께 수련한 글쓰기의 결과물로 생각된다.

한응식의 「인생과 자유」[3호]는 인류의 최고 동경을 자유라 규정하고 그 자유에 대해 '윤리적 입장'에서 논술한 글이다. 결론에서 '자유는 결국 가치 실현의 자유와 동일한 것'으로 파악하였다.

『룸비니』에는 불교사에 관한 학생들의 논문은 없다. 대신 선학禪學에 대한 글이 세 편이 있는 점이 주목된다. 필명 '근원'의 「선관의 발달」[1호], 홍영진8회의 「선학의 연구」[2호], 이근우10회의 「참선」[2호] 등이다.

근원의 「선관의 발달」은 간략한 보고문 형식으로 선학의 요점을 정리하였다. 소승성문의 3종 관법五停心觀, 四念處觀, 四諦十六行, 소승연각의 법공관, 법상종의 유식중도관, 천태의 一境三諦, 一心三觀, 화엄의 법계원융관, 즉 사사무애법계관, 정토교의 정토관 등으로 나누어 소개하였다.

홍영진의 「선학의 연구」는 선학 연구의 필요성을 제기한 짧은 리포트이다. 선과 교의 관계를 제시하고 선학연구의 방법을 소개한 후 '교를 이론적이라 하면 선은 절대 실천적이다. 선학은 차라리 행의 철학이라 하는 것이 타당할 것이다'라고 하며, '가장 구체적 논리적으로 직절하게 우주적 대 자아를 체험 실현하는 것이 선학 연구의 목적이요, 선학의 본의本義'라 하였다.

이근우의 「참선」 역시 참선의 정의와 요체를 소개한 짧은 리포트이다. 본론에서는 먼저 참선의 4요소로 대원력大願力, 대신심大信心, 대분지大憤志, 대의정大疑情을 제시하였고, 다음으로 참선의 방법화두참구을 상식적인 선에서 소개하였다.

불교(학)에 관한 논설은 7편으로 교학 사상과 종교적 성격 및 수양론 우주론 등 비교적 다양한 주제를 다루었다. 김재수7회의 「불교의 인성론」, 윤기원8회의 「도피안」, 유석규9회의 「수마심경」, 우정상혜전1의 「불교의 3강령」, 한춘10회의 「불교의 종교적 특성」「불교의 우주론」「대승기신론연구」 등이다.

김재수의 「불교의 인성론」은 '불교윤리사상佛教倫理思想의 일절一節'을 부제로 달아 다양한 불교의 인성론을 소개하였다. 결론으로 '불교에서는 소승이나 대승이나 할 것 없이 인성에 있어서 唯惡이라고 하지 않고 대부분이 唯善'이라 하였고, 불교에서는 '조화의 설을 주장'한 것으로 정리하였다.

한춘은 불교의 종교성과 우주론을 탐구했으며,『대승기신론』을 교학적으로 분석하였다. 먼저 「불교의 종교적 특성」에서는 '불교가 인간 본성의 구경의 요구로서 해탈을 구하는 意願에 응할 만한 최고의 형식을 광대히 구비하였다'고 하였으며 '불교는 인류의 공통적 총화적 최후의 요구에 응하여 최후의 이상에 도달할 최고의 형식을 부여하는 종교적 특성을 가진 인류전체의 종교'라 결론지었다.

「불교의 우주론」은 '그 본질과 생성문제'를 부제로 달았다. 불교에서 우주 만유를 관찰한 방식으로 실상론과 연기론의 두 가지 형식을 제시하고 불교 연구의 2대 방법으로 시방관十方觀과 삼세관三世觀을 제시하였다. 참고논저는 제시하지 않았으나 여러 학파의 제설에 대해 체계적으로 소개하고 있는 정제된 논문 형식을 구비하였다.

「대승기신론 연구」에서는 마명의 『대승기신론』을 '권대승의 아뢰야 연기론에 대하여 실대승의 우주관으로서 진여연기론을 주장하여 설명한 논저'로 규정한 후, 본론에서 법상의 아뢰야 연기론유식론과 마명의 진여 연기론유심론의 차이를 설명하였다.

우정상의 「불교의 3강령」은 복잡다단한 불교의 교리를 관통하는 핵심으로 3강령을 제시하였다. 서론에서 삼강령이 무아의 진리를 객관화하여 설명한 것이라 하고, 본론에서 세 가지 강령을 상술하며 그 관계성까지 고찰하였다. 즉 '사제십이연기를 주관적 인생론이라 하면, 삼법인은 객관적 우주론이라 할 수 있으며, 사제 등을 시간적 인과라 하면 삼법인은 공간적 본체론'이라 하였다.

문학과 언어학 관련 논설은 세 편이다. 조지훈혜전[1]은 「된소리 기사에 대한 일 고찰」3호에서 된소리를 표기하는 방식으로 쌍서雙書(ㅆ)와 된시옷(ㅄ) 가운데 한글맞춤법통일안1933에서 권장하는 쌍서를 사용해야 한다고 주장하였다. 서론에서는 한글의 가치를 드러내었고, 주시경의 연구를 필두로 많은 학자가 나와 연구한 결과 '철자법통일안한글맞춤법통일안'이 훈민정음 반포 487주년1933에 발표되었음을 고지하였다. 그리고 그 중 된소리를 기사記寫함에 통일안과 다른 이설이 분분함을 말하며 그 이설이 오류임을 논증하였다. 쌍서는 된소리가 아니라는 국어학자 박승빈의 주장에 대해서 논자는 『용비어천가』, 『법화경언해』를 인용하고, 영어의 사례를 들어 반론을 전개하였다.

문학 이론으로는 조지훈의 「유미주의 문예 소고」4호, 한응식혜전1의 「문예창작에 관한 이론적 고찰」4호 두 편이 수록되었다.

조지훈은 논문에서 예술지상주의의 정의를 내린 후, 스스로 '붓을 들기 전에 황홀해지고 가슴에 물결치는 미의 선율에 사로잡히기 때문'에 이 글이 논문이 될 수 없다고 하였지만, 일어 역 문학이론서와 오스카와일드, 보들레르 등의 다양한 원전의 인용을 볼 때 한 편의 비평적 글로 가치가 충분하며, 동시에 오스카 와일드에 경도된 당시 청년 문학도의 문예적 취향을 확인할 수 있다.

한응식은 예술이 사회적 산물이라는 점을 소개하고 문학과 사회의 관계를 테느의 이론을 빌려 소개하였다.[19]

2) 「문예」란과 성과

개별 작가와 작품을 살피기 전에 중앙불전 학생들의 전반적인 취향과

---

19 이외에 교수진으로 김경주는 「동서 문화의 정수」(2호)에서 동서 문화 비교론을 전개했고, 권상로는 일제의 전쟁동원령에 호응하여 두 편의 친일 논설을 작성하였다(「時艱과 불교도」, 2호; 「至近」, 3호).

학교의 분위기를 살피기 위해 졸업생 대표가 작성한 인물평[20]을 참고해 볼 때, 중앙불전 입학생들은 대부분 지방의 사찰에서 강원을 졸업하고 고등보통학교에 준하는 학력을 이수한 청년 승려로서 경전의 독서, 참선의 수행에 기본적인 덕목을 가지고 있었다. 이들 중 일부의 소개에는 이십 세 이전에 팔만장경을 섭렵했다거나 석전 박한영과 염송을 가지고 법거량을 했다거나 하는 '전설적인' 표현이 등장하기도 한다. 누구는 강원에서 '접장질'까지 하다 오고 누구는 교장을 하다 오고 누구는 선원에 있다 오는 등 만학도도 적지 않았다. 철학에 뜻을 두고 입학한 학생종도 있고, 쇼펜하우어를 동경한 학생문동도 등장하여 중앙불전의 전통인 불교와 함께 철학에 경도된 분위기를 짐작하는데 부족하지 않다.

아울러 문학에 취미를 가진 학생이 다수를 차지하고 있어 다양한 문학 장르에서 다양한 작품세계를 구축하였다. 이상 소개한 인물평을 통해 보면, 8회 졸업생 최금동은 소설로, 9회 졸업생 김달진 신상보 나방우나운향 김어수는 시와 시조로, 10회 졸업생 손상현은 극예술 방면에서, 오화룡은 시 분야에서 재학 시절부터 교내외의 평판을 얻고 있음을 알 수 있다. 중앙불전이 유지되었다면 11회 졸업생이 되는 조지훈은 교명의 교체로 혜화전문 1회 졸업생이 되었는데, 재학 기간인 1939~1940년에 정지용의 추천으로『문장』지에「고풍의상」「승무」「봉황수」를 발표하며 등단하였다. 그는『룸비니』에는 별도의 작품을 게재하지 않았다.『룸비니』4호는 시대적 급변함에 따라 문학지면이 거의 사라지게 되었고, 종간호가 되면서 더이상 교지에 게재할 기회를 얻지 못하였다. 다만 문학과 어학에 대한

---

20 윤기원,「졸업생의 이모저모」(2호, 76면); 김어수,「물망초의 그림자」(3호, 99면); 장상봉,「졸업생의 푸로필」(4호, 99면) 참조.

학술 논문을 발표하는 것으로 존재감을 드러내었다.

<표 4> 『룸비니』 문학 작품 목록-작가별

호수	필명	대표명(졸업기수)	제목	장르
1호	芝玄	김달진(9회)	「車中」「疲勞」「洋燈」	시
1호	金達鎭	김달진	[玻瓈堂抄]꿈, 고적, 취미, 月光, 별, 苦惱, 유혹, 등불, 밤	수필
2호	金達鎭	김달진	方丈內外	수필
2호	김달진	김달진	「燈火」「熱」	시
3호	金達鎭	김달진	古心, 古書	수필
3호	金達鎭	김달진	「古宮의 幸福」「孤寂」「사랑」	시
1호	金四祚	김사조(7회)	希望과 失敗의 默想	수필
4호	金晳埈	김석준(혜전1회)	「華呪」「成人記」「癩」	시
1호	金魚水	김어수(9회)	「盟誓」	시조
1호	金魚水	김어수	追憶의 하로밤	수필
2호	金魚水	김어수	「鄕愁」	시조
2호	金容泰	김용태(혜전1)	「明日의 航路」	시
3호	金容泰	김용태	「解冬」	소설
4호	空波 金正黙	김정묵(혜전1)	「漢陽月夜吟」	한시
4호	金海鎭	김해진(혜전1)	「出家의 밤」	소설
1호	羅雲鄕	나운향/나방우(9회)	「그리움」「孤寂」	시
2호	羅雲鄕	나운향/나방우	「숯굴」	시
3호	羅雲鄕	나운향/나방우	金剛紀行文	기행문
2호	都安城	도안성/도경림(8회)	「懺悔의 죽엄」	희곡
2호	羅人	미상(나인)	「閑山島」	시조
1호	木郞	미상(목랑)	美	수필
1호	薄睡眛	미상(박수매)	봄을 찾는 사람	수필
2호	虛夢山人	미상(허몽산인)	雜草	수필
3호	虛夢山人	미상(허몽산인)	「希圖」「푸른 畵面」「絶望」「奇蹟」「禪길」	시
4호	朴大成	박대성(혜전1회)	「아츰 山谷」	시
2호	朴泳福	박영복(1학년)	參年後	수필
1호	朴仁榮	박인영(8회)	「情熱」	시
2호	朴仁榮	박인영	「蔑視」	시

호수	필명	대표명(졸업기수)	제목	장르
1호	朴特尙	박특상(10회)	素服한 그 이	수필
2호	申尙寶	신상보(9회)	「異端者」	시
3호	申相輔	신상보	「窓」	시
3호	申相輔	신상보	「自畵像」	소설
1호	吳明淳	오명순(8회)	彷徨하는 知識群들!	수필
2호	吳永淳	오영순(미상)	「秋城歔吟」	시조
3호	吳河東	오하동(10회)	「三恨」「憬憧의 沙漠」	시조
4호	吳河東	오하동	「風窓」「逍遙」	시조
2호	吳化龍	오화룡	「盲族」	시
3호	吳化龍	오화룡	「白骨」「孤獨」「執念」	시
4호	吳化龍	오화룡	「舞無曲」	시
1호	柳錫奎	유석규(9회)	「學窓秋感」	한시
3호	柳錫奎	유석규	「春期修學旅行」	한시
3호	류석규	유석규	「님의 생각」	시조
1호	尹基元	윤기원(8회)	花開洞 차저 와서-B·K형에게	수필
1호	春園	이광수(교수)	「럼비니頌」	축시
2호	李得容	이득용(10회)	「孤寂」「舒懷」	시
1호	李世鉉	이세현(9회)	獨り病む	수필
3호	張星軫	장성진(혜전1회)	「겨울밤」	시
4호	張星軫	장성진	[秋歌三題]갈대꽃, 菊花, 달	시
1호	張元圭	장원규(7회)	秋夜斷想	수필
1호	全斗炯	전두형(9회)	悩みの跡	수필
1호	鄭大振	정대진(미상)	「목탁」	시
3호	鄭雲韶	정운소(9회)	悱調慷慨	수필
1호	崔琴桐	최금동(8회)	(창작「蓮꽃」)	소설
1호	韓永弼	한영필(9회)	「반달」	동요
1호	洪聖福	홍성복(미상)	或る靑年の悩み	수필
4호	洪永義	홍영의(혜전1회)	[想華]依報塔-愛神의 追悼文	수필

시와 시조, 한시 분야에서 두각을 나타낸 인물은 김달진9회, 김어수9회,
나운향9호, 허몽산인, 신상보9회, 오하동10회, 오화룡10회, 유석규9회 등이다.
소설 분야로는 최금동8회, 신상보9회, 김용태혜전1회, 김해진혜전1회의 작품이

있고, 희곡 분야에선 도안성도경림[21], 8회의 작품이 유일하다. 수필은 다양한 글이 수록되어 있지만 김달진의 '斷章'이 주목할 만하다.

김달진1907~1989은 1929년에『문예공론』에 시「잡영수곡雜泳數曲」을 발표하여 문단에 나왔고, 1930년대에는『시원詩苑』,『시인부락』의 시전문지 동인으로 참여하였다.[22] 중앙불전을 졸업한 해에는 첫 시집『청시靑枾』1940를 간행하였다.『룸비니』에는 '芝玄'이라는 필명[23]으로「차중車中」「피로疲勞」「양등洋燈」1호을, 본명으로「등화燈火」「열熱」2호,「고궁古宮의 행복幸福」「고적孤寂」「사랑」3호을 발표하였다. 이들 시는 도회지에서 일상적으로 경험하는 시각적 이미지를 묘사하면서도 내면의 번민, 고적감을 담아내는 경향이 있다. 수행자이자 학생, 승려이자 도시인의 삶을 살아가는 현실에서 시인이 겪고 있는 내면의 갈등과 사유의 깊이가 잘 드러나 있다.

김달진의 수필은 그의 시 세계와 밀접한 관련이 있어 주목할 필요가 있다. 그는『룸비니』1호에 '斷章'이라는 권두제로「파려당초玻璃堂抄」를 발표하였다. '우리의 생명은 파려당입니다. 그것은 業因의 켜는 불빛을 따라 녹색도 되고 적색도 되고 또 백색도 되고 흑색도 됩니다'라는 설명을 제목 아래 담았다. '파려'는 불교에서 칠보의 하나로 자색, 무색, 홍색, 백색으로 빛을 반사하는 수정 구슬이다. 이 글은 '꿈, 고적, 취미, 月光, 별, 苦惱,

---

21 졸업생 명단에 도안성은 없고, 도경림이라는 이름이 등장하여 같은 인물로 추정하였다.

22 『동국대학교백년사』, 권2, 동국대학교총동창회, 2007, 126~127면.

23 '芝玄'이 김달진의 필명이라는 사실은 최동호(2012)의 연구에 따른 것이다. 그는「1930년대 후반 김달진의 발굴 작품에 대한 검토」(『한국학연구』43집, 고려대 한국학연구소, 2012)에서『시원』5호(1935.12)에 사용된 용례를 찾아내었다. 이외에도 그는『금강저』과『룸비니』에 수록된 김달진의 시와 산문에 대해 자료를 발굴 소개하며 문학사적 의의를 재규정하였다.(「금강저에 수록된 김달진의 현대시와 한시」,『한국학연구』29집, 고려대 한국학연구소, 2008;「룸비니에 수록된 김달진의 시와 산문」,『한국학연구』31집, 고려대 한국학연구소, 2009)『룸비니』1호에 수록된 '芝玄'이 김달진의 호라는 것은 언급되지 않았다.

유혹, 등불, 밤' 등 다양한 소재를 시적 사유를 통해 정제한 표현이 담긴 명상록이나 수상록에 해당한다. 다양한 독서 경험에서 우러나는 원전의 인용과 창의적 묘사가 돋보이고 사물의 본질을 미적으로 탐구하는 과정이 미려한 문장과 낭만적 목소리로 드러나 있다. 2호의 「방장내외方丈內外」, 3호의 '수필'「고심古心, 고서古書」도 나를 둘러싼 다양한 세계의 의미를 곱씹어 음미하는 내적 침잠의 과정이 잘 담겨 있어 그의 시 세계와 동곡이음同曲異音이라 할 수 있다.

김어수1907~1985는, 이미『일광』에서도 살펴본 바가 있지만, 『조선일보』에 「조시弔詩」를 발표하며 등단한 작가이다.[24] 교토 하나조노 중학花園中學을 졸업하고 중앙불전에 입학한 그는 학생회의 학예부 임원으로서 교내외 웅변대회에 주도적으로 참여한 바 있고, 『룸비니』의 발간에도 적극 참여하였다. 「맹서盟誓」1호, 「향수鄕愁」2호는 시조 작품이다. 「맹서」는 정축년1937 새해를 맞이하여 '옛님의 가신길' '일편정성'으로 따르리라는 신년시이며, 「향수」는 떠나온 가족과 고향에 대한 그리움을 담은 작품이다. 『일광』에 수록한 「조사弔詞」와 함께 일상적 삶에서 느끼는 인간적 고민과 희망을 담아내었다.

나운향은 나방우의 필명이다.[25] 김어수가 작성한 졸업생 소개에는 '羅方右─더욱 시상이 풍부하여 훌륭한 작품을 더러 내놓으시는데 시보다도 오

---

24 김어수의 등단시기에 대해서는 본서 412면의 각주 29번 참조.

25 나운향은 통도사 강원의 학인으로 있으면서『불교』지에 시를 활발하게 투고하였고, 이후 1936년에 김달진 김어수와 함께 중앙불전에 입학하여 1939년 제9회로 졸업한 인물이다. 『동국인명록』권1(동국대학교총동창회, 2011, 123면)에는 한글로 '나운경'으로 표기되어 있으며 잡지 한두 곳에서도 '羅雲卿'으로 등장하나 이는 나운향의 오기다. 『회광』2호, 98면에 수록된 「나그네」에 "雲鄕 羅方右"라 명시되어 있다. 『불교』지 수록 시로 「夕陽古塔」(91호), 「老僧」(93호), 「흐르는 靑春」(98호), 「苗판에서」 「오오 잠이여! 안어주소」(100호), 「祝佛敎兒」(101·102합호), 「秋夜長」(103호), 「學海를 등지면서」(107호) 등이 있다.

히려 시조 편이 능숙한 셈이다'라 했는데,『룸비니』에는 시조는 보이지 않고,「그리움」「고적孤寂」1호,「숯굴」2호 등 세 편의 시가 수록되었다. 상념의 표현인 앞의 두 작품보다 숯굴炭가마에 대한 묘사가 담박하고 절제된 표현으로 드러난 후자의 작품성이 더 뛰어나 보인다.

오화룡1915~1972은 함북 경성에서 태어나 1940년에 중앙불전을 졸업하였다. 1936년에 시 동인지『시인부락』에「달밤」을 발표하며 문단활동을 시작하였다.[26] 김달진, 김어수, 최금동과 함께 이미 기성 문인으로서『룸비니』에 투고하였다.[27] 앞서 인용한 졸업생 프로필에서 그는 함경도 출신北歐으로 시 소재의 독특함과 표현의 기발함을 장황하게 소개한 바 있는데, 투고한 시 —「맹족盲族」2호,「백골白骨」「고독孤獨」「집념執念」3호,「무무곡舞無曲」4호 — 에서 이를 확인할 수 있다. 시어의 생삽함은 함경도의 언어관습을 반영하는 것으로 보이며 소재에서부터 연상되는 엄중한 분위기는 치열한 고뇌와 구도 정신을 연상케 하는 독특한 지점이 있다.

김석준의 시「화주華呪」「성인기成人記」「리癩」4호는 강렬한 어조와 이미지로 억압된 원초적 감정의 꿈틀거림을 형상화하고 있다.[28] '幻蛇' '구렝이'와 문둥병을 뜻하는 '癩'의 시어와 표현이 서정주의 첫 시집『화사집花蛇集』1941의 시 세계와 상통하는 지점이 있다.[29]

---

26 『동국대학교백년사』권2, 127면.
27 김달진, 오화룡, 김어수, 최금동은『룸비니』창간 이전에 이미 등단한 작가이다.『룸비니』투고 시기와 등단 시기가 겹치는 문인으로 10여 명이 있다. 조지훈은 1939~1940년에 걸쳐『문장』지에 추천을 받아 등단하였고, 신상보, 장상봉, 김석준, 장성진, 김해진, 김용태 등은 동인지『白紙』출신인데, 이들 6명은 모두 1939년 7월『백지』1호에 작품을 발표하며 작품 활동을 하였다(전도현,「식민지 시대 교지의 준문예적 성격에 대한 일고찰-중앙불전 학생 회지『룸비니』를 대상으로」,『한국학연구』29집, 고려대 한국학연구소, 2008, 73면 참조).
28 전도현(2008), 75면 인용.
29 『룸비니』에는 이외에도 김용태의「明日의 航路」(2호), 박인영의「情熱」(1호)「凝視」(2호), 신상보의「異端者」(2호)「窓」(3호), 오하동의 시조「三恨」「憬憧의 沙漠」(3호),「風窓」「逍

『룸비니』에 수록된 소설 작품으로는 최금동의 「연蓮꽃」1호, 신상보의 「자화상」3호, 김용태의 「해동」3호, 김해진의 「출가의 밤」4호이 있고, 희곡으로는 도안성都安城[30]의 「참회의 죽엄」이 있다.

최금동1922~1995은 전남 함평 출생으로 호는 백경白耕이다. 1936년 시나리오 「애련송」이 동아일보 신춘문예에 당선되면서 등단하였다. 그는 해방 이후 우리나라 시나리오 계의 개척자로 알려진 시나리오 작가이다.[31] 8회 졸업생이니 1935년 4월 입학생이다. 즉 등단은 중앙불전 2학년 때 이루어졌고,[32] 『룸비니』 1호의 「연꽃」은 등단 직후 발표한 셈이 된다.

「연꽃」은 8단락으로 나누어진 '창작' 소설이다.[33] 이들 단락은 서로 다른 장면으로 상승과 하강의 국면을 전개하고 있어 시나리오와 같은 효과를 보여준다. 작품의 소재와 주제는 「조신의 꿈」의 패러디라 할 수 있다. 이 작품은 불교문학의 오랜 주제인 인생의 괴로움에 대한 근대적 재구성의 사례를 보여주는 것으로 주목할 만하다.

遙」(4호), 유석규의 한시 「學窓秋感」(1호), 「春期修學旅行」(3호)와 그의 시조 「님의 생각」(3호), 이득용의 「孤寂」「舒懷」(2호), 장성진의 「겨울밤」(3호), 「秋歌三題」(4호), 정대진의 「목탁」(1호), '허몽산인'의 「希圖」「푸른 畫面」「絶望」「奇蹟」「禪길」(3호) 등이 있다.

30 각주 21번 참조.

31 최금동은 1967~1969년까지 한국 시나리오협회 회장을 역임하였다. 전도현(2008), 73면 및 『동국대학교백년사』 권2, 135면 참조.

32 최금동은 불교전문 3학년인 21세 때 슈베르트의 생애를 그린 「미완성교향곡」을 보고 자극받아 쓴 「幻舞曲」이 『동아일보』 제1회 시나리오 현상모집에 당선됨으로써 영화계에 등단하였다. 이 작품은 「愛戀頌」이란 제목으로 1939년에 이효석 각색, 김유영 감독에 의해 영화화되었다. (『한국민족문화대백과사전』 '최금동' 조 인용)

33 「연꽃」의 주인공은 고학생인 철민이다. 기생 명희의 집에 신문배달 하면서 사랑의 감정을 틔우고 미래를 약속하며 사랑을 나누었으나 '모종의 사건'으로 철민은 검거되고 연락이 두절된다. 출소 후 이름을 바꾸어 가정교사로 취업했는데, 학생은 발랄한 성격의 여고생 남숙이다. 남숙이 부르는 '슈망'의 가곡 「연꽃」은 기생 명희가 부르던 그 가락으로 묘한 감정을 일으킨다. 이는 하나의 복선으로, 남숙의 새 엄마가 사실은 명희라는 것을 암시하는 것이다. 소설은 병원에서 죽음을 맞이하는 명희와의 재회로 마무리된다.

신상보의 「자화상」은 '창작'이라는 머리글이 붙어 있고, 인간편, 지옥편, 극락편을 편목으로 제시한 짧은 소설이다.[34] 이상李箱, 1910~1937의 소설 「날개」1936와 주제와 표현에서 유사한 느낌을 주고 있어 그 영향을 받은 습작으로 평가할 수 있다.

김용태의 '소설' 「해동」은 계모 시하에 천대받고 사는 주인공 말순이와 데릴사위 같은 '반푼이' 진남이의 관계에 대한 이야기다. 김유정金裕貞, 1908~1937 「동백꽃」1936이 연상되는 소재로, 삶의 무게에서 자유롭지 못한 인간의 비애와 관계성의 비극을 여실하게 보여준다. 배경묘사에서부터 습작 수준을 보여주고 있으나, 삶의 괴로움을 극화하여 존재의 본질에 직면하게 하는 불교문학의 오랜 전통을 근대문학으로 재구성했다는 점에 의의가 있다.

4호 김해진의 단편소설 「출가의 밤」은 앞의 작품들과 다르게 '싯달타' 가 출가한 날의 궁중 상황을 각색하여 출가 직전의 갈등과 번민의 내용을 전달한 작품이다. 불교설화의 각색에 불과하나 등장인물의 대화가 현시대를 살아가는 생활인의 말투며 모습으로 드러나 있어 생동감을 불어넣고 있다. 소설에서 싯달타의 고뇌 장면은 승려의 결혼이 시류처럼 여겨졌던 당시 작가의 고민을 반영하는 것으로도 해석된다.

도안성의 '창작단편' 「참회의 죽엄」은 『룸비니』에 발표된 유일한 희곡이다. 배역으로는 먼저 아버지 박대감, 어머니, 아들 일호一虎, 딸 정숙貞淑

---

34 「자화상」의 주인공 '나'는 함경도 시골의 가난한 농부의 자식으로 부모를 여의고 불행한 삶을 살다 지금은 부잣집 양자로 있는 27세 '範吾'이다. 부친은 제생병원 원장이고 모친은 기생생활 20년의 이력을 가진 인물로 사교계의 주인이다. 그들의 삶의 양태에 혐오를 느낀 나는 집에서 뛰쳐나와 종로를 나가 골목을 미친 듯이 쏘다니며 방황한다. 화신백화점 뒤에 이르러 '나는 창작 「자화상」'을 쓰려고 시도한다. '제생병원 원장의 양자가 미쳤다'는 소리를 들으며 '싱글벙글' 웃는다. 이 작품은 미완성 작품으로 불안정한 삶의 현실을 반영한다.

의 일가족이 등장한다. 이들 외에 기생첩 월매, 하녀, 대금업자, 은행장, 월매의 정부情夫, 배달부 등 여러 인간 군상이 등장한다. 이들은 가정의 분란을 초래하는 사건을 촉발시키고 클라이맥스로 이끌어가며 결국 파탄에 이르게 하는 인물로 역할을 다한다.[35] 극단적 스토리가 독자의 몰입을 유도하는 효과를 보이나 진부한 소재, 신파조의 전개, 갑작스러운 등장인물과 급격한 전환, 심각한 상황에서 손쉬운 감정의 전환을 보이며 해결하는 등의 한계가 있다.

4. 종합 평가

『룸비니』의 「논총」은 중앙불전 학생들의 불교와 철학에 대한 다양한 관심사를 담아낸 소논문을 게재한 지면이다. 문학과 언어학에 대한 논설도 일부 포함되어 있다. 당시 대학 제도로 아직 예과 수준 학생들이어서 치밀한 구성보다는 개론적 지식을 정리하는 수준의 글이 많다. 그러나 국내 유일의 불교전문학교의 교과 과정을 이수하며 근대불교학의 정수를 받아들이고 체계를 잡아가는 청년승려 학생들의 다양한 관심사와 내면화 과정을 알 수 있다.

문학영역에서 보면, 김달진과 김어수, 그리고 오화룡은 『룸비니』에 국한되지 않는 문학의 영역을 확보하여 문학사에 자취를 남긴 시인이다. 이

---

35 「참회의 죽엄」에서 아버지는 가출하여 첩에게 모든 재산을 바치고 가산을 탕진한 결과 본래의 가족들은 집마저 월세를 내지 못해 쫓겨나는 신세가 된다. 그럼에도 돈타령을 하는 기생의 강짜에 아버지는 딸 정숙을 팔 계략을 실행하여 온 집안은 지옥의 나락으로 떨어지게 된다. 단적인 상황에서 아버지는 자결로써 참회하는 것으로 마무리된다.

들 외에도 특히 정대진의 시 「목탁」과 허몽산인의 시 「선禪길」 등은 불교적 소재에 근대시의 운율과 개성적 표현을 가미한 것으로 근대불교문학의 새 영역을 개척한 작품으로 평가할 수 있다.

이런 측면에서 볼 때 『룸비니』는 단순한 중앙불전 학생들의 교지가 아니라 전통적인 불교 한시, 선시의 근대시적 비약과 확장을 보여주는 가능성을 보여준 것으로 주목할 필요가 있다.

소설 4편과 희곡 1편은 전문학교 재학생의 작품으로 완성도가 그리 높지 않다. 다만 문학 수련의 기간이 비교적 짧았던 불교청년들의 작품 속에 인간의 존재론에 대한 나름의 탐구가 새롭게 재창조되고 있다는 점이 주목된다. 이는 불교문학의 근대적 전개의 가능성을 보여주는 사례로 기억할 만하다.

제6장

『홍법우』

봉선사 홍법강우회의 회지

1. 전개사

『홍법우弘法友』통권 1호, 1938.3는 봉선사 불교전문강원 학인들의 조직인 홍법강우회에서 간행한 회지다. 홍법강원의 강주는 이운허용하이며, 편집 및 발행인은 21세 이재복이다. 봉선사 강원 선배 학인의 덕담, 강주의 훈화 등과 함께 문학 작품을 수록하였다. 문학은 소재와 표현이 소박하고 단조로운 한계가 있지만, 잡지의 계몽적 성격에 다채로운 감성의 숨통을 열어 놓은 효과를 가져왔다.

1) 창간의 배경과 경과

한국 불교에서 경전 교육이 이루어지는 전통적인 공간은 강원이며, 그곳에서 이루어지는 교육과정을 이력 과정이라 한다. 강원의 이력과정은 17세기 전반에 성립되었을 것으로 추정되는데, 사미과沙彌科, 사집과四集科,

사교과四教科, 대교과大教科 순이다. 사미과는 1~3년 과정으로 반야심경, 초발심자경문, 치문경훈 등을 공부하며, 사집과는 2년 과정으로 서장, 도서, 선요, 절요 등을 배운다. 사교과는 4년 과정으로 능엄경, 기신론, 금강경, 원각경을 배우고, 대교과는 3년 과정으로 화엄경, 선문염송, 경덕전등록 등을 배운다.[1]

조선 불교가 정립해 온 강원의 이력 과정은 1900년대 초에 사회의 변화와 함께 기존과 다른 교육제도가 시행되자 평가 절하되었고, 존재의 의의를 스스로 증명해야 하는 위기에 처했다. 강원교육에 대한 비판과 함께 강원에서 교육받는 학인들의 존재감도 미약해져 간 것은 당연한 추세다. 이와 비교해 1910년대부터 사찰의 전폭적인 지원하에 일본 유학을 떠나 해외의 근대불교학을 습득한 불교유학생에 대한 기대가 클 수밖에 없었다. 그러나 이들이 해외에서 모두 불교학을 전공한 것이 아니고, 오히려 학문적으로나 생활적으로 불교와 멀어지게 되는 현실에 눈뜨기 시작하며 상호 갈등이 증폭되었다.

이를 반면교사로 삼은 불교계는 강학 분야에서 전통 강원교육의 필요성을 자각하여 개별 사찰 단위로 강원을 다시 개설하는 열풍이 있었다.『불교』지의 「휘보」란에는 1920년대 중반부터 전국적으로 개설된 강원의 입학, 수료 소식이 다수 소개되었다. 강원에 소속된 학인들도 전통 강원교육의 필요성과 자신들의 존재감을 재인식하고 적극적으로 목소리를 내기 시작하였고, 개운사, 해인사 등 몇몇 강원의 학인을 중심으로 집단적 운동으

---

1 조선시대 강원의 이력과정에 대해서는 이종수, 「조선후기 불교의 수행체계 연구」, 동국대 박사논문, 2010, 75~76면; 김용태, 『조선불교사상사』, 성균관대 출판부, 2021, 163~171면 참조.

로 발전시켜 나갔다.

조선불교학인대회의 개최, 조선불교학인연맹의 결성, 학인연맹의 회지인『회광』의 창간이 이러한 과정에서 등장한 새로운 운동이었다.

학인들의 단체적 운동은 그러나 교육과정 개선이나 진로 다양화 측면에서 학인 스스로 해결하기에는 한계가 있을 수밖에 없었다. 조선학인연맹에서 1929년 창간한『회광』이 3년 후인 1932년 2호를 발행한 이후 휴지기에 들어갔고, 대외적으로도 별다른 움직임이 드러나지 않는 것은 이러한 한계에서 비롯한 것이다.

근대적 의미의 불교학은 근대적 교육기관인 중앙불전이나 해외 불교대학에서 교수되었고 학자가 양성되었다. 아울러 전국의 여러 강원을 졸업한 학인 중에 중앙불전에 입학하거나 일본 유학의 길을 떠나는 사례도 심심치 않게 발견할 수 있다. 전통 강원교육은 이와 상보적인 지점에서 경전에 대한 원전 강독의 기회를 제공하는 교육기관으로 병존하게 되었다.

1930년대 초반 불교학인연맹의 활동 이후에도 전국적으로 여러 강원에서 자체적인 연찬과 학인들의 자체 활동이 이어졌을 것은 당연한데, 1930년대 말 현상으로 확인되는 결과물은 보현사 강원의 잡지『탁마』[2]와 봉선사 강원의 잡지『홍법우』이다.

『홍법우』는 남양주 진접면 봉선사의 홍법강원의 학인으로 구성된 홍법강우회弘法講友會에서 발간한 회지이다. 1938년 3월 12일 발행의 비매품으

---

2 『탁마(琢磨)』는 1938년 2월 1일 자로 묘향산 보현사 불교전문강원에서 창간한 불교잡지다. 속간한 기록은 없다. 판권장을 보면, 편집 겸 발행자 정창윤(鄭昌允, 평양 경상리 6), 인쇄인 박인환(朴仁煥), 인쇄소 대동인쇄소(경성 인사동 119-3), 발행소 탁마사(평북 영변군 신현면 보현사 불교전문강원), A5판 70면, 정가 30전이다.(최덕교,『한국잡지백년』1, 2004 재인용)

로, 편집겸발행인은 이재복李在福, 발행소는 봉선사 강원 내의 홍법강우회
이다.

1935년 2월 19일에 설립된 봉선사의 홍법강원[3]은 홍월초洪月初1858~1934
선사가 본인 재산인 2만 6천여 평의 토지를 전적으로 봉선사에 기증하고
강원을 설립할 것을 당부한 「유촉서」에 따른 것이다.[4] 「유촉서」는 대사가
입저1934.4.30하기 전인 1934년 3월 19일 날짜로 작성되었는데, 강원과
관련 있는 부분을 소개하면 다음과 같다.

제1조. 余의 소유에 係한 別記 목록의 토지 이만육천오십구 평은 此를 봉선사
에 헌납하야 봉선사의 소유로 이전하고 당사 주지 三職 及 일반 문도의 公議에
의하야 該 토지의 수입으로 左와 如히 弘法 사업을 경영하야 영원히 계속할 것.

一. 불교전문강원을 설립하야 교학을 천명함.

二. 선원을 설립하야 종지를 참구함.

단, 교와 선을 동시 並營키 불능할 時는 一種 사업만을 경영함.

제8조. 헌납토지 高城畓 일필은 연전에 법손 李龍夏에게 法物로 傳付한 것인
바 今에 그 願에 의하야 并히 사중에 헌납하는 것이니 당사에서는 該畓地上 수
입을 매년 이용하 又는 그 徒弟에게 부여하야 법맥을 영속케 할 것.[5]

---

3 송병언, 「홍법우의 사명」(『홍법우』 1호(1938.3), 55면)의 소개에 따른다.
4 홍월초의 활동과 봉선사, 홍법강원은 한동민, 「근대불교계의 변화와 봉선사 주지 홍월초」,
   『중앙사론』 18집, 한국중앙사학회, 2003; 김광식, 「홍월초의 꿈—그의 교육관에 나타난 민
   족불교」, 『한민족문화연구』 29집, 한민족문화학회, 2009 참조.
5 「故月初禪師遺囑書」, 『홍법우』 1호(1938.3), 94면.

홍월초는 평생 모은 토지 2만 6천여 평을 전부 봉선사에 헌납하여 봉선사 소유로 남기면서 이를 기반으로 두 가지 사업을 전개할 것을 당부하였다. 첫째는 불교전문강원의 설립이요 둘째는 선원의 설립이다. 그리고 이 두 기관을 동시에 운영하기 어려우면 하나를 택하여 운영할 것을 당부하였다. 아울러 이 유촉서에는 특별히 법손 이용하에게 '法物'로 부여한 토지를 언급함으로써 법맥의 전승자로 이용하를 인정했음을 알 수 있다.[6]

봉선사 사중은 같은 해 3월 29일 「유촉봉답서遺囑奉答書」를 작성하였다. 유촉서의 제1조에 대해서는 "홍법사업의 경영방법은 화상의 문도 중 十人과 當寺 住持 三職 及 守國寺 주지로써 홍법사업후원회를 조직하고 該會의 결의에 의하야 실행하겠나이다"라 다짐하였다.[7]

이런 과정을 거쳐 1935년 2월 19일[8] '월초선사 홍법사업 봉선사 불교전문강원'이 창립되었다. 「봉선사 불교전문강원 院則」을 제정한 날짜는 1936년 7월 1일이며, 1938년 3월 강원의 회지인 『홍법우』가 창간되었다. '홍법우'는 원래 "봉선사 강원 학우의 통칭"[9]으로 쓰이던 것인데 잡지의 제명이 되었다. 그러나 홍법우는 창간호가 종간호가 되었다. 당시의 시대상황이 혼란한 이유가 있을 것이고 기타 강원 내의 상황 변화도 있었을

---

6 「유촉서」의 제10조는 또 다른 법손 김성숙에 대한 애정이 담겨있다. "법손 金星淑은 余의 주지 재직시에 余를 협찬하야 本末寺에 공로가 不少하고 且門稧의 창립자로써 특수한 勳勞가 有한 자인데 今에 그 생사를 未知이니 門稧 중에서 稧金을 善爲增殖하야 수백 원을 辦出하고 헌납토지 수입 중에서 일금 일백원을 寺中에 청구하야 此로써 약간의 토지를 매수하야 김성숙의 徒弟 一人을 立하야 此를 영속케 할 것."(95면) 당시 중국에서 독립 운동했던 김성숙에 대한 애틋한 심정을 확인할 수 있다.

7 「유촉서」, 『홍법우』 1호(1938.3), 96면. 여기에 봉선사 주지 박범화, 감무 이용하, 감사 황보안, 법무 이치우과 협의원 4인(현상규, 김종렬, 이순재, 김성호)의 작성자 명단이 등장한다. 후에 강원의 강주가 되는 이용하가 감무라는 직책에 있음을 알 수 있다.

8 송병언, 앞의 글, 55면.

9 위의 글, 같은 면.

것이나 자세한 사실을 파악하기는 어렵다.

2) 홍법강원의 조직과 운영

『홍법우』는 봉선사의 불교전문강원의 학인들이 만든 잡지로서, 강원의 정식 명칭은 '月初禪師 弘法事業 奉先寺佛教專門講院'이다. 『홍법우』에 소개된 동 강원의 「봉선사불교전문강원원칙奉先寺佛教專門講院院則」 이하 「院則」[10]에는 강원 자체의 설립 목적, 직원의 구성, 학제이력과정, 학칙 등이 제시되어 있어 잡지 발간의 전반을 파악할 수 있다.

이에 따르면 봉선사 강원은 전술한 대로 홍월초의 유지를 받들어 설립되었고 '解行具備의 교역자를 양성'하는 목적을 표명하였다. 강의를 담당할 강사는 1인을 초빙하고 이하 중강中講 약간 명을 두었다. 수업 기간은 별도로 규정하지 않고 규정의 학과를 다 마칠 때까지로 융통성을 두었다. 기존의 사미과, 사집과, 사교과, 대교과의 순서를 초등과, 중등과, 고등과, 수의과로 나누어 운영하였고, 교수 방식은 초등, 중등과는 독송식으로, 고등과는 논문강식論問講式으로 진행하였다. 그리고 내전 외에 필요에 따라서는 외전外傳과 속전俗典을 강설하고 설법과 강연도 병행하는 것으로 제시하였다.

입학 자격은 14세 이상 40세 이하로 규정하였는데 실제 강원 학인의 명단을 보면 20대 전반의 학인이 대부분으로 나타난다. 이외에 12조에서는 각별하게 지켜야 할 학인들의 생활규범이 제시되어 있는데 율의존숭律儀尊崇, 분수焚修시간 엄수, 법의상착法衣常着 등 엄격한 위의를 강조하고 있으며,

---

10 「院則」, 『홍법우』 1호(1938.3), 97~98면.

6항에는 '매일 1시간 내외의 노동에 服하야 근로 力作의 습성을 養함'이라 하여 노동을 병행하는 실용적, 개혁적 방침을 천명하였다.[11]

2. 발행 주체와 잡지의 지향

홍법강원의 강주는 이운허李耘虛, 龍夏, 1892~1980이다. 『홍법우』의 발간에 직접 실무는 담당하지 않았을지라도 전체 교육을 책임진 교수로서 잡지의 발행에 좌장 역할을 했을 것은 당연한 논리다.

잡지 발간의 실제적인 주체는 홍법강우회의 임원들이다. 당시 홍법강우회의 명단을 보면 집행위원장 김달생金達生, 서무부위원 장성진張星軫·이혜성李慧星, 문예부위원 이재복李在福·공만수公萬壽, 재무부위원 이재복李福· 김용신金龍信, 체육부위원 김우섭金禹燮·현수경玄壽卿, 사찰司察 권실능權實能· 송계남宋啓南 등이다.

주목되는 인물은 문예부위원으로 잡지의 편집겸발행인인 이재복이다. 강원 소속 학인의 명단에 보면 이재복은 갑사 출신[12]으로 잡지 발행 직전

---

11 이는 학인의 글 가운데 선농병행, 근면노력 강조 등의 내용이 등장하는 요인으로 작용하였다. 아울러 김달생, 「홍법강원에 就하야」(34~35면)의 '홍법강원의 특장'장에는 강원 원칙 12조 5항 '법의를 常着하야 위의를 존중함'과 6항 '매일 1시간 내외의 노동을 服하야 근로역작의 습성을 養함'을 들어 본 강원의 특색이자 전 불교계가 실천해야 할 현실적 실천 덕목으로 소개하였다.

12 이재복(1918~1991)은 『홍법우』 부록 「全朝鮮講院學人名簿」(1937.12.15 현재)에 갑사 소속으로 나와 있다. 『불교』 107호의 갑사강우회 정기총회 기사에도 이름이 등장한다. 1940년에 혜화전문학교 불교과 입학하여 1943년 졸업하였다. 종교인이자 교육자이며, 다수의 시를 창작한 시인으로 대전 지역에서 활동하였다. 사후에 시문집 『靜思錄抄』(문경출판사, 1994)와 『용봉대종사 금당이재복선생 전집』(전8책)(2009)이 간행되었다(김방룡, 「금당 이재복의 생애와 불교사상의 특징」, 『충청문화연구』 14집, 충남대 충청문화연구소, 2015).

해인 1937년 12월 기준으로 20세이며 사교과 재학 중으로 나온다. 잡지 간행 당시는 21세로 비교적 젊은 나이나 당시에는 이미 갑사의 강원도 졸업하고 사교과 재학 중인 문재文才 있는 예비 문학인으로 잡지간행에 적극적인 노력을 기울였던 것으로 추정된다.[13]

『홍법우』의 표지와 목차 사이에는 「강령綱領」 3조와 「봉선사강원奉先寺講院 원훈院訓 십칙十則」이 수록되어 있다.

　一. 우리는 六和를 尊尙하야 同苦의 友誼를 敦睦하자.
　一. 우리는 敎網을 全提하기에 必要한 모든 知識을 組織的으로 準備하자.
　一. 우리는 解行을 具備하야 佛敎朝鮮建設의 前衛가 되자.

원훈 십조는 '如實히 알도록 배우라'에서 '苦勞衆生에게 樂을 주라'에 이르기까지 학인이 강원에서 공동생활하며 수신하기를 요구하는 실천 규범을 제시하였다.

「강령」은 강원 및 강우회의 강령이요, 「원훈」은 강원 및 강우회의 생활 규범으로 파악된다. 잡지 자체는 이러한 강령과 원훈을 실현하는 도구에만 그치지는 않는다. 잡지는 홍법강원의 정신을 체화한 학인들의 계몽 담론이 담겨있는 시론의 장이자, 상호 친목의 장이기도 하며, 강원의 소속감을 확인하는 자기 확인의 장이자, 청년 시절의 문학적 재능을 펼치는 문학 창작 및 문화의 장으로 실현되었다.

---

13 「편집실 후기」(이재복)에 잡지 간행에 봉선사평의원회에서 160원을 지원하여 큰 도움이 되었다 하며, 특히 잡지가 발간되도록 시종 노력해 준 監事 金基弘에게 감사드린다고 하였다. 감사직에 있던 김기홍이 재정 조달과 행정적 뒷받침을 담당한 것으로 보인다.

『홍법우』에는 잡지 자체의 지향을 별도로 제시한 선언문은 존재하지 않는다. 다만 강령, 훈화, 그리고 강주의 격려사 성격의 글은 강원의 지향을 제시한 글인데 강원의 지향은 곧 홍법강우회, 『홍법우』의 지향이라 해도 무방할 것이다. 『홍법우』는 기본적으로 홍법강우회의 회지이다. 그런데 홍법강원의 기관지와 다름없는 위상과 성격을 갖는다. 행정적, 재정적 지원에 있어서도 그러한 양상을 살펴볼 수 있다. 학인들의 글은 개성의 발현보다는 앞서 제시한 기관과 강주가 지향하는 내용을 각자의 방식으로 내면화하고 재구성한 것으로 보아도 무리는 아니기 때문이다.

3. 잡지의 편제와 항목별 분류

『홍법우』는 별도의 항목 구분 없이 목차가 구성되어 있는 가운데 나름대로 다음 몇 부분으로 구분된다.

「강령, 원훈院訓」

「권두언」

「논설」

    유명 인사 논설(권상로, 김영수, 김태흡, 허영호, 변초우)

    강주 논설 및 종무소 지침(이운허, 종무소)

    선배 학인의 글(일주, 묘향산학인, 문동한, 정용기, 석기환)

    재학 학인의 논설(釋炅權 金達生 李在福 외 총 16인)

「문학」(재학 학인)

수필(박동호, 임흥식, 석혜성)

꽁트, 동화(이인화, 권실능, 현수경, 유원종)

한시(김운애, 김달생, 계룡산인)

시(장일우, 박성도, 석죽포, 송춘환)

「기타」

「전조선강원학인명부全朝鮮講院學人名簿」 외

「판권」

판권 및 「편집실 후문」

1) 논설

(1) 외부 명사의 글

외부 명사의 논설은 당시 불교학계를 대표하는 지성으로서 중앙불전의 교수진인 권상로, 김영수, 그리고 일본 유학파로서 중앙포교사이자 중앙불전 강사 및 불교시보사 사장1935~1944인 김태흡, 범어사 출신으로 부산에서 문학잡지 『평범』을 간행했으며 일본 유학을 다녀와 후에 동국대학 교수로 재직한 허영호 등이다.

권상로의 「세행細行의 일이점一二點」은 학문을 시작하는 학인들에게 작은 실행의 가치를 전한 글이다. 과거에 잘 운영되던 이력공부가 이제는 졸업장, 수료증 등의 간판을 취득하는 곳으로 전락하여 실지實地 공부가 과거와 비교해 손색이 있다는 것, 개방의 시대에 불교인으로서 작은 행도 지켜서 혜명慧命을 잇고 법류法流를 흐르게 하기를 당부하였다.

김영수의 「정신단련법精神鍛鍊法에 대對하야」는 불교사학자로서의 명성이나 학문적 역량을 보여주는 대신 학인들의 정신 수양 방법으로 참고견디는 '忍苦鍛鍊'의 개념을 소개하며 정진하기를 당부한 짧막한 글이다. 농사 짓는 형제의 예를 적절히 제시하여 독자의 눈높이를 맞춘 평이한 글이다.

김태흡의 「홍법이생興法利生의 신념信念을 확립確立하라」는 제목이 곧 주제를 담고 있다. 많은 학인들은 홍법이생이 아니라 취업과 진학에 더 관심이 많다는 점을 비판하였고, 강당을 수료한 후 학교에 진학해도 '그 뒤가 볼 것이 없게 된 이'가 많음을 걱정하였다. 이어 학인들에게 '학문을 권함보다도 신념과 실행이 있기를' 당부하였다.

허영호의 「적은 보살菩薩의 일원一願」은 한 면의 분량원고지 3매 정도의 기준으로 보살에 세 부류慧行, 信行, 精進行을 걷는 보살가 있으며, 그 가운데 무상보리를 얻기 가장 쉬운 방식으로 初學 보살이 항상 혜행을 먼저 닦는다 하고, 그것을 修習하기를 당부하였다. 그리고 『홍법우』 발간이 이러한 방편을 지으려는 갸륵한 생각이며 처음에는 가늘지만, 보살의 大願 大行의 한 줄기 강물一派이 될 것을 기대하였다.

변초우卞草牛의 「색안경色眼鏡」은 당시의 불교계를 조선 불교의 '舊式的'인 이판승, 사판승으로 나누어 제시하였다. 이판승은 '非理判非事判' 승려 등 7종으로 나누고, 사판승은 '半理判半事判' 승려 등 7종으로 나누었다. 당시 조선불교선교양종승려계를 관찰한 바, 이판승이 적고 사판승이 대다수라 평하고 실제 사업상에서도 선교양종이라 하지만 선원, 강원을 유지할 대책과 방안이 전무함을 비판하고 있다. 만평 성격이 있는 현실 비판적 논설이다.

권상로, 김영수, 김태흡, 허영호는 중앙불전 교수, 강사로서 당시의 대표적인 불교계 명사들이다. 이들의 글은 잡지의 품격을 높이는 외호의 차원에서 받은 일종의 축사, 격려사에 해당한다. 이들의 외호 속에 강주인

이운허의 논설이 등장하고, 이어 강원 종무소의 강원 운영지침이 게재되는 것은 매우 자연스럽고 안정적인 배치라 할 수 있다.

(2) 강주 및 졸업생의 글

강주 이학수운허사문의 「종교宗敎와 종교인宗敎人을 논論하야 학인學人의 각성覺醒을 촉促함」은 제목 그대로 불교가 처한 기회이자 위기인 현실 속에서 학인의 존재 의의를 되새기며 그 각성을 촉구하는 격려사로서 본 잡지의 지향을 이해하기에 좋은 자료이다. 요지는 종교의 참된 가치를 발휘할 승려다운 승려의 부재를 탄식하고 과거와 달리 사회 분위기가 불교의 신흥新興에 박차를 가하는 좋은 기회를 놓치면 안 된다고 하며 이를 위한 학인들의 실천행으로 세 가지를 제시하였다. 하나는 종교인으로서의 책임감을 가질 것. 둘째는 종교인으로서 해解와 행行을 가질 것. 셋째는 사적私的 생활을 영위할 만한 실업적實業的 기능이 있어야 할 것 등이다. 이는 홍월초부터 실천했던 강학 정진과 실용주의라는 두 가지 지향을 학인들에게 다시 전한 것으로 보아도 무리가 없다.

이어 1936년 개설한 봉선사 홍법강원의 수료생 혹은 그 이전의 봉선사 출신으로 보이는 선배 학인의 글이 수록되어 있다.

묘향산학인의 「홍법우弘法友 일주년一週年을 당當하야」에는 봉선사 강원을 1년 전에 수료하고 현재는 밀운密雲포교당에서 포교사로 재직하고 있는 필자의 회고담이 담겨있다. 『홍법우』의 전신이라 할 회지가 봉선사 내에서 제작되었는데, 그것을 발전시켜 1년 후인 1937년 12월 경 전국적인 배포를 목표로 한 『홍법우』가 제작되었던 과정을 알 수 있다.

문동한석기범의 「불교佛敎에 귀의歸依하기까지」는 봉선사 강원 졸업 후,

1937년 12월 현재 중앙불전 1학년이 된 선배의 글이다. 김천고보 4학년 재학 중 김룡사의 종소리를 듣고 출가 발심을 한 후 21세에 봉선사 말사인 수국사에서 불도에 귀의한 과정이, 그리고 불교철학에 관심을 가지게 된 필자의 소회를 담았다.[14]

　정용기의 「나의 고백」, 석기환의 「현해탄을 건느며」 역시 자기 체험과 개인적 소회를 담은 글이다.

(3) 재학 학인의 글

〈표 1〉 『홍법우』 재학 학인 논설 목록

순	필명	대표명 (출신, 소속[15])	제목	비고
1	釋炅權	김경권 (사교과, 24세, 위봉사)	楞嚴經 見道分을 읽고서	
2	金達生	김달생 (수의과, 24세, 은해사)	弘法講院에 就하야	집행위원장
3	李在福	이재복 (사교과, 20세, 갑사)	非指喩	발행인
4	釋雲涯	김운애 (사교과, 24세, 만주 보흥사)	現代에는 半農半禪佛敎라야된다	
5	釋萬壽	공만수 (수의과, 20세, 은해사)	우리 敎界에 一言을 呼訴하노라	문예부 위원
6	釋婆羅密		現代學人의 할 일	
7	張道圓	장도원 (사교과, 21세, 벽송사)	佛敎의 일군은 누구인가	
8	釋大仁	김대인 (대교과, 20세, 영월 보덕사)	우리의 할 일	
9	金明眼	김명안 (사교과, 20세, 벽송사)	成功은 苦의 結果	

---

14 문동한은 중앙불전의 학생회지인 『룸비니』 2호(1938.3)에 학예부 부원으로, 3호(1939.1)에는 학예부장으로 등장한다. 그는 「人間敎育에 對하야－不具敎育(体, 受, 授)에 抗한 一小考」(2호), 「철학개념의 변천에 대하야」(3호), 「Schopenhauer 연구 일단」(3호), 「형이상학 론서설」(4호) 등을 투고하였다.

순	필명	대표명 (출신, 소속[15])	제목	비고
10	釋東鎬	조동호 (대교과, 24세, 대승사)	勸學文	
11	釋剛史		修養과 實踐	
12	釋竹圃		努力하자	
13	宋炳彦	송병언 (사교과, 27세, 봉선사)	弘法友의 使命	
14	李長用	이장용 (사미과, 25세, 철원 심원사)	우리의 할 일	
15	金正眞	김정진 (사교과, 28세, 완주 화암사)	目的과 勤勉	
16	千優曇	천우담 (사집과, 16세, 경성 법륜사)	우리의 誓願	

여기에 실린 16종의 논설 중 한 편김경권, 「능엄경 견도분을 읽고서」을 제외하고는 모두 강원 소속 학인의 다짐과 권면을 담은 글에 해당한다.

김경권석경권의 「능엄경 견도분을 읽고서」는 『능엄경』이 중국에 전래된 역사를 소개하고, 이 책의 가치와 불설의 배경을 소개한 후, 『능엄경』 정종분正宗分 첫 대목인 「견도분」의 요지를 교학적으로 풀어내었다.

시사 논설의 첫 지면은 당시 홍법우 집행위원장인 김달생의 「홍법강원에 취하야」가 차지하였다. 홍법강원의 설판주인 홍월초를 소개하고, 강원 창설의 연기와 특장점을 소개하였다.[16]

이재복은 문예부 위원이자 편집 겸 발행인으로 다음 지면을 할애 받았다. 「비지유」에서 그는 학인의 의미를 원론적으로 제시하고 원효, 자장,

---

15 「강원명단」, 『홍법우』 1호(1938.3), 92면 참조.

16 그 특장점은 첫째는 승려의 위의를 실생활에서도 잃지 않는 계율을 지킨다는 점이며, 둘째는 매일 한 시간 이상 근로하는 일과를 통해 적극적 사회 참여 및 교화를 기도하는 실천적인 면모다. 이를 통해 봉선사 강원이 당시 조선 불교계의 정세에 비추어 가장 적절한 곳이며, 이러한 자세와 풍토가 당시 '반도 40여 강원, 700여 법우'에 미칠 것을 기대하였다.

보조, 원측, 현태, 혜초 등의 聖師의 정신을 계승하여 경론을 훌륭하게 받들어 나아가고 그 이상을 體現함이 학인의 사명이라 보고 이를 실천하리라 다짐하였다. 나아가 구체적인 강원의 나아갈 바는 내전 연구 외에도 외전도 포괄하여 시대의 흐름을 따라 변해야 하며, 교육제도도 변화해야 한다는 점을 제기하였다. 즉 합리적인 교육제도와 완전한 내용의 교육과정이 수립되기를 기대한 것이다.

김운애석운애의 「현대에는 반농반선 불교라야 된다」는 백용성 선사가 주창한 반농반선운동에 호응하며 그 논리를 다시 확인한 글이다. 봉선사의 특장점 중의 하나인 노동 실천의 정신이 이와 연결될 수 있다는 점에서 시사적이라 할 수 있다.

문예부 위원인 공만수석만수의 「우리 교계에 일언을 호소하노라」는 강원으로 대표되는 불교계 교육기관의 현실적 문제를 세 가지로 정리하였다. 첫째는 교육제도의 불합리, 둘째는 지도자의 성의 부족, 셋째는 학인의 정신 부족 등이다. 기존에 논의되어 온 강원 제도의 현실적 한계를 재정리한 글이다.

여기까지 글의 배치를 검토해 보면 나름대로 일정한 질서가 있음이 발견된다. 가장 먼저 능엄경에 대한 교학적 풀이의 글을 수록하여 그들의 관심과 지향점이 어디 있는가를 보여주고 있다. 이어 홍법강우회 집행위원장의 홍법강원 전체를 조망하는 글을 수록한 후, 편집 겸 발행인인 이재복의 글을 수록하였다. 이어 봉선사의 지향과도 일부 관련이 있는 반선반농운동을 소개하였고, 강원 교육제도의 현실적 한계를 제시하여 개혁적 목소리를 담아내었다. 그리고 석바라밀의 「현대 학인의 할 일」에서 천우담의 「우리의 서원」에 이르는 11편의 글은 제목과 주제가 서로 비슷한 양상을 보여주고

있다. 그것은 곧 '강원의 학인으로서 우리는 어떤 것을 해야 하며 어떤 각오
로 임해야 하는가' 등이다. 아마도 원고지 3매의 분량으로 학인들에게 '우
리의 사명은?'이라는 주제를 주어 동시 작성한 것으로 보인다.

2) 문학작품의 양상

〈표 2〉 『홍법우』 학인 문학 작품 목록

순	필명	대표명(소속)	제목	비고
1	朴東浩	박동호	古寺의 새벽	수필
2	林興植	임흥식(사미과, 15세, 완주 화암사)	丹楓은 떨어지고 눈 오는 겨울	수필
3	釋慧星	이혜성(사집과, 봉선사)	겨울의 아츰	수필
4	李仁和	이인화(사집과, 24세, 봉선사)	春夢	꽁트
5	權實能	권실능(사미과, 19세, 봉선사)	두꺼비의 꾀	동화
6	玄壽卿	현수경(사집과, 21세, 봉선사)	착한 동생	꽁트
7	劉圓鍾	유원종(사교과, 18세, 봉선사)	노 잃은 漁父	꽁트
8	啞牛金雲涯	김운애(사교과, 24세, 만주 보흥사)	「落葉」	한시
9	海光金達生	김달생(수의과, 24세, 은해사)	「方對聖賢言」	한시
10	鷄龍山人	이재복[17]	[氷壺集鈔]「新興庵吟」「秋興」「偶吟」	한시
11	張一遇	장일우	「瞑想曲」	시
12	朴性道	박성도(사집과, 19세, 경성 법륜사)	「이달의 기도」	시
13	釋竹圃	석죽포	「눈」	시
14	宋椿煥	송춘환	「꿈」	시

총 14편의 문학적 글은 또 나름대로 질서가 있다. 먼저 감상적 글인 수
필 세 편을 먼저 수록한 후, 다음으로 단편 서사에 해당하는 꽁트3편와 동

---

17 이재복과 관련 있는 자료로 「(白波亘璇口科入)太古庵歌」가 있다. 이는 「태고암가」에 과문을
나눈 원고지에 쓴 사본으로 개인소장(동국대 불교학술원 선암스님, 봉선사 능엄학림 수료)
이다. 마지막 장에는 龍峰(이재복의 호)스님에게 보내는 靜岩의 발문이 있고, 책의 표지에는
'鷄龍散人'이라는 이름이 있다. 이는 이재복(1918~1991)의 호를 써서 필사제작자를 나타
낸 것이다. 이에 따라 일단 계룡산인(鷄龍散人, 鷄龍山人)을 이재복으로 비정한다. 자료 제
공에 감사드린다. 한편 이재복의 호는 錦塘, 龍峰으로 더 많이 알려져 있다(김방룡, 앞의 글
참조).

화1편를 묶어 배치하였다. 이어 운문 편으로 한시3인 5수와 시창가조 및 동요 포함 4수를 배치하였다.

수필 중 박옹호의 「고사의 새벽」은 새벽 종소리를 들으며 '저 종소리는 내의 혼수昏睡하는 잠은 깨었다마는 나의 생사장야生死長夜의 무명몽無明夢은 깨우지 못하는가'라는 상념으로 시작한다. 젊은 학인의 감수성과 작은 각오가 담긴 수필이다. 임홍식의 「잔풍은 떠러지고 눈 오는 겨울」, 이혜성석혜성의 「겨울의 아츰」 역시 '나의 어린 마음'으로 계절의 변화를 그리며 관세음보살과 일광보살을 호명하는 감성적 글이다.

단형 서사는 모두 네 편이다. 이인화의 「춘몽」은 세살 때 부모를 잃고 19년 동안이나 남의 집 문 앞을 전전하는 '불쌍한' 장길이가 주인공이다. 따스한 봄날 고뇌와 공상에 사로잡혀 들판에 누운 그는 거지 신세로 김판서댁 무남독녀와 결혼하여 기름진 음식과 기녀를 곁에 두고 풍류를 즐기는 생활을 누리다 환갑을 맞이하게 되는데, 잔칫날 팔 남매의 술잔을 차례로 받으려는 찰나 비명을 지르는데, 이는 곧 들판에 누운 장길이가 왕개미에게 물려 지르는 비명소리였다. "독자여 얼마나 서글프다 하겠읍니까"로 마무리되는 이야기는 「조신의 꿈」 혹은 한단지몽邯鄲之夢의 패러디다.

권실능의 '동화' 「두꺼비의 꾀」는 굶주린 여우가 두꺼비를 만나 잡아먹으려는 찰나 두꺼비가 자신의 굴속에 양식이 넘쳐나니 잠시 기다려 달라 말한 후 굴에서 나오지 않아 여우가 낭패를 당했다는 우화이다. 자타카 혹은 이솝우화의 패러디다.

현수경의 「착한 동생」은 남의 집 머슴살이를 하는 가난한 두 아이가 도깨비 이야기를 듣고 한쪽은 발복을 하고, 한쪽은 패가망신했다는 이야기다. 이는 욕심을 내면 과보를 받는다는 전설로 유명한 모티프인데, 종교적 이야기로 활용될 만한 내용과 주제를 담고 있다.

유원종의 「노 잃은 어부」는 바닷가 오막살이에 사는 어부가 바다로 고기를 잡으러 갔다가 풍랑을 만나 표류하던 중 더 큰 위기에 빠져드는데, 마침 먹으려던 물고기의 도움으로 구슬 하나를 얻게 된 후, 주변을 지나가는 배를 만난 이야기다. 이는 설화적 비유로서 설법의 한 대목으로 활용할 만한 흥미소가 있다.

이상의 서사는 모두 스토리가 압축적으로 제시되어 있고 분량이 매우 짧다 보니 갑작스러운 결말로 서사가 마무리되는 경우가 많다. 그 자체는 짤막하나 독자의 관심을 끌 만한 흥미로운 요소가 내재되어 있어 독자 입장에서 잡지를 읽을 때 흥미를 배가하는 요인으로 작용했을 것으로 판단된다.

한시 작품으로는 김운애의 「낙엽落葉」, 김달생의 「방대성현언方對聖賢言」, 이재복계룡산인의 「빙호집초氷壺集鈔」 제하의 「신흥암음新興庵吟」 「추흥秋興」 「우음偶吟」이 있다. 김운애의 「낙엽」은 늦가을의 풍경을 그린 칠언절구 2수다. 서리 내린 낙엽이 모래톱에 어지러이 춤추며 흩어지는 전구와 섬돌 위 영공影空에 안계眼界가 새롭다는 후구 간 상하의 대비가 참신하다. 김달생의 「방대성현언」은 강원을 풍경으로 등을 짝하여 경을 읽으며 생각은 진제眞諦의 묘유妙有 속으로 들어가는 한 순간을 읊었다. 이재복으로 생각되는 계룡산인의 「신흥암음」은 계룡산 수정봉 아래에 있는 신흥암의 풍광을 읊은 시, 「추흥」은 가을 풍경을 보며 도연명의 흥취를 떠올린 시, 「우음」은 강원이 있는 고요한 산속에서 마음을 거두어 좌정하며 불경을 읽으며 생사거래가 모두 몽환임을 노래한 시다.

「시」로 소개한 장일우의 「명상곡」은 한글 자유시이다. 1, 2연에서는 고요한 방 희미한 '램프'를 묘사하며 '얄미운 현실'과 '기구한 운명'을 노래하였고, '불같은 희망'도 '최고의 이상'도 매장당한 기구한 운명을 노래하였다. 이는 곧 '젊은이의 말로'를 노래한 것이다. 3연에서는 '황무지를 개간'하고 재출발하려는 용사, 개척자로 재 호명하며 앞으로 행진할 것을 명령하였다. 사월 듯 사위지 않고 다시 타오르는 등불의 재생과 재활을 노래한 것이다.

박성도의 「이달의 기도」는 7.5조 4행의 11연으로 구성된 창가조 작품이다. 꽃이 피고 지는 봄의 풍경에서 녹음이 우거지며 단풍 들고 낙엽지어 흰 눈으로 가득 찬 은세계에 이르는 자연의 흐름을 평이하게 읊었다. 중생제도의 서원, 사홍서원으로 작품을 마무리한 이 작품은 마지막에 "정축년을 보내며"라 부기하였다. 한 해의 시간의 흐름을 파노라마처럼 보여주며 종교적 서원으로 마무리한 종교시다. 석죽포의 「눈」은 눈 내린 온 산의 아름다운 광경을, 송춘환의 「꿈」은 꿈속에 보았던 임에 대한 그리움을 소박하고 단조롭게 표현한 시다.

아울러 1937년 당시 사교과에 재학 중이던 20세 이재복, 홍법강우회의 문예부 부장이자 『홍법우』의 편집 겸 발행인인 이재복은 이후 혜화전문학교에 입학하여 불교학을 전공하고 해방 이후 교직에 몸담으면서 많은 시 작품을 남긴 시인으로, 태고종 대종사에 오른 승려로서 활약하였다. 그의 시문학 세계에 홍법강원에서 수학하던 20대 초의 경험이 어떤 자취를 남겼는지는 앞으로의 과제로 남아 있지만, 창간호가 종간호가 되어버린 한 강원의 잡지에서 예비 문사의 이름을 발견하는 것은 매우 흥미로운 일이다.

4. 종합 평가

『홍법우』의 전체 글의 배열은 항목으로 나누어지지는 않았으나 매우 치밀하게 구조화되었다. 유명 인사의 격려사, 학인 선배들의 덕담과 소식, 강주의 훈화, 종무소의 제언, 그리고 학인 대표 격인 집행위원장, 편집 겸 발행인, 문예부 위원의 글을 통해『홍법우』는 개별 글의 종합이 아닌 전체적인 스토리를 갖춘 단순하지만 강한 서사를 형성하였다.

마지막 부분이 문학작품인 것은 문학을 철학과 종교의 여담으로 여겼던 전통, 혹은 논리적인 글의 중압감을 정서적인 글로 풀어내는 자연스러운 현상으로 풀이된다. 문학을 거의 마지막 부분에 배치하는 전통은 이미 앞선 불교잡지의 지면 배치에서도 확인되는 전통이기도 하다.

1930년대는 한국문학사에서 시의 시대로 알려져 있다. 그만큼 풍성한 작품과 시적 성취가 높아지는 시대이다. 당시 한문 경전을 주로 읽는 강원의 학인은 자유시 창작보다 한시 창작이 더 수월했던 마지막 세대로 파악된다.

『홍법우』에 수록된 시 작품은 짐작건대 본격적인 시 창작의 연습 과정을 겪지 못한 강원의 학인으로서 습작 수준을 벗어나지 못한 작품들이다. 시상의 소재와 표현이 소박하고 단조로운 한계가 있다. 비록 그렇기는 하나 한문 불경을 과목으로 이수하는 불교학의 학인이요 수행자들인 젊은 청년들이 나름대로 소박한 시상 속에 종교적 감성을 곁들인 결과,『홍법우』가 가진 계몽적 성격에 다채로운 감성의 통로를 열어놓은 것은 분명하다.

에필로그

　본서는 근대 불교잡지의 전개사와 학술사, 문예사를 검토하여 불교잡지가 학술적으로 문화적으로 근대문화의 형성과 발전에 기여한 지점을 충실히 복원하고자 하였다. 본격적으로 살펴본 잡지는 모두 17종이며, 중간에 결호가 있기는 하지만 전체 권호는 239호가 되는 방대한 분량이다.

　이 저서는 한국연구재단에서 지원하는 저술출판지원사업의 결과물이다. 그 직전에 『불교』지의 문학장文學場과 번역에 대해 3년간의 지원(중견연구자)을 받은 터라, 3년의 기간에 근대 불교잡지 전체를 대상으로 전통과 근대, 불교와 문화, 역사와 논리를 통합적으로 고찰하는 문화사 서술은 그리 큰일이 아닐 것으로 판단했다.

　그러나 그것이 무모한 일이었음을 깨닫는 데는 오랜 시간이 걸리지 않았다. 현전하는 최초의 불교잡지 『조선불교월보』만 하더라도 판권장에 있는 발행인 정보부터 현실을 반영하지 못한 부정확한 것이었다. 그리고 상당수의 필진이 필명을 사용하고 있어 이에 대한 검증 또한 만만치 않은 일이었다. 문체도 다양하여 순한문, 현토가 대부분을 차지하는 잡지의 경우 진행하는 속도가 더딜 수밖에 없었다. 한마디로 빙산의 거대한 수면 아래 실체를 검토하지 않은 채 수면에 드러난 몇몇 현상만 기술하는 것은 한계가 있다고 판단하였다.

　이에 따라 필자는 서술 방침을 변경하여 본문에 실린 논설과 논문, 문학작품 외에 표지, 권두언, 목차, 사고社告, 광고, 특집기사, 휘보에 이르기까지 정독을 한 결과 17종 잡지의 각론을 완성하였고, 이제 그 보고서를 묶어 단행본으로 엮는다. 번거롭기는 하지만 논설, 학술논문, 문학 성과를 도표로 상세히 제공한 것은, 그것이 불교잡지의 실체를 파악하기 위한 첫 단계 연구이기 때문이다. 본서를 바탕으로 하여 시공을 횡단하는 야심 찬 문화사 서술이 이제는 누군가에 의해 가능하지 않을까 하는 생각이 든다.

개별 잡지에서 중복하여 언급했지만, 근대 불교잡지가 이루어 낸 근대 문화 창조의 영역은 크게 한국불교사의 정립, 근대불교학의 정립, 불교문학의 창작으로 나누어진다.

불교계가 자신의 정체성을 확인하는 첫 번째 길은 찬란했던 과거 이 땅의 불교문화유산을 당대에 복원하여 확인하는 것이었다. 『조선불교월보』 초기부터 비문의 현상모집 광고를 앞면에 수록한 것은 이 땅의 불교사를 복원하며 불교계의 정체성을 확립하고자 하는 의도를 반영하는 것이다. 불교잡지의 필진들은 일제 치하에서도 불교와 관련된 역사 자료를 새롭게 발굴하고 소개함으로써 이 시기 국학 연구에 크게 기여하였다. 초기 불교 잡지의 편집자인 권상로, 박한영, 이능화 등은 우리 역사의 기술에 꼭 필요한 여러 사찰의 사적비, 고승의 비문과 행장을 직접 수습하였고, 때로는 독자들의 자료 발굴과 소개를 유도하였다.

또 잡지에는 원효와 경흥을 발굴하고 『사산비명』 『해동고승전』 『삼국유사』 소재 불교사 자료 및 19세기 20세기에 입적한 고승의 행적을 복원하는 다양한 탐구의 자취가 담겨있다. 이러한 작업은 전통적인 지식인과 해외 유학생 출신 신진지식인의 협업으로 이루어졌다. 이들에 의해 불교잡지는 한국의 사상사, 문화사를 정립하는 중요한 매체로 존재감을 드러내었고, 이들 잡지를 통해 비로소 불교의 역사를 객관화하고 불교를 전통문화의 바탕이자 사상적 기저로 평가하는 자기인식이 이루어졌다. 불교잡지를 통한 불교계의 역사 찾기 노력은 국학연구에 영향을 준 것이 아니라, 그 자체가 국학운동의 일환이었다고 평가할 수 있다. 앞으로는 이 시기 국학연구와 불교의 관계를 좀 더 적극적으로 해석할 필요가 있다.

근대 불교잡지는 불교학이 근대학문으로 정립되는 과정에서 공론의 장으로 활용되었다. 해외 학자의 학설을 소개하고 국내 불교학자의 성과를 공표하는 등 공적 매체로서 일정한 역할을 담당한 것이다. 해외 불교계, 해외 불교학을 단편적으로 소개하는 기사에서부터 심도 있는 논설의 번역, 투고에 이르기까지 그 편폭이 매우 넓다.

근대 불교잡지는 한글을 포교의 매개로 사용하여 불교문화의 편폭을 넓혔으며 한글문화의 다변화에 기여하였다. 1912년 간행된 『조선불교월보』에서부터 「언문란」을 신설하여 '여성'을 위한 불교를 기획했으며, 1920년대에는 자라나는 어린이들을 대상으로 한 불교 소년회 소식을 상세히 전하면서 창작 동요와 동화, 희곡 등을 소개하였다. 이들과 함께 꾸준히 연재된 소설과 희곡 작품도 대부분 순 한글로 표기되어 있다. 이들 한글 기사와 작품은 현토체, 국한혼용체가 대부분인 고답적인 잡지에서 독자의 저변을 넓히고 불교문화의 다양성을 확보하는 순기능을 담당하였다.

세대별로 보면 근대 불교잡지는 당시 전통 교육을 받은 기성세대, 근대 교육을 받은 청년, 그리고 여성, 소년 등 다양한 세대와 계층이 등장하는 복합적인 장이다. 특히 불교잡지는 근대의 훈습을 받은 청년의 등장과 성장의 역사를 반영하며 그 성장을 견인하는 중요한 매개체였다. 불교 청년의 목소리가 켜켜이 쌓여있는 불교잡지는 불교청년들의 성장과 독립을 추동한 매체라 해도 과언이 아니다.

머리말에서 본서를 불교잡지를 학문세계로 편입하고자 하는 편입학 신청서라고 감히 말했지만 사실은 부끄러운 부분이 많다. 근대 불교잡지에 담긴 내용은 복잡 다기하여 본서에서 미처 기술하지 못했거나, 저자의 능력이 미치지 않아 간략하게만 언급한 부분이 많다. 『불교』지의 학술 성과와 문학 작품발표는 질량에 있어 타 잡지를 압도하지만, 본서에서는 일부 사항을 거론하는 데 그쳤다. 『(신)불교』, 『금강산』, 『탁마』도 본서의 연구 대상에 포함되지만 미처 거론하지 못하였다. 이는 연구 기간의 제약도 있지만 기본적으로 필자의 게으름 탓이다.

앞으로 불교잡지에 산재한 지성들의 업적을 복원하고 의의를 부여하는 작업, 그리고 잡지 전체를 통찰하여 이 시대의 진정한 문화사를 서술하는 일은 앞으로의 과제로 남긴다.

불교학이나 역사학, 문학 영역에서 익히 인정받은 석학과 문사들만이 근대문화 창조의 주역은 아니다. 전대미문의 급변하는 문화 교체 시기에 앞서거나 뒤서거나 고군분투하였으나, 상당히 많은 경우 불교사, 문학사의 주류로 인정받지 못한, 무명에 가까운 불교청년들의 문화 창조의 성과가 본서를 통해 인정받을 수 있다면 다행으로 생각한다.

참고문헌

잡지

『朝鮮佛敎月報』『海東佛報』『佛敎振興會月報』『朝鮮佛敎界』『朝鮮佛敎叢報』『惟心』『鷲山寶林』『潮音』『金剛杵』『佛日』『佛敎』『一光』『回光』『佛靑運動』『禪苑』『룸비니』『弘法友』

자료

이철교·김광식 편,『한국근현대불교자료전집』1~70권, 민족사, 1996.

김광식,『한국근현대불교자료전집 해제』, 민족사, 1996.

동국대학교 불교학술원 불교기록문화유산아카이브(https://kabc.dongguk.edu/).

퇴경당전서간행위원회 편,『퇴경당전서』권1, 이화문화사, 1990.

한암대종사법어집편찬위원회 편,『정본 한암일발록』, 민족사, 2010.

『동국인명록』권1, 동국대학교총동창회, 2011.

동국대 불교학술원 편,『한국불교전서편람』, 동국대 출판부, 2015.

금명 보정 찬, 김종진 역,『백열록』, 동국대 출판부, 2020.

『동국대학교백년사』권2, 동국대학교총동창회, 2007.

타고르, 유영 역,『생의 철학』(타골전집 제6권), 정음사, 1974.

이능화, 동국대 불교문화연구원 역,『역주 조선불교통사』, 동국대 출판부, 2010.

한용운, 이원섭 역,『조선불교유신론』, 운주사, 1992.

단행본

고재석,『한국근대문학지성사』, 깊은샘, 1991.

고형곤,『선의 세계』(개정판), 동국대 출판부, 2005.

김광식,『한국근대불교사연구』, 민족사, 1996.

＿＿＿,『한국근대불교의 현실인식』, 민족사, 1998.

＿＿＿,『새불교운동의 전개』, 도피안사, 2002.

김복순,『1910년대 한국문학과 근대성』, 소명출판, 1999.

김영민,『1910년대 일본 유학생 잡지 연구』, 소명출판, 2019.

김용태,『조선후기 불교사 연구』, 신구문화사, 2010.

＿＿＿,『조선불교사상사』, 성균관대 출판부, 2021

김기종,『한국불교시가의 구도와 전개』, 보고사, 2014.

_____, 『불교와 한글―글로컬리티의 문화사』, 동국대 출판부, 2015.

김종진, 『불교가사의 연행과 전승』, 이회, 2002.

_____, 『불교가사의 계보학, 그 문화사적 탐색』, 소명출판, 2009.

_____, 『한국불교시가의 동아시아적 맥락과 근대성』, 소명출판, 2015.

박인석, 『영명연수 종경록의 일심사상 연구』, 은정불교문화진흥원, 2014.

원영상 외역, 『일본불교사―근대』, 동국대 출판부, 2008.

이병주 외, 『석전 박한영의 생애와 시문학』, 백파사상연구소, 2012.

이제헌, 『이능화와 근대불교학』, 지식산업사, 2007.

정광호, 『한국불교최근백년사편년』, 인하대 출판부, 1999.

종걸·혜봉, 『석전박한영』, 신아출판사, 2016.

최덕교 편저, 『한국잡지백년』 1·2, 현암사, 2004.

허영호·김용환 편, 『조선어기원론』, 정우서적, 2014.

논문

고재석, 「깨달음의 미학과 행동적 수양주의」, 『우리말글』 38호, 우리말글학회, 2006a.

_____, 「한국 근대불교와 문학의 상관성」, 『민족문화연구』 45호, 고려대 민족문화연구원, 2006b.

김경집, 「근대 선학원 활동의 사적 의의」, 『불교학연구』 15호, 불교학연구회, 2006.

_____, 「일제하 조선불교청년회의 지회결성과 활동」, 『불교학보』 88집, 동국대 불교문화연구원, 2019.

김광식, 「일제하 불교계의 총본산 건설운동과 조계종」, 『한국민족운동사연구』 10집, 한국민족운동사학회, 1994.

_____, 「일제하 선학원의 운영과 성격」, 『한국근대불교사연구』, 민족사, 1996.

_____, 「조선불교청년총연맹과 만당」, 『한국근대불교사연구』, 민족사, 1996.

_____, 「조선불교청년회의 사적 고찰」, 『한국근대불교사연구』, 민족사, 1996.

_____, 「1920년대 재일 불교유학생 단체 연구」, 『한국근대불교의 현실인식』, 민족사, 1998.

_____, 「조선불교 학인대회 연구」, 『한국근대불교의 현실인식』, 민족사, 1998.

_____, 「최남선의 『조선불교』와 범태평양불교청년회의」, 『새불교운동의 전개』, 도피안사, 2002.

_____, 「선학원의 설립과 전개」, 『선문화연구』 창간호, 2006.

_____, 「홍월초의 꿈-그의 교육관에 나타난 민족불교」, 『한민족문화연구』 29집, 한민족
문화학회, 2009.

김기종, 「지형의 불교가사 연구」, 『한국문학연구』 24집, 동국대 한국문학연구소, 2001.

_____, 「김태흡의 대중불교론과 그 전개」, 『한국선학』 제26집, 한국선학회, 2010.

_____, 「권상로의 불교시가 연구」, 『한국문학연구』 40집, 동국대 한국문학연구소, 2011.

_____, 「1920~30년대 찬불가의 존재양상과 주제적 지향」, 『한국어문학연구』 63집, 한
국어문학연구학회, 2014.

_____, 「「석존일대가」와 근대적 불타관의 형성」, 『한국불교시가의 구도와 전개』, 보고사,
2014.

김방룡, 「금당 이재복의 생애와 불교사상의 특징」, 『충청문화연구』 14집, 충남대 충청문
화연구소, 2015.

김상일, 「석전 박한영의 저술 성향과 근대불교학적 의의」, 『불교학보』 46집, 동국대불교
문화연구원, 2007.

_____, 「근대 불교지성과 불교잡지-석전 박한영과 만해 한용운을 중심으로」, 『한국어문
학연구』 제52집, 한국어문학연구학회, 2009.

김성연, 「일제강점기 잡지 『불교』의 간행과 그 성격」, 『선문화연구』 5집, 한국불교선리연
구원, 2008.

_____, 「재단법인 조선불교중앙교무원의 자산운영과 한계」, 『불교학연구』 27호, 불교학
연구회, 2010.

_____, 「조선불교청년총동맹의 성립과 활동」, 『사학연구』 132호, 한국사학회, 2018.

김순석, 「일제하 선학원의 선맥 계승운동과 성격」, 『한국근현대사연구』 20집, 한국근현대
사학회, 2002.

김종진, 「근대 불교시가의 전환기적 양상과 의미-『조선불교월보』를 중심으로」, 『한민족
문화연구』 22집, 한민족문화학회, 2007.

_____, 「전통시가 양식의 전변과 근대불교가요의 형성-1910년대 불교계 잡지를 중심으
로」, 『동악어문학』 52집, 동악어문학회, 2009.

_____, 「1920년대 불교지 문학장 형성의 주체와 동력-동력의 중심 권상로와 대승사·김
룡사 인맥」, 『동악어문학』 64집, 2015a.

_____, 「1920년대 『불교』지에 나타난 불교유학생의 문학활동-백성욱, 김태흡, 이영재
를 중심으로」, 『불교연구』 42호, 한국불교연구원, 2015b.

_____, 「한암선사의 참선곡」, 『한암선사』 (공저), 민족사, 2015c.

_____, 「『불교』지 문학 지면의 연대기적 고찰」, 『한국문학연구』 51집, 동국대 한국문학

연구소, 2016.

_____, 「근대 불교잡지의 번역담론-『불교』를 중심으로」, 『불교학연구』 54호, 불교학연구회, 2018.

_____, 「박한영과 국학자의 네트워크와 그 의의」, 『온지논총』 57집, 온지학회, 2018.

_____, 「『조선불교월보』의 전개와 문학 활용 양상」, 『불교학보』 87집, 동국대 불교문화연구원, 2019.

_____, 「1910년대 불교잡지 『불교진흥회월보』의 학술 담론과 의의」, 『한마음연구』 6집, 대행선연구원, 2021.

_____, 「『불교진흥회월보』의 전개와 문예지면의 경향성」, 『문화융합연구』 43호, 한국문화융합학회, 2021.

_____, 「『조선불교총보』의 전개 양상과 시론의 지향성」, 『대각사상』 35집, 대각사상연구원, 2021.

김진무, 「중국근대 거사불교의 성격과 사회적 역할」, 동국대 불교문화연구원 편, 『동아시아 불교의 근대적 변용』, 동국대 출판부, 2010.

김흥우, 「근대희곡의 소재적 개방」, 『불교문학연구입문』, 동화출판공사, 1991.

박상란, 「근대 불교잡지 소재 강담문학의 의의」, 『선문화연구』 9집, 한국불교선리연구원, 2010.

박지영, 「식민지 시대 교지 『이화』 연구」, 『여성문학연구』 16집, 한국여성문학학회, 2006.

박헌호, 「『연희』와 식민지 시기 교지의 위상」, 『현대문학의 연구』 28집, 한국문학연구학회, 2006.

_____, 「근대문학의 향유와 창조-『연희』의 경우」, 『한국문학연구』 34호, 동국대 한국문학연구소, 2008

사토 아츠시(佐藤 厚), 「朝鮮佛敎叢書刊行計劃について(1)」, 『東洋學硏究』 53호, 東洋大學東洋學硏究所, 2015.

_____, 「근대한국불교잡지에서의 해외 논문 번역-1910년대 초를 중심으로」, 『동국사학』 60집, 동국역사문화연구소, 2016a.

_____, 「조선불교회의 역사와 성격-1920년대 「조선불교총서」 간행을 계획한 단체」, 『2016년도 불교학연구회 춘계학술대회 자료집』, 불교학연구회, 2016b.

_____, 「朝鮮佛敎叢書刊行計劃について(2)」, 『東洋學硏究』 54호, 東洋大學東洋學硏究所, 2016c.

서수정, 「19세기 불서간행과 유성종의 덕신당서목 연구」, 동국대 박사논문, 2016.

손지혜, 「근대기의 원효 재발견자들-정황진, 최남선, 조명기, 허영호를 중심으로」, 『일본

사상』 28호, 한국일본사상사학회, 2015.

송현주, 「근대불교성전의 간행과 한용운의 『불교대전』」, 『동아시아불교문화』 22집, 동아시아불교문화학회, 2015.

신은연, 「1930년대 불교희곡 연구」, 동국대 석사논문, 2006.

안병희, 「안확의 생애와 한글연구」, 『어문연구』 31집, 한국어문교육연구회, 2003.

양은용, 「만해 한용운 선사 『불교대전』의 교의적 성격」, 『선문화연구』 20집, 한국불교선리연구원, 2016.

여태천, 「교지의 글쓰기 양식과 문학적 반응-1930년대 전문학교 교지를 중심으로」, 『한국학연구』 31호, 고려대 한국학연구소, 2009.

오경후, 「일제하 선학원의 설립과 중흥의 배경」, 『동방학지』 136집, 연세대 국학연구원, 2006.

오문석, 「식민지 시대 교지 연구」(1), 상허학보 8집, 상허학회, 2002.

유봉희, 「양건식의 사상과 문학세계(1)-서철강덕격치학설을 중심으로」, 『한국학연구』 42집, 인하대 한국학연구소, 2016.

윤기엽, 「다이쇼시대 일본 불교계의 대장경 편찬사업」, 동국대 불교문화연구원 편, 『근대동아시아의 불교학』, 동국대 출판부, 2008.

_____, 「일제강점기 조선불교단의 연원과 사적 변천-조선불교단 임원진의 구성과 이력을 중심으로」, 『대동문화연구』 97집, 성균관대 대동문화연구원, 2017.

이경순, 「일제시대 불교 유학생의 동향-일본 유학생을 중심으로」, 『승가교육』 2집, 대한불교조계종교육원, 1998.

_____, 「불교청년의 탄생-1910년대 불교청년의 성장과 담론의 형성」, 『한국호국불교의 재조명』 6권, 조계종 불교사회연구소, 2017.

이경현, 「『청춘』을 통해 본 최남선의 세계인식과 문학」, 『한국문화』 43, 서울대규장각 한국학연구원, 2008.

이봉춘, 「불교지성의 연구활동과 근대불교학 정립」, 『불교학보』 48집, 동국대 불교문화연구원, 2008.

이성수, 「20세기 전반 유학승의 해외 체험과 시대인식 연구」, 동국대 박사논문, 2021.

이종수, 「조선후기 불교의 수행체계 연구」, 동국대 박사논문, 2010.

이행훈, 「양건식의 칸트철학 번역과 선택적 전유」, 『동양철학연구』 66집, 동양철학연구회, 2011.

임형석, 「박한영 인학절본 번역과 사상적 문맥」, 『동아시아불교문화』 15집, 동아시아불교문화학회, 2013.

전도현, 「식민지 시대 교지의 준문예적 성격에 대한 일고찰-중앙불전 학생회지『룸비니』를 대상으로」, 『한국학연구』29집, 고려대 한국학연구소, 2008.

정우택, 「조영출과 그의 시문학 연구-해방 이전을 중심으로」, 『국제어문』58집, 국제어문학회, 2013.

정정희, 「1920년대 타고르 시의 수용과 소파 방정환의 위치」, 『인문연구』63호, 영남대 인문과학연구소, 2011.

조명제, 「1910년대 식민지조선의 불교근대화와 잡지 미디어」, 『종교문화비평』30집, 종교문화비평학회, 2016.

최동호, 「『금강저』에 수록된 김달진의 현대시와 한시」, 『한국학연구』29집, 고려대 한국학연구소, 2008.

_____, 「『룸비니』에 수록된 김달진의 시와 산문」, 『한국학연구』31집, 고려대 한국학연구소, 2009.

_____, 「1930년대 후반 김달진의 발굴 작품에 대한 검토」, 『한국학연구』43집, 고려대 한국학연구소, 2012.

한기형, 「근대잡지『新靑年』과 경성청년구락부」, 『서지학보』26집, 2002.

한동민, 「근대불교계의 변화와 봉선사 주지 홍월초」, 『중앙사론』18집, 한국중앙사학회, 2003.

_____, 「사찰령 체제하 본산제도 연구」, 중앙대 박사논문, 2005.

홍승진, 「만해의『유심』기획과 한국 고유사상의 합류」, 『한국문학논총』87집, 한국문학회, 2021.